Gerd Friederich

SCHWABENBOMBER

Ein Leben auf Abwegen

Gerd Friederich

SCHWABENBOMBER

Ein Leben auf Abwegen

Historischer Roman

Silberburg-Verlag

Gerd Friederich, Jahrgang 1944, aufgewachsen im hohenlohischen Langenburg und im schwäbischen Bietigheim an der Enz, unterrichtete nach dem Erststudium in Würzburg (Deutsch, Kunst, Geschichte, Geografie) an Sonderschule, Realschule, Gymnasium und Hauptschule. Berufsbegleitend absolvierte er Studien in Tübingen (Pädagogik, Philosophie, Psychologie, Landeskunde) und Nürnberg (Malerei). Er arbeitete als Lehrer, Heimerzieher, Personalchef, Schulrat und Lehrerausbilder und veröffentlichte bisher 20 Bücher, meist Sach- und Fachbücher, sowie viele Fachaufsätze und Rezensionen. Jetzt lebt er im Taubertal, schreibt Romane und malt Porträts und Landschaften.

1. Auflage 2011

Umschlaggestaltung: Anette Wenzel
unter Verwendung des Gemäldes
»Stuttgarter Bahnhof im Winter« von Hermann Pleuer
Druck: Gulde-Druck, Tübingen.
Printed in Germany.

ISBN 978-3-8425-1151-4

PERSONEN

Emma Bäuerle	Hausbesitzergattin, Ulm
Anton Bantle	Journalist, Sigmaringen
Emil Baumann	Handelsvertreter, Würzburg
Franz Blaum	Bildhauer, Würzburg
Kunibert Dipfele	Referent, Innenministerium Stuttgart
Guntram Gerland	Hauptmann, Polizeiwehr Ulm
August Gläser	Zeitungsverleger, Bietigheim/Enz
Ottokar Heller	Ministerialrat, Kultministerium Stuttgart
Walter Hofmann	Zeichenlehrer, Ulm
Dr. Bruno Kappler	Vorsitzender des Vorarlberger Schwabenkapitels, Bregenz
Georg Leicht	Rottenmeister, Polizeiwehr Ulm
Sophie Leicht	Georgs Schwester, Schneiderlehrling
Xaver Leitner	Knecht, Südtirol
Wilhelm Löhle	Kriminalbeamter, Südtirol
Pater Lukas	Franziskanermönch, Würzburg
Dr. Fritz Mack	Geograf und Landeskundler, Karlsruhe
Dr. Karl Martinus	Schulleiter, Gründer und Vorsitzender des Schwabenkomitees, Ulm
Richard Mooser	Schriftsetzer, Ulm
Fritz Naser	Schulmeister, Großsachsenheim
Karl Negele	Schriftsetzer
Martha Negele	Karls Mutter
Erwin Pfeiffer	Negeles Kriegskamerad
Josef Rossmann	Obersekretär, Würzburg
Karl-August Schneider	Verlagsbuchhändler, Würzburg
Heinrich Simminger	Abteilungsleiter, Innenministerium Stuttgart
Willy Westwald	Rechtsanwalt, stellvertretender Vorsitzender des Schwabenkomitees, Ulm

1

Schnee, überall Schnee. Glitzerndes Weiß, so weit er sehen konnte. Weiß lagen Wiesen und Felder, weiß glänzten Berge und Wälder. Wo man Straßen und Wege vermuten konnte, sogar da strahlte das reine Weiß. Schwärme eisiger Kristalle, von Böen aufgewirbelt, hatten über Nacht das ganze Tal geebnet und sich in stillen, den Winden abgewandten Winkeln aufgetürmt.

Er sah auf seine Uhr am Handgelenk. Gleich Viertel nach acht. Es schneite. Schräg fiel der Schnee und nässte sein Gesicht. Der Morgen dämmerte vor sich hin.

Die Drau, zugefroren und zugeweht, lag verborgen in den Auen. Ganz leise plätscherte sie ihre immer gleiche Weise von ewigem Frühling, Sommer, Herbst und Winter. Ein paar Erlen, etliche Weiden verrieten, wo Forellen unter Schnee und Eis durchs klare Wasser glitten. Raben hockten auf den höchsten Ästen, schossen mit wütenden Schreien auf eine streunende Katze hinab. Sie fahndeten nach Insekten, Abfällen, Aas und krächzten ihren Hunger übers Land.

Aber halt! Was war da? Mit zusammengekniffenen Lidern ahnte er auf der anderen Seite der Drau, vor den Bergen im Süden, Lichter unter stattlichen Schneehauben. Innichen? Innichen. Denn dahinter, zu den Drei Zinnen hin, stand die Dreischusterspitze. Weiß wie eine Wand, den Gipfel in den Wolken, gebot sie majestätisch Halt nach Süden, als könne sie das Unheil aufhalten, das von dort unten drohte.

Er nahm die Zigarette zwischen Daumen und Zeigefinger, tat einen letzten Zug; er schnippte sie weg, dann schlug er den Kragen hoch. Breitbeinig stand er da und schaute. Zum Glück hatte der Schneepflug schon die Straße durchs Pustertal geräumt.

Verwundert schüttelte er den Kopf. Bezaubernder, unberührter Winter hier. Zerstörung dort, keine hundert Kilometer weiter. Konnte er verhindern, dass der Krieg in diese friedliche Welt einfiel? Wollte er es verhindern? Wenn es den Leuten in der Poebene an den Kragen ging, sollten dann diese hier verschont werden?

Unschlüssig sah er hinüber nach Innichen. Er forschte mit nassen Wimpern nach der verschneiten Straße. Im Vergleich zur geräumten Fahrbahn hinab nach Bozen könnte es ein schweres Stück Arbeit werden.

Müde stieg er ein. Er startete den Motor, knipste die vergitterten Scheinwerfer an und steuerte auf Innichen zu. Das Auto geriet ins Rutschen, aber die Schneeketten packten zu, hielten es in der Spur. In das dumpfe Mahlen und Klappern der Räder mischte sich ein helles Sirren, ein metallisches Klirren. Eisen bollerte auf Eisen.

Besorgt horchte er auf. Hoffentlich hielt der alte Motor durch.

Das Lenkrad mit beiden Händen hart wie eine Wünschelrute gepackt, spürte er in den Armen und mit dem ganzen Körper, wo es unter dem Schnee eben war, wo das Bankett begann. Mit weit aufgerissenen Augen erkannte er im diffusen Licht die wenigen Zeichen, die ihm die Richtung wiesen.

Am Ortsrand traten ein paar alte Männer zur Seite, in Wolljacken und Schals gehüllt, mit breitkrempigen Hüten und gestrickten Ohrenschützern gegen den Frost gerüstet, gefettete, genagelte Stiefel an den Füßen. Sie räumten, wollene Fäustlinge an den Händen, mit hölzernen Schiebern, die sie wie schwere Lanzen führten, die Zufahrt zum Dorf. Entgeistert schauten sie auf den Kübelwagen, der rasselnd durch den jungfräulichen Schnee pflügte, wobei er eine tiefe Furche zog.

Er nahm das Gas zurück, wartete, bis das Auto schlingernd zum Stehen kam, gab zweimal Zwischengas, ehe er mit beiden Händen in den ersten Gang schaltete. Dann spurten die Ketten in die Reiner-Gasse hinein.

Zur Ortsmitte waren schon viele Pfade getrampelt, Zeichen der Begegnungen und Botengänge, frische Fährten zu den Läden. Zum Bahnhof, zum Hospital, zum Rathaus, zum

Hotel Grauer Bär. Er trat auf die Bremse, weil vor ihm Lawinen in die Gasse donnerten, hielt schleudernd an, riss wütend die Tür auf und spähte aufwärts.

Fünf oder sechs junge Frauen standen auf den Dächern, fluchten und schwitzten. Keuchend schoben sie die weiße Last von ihren Häusern. Sie lachten ihn von oben an.

»Komm rauf!«, schrie ihm eine im roten Pullover zu. Ihre blonden Haare schauten neckisch unter einer rosa Wollmütze hervor. »Dich können wir brauchen. Das Pulver ist schwer.«

Er lachte zurück.

»Traust dich nicht?«

Achselzuckend winkte er, schlug die Tür zu. Langsam fuhr er grüßend weiter.

Er wusste genau, warum sich die jungen Frauen wie die alten Männer so ins Zeug legten. Heute war Samstag, nächste Woche Heiligabend. Zum sechsten Mal mussten sie die Kerzen am Christbaum allein anzünden. Ohne die jüngeren Männer, die in Russland, auf dem Balkan, vor allem in der Poebene auf gefrorenem Dreck hausten oder im Schlamm der Schützengräben hockten. Sich letzte Gefechte mit den Alliierten lieferten. Es gab gewiss noch viel zu besorgen vor dem Fest in Innichen an der Drau, im Dezember 1944.

Vor dem Polizeiposten stieg Wilhelm Löhle aus dem Wagen. Er reckte sich, streckte sich, knöpfte den Mantel zu, setzte die Dienstmütze aufs strohblonde Haar. Dann sah er prüfend an sich hinab.

Tief sog er die kalte Luft durch die Nase ein, schaute um sich, ob ihn jemand beobachtete. Bevor er an die Tür klopfte, straffte er sich.

»Herrrein!«

Der stramme Ton amüsierte ihn. Er grinste in sich hinein, duckte sich ein wenig, als er den Polizeiposten betrat. Der Türsturz in dem alten Haus erschien ihm niedrig.

»Heil Hitler, Sturmbannführer!« Der Gendarm sprang hinter seinem Schreibtisch auf, knallte die Hacken zusammen und hob den Arm.

Löhle richtete sich auf. Im fahlen Licht der Deckenlampe erwiderte er den Gruß. Dann zog er den Mantel aus, hängte ihn an den Kleiderrechen neben der Tür. Die Mütze klemmte er unter den Arm.

»Was verschafft uns die Ehre, Sturmbannführer? So früh am Tag?«

Der Gendarm nahm dem Kriminalen die Mütze ab und bat ihn ins Nebenzimmer. Devot bot er einen Platz am runden Tisch an, selbst blieb er stehen.

Löhle setzte sich. »Gibt's was Besonderes?«

Der Polizist schüttelte den Kopf.

»Verdächtige?«

»Nein! Darf ich fragen, warum …?«

»Italienische Partisanen planen Anschläge. Sie rekrutieren Nachwuchs.«

»Hier bei uns doch nicht, Sturmbannführer!«

»Überall im Rücken unseres Heeres sammelt sich das Pack.«

»Was können wir tun, Sturmbannführer?«

»Allein heute?«

»Mein Kollege ist auf Streife. Er kommt gleich.«

»Ich möchte die Vernehmungen der letzten vier Wochen lesen.«

Der Gendarm öffnete den Metallspind im karg möblierten Raum, nahm einen Aktenbund heraus, schnürte ihn auf, ehe er ihn vor Löhle legte, den er als Fahnder vom Kripo-Hauptquartier in Bozen kannte. Er wusste, dass der Besucher nicht bei der Sipo war, der Sicherheitspolizei mit ihren Bluthunden von der Geheimen Staatspolizei, auch nicht beim parteieigenen Sicherheitsdienst, dem SD.

»Danke, Hauptwachtmeister.«

»Suchen Sie etwas Bestimmtes, Sturmbannführer?«

»Reine Routine.«

»Bei uns wird das Pack wohl nicht sein, Sturmbannführer?« Der Polizist sprach kehlig und melodisch, wie alle Südtiroler.

Löhle war seit zwei Jahren in Bozen. Den Dialekt hörte er immer noch gern. »Der strenge Winter setzt den Alliierten mehr zu als uns. Sie haben ihre Offensive in Norditalien fast eingestellt.«

Mit einem lauten Seufzer zog er die Akte zu sich heran und schnürte sie auf.

»Die 26. Panzerdivision und die 29. Panzergrenadierdivision der deutschen Heeresgruppe C haben nördlich von Florenz einen Verteidigungsgürtel aufgebaut.«

»Ist bekannt, Sturmbannführer.«

»Aber die Gestapo hat Informationen, dass Partisanen unserer Armee in den Rücken fallen könnten.«

»Wollen Sie einen Kaffee, Sturmbannführer? Keinen Muckefuck, echten Bohnenkaffee!«

»Danke. Gern.« Löhle hatte lange vor der Machtergreifung die Polizeischule besucht, musste sich aber nach der Eingliederung der Kriminalpolizei ins Reichssicherheitshauptamt wohl oder übel mit der Uniform und den Dienstgraden der SS anfreunden. Bei den alten Dorfpolizisten fühlte er sich zuhause, auch wenn er jedes Mal, wenn er mit Sturmbannführer angeredet wurde, innerlich zusammenzuckte.

Der Gendarm verschwand in der vorderen Wachstube.

Löhle legte den oberen Kartondeckel zur Seite, blätterte die Papiere durch und überflog die Protokolle. Nichts Verdächtiges, nur das Übliche: Verkehrsunfälle, Ruhestörungen, Streitigkeiten, Zechprellereien.

Der Polizist kam mit einer Kaffeekanne und zwei Tassen, schenkte ein, ehe er sich an den Tisch setzte.

»Danke.« Löhle zog eine Tasse zu sich heran. Er nahm einen Schluck.

»Zucker? Milch?«

»Schwarz ist mir der Kaffee am liebsten.« Löhle nippte an seinem Kaffee, während er über den Tassenrand hinweg seinem Kollegen prüfend ins Gesicht sah. »Was ist mit der Arrestzelle?«

Keine Antwort, nur ein betroffener, verlegener Blick.

»Leer?«

»Da ist einer drin von gestern Abend. Er soll einen Sack Kartoffeln gestohlen haben.«

»Aha!«

»Ich wollt's gleich prüfen.«

»Dann holen Sie ihn her.«

»Jetzt?«

»Ja!«

Der Polizist sprang auf und stürmte aus dem Zimmer. Man hörte einen Schlüsselbund klappern, dann Stimmen.

Der Hauptwachtmeister schob einen hinkenden Mann herein. Er war etwa fünfzig, ungefähr eins achtzig groß, hager, bäuerlich gekleidet. Das dunkelblonde Haar war straff nach hinten gekämmt.

»Setzen!«, befahl der Polizist, drückte ihn auf einen Stuhl, sodass der Mann dem Kriminalen genau gegenübersaß. Er nahm seine Kaffeetasse vom Tisch und stellte sich in den Rücken des Zivilisten.

»Name?« Löhle sah dem Fremden direkt in die Augen.

»Xaver Leitner.«

»Wann geboren?«

»18. Jänner 1895.«

»Geburtsort?«

»Bozen.«

Löhle nippte an seinem Kaffee. »Beruf?«

»Knecht.«

»Warum nicht bei der Wehrmacht?«

»Im Ersten Weltkrieg schwer verwundet.« Der Hagere schluckte trocken. »Am linken Knie.«

»Warum sitzen Sie ein?«

»Ich bin unschuldig, Herr Sturmbannführer. Gestern Abend, es war schon dunkel, bin ich von Sillian her nach Innichen hinein. Da hat mich plötzlich einer gepackt. ›Da ist der Dieb!‹, hat er geschrien.«

Der Polizist nickte.

»Ein paar Männer sind herbei, die haben mich festgehalten. Dann war gleich der Gendarm da.«

»Was haben Sie denn gestohlen?«

»Ich hab nichts gestohlen«, wehrte sich Leitner. Er rutschte ärgerlich auf seinem Stuhl hin und her. »Ich schwör's.«

»Warum hat Sie die Gendarmerie dann eingelocht?«

»Er hat gejammert, dass er nicht weiterkann«, mischte sich der Hauptwachtmeister ein. »Stockdunkel war's. Dazu saukalt. Außerdem tiefer Neuschnee. Da hab ich gedacht …«

Löhle winkte ab. »Soso. Hat er?«

»Kartoffeln geklaut?« Der Polizist verengte die Pupillen. »Glaub ich nicht. Jedenfalls hat er keine dabeigehabt. Das Gehen fällt ihm schwer. Wie soll er da einen Sack schleppen? Er ist kein schlechter Mensch. Mit Pater Meinrad vom hiesigen Franziskanerkloster habe ich ihn schon ein paarmal gesehen.«

»Wo müssen Sie jetzt hin?« Löhle musterte den großen, schlanken Mann, der ihn traurig ansah, den Kopf schief gelegt, wie ein Hund, den man geprügelt hat.

»Nach Pichl.«

»Gsiesertal?«

Leitner wandte überrascht den Kopf, er lächelte zaghaft und legte die Hände auf die Knie.

»Sie kennen es, Herr Sturmbannführer?«

Löhle lachte. »Bloß weil ich Schwabe bin, soll ich mich hier nicht auskennen? Sie sprechen den hiesigen Dialekt auch nicht astrein.«

Die Augen des Mannes zuckten kurz, für Löhles Geschmack einen Bruchteil zu lange.

»Dann können Sie bis Welsberg mit mir fahren«, sagte Löhle gleichgültig und stand auf.

»Sie wissen, Herr Sturmbannführer, was eine Nunzn ist?«

Löhle starrte auf die kurvenreiche Straße durchs Pustertal. Sie war frei. Weit und breit kein zweites Fahrzeug zu sehen. Geräumt war sie zwar, aber zuweilen ohne Vorwarnung eisig, öfters verweht, manchmal rutschig. Er lenkte den Wagen durch eine enge Kurve, dann schüttelte er den Kopf. »Nein, warum?«

»Weil Sie sagten, ich könnte den hiesigen Dialekt nicht.«

Am Waldrand hatten sich die Bäume ihrer weißen Last entledigt. Das Auto pflügte durch den Schnee. Im Takt schlugen die Enden der Schneeketten an Radkappen und Schutzbleche.

»Ach, können Sie ihn?«

»Im Gsiesertal reden die Leut anders, Herr Sturmbannführer. Nunzn heißt Ameise, Kapenn ist der Dachboden und zindrigscht meint ganz hinten.«

Löhle warf dem Mann auf dem Beifahrersitz einen prüfenden Blick zu, dann sah er wieder nach vorn. Nebel hing über der Straße. Sie war an manchen Stellen besonders glatt und gefährlich.

»Ich dachte, Sie kommen aus Bozen.«

»Ja, geboren bin ich in Bozen. Aber in Pichl bin ich schon lang.«

»Wie lang?«

»Seit den Zwanzigerjahren.«

»Geht's etwas genauer?«

»Herbst 1923.«

Gerade zwanzig war ich da, schoss es Löhle durch den Kopf. Er fiel ins Grübeln.

Sein Beifahrer verstummte. Ab und zu sah er Löhle fragend von der Seite an.

So rollten sie schweigend durch das Winterland. Schnee fegte über die Straße.

1923? Einundzwanzig Jahre ist das her. Was war denn in dem Jahr? Ach ja, Polizeischule in Ulm. Trübe Berufsaussichten damals, weil die Polizei in Württemberg neu organisiert wurde. Zum dritten Mal seit Kriegsende, also in nur fünf Jahren. Warum eigentlich? Ja, richtig, Anordnung der Sieger. Radikale Verkleinerung der deutschen Armee auf hunderttausend Mann.

Die Schneeketten rumpelten. Die Räder ruckelten, hielten das Auto jedoch zuverlässig in der Spur.

Löhle lachte in sich hinein. Weil er noch nicht volljährig war, musste ihn sein Vater, selbst ein königstreuer Gendarm, zur Polizeischule begleiten. Auf dem Weg dorthin erinnerte sich der Vater an den Polizeidienst der letzten Jahre. Er spottete: In der Stuttgarter Regierung säßen ein paar Blindgänger, die glaubten, mit den Alliierten Katz und Maus spielen zu können. Die Mannen um den württembergischen Ministerpräsidenten Wilhelm Blos fürchteten die politischen Unruhestifter im eigenen Ländle mehr als die Engländer oder Franzosen. Deshalb gründeten sie im Dezember 1918 Sicherheitskompanien. Nein, nein, behaupteten die wackeren Schwaben auf Nachfrage, keine Soldaten! Bloß Polizisten für den Blos. Die Herren in Stuttgart gönnten sich ein schwäbisches Wehrmächtle, hatte der Vater gehöhnt, wobei er sich vor Vergnügen auf die Schenkel geschlagen hatte. Als die Sieger im Herbst 1919 dagegen einschritten, schickten die schlitzohrigen Württemberger ihre schwer bewaffneten Polizeisoldaten heim, holten sie wenig später in die neu gegründete Polizeiwehr zurück, die personell, strukturell und waffentechnisch mit den Sicherheitskompanien weitgehend übereinstimmte. Aber auch diese Truppe musste auf alliierte Weisung im Sommer 1920 aufgelöst werden. Geblieben sei ein wilder Haufen von Landjägern, staatlichen Kriminalisten, städtischen Schutzpolizisten sowie städtischen Kriminalisten. Vier Polizeibehörden, vier Kommandozentralen, keine klare Strukturen, keine Verantwortlichkeiten. Für die Regierung unerträglich, weil keine schlagkräftige Truppe, kein zuverlässiger Schutz gegen Kommunisten, Spartakisten, erst recht nicht gegen Putschisten.

Das Auto zackerte im zweiten Gang durchs verschneite Land. Löhle saß, ganz in Gedanken versunken, am Steuer. Er schweifte wieder in die Vergangenheit ab.

Also im Herbst 1923 eine dritte Polizeireform. Genau im selben Monat, in dem die eigene Ausbildung in der Polizeischule begann. Jetzt eine einheitliche, straff organisierte Landespolizei, militärisch allerdings kaum brauchbar, weil nur mit Pistolen ausgerüstet. Der Ausbildungsleiter der Polizeischule hatte in die gleiche Kerbe gehauen wie der Vater und geschimpft wie ein Rohrspatz. Ein Jahrhundertwerk sei diese Reform, hatte er gestöhnt. Hundert Jahre werde man brauchen, bis man diesen Schwachsinn beseitigt habe. »Staatliche Polizei!«, hatte er geschnaubt. »Aus der Traum von der Bürgernähe der Polizei in den Kommunen«, hatte er geklagt.

Löhle musste grinsen, als er sich an den Spott seines alten Herrn, der inzwischen hochbetagt in Herrlingen lebte, und an die Schimpfkanonaden seines Ausbilders erinnerte.

Er erschrak. Auf schneeglatter Straße unterwegs, aber mit dem Kopf nicht bei der Sache? In Gedanken war er weit fort gewesen. Glück gehabt, dass nichts passiert war.

Ein Blick zum Beifahrer, der geradeaus schaute. »Erzählen Sie mal. Was machen Sie in Pichl? Interessiert mich.«

Der Mann überlegte lange.

»Arbeit, viel Arbeit, Herr Sturmbannführer«, sagte er endlich. »Was soll's denn sonst geben in dem weiten, herrlichen Tal mit den Wiesen, dem Vieh, den dichten Wäldern.«

Beide Hände zwischen den Schenkeln saß er in sich versunken da. Sommers, wenn die Höhenwege schneefrei seien, das Knie nicht schmerze, wenn Pater Meinrad für ein paar Wochen in Kalkstein den Pfarrer vertrete und dort predige, dann wage er den Aufstieg durchs Verselltal zur Tolder Alm. An der Gruiba-Lenke vorbei zur Alfner Alpe und ins Villgratner Tal hinunter nach Kalkstein.

»Arbeit, viel Arbeit, so lang das Taglicht reicht«, bilanzierte er sein Dasein. »Schnee, viel Schnee, oft vom September bis in den Mai.«

»Wie ist das Leben im Gsiesertal?«

»Schön.«

»Schön? Eher hart und einsam. Oder habe ich mich eben verhört?«

»Nein. Überall ist das Leben hart, Herr Sturmbannführer. Wenn man sich aber dreinschickt, wenn man ein Ziel hat, dann wird's leichter.«

Löhle lachte kurz auf, ohne den Blick von der Straße zu nehmen. »Was für ein Ziel denn, außer Feldarbeit im Sommer, Schneeschippen im Winter? Kann man sich im Gsiesertal auch vergnügen?«

»Früher, ja früher hab ich in den Tag hineingelebt. Hab gemacht, was andere von mir erwartet haben. Hab gezappelt wie eine Forelle am Angelhaken. Ich hab immer gedacht, ich muss den andern schöntun.«

Er machte eine kleine Pause. »Jetzt bin ich frei. Ich hab immer genug zu essen. Zum Anziehen hab ich auch alles, was ich brauch. Ich kann gehen, wohin ich will. Was will man mehr? Jetzt mach ich, was mir in den Sinn kommt und worauf ich Lust hab.«

»Aber Sie arbeiten doch das ganze Jahr für fremde Leute. Was ist daran frei?«

»Arbeit muss sein, sonst wird's fad. Mit der Natur arbeiten, das ist schön. Der Bauer ist schon lange tot. Die Bäuerin sagt mir die Arbeit an, die sowieso gemacht werden muss, weil's die Natur so will. Da schaffen die Händ und die Füß von allein. Im Kopf versucht man zu verstehen, was die Natur meint.«

Schaffen, dachte Löhle, schaffen hat er gesagt. Wie der spricht? Laut fragte er: »Am Abend, was schaffen Sie da?«

»Abends ist man müd, im Reinen mit sich und der Welt, weil man sieht, was man geschafft hat. Sogar Lust aufs Lesen kriegt man dann. Früher hab ich keine Freud an den Büchern gehabt.« Er atmete tief. »Manchmal male ich.«

Bilder? Löhle grübelte, was dieser Kerl da wohl malen könnte. Prächtige Ölgemälde? Feine Tuschezeichnungen? Kann nicht sein. Oder doch? Nein, nein, zu mehr als einem dilettantischen Geschmiere reicht's bei dem bestimmt nicht. Berge und Täler, Wolkenkleckse am Himmel, Kühe im Vordergrund. Am Abend in einer halben Stunde mit Wasserfarben hingesudelt.

Löhle warf einen schnellen Blick zur rechten Seite. Da hockte er, der Unscheinbare mit seinen genagelten Stiefeln, der ausgebeulten Hose, dem geflickten Kittel mit Fischgrätenmuster, die Ellbogen mit Lederflecken verstärkt. Die Augen geradeaus, das Gesicht entspannt, die Haltung gelassen, faselte er in diesen Schreckenstagen eines entsetzlichen Krieges von der Herrlichkeit der Welt.

Löhle konnte mit Mühe sein Erstaunen unterdrücken. Ein feines Lächeln blieb auf seinem Gesicht. Malt und liest Bücher. Ein Kleckser? Ein Bauernpoet? Jedenfalls spielt er den Stillen, mimt den Heimlichen, behauptet dreist, er sei mit sich im Reinen. Behaglich, klaglos, gottergeben in so einem abgelegenen Tal? Kaum. Eher verdrängt, verworfen, verstoßen. Der versteckt sich. Aber vor wem? Und warum?

Sein Beifahrer schaute weiter in die Ferne, ruhig wie ein Mönch, bedächtig wie ein Philosoph. »Auf ein leeres Papier eine Welt zaubern, das ist eine Gnade, Herr Sturmbannführer. Wenn eine Figur mit ein paar Strichen, mit etwas Farbe lebendig wird, dann ist das ein beglückender Augenblick.«

»Sind Sie zufrieden?«

»Oh ja, Herr Sturmbannführer, ich hab mein Leben gefunden.«

Gefunden? Also doch! Ausreißer, Ausbrecher, Deserteur? Jedenfalls war der auf der Flucht. Löhles Jagdinstinkt war geweckt.

Er warf Frage auf Frage dem Hageren hin, eine belangloser als die andere, und ließ ihn plaudern.

Zunächst blickte Löhle geradeaus. Er hörte gebannt zu. Wenn der aus Südtirol ist, dann fress ich einen Besen. Etwas Schwäbisches hörte er heraus. Die Vokale durch die Nase gepresst, das Ä in die Länge gezogen. Der und ein waschechter Südtiroler? Ausgeschlossen! Mit dem stimmt etwas nicht!

Er sah seinen Mitfahrer ein paarmal von der Seite an. Fieberhaft tickte es in seinem Kopf. Den hab ich schon einmal gesehen. Aber wo?

In Toblach fuhr er auf den verschneiten Marktplatz. Er bat den Fremden, kurz zu warten. Dann setzte er sich die Mütze auf, knöpfte den Mantel zu und stiefelte in die Gendarmerie. Der Schnee schluckte den Hall seiner Tritte.

Der Gendarm spritzte verlegen auf, als sich der SS-Mann jäh vor ihm aufbaute. Löhle fragte ihn, ob es Verdächtige im Ort gebe. Ob man hier einen gewissen Xaver Leitner kenne.

Kopfschütteln, dann Achselzucken.

»Kann ich meine Dienststelle in Bozen anrufen?«

Der Polizist tat ihm den Gefallen sofort.

Löhle wurde mit Bozen verbunden. Er bat die Stimme in der Leitung, man möge ihn im Hauptquartier weitervermitteln. Dann stellte er ein paar Fragen.

Der Gendarm hörte erstaunt zu. Er verstand nur, dass es um irgendwelche Schwabenbomber ging, von denen einer 1923 ums Leben gekommen war.

Löhle dankte. Nachdenklich ging er zum Auto zurück. Als er einstieg, nahm er wieder die Mütze ab. Dann fuhr er auf der Pustertalstraße weiter nach Bruneck.

Schweigend saßen die beiden Männer Seite an Seite. Löhle mühte sich, mit weiten Augen den Nebel zu röntgen. Sein Beifahrer starrte aus dem Seitenfenster.

»Sie kommen aus Ulm«, störte Löhle die Stille mit einem schnellen Blick nach rechts.

Der Mann zuckte zusammen. »Haben Sie mich erschreckt.« Er sah auf seine Beine, während er ganz ruhig sagte: »Nein, ich bin nicht aus Ulm.«

Löhle lachte. »Ich habe Sie in einem Gasthaus in Ulm gesehen. Im Dezember 1918.«

»Was war da?«

»Doktor Martinus hat einen Vortrag gehalten. Es ging um Großschwaben.«

Der Hagere schüttelte den Kopf. »Und ich hab meine Wunde am Knie auskuriert.«

»Wo?«

»Hier in Südtirol. In Sillian, im Erholungsheim.«

Feuchter Nebel hüllte die ersten Häuser von Welsberg ein.

Löhle hielt vor der Kreuzung ins Gsiesertal. »Jetzt finden Sie ja heim.« Er sah dem Mann in die Augen. »Ich bin auch aus

Ulm – wie Sie. Sie saßen am Nebentisch mit einem Schriftsetzer von der Ulmer Zeitung.«

»Danke, Herr Sturmbannführer.« Der Mann verzog keine Miene, stieg aus und beugte sich ins Auto: »Ich schwör's Ihnen, ich bin nicht aus Ulm.«

Er schlug die Beifahrertür zu. Nach ein paar humpelnden Schritten löste er sich im Nebel auf.

2

Die Tür öffnete sich sofort. Eine attraktive Brünette in geblümter Kleiderschürze, gelblich braune Filzpantoffeln an den Füßen, einen Schrubber in der Hand, sah ihn freundlich an.

»Ist Georg da?«

»Sind Sie Karl Negele?«

Als er nickte, bat sie ihn ins Haus. Schweigend stieg sie in die Mansardenwohnung im vierten Stock voraus, wobei sie sich kein einziges Mal umsah, ihn aber jedes Mal aus den Augenwinkeln taxierte, wenn die hölzerne Treppe eine Kehre machte. Oben angekommen schloss sie die Wohnung auf, gab ihm den Schlüssel und nahm einen Brief von der Kommode.

»Ihr Freund ist nach München gefahren. Sie sollen es sich bequem machen, hat er gesagt.«

Sie streckte ihm den Brief hin und ließ ihn allein.

Er sah sich um. Zwei kleine Zimmer, jedes mit einem Fenster. Im vorderen ein leerer, zweitüriger Schrank, eine niedere Kommode mit Geschirr, ein Schlafsofa, drei Polsterstühle um einen runden Tisch; hinter dem Sofa ein Verschlag zur Dachschräge, in der eine Kiste mit Vorhängeschloss und zwei große offene Kartons mit Brennholz standen. Im hinteren ein Kanonenofen mit silberfarbigem Ofenrohr, ein Küchenbuffet mit Besteck und Geschirr, ein Wasserhahn mit einer Spüle aus Stein, ein Brotkasten, eine elektrische Kochplatte. Neben dem Buffet war eine schmale Tür, dahinter der Abtritt mit Wasserkanne.

Am besten gefiel ihm der große Spiegel gegenüber dem Sofa. Zuhause gab es bloß einen Handspiegel, der über dem Waschtisch in der Küche hing. Im Schützengraben hatte er sich mit einem Taschenspiegel begnügen müssen.

Er stellte sich vor den Spiegel. Aufmerksam betrachtete er sein Ebenbild von Kopf bis Fuß, drehte sich hin und her, die Augen fest auf den Mann im Glas gerichtet. Schmale Figur, langes Gesicht, militärisch kurze Haare, dazu ein Schnauzbart wie Hindenburg. Dunkelgrauer Filzhut, graugrüner Mantel, schwarze Hose, schwarze Halbstiefel. Ein Soldat in ziviler Winterkleidung. Eigentlich würde er sich gefallen, wenn da nicht diese innere Unruhe wäre.

Hut und Mantel warf er auf den Tisch, stellte den Koffer vor den Schrank, setzte sich aufs Sofa und las. In München gehe es drunter und drüber, schrieb Georg. Deshalb wolle er mit ein paar kampferprobten Kameraden die Republik verteidigen helfen. Er komme bald zurück. So lange könne Karl hier wohnen, sich auch seiner Vorräte bedienen. Er solle sich nicht genieren, dürfe alles aufbrauchen. Die Eltern sorgten für ständigen Nachschub. Den Schlüssel für die Kiste müsse er aber selbst finden, schrieb der Freund.

Er entdeckte ihn schnell. Der Schüssel stak in der Sprungfeder eines Sitzpolsters.

Die Vorratskiste barg ein Stück Schinken, zwei Hartwürste, einen Weichkäse, alles luftdicht in Ölpapier verpackt. Dazu Gurken und Tomaten in Einweckgläsern sowie, in einem Karton aus dicker Wellpappe gegen die Kälte in der zugigen Dachschräge geschützt, Kartoffeln und Zwiebeln.

Im hinteren Zimmer wusch er sich die Hände, holte den Laib Brot, den ihm seine Mutter eingepackt hatte, aus dem Koffer und legte ihn in den Kasten, der auf der Spüle stand.

Er fröstelte. Feuer machen?

Er öffnete die Ofenklappe. Papier, Späne, Holz waren sauber geschichtet. Die Streichhölzer lagen im Buffet.

Heizen und dann fortgehen? Oder erst fort und dann heizen? Er entschied sich für einen kleinen Stadtbummel. Aber zuerst genoss er noch einmal den Blick in den großen Spiegel. Er stellte sich ganz dicht vor die silbrige Scheibe, um Haarschnitt und Rasur zu prüfen. Die Haare, kaum länger als zwei Fingerbreit, schienen ihm nicht kurz genug.

Er eilte in die Küche, strich sich mit nassen Händen über den Kopf, legte ein frisches Küchenhandtuch über die Schultern und holte das Frisierzeug aus dem Koffer.

Vor dem Spiegel schnitt er Grimassen, während er eine neue Klinge in den Frisierhobel mit den engen Zähnen legte. Dann fuhr er damit zügig durch die Haare, schüttelte das Handtuch über der Spüle aus und rubbelte sich die Kopfhaut trocken.

Er streckte den rechten Arm aus, dann den linken, wobei er seine Finger genau beobachtete. Gott sei Dank, gestand er sich murmelnd in den Spiegel, muss ich nicht zu den Kriegszitterern nach Winnenden ins Lazarett. Glück gehabt! Nur ein kleiner Kratzer an der Brust. Arme und Beine unversehrt, keine nervösen Zuckungen im Gesicht, auch den Gasangriff schadlos überlebt, äußerlich zumindest.

Kurt Emerich aus Neckarsulm fiel ihm ein, der im Oktober 1916 zuerst Blut gespuckt, dann keine Luft mehr bekommen hatte. Im plombierten Eisenbahnwagen hatte man ihn mit anderen Gasopfern nach Davos in die Schweiz geschafft, wo er jetzt auf dem kleinen Soldatenfriedhof der Hochgebirgsklinik ruhte. Kurts Mutter hatte er versprochen, nach Davos zu fahren, Blumen zu bringen und ein Foto vom Grab zu machen. Da musste er bald hin, das war Ehrensache.

Gleich kam ihm auch Emil Baumann in den Sinn, dessen Militärpass, Führerschein und Foto er noch besaß. Emil vom württembergischen Infanterie-Regiment Nummer 122, der den Feldzug 1914/15 gegen Frankreich mitgemacht und die silberne Militär-Verdienstmedaille bekommen hatte. An einem klaren Dezembermorgen in den Dolomiten hatte er sich von Pater Meinrad segnen lassen. Er musste etwas geahnt haben. Bevor er aufbrach, gab er seinem Kameraden Negele den Pass, den Führerschein sowie das Foto mit den handkolorierten roten und gelben Uniformbesätzen. Käme er nicht mehr zurück, dann solle Negele die drei Sachen nicht dem Kompanieführer geben. Verwandte habe er keine, aber eine Freundin warte. Die würde sich vor allem über das Bild freuen. Das gehe die Kompanie nichts an. Baumann kam nicht zurück. Er blieb verschollen, vermisst in den Alpen. Die Freundin hatte Negele nicht ausfindig machen können.

Aber du lebst! Negele nickte ins Spiegelbild und zwinkerte sich aufmunternd zu. Also halt dich gerade! Pass auf dein bisschen Leben auf!

Mit einem Blinzeln verabschiedete er sich von seinem Gegenüber, zog den Mantel an, setzte den Hut auf, vergewisserte sich, dass Malblock, Drehstift und Radiergummi in der Innentasche steckten. Dann stieg er ins Erdgeschoss hinab.

»Alle vier Wochen …«

Er erschrak.

»… sind Sie mit der Kehrwoche dran.« Die Wirtin trat aus dem Halbdunkel des Hausflurs. Offensichtlich war sie gerade beim Saubermachen. Neugierig grinste sie ihn an. »Treppe und Flur erst kehren, dann nass aufwischen! Ganz hinauf, bis oben in den vierten Stock. Kehrwisch und Kutterschaufel«, sagte sie, wobei sie auf den Handfeger und die Abfallschaufel hinwies, die auf einer gedeckelten Tonne in der Ecke lagen, »sind nicht bloß zum Anschauen da. Eimer samt Schrubber stell ich nachher neben die Tonne. Einen Putzlumpen müssen Sie sich selber besorgen.«

Sie stützte sich selbstbewusst mit dem rechten Ellbogen an der Wand ab. »Mehr ist nicht nötig, wenn sich alle Bewohner die Schuhe abtreten, bevor sie im Haus herumtappen.« Ein amüsiertes Lächeln entspannte ihr Gesicht. »Ich bin mir sicher, Sie werden sich an die Hausordnung halten.«

Während sie das sagte, deutete sie mit der linken Hand auf das gerahmte Schild neben ihrem Ellbogen. Die Miete habe der Freund bis Ende Januar im Voraus bezahlt. Reiche Eltern habe der, wohlhabende Bauern. Aber das wisse Herr Negele ja selber.

»Schwaben! Jetzt oder nie!«

Karl Negele hob den Kopf. Aufmerksam peilte er über den Ulmer Münsterplatz, aber den Rufer entdeckte er nicht.

Er vertiefte sich in seine Zeichnung, den Malblock auf den Knien, den Drehblei in der rechten Hand, den Radiergummi in der linken.

Hin und her, kreuz und quer hastete sein Stift übers Papier, kritzelte Zufälliges, Belangloses, Beiläufiges, Absichtsloses. Aus dem An- und Abschwellen der Formen entstand aus oberflächlich skizzierten Zylindern, Kugeln, Quadern das Baumaterial für Arme, Körper, Beine und Köpfe. Ganz nebenbei formte er Figuren und streichelte Bewegungen heraus.

In das Gewebe aus feinen Strichen dachte sich Negele Gestalten hinein. Er prüfte ihre anatomische Korrektheit, kontrollierte die Proportionen, schraffierte die Zwischenräume von außen an die Figuren heran. Dann legte er fest, aus welcher Richtung die Sonne seine erdachte Szene erleuchten sollte und radierte Licht und Schatten auf die Gesichter.

Zufrieden lehnte er sich zurück. Mit ausgestreckten Armen betrachtete er das Werk in seinen Händen. Marktszene, ein erster Entwurf.

Direkt vor ihm boten ein paar Bauersfrauen ihre Raritäten an. Kartoffeln, Kraut, Winterrettiche, Äpfel, dazu trockenes Brennholz. Sie hatten Kopftücher auf und warme Jacken an, trampelten vor Kälte aufs Pflaster, passten aber höllisch auf, dass kein Hungriger in ihre Säcke und Kisten griff. Viele Ulmer drückten sich mit knurrendem Magen an ihnen vorbei, wobei sie die Kostbarkeiten mit großen Augen verschlangen.

Er spürte, dass ihn eine der Bäuerinnen beobachtete. Schließlich sagte sie etwas zu ihrer Nachbarin, bevor sie auf ihn zukam.

»Darf ich's mir anschauen?«

Er drehte ihr den Malblock hin.

»Sie malen nicht das Münster?«

»Menschen sind wichtiger.«

Sie starrte auf die Zeichnung, dann musterte sie ihn lange. »Gefällt mir, wie Sie malen. Ihre Gesichter sind, wie wenn sie leben würden.«

Er lächelte sie an.

»Waren Sie im Krieg?«

Er nickte.

»Mein Sohn auch.« Ihre Augen wurden feucht. »Er kommt nicht mehr heim.«

Sie griff in ihre Jackentasche, holte ein Foto heraus und hielt es ihm hin. »Können Sie ihn malen?«

Er besah sich das Bild. Ein Jungengesicht mit wachen Augen lachte ihn an.

»Mein Gerhard ist in Flandern gefallen«, sagte sie leise. Mit erstickender Stimme setzte sie hinzu: »Im September 1916.«

Der Junge mit dem Milchgesicht trug die Uniform der Infanterie des Regiments Alt-Württemberg. Der hat sein Leben schon hinter sich, stellte Negele beklommen fest.

»Was brauchen Sie dazu?«

Er sah sie irritiert an.

»Fürs Malen, mein ich.«

»Ich bin ein paar Tage zu Besuch in Ulm«, sagte er. Deshalb fehlten ihm ein großer, weißer Malblock, außerdem Farben, wenn er das Porträt kolorieren solle.

»Kolorieren?«

»Wenn's farbig werden soll.«

Versonnen sah sie zu ihrem Stand hinüber.

»Seine Haarfarbe?«

Sie schaute ihn abwesend an. »Braun.« Nach einer kleinen Weile: »Braun waren auch seine Augen.« Sie schloss die Lider, als sie sagte: »Schöne rote Bäckchen hat mein Bub gekriegt, wenn er sich gefreut hat.«

Negele drehte das sepiabraune Foto im ovalen Passepartout in seiner Hand hin und her.

Sie fragte, was es denn kosten werde. Als er um Papier und Farben bat, versprach sie, alles zu besorgen. Wenn er morgen um diese Zeit wiederkomme, gebe sie es ihm.

Ob er bis dahin das Foto behalten dürfe?

Ja, sagte sie zögernd, sie vertraue ihm.

Sie ging zurück an ihren Stand, ohne sich umzudrehen.

An den rechten Rand der Marktszene setzte er ein Quadrat. Da hinein suchte er kritzelnd mit seinem Stift nach Maß, Form und Ausdruck in dem fremden, jungen Gesicht.

Die ersten Schneeflocken nässten seinen Block. Er steckte sein Zeichenzeug in die Jackentasche. Dann klopfte er sich den Mantel sauber, stieg die Münstertreppen hinab und spähte in alle Richtungen.

Ein Einarmiger, halb erfroren, stand wie ein Eisblock im Strom der Menschen. Zwei Schilder, seitlich zusammengebunden, hingen um seinen Hals. Vorn und hinten war zu lesen: *Kaffeehaus zum Hirsch – täglich ab 8 Uhr abends – eine russische Kapelle spielt zum Mitsingen die neuesten Gassenhauer.*

Negele blickte hinauf zur Tanne vor dem Münster, die vom Christfest übrig war. Nach vier Jahren Krieg schwiegen endlich die Waffen.

Ihm fiel ein, was sein Leutnant an Heiligabend im Schützengraben gesagt hatte, vor einem Jahr, im Dezember 1917, im dichten Schneetreiben, die Stiefel im Schlamm: Jetzt wisse er, warum es Schlachtfeld heißt und nicht Kampfplatz. Schlacht komme von schlachten, hatte er gallenbitter gesagt, von töten, abstechen, erschlagen, erschießen, niedermetzeln, vergasen, krepieren. Kaiser Wilhelm, von vielen Soldaten gehasst, hatte endlich abgedankt, König Wilhelm, von seinen Württembergern geliebt, leider auch.

»Schwaben! Jetzt oder nie!«

Es lag ein geschäftiges Klappern und Plappern über dem Platz, nicht fröhlich, aber gewiss auch nicht mehr so bedrückt wie vor ein paar Wochen.

Überall lungerten junge Männer herum, viele noch in Uniform, gerade aus der Armee entlassen, die meisten arbeitslos.

Zwei hatten sich vor einem Wäscheladen untergestellt. Sie drückten den Passanten Zettel in die Hand.

»Der Weg ist frei!«, schrie der Kleinere. »Schwaben muss selbstständig werden!«

Eine Jammergestalt, keine zwanzig, das rechte Bein fehlte, lehnte an einer Säule. Der Einbeinige sah Negele flehend in die Augen. »Kamerad, eine kleine Spende«, bat er leise.

Negele rief sich zur Ordnung: Nicht in Schwermut verfallen, mein lieber Karl. Halt dich grade, dir fehlt gar nichts. Du musst bloß dein Leben neu organisieren, deine Angst besiegen, die nächtlichen Alpträume überwinden. Ein bisschen mehr Zuversicht, eine große Prise Mut, vor allem viel Gleichmut, sonst erträgst du's nicht.

Er warf eine Münze in die Mütze am Boden.

»Die Monarchie ist am Ende! Schwaben, jetzt oder nie!«, hallte es über den Platz.

Karl Negele ging ein paar Schritte. Er blieb einen Moment unschlüssig stehen. Dann zottelte er auf die beiden zu, während sie ihre Parolen herausschrien.

»Kamerad«, sprach ihn der Größere im Vorbeigehen an, »warst auch im Krieg?«

»Ja, bei den Württembergern.«

Der große Blonde stockte, drehte sich zu Negele um. »Du auch?« Er musterte ihn freundlich. »In welcher Division?«

»Sechsundzwanzigste.«

»Soso, bei den Stuttgartern.« Er lachte. »Ich war bei den Siebenundzwanzigern.«

»Ah, bei den Ulmern. Immer an der Westfront?«

»Ja, und du?«

»Erst Westfront, dann Serbien, zum Schluss Tiroler Alpen und Friaul.«

»Komm zu uns, Kamerad. Hast es doch selber erlebt. Wo die Württemberger waren, da hat die Front gehalten. Wer hatte die größten Verluste? Wir Württemberger! Wir waren die Helden im Krieg und sollen jetzt wieder die Deppen sein?« Der Fremde gab Negele ein Flugblatt. »Wir dürfen uns nicht mehr von den Preußen herumkommandieren lassen.«

Negele überflog das beidseitig bedruckte Papier. Die Überschrift lautete: *Schwaben. Jetzt oder nie mehr.*

Der Mann neben ihm schrie seine Parolen über den Münsterplatz: »Der Weg ist frei für ein starkes Schwaben! Jetzt oder nie!«

Er wandte sich erneut an Negele: »Jeden Freitag triffst du uns um sieben im Kornhaus. Komm!«

»Wo?«

»Im Kornhaus! In der Hafengasse.« Er deutete mit dem Kinn in die Richtung. »Nicht weit von hier.« Sanft warb er: »Komm zu uns.«

Negele tippte sich mit dem rechten Zeigefinger dahin, wo vier Jahre lang Mütze oder Helm saßen, ehe er zur Kohlgasse weiterging.

In der Weinstube Bäumle gab es viel Platz. Am Tisch vor dem Ausschank saß eine Schwarzgekleidete mit weißer Schürze zwischen zwei jungen Männern, dem Haarschnitt und der Kleidung nach entlassene Soldaten, die rauchten, Bier tranken und die Zeit totschlugen.

Die Schwarze blickte überrascht auf, lächelte Negele einladend an. Schnell erhob sie sich.

Er setzte sich ans Fenster. Sie folgte ihm, und er bat um einen Württemberger Trollinger.

Ein unangenehmer Geruch hing in der Luft, muffig nach abgestandenem Zigarettenrauch, verbrannt vom schwelenden Holz im Kanonenofen hinter der Tür.

Schnuppernd sah er sich neugierig um, nahm den geschrubbten Dielenboden wahr, die sauberen Eichentische, die schwere Schankplatte, dahinter die Durchreiche zur Küche, die vergilbten Gardinen vor den Flügelfenstern. Auf der mit Reben, Ranken und Trauben verzierten Tapete an der gegenüberliegenden Wand waren die besten Weinjahrgänge mit großen, farbigen Jahreszahlen aufgemalt, in Jugendstilmanier von Blättern eingefasst.

An der Tür zum Nebenzimmer stand ein Klavier. Leise leierte es Märsche herunter, ohne Pianist, denn unter der Tastatur war ein Phonola, ein auf Automatikbetrieb umschaltbares Elektrogerät. So sanft wirkte die Musik eher einschläfernd und zwang die müden Knochen nicht zum Gleichschritt.

Ein paar ältere Männer, Rentner und Arbeitslose, hockten im dämmrigen Teil des Raumes schweigend vor ihren Gläsern und brüteten in den Tag hinein.

Am Nebentisch saß ein nachdenklicher Zeitgenosse in braunem Kittel und kragenlosem Hemd. Die Hände um sein Weinglas geschlossen, sinnierte er zum Fenster hinaus.

Negele legte das Flugblatt auf den Tisch und las.

Wir sind Deutsche, wir sind Schwaben, wir sind Ulmer. Gewiss würde es zur Bewahrung und zur Blüte schwäbischen Volkslebens auf schöner Schwabenerde nicht unbedingt eines besonderen schwäbischen Bundesstaates bedürfen, aber wir müssen den Wert eines solchen hoch einschätzen, und wir empfinden es bitter, dass gerade der schwäbische Stamm im Laufe vieler, vieler Jahrhunderte immer mehr politisch auseinandergefallen ist.

Die Serviererin brachte ihm den Trollinger im Henkelglas: »Wohl bekomm's!«

Karl Negele dankte, nahm einen Schluck, ehe er sich wieder in die Flugschrift vertiefte.

Jetzt aber ist die Bahn frei, man darf wohl beisetzen: jetzt oder nie mehr. Als unser gutherziger König Wilhelm II. von Württemberg die Krone niederlegte, sprach er es aus, dass er kein Hindernis für eine freie Entwicklung sein wolle. Auch das badische Fürstenhaus hat abgedankt. Hohenzollern und die kleineren Enklaven im württembergischen und badischen Oberland, alles durchaus schwäbischer Boden, denken nicht mehr an ein Sonderdasein in der bisherigen Weise.

»Was halten Sie davon?«

Negele blickte erschrocken auf.

»Oh, verzeihen Sie«, sagte der Mann am Nebentisch, »das wollte ich nicht.« Er hob sein Glas: »Prost!«

Negele lachte, denn der Automat klimperte gerade *Preußens Gloria*, als würde er sich über die Schwaben lustig machen.

Negele prostete zurück. »Ich hab erst die Vorderseite gelesen. Aber es klingt gut.«

»Das *klingt* nicht nur gut, das *ist* gut.« Der Mann vom Nebentisch nahm sein Glas und stand auf. »Sie gestatten?« Er trat vor Negeles Tisch.

»Bitte.«

Der Fremde setzte sich Negele gegenüber. »Richard Mooser«, sagte er, hob sein Glas und prostete dem jungen Mann zu.

Mooser war mittelgroß, untersetzt, stiernackig, mit dichten, grauen Haaren und blutunterlaufenen Augen.

»Karl Negele.«

»Haben Sie gedient?«

»Infanterie-Regiment Alt-Württemberg.«

Mooser nickte beifällig. Nervös fuhr er sich in den Kragen. »Gott sei Dank ist der Krieg vorbei. Zum Glück war ich zu alt, sonst …« Er winkte ab. »Aber früher! Da war ich ein schneidiger Kerl, ein Dragoner im Regiment Königin Olga.«

»Auch ein Ludwigsburger«, sagte Negele, »freut mich, Herr Mooser.«

»Kannst Richard zu mir sagen. Weißt, Karl, wir Schwaben müssen zusammenhalten.« Er rückte näher an den Tisch heran, sah sich kurz um: »Unser König Wilhelm hat keinen Krieg gewollt.« Etwas leiser: »Da hinten«, er deutete mit einer winzigen Geste seines linken Daumens hinter sich, »da haben sich ein paar von vorgestern verschanzt.« Er stieß ein gedämpftes, ironisches Lachen aus. »Das Bäumle ist ihr Schützengraben. Jetzt pennen sie, aber wenn sie wieder wach sind, dann schwärmen sie mit glänzenden Augen vom Kommiss und vom preußischen Drill. Für die ist der Krieg ein aufregendes Abenteuer, von dem sie nicht genug kriegen können.«

»Hast recht, Richard. Am 5. August 14, einen Tag, bevor wir nach Flandern ausgerückt sind, war König Wilhelm bei uns im Kasernenhof in Ludwigsburg. Keine Meldung vorher. Plötzlich war er da, mitten unter uns. Wir haben antreten müssen. Er hat uns herzlich verabschiedet.« Negele vergewisserte sich mit einem Blick, dass ihm Mooser zuhörte. »Tränen hat er in den Augen gehabt. Er wisse, was uns bevorstehe, deshalb mache er sich Vorwürfe, dass er es nicht verhindert habe.« Negele bekam feuchte Augen. »Kein Jubel, wie in den Zeitungen stand, sondern ernste, bedrückte Stimmung. Da haben wir ihm sein Lieblingslied gesungen: *Es löscht das Meer die Sonne aus.* Da hat er geheult. Rotz und Wasser hat er geheult, unser König.«

Mooser schwieg.

Negele drehte versonnen sein Henkelglas. »Wenn der was zu sagen gehabt hätte.«

»Darum müssen wir jetzt unseren eigenen Verein aufmachen, Karl. Der Martinus hat recht.«

»Wer?«

»Doktor Karl Martinus, der das da geschrieben hat.« Mooser deutete auf das Flugblatt. Nervös steckte er den rechten Zeigefinger in seinen Kragen.

»Aber da steht doch … «, Negele suchte die Stelle mit dem Zeigefinger, »… Doktor Karl Markirt.«

»Das ist nicht sein richtiger Name. Ich kenne den Doktor Martinus gut. Er ist Lateinschulrektor. Hier in Ulm.« Mooser wiegte anerkennend den Kopf. »Der kennt sich aus in unserer Geschichte.«

»Was will dieser Martinus?«

»Dass sich alle Schwaben zusammentun, die Badener, Württemberger, Hohenzollern. Alle, die schwäbische Wurzeln haben. Gemeinsam sind wir stark!« Mooser beugte sich verschwörerisch über den Tisch: »Schwaben und Alemannen sind zwei Namen, aber ein Stamm, sagt Martinus. Man könnte das neue Land auch Alemannien heißen.«

Negele runzelte die Stirn. »Die Preußen werden uns was husten.«

»Wegen Hohenzollern?«

Negele nickte.

»Die sollen's Maul halten. Hohenzollern haben die erst vor siebzig Jahren eingesackt. Aber die Bayern werden aufheulen.«

»Die? Warum?«

»Martinus meint, dass Neu-Ulm, Augsburg und Neuburg auch zu Schwaben oder Alemannien gehören.«

Negele lachte. »Zweifrontenkrieg! Kommt mir bekannt vor. Den hat noch keiner gewonnen.«

»Die Schwaben in Bayern wollen von sich aus zu uns.«

»Was?«, staunte Negele.

»Doch!«

Negele schüttelte ungläubig den Kopf.

»Kannst mir's glauben.« Mooser trank einen Schluck.

Sie hingen ein Weilchen ihren Gedanken nach.

»Was schaffst du, Karl?«

»Arbeitslos. Ich bin erst am Tag vor Weihnachten aus der Armee entlassen worden.«

»Was hast du gelernt?«

»Schriftsetzer.«

Mooser grinste übers ganze Gesicht. »Wo?«

»In Bietigheim, beim *Enz- und Metter-Boten.*«

»Ich bin auch Schriftsetzer.«

Negele riss die Augen auf. »Wo warst du in der Lehre?«

»Ich bin aus Besigheim. Beim *Neckar- und Enz-Boten* hab ich gelernt. Der *Beobachter* hat mich leider nicht genommen.«

»*Beobachter?*«

»Ja, war mal eine berühmte Zeitung.«

»Kenn ich nicht.«

»Scharf, witzig, angriffslustig war die. Ist aber letztes Jahr eingestellt worden.«

»Ein Besigheimer Blättle?«

Mooser lachte. »Von wegen, Blättle! Der *Beobachter* war fast hundert Jahre lang die wichtigste Oppositionszeitung im Königreich Württemberg.«

»Wo gedruckt?«

»In Stuttgart.«

»Du wolltest nach Stuttgart in die Lehre? Wie bist du denn auf die Idee gekommen?«

»Über meinen Großvater. Aber das ist eine lange Geschichte.« Mooser winkte ab.

»Die haben dich nicht genommen?«

Mooser legte die gefalteten Hände auf den Tisch. »Von Besigheim bin ich zur *Ludwigsburger Zeitung*. Zehn Jahre war ich dort. Jetzt schaff ich bei der *Ulmer Zeitung*, weil meine Frau aus Blaubeuren ist.« Er deutete auf das Flugblatt. »Das hab ich gesetzt. Der Martinus hat mir den Text direkt in die Maschine diktiert.«

»Hat's pressiert?«

Mooser sah Negele lächelnd an.

»Hast du heute Spätschicht?«

Mooser schnaubte, dann kniff er plötzlich die Augen zusammen. »Soll ich«, er streckte den Kopf nach vorn, wobei er Negele durchdringend ansah, »bei meiner Zeitung fragen, ob wir einen Schriftsetzer brauchen?«

»Vergelt's Gott, hat mein Leutnant aus dem Allgäu immer gesagt.«

»Komm morgen um sieben ins Kornhaus in der Hafengasse. Doktor Martinus hält einen Vortrag über Großschwaben. Ich bin auch da. Dort sag ich dir, ob du bei unserer Zeitung schaffen kannst.«

Das elektrische Klavier hackte den Radetzkymarsch.

Der Saal war überfüllt. Draußen schneite es. Drinnen glühten die Öfen und glänzten die Gesichter.

Schon eine Viertelstunde vor sieben war kein Stuhl mehr frei. Ein Geruch nach Mottenkugeln, Bier, Tabak und nassen Kleidern hing über den Tischen. Dicke Schwaden wälzten sich unter der Decke, von der Deckenlampe durchleuchtet wie Wolken am Abendhimmel. Aus vielen Zigarren, Zigaretten, einigen Pfeifen kräuselte Rauch.

Das Mandolinenorchester neben der Bühne spielte *Heinerle, Heinerle, hab kein Geld.*

Die helle Musik tanzte über die Köpfe der Leute hinweg. Sie kontrastierte fröhlich zu den dumpfen Tönen, die von den Tischen aufstiegen. Die Leute schwatzten, schnatterten und tratschten. Kaum einer beachtete einen der hellen, lustigen Töne der Mandolinen.

Die Erregung wuchs. Es galt Bier- und Weinzwang. Manche hatten schon einen in der Krone. Die Lage war zwar hoffnungslos, aber die Stimmung war prächtig.

Endlich, Viertel nach sieben, stieg ein grauhaariger Herr mit Backenbart, schwarzem Anzug, dunkelgrauer Weste, behände aufs Podest. Er zog eine Taschenuhr aus der Weste. Der Uhrendeckel schnappte auf, er warf einen demonstrativen Blick auf das Zifferblatt, dann hob er die Hand.

Das Tremolo der letzten Akkorde verklang.

Dirigent und Redner verneigten sich gleichzeitig.

Höflicher Beifall.

»Verehrte Gäste! Erlauben Sie mir, dass ich zuerst unseren Musikern danke. Ich begrüße Sie alle aufs Herzlichste zur heutigen Versammlung. Mein besonderer Gruß gilt den anwesenden Damen, denen unsere neue Republik hoffentlich bald die volle Gleichberechtigung gewähren wird.«

Beifall, vorne heftig, hinten eher gedämpft. Es war rappelig im Saal.

»Ruhe!« brüllte einer aus der letzten Reihe.

Der Lärm ebbte ab. Es wurde still.

»Mein Name ist Doktor Karl Martinus. Ich bin der Verfasser der Flugschrift, die Sie gewiss gelesen haben.«

Bravorufe.

»Reden wir nicht lange um den heißen Brei herum, meine Damen und Herren. Wir wollen ein geeintes Schwaben. Jetzt oder nie! Die Wege dorthin sind frei. Der preußische Adler kreist nicht mehr über uns. Er beäugt uns nicht mehr argwöhnisch von oben herab. Nein! Der preußische Adler ist abgestürzt. Zerzaust duckt er sich in die Ecke. Wir sind frei, auf uns gestellt. Wir müssen uns selber helfen. Wir wollen das. Und wir können es auch. Wir Schwaben waren einmal ein mächtiger Stamm im Deutschen Reich. Wir Schwaben trugen früher die Reichssturmfahne voraus. Jetzt hinken wir hinterdrein wie die Fußkranken.«

Atemlose Stille im ganzen Saal.

Martinus, ein geschickter und geübter Redner, entführte seine Zuhörer in die Geschichte, erzählte von einstiger Größe unter den Staufern, Welfen und Zähringern. Er beklagte den Zerfall des schwäbischen Stammes. Voller Verachtung sprach er vom Geschachere der Fürsten seit dem Mittelalter.

Vor zweihundert Jahren habe das schwäbisch-alemannische Gebiet wie eine Farbenschachtel ausgesehen. Bonaparte habe sich das zunutze gemacht. Die süddeutschen Dynastien im 19. Jahrhundert seien Kronen von Napoleons Gnaden gewesen, volksfremde Gebilde ohne Achtung vor der geschichtlichen Zugehörigkeit. Das Kapitel sei aber jetzt zu Ende.

»Der Weg zu alter Einheit und Stärke ist frei!«, endete Martinus, grüßte beidhändig ins Publikum und verneigte sich.

Tosender Beifall. Die Zuhörer vor dem Podest erhoben sich, dann die in den nächsten Reihen, zum Schluss standen alle applaudierend auf.

Der Dirigent hob den Taktstock. Die Mandolinen zupften und zitterten *Und der Himmel hängt voller Geigen.*

Richard Mooser war zu spät gekommen. Unter der Tür hatte er stehend der Rede gelauscht. Jetzt lehnte er sich an den Türpfosten und reckte den Hals. Mit den Augen kämmte er das Publikum durch, entdeckte Negele und schlängelte sich an den besetzten Tischen vorbei zu ihm hin.

»Grüß Gott, Karl. Kannst am Dienstag bei uns anfangen, wenn du Papiere hast.«

Negele strahlte Mooser an. »Warum gerade am Dienstag?«

»Am Montag ist Feiertag. Neujahr.«

Mooser sah sich suchend um. Nebenbei fragte er: »Hast du Papiere?«

»Klar.«

Mooser grüßte einen großen, strohblonden Mann am Nebentisch und fragte, auf einen Stuhl deutend, ob der frei sei. Der Mann nickte, ehe Mooser den Stuhl zu sich heranzog.

»Dann komm am Samstag zu uns ins Büro«, sagte Mooser, während er sich, die Hand auf Negeles Schulter gestützt, neben seinen künftigen Kollegen setzte, sich nervös in den Kragen fuhr, bevor er ein Streitgespräch anzettelte.

Beidhändig legte er den Tischgenossen das Gehörte aus. Mit Händen und Füßen stritt er für Großschwaben. Jetzt sei der Weg frei zu einem neuen Deutschland auf stammesgeschichtlicher Grundlage. Ein vereintes Schwaben oder Alemannien dürfe man nicht mit Württemberg oder Baden gleichsetzen. Schwäbisch sei nur ein anderes Wort für alemannisch. Zum historischen Schwaben gehörten das Elsass, die deutsche Schweiz, Vorarlberg, Liechtenstein, Baden mit Ausnahme der nördlichen Landesteile, Hohenzollern, Württemberg, zu guter Letzt auch das bayerische Schwaben und Neuburg. Das sei ein reich gesegnetes Land mit mehr als neun Millionen Menschen. Die Schweizer hätten sich einen eigenen Staat erkämpft, während die Elsässer als Grenzbewohner zwischen Deutschen und Franzosen viel erdulden mussten. Deshalb sei es angebracht, beide Regionen zunächst in Ruhe zu lassen. Aber in Baden, Württemberg, Hohenzollern und in den übrigen schwäbischen Anrainergebieten sollten sich die Menschen in freier Selbstbestimmung zu Großschwaben bekennen dürfen.

In der Aula der Lateinschule saßen etwa hundert Menschen zusammen, achtzig Männer und zwanzig Frauen. Sie berieten, ob sie einen Verein gründen sollten.

Doktor Karl Martinus, angesehener Bürger der ehemaligen Reichsstadt Ulm und Rektor ebendieser altehrwürdigen Lehranstalt, führte nicht nur den Vorsitz, sondern auch das große Wort, denn er hatte zu dem Treffen eingeladen.

»Am liebsten«, fiel Martinus gleich mit der Tür ins Haus, »wäre mir ein großes und starkes Großschwaben, in den Grenzen des einst mächtigen Herzogtums Schwaben.«

Gelächter in der hintersten Reihe.

Martinus verdrehte kurz die Augen, dann fing er sich wieder, nahm seine Widersacher ins Visier, bevor er seine Idee breiter vortrug als geplant.

»Wir Schwaben müssen zusammenhalten«, beschwor er seine Zuhörer. Im Kern sei Großschwaben das Land vom Rhein bis an den Lech, von der Tauber bis in die Alpen. Überall da höre man die alten schwäbischen Laute in allen Tönen. Ferner das gesamte Elsass, wo die Schwaben im Mittelalter trutzige Burgen, Schlösser und Klöster gegen die Lothringer errichtet hätten. Dazu jene Gebiete, die sich die Bayern unter den Nagel gerissen hätten, die Gegenden um Nördlingen, Donauwörth, Augsburg, Kempten, Füssen bis hinunter zum Fernpass. Nicht zu vergessen das gesamte Vorarlberg, ein uraltes schwäbisches Territorium. Schließlich das ehemalige Rätien bis hinauf zum Gotthard, Graubünden, der Thurgau, der Zürichgau. Der Bodensee sei ja bekanntlich einst der Mittelpunkt des Herzogtums Schwaben gewesen, nicht die südliche Grenze.

Erheiterung jetzt auch in den vorderen Reihen, Murren und Getuschel in den hinteren.

»Was ist mit den Donauschwaben, die auf Ulmer Schachteln ins Banat, in die Batschka, nach Bessarabien auswanderten?«, platzte ein älterer Herr heraus. »Dann gehört der halbe Balkan ja auch zu uns.«

Martinus starrte den Zwischenrufer ungläubig an, erstaunt, verwirrt. Ganz gegen seine Art schwieg er.

»Was ist mit Preußen?«, rief ein anderer. »Die preußischen Könige stammen immerhin aus dem schwäbischen Hohenzollern.«

»In Amerika gibt's noch viel mehr Schwaben«, höhnte ein Dritter. Er wollte sich ausschütten vor Lachen.

Statt stolz zu sein auf den mächtigen Stamm der Schwaben, wies Martinus die Widerspenstigen zurecht, säßen hier ein paar Ignoranten, jawohl, Ignoranten, wiederholte er zornig, als sich Widerspruch regte, säßen hier und wetzten die Messer.

Zwei Männer standen schimpfend auf: »Größenwahnsinnig! Hirnrissig!« Kopfschüttelnd verließen sie den Saal.

Wütend, erregt, aber auch erleichtert, denn die ärgsten Widerborste war er los, wies Martinus mit erhobenem Zeigefinger darauf hin, dass sein Flugblatt in wenigen Tagen die vierte Auflage erreicht habe und täglich reißenden Absatz finde. Das zeige überdeutlich, dass Großschwaben von vielen Bürgern begrüßt und gewollt werde.

Er zog ein Bündel Zeitungen aus seiner Aktentasche. Die habe man ihm in den letzten Tagen zugesandt oder zugesteckt. Wer die durchlese, der komme unweigerlich zum Schluss, dass Schwaben mehr sei als die Region um Stuttgart oder das ehemalige Königreich Württemberg. Auch die angrenzenden Landstriche gehörten dazu. Deshalb trage seine Idee zu Recht den Namen Großschwaben, allen Anfeindungen zum Trotz.

Er faltete die oberste Zeitung auseinander, während seine Hände zitterten. Gereizt glitt er mit ausgestrecktem Zeigefinger und flatterndem Blick die Spalten entlang, nahm eine Seite zur Hand, wobei er befreit aufatmete: »Ah, hier steht's! Der *Würzburger General-Anzeiger* vom vergangenen Montag schreibt auf der ersten Seite: *Es sind in Württemberg und Baden starke Strömungen dafür vorhanden, diese beiden Länder miteinander zu verschmelzen. Die Abgeordneten dieser beiden Länder aus allen Parteien sind bereits miteinander in Fühlung getreten. Sie sollen sich mit ganz geringen Ausnahmen mit der Verschmelzung einverstanden erklärt haben, unter der badischen Bedingung, dass der Hauptstadt Karlsruhe auch in dem neuen Staat eine ihrer Bedeutung entsprechende Stellung eingeräumt wird. Eine solche alemannisch-schwäbische Republik dürfte ohne Zweifel eine starke Anziehungskraft auch auf die bayerische Pfalz ausüben und auf das bayerische Schwaben.*«

Er nahm die nächste Zeitung vom Stapel. Ohne daraus vorzulesen berichtete er, der *Bayerische Staatsanzeiger* warne vor *»verderblicher Agitation«* jener Schwaben und Franken im Freistaat Bayern, die Stimmung gegen Altbayern machten.

Hastig blätterte er den Stapel durch. Dann zog er triumphierend eine einzelne Zeitungsseite heraus. »Was die *Augsburger Postzeitung* schreibt, darf ich Ihnen keinesfalls vorenthalten.« Er räusperte sich, bevor er vorlas: »*Wie gemeldet, macht sich in ganz Bayerisch-Schwaben immer mehr eine Bewegung geltend, die die Angliederung von Schwaben an Württemberg verlangt. Nachdem zuerst aus Memmingen und aus Nördlingen derartige Wünsche beziehungsweise Bestrebungen berichtet wurden, tritt nun Neu-Ulm auf den Plan. Der Neu-Ulmer Anzeiger tritt offen für die Angliederung an Württemberg ein. Wie wir erfahren, machen sich die gleichen Bestrebungen in den schwäbischen Städten Günzburg, Dillingen, Lauingen wie auch in Kempten (Allgäu) bemerkbar.*«

Jeder im Saal, der klar denken könne, müsse doch zugeben – Martinus wurde ruhiger, während er die Zeitungen zur Seite legte – dass Großschwaben keine hirnverbrannte Idee sei, sondern genau das, was die Schwaben selber wollten. Alle bestehenden Länder im Süden Deutschlands entstammten jener Zeit, als Fürstenkongresse Länder und Völker verschacherten. Das könne, nein, das müsse man jetzt ändern.

Wieder kochte der Ärger in ihm hoch, während er, wild gestikulierend, vor Besserwissern, Miesmachern und Schwarzsehern warnte. Gewiss habe nach dem verheerenden Krieg fast jede Familie einen Toten zu beklagen. Zweifellos drücke große Not, seien Nahrungsmittel und Brennholz knapp. Trotzdem dürfe man mit der Gründung Großschwabens nicht warten, bis das Ärgste überwunden sei. Denn dann sei bei vielen der Schwung vorbei, fehle der Mumm, den politischen Wandel zu schaffen. Träge hockten sie zuhause herum, schwätzten dem Teufel die Ohrlappen weg, warteten in Wahrheit jedoch darauf, was ihnen die Regierung einblase.

»Hören Sie nicht auf die Kritiker«, schloss er die ungewollt langatmige Begrüßung und kraulte erstmals an diesem Abend zufrieden seinen Backenbart. »Es gibt genug Leute, die behaupten, es sei schwierig, ja vielleicht unmöglich, Großschwaben zu gründen.«

Pathetisch, die Hände erhoben wie ein segnender Priester, rief er aus: »Unsere historische Chance ist da! Also lasset uns rasch einen Verein gründen!«

Langes Schweigen im Saal. Zu guter Letzt meldete sich ein etwa Vierzigjähriger in der dritten Reihe: »Gewiss interessieren sich die Leute für unsere Sache«, räsonierte er, »aber muss es gleich ein Verein sein?«

»Was dann?«, fragte Martinus irritiert zurück.

»Es genügt, wenn wir einen Ausschuss bilden, der aus Ihrer Idee ein Programm macht. Wir wollen ja nicht bloß für ein paar Ulmer predigen, sondern viele Menschen in ganz Schwaben für uns gewinnen. Also brauchen wir zuerst ein Programm, das die Leute aufrüttelt, sie begeistert und zum Mitmachen ermutigt.«

»Soso.« Martinus runzelte die Stirn. »Was soll nach Ihrer Meinung in dem Programm stehen?«

»Unsere Ziele«, sagte der glattrasierte Mann nachsichtig, der im Gegensatz zum fülligen Sitzungsleiter schlank und modisch gekleidet war.

»Aber die habe ich schon benannt.« Martinus sah den Redner empört an.

»Sie haben uns Großschwaben in den herrlichsten Farben geschildert. Über wichtige Details haben Sie allerdings kein Wort verloren.«

»Zum Beispiel?«

»Die Gebietsansprüche haben sie ganz schön weit gesteckt. Muss es denn gleich ein großschwäbisches Reich werden?«

Martinus lehnte sich zurück. Er hatte ein überhebliches Lächeln im Gesicht.

Der Mann, der eine unklare Mischung aus Hochdeutsch und süddeutscher Mundart sprach, ließ sich davon nicht beeindrucken. »Ich zum Beispiel bin für eine kleinere Lösung.«

»Kleinere Lösung? Gestehen Sie's doch ein, dass Sie ein kleinschwäbisches Ländle meinen!«, höhnte Martinus. »Wenn ich das höre!«

»Baden, Hohenzollern und Württemberg, das reicht für den Anfang. Außerdem müssen wir alles, was unseren neuen demokratischen Freistaat ausmachen soll, genau beschreiben: Volksvertretung, Regierung, Landesbehörden. Auch strittige Details wie die geplante Hauptstadt des neuen Staates, seine Flagge und seine Hymne.« Der Unbekannte fixierte Martinus mit den Augen. »Dringend müssen Sie sich, müssen wir alle uns der heikelsten Frage stellen: Soll Schwaben oder Großschwaben, wie Sie es nennen, ein eigener Staat werden oder ein Teil von Deutschland bleiben?«

Beifall von fast allen Seiten, dazwischen ein empörtes Gemurmel.

»Sehen Sie, da haben wir nach den fraglichen Landesgrenzen bereits den zweiten Streitpunkt.« Der Glattrasierte warf Martinus einen belustigten Blick zu und hob die Hand. »Also brauchen wir, wie ich bereits sagte, dringend ein Programm. Erst müssen wir selber wissen, was wir wollen. Dann sollten wir festlegen, wer bei uns mitmachen darf, wie man uns finanziell unterstützen kann. Ganz zum Schluss, wenn wir uns einig sind, vor allem mehr Mitstreiter gewonnen haben, können wir meinetwegen auch einen Verein gründen.«

»Gell, Sie sind Jurist.« Martinus sagte es anklagend, fast ironisch. Beifall heischend sah er an dem Mann vorbei ins Publikum.

»Ja, Rechtsanwalt. Warum?«

Manche Zuhörer lachten.

Dennoch stimmten viele dem Juristen zu. Das verwirrte Martinus und brachte ihn für eine Weile zum Schweigen.

Durch Zuruf verständigte man sich, den Vorschlag des Rechtsanwalts anzunehmen.

»Aber unser neuer Ausschuss braucht einen schönen Namen«, warf die Frau ein, die mit Martinus gekommen war.

»Schwabenkomitee«, schlug Richard Mooser vor.

Schwabenkomitee! Der Name zündete. Mit Handzeichen beschloss man einstimmig, einen Bürgerausschuss mit diesem programmatischen Namen zu bilden.

Der Jurist zog ein paar Blatt Papier aus seiner Aktentasche, faltete sie, zerriss sie in kleine Zettel, bevor er diese an alle Anwesenden verteilte.

Martinus saß da wie ein begossener Pudel. Verärgert biss er sich auf die Lippen.

»Wenn wir eine demokratische Bürgerbewegung werden wollen, dann müssen wir mit gutem Beispiel vorangehen«, sagte der Glattrasierte beim Herumgehen, während Martinus eisern schwieg. »Ich schlage vor, wir wählen einen Vorsitzenden, einen Stellvertreter, einen Schriftführer und einen Kassenwart.«

Man kam überein, Leute zu wählen, die in der Öffentlichkeit bekannt waren oder für die Öffentlichkeit arbeiteten. So könne man auf stärkeren Anklang in ganz Schwaben hoffen.

»Würde uns der Herr Rechtsanwalt seinen Namen verraten?«, wandte sich einer aus den hinteren Reihen an den Juristen.

»Willy Westwald.«

Martinus war beleidigt. Missmutig sah er dem Treiben zu und zupfte seine Barthaare.

Westwalds Vorschlag fiel auf fruchtbaren Boden. Man wählte Martinus zum Vorsitzenden, den Rechtsanwalt aber, zum Ärger des Hausherrn, zum Stellvertreter und Schriftführer. Kassenwart wurde Richard Mooser, der sich über die neue Aufgabe freute wie ein Schneekönig.

Damit die Idee von einem großschwäbischen Staat so schnell wie möglich im deutschen Südwesten bekannt werde, beschloss man, ab sofort eine Monatszeitschrift herauszugeben mit dem Titel *Großschwaben*.

Mooser wurde aufgefordert, umgehend bei der Gewerbebank Ulm ein Konto für das Schwabenkomitee einzurichten.

Lange diskutierte man, wer Mitglied beim Schwabenkomitee werden könne. Schließlich einigte man sich auf Personen über achtzehn Jahren sowie Firmen, Gemeinden und Körperschaften.

In der ersten Ausgabe der Zeitschrift, die man kostenlos verteilen müsse, solle der Vorstand die Leser auffordern, dem Schwabenkomitee beizutreten und Ortsgruppen zu gründen.

»Beim Kassenwart Mooser«, meldete sich Martinus erneut zu Wort, »kann man ab sofort dem Schwabenkomitee beitreten.«

Er hatte sich einen anderen Verlauf der Sitzung gewünscht, fügte sich aber um der Sache willen.

»Greifen Sie zu!« Richard Moosers Frau hielt ihm die Schüssel mit Pellkartoffeln hin. »Bitte!«

Negele dankte. Er nahm mit seiner Gabel drei kleine Kartoffeln, schälte sie und zerkleinerte sie mit der Gabel. Zum Salat aus Winterrettichen und zum gedünsteten Brennnesselgemüse schmeckten sie gut.

Mooser hob sein Bierglas und prostete seinem Gast zu. Er freue sich, dass sein neuer Arbeitskamerad ihn besuche.

Moosers Frau fragte Negele viel. Wo er im Krieg gewesen sei. Ob man an der Front immer genug zu essen hatte, wie man den Sonntag im Schützengraben verbracht habe, ob auch schöne Tage dabei gewesen seien. Sie hörte genau hin, mit schief gelegtem Kopf, bis sie zögernd und leise fragte, wo Longuyon liege und ob Negele schon einmal dort gewesen sei.

Während Mooser stumm am Tisch saß und auf seinen Teller stierte, beantwortete Negele alle Fragen nach bestem Wissen und Gewissen.

Plötzlich stand die Gastgeberin auf, faltete ihre Serviette zusammen. Wortlos verließ sie das Zimmer, großen Kummer ins Gesicht geschrieben, den Kopf gesenkt, die Serviette auf die Lippen gepresst, als müsse sie sich übergeben oder wolle sich daran hindern, etwas zu sagen.

Negele sah ihr mit vielen Fragezeichen hinterher. Dann bemerkte er die Gabel, die er gerade zum Mund führen wollte. Irritiert legte er sie auf den Teller zurück. Verwirrt sah er Mooser an.

»Unser Einziger ist bei Longuyon gefallen«, sagte der alte Schriftsetzer kraftlos, »im Oktober 14.« Er schluckte. »Darüber kommt sie nicht hinweg.« Ohne aufzublicken murmelte er: »Ich auch nicht.«

Schweigend aßen die zwei Männer zu Ende.

Sie kam wieder, räumte mit leerem Ausdruck den Tisch ab, sagte aber im Hinausgehen, als spreche sie vor sich hin: »Der Krieg ist ein Verbrechen.«

Negele hielt den Atem an und schaute betreten auf die Tischdecke. Er dachte auch so, aber bisher hatte er nicht gewagt, es auszusprechen.

Mooser stand auf, holte noch zwei Flaschen Bier in der Küche, nahm ein Buch aus dem Schrank neben dem Tisch und legte es Negele hin. *Heimgarten* stand drauf.

An der Stelle, wo das Lesezeichen stecke, solle er das Buch aufschlagen, sagte Mooser.

Es war ein Gedicht von Peter Rosegger. Es lautete:

Der Krieg ist ein Verbrechen

Es muss ein großes Schlachten kommen,
die Welt verträgt den Frieden nicht,
der Neid, der Hass, der Racheeifer
baut sich sein eigen Hochgericht.
Die Güte muss dem Golde weichen,
erstickt in seinem Überfluss.
Die Welt in Glut, das Volk in Leichen
ist seiner Weisheit letzter Schluss.

»Meine Frau liest es jeden Tag.«

Negele hing seinen Gedanken nach.

»Dabei kann sie es schon lange auswendig«, sagte Mooser matt. »Sie hat einen heiligen Zorn auf den Krieg, eine unbändige Wut auf die Generäle, einen Hass auf den Kaiser.«

Die Standuhr tickte und teilte die Zeit.

»Warum hat man unseren Buben nach Belgien geschickt? Wozu war er in Frankreich? Was haben unsere Soldaten bei den Nachbarn verloren?« Mooser atmete tief durch. Er wollte sich beruhigen.

Negele saß regungslos auf seinem Stuhl.

Nach einer Weile erklärte der alte Schriftsetzer mit monotoner Stimme, sachlich, aber unendlich müde: »Das fragt sie mich jeden Abend. Freitags, nach dem Mittagessen, geh ich allein in die Pauluskirche. Dort sitz ich in der vordersten Bank. Langsam schwindet dann mein zischender Hass. Ich komme zur Ruhe und kann an unseren Buben denken, der irgendwo in Flandern begraben ist.«

»Warum gerade diese Kirche?«

»Unser Martin war hier in Ulm stationiert. Ulm hatte eine der größten Garnisonen in Deutschland. Die Pauluskirche ist vor zehn Jahren für die Garnison gebaut worden. Zweitausend Soldaten hockten Sonntag für Sonntag in dieser Kirche. Unser Sohn mittendrin. Jetzt ist die Kirche meist leer. In Ulm wird bald keine Garnison mehr sein.«

»Gibt's denn das, ein Stückchen heile Welt, ganz ohne Kasernen, Kanonen und Soldaten?«

»Die Heimat verteidigen? Ja, das darf man, das muss man. Aber andere Länder überfallen, die eigenen Nachbarn angreifen, das ist unglaublich dumm, unmenschlich, vor allem unchristlich. Liebe deinen Nächsten, liebe deine Feinde, heißt es nicht so in der Bibel?«

Sie schwiegen.

Negele wagte nicht, aufzublicken und seinem Kollegen in die Augen zu schauen. Am liebsten wäre er aufgestanden, hätte sich heimlich verdrückt. Aber das gehörte sich nicht. Also blieb er sitzen und überlegte, wie er das Gespräch in Gang bringen und auf ein anderes Thema lenken könnte.

»Wie ist deine Frau auf den Rosegger gekommen?«

»Ihr Vater war Maurer. Von Anfang an hat er die Sozialdemokraten gewählt. Was für die Beamten und Pfarrer der *Schwäbische Merkur* ist, das war für ihn die *Schwäbische Tagwacht,* die Zeitung, die sich den weniger Betuchten verpflichtet weiß. Die hat vor dem Krieg große Romane in Fortsetzungen abgedruckt. Zum Beispiel *Die Waffen nieder* von Bertha von Suttner oder *Jakob der Letzte* von Peter Rosegger.«

Mooser schlug das Buch zu, stand auf und stellte es in den Schrank zurück.

Er setzte sich wieder. »Rosegger hat ihr außerordentlich gefallen. Deshalb hab ich ihr zum fünfzigsten Geburtstag ein Abonnement von Roseggers Zeitschrift *Heimgarten* geschenkt.«

»Hast du die *Schwäbische Tagwacht* auch abonniert?«

»Warum sollte ich?«

»Weil sie zu dir passt. Sie ist sozial, genau wie du. Dazuhin versteht sie sich als Zeitung für den gebildeten Arbeiter, hat neulich einer unserer Redakteure gesagt.«

Mooser rieb seinen rechten Daumen am Zeigefinger und machte die Geste des Geldzählens. »Ich kann mir kein Abonnement leisten. Deshalb verzichtet meine Frau seit letztem Jahr auf ihren geliebten *Heimgarten*. Dafür bring ich ihr jeden Tag die *Ulmer Zeitung* mit, die krieg ich ja umsonst, wie du jetzt auch.«

»Du hast damals gesagt, als ich dich zum ersten Mal im Bäumle traf, wegen deines Großvaters hätte dich eine andere Zeitung interessiert.«

»Ach, du meinst den *Beobachter*. Mein Großvater ist mit Ludwig Pfau in die Schule gegangen, einem Revolutionär aus Heilbronn. Der hat im *Beobachter* gegen die Regierung gespottet. Auch das Satireblatt Eulenspiegel hat er herausgegeben. In der Revolution von 1848/49 hat er sich so weit aus dem Fenster gelehnt, dass er wegen Hochverrats zu einer hohen Zuchthausstrafe verurteilt wurde. Er floh in die Schweiz, von dort nach Frankreich, dann weiter nach England. Aber meinem Großvater hat er geschrieben und von den feuchtfröhlichen Weinabenden in den Besigheimer Felsengärten geschwärmt.

»Warum«, Negele tastete sich leise, zögerlich an Moosers Schmerzgrenze heran, »engagierst du dich so beim Schwabenkomitee, Richard?«

»Weil ich's meinem Buben schuldig bin.« Der alte Schriftsetzer sprach laut, fast trotzig. Dabei sah er zur Wand und griff mit der Hand in den Kragen.

»Was hat sein Tod mit der Schwabensache zu tun?«

»Viel, nein alles.«

Mooser lehnte sich zurück. Das Volk habe immer nur Wasser statt Wein gekriegt. Die Empörung darüber hätten die Mächtigen, wie beim Blitzableiter, auf die Nachbarn abgeleitet, damit sie selber weiter in Saus und Braus leben konnten. Das Volk wolle aber keinen Krieg mehr. Deshalb habe er überlegt, was sich politisch ändern müsse. In seinem langen Berufsleben habe er viele interessante Artikel gesetzt, in der Freizeit etliches gelesen, in den Arbeitervereinen spannende Vorträge gehört, besonders zur europäischen Geschichte, vor allem zur sozialen Frage. Dabei sei es ihm wie Schuppen von den Augen gefallen: Kleine Staaten seien nicht so aggressiv wie große. Mit ihrem kleinen Heer lebten sie immer in der Angst vor militärischen Niederlagen. Das zwinge sie, den lockenden Reichtümern, den herrlichen Ländereien ihrer Nachbarn zu entsagen. Umgekehrt treibe sie der Ehrgeiz, sich auf eigene Stärken zu besinnen. Sie pflegten die vorhandenen Fähigkeiten, förderten die handwerklichen und technischen Fertigkeiten. Siehe da! Bald gediehen die eigenen Kürbisse besser als die in Nachbars Garten. Bei allem aufblühenden Wohlstand müssten sich die kleinen Staaten jetzt erst recht mit ihren Nachbarn gut stellen. Warum? Ja, nun lebten sie in der Angst, Beute lüsterner Potentaten zu werden. Dennoch wagten sie keinen Ausritt auf fremdes Territorium, komme, was da wolle. Für kleine Staaten sei der Krieg ein Tabuthema, die Verteidigung dagegen der Dreh- und Angelpunkt ihrer Politik.

Negele runzelte die Stirn. Er war nicht anderer Meinung, aber er hatte nicht viel darüber nachgedacht, obwohl er jede Nacht im Schlaf im Schützengraben hockte, die Kanonen hämmern hörte, oft schweißgebadet aufwachte. Lange, nachdenklich sah er seinen Kollegen an.

»Nimm die Schweiz«, griff Mooser die stumme Frage auf, »die hat seit Jahrhunderten keinen Krieg mehr mit ihren Nachbarn geführt. Luxemburg auch nicht. Warum? Weil sie knurren und beißen, wenn man sie angreifen will. Weil sie sich damit abgefunden haben, klein zu sein. Weil sie mit ihrer geringen Macht zufrieden sind.«

»Kann man die Uhr zurückdrehen? Aus großen Staaten kleinere machen?« Negele wurde neugierig.

»Ja, das geht.«

»Ohne Krieg?«

Ja, das könne man wirklich. Gut, nicht zu jeder Zeit. Gut, nicht in jedem Staat werde das nötig oder möglich sein. Zweifellos müsse man auch mal eine List anwenden oder Druck ausüben. Übrigens stehe jetzt zum Beispiel der Wind günstig. Denn augenblicklich seien die alten Eliten am Boden. Die Zeit müsse man nützen. Zurzeit könne man ein neues Deutschland schaffen, eines, das aus demokratischen, überschaubaren Einheiten bestehe, die, wenn nicht gleichwertig, so doch gleichberechtigt seien.

»Glaubst du, dass ein solcher Traum jemals wahr werden kann?«, fragte Negele mit zweifelndem Unterton.

»Freilich«, sagte Mooser ernst, »der Gedanke ist in Deutschland weit verbreitet.«

Als Negele einiges zu bedenken gab, das Gehörte sogar in Zweifel zog, zählte Mooser in aller Ruhe ein paar Ereignisse auf. Die habe er seit Kriegsende mit seinen eigenen Händen auf der Setzmaschine erfasst, verarbeitet, in Blei gegossen. Zum Beispiel im letzten Dezember das Treffen der Regierungschefs von Baden, Bayern und Württemberg in Stuttgart. Dabei sei die Neugestaltung Deutschlands vereinbart worden. Diesen Konsens müsse man rasch mit Leben füllen. Anderes Beispiel: die vertrauliche Sitzung der achtzehn badischen und württembergischen Parlamentarier im letzten Monat in Weimar. Wilhelm Keil, Reichstagsabgeordneter aus Ludwigsburg, habe dazu eingeladen. Dabei habe man die schrittweise Vereinigung von Baden und Württemberg erörtert, nein, so gut wie beschlossen, wenn Karlsruhe angemessen berücksichtigt werde. Auch hier müsse man ansetzen, wenn man andere politische Verhältnisse wolle. Weitere Ereignisse könnte er bei Bedarf aufzählen.

Negele lachte. »Warum sattelst du nicht um, Richard?«

»Jetzt? Kurz vor dem Ruhestand? Aber sag, was könnte ich deiner Meinung nach werden?«

»Warum machst du nicht bei den Arbeiter- und Soldatenräten mit? Oder in einer politischen Partei? Zu alt bist du dazu bestimmt nicht. In diesen turbulenten Zeiten gleich gar nicht. Da braucht man erfahrene Männer wie dich.«

Mooser prustete los. »Komm, komm, lass die Kirche im Dorf. Dazu bin ich mir zu schade. Glaubst du, ich lass mir von einem eitlen Parteihengst oder einem selbst ernannten Revoluzzer vorsetzen, was ich denken darf oder was ich tun muss?«

Negele war's zufrieden, denn sein Kollege lachte. Das Feuer schlug ihm wieder aus den Augen.

»Nimm den Westwald, den Stellvertreter vom Martinus. Das ist ein schlauer Kerl, ein erfahrener Fuhrmann«, sagte Mooser, »der riecht die Gefahr, bevor er um die Kurve fährt. Der weiß, was möglich ist. Der geht auch nicht in die Politik.«

»Weil er überall die Stacheln aufstellt wie ein Igel.«

»Nein, nein, das siehst du falsch, Karl. Kein Zweifel, er ist ein eigenwilliger Kopf. Aber das ist gut so. Erfahrene Männer wie den können die Politiker nicht brauchen. Die wollen junge Leute wie dich.«

»Warum?«

»Die kann man noch für jeden Blödsinn einspannen, weil sie um ihre Karriere fürchten.«

Negele lachte.

Mooser bat ihn, dem Schwabenkomitee beizutreten. Er solle sich endlich für die neue Politik engagieren.

Negele gähnte. Er war müde und verabschiedete sich schnell.

Am letzten Tag im März, einem Montag, reisten Mooser und Negele im Auftrag ihrer Zeitung nach Stuttgart. Eine gebrauchte Setzmaschine ein paar Tage lang auf Herz und Nieren prüfen, lautete ihr Auftrag. Sollte sich der Ankauf lohnen, mussten sie ihrem Chef telefonisch Bescheid geben. Dann sollten sie mithelfen, den Apparat abzubauen und auf einen Lkw zu verladen. So könnten beide in Ulm die Maschine wieder zusammenbauen und in Betrieb nehmen.

Im Zug ging es zu wie im Varieté. Alle fünf Minuten eine neue Nummer. Erst humpelte ein Kriegsversehrter durchs Abteil; jedem Fahrgast hielt er seine Schnürsenkel unter die Nase. Dann fiedelte ein Zigeuner honigsüße Schmachtfetzen von Bank zu Bank, blieb kleben, zirpte in die höchsten Töne hinauf, bis man ihm ein paar Münzen zusteckte, um ihn loszuwerden. Hernach pries eine wettergegerbte Bäuerin mit fransigem Kopftuch ihre festen, milden Winterrettiche an. »Rettich ist die beste Darmpolizei!«, kreischte sie in breitestem Schwäbisch. »Durchschlagende Wirkung!« Hinterher bot ein alter Mann seine selbstgemachten Pfeifen an. Garantiert aus dem Wurzelstock seines alten Kirschbaums gedrechselt, beteuerte er, darin brenne der Tabak von allein.

Sie alle und noch ein paar arme Schlucker mehr wollten Geld. Ständig hätte man den Geldbeutel zücken können.

Negele versuchte zu schlafen. Aber ein Einarmiger rüttelte ihn wach. Aufdringlich hielt er ihm seine selbstgemalten Postkarten unter die Nase. Das Stück zu einer Mark, quengelte er, das sei spottbillig, aber nütze einem wie ihm, der seine Knochen fürs Vaterland geopfert habe, verdammt viel. Fluchend zog er weiter, als er kein Bildchen loswurde.

Mooser zuckte lachend die Schulter. Negele kuschelte sich ärgerlich in seinen Mantel; genervt schloss er die Augen.

In Stuttgart kletterten die beiden Bleisetzer aus dem Waggon. Sofort stießen sie mit einem Eisenbahner zusammen, der auf dem Bahnsteig patrouillierte, das Gewehr geschultert. Er war nicht allein. Sechs weitere Männer, auch sie bewaffnet, schlenderten durch die prächtige Bahnhofshalle mit den bemalten Bögen und Kuppeln. Vor dem Bahnhof waren von den fünf Portalbögen vier von grimmig dreinschauenden Männern in Eisenbahneruniform abgesperrt; nur das mittlere Portal konnte man passieren, allerdings benötigte man dazu eine gültige Fahrkarte.

Mooser und Negele gingen auf den Posten zu, Mooser zeigte beide Billetts vor.

Es nieselte, ein kalter Wind fegte durch die Straßen. Die Posten schlugen ihre Uniformkragen hoch, schimpften, fluchten, stampften vor Kälte auf den glitschigen Boden, die Hände in den Hosentaschen, die Waffe übergehängt.

»Ja, ist denn schon wieder Krieg?«, fragte Mooser einen finster dreinblickenden Eisenbahner.

»Generalstreik«, knurrte der Bewaffnete, »verdanken wir den verfluchten Kommunisten.« Mit einer schnellen Bewegung seines Gewehrlaufs forderte er unmissverständlich auf, sofort weiterzugehen.

Die zwei Ulmer schoben sich durchs Gedränge die Schlossstraße hinunter. Plötzlich blieben sie wie angewurzelt stehen. Was war das aber auch für ein Schauspiel. Dergleichen hatten sie noch nie gesehen.

Auf dem Schlossplatz war eine unübersehbare Menschenmenge. Ohrenbetäubender Lärm schlug ihnen entgegen. Aus allen Fenstern hingen Leute. Überall Transparente und Plakate.

Männer in Kampfuniform riegelten gerade mit gesenkten Gewehrläufen verschiedene Straßen ab. Maschinengewehre, Flak, Minenwerfer und Flammenwerfer brachten sie in Stellung.

Negele stieß Mooser mit dem Ellbogen an. »Was sind denn das für Leute?« Er deutete auf die Bewaffneten.

»Polizeisoldaten von den neuen Sicherheitskompanien. Schau!« Der erfahrene Vorarbeiter zeigte auf drei vorbeihastende Männer. »Bei denen steht SK auf den Schulterklappen.«

»Aha!« Negele schaute den Soldaten nach. »Wenn ich's recht weiß, dann gehört Georg Leicht auch zu denen.«

»Bei dem du wohnst?«

»Ja, zur Untermiete, weil er in der Kaserne sein muss. Aber in Uniform habe ich ihn bisher nicht gesehen.« Er schüttelte erstaunt den Kopf. »Die sehen aus wie Polizisten, sind aber bis an die Zähne bewaffnet.«

»Unsere Regierung hat unter dem Deckmantel der Polizei diese kleine württembergische Spezialarmee gegründet. Lauter ehemalige Frontsoldaten in Polizeiuniform.«

Direkt vor dem neuen Schloss klumpten Menschentrauben vor einem Podest, auf dem ein Mann wild gestikulierte. Offensichtlich konnte er sich kein Gehör verschaffen. Jemand kletterte hinauf und brachte mit einer Posaune die Menge zum Schweigen. Dem Redner wurde etwas gereicht, offenbar ein Sprachrohr, denn jetzt hielten die Zuhörer still. Auf die Entfernung konnten Mooser und Negele nicht verstehen, was er in die Menge schrie.

Negele wollte näher hin, wurde aber von Sicherheitspolizisten mit erhobenen Gewehrkolben und drohenden Gewehrläufen abgedrängt.

Mooser winkte ihn zurück. »Karl, erst müssen wir wissen, was hier eigentlich los ist. Sonst werden wir schneller zu Mus, als wir denken können.«

»Als alter Frontkämpfer will ich sehen, wo die Musik spielt«, lachte Negele.

»Der Alte dort oben …« Mooser deutete mit dem Kinn auf die umlaufenden Treppen vor einem mächtigen Gebäude. Er beobachtete, ob Negele in die richtige Richtung schaute. »Siehst du den mit der Ballonmütze?«

Negele nickte.

»Der hat den besten Überblick.«

Mooser zog seinen Kollegen zum Königsbau hin. »Der beobachtet alles durch einen Feldstecher. Komm! Den fragen wir.«

Sie stiegen die Stufen zu dem ärmlich gekleideten, alten Mann hinauf: »Was wird denn da gespielt?«

Die Mütze lachte: »Katz und Maus! Der Aktionsausschuss des geeinigten Proletariats hat zum Generalstreik aufgerufen, aber die Regierung hat Streiks untersagt und Demonstrationen verboten.«

»Pah!« Negele starrte mit offenem Mund auf das unglaubliche Spektakel zu seinen Füßen.

»Sag mal, Kamerad, wer gewinnt denn?« Mooser reckte den Hals. Er schaute hinüber zum Neuen Schloss.

»Anpfiff war um neun«, lachte der Alte. »Aber die erste Runde geht an die Demonstranten. Ihr seht's ja selber! Trotz Verbot sind ein paar Zehntausend gekommen.«

Auf Nachfrage erzählte der Alte, was sich da vor ihren Augen abspielte: Kommunisten und Spartakisten wollten die Regierung stürzen und die Räterepublik ausrufen. Die regierende Sozialdemokratische Partei, die vereinigten Gewerkschaften und die Arbeiter- und Soldatenräte stützten die Regierung. Kriegsminister Herrmann habe alle Demonstrationen untersagt, zugleich vier schwer bewaffnete Sicherheitskompanien in Marsch gesetzt. Die Regierung und die Räte hätten den Belagerungszustand ausgerufen. Jetzt tagten sie im neuen, nicht ganz fertigen Bahnhof, bewacht von Polizeisoldaten. Die putschenden Spartakisten hätten sich dagegen im Gewerkschaftshaus verschanzt.

»Das lichtscheue Gesindel aus der Altstadt schürt die Wut unter den Arbeitern«, schrie einer dazwischen. Feixend flüchtete er sich hinter die Säulen des Wilhelmsbaus.

Der Alte drohte dem Fliehenden wütend mit der Faust hinterher. »Die meisten da unten sind weder Chaoten noch Anarchisten, sondern Sozialdemokraten und Gewerkschafter«, wandte er sich zornig, ärgerlich, jedenfalls aufgeregt wieder Mooser zu. »Die hören nicht auf ihre Führer! Sie haben sich den Demonstranten angeschlossen!«

Mit jedem Satz wurde er wieder ruhiger. Er berichtete, er stehe seit neun Uhr hier. Deshalb habe er allerlei in Erfahrung gebracht. Auf dem Wilhelmplatz, auch auf den anderen Plätzen der Stadt ströme viel Volk zusammen. Die Bürgerlichen, allen voran Handwerker, Kaufleute, Apotheker, hätten den Generalabwehrstreik ausgerufen. Ein Freiwilligenbataillon, von Studenten der landwirtschaftlichen Hochschule in Hohenheim gebildet, marschiere geradewegs hierher. Den alten Bahnhof kontrolliere eine Eisenbahnerbrigade, die obendrein nachts die Gleise überwache. Vorsorglich habe man soeben den gesamten Zugverkehr eingestellt. Telefone und Telegramme seien seit zehn Uhr gesperrt. Polizeisoldaten hätten bereits alle Zugänge zum Schlossplatz abgeriegelt. Gerade seien sie dabei, die Putschisten vor dem Neuen Schloss einzukesseln. Im Augenblick lieferten sich Polizisten und Streikende in der Ludwigstraße ein Feuergefecht, während ein paar Hundert Spartakisten auf der Wangener Höhe und an der Weinsteige Schützengräben ausheben würden. Auch dort lasse die Regierung Geschütze auffahren.

»Jetzt geht gar nichts mehr«, schloss der auskunftsfreudige Mann seinen Lagebericht. Mit dem Feldstecher sah er hinüber zu den Demonstranten vor dem Schloss.

»Kommen wir ohne Probleme bis zur Silberburg hinauf?«, fragte Mooser.

»Ausgeschlossen, weil eine doppelte, an manchen Stellen dreifache Postenkette dazwischen ist.« Die Ballonmütze sah sich um und winkte einen Jüngeren mit Brille heran. »Weißt du«, fragte er ihn, wobei er ihm verstohlen zuzwinkerte, »einen sicheren Weg zur Silberburg?«

»Zur Silberburg? Na klar! Mit dem Fahrrad. Außen rum über die Rotebühlstraße.« Er deutete mit großer Geste hinter den Königsbau.

»Wir haben kein Fahrrad. Wir sind mit dem Zug gekommen«, wandte Mooser ein.

»Ich könnte euch mein Fahrrad leihen«, sagte der Jüngere zögerlich, während er den Älteren lauernd ansah, »leider hab ich nur eines.«

»Ich fahr und sag der Druckerei Bescheid«, erbot sich Negele. Mit den Augen bat er seinen Kollegen um Zustimmung. »Bleib da, Richard. Wart hier am Königsbau auf mich. In ein, zwei Stunden bin ich wieder da.«

»Aber deinen Ausweis musst du mir schon zeigen. Schreib mir deine Anschrift auf«, sagte der Hilfsbereite, »außerdem will ich zehn Mark Pfand. Die kriegst du wieder. Mein Ehrenwort.«

Er rannte weg. Wenig später brachte er das Fahrrad, ein altes, schwarz lackiertes der Marke Opel.

Negele händigte Zettel und Geld aus. Dann ließ er sich den Weg beschreiben und schwang sich aufs Rad.

Er strampelte los, über den Lenker geduckt legte er sich mächtig ins Zeug. So kam er gut voran.

»Halt!«

Auf Höhe der Rotebühlkaserne versperrte ihm eine Gruppe Polizeisoldaten den Weg.

»Wohin?«, fragte ein Uniformierter unwirsch.

»Zur Arbeit.«

»Ausweis!«

Negele gab dem Posten das geforderte Papier.

»Schaut euch das mal an. Einer aus Ulm will hier zur Arbeit. Was der wohl für eine Arbeit hat?« Der Posten gab den Ausweis an einen Offizier weiter und richtete sein Gewehr auf Negele.

Sie zwangen ihn, vom Rad zu steigen. Einer hielt ihn fest, während der Offizier sich an den Lenkergriffen zu schaffen machte. Er verdrehte die Gummikappe erst am einen Ende der Lenkstange, dann am anderen, bis er beide abziehen konnte. Mit dem Zeigefinger tastete er ins Metallrohr. Triumphierend zog er einen zusammengerollten Zettel heraus.

»Ei, ei, was haben wir denn da?«, fragte er honigsüß und hielt den Zettel in die Höhe. »Ein Brieftäubchen«, gab er sich selbst die Antwort, holte weit aus und schlug Negele mit der flachen Hand ins Gesicht. »Abführen!«, brüllte er mit wutverzerrtem Gesicht. »Der Kerl ist vom Stafettendienst der Putschisten!«

3

Mit letzter Kraft schob er den Kopf über den Rand des Eimers, würgte, erbrach sich, erst ein Schwall, dann noch einer, zum Schluss ein kleiner Rest. Alles drehte sich im Kreis wie auf dem Karussell. Irgendwo brannte ein Licht. Oder war da ein Fenster? Egal. Aufrichten, aufstehen, befahl er sich, nachsehen, wohin man ihn verschleppt hatte. Er brach zusammen. Dann wurde es für lange Zeit dunkel in ihm.

Ein Schüttelfrost packte ihn, rüttelte ihn durch. Sein Kopf schlug an eine Wand. Mühsam öffnete er die Augen.

Seine Sinne erwachten. Er tastete mit der Hand um sich. Metall. Ach ja, das musste der Eimer sein. Er roch das Säuerliche, fröstelte, schluckte. Der Speichel schmeckte nach Blut. Schläge, erinnerte er sich, Nasenbluten. Die Lippen fühlten sich geschwollen an. Zum Glück lag er im Trockenen. Er hob den Kopf. Nichts zu hören. Mit einer Hand versuchte er, sich abzustützen. Da begriff er, dass er auf dem Boden lag, einem kalten, rauen Belag. Zement! Oben war das schmale Rechteck eines Fensters zu erkennen. Ein Kellerfenster? Von draußen kam kaum Licht. Nacht?

Er zermarterte sich das Hirn, wie er in diesen Raum gekommen war, wie lange er bewusstlos am Boden gelegen sein konnte, nachdem er sich erbrochen hatte. An den Schlag in die Magengrube konnte er sich erinnern, auch dass er mehrmals vom Stuhl gekippt war. Aber hier war kein Stuhl, kein Tisch, keine Pritsche. Nur dieser Eimer und das Oberlicht, gegenüber die Eisentür.

Den ganzen Tag bis in die späte Nacht hatten sie ihn verhört. Immer dieselben Fragen: Auftraggeber? Empfänger? Treffpunkt? Zahl, Bewaffnung, Kommandostruktur der Putschisten? Nach jeder Antwort Schläge, Hiebe, Tritte. Mit der Faust, mit dem Gewehrkolben. In den Rücken, ins Gesäß, in den Unterleib.

Er stützte sich mit beiden Händen ab, zog mühsam die Beine an, bis er sich aufrecht hinhocken konnte, die Arme um die Knie geschlungen. Dabei kam ihm ganz deutlich in den Sinn, dass irgendwann jemand gerufen hatte: »Karl! Karl!« Die Stimme war ihm nicht vertraut gewesen. Wer könnte das gewesen sein?

Gelacht hatten sie, höhnisch gelacht, als er ihnen ein ums andere Mal sagte, dass er erst am Mittag aus Ulm gekommen sei, mit dem Zug.

Fahrkarte?

»Die hat mein Freund …«, weiter war er nicht gekommen. Sie hatten zugeschlagen.

Nein, nein, nicht allein. Richard sei dabei gewesen, Richard Mooser, auch Schriftsetzer aus Ulm. Der warte am Königsbau auf ihn. »Fragt Richard«, hatte er gefleht, »der kann euch alles bestätigen. Der hat meine Fahrkarte.«

Verprügelt hatten sie ihn. »Feiger Lügner! Lump! Vaterlandsverräter!« Ja, so hatten sie ihn beschimpft. »Haut ihm in die Fresse! Macht ihm die Hölle heiß!« Wütend hatten sie ihn misshandelt, gequält, geschlagen. Die Geschichte vom geliehenen Rad fanden sie zunächst lustig. »Welcher Mann«, hatten sie gehöhnt, »gibt einem Wildfremden sein Rad für zehn Mark?« Nein, nicht lustig, veralbert fühlten sie sich, verhöhnt, verspottet, für dumm verkauft. Da schlugen sie erst recht zu, einmal, zweimal, zehnmal.

»Abknallen, das Schwein!«, hatte einer geschrien und sein Gewehr auf ihn gerichtet. »Halt!« Der Offizier hatte es scharf gesagt, nein, gebrüllt hatte er es. »Morgen kommt er vors Kriegsgericht. Die Regierung hat heute ein außerordentliches Kriegsgericht eingesetzt.«

Auf allen Vieren kroch er unters Fenster. Mit dem Rücken lehnte er sich an die Wand, die Tür sehnsüchtig im Blick.

Wer sollte ihm vor dem Kriegsgericht glauben? War denn alles verloren? Tränen schossen ihm in die Augen.

Vier Jahre Krieg überlebt. Den Gasangriffen entkommen. Dauerbeschuss bei Tag und Nacht erduldet. Waghalsige Angriffe heil überstanden. Im Schützengraben trotz misslicher Umstände gesund geblieben. Alles umsonst?

Er schluchzte hemmungslos, den Kopf auf den Armen, die Arme über Kreuz auf den Knien.

Mit geschlossenen Augen horchte er in sich hinein. Eine Melodie kam ihm in den Sinn. Gezupft auf einer Gitarre. *La Paloma*. Noch einmal *La Paloma* hören, ein letztes Mal.

»Nein! Um Gottes willen nicht dieses Lied!« Wurde das nicht bei Hinrichtungen in Mexiko gespielt?

Er schlug um sich. Da hatte ihn jemand beim Vornamen gerufen. Sein Lebenswille köchelte wieder. Hatte der Unbekannte nicht etwas gefragt? Mit zusammengepressten Lidern versuchte er, sich zu erinnern. Was hatte der wissen wollen?

Nichts! Keine Spur im Gedächtnis.

Er schrie auf: »Hilft mir denn keiner?« Verzweifelt rieb er den Hinterkopf an der Wand.

Doch! Da war einer. »Oder träume ich? Ich hab's genau gehört.« Könnte der vielleicht …?

Er wurde bewusstlos.

»Negele!«

Er riss den Kopf hoch. In dem nackten Kellerloch dämmerte es; durch das schmale Oberfenster drang etwas Licht. Wurde es Tag?

»Aufstehen!«

Er riss die Augen auf, versuchte, auf die Beine zu kommen, kippte aber sofort um. Probier's nochmal, sagte er sich. Mit beiden Händen stützte er sich an der Wand ab, drückte sich hoch und blieb angelehnt stehen.

Einer der beiden Posten hakte ihn unter. So schleppte er ihn aus dem Raum, dann die Kellertreppe hinauf in einen kleinen Saal.

Hinter dem Tisch am Fenster saß ein Offizier. Mit einer knappen Geste befahl er dem Posten, den Gefangenen auf dem Stuhl gegenüber abzusetzen.

»Draußen warten!«

Die beiden Polizeisoldaten salutierten und stiefelten aus dem Saal.

»Ich bin Ihr Pflichtverteidiger, Herr Negele. In einer halben Stunde kommen die Herren vom Kriegsgericht hier rein. Also erzählen Sie mal, aber fix bitte.«

Hoffnung keimte auf. Aus Negele brach heraus, was ihm widerfahren war.

Der Leutnant blätterte in einem dünnen Aktenbündel, blickte auf, las, blätterte weiter, notierte etwas am Rand.

»Die Geschichte glaubt Ihnen keiner, Herr Negele. Um ehrlich zu sein, ich auch nicht. Dass Sie mit dem Zug von Ulm angereist sind, gut, das mag stimmen, denn Sie wohnen zurzeit ja in Ulm. Steht zumindest im Protokoll. Aber das Märchen vom geliehenen Fahrrad …« Er schüttelte den Kopf.

»Das ist kein Märchen, Herr Oberleutnant.« Negele sackte zusammen. »Das ist die Wahrheit«, flüsterte er. »Warum«, fragte er mit letzter Kraft, »warum hat man nicht meinen Kollegen Mooser gefragt?«

Der Offizier winkte ab. »Ich glaube, Sie wissen nicht, was draußen los ist.« Empört schlug er die Akte zu. »In Ostheim«, er sah seinen Mandanten scharf an, »hat man heute Nacht einen jungen Polizeisoldaten brutal abgeschlachtet. An Armen und Beinen gefesselt hat man ihm die Kehle durchgeschnitten. Auch in Cannstatt ist eine Patrouille gegen Mitternacht beschossen worden. Einem Verwundeten haben die Putschisten ein Messer zwischen die Rippen gerannt. Jämmerlich verblutet ist er. Insgesamt sind bei Straßenkämpfen auf unserer Seite sechzehn Männer gefallen.«

Negele saß vornüber gebeugt. Was ging ihn das an? In einem fort schüttelte er den Kopf.

Der Verteidiger sah den Zerschundenen stirnrunzelnd an. »Das alles konnte bloß geschehen, weil die Verbrecher und Verräter bestens informiert waren.« Er nahm ihn mit den Augen gnadenlos aufs Korn. »Durch Leute wie Sie.«

Negele schlug die Hände vors Gesicht. »Dabei hab ich geglaubt, jetzt wäre alles vorbei«, schluchzte er, »wir hätten endlich eine Demokratie, einen Rechtsstaat.«

»Tut mir leid, ich kann nicht mehr für Sie tun, als in der Verhandlung zu schweigen.«

Der Leutnant verließ den Saal. Nach ein paar Minuten kehrte er mit vier Offizieren zurück. In einem der Männer erkannte er einen der Vernehmungsoffiziere vom Vortag wieder.

Die drei Unbekannten setzten sich hinter einen langen Tisch an der Stirnseite des Raumes. Der Mittlere, ein Hauptmann, eröffnete die Verhandlung, erfragte zunächst die Personalien. Dann teilte er mit, dass die Anklage auf Hochverrat laute.

»Haben Sie verstanden, Herr Negele? Jetzt geht es um Ihren Kopf. Also raus mit der Wahrheit.«

Negele zitterte am ganzen Körper. Mehrmals schluckte er, brachte aber keinen Ton hervor. Endlich, mit gebrochener Stimme, von Weinkrämpfen geschüttelt, schilderte er stockend, was er am Königsbau erlebt hatte.

Der Vorsitzende Richter rollte die Augen, holte tief Luft, wollte …

Es klopfte. Ein Posten trat ein, salutierte, überreichte dem Hauptmann einen Zettel, salutierte erneut.

Der las, schüttelte den Kopf, griff sich an die Stirn, las wieder von vorn, blickte auf, klappte seine Akten zu, wobei er mehr zu sich als zu den anderen sagte: »Die Sitzung ist bis heute Mittag unterbrochen. Es haben sich zwei Zeugen gemeldet.«

Beim Hinausgehen gab er Weisung, den Angeklagten in den Waschraum zu führen, dann in die Kantine.

Keine halbe Stunde später saß Negele frisch gewaschen im neuen Hemd am Tisch. Gierig verschlang er das dritte Wurstbrot, trank Zichorienkaffee dazu, wie damals beim Militär in Ludwigsburg. Der Wachposten neben ihm rauchte; gelangweilt schaute er zum Fenster hinaus.

Da! Negele riss die Augen auf, als sähe er Gespenster. Der Bissen blieb ihm im Hals stecken.

Richard Mooser stand unter der Tür. Vergnügt winkte er ihm zu. Hinter ihm guckte ein Mann zu ihm her.

Negele hustete, schluckte, rang nach Luft.

Mooser rannte herbei. Liebevoll klopfte er seinem Kollegen den Rücken. »Da bist du ja, du Deserteur.« Er beugte sich zu ihm hinab und umarmte ihn.

Als habe er Watte in den Ohren, vernahm Negele wie von fern, was gestern Abend geschehen war. Mooser hatte stundenlang, auf den Stufen zum Königsbau kauernd, an eine Säule gelehnt oder mit dem Besitzer eines Tabakladens plaudernd, auf seinen Kollegen gewartet. Die Mütze und sein Kompagnon hatten sich gleich nach Negeles Abfahrt verdrückt. Schließlich, am Ende seiner Geduld, hatte Mooser dem Ladeninhaber Bescheid gesagt, einen großen Zettel an die Säule geklebt und sich auf die Suche gemacht. Die Putschisten versicherten ihm, sie hätten keinen Schriftsetzer aus Ulm gefangengesetzt. Ehrenwort. In der Polizeiwehrkaserne wollte man ihm keine Auskunft geben. Also hatte er Polizisten am Kasernentor abgepasst und ausgehorcht. So sei er an einen Mann verwiesen worden, der Negele erkannt hatte, weil sie gemeinsam im Krieg gekämpft hatten.

Teils erleichtert, teils erschöpft brach Negele in Tränen aus.

»Jetzt sind wir ja da«, lachte ihn Richard Mooser an. Er stellte seinen Begleiter vor, einen großen, kräftigen Mann: »Das ist Walter Wüst, auch Schriftsetzer. Er kann im Auftrag seines Chefs bezeugen, dass du gestern mit mir extra aus Ulm angereist bist, um in seiner Firma eine gebrauchte Maschine auszuprobieren und zu übernehmen.«

»Wie geht es Ihnen heute?«

Sie setzte das Tablett auf dem Tisch ab, zog den Vorhang auf, strich seine Decke glatt. Dann baute sie sich vor ihm auf, ein strahlendes Lächeln im Gesicht.

Mit geschlossenen Augen sog er den Duft des frisch gebrühten Kaffees ein und verschränkte die Hände hinter dem Kopf. »Besser.«

Er fühlte sich in der Tat wie nach der Sintflut. »Aber«, warnte er lächelnd, »zum Budenzauber reicht's nicht.«

Die Hausherrin freute sich, ihren Schützling munter zu sehen. »Na, da darf ich ja bald auf ein warmes Plätzchen in Ihrem Federbett hoffen«, schäkerte sie. »Ach, bevor ich's vergesse. Gestern Abend ist ein Brief und ein Karton für Sie abgegeben worden.«

»Für mich?«

»Gibt's hier noch einen Karl Negele?« Sie hielt ihm den Brief hin.

Als er mit der linken Hand zugreifen wollte, zuckte sie zurück, zog eine Schnute, als küsse sie ihn. Er sah sie verdattert an, da flötete sie mit verschleierten Augen: »Mit der schönen Hand.«

Er machte auf Kinderschüler, war folgsam, aber sie war nicht zufrieden: »Wie sagt man?« Sie kicherte. »Wie heißt das kleine Zauberwort?«

Onkel Oswald fiel ihm ein, der hatte auf Besuch in Großsachsenheim eine der Nachbarinnen, die eine große Klatschbas war, Kittere geschimpft, weil sie immerzu kicherte. Bei dem Geschättere schmecke ihm der Kaffee nimmer, hatte er gefaucht und die Tasse zurückgestoßen.

Negele musste lachten, sie lachte mit.

In ihrer Küche stehe der Karton. »Sechs Flaschen Wein, echter Bohnenkaffee, dazu Wurst und Käse. Gruß von der Firma. Die weiß, was sie Ihnen schuldig ist.«

Ihre heitere, unbekümmerte, kecke, vorwitzige Art riss ihn mit und munterte ihn auf. Er schnitt ihr zum Dank eine Grimasse, die sie mit erneutem Kichern beantwortete, während er mit dem Zeigefinger den Umschlag aufschlitzte, die beidseitig beschriebene Karte herausnahm, sie ihr hinhielt, aber zurückschnellte, als sie zugreifen wollte.

»Lieber Herr Negele«, las er vor, »ich wünsche Ihnen alles Gute, vor allem rasche Genesung. Den Buchhalter habe ich angewiesen, Ihren Lohn weiterzuzahlen. Außerdem bekommen Sie zweihundert Mark extra.«

Zufrieden mit sich und der Welt ließ er sich dankbar in die Kissen fallen.

»Hören Sie mal, der macht bloß, was recht und billig ist. Sie sind zu bescheiden, mein Lieber. Wäre mir das passiert, würde ich meinem Chef eine saftige Rechnung aufmachen.«

Ein verschmitztes Lächeln huschte über sein Gesicht. Er schwieg, richtete sich auf und stopfte sich das Kissen in den Rücken.

»Schon verstanden.« Sie breitete ein Handtuch über die Bettdecke, sprach ein feierliches »Abrakadabra«, dann balancierte sie ihre leckere Last darauf. »Guten Appetit!«

Er bedankte sich, trank einen Schluck Kaffee und nahm ein Wurstbrot in die Hand.

»Das Ei ist hart. Soll ich's für Sie schälen?« Sie schob die Decke etwas zurück, damit sie sich auf die Bettkante setzen konnte. Aufmunternd lächelte sie ihm zu. Dabei funkelte etwas Ranschmeißerisches in ihren Augen.

Ihre Fürsorge beeindruckte ihn. Sie hatte für ihn eine zinkhaltige Salbe samt Verbandszeug in der Apotheke gekauft, seine Lebensmittelmarken eingelöst, den Ofen eingeschürt, seine Wäsche gewaschen.

Er ächzte wohlig, wobei er ihr einen auffordernden Blick zuwarf. »Darf man ein solches Angebot ausschlagen?«

»Oi, oi, oi«, sagte sie, schälte das Ei und legte es ihm auf den Teller. Vorsichtig tastete sie mit der Hand unter seine Decke. »Der Verband ist ganz trocken. Ich mach einen neuen. Was wünschen der Herr heute? Zur Abwechslung mal ein bewährtes Hausmittelchen gefällig?«

»Was haben Sie denn im Angebot?«

»Kaltwasserumschlag. Verband mit Meerrettich oder Essig.« Ein verspielter Augenaufschlag. »Oder soll's essigsaure Tonerde sein?«

Er rümpfte die Nase.

»Na gut, also weiterhin etwas aus der Apotheke.«

Er dankte nochmals für Umsicht, liebevolle Pflege und das gute Frühstück. Zufrieden stieg sie in ihre Küche hinab.

Bereits den siebten Tag ruhte Negele, regelmäßig balsamiert, straff bandagiert, auf seinem Schlafsofa. Im Lkw war er nach Hause gekommen, mit Wüst und Mooser zu dritt in der engen Fahrerkabine, die Setzmaschine, zerlegt und sorgfältig verstaut, auf der Wagenpritsche. Ein Stuttgarter Polizeiarzt hatte ihn gleich nach dem Freispruch untersucht. Dabei hatte er glücklicherweise festgestellt, dass die Knochen heil geblieben waren. Gott sei Dank! »Notfalls können Sie heim«, hatte er gesagt, »wenn Sie die Schmerzen aushalten. Lieber sähe ich Sie allerdings im Lazarett.« Negele hatte das kategorisch abgelehnt. Er wolle nach Hause. Der Arzt hatte murrend die Wunden versorgt. »Die Schmerzen kommen von den Blutergüssen. Ich mache Ihnen einen Druckverband mit einer Heilauflage aus Arnikasalbe. Aber den muss man zweimal täglich wechseln.« Also hatte er Mooser ans Herz gelegt, man müsse in Ulm gleich nach der Ankunft einen Arzt konsultieren. Auch dürfe das regelmäßige Salben und Verbinden nicht versäumt werden.

Sie kam zurück, herausgeputzt mit einer weißen Bluse und einem hellblauen Rock. In einem hölzernen Kästchen trug sie unter heftigem Steißgewackel Salben samt Mullbinden herbei. Grazil nahm sie ihm das Tablett weg. Dann deckte sie ihn auf.

Ihre Haut war glatt und straff, stellte er mit Staunen fest. Sie kontrastierte aufreizend zum Weiß der Bluse. Mit funkelnden Augen musterte sie ihn begehrlich, ohne jede Scham, so schien es ihm zumindest.

»Mir ist warm«, sagte sie, wobei sie die Bluse weit aufknöpfte, dass ihre Brüste aufleuchteten. Sie duftete nach Schlüsselblumen, Veilchen und Inbrunst, wie eine ganze Frühlingswiese.

»Ja«, bestätigte er, »endlich haben wir den kalten Winter hinter uns. Zum ersten Mal, solange ich hier zerschunden liege, scheint die Sonne in mein einsames Kämmerchen.« Dass er so geschwollen gesprochen hatte, fiel ihm erst hinterher auf.

Der Wirtin gefiel's dennoch. Sowohl der Klang seiner Stimme reizte sie als auch die melodische Wortwahl, die

Wärme versprach. Sie eilte ans Fenster und spähte auf die Straße hinab. Nachbarinnen gingen vorbei, gefüllte Körbe am Arm.

Ein Prachtweib, dachte er, als er sie von hinten betrachtete. Hat sie mich verhext?

Sie blinzelte ihm zu. Ohne Scheu setzte sie sich neben ihn aufs Bett. Ihre Augen glänzten – große, dunkle, strahlende Augen in einem ebenmäßigen Gesicht. Sie wolle kein Süßholz raspeln, sagte sie, wobei sie ihn schelmisch anlachte, aber er sei ein Mannsbild, das sogar seriöse Frauen nervös mache. Er wisse ganz genau, was er wolle. Das habe sie gleich gespürt, als er zum ersten Mal hier aufgetaucht sei.

Er sei zwar kein Heiliger, Negele warf ihr einen taxierenden Blick zu, aber er vergreife sich niemals am Hab und Gut eines anderen Mannes. Außerdem sei er schüchtern. Von sich aus wolle er das zehnte Gebot nicht brechen.

Sie saß auf seiner Bettstatt, zog ihre Strümpfe glatt, wobei sie ihn aus engen Augen ansah. »Oho«, flötete sie mit ironischem Unterton, »das ist mir neu, dass jemand großen Respekt vor meinem Mann hat.« Neckisch straffte sie ihren Oberkörper. »Aber in meinem Alter sind Moneten noch nicht so wichtig wie die Liebe. Ich werd's mir merken, dass der Herr erobert werden will.«

Er sah sie verständnislos an. Dass sie das sagte, weil sie schon genug beiseite geschafft hatte, war für ihn ausgemacht.

»Wir werden sehen, was wir tun können«, beendete sie das Techtelmechtel.

Errötend beugte sie sich über seine Bandagen, dann nahm sie die alten Verbände ab. Es zwickte und zwackte. Er biss auf die Zähne, kniff die Augen zusammen, während sie sanft über die geschundenen Stellen seines Körpers strich, die in allen Regenbogenfarben schillerten. Die heftigen, weil tief sitzenden Blutergüsse waren noch schwarz, rot und grün, die leichteren färbten sich dagegen bereits gelb.

»Arnika und Zinksalbe im Wechsel soll ich auftragen, hat der Arzt gesagt.« Mit ihren warmen Fingern liebkoste sie seine Haut, wobei sie die bunten Partien behutsam mit Arnikasalbe eincremte. Dann verband sie ihn neu.

Nachdem sie ihn zugedeckt hatte, öffnete sie das Fenster. Ein Frühlingslüftchen trug den Geruch von Bäumen, Gras, Benzin und Staub herein. Zwei Automobile hörte man vorbeituckern. Irgendwo in der Nachbarschaft hämmerten Spengler und klapperten mit losem Blech.

Wohlig reckte und streckte er sich unter seiner Bettdecke, krümmte sich wie eine Schlange. Er war drauf und dran, seine abweisenden Worte zu bereuen. Sie aber sah ihn schelmisch an und meinte, während sie ihn zudeckte, bei hungrigen Soldaten dürfe man nichts riskieren. Bei denen gehe der Revolver manchmal von selbst los.

Ein Kopf schob sich durch die halb geöffnete Tür und lugte vorsichtig herein. Dann füllte ein Berg von einem Mann den Türrahmen aus, im Gegenlicht schwer auszumachen. Wer könnte das sein? Jedenfalls ein Mann in Uniform. Langsam kam er auf ihn zu. Ein Polizeisoldat? Bestürzt zog sich Negele die Bettdecke über den Kopf. Nimmt denn der Alptraum gar kein Ende?

»Hast du noch nicht genug vom Indianerspielen?«, lachte der Besucher. »Soll ich gehen?«

Es war Georg Leicht, jener Kriegskamerad, der diese kleine Wohnung an Negele weitervermietet hatte. Ein Kerl wie ein Elefant mit einem Spatzenhirn.

»Ich wollte mich von dir verabschieden.«

»Willst du auswandern?«

»I wo! Ich muss nach München.«

Den zwei Jahre älteren Georg Leicht kannte Negele seit gemeinsamen Tagen an der Westfront. In der Uniform der zehnten Sicherheitskompanie hatte er ihn noch nie gesehen.

Zunächst hatte Leicht im Infanterie-Regiment Alt-Württemberg gedient, in der achten Kompanie des II. Bataillons.

Nach den verlustreichen Kämpfen bei Fromelles an der belgisch-französischen Grenze hatte man ihn in die Maschinengewehr-Kompanie versetzt, denn als gelernter Schlosser war er Fachmann für Reparaturen. Er stammte aus Blaubeuren, aufgewachsen in der Nähe der alten Hammerschmiede am Blautopf. Die meisten Kameraden überragte er um einen Kopf. Er hatte einen kantigen Schädel und einen Nacken wie ein Stier. Rottweiler nannten ihn deshalb seine Kameraden.

»Ich hab dir zwei Flaschen Wein mitgebracht, eine ist von mir, die andere von meinen Stuttgarter Kollegen.«

Negele deckte sich bis über den Kopf zu.

»Komm, komm, Karl, ganz unschuldig bist du an der ganzen Geschichte auch nicht.«

Negele schlug die Decke zurück, krebsrot verfärbte sich sein Kopf, die Augen sprangen ihm vor Zorn aus den Höhlen. Fuchsteufelswild giftete er seinen Kameraden an: »Selber schuld? Ich hör wohl nicht recht!! Hab ich mich freiwillig verprügeln lassen?«

»Langsam, ganz langsam! Du, ganz allein du, mein lieber Karl, bist zwischen die Fronten gefahren. Das war dein Fehler. Du bist ein altgedientes Frontschwein! Wie kannst du bloß einen solchen Patzer machen? Außerdem hast du dir ein Fahrrad andrehen lassen. Von höchst zwielichtigen Gestalten übrigens, wie mir meine Stuttgarter Kameraden erzählt haben. Das war dein zweiter Fehler. Jetzt denk mal nach. Hast du für die Putschisten einen Kassiber durch die Sperrlinien geschleust? Ja oder nein?«

Negele holte tief Luft, er wollte …

Leicht kam ihm zuvor. »Du hast eine geheime Nachricht transportiert. Das kannst du nicht bestreiten. Also? Was regst du dich auf? Hätten dir meine Kollegen lobend auf die Schultern klopfen sollen? *Brav, Herr Negele, das haben Sie gut gemacht?*«

Negele wischte das Argument mit einer ärgerlichen Geste beiseite. »Keinen Finger haben deine Kollegen gerührt. Was ich gesagt habe, war denen egal. Dabei hätten sie nur Richard

Mooser am Königsbau aufstöbern müssen. Der hat sich nicht von der Stelle gerührt. Stundenlang hat er dort auf mich gewartet.«

»Im Bürgerkrieg geht's halt drunter und drüber.«

»Ach was! Erst totschlagen oder an die Wand stellen, dann nach der Wahrheit suchen? Soso, das also ist in deinen Kreisen die richtige Reihenfolge. Wenn man keinen Mucks mehr von sich geben kann …«

»Jetzt mach halblang, Karl! Immerhin war Belagerungszustand! Außerdem galt ein Demonstrationsverbot!«

»Das hab ich nicht gewusst, Richard auch nicht.«

»Spielt das eine Rolle? Wenn ein Franzose vor unserem Schützengraben bei Fromelles vorbeimarschiert wäre, mit einer Dynamitstange in der Hosentasche? Hätten wir da gesagt: Och, der Arme, der weiß ja gar nicht, dass Krieg ist?«

Negele winkte grimmig ab.

»Deshalb lass endlich gut sein, Karl. Meinen Kollegen tut's ja leid.«

Negele schwieg. Er druckste ein Weilchen herum, während er einen Zipfel der Bettdecke um seinen Finger wickelte. Endlich sah er auf: »Sag mal, wie bist du eigentlich zu dem Haufen gekommen?«

Leicht holte weit aus. Um Weihnachten herum, berichtete er, habe man ihn Knall auf Fall nach München abgeworben. Hundert Mark habe das Freikorps gezahlt, in klingender Münze, pünktlich jeden Samstagmorgen, bei freier Kost und Logis wohlgemerkt. Handgeld obendrauf. Ohne Aussicht auf eine Zukunft sei er gewesen, meist auf der faulen Haut gelegen. Immer öfter habe er sich volllaufen lassen. Da habe er sich gedacht, lieber bei den Soldaten herumhängen, als zuhause die Matratze durchscheuern.

Negele sagte nichts. Er wusste, dass gelernte Schlosser gefragt waren. Aber Leicht war offensichtlich nicht daran gelegen, Tag für Tag einer geregelten Arbeit nachzugehen.

»In München hab ich bloß vor öffentlichen Gebäuden herumstehen müssen. Schnell verdientes Geld«, prahlte Leicht.

»Nach ein paar Wochen, ich war gerade am Sendlinger Tor in München auf Wache, da hat mir mein Zugführer erzählt, dass die württembergische Regierung Sicherheitskompanien gründen will. Lauter schwer bewaffnete Polizeieinheiten, die innere Unruhen niederschlagen und Staatsfeinde bekämpfen sollen. Ich hab mich gleich erkundigt. Fünf Kompanien im Raum Stuttgart waren geplant, fünfzehn weitere über ganz Württemberg verteilt, dazu acht Spezialwaffen-Batterien mit Kanonen, leichten Haubitzen und Flak, eine Pioniereinheit, eine Fliegerabteilung sowie eine Kraftwagenkompanie. In Ulm wurden kampferprobte Leute für die zehnte Kompanie gesucht. Da hab ich mein Glück am Schopf gepackt und bin heimgefahren. Volltreffer! Mir kam's vor, als hätten die auf mich gewartet. Einzige Bedingung: in der Kaserne wohnen, für den Fall, dass Alarm ist.« Leicht strahlte Negele an: »Den Vorteil hast jetzt du. Kannst hier wohnen bleiben, bis ich die Zimmer brauche.«

»Warum hab ich dich bisher nie in Uniform gesehen?«

»Befehl von ganz oben. Weil wir die angeordnete Abrüstung umgehen. Seit den Unruhen in Stuttgart weiß aber jeder, dass es die Sicherheitskompanien gibt. Deshalb könnte es sein, dass die Alliierten uns bald verbieten.«

»Morgen geht's also nach München?«

»Ja.«

»Nur deine Leute aus Ulm?«

»Mehrere Sicherheitskompanien werden nach München verlegt. Kameraden aus Stuttgart, aus Heilbronn und vom Bodensee. Meine Zehner natürlich auch.«

»Verrat mir bitte, was haben württembergische Polizeisoldaten in Bayern zu schaffen?«

»An der Isar geht's drunter und drüber, schlimmer als im Winter. In Stuttgart haben die Putschisten eins auf den Deckel gekriegt, aber in München haben sie gesiegt. Stell dir vor, Bayern ist jetzt eine Räterepublik. Die Revolutionäre haben gleich mit den Kommunisten in Russland und Ungarn angebandelt. In München ist der Teufel los. Der bayerische Ministerpräsident Hoffmann ist mit seinen Ministern nach Bamberg getürmt. Von dort aus hat er um Hilfe gefleht. Wir Württemberger sollen ihm in München die Bolschewiken vom Hals schaffen. Die Demokratie in Bayern wieder herstellen, lautet also unser Auftrag. Wenn's sein muss, auch mit Waffengewalt. Das muss man sich auf der Zunge zergehen lassen«, Leicht lachte schallend, »jetzt retten wackere Schwaben ein paar krummhaxete, schnauzbärtige Bayern vor rotzfrechen Revoluzzern.«

Negele rückte, für ihn selbst überraschend, mit einem Geständnis heraus. Später konnte er sich nicht erklären, was in ihn gefahren war, ausgerechnet dem Rottweiler einen solchen Einblick in sein Seelenleben zu gönnen. Aber jetzt gestand er freimütig: »Dass du das kannst, Georg, das wundert mich schon. Du machst einfach weiter, als wäre nichts geschehen. Hast du denn gar keine Angst? Machen dir die bösen Erinnerungen an den Krieg nicht zu schaffen?«

Leicht lachte. Er habe sich an der Front keine Angst eingewirtschaftet. Gewiss könnte es in München auch mal gefährlich werden, weil die Bolschewiken Waffen gebunkert hätten. Aber für den Fall hoffe er auf einen schlechten Schützen. Wenn's denn unbedingt sein müsse, wünsche er sich eine warme, schnelle Kugel, damit er sich keine Frostbeule hole. Außerdem sei er für seinen erlernten Beruf als Schlosser eh nicht mehr zu gebrauchen. Nein, nein, er sei's zufrieden. Er wolle bei den Soldaten bleiben.

Aufseufzend lehnte sich Negele in die Kissen zurück. Trübselig schüttelte er den Kopf. »Für mich wäre das nichts. Nie wieder Krieg! Nicht einmal freiwillig bringen sie mich dazu. Lieber geh ich als Einsiedler in die Berge.«

Zufrieden schaute sich Martinus im vollbesetzten Saal um. Das Schwabenkomitee war in kürzester Zeit zu einer bedeutenden politischen Organisation aufgestiegen. Die Flugblätter fanden immer noch reißenden Absatz. Alle großen Tageszeitungen hatten seinen Plan von einem neuen Staat im Südwesten abgedruckt. »Großschwaben« war in aller Munde. Deshalb hatte sich das Schwabenkomitee binnen Monatsfrist doch noch als Verein registrieren lassen. Schon zählte es einige Hundert Mitglieder und drei Dutzend Förderer aus der Industrie. Sogar die Machtapparate in Berlin, Stuttgart, Karlsruhe und Sigmaringen setzten sich mit dem Ulmer Projekt auseinander. Westwald und Mooser gaben ihr Bestes. Die übrigen Ausschussmitglieder standen den beiden in nichts nach. Martinus hörte seinen Mitstreitern eine Weile zu. Freudig erregt nahm er ihre Berichte entgegen. Die steigenden Mitgliederzahlen schmeichelten ihm, ebenso die täglich eingehenden Spenden und die politische Unterstützung aus nah und fern.

Plötzlich sprang er auf. Es hielt ihn nicht mehr auf seinem Stuhl. Mit beiden Händen grüßte er in den applaudierenden Saal und dankte herzlich für das große Engagement. Dann rief er den wichtigsten Tagesordnungspunkt auf: die politischen Ziele des Schwabenkomitees. Als er sich setzte, genoss er die Bravorufe.

Alle blickten Westwald an. Hatte er nicht davor gewarnt, sich zu früh festzulegen?

Westwald räusperte sich. Die Zeit sei nun reif, räumte er kleinlaut ein. In Speyer habe man die Pfälzische Republik, in Mainz und Wiesbaden die Rheinische Republik ausgerufen. Ganz Deutschland beschäftige sich inzwischen mit der Neugliederungsfrage. Also müsse man jetzt auch im Südwesten handeln. Das Schwabenkomitee solle rasch Farbe bekennen, welche politischen Ziele es ansteuern wolle. Auch sei es höchste Eisenbahn, einen Plan auszuarbeiten, wie man die Ziele schnell erreichen könne.

Beifall brandete von allen Seiten auf.

»Auf jedem Schiff, das dampft und segelt«, beendete Westwald seine kleine Rede, »gibt's einen, der die Sache regelt! Und das ist bei uns der Vorsitzende, unser allseits geliebter Doktor Martinus. Ich schlage vor, dass unser Vorsitzender seine Vorstellungen erläutert.«

Vivatschreie! Jubelrufe!

Martinus spritzte auf, die Hände erhoben wie ein Heilsbringer.

Die Revolution vom 9. November 1918, hämmerte er seinen Zuhörern ins Gedächtnis, habe zweiundzwanzig regierende deutsche Fürstenhäuser entmachtet! Das habe dem deutschen Volk erstmals in seiner Geschichte demokratische Verhältnisse beschert! Damit biete sich die einmalige Chance, Mitteleuropa territorial neu zu gestalten!

»Die überkommenen deutschen Länder«, giftete er, »sind ohne Rücksicht auf den Willen der Bevölkerung, ohne wirtschaftlichen Sachverstand, ohne geopolitische Vernunft entstanden. Einzig und allein der alten Fürstenherrlichkeit geschuldet, hat Napoleon die Staaten in Deutschland ausschließlich nach seinen Interessen gebildet.«

Ulm zum Beispiel sei einst beidseits der Donau errichtet worden. Unter Napoleon habe man die blühende Reichsstadt gegen alle Vernunft geteilt. Das Gebiet links der Donau sei an Württemberg gefallen, das rechts gelegene an Bayern. Seitdem verlaufe in der Mitte der Donau eine Staatsgrenze. Die rechtsufrigen Häuser, Gaststätten, Werkstätten samt Flößer- und Schiffsgelände habe man von jetzt auf nachher zur neuen Stadt Neu-Ulm erklärt. Wie dieses Beispiel belege, sei die deutsche Landkarte erst zu Beginn des 19. Jahrhunderts zusammengeflickt worden. Auf die dort lebenden Menschen sei nicht geachtet worden. Weder Kultur noch Geschichte, nicht einmal den wirtschaftlichen Wohlstand habe man damals geschont. Beim Geschachere um Land und Macht hätten die Fürsten nirgendwo die Interessen des Volkes respektiert. Zugleich sei, wie immer in der Vergangenheit, der Gehorsam gegenüber den Regenten, über Jahrhunderte dem Volk eingebläut, rücksichtslos eingefordert worden. Man möge sich das einmal in aller Ruhe durch den Kopf gehen lassen: Zu den größten Dummheiten jener Politik mussten die betroffenen Menschen schweigen.

»Still sitzen, Ohren spitzen, Maul halten, Hände falten«, geißelte er die alten Zustände. »Das, meine Damen und Herren, war einmal deutsche Politik! Hut ab, das Knie gebeugt vor Fürstenwillkür! Aber jetzt ist unsere Zeit gekommen! Wir müssen endlich so handeln, wie unsere Brüder in der Schweiz schon vor langer Zeit gehandelt haben, als sie ihre Republik gründeten. Keine Sekunde dürfen wir länger zögern. Wir müssen uns eine Demokratie schaffen, die einzig und allein dem Bürger dient.«

Bliebe beispielsweise im deutschen Südwesten alles so, wie es die Fürsten auf dem Wiener Kongress von 1815 abgesegnet hätten, würden Baden und Württemberg über kurz oder lang zum Spielball der europäischen Politik. Denn bald entstünde überall Neues. Nicht nur in der Pfalz und im Rheinland, sondern auch in Mittel- und Norddeutschland und im Osten. Thüringen und Mecklenburg-Vorpommern seien in Gründung. In Vorarlberg rumore es gewaltig. Dort wolle man demnächst über den Anschluss an die Schweiz oder an Schwaben entscheiden. Also müsse man sich im Südwesten sputen. Gelänge Großschwaben nicht, dann gehörten Baden und Württemberg demnächst zu den Zwergstaaten, die man in Europa nicht mehr ernst nehme.

Mooser hatte bei jedem Satz heftig genickt. Jetzt konnte er sich nicht mehr zurückhalten: »Bravo!«, schrie er und klatschte so laut, dass auch die anderen im Saal euphorisch in den Beifall einstimmten.

Die Schwabenkommiteeler starrten gebannt auf ihren Vorsitzenden, der mit seiner würdevollen Erscheinung, dem graumelierten Haar und dem weißen Backenbart alle Blicke auf sich zog. Martinus allein, der in seinem dreiteiligen Anzug aus schwarzem Tuch wie ein durchgeistigter Professor wirkte, galt ihr Interesse und Augenmerk.

Der Vorsitzende dankte. Zufrieden gönnte er sich einen großen Schluck aus seinem Bierglas. Dann setzte er seine Rede fort.

Aber jetzt schlug er sich nicht länger mit der Territorialgeschichte herum, seinem Lieblingsthema, das er bei jeder Gelegenheit servierte. Jetzt beschrieb er die Volksstämme im

Südwesten, würdigte ihre Besonderheiten, charakterisierte ihren Beitrag zu einem neuen Großschwaben. Dabei vermied er diesmal, die Deutschschweizer zu erwähnen oder die Elsässer einzubeziehen, weil ihm bis heute der Hohn der letzten Sitzung in den Ohren gellte.

Da seien zum Beispiel das herrliche Allgäu und das gesegnete Vorarlberg. Weder säbelschwingende Feldherren noch ruhmreiche Schlachtfelder gebe es dort, dafür einen besonderen Menschenschlag. Wer einmal in Bregenz oder Kempten gewesen sei, der wisse, dass ein fünftes, ein eigentümliches Geschlecht existiere, nicht schwarz, weiß, rot oder gelb der Hautfarbe nach, sondern aus allen Farben gemischt, dazu wettergegerbt und knorrig. Leute voller Grobheit, warmer Liebenswürdigkeit, sturer Geradlinigkeit und der besonderen Fähigkeit, Temperament und Stimmung von einem Augenblick auf den anderen zu wechseln. Die Allgäuer und Vorarlberger seien das Salz in der alemannisch-fränkisch-schwäbischen Hochzeitssuppe. Ohne die gehe gar nichts voran.

Die Zuhörer feixten, prosteten sich zu, fragten, ob ein Allgäuer oder Vorarlberger im Vorstand ihres Vereins vertreten sei. Als das verneint wurde, forderten sie, das schleunigst nachzuholen.

Sodann besiedelten, Martinus kam in Fahrt, urige Oberschwaben einen nicht unerheblichen Teil Großschwabens. Ein eigentümliches Völkchen sei das. Wenn man von der Schwäbischen Alb herkomme und bei Zwiefalten ins Donautal hinabsteige, dann stelle man gleich fest, dass von da an Kälber wichtiger seien als Mädchen und Kühe wichtiger als Frauen. Genau dort beginne Oberschwaben, die Kornkammer unseres heiß ersehnten Großschwabens.

Im Gegensatz dazu sei das ehemals vorderösterreichische Baden beseelt von tiefgründiger Heiterkeit. Reich gesegnet mit hohen Bergen, finsteren Wäldern, tiefen Tälern, sanften Hügeln, kleinen Ebenen biete es vielen kleinen Dörfern, aber wenigen größeren Städten Schutz und Trutz. Das habe bei den Bewohnern eine seltsame Mischung aus verschlossener

Zurückhaltung und herzlicher Zuneigung erzeugt. Vom träumerischen Spintisieren bis hin zu innigster Religiosität. Dort sei der Traum von der Freiheit der Bürger zuhause. Dort stehe die Wiege der deutschen Demokratie, wie die Revolutionsgeschichte lehre. Ohne die Südbadener, die sich selbst Alemannen nennen würden, könne keine südwestdeutsche Demokratie bestehen.

Nördlich der Linie Karlsruhe-Heilbronn-Dinkelsbühl säßen die Neckar- und Tauberfranken, die allerlei regionale Dialekte wie Kurpfälzisch oder Hohenlohisch sprächen. Kauzige Eigenbrötler seien das, gleichwohl eigensinnige Tüftler. Für einen wirtschaftlich gesunden Südwesten dürfe man auf diese stolzen Menschen keinesfalls verzichten.

»Zu guter Letzt muss man die Krone der Schöpfung bedenken, das aufrechte Häuflein der Schwaben. Ja«, betonte Martinus, »auch Schwaben sind Menschen, halsstarrige und querköpfige zwar, aber schaffige und herzhafte.«

Beifall, Jauchzen, Fröhlichkeit. Die Gemeinde erhob sich. Es hörte sich an, als brause eine Orgel vom tiefsten Bass jubelnd hinauf in die höchsten Töne.

»Die Gründung eines südwestdeutschen Freistaats, der die ganze alemannisch-fränkisch-schwäbische Bevölkerung umfasst, ist der Kern meiner Idee«, predigte Martinus mit stolz geschwellter Brust, als sich der Beifall gelegt hatte. »Stimmt man der zu, dann ergibt sich alles andere von allein.«

Westwald verzog das Gesicht, er hielt Martinus für eine Nervensäge, einen Babbler, der Teinacher Sprudel als Sekt verkaufen wollte. Fehlte noch, dass der Herr Rektor behauptete, die Schwaben hätten bei der Ausgießung des Heiligen Geistes eine doppelte Portion abgekriegt. Keine der zu lösenden Fragen hatte Martinus angesprochen, geschweige denn geklärt. Aber niemand wollte heute Details wissen. Keiner brauchte heute den juristischen Sachverstand des stellvertretenden Vorsitzenden. Niemand sah auf ihn, keiner sprach ihn an. Alle lagen sich jauchzend in den Armen, huldigten ihrem Vorsitzenden, verneigten sich vor seiner Geschwätzigkeit, die sie für Gelehrsamkeit hielten. Westwald litt heimlich. Zornig paffte er vor sich hin. Er musste Dampf ablassen.

Stuttgart, Karlsruhe oder Sigmaringen könnten nicht Hauptstadt eines solchen Freistaats werden, verkündete Martinus euphorisch. Nur eine zentral gelegene, von napoleonischer Willkür freie Stadt sei dieser Aufgabe gewachsen.

Donaueschingen zum Beispiel wäre eine gute Wahl, schrie jemand dazwischen.

»Ja«, sagte Martinus, »eine gute Wahl. Sowohl für die Ulmer und Stuttgarter als auch für die Freiburger und Karlsruher. Von Donaueschingen aus erschließt sich, der Donau und dem Neckar folgend, der ganze deutsche Südwesten.«

Villingen oder Schwenningen würden sich auch eignen, rief jemand von hinten.

»Gewiss, das wären denkbare Hauptstädte«, bestätigte Martinus.

Ob man Balingen auch vorschlagen dürfe?

»Unbedingt. Hauptsache, die neue Hauptstadt ist geschichtlich unbelastet, aber geografisch gut erreichbar. Wir müssen in der Sache den Vereinigten Staaten von Amerika und Australien nacheifern. Beide Staaten haben eine kleinere, abseits gelegene Stadt als Regierungssitz erwählt. Auch wir sollten uns für einen solchen unbefleckten Ort entscheiden.«

Bezüglich der neuen Nationalfarben, Martinus schwätzte weiter alle an die Wand, folge er dem Vorschlag des Ulmer Museumsdirektors Heinrich Herrenreutter. Der habe die Farben Schwarz-Gelb empfohlen. Denn das seien die Grundfarben der badischen, württembergischen und hohenzollerischen Flaggen. Auch die alte Rheingrafschaft um Heidelberg-Mannheim habe eine schwarz-gelbe Flagge gehabt.

»Dürfen wir uns zu Ihnen setzen?« Martinus hatte einen Reporter der Ulmer Zeitung entdeckt und seine beiden Begleiter dort hingelotst.

»Bitte!« Der Mann blieb sitzen, breitete die Hände aus, als wolle er darauf hinweisen, dass eigentlich viele Nachbartische unbesetzt waren. »Alles frei«, maulte er missmutig.

»Mein Stellvertreter im Schwabenkomitee, Rechtsanwalt Westwald, und unser Kassenwart, Herr Mooser«, stellte Martinus seine Begleiter vor, während er sich dem Zeitungsmann gegenübersetzte.

Der Mann nickte beiden Herren zu, die links und rechts von ihm Platz nahmen. Neugierig sah sich Mooser im Café um, in dem er noch nie gewesen war.

»Ah, bevor ich's vergesse.« Martinus zog ein gefaltetes Papier aus der Jackentasche und schob es über den Tisch. »Unsere Idee wird immer mächtiger.« Er wusste, dass der Zeitungsmann Sympathien für die neuen Demokratien in Deutschland hegte, außerdem der Idee zugetan war, einen Süd- oder Südweststaat zu gründen.

Der Kellner, ein Hagerer mit grauen Haaren und einem Zwicker auf der Nase, hatte sich lautlos genähert. »Sie wünschen?« Er verbeugte sich kurz.

Martinus und Mooser bestellten Bier. Westwald bat um einen badischen Rotwein. Der Kellner nickte stumm und trollte sich.

Martinus rümpfte die Nase. »Ein schwäbischer Trollinger ist Ihnen nicht gut genug?«, lästerte er.

»Von morgens bis abends nur schwäbische Kost, das ist mir zu fad.« Westwald zuckte die Achseln, heimlich blinzelte er Mooser zu.

Der glatzköpfige Zeitungsschreiber mit den buschigen Augenbrauen verzog keine Miene. Er nippte ein paarmal an seiner Kaffeetasse, sah gelangweilt zwischen seinen Tischgenossen zum Fenster hinaus. Das Papier würdigte er keines Blickes. Er fühlte sich belästigt. Zu oft in den letzten Wochen hatte man ihm Artikel abgetrotzt, journalistische Unterstützung für das Schwabenkomitee eingefordert, ihn als Hofberichterstatter missbraucht.

Auffordernd klopfte Martinus mit der flachen Hand auf das Papier. »Ist für Sie.«

Missmutig, die Stirn gerunzelt, löste der Publizist den Blick aus der Ferne. Aufreizend langsam wandte er sich Martinus zu: »Woher stammt das?«

»Ein Ausschnitt aus der *Schwäbischen Tagwacht*.«

Der Glatzkopf hob die Augenbrauen. Seufzend verzog er das Gesicht, als habe man ihm Essig eingeflößt.

Martinus beobachtete verwundert das Mienenspiel. Kopfschüttelnd sah er zu Westwald hinüber. Doch der zuckte die Schultern, nahm eine Tabakschachtel aus der rechten Jackentasche und wollte wissen, ob er rauchen dürfe.

»Bitte.« Der Journalist zog seinerseits mit spitzen Fingern eine Zigarette aus dem Jackett. »Ich rauche auch.« Zwischen Daumen und Zeigefinger glättete er den Glimmstängel, bevor er ihn in den Mund steckte.

Westwald gab ihm zuerst Feuer, dann zündete er seine eigene Zigarette an.

Der Kellner servierte den Wein und zwei Glas Bier. Beim Weggehen sagte er: »Zum Wohl, meine Herren. Wenn Sie etwas brauchen, stehe ich Ihnen gern zur Verfügung.«

Martinus fragte den Reporter gereizt: »Spielt es eine Rolle, woher der Artikel ist?«

»Und ob.«

Martinus war konsterniert. Verstimmt musterte er den Mann. So etwas war ihm noch nie passiert, seit er das Schwabenkomitee leitete. »Dass die *Schwäbische Tagwacht* zu den renommiertesten Blättern unseres Landes zählt«, seine Stimme klang unsicher, »muss ich Ihnen nicht sagen.«

»Weiß ich.« Der Redakteur kniff die Augen zusammen, während er den Rauch aus seinem Gesicht wedelte. »Aber es ist ein sozialdemokratisches Parteiorgan.«

»Ich dachte, in Ihrem Gewerbe zählt die Meldung, der Inhalt, die Bedeutung.«

»Gewiss. Aber wir sind ein unabhängiges Blatt. Wir haben«, er zählte an den Fingern seiner linken Hand mit, »konservative – liberale – christliche – sozialdemokratische – kommunistische Leser. Wir sind kein Sprachrohr einer bestimmten Partei.«

Martinus grantelte und machte ein langes Gesicht. Westwald, der den kleinen Disput aufmerksam, aber schweigend verfolgt hatte, lächelte in sich hinein. Mooser verzog keine Miene.

Der Journalist sah genervt zur Decke. »Wer hat den Artikel verfasst?«, fragte er lustlos, immerhin eine Spur versöhnlicher, denn er wusste, dass sein Chef mit Martinus befreundet war.

»Oskar Geck.«

»Kenn ich nicht.«

»Ein Kollege von Ihnen. Er schreibt für eine Mannheimer Zeitung. Außerdem ist er SPD-Abgeordneter in der Nationalversammlung. Kürzlich hat er auf der Landesversammlung der badischen Sozialdemokraten in Freiburg die Grundsatzrede gehalten.«

Der Journalist holte seine Lesebrille aus der Brusttasche, nahm das Papier zur Hand, faltete es auseinander und las laut: »*Zusammenschluss von Württemberg und Baden.*« Auch den ersten Absatz las er vor. Das reichte ihm offenbar, denn er setzte die Brille wieder ab. »Aufregende Neuigkeit«, spöttelte er beim Blick auf seine Armbanduhr. »Ihr Leib-und-Magen-Thema, Herr Doktor. Hätt ich mir denken können.«

Martinus erwiderte bissig: »Meinen Sie vielleicht, ich schreibe Ihnen Witze auf?«

Westwald lachte, während Mooser weiter die Reaktionen des Journalisten beobachtete.

Der lehnte sich auf seinem Stuhl zurück. »Erstens hab ich mindestens hundert Mal darüber berichtet. Zweitens gibt es genügend andere wichtige Themen. Drittens wissen auch Sie, dass Papier geduldig ist. Mit Ihren blumigen, immer gleichen Reden locken Sie bald keinen Hund mehr hinterm Ofen hervor.«

»Wichtig, wichtig«, ereiferte sich Martinus, »zweifellos ist Großschwaben wichtig, hätte ich sonst so viele Leute in so kurzer Zeit für meine Idee begeistern können?«

»Ja, ja, derart wichtig, dass sich die Leute damit den Hintern wischen.«

Martinus wollte sich empören, doch der Journalist schnitt ihm das Wort ab: »In England können sich ein paar reiche Pinsel Klopapier leisten. Bei uns gibt's das noch nicht. Also wird unsere Zeitung Abend für Abend in handlichen Stücken auf den Abort gehängt. Das, auch wenn's mich selber schmerzt, zu den wichtigen Zeitungsmeldungen.«

Martinus verschränkte die gestreckten Finger vor dem Bauch, Daumen nach oben. Er ging auf Distanz. Spitz fragte er: »Was sollte ich Ihrer Meinung nach tun?«

»Losschlagen, Herr Doktor!«

»Wie bitte?«

»Gehen Sie in die Offensive.«

»Ich verhandle bereits mit allen möglichen Leuten.«

»Ja«, lästerte der Journalist, »Sie schwätzen mal mit diesem Parteigenossen, mal mit jenem Regierungsvertreter.«

»Haben Sie einen besseren Vorschlag?«

»Na, na, Herr Doktor! Warum so einfallslos? Immerhin haben Sie drei Möglichkeiten.«

»Drei?«

»Bei den Politikern antichambrieren, das tun Sie ja zur Genüge. Gründen Sie Ihre eigene Partei! Hernach könnten Sie sich als deren Vorsitzender lautstark in die Politik einmischen. Noch besser wär's, Sie machten es wie die Rheinländer und Pfälzer.«

»Wie machen's denn die?«

»Rufen Sie die Schwäbische Republik aus. Die Mehrheit steht doch hinter Ihnen. Zumindest behaupten Sie das seit der Jahreswende 1918 auf 19.«

Martinus war wie vom Donner gerührt, während Mooser zufrieden grinste.

Der Journalist lachte spöttisch, beugte sich vor, legte seine rechte Hand, die linke ruhte auf der Stuhllehne, mit ausgestrecktem Zeigefinger auf den Tisch, als wolle er aufspringen und zum Angriff übergehen. »Ihr Verein ist ein zahnloser Tiger, Herr Doktor.«

Martinus sah den Redakteur entsetzt an.

»Sowohl im Rheinland als auch in der Pfalz haben die Separatisten Schutztruppen rekrutiert.« Der Zeitungsmann lächelte mitleidig. »Und was tun Sie?« Er lehnte sich zurück und verschränkte die Arme hinter dem Kopf. Mit halb geschlossenen Lidern klagte er an: »Sie reden, reden den lieben, langen Tag.« Er schnellte nach vorn: »Verfügen Sie über irgendwelche Machtmittel?«

Martinus wurde bleich. Er starrte den Redakteur mit offenem Mund an. Dann warf er seinen Begleitern einen Hilfe heischenden Blick zu. Westwald hüllte sich in Rauch, Mooser grinste.

»Je mehr Sie im Kreis herumschwätzen«, der Journalist legte beide Hände auf den Tisch, streckte den Kopf vor und redete Martinus ins Gewissen, »desto weniger erreichen Sie. Nützen Sie die Zeit, solange in Bayern das Chaos regiert. Wenn Sie noch lange zögern, dann gehört Vorarlberg zur Schweiz. Die Badener werden mit den Hohenzollern und Pfälzern einen eigenen Staat gründen, während die Bayern wieder Tritt fassen und sich Ihrer Idee widersetzen. Danach bleibt ein schmales Handtuch zwischen einem mächtigen Bayern und einem starken Oberrheinstaat übrig. Unser Württemberg!«

Martinus verschlug es die Sprache. Er schnappte nach Luft und suchte nach Worten.

»Ich bin überrascht«, sprang Westwald endlich seinem Vorsitzenden bei, »dass Sie als *Journalist und Demokrat*«, er unterstrich die letzten drei Wörter mit erhobenem Zeigefinger, »eine militärische Lösung wollen. Ich dachte, in einer Demokratie entscheidet das Volk, wie und von wem es regiert werden will, nicht ein bewaffneter Haufen Ewiggestriger. Da hätten wir ja gleich unseren Kaiser Wilhelm behalten können.«

»Jetzt verstehe ich gar nichts mehr.« Der Journalist schüttelte fassungslos den Kopf. »Ihr vom Schwabenkomitee behauptet an acht von sieben Wochentagen, die Mehrheit im Südwesten wolle einen neuen Südweststaat. Oder irre ich mich?«

»Nein, Sie irren sich nicht. Die Mehrheit will tatsächlich einen neuen, mächtigeren Staat.« Martinus begann, mithilfe seiner Finger die großschwäbischen Befürworter aufzuzählen.

Der Reporter unterbrach ihn mit einer wegwerfenden Geste. »Sie dürfen die Hände nicht in den Schoß legen. Zuschauen, wie eine Minderheit unser Volk drangsaliert, schurigelt und piesackt, dürfen Sie erst recht nicht.« Er lächelte überheblich. »Gehen Sie mit Ihren Leuten auf die Straße!« Und lauter: »Machen Sie der Minderheit Beine! Verhelfen Sie der Mehrheit zu ihrem Recht!«

»Und wenn die Regierung das verhindert?« Mooser beugte sich über den Tisch. Auf die Antwort war er gespannt.

Der Journalist zog verächtlich die Mundwinkel nach oben und hob die linke Augenbraue. »Dann müssen Sie für Ihr Recht kämpfen.« Er sog heftig an seiner Zigarette und stieß eine Wolke aus. »Bange machen, klein beigeben gilt nicht. Andernfalls hat eine mächtige Minderheit auf ewig das Sagen.«

»Wir wollen unser Ziel auf legalem Weg erreichen«, hielt Westwald dagegen.

»Sie sind ein Traumtänzer, Herr Westwald«, höhnte der Zeitungsmann. »Jedem Richtungswechsel in der Politik liegt bekanntlich ein Rechtsbruch zugrunde, das sollten Sie als Rechtsanwalt eigentlich wissen. Die amerikanischen Siedler haben die englischen Gesetze gebrochen, als sie die Vereinigten Staaten von Amerika gründeten. Die Franzosen haben in der großen Revolution von 1789 ihren König einen Kopf kürzer gemacht und die alten Gesetze in den Mülleimer gekehrt, womit sie endlich frei wurden. Die Kieler Matrosen haben im November 1918 die Befehle verweigert und uns mit ihrem Rechtsbruch erst die Demokratie ermöglicht.«

Westwald war entsetzt. »Sie meinen …«

»Ja! Sie müssen, denn Sie werden geltendes Recht brechen, ob Sie wollen oder nicht. Irgendwann und an irgendeiner Stelle. Entweder jagen Sie die Regierung in Stuttgart zum Teufel. Oder Ihre Anhänger demonstrieren wochenlang auf der Straße, um einen Regierungswechsel zu erzwingen. Schauen Sie sich um. Politische Morde, Attentate überall in Deutschland. Jeden Tag. Dazu Plünderungen, Demonstrationen, bewaffnete Straßenkämpfe, Hinrichtungen. Sieht so eine Demokratie aus? Doch was machen Sie?« Er langte sich fassungslos an den Kopf. »Handzettel verteilen! In Hinterzimmern Sonntagsreden halten! Lächerlich! Einfach lächerlich!«

Martinus stierte, zur Salzsäule erstarrt, stumm geradeaus; es hatte ihm die Sprache verschlagen. Westwald ärgerte sich über die hochnäsige Belehrung. Mooser dagegen hatte jedes Wort aufgesogen; er speicherte alles in seinem Kopf für alle Zeiten.

Der Redakteur stand grimmig lächelnd auf. »Ober, zahlen bitte!«, rief er. Als der Hagere herbeieilte, legte er einen Geldschein auf den Tisch. »Stimmt so«, sagte er und wünschte den verdutzten Großschwablern einen guten Tag. Das Papier ließ er liegen.

Auf seine Weise war Richard Mooser ein praktischer Philosoph. Tag und Nacht grübelte er, die Stirn in Falten gelegt. Angestrengt sann er über das Leben und die Politik nach. Gut durchdachte, erprobte Wege suchte er für sich und andere ebenso wie verheißungsvolle neue, die einen Vorteil versprachen. Die Welt hatte er längst entzaubert. Illusionen hegte er keine mehr, außer dem einen Traum von einem gerechten Gemeinwesen, wo die kleinen Leute ernst genommen und respektiert würden. Deshalb erzählte er gern die alte Geschichte vom König David, der wider alle Erfahrung, gegen alle Erwartung den Riesen Goliath besiegt hatte.

Ein kühler Kopf sei er, mit einem gehörigen Schuss ins Visionäre, das hatte man Mooser oft nachgesagt. Gewiss, Richard Mooser war nicht kalt. Selten erlebte man ihn berechnend. Nicht ohne Seele sei er, wenn er für eine Sache stritt. Aber er konnte auch hart sein, unerbittlich, erbarmungslos, wenn er für ein Ziel focht. In vielen Arbeitskämpfen und harten Lohnrunden war er zum Leitwolf gereift, von den Arbeitgebern respektiert, von den Arbeitern bewundert. Gern fragten ihn seine Kollegen um Rat, weil der immer ehrlich war, ohne Fallen und Finten.

Inmitten einer großen Menschenmenge, die gaffte, Bier trank, plauderte, jeden Spielzug kommentierte, die Spielweise kritisierte, Lob und Trost spendete, drohte, fluchte, Verwünschungen ausstieß, stand er wie ein Feldherr in der Schlacht, Karl Negele neben sich. Sie stützten sich, Bierflaschen in der Hand, auf die hölzerne Absperrung, die den Sportplatz ringsum begrenzte. Vor ihnen, direkt unter den Sperrbalken, die von vielen Schweißhänden poliert waren, hockten Kinder im Gras. Ein Wurstverkäufer schob sich durch die Zuschauer, während er seine rote Wurst anpries: »Heiße, heiße! Gottsallmächtig heiße!«

Hinter dem rechten, dem gegnerischen Tor saßen vier Männer um einen Tisch. Sie gaigelten. Nur wenn das Publikum aufschrie oder die Spielkarten neu gemischt und verteilt wurden, sahen sie auf. Dann beäugten sie ausgiebig, was auf dem Platz geschah. Ihnen gegenüber, hinter dem anderen Tor, glomm ein Feuer, in das Buben aufgespießte Teigbatzen und Fleischwursträdchen hielten.

Für Anfang Mai brannte die Sonne kräftig vom wolkenlosen Himmel. Die jungen Spritzer machten es den alten Krachern nach, krempelten die Ärmel hoch und schoben Mützen oder Hüte ins Genick. Sie gönnten ihren Nasen den ersten Sonnenbrand, außerdem konnten sie so bequemer an der Flasche nuckeln oder eine Zigarette paffen. Vom weiblichen Geschlecht hatten sich ein paar Fräuleins hierherverirrt, vermutlich hoffnungsvolle Bräute der Spieler. Jedenfalls aalten sie sich in der Sonne, im Gras sitzend oder aufgestützt liegend. Sie wollten eher bräunen als dem Spiel zuschauen und unterhielten sich blendend. Gelegentlich bemerkten sie etwas, was sie zum Lachen reizte.

Zwei Buben balgten sich am Boden. Dabei blickten sie mehrfach zu Mooser auf. Der drohte ihnen mit dem Finger, dann wandte er sich an Negele: »Die Heimspiele des Ulmer FV schau ich mir regelmäßig an. Manchmal geh ich von hier aus direkt zur Sonntagsschicht in die Druckerei.«

»Von Fußball hab ich keine Ahnung.«

Richard Mooser lachte. »Also, mein lieber Karl, die Schwarzweißen …?«

»… sind die Ulmer. Ich weiß, ich weiß. Die Weißblauen sind die Neu-Ulmer.«

»Kennst du auch die Aufstellung und die Regeln?«

»Torwart, zwei Verteidiger, drei Läufer, fünf Stürmer. Zusammen elf Spieler. Stimmt's?«

Ein feister Eunuch, die karierte Sportmütze scheps auf dem roten Schopf, in der Hand eine Semmel mit Bockwurst, drängelte durch die Zuschauer. Von hinten schlug er Mooser auf die Schulter. »Na, Richard«, zirpte er unter Kauen und Schlucken, »du lässt auch kein Heimspiel der Ulmer aus.«

»Grüß dich, Heinrich.« Mooser rückte dichter an Negele heran und bot dem Mampfer, der senfverschmiert war, mit einer Geste den freien Platz am Geländer an.

Die Kastratenstimme des Dicken quiekte: »Wie steht's?«

Moosers Bass beruhigte: »Null null.«

Der Versenfte lachte, dass sein Bauch wabbelte und seine weit auseinanderstehenden Zähne wie ein Haifischmaul in der Sonne blitzten. »Seh ich selber.« Mit dem Ärmel wischte er sich übers Gesicht, wobei er den Senf bis hinter die Ohren verschmierte. »Die Wurst«, spuckte er mit vollem Mund, dann erst schluckte er, »ist auch nicht mehr so wurstig wie früher.« Er zuzelte am letzten Zipfel, pulte in seinen Zähnen und leckte sich die Lippen ab. »Ob du schon Präsident von Großschwaben bist, will ich wissen, oder noch ein armseliger Schwarzkittel.«

Mooser lachte. »Heute hab ich's dabei.« Er nahm ein Papier aus dem Jackett und gab es dem Dicken. »Nicht immer bloß meckern und maulen, Heinrich. Tu auch mal was für unsere Zukunft. Auf dich kommt's an.« Mooser zog einen Tintenstift aus seiner Brusttasche. »Füll's Formular gleich aus! Aber vorher wischst du dir den Senf aus dem Gesicht.«

Der Feiste lüftete die Kappe, furzte mit geschlossenen Augen, sagte »Wohl bekomm's« zu sich selbst und hängte seine nasse Zunge aus dem Mund. Damit zog er einen feuchten Radius um den Mund, dann wischte er sich mit der Mütze das Gesicht ab.

»Sauber, Herr Platzwart?«, fragte er spöttisch.

Da, ein Pfiff!

Der Dicke witschte an die Absperrung, stieß schrille Schreie aus, wozu er gallige Grimassen schnitt.

Mooser zuckte zusammen, fuhr herum und reckte mit weit aufgerissenen Augen den Hals. Zeitgleich fuchtelten tausend Arme in die Höhe, während fünfhundert waidwunde Zuschauerseelen aufstöhnten.

»Schiri, du Blindschleiche!«, kreischte der Rotfuchs und schwang zähnefletschend die Faust. Die Umstehenden fluchten. Sie wollten Geld sammeln. Die Schieds- und Linienrichter bräuchten einen Blindenhund, ärgerten sie sich.

Mooser sagte laut, damit es alle hören konnten, der Ulmer Mittelstürmer sei vielleicht doch im Abseits gestanden. Zweifellos hätte der Schiedsrichter die Ulmer um eine todsichere Torchance gebracht. Aber genau könne er das von seinem Zuschauerplatz nicht beurteilen, weil er da, wo er jetzt stehe, nicht auf Ballhöhe sei.

Den Roten ließen diese versöhnlichen Worte kalt. Der Mann in Schwarz sehe aus wie eine gekotzte Gulaschsuppe, grinste er Negele an. Die Umstehenden lachten.

»Heinrich, verbell den Schiri nicht!«, warnte Mooser. »Wenn der das Spiel abbricht, werden uns zwei Punkte abgezogen. Dann prügeln dich die Ulmer vom Platz.«

Der Dicke zuckte die Achseln. »Die Blauen putzen wir weg!«, verkündete er.

»In der Schule«, Negele beschattete seine Augen mit der Hand, »sind alle beim Fußball hinter dem Ball hergerannt.« Er schaute angestrengt aufs Spielfeld. »Nicht bloß zwei oder drei.«

»So haben die Besigheimer vor dem Krieg gespielt, die Ulmer auch«, lachte Mooser.

»Die Besigheimer?«

»Ich war früher beim TSV Besigheim. Hab ich dir das nicht erzählt?«

Negele schüttelte den Kopf.

»Jedenfalls durften vor dem Krieg die beiden Torhüter über den ganzen Platz wetzen, um dem Gegner den Ball wegzuschnappen.«

Negele staunte: »Mit dem Fuß?«

»Nein, auch mit der Hand. Der Torwart hat sich auf den Ball gehechtet, wo er ihn gerade zu fassen kriegte. Heute darf der Torhüter den Ball nur noch im eigenen Torraum mit der Hand berühren.«

»Früher«, mischte sich der Wurstesser ein, »war Fußball spannender. Wie beim Rugby ging's da zu. Mann gegen Mann. Mit allen Mitteln, fairen und unfairen. Meist waren am Schluss weniger als zwanzig Spieler auf dem Platz.«

»Warum denn das?« Negeles Neugier war geweckt.

»Vor dem Krieg«, erklärte Mooser, »hat jeder Spieler seinen Gegenspieler decken müssen, egal, wo der auf dem Spielfeld gerade war. Der linke Verteidiger hat auf den linken Verteidiger der gegnerischen Mannschaft aufgepasst, der rechte Läufer auf den rechten Läufer und so weiter. Weil alle Spieler immer ihren Gegenspielern hinterherrannten und um den Ball kämpften, konnte der Schiedsrichter nicht genau sehen, ob einer eins auf die Nuss kriegte oder einen Tritt ans Schienbein. Es gab viele versteckte Fouls. Zugleich kamen die Spieler schneller aus der Puste als heute.«

»So eine Art Krieg?« Negele staunte. »Tore statt Schützengräben? Einen Ball als Munition statt Bomben und Granaten?«

»Ha«, meinte der Rotfuchs, »Krieg nicht gerade, aber zig Schlachten mit Leicht- und Schwerverletzten. Jetzt traben die Spieler bloß in ihrem Teil vom Spielfeld herum.«

»Na, na!« Mooser hob abwehrend die Hand. »Das schottische System ist weit mehr als tristes Traben auf holprigem Rasen.«

»Schottisches System?« Negele war ratlos. »Richard, klär mich bitte auf.«

»Das ist die neueste Spieltaktik! Der Torwart bleibt vor seinem Tor. Die beiden Verteidiger gehen nicht über die Mittellinie hinaus. Auch die drei Läufer halten sich meist in der eigenen Spielhälfte auf. Bloß die fünf Stürmer lauern in der gegnerischen Hälfte auf den Ball.«

»Du verstehst«, der Rothaarige blickte Negele an und deutete mit dem Daumen auf Mooser, »was der hohe Meister sagen will?« Er kratzte sich unter seiner Mütze. »Fünf Angreifer gegen fünf Verteidiger. Der Richard ist immer für Gerechtigkeit.«

»Den Torwart eingerechnet«, korrigierte Mooser, »kämpfen nach der schottischen Spielweise sechs gegen fünf. Torwart, zwei Verteidiger und drei Läufer gegen fünf Stürmer. Weil die Sechs, die verteidigen, in der Überzahl sind, braucht man mehr Taktik und Ballbeherrschung als früher, um ein Tor zu schießen. Für mich ist der Fußball seitdem spannender.«

»Gell, du bist heute zum ersten Mal auf dem Fußballplatz.« Der Feiste musterte Negele neugierig. »Gefällt's dir?«

Mooser ging dazwischen. »Karl ist ein Kollege von mir. Er ist auch Schriftsetzer bei der *Ulmer Zeitung*.«

Vom Spiel verstehe er wenig, meinte Negele, aber das Drumherum amüsiere ihn.

Naseweis sei er nicht, schrillte der Eunuch, wobei er Negele von Kopf bis Fuß maß, aber wissen tät er gern, ob Mooser schon alle Kollegen fürs Schwabenkommitee geworben habe.

»Mich nicht«, sagte Negele.

Mooser klingelten die Ohren. Er blickte kurz auf.

Negele nahm es nicht wahr, aber der Rothaarige bemerkte es. »Du, Richard«, er stieß Mooser mit dem Ellbogen an, »hast du für den armen Schlucker auch ein Formular?«

Mooser zog die Augenbrauen hoch und rieb sich an der Nase. »Möchtest du, Karl?«, fragte er leise.

»Ich fass es nicht«, tönte der Dicke, »Alle deine Sportsfreunde hast du unterschreiben lassen, aber deine Kollegen verschonst du?«

Mooser lachte verlegen. »Die müssen jeden Tag viele Artikel setzen und drucken. Über Politik im Allgemeinen und Schwaben im Besonderen. Denen muss ich nichts mehr erzählen.«

Der Rotfuchs hatte seine Zunge zwischen die Zähne geschoben. Gerade wollte er seinen Heinrich unters Papier kritzeln, da hielt er plötzlich inne. »Du, Richard«, piepste er, »warum soll ich eigentlich den Mist unterschreiben?«

»Aber Heinrich! Hörst und siehst du denn nicht, was jeden Tag auf unseren Straßen los ist?«

Der Dicke quittierte die doofe Frage mit einem breiten Grinsen.

»Dann weißt du auch, wie dünn das Seil ist, an dem unsere Demokratie hängt.«

Der Dicke salutierte. »Verzeihung, Herr Oberfeldwebel, aber mit einem neuen Kaiser ginge alles viel leichter.«

»O Heinrich, dann wär's doch gar keine Demokratie mehr. Nein, nein, wir brauchen demokratische Spielregeln, solche wie in der Schweiz.« Mooser sah jetzt Negele direkt an: »Wir brauchen endlich einen Staat, den das Volk respektiert. Die badischen und württembergischen Sozialdemokraten, Freisinnigen und Liberalen sind auf unserer Seite, allen voran die Abgeordneten Theodor Heuss, Conrad Haussmann, Johannes Hieber. Auch Eugen Bolz von der württembergischen Zentrumspartei ist dafür. Einzig die badischen Katholiken fürchten ein protestantisches Übergewicht in einer neuen Südwestrepublik. Die müssen wir noch überzeugen.«

Der Dicke lüftete seine Kappe, ahmte eine untertänige Verbeugung nach und wedelte mit seinem unterschriebenen Formular: »Wenn dein Kollege jetzt auch so einen Fetzen unterschreibt, dann kriegst du seinen und meinen.«

Negele streckte die Hand aus, und der Dicke gab ihm den Stift.

Mooser sah seinem Kollegen lange in die Augen. »Von dir, lieber Karl, erwarte ich aber mehr als bloß eine Unterschrift.«

Negele blickte fragend auf.

»Besuchst du mit mir auch Veranstaltungen im Volksbildungsverein?« Er blinzelte Negele zu. Mit einem Augenrollen wies er auf den Rotfuchs hin: »Ein bisschen mehr von der Welt sollte man schon verstehen.«

Negele nickte.

Mooser händigte ihm ein Formular aus, Negele unterschrieb es sofort.

Die Wirtin steckte den Kopf durch den Türspalt. »Störe ich?«

Negele setzte sich aufrecht aufs Sofa. »Nein, nein.«

»Bitte bleiben Sie sitzen.« Sie trat lächelnd ins Zimmer und fragte, ob er wieder ganz gesund sei, genug Holz habe. Im Krieg habe er gewiss frieren müssen, hier aber solle es ihm an nichts mangeln.

Er zögerte. »Kommt drauf an.«

»Auf was?«

»Wie viel es kostet.«

»Nichts.«

»Gar nichts?«

»Nein.« Sie strahlte ihn an, kam auf ihn zu und setzte sich neben ihn aufs Sofa.

Er sah sie erstaunt von der Seite an. Sie war schön.

»Nichts?«

Sie schüttelte den Kopf. Während sie den Blick senkte, sagte sie zögerlich: »Würden Sie mich auch malen?«

Er erschrak. Weder hatte er eine seiner Skizzen oder fertigen Zeichnungen aufgehängt, noch lagen irgendwo seine Malsachen herum. Sie musste in seinem Koffer und in seiner Manteltasche gestöbert haben.

Sie riss kurz die Augen auf und schaute ihn schmachtend an. Sie habe von jemand gehört, dass er gut malen könne.

Er zog die linke Augenbraue hoch und setzte ein gleichgültiges Gesicht auf.

»Würden Sie?«

Sein Achselzucken, seine Grimassen zeigten ihr, dass er unentschlossen war.

»Gefalle ich Ihnen nicht?«

»Doch.«

Sie bat erneut, dabei legte sie ihre Hand auf seinen Oberschenkel: »Manche Sachen kann man nicht kaufen.«

»Zum Beispiel?«

»Glück.«

»Sind Sie unglücklich?«

Sie zuckte die Schultern, ehe sie sanft mit ihren Fingern seinen Oberschenkel hinaufstrich. »Ich hätt so gerne Kinder.«

»Was sagt Ihr Mann dazu?«

»Ach der.«

»Will er keine Kinder?«

»Der braucht einen Flaschenzug.«

Ihm blieb die Spucke weg.

Sie rückte dichter an ihn heran, sah ihn aus schmalen Augen an, während sie seinen Oberschenkel kraulte.

»Warum haben Sie ihn dann geheiratet?«

»Ihm gehört das Haus, dazu ein paar Äckerchen. Sieben Wohnungen, fünf Zimmer, eine gute Rente.«

Liebe vergeht, aber Sach bleibt Sach, durchzuckte es Negele. Ein wohlbestallter Alter mit solider Rente, einträglicher Immobilie und einem unbedeutenden Landbesitz, der sich in Bauplätze verwandeln ließ. Wenn man genauer hinsah, dann aalte er sich auf seinem Geldhaufen. Denn da gab es gewiss noch ein spärliches Postsparbüchle, auf das monatlich der Mietzins eingezahlt wurde; demnächst musste es wohl wegen Überbuchung geschlossen werden. Dazu zwei oder drei schäbige Bausparverträgle, die sich in stattliche Häuser umwandeln ließen.

Er lächelte in sich hinein.

Während er noch von einem Haufen Geld und einem eigenen Gütle träumte, lag er plötzlich auf dem Rücken.

Blitzschnell hatte sie ihn umgestoßen. Ihr Angriff kam überraschend. Hilflos strampelte er wie ein Maikäfer mit allen Vieren.

Bevor er wusste, was ihm geschah, saß sie auf seinen Knien. Mit ihren Schenkeln presste sie seine Beine zusammen, öffnete seine Hose und knöpfte ihre Kittelschürze auf.

Den Krieg hast du überlebt, dachte er, auch im Schützengraben hattest du Deckung. Nicht einmal das Gas konnte dich besiegen. Gegen diese Urgewalt war er allerdings machtlos.

Sie schlang die Arme um ihn, grub ihre Zähne in seine Lippen, küsste und biss ihn.

»Also gut«, sagte er, schloss die Augen, drehte aber vor lauter Scham den Kopf zur Seite. Nach ein paar Sekunden öffnete er vorsichtig die Lider, einen winzigen Spalt. Da war sie wieder, im Spiegel gegenüber.

Der Schützengraben ... Was hatte sein Leutnant immer gebellt, wenn die Franzosen angriffen? ... Weiter konnte er nicht denken. Ergeben schloss er die Augen.

Sie wütete auf ihm.

Er blinzelte, aber das Bild verschwand nicht. Sie blieb über ihm.

Zuerst verlegen, dann mit wachsender Neugier betrachtete er sie im Spiegel. Blaue Augen unter feinen Brauen, sanft und schmal die Nase, rot glühende Ohren, glatte Wangen, sinnliche Lippen, perfekt sitzende Frisur, straffe, prächtige Figur.

Im Krieg hatte er keine ruhige Kugel geschoben, war immer auf der Hut gewesen, hatte immer einen Ausweg gewusst. Da hätte man ihn nicht besiegen können. Aber hier? Wer denkt denn an so etwas?

Für eine Sekunde spielte er mit dem Gedanken, sie wegzustoßen, aufzuspringen und sich aus dem Staub zu machen.

Ohne Hosen davonlaufen? Wohin? Zum Zimmernachbarn und um eine Hose betteln? Oder auf die Straße laufen, mit entblößtem Unterleib eine Zuflucht suchen? Hilfe, meine Vermieterin hat mir die Hose geklaut?

Ein Gefühl, eine flüchtige Vorahnung von Lust stieg in ihm auf. Es gefiel ihm, wie sie ihn mit ihren breiten Hüften und hohen Brüsten niederzwang. Erst recht gefiel ihm, wie sie ihn eroberte und ihn eine neue Form von Niederlage lehrte.

Du wirst Vater werden! Für einen kurzen Augenblick stemmte er sich verzweifelt gegen den Gedanken. Dann verließen ihn endgültig die Kräfte, sie von sich zu schütteln.

Er schloss die Augen. Etwas hatte seinen Willen ausgeknipst. Auch das Denken gehorchte ihm nicht mehr. Er ließ sie schalten und walten, zunächst ergeben, dann erfreut, endlich entzückt.

Sie ließ von ihm ab.

Mitgenommen und arg zerzaust, als habe er die ganze Nacht mit ihr gekämpft, grinste er sie an.

»O lala!« Sie lachte, legte sich neben ihn, den Kopf auf seiner Schulter. Mit dem Finger strich sie ihm zärtlich übers Gesicht.

Sie benutzte keine Kosmetik, stellte er fest, aber ihre Haare dufteten frisch und verheißungsvoll nach ihrem Haarwaschpulver.

4

Der Schäferhund sprang an ihm hinauf. In grenzenloser Freude schnappte er nach seinem Herrchen, das er lange vermisst hatte. Negele, einen braunen Koffer aus lackierter Presspappe in der rechten Hand, knuddelte ihn mit der linken, ehe er sich umsah.

Die Mutter war offenbar nicht zu Hause. Wird im Städtle beim Einkaufen sein, dachte er. Den Koffer mit den genieteten Lederflecken an den Ecken stellte er im Flur ab.

Einkaufen? Er schüttelte den Kopf und lachte über sich selbst. Am Sonntag einkaufen, welch ein absurder Gedanke.

Schade. Die ersten bezahlten Urlaubstage nach dem Krieg hätte er gern mit ihr verbracht. Das kommt davon, wenn man sich nicht anmeldet.

Er öffnete die Tür zur Wohnstube. Alles war wie zu Vaters Zeiten. Der Esstisch mit der gehäkelten Überdecke. Die sechs Polsterstühle, vier um den Tisch gestellt, einer neben der Tür, ein weiterer am Fenster, auf dem seit Jahrzehnten das Kissen fürs Fensterbrett lag. »Mein Ausguck«, hatte der Vater gesagt, wenn er auf diesem Stuhl kniete, das Kissen in die Fensteröffnung drapierte und sich ins Freie lehnte, die Ellbogen auf die gepolsterte Unterlage gestützt. Der Fensterwand gegenüber stand das Büfett mit dem guten Porzellan, das nur an Feiertagen oder bei hohem Besuch benutzt werden durfte. Die Standuhr mit dem langen Perpendikel war von fünf Bildern eingerahmt. Das große, das links daneben hing, war das Hochzeitsbild der Eltern. Die vier kleineren auf der rechten Seite zeigten ihre Kinder, die drei Schwestern, jede von Onkel Herbert abgelichtet am Tag der Konfirmation, und ihren Stammhalter, als Soldat in Flandern.

»Wo ist sie denn, Bello?«, fragte er den Hund. Der saß vor ihm, sah ihn erwartungsvoll an.

»Am heiligen Sonntag nicht zu Hause? Merkwürdig.«

Er ging in die Küche, Bello trottete hinterdrein. Alles war sauber aufgeräumt. Geradeaus die hölzerne Sitzbank, links das Fenster über der steinernen Spüle. Hinter der Tür der Herd, daneben eine kleine Holzbeige in der Ecke.

Sein Blick fiel auf den christlichen Abreißkalender, der Jahr für Jahr über der Bank an der Wand hing. Sonntag, 21. September, Matthäustag, stand dort, rot gedruckt. War da etwas in Handschrift geschrieben? Er beugte sich vor und las: *Krämermarkt*.

Er tippte sich an den Kopf. Ein Lächeln huschte über sein Gesicht. Heute ist Mattheis, wie die Sachsenheimer sagen, Matthäi am Letzten, Winteranfang für die Bauern und Krämermarkt in Großsachsenheim seit alters her.

Ach, darum war er auf dem Weg hierher so wenigen Leuten begegnet. Darum spielten keine Kinder in den Gassen. Wie konnte er diesen wichtigen Tag in seinem früheren Leben vergessen?

Als er ein Schulbub war, hatte der Vater beim Aufstehen verkündet: »Wie's der Mattheis treibt, es vier Wochen bleibt.« Vor der Katzenwäsche am Spülstein in der Küche war er zur Haustür geeilt, hatte hinausgeschaut und das Wetter studiert. War der Himmel klar, dann hatte er gelacht und den Gipsapostel zitiert, den Kupferzeller Bauernpfarrer Johann Friedrich Mayer: »Ist Matthäus hell und klar, gute Zeiten bringt's fürwahr.« War es windig und regnerisch, dann hatte er mit gerunzelter Stirn prophezeit: »Wenn Matthäus weint, statt lacht, er aus Wein oft Essig macht.«

Nach dem Waschen und Rasieren war der Vater in seinen Hausschlappen zum Birnbaum am Gartentor geschlurft. Er musste jetzt ein Gaishirtle probieren, eine kleine, gelblichgrüne Birne, öfters rötlich schimmernd, saftig, zuckersüß, feinschalig und zimtartig im Geschmack. Saß sie fest am Stiel, war noch hart, dann hatte er orakelt: »An Matthäi die Birne fest am Stiel, bringt der Winter Kälte viel.« War sie aber butterweich, dann strahlte er übers ganze Gesicht: »An Matthäi die Birne reif und mild, der Winter wird nicht halb so wild.«

Die Mutter kramte derweil unterm Kaffeekochen ihren Einkaufszettel heraus, an dem sie das ganze Jahr über geschrieben hatte. Sie schwor auf den billigen Jakob, der alljährlich seinen Stand auf dem Jahrmarkt aufschlug. Bei ihm, sonst nirgendwo, behauptete sie eisern, gäbe es bestimmte Artikel in guter Qualität, sogar zu einem annehmbaren Preis. Sachen für Haus und Hof, fürs Flicken und Stricken. Zum Eindünsten der Gaishirtle brauchte sie Einmachgummis. Für die Quitten Gelierzucker. Fürs Häkeln mal dünne, mal dicke Nadeln und bestimmtes Garn. Dazu ein Sonntagsblüsle fürs Bsüchle bei der Verwandtschaft.

Auch für die Großsachsenheimer Schulkinder war der 21. September ein wichtiger Tag im Jahr. Denn da gab es schulfrei.

Ganz in Gedanken setzte sich Karl unter den Kalender auf die Küchenbank. Er sah zum Fenster hinaus und träumte.

Als kleiner Schulbub war er mit der Mutter von Stand zu Stand geschlendert, einen Schlotzer in der Hand, wie die Kinder sagten, einen Dauerlutscher am Stiel. Den hatte sie ihm gleich am Anfang der Budengasse gekauft. Dort hockte immer der Bombole, der Bonbonverkäufer, und pries den letzten Schrei der Süßwarenindustrie an. Mit seiner Pfennigware erfreute er die Herzen der kleinen Buben und Mädchen.

Der Bombole war ein gewiefter Menschenkenner. Von Weitem sah er, wo was zu holen war. Dann sprang er auf die Kinder zu, die am Arm ihrer Mutter hingen, klapperte mit einem Schächtelchen voller Liebesperlen. Oder er klemmte sich ein Pfeifchen aus Bärendreck zwischen die Zähne. Oder er legte sich ein Himbeerbonbon auf die Zunge, mit dem man, bis es klebrig, süß und feuerrot im Mund zerfloss, wie ein Zeisig pfeifen konnte. Er wusste, dass die Kinder mit etwas Naschwerk auf der Zunge nicht quengelten und ihrer Mutter willig zum billigen Jakob folgten. Noch ein Bombole? Schon gönnten die lieben Kleinen ihrer Mutter mehr Zeit an den ausladenden Tischen mit Decken, Bettzeug, Hand- und Geschirrtüchern, Blusen, Röcken, Hemden und Hosen. Noch ein Bombole? Gleich war man beim Töpfer, der inmitten seiner irdenen Ware auf einem Schemel hockte, gelegentlich mit dem Fuß Holzwolle zwischen die großen Häfen schob.

Auch die Mutter hatte die Leibwäsche und die Alltagskleider für sich und alle Negeles nur am 21. September auf dem Krämermarkt gekauft. Ein Blauhemd und eine Pudelkappe für den Vater, ein Korsett und ein Mieder für sich selbst, für ihren Karl eine festgewebte Hose, für die drei Mädchen je ein Paar neue Filzschlappen. Dazu ein halbes Dutzend Schnupftücher, diverse Unterhosen und Leibchen sowie ein paar Meter Stoff und allerlei Wolle. Denn die Socken und Strümpfe strickte die Mutter selbst, auch die Pullover für die Kinder. An langen Winterabenden schneiderte sie Kleider, Alltagsblusen und Schürzen, wobei sie Schablonen aus Packpapier benutzte, die sie in der Schublade des Küchentisches aufbewahrte.

»Schaffst du an Mattheis nichts in den Keller, schaust du im Winter auf leere Teller«, hatte der Vater am Abend gesagt, wenn sie den Krämermarkt gut überstanden hatten und die Einkäufe in Kästen und Truhen verstaut waren.

Tags darauf ging Schulmeister Naser im Unterricht auf den Krämermarkt und dessen Bedeutung im Kreislauf des Jahres ein. Der Herbst beginne jetzt. Die Blätter färbten sich und fielen ab. Nun sei es Zeit, einen Raschelspaziergang durchs bunte Laub zu machen. Dabei könne man Holz und Zapfen sammeln für den Ofen, Bucheckern für die Ölmühle, Eicheln für die Schweinemast. Aber, sagte Naser, wobei er warnend den Zeigefinger hob, sie sollten leise sein im Wald. Andernfalls komme das Klopferle zu ihnen, der Großsachsenheimer Schlossgeist, der zupfe sie nachts am Ohr.

Wie hatte der kleine Karl die Heimatkunde und die Realien in der Schule geliebt, die Naser so spannend erzählen konnte. Das Leben der Steinzeitmenschen, die fränkische Landnahme, die Verleihung des Marktrechts, das Leben in der mittelalterlichen Stadt rund ums Wasserschloss samt den furchterregenden Begegnungen mit dem Klopferle. Naser erklärte seinen Schülern die vorgeschriebenen Lesestücke zur Naturlehre mustergültig mit Tafelzeichnungen. Obendrein machte er herrliche Versuche, bei denen es knallte und stank. Luftdruck. Wärme. Licht. Die Funktionsweise der Dampfmaschine. Der Siegeszug der Eisenbahn. Das Geheimnis des elektromagnetischen Telegrafen. Zu all diesen Themen hatte der Schulmeister anschauliche Lehr- und Lernmittel selbst hergestellt, mit denen seine Schüler experimentieren durften. Naser tat noch mehr. Er bestellte seine Schulkinder an klaren Augustabenden, gleich nach der Sommervakanz, in den Schulhof und erklärte ihnen den Sternenhimmel.

Fürs Heimatkundeheft, in das der kleine Karl mit Liebe und Sorgfalt Wasserschloss und Stadttor mit Zugbrücke, Landsknechten in bunten Pluderhosen und Bauern auf dem Feld gezeichnet hatte, bekam er von Naser gute Noten und Fleißbildchen.

Wie gerne hätte er im nahen Bietigheim an der Enz die Oberschule besucht, danach Physik oder Technik studiert. Aber die Eltern hatten kein Geld.

Der Hund winselte. Er riss sein Herrchen aus tiefsten Erinnerungen.

»Komm, Bello«, sagte Negele zum treuen Jugendfreund, »zeig mir, wohin wir gehen sollen.«

Der Hund lief am Friedhof vorbei in Richtung Leonhardshof. Dann besann er sich und drehte zum Eichwald ab.

Als er die Haustür aufklinkte, merkte er sofort, dass sich die Mutter viel Arbeit gemacht hatte: Der Koffer stand nicht mehr im Flur. Aus der Küche strömte der Duft von Kuchen. Von der Kellertreppe her, wo im Souterrain der Wasch- und Einmachkessel stand, roch es nach frischer Wäsche.

»Da bist du ja.« Die Mutter kam auf ihn zu. Sie gab ihm die Hand. »Magst einen gedeckelten Apfelkuchen? Oder lieber einen Marmorkuchen?«

Ohne eine Antwort abzuwarten, rannte sie in die Küche und stellte Wasser auf den Herd. Sie schüttete Kaffeebohnen aus einer Blechdose in die Kaffeemühle, klemmte, auf die Küchenbank gekauert, die Mühle zwischen ihre Knie und kurbelte die Bohnen zu Mehl.

Er setzte sich zu ihr auf die Bank.

Sie fragte viel. Wann er gekommen sei. Ob das alle schmutzige Wäsche sei, die sie im Koffer gefunden habe. Ob es ihm bei der Ulmer Zeitung gefalle. Ob er bei seinem Kriegskameraden wohne. Und ob er Freunde in Ulm habe.

Freunde, sagte sie, aber er spürte genau, dass sie Freundinnen meinte.

Geduldig gab er Auskunft, während sie den Kaffee aufkochte. Dann stellte sie ihm je ein großes Stück von seinen beiden Lieblingskuchen hin und goss ihm Kaffee ein.

Erst als er zu essen begann, schenkte sie sich auch ein und nahm sich einen Apfelkuchen.

»Also geht's dir gut, Bub«, stellte sie zufrieden fest. Dann erzählte sie ihm, was sie auf dem Krämermarkt gekauft und wen sie getroffen hatte.

Die Mechthild, die mit ihm in der Schule gewesen sei, lasse ihn schön grüßen. Die frage immer, wie es ihm gehe. Das wäre eine gute Partie für ihn, schaffig, sparsam, dazu eine solide Aussteuer.

Er lachte.

Was es da zu lachen gebe, fragte sie irritiert. In seinem Alter müsse er ans Heiraten denken. Sogar seine jüngste Schwester sei schon verheiratet, mit einem reichen Bauern. Deshalb sei die Familie eigentlich nicht auf die Lebensmittelmarken angewiesen, sondern habe immer Fleisch und Wurst satt. Außerdem frisches und eingedünstetes Obst sowie Gemüse aus dem Garten. Die Hauptsache aber sei, dass es hier im Haus genug Platz für die nächste Generation gebe.

Er sah sie nachdenklich an.

Vor den Frauen in der Stadt solle er sich hüten, sagte sie. Da werde er bloß sein Geld los.

Er grinste. Er konnte sich gut vorstellen, wie die Mutter heimlich ihr Netz ums Haus spann.

Sie verstummte und legte ihm die Samstagausgabe des *Enz- und Metter-Boten* hin.

In München seien die ersten sechs politischen Gefangenen hingerichtet worden, meldete die Zeitung. Im Zuchthaus Stadelheim habe ein Sonderkommando der Reichswehr die zum Tode Verurteilten erschossen, genau um vier Uhr nachmittags, gleich nachdem der bayerische Ministerpräsident das letzte Gnadengesuch verworfen hatte. Die Kommunisten hatten im Frühjahr geputscht und Geiseln als Schutzschilde genommen. Als württembergische Polizeisoldaten den Aufstand niederschlugen, erschossen die Putschisten, bevor sie sich ergaben, ihre Geiseln. Die Rebellen kamen vor Gericht und wurden zum Tode verurteilt. Daraufhin hatten ihre Gesinnungsgenossen gedroht, das Gefängnis zu stürmen und die Gefangenen zu befreien. Die Regierung antwortete augenblicklich mit Straßensperren und Hausdurchsuchungen. Dabei wurden Pläne für einen neuen Umsturz gefunden. Deshalb umstellte Militär das Gefängnis. Mit Artillerie, Maschinengewehren und Minenwerfern sicherte es die Exekution, während Flugzeuge über Stadelheim kreisten und die Umgebung überwachten.

Eine französische Kommission, berichtete die Zeitung weiter, reise gerade durch Deutschland. Sie sei entsetzt über das politische Chaos, vor allem in Bayern. Man gewinne den Eindruck, in und um München stehe die wilde Romantik des Balkans in voller Blüte. Züge seien unpünktlich oder führen gar nicht. Die Versorgung der Bevölkerung sei nicht gewährleistet. Im fränkischen Nürnberg wie im ganzen bayerischen Schwaben wolle man los von München und eigene Wege gehen. Auch in der bayerischen Pfalz habe sich eine separatistische Gruppe gebildet, die Landauer Bewegung. Einst regierungstreue katholische Abgeordnete aus der Pfalz hätten erklärt, jetzt, nach dem Sturz der Wittelsbacher, verbinde sie nichts mehr mit Bayern.

Karl Negele kannte diese Nachrichten bereits, denn er hatte sie gestern in Ulm für seine Zeitung gesetzt. Neu war für ihn dagegen die folgende Meldung: Der Oberste Rat der Alliierten habe beschlossen, von den Niederlanden die Auslieferung des letzten deutschen Kaisers zu fordern. Wilhelm II. müsse vor ein englisches Kriegsgericht.

Negele lachte: »Geschieht ihm recht.«

Als ihn die Mutter fragend ansah, las er ihr die Meldung vor. Dabei hielt er mit seiner Meinung nicht hinterm Berg. »Hätte sich der Kerl bei uns an der Front gezeigt, wäre er nicht lebend davongekommen. Da hätte es keinen Prozess gebraucht.«

Seine Mutter war entsetzt. »Man muss doch der Obrigkeit untertan sein. So steht es in der Bibel! Hast du das vergessen? Das wäre ja ein schöner Staat, wenn jeder tun und lassen darf, was er will.«

»Davon verstehst du nichts«, wies er sie hart zurecht.

»Ich kenne meinen Buben nicht wieder«, jammerte sie, den Tränen nahe.

»Wer vier Jahre im Dreck gehaust hat, von Ratten und Wanzen geplagt, Tag und Nacht von Kugeln und Giftgas bedroht, der hat seine Lektion gelernt. Der Schützengraben ist keine Oberschule. Da gibt es keine Hausaufgaben, erst recht keine Zeugnisse und solchen Kinderkram. Da wird scharf geschossen. Piff, paff! Schon liegst du drei Spaten tief unterm Boden.«

Sie schwieg betreten.

»Die Herren da oben«, fuhr er gallenbitter fort, »haben viele hunderttausend Tote auf dem Gewissen. Außerdem sind sie für das Elend der Überlebenden verantwortlich. Vor dem Krieg hat ein Dollar vier Mark gekostet. Jetzt muss man mehr als siebzehn bezahlen. Alles, was man aus dem Ausland bezieht, kostet drei- bis viermal mehr als vor fünf Jahren. Waren aus dem Inland müssten eigentlich billiger sein, aber die gibt es kaum noch, weil alles den Alliierten abzuliefern ist oder von den Schiebern beiseite geschafft wird.«

Sie ahnte, dass sie ihren Karl ein zweites Mal verlieren könnte. Dieses Mal für immer. Deshalb bat sie ihn, in ihrer Nähe zu bleiben. Nach dem Tod des Vaters sei kein Mann mehr im Haus. Sie sei allein. Seine drei Schwestern hätten ihre eigenen Familien und ihre eigenen Sorgen.

»Wie stellst du dir das vor?«, wollte er wissen.

»Du kannst doch in Bietigheim fragen, ob man beim *Enz- und Metter-Boten* einen Schriftsetzer braucht.«

Wie an Mattheis üblich, trafen sich die jungen Männer nach dem Abendessen im Hirschen.

Es gab ein lautes Willkommen, als Negele die Gaststube betrat. Man erzähle im Städtchen herum, er sei jetzt in Ulm zu Hause. Ob das zutreffe, fragten sie ihn.

Ja, bei der Ulmer Zeitung arbeite er als Schriftsetzer. Eher zufällig habe sich dort eine freie Stelle für ihn gefunden.

Ob es ihm in der Großstadt gefalle, wollten sie wissen, ob er nicht mehr zurück nach Großsachsenheim komme.

Ulm sei eine schöne und interessante Stadt. Gern würde er dort bleiben, die Kinos und Cafés genießen, die vielen Kunstausstellungen besuchen, ins Kabarett gehen, sich in weitere Fortbildungskurse einschreiben, durch die Ladenstraßen bummeln. Aber die Mutter sei allein im Haus. Sie sehne ihn zurück.

Sie stimmten ihm zu, als er in die Runde blickte, gaben aber zu bedenken, dass es hier an Enz und Metter leider nicht genug Arbeit gebe.

Negele nickte. Nach einer zweiten Musterung der Anwesenden stellte er fest, da fehlten ja einige alte Freunde. »Wo habt ihr denn die versteckt?«, fragte er neugierig.

Siebzehn Schulkameraden seien gefallen, das wisse er ja, und elf vegetierten noch in englischer und französischer Gefangenschaft, sagten sie ihm. Täglich erwarte man ihre Rückkehr. Seit letzter Woche kämen viele Kriegsgefangene frei. Mit neun Sonderzügen habe man gestern neuntausend Balkansoldaten von Belgrad ins Lager Lechfeld bei Augsburg transportiert. In Auffanglagern bei Köln träfen täglich fünftausend Männer aus englischer und französischer Gefangenschaft ein. Stündlich erwarte man die Heimkehr der fehlenden Kameraden.

Die Stimmung an den Tischen war, anders als vor dem Krieg, irgendwie bedrückt, mutlos, gereizt. Negele spürte es.

Jeder hat im Elend der Nachkriegszeit sein Schicksal zu meistern, reimte er sich zusammen. Gewiss sah, hörte und las jeder jeden Tag die schreckliche Kunde, dass die Welt aus den Fugen sei. Der Untergang des Abendlandes wurde bereits prophezeit.

»Nicht nur Deutschland ist krank. Ganz Europa kommt mir vor wie ein Lazarett, in dem viele an der Pest sterben werden.« Als Negele das sagte, fand er große Zustimmung.

Bei Bier und Wein redeten sie sich die Köpfe heiß. Sie reihten Meldung an Meldung über Bedenkliches und Schreckliches.

Italien habe sich kürzlich Südtirol widerrechtlich angeeignet. Es bilde derzeit aus dem alten Stammland der Österreicher und Bayern zwei neue Provinzen, Trient und Hochetsch.

Der Dichter Gabriele d'Annunzio besetze gerade mit fünfzehntausend Freischärlern Fiume an der dalmatinischen Adria. Der Balkan stehe in Flammen. Vor allem in Montenegro herrsche Chaos und Krieg. Dort feuerten Freischärler auf alles, was sich in den Straßen bewege. Die Montenegriner strebten nach Unabhängigkeit. Serbien habe schwer bewaffnete Infanteristen entsandt.

Im bisher friedfertigen Irland herrsche jetzt Bürgerkrieg. Die Sinn Féin, die Republikanische Partei, habe zum offenen Kampf gegen die englischen Besatzer aufgerufen. Ihr Schlachtruf laute: Lieber tot als britisch! Jeden Morgen aufs Neue könne man diese Parole an vielen Häuserwänden lesen, auch wenn sie tagsüber von englischen Soldaten abgekratzt werde. In Londonderry sei es zu offenen Straßenschlachten gekommen. In Dublin habe man die Unabhängigkeit Irlands ausgerufen und De Valera, den Vorsitzenden der Sinn Féin, zum Regierungschef der Republik Irland erklärt.

Einig waren sich alle am Tisch in einem Punkt. Die deutschen Kolonien seien endgültig verloren. Aber das könne man verkraften, weil die mehr gekostet als erwirtschaftet hätten. Deutsch-Südwest, Kamerun, Togo und Deutsch-Ostafrika hätten sich Engländer und Franzosen unter den Nagel gerissen. Um die deutschen Überseegebiete in Asien und in der Südsee balgten sich die Sieger noch. Die Marshall-Inseln, die

Karolinen, die Marianen, die Exklave Kiautschou auf dem chinesischen Festland hielten die Japaner besetzt. Australien beanspruche Neuguinea und Nauru. Neuseeland wolle Samoa in Beschlag nehmen.

Negeles alter Spielkamerad Walter, dem seit früher Kindheit der Schalk im Nacken saß und der einst den Klassenkasper gespielt hatte, warf mit feixendem Gesicht ein: »Die tun groß, dabei sind sie bloß geschwollen.«

Sie lachten. Wie er das denn meine, fragten sie ihn.

»Engländer, Franzosen und ein paar andere Sieger machen jetzt den gleichen Fehler wie Kaiser Wilhelm vor dem Krieg. Sie blasen sich auf wie die Ochsenfrösche, wollen die Größten sein und kriegen den Hals nicht voll.« Er wurde ernst und paffte ein paarmal an seiner Zigarre, einem Heumann-Stumpen, gerollt in Hall aus einheimischen Tabakblättern, wie er bei jedem Treffen stolz verkündete. »Letzte Woche bin ich in Stuttgart ein paar alliierten Offizieren über den Weg gelaufen. Die haben ihr Kinn so hoch gereckt, dass es ihnen in die Nasenlöcher geregnet hat.« Er blies den Rauch zur Decke. »Wartet's ab, wie denen der Größenwahn bekommt. Ich meine, wir sollten uns um unsere eigenen Probleme kümmern.«

»Ach was!« Sein Nebensitzer zog die Augenbrauen hoch. »Bei uns gibt's nichts mehr zu retten. Schau dich um! Chaos überall in Deutschland! Der Oberste Rat der Alliierten erwägt sogar schon, Soldaten nach Bayern und an unsere Ostgrenzen zu schicken.«

»Man muss halt die politische Landkarte Deutschlands schnell neu gestalten«, meinte Negeles Gegenüber.

»Mein Gott«, platzte einer heraus, der bisher geschwiegen hatte, »was kann da rauskommen? Allenfalls kleinkarierte Lösungen und konfessionelle Staaten.«

»Könnte sein«, bestätigte ein Vielleser, »dass das konfessionelle Lagerdenken aus dem Dreißigjährigen Krieg wieder auflebt. Im deutschsprachigen Österreich und im katholischen Süddeutschland soll eine katholische Republik im Gespräch sein. Vor allem aus Südbaden und Hohenzollern hört man solche Töne.«

Walter sagte, während er den Tisch einnebelte, der Adler sei ein bösartiger Raubvogel. Unglück habe dieses Miststück den Deutschen gebracht. Für eine Demokratie sei er als Wappentier ungeeignet. Wenn es unbedingt ein Vogel sein müsse, schlug Walter vor, dann sollte man eine Taube oder einen Spatz ins deutsche Wappen malen.

Alle am Tisch lachten befreit auf, Negele nicht. Nachdenklich sah er seinen alten Schulfreund an.

»Ist dir eine Laus über die Leber gelaufen?«, fragten sie ihn.

Er wehrte ab. »Schimpfen nützt nichts. Handeln muss man.«

»Wie, du Schlaumeier?«

»Wir müssen unseren eigenen Staat aufmachen. Großschwaben! Noch nie gehört?«

Als habe er in ein Wespennest gestochen, zählten sie tausend Gründe dafür und dagegen auf, waren letztlich aber der Meinung, ein starker Südweststaat sei eine gute Lösung.

Negele schwieg, hörte dafür umso aufmerksamer zu. Was wussten die alten Kameraden? Wie standen sie zu Großschwaben?

»Du bist anders geworden, Karl, noch stiller und ernster«, sagte Walter, »dabei hast du uns erst auf das Thema gebracht. Komm, sag uns, was du denkst.«

»Ich freue mich«, begann Negele zögernd, »dass Großschwaben hier viele Befürworter hat. Ja, ich bin Mitglied im Schwabenkomitee. Das ist der Verein, der von Ulm aus zur Gründung eines neuen Südweststaats aufruft. Jeder hier am Tisch ist Schwabe oder Württemberger oder Alemanne. Ich weiß es selber nicht genau. Letztlich ist das auch egal.«

Er war selbst überrascht, dass er aus sich herausgehen und die richtigen Worte finden konnte.

Jedenfalls, führte er weiter aus, könne und wolle er seine Heimat nicht verleugnen, gewiss nicht nur in der Färbung seiner Sprache. Allerdings gehöre er nicht zu den Leuten, für die das Schwabenland bloß eine Art Abzeichen sei, das man sich demonstrativ an den Jackenaufschlag stecke. Andererseits glaube er auch nicht, das Schwabenland sei die Krone der Schöpfung. Deshalb müsse er nicht immer und überall die Schwabenflagge hissen.

»Hat das Schwabenkomitee schon entschieden, wie die Schwabenflagge aussehen soll?«, wollte Walter wissen. Als Negele verneinte, schlug er sieben Maultaschen auf gelbem und grünem Fahnentuch vor.

»Warum sieben?«, fragten sie ihn, »warum einen gelb-grünen Hintergrund?«

»Für jeden der sieben wackeren Schwaben eine Maultasche«, juxte Walter. »Die Maultaschen in Ei gebacken und serviert mit grünem Salat. Das wäre dann die einzig nahrhafte Nationalflagge der Welt.«

Die Kameraden johlten. Negele verkniff sich ein Lachen, er kannte seinen Freund Walter, er mochte ihn und stieß ihm freundschaftlich den Ellbogen in die Rippen.

»Warum engagierst du dich so für diese Sache, Karl?«, fragten die Schulfreunde.

»Ich hab die Schnauze voll, ich lass mich nicht mehr herumkommandieren«, sagte Negele mit funkelnden Augen. Er freute sich insgeheim, die Idee von einem Großschwaben allein vertreten zu dürfen, ohne Westwalds Bedenken und Martinus' Rechthaberei, auch frei von Richard Moosers Bevormundung. »Vier Jahre lang hab ich immer strammstehen und gehorchen müssen. Vier Jahre lang haben sie mich zu Tode hetzen wollen. Kanonenfutter war ich für die da oben. Darum ist es mir nicht mehr wurst, was in meiner Heimat geschieht. Schlimm wär's, wenn die alten Eliten die Oberhand gewännen und wieder ihre Macht ausspielen könnten. Ich gehöre hierher, also will ich mitmachen.«

»Schwabenland den Schwaben?«

»Ojemine!« Negele winkte ab. »Im Gegenteil!« Im Ulmer Kornhaus habe er in den letzten Wochen interessante Vorträge über die Geschichte des deutschen Südens gehört. Jetzt sei ihm klar, dass Württemberg kein geschlossenes Land sei, nur für Einheimische gedacht, bloß von Einheimischen gemacht. Vieles stamme aus der Fremde. Der Wein und die Fernstraßen von den Römern. Das Christentum von irischen Mönchen. Schöne Bauwerke, Kirchen, Altäre, Bilder von Baumeistern und Künstlern aus Italien und Frankreich. Sogar die meisten schwäbischen Gerichte kämen aus dem Ausland. Vor allem die Spätzle und die Maultaschen, die Walters Fahne zieren sollten, die man jedoch in Wahrheit den Chinesen und Südtirolern abgeguckt habe. Auch viele Landsleute stammten gar nicht von hier, seien vielmehr aus der Fremde zu uns gekommen. Vor zweihundertfünfzig Jahren die sparsamen Hugenotten aus Frankreich. Dann die erfahrenen Milchbauern aus der Schweiz. Und im letzten Jahrhundert die vorzüglichen Eisenbahn- und Viaduktbauer aus Italien.

»Das hört sich ja gut an.« Die alten Schulfreunde wollten wissen, was sie tun könnten, damit es bergauf gehe.

»Werdet Mitglieder im Schwabenkomitee! Unterstützt die Idee von einem Großschwaben!« Negele versprach, Walter genug Werbematerial zu schicken, das für die ganze Runde reiche.

Den Rucksack geschultert, in den die Mutter ein Vesper und eine Flasche Most gepackt hatte, strampelte Karl Negele auf seinem alten Rad im strahlenden Altweibersommer nach Bietigheim.

Heute nahm er nicht den Weg über Kleinsachsenheim und Metterzimmern, sondern blieb auf der rechten Seite der Metter. Er wollte sich Bietigheim von oben anschauen.

Bei der uralten Peterskirche lehnte er das Rad an die Friedhofsmauer und sah auf die Stadt hinab, in der er fünf Jahre lang gelernt, gearbeitet, sich zuhause gefühlt hatte.

Direkt unter ihm, das wusste er, floss die Metter und trieb eine Mühle an. Nach rechts war eine Insel in der Metter, zugewuchert, ein Paradies für Buben. In den Auen hatten die Bietigheimer ihre Kraut- und Gemüsegärten. Danach mündete die Metter in die Enz. Etwa dort musste auch das untere Stadttor sein, das er von hier oben nicht sehen konnte. Über der Metter türmte sich die Bietigheimer Altstadt auf. Mittendrin das schlanke Rathaustürmchen, daneben der wuchtige Turm der Stadtkirche und der viereckige Pulverturm an der Stadtmauer.

Da könnte man leben, wenn man Arbeit fände.

Er schwang sich aufs Rad. Ohne einen Pedaltritt sauste er die Steige hinab zur Metter. Von dort aus war es bis zur Spaich'schen Druckerei nicht mehr weit. Seit ein paar Jahren gehörte die bekannte Firma August Gläser und dessen Teilhaber Kümmerle. In dem Haus hatte auch Ottmar Mergenthaler gearbeitet, der Erfinder der weltberühmten Linotype-Setzmaschine.

Hier war Negele Lehrling gewesen. Drei Jahre lang hatte er beim *Enz- und Metter-Boten* das Schriftsetzer-Handwerk von der Pike auf gelernt.

Als er die Setzerei betrat, kam Wehmut auf, denn sein alter Meister saß vor der Linotype und begrüßte ihn überschwänglich. Auch Anton war da, der im Jahr nach ihm die Lehre begonnen hatte. Vor der dritten Maschine tippte ein neuer Mitarbeiter einen Text.

»Wo warst du denn?«, fragte der Meister, »Der Krieg ist doch schon lange aus.«

Nein, in Gefangenschaft sei er nicht gewesen. Bei der Ulmer Zeitung arbeite er jetzt. Aus reinem Zufall sei er dort gelandet.

Schade, sagte der Meister. Um Weihnachten herum hätten sie einen tüchtigen Setzer gebraucht. Jetzt sei der Platz besetzt. Er deutete mit dem Kopf in Richtung des Neuen.

Ob der *Enz- und Metter-Bote* nach wie vor viermal in der Woche erscheine, wollte Negele wissen.

Ja, bestätigte der Meister. Auch den *Bissinger Anzeiger* würden sie viermal wöchentlich drucken. Aber der Verleger plane, demnächst beide Zeitungen an allen Werktagen herauszugeben. Vielleicht brauche er dann einen vierten Setzer. Negele solle den Herrn Gläser fragen.

Wäre nicht schlecht, sagte Negele. Dann könnte er seiner Mutter zur Hand gehen.

August Gläser war in seinem Büro. Er erinnerte sich an den ehemaligen Lehrling, war liebenswürdig, bat Negele, Platz zu nehmen und fragte viel. Nach dem Befinden, nach den Kriegserlebnissen und wie es an der Westfront gewesen sei.

Ja, bestätigte Gläser, er wolle beide Zeitungen sechsmal in der Woche herausgeben. Dazu müsse er die Druckerei erweitern. Wahrscheinlich erst in zwei, drei, vier Jahren, wenn er genug angespart habe. Aber auch nur, wenn die Geldentwertung nicht um sich greife, könne er sein Vorhaben verwirklichen. Dann sei Negele herzlich willkommen.

Negele dankte, ging zur Setzerei zurück und verabschiedete sich von seinen ehemaligen Kollegen.

Wenn vorher etwas frei werden sollte, sagte der Meister, werde er schreiben. Ganz bestimmt.

Schulmeister Naser saß unterm Kirschbaum und korrigierte Schülerhefte. Negele sah über den Zaun. Er traute sich nicht, seinen alten Lehrer anzusprechen.

»Ja, das ist doch …« Der alte Herr hatte ihn entdeckt und kam zu ihm herüber. Die Freude, seinen Schüler zu sehen, stand ihm ins Gesicht geschrieben. Er bat den jungen Mann ins Haus. »Serviere uns bitte Kaffee und Kuchen auf der Terrasse«, rief er seiner Frau zu. Dann führte er seinen Gast unter den Kirschbaum.

»Sommers sitze ich am liebsten unterm Holunder«, sagte Naser, »aber um diese Jahreszeit sind viele Ameisen dran. Auch Beeren fallen herab. Ameisen und blaue Flecken in den Heften müssen nicht sein.« Er lachte, rückte einen zweiten Stuhl an den Tisch, bat mit ausholender Geste, Platz zu nehmen, und setzte sich.

»Heimatkunde.« Naser deutete auf den Stapel Hefte. »War das nicht dein Lieblingsfach?«

Negele nickte. »Ich wollte mich nochmals bedanken für die beiden Zeichenbücher, die Sie mir an die Front geschickt haben. Darf ich sie Ihnen bringen?«

»Zeichnest du gern? Machst du Fortschritte? Hast du dich schon ans Malen gewagt?«

»Ja«, sagte Negele stolz, »an der Front habe ich jede freie Minute gezeichnet. Alle, die ich porträtiert habe, erkannten sich auf dem Bild. Aber mit dem Malen hapert's noch.«

»Dann behalte die beiden Bücher. Besuche ein paar Zeichen- und Malkurse.«

»Wo?«

In Ulm, meinte Naser, gebe es bestimmt einen Volksbildungsverein. Ob Naser auch Soldat gewesen sei, wollte Negele wissen.

Ja, im Siebzigerkrieg, antwortete der Grauhaarige. Gerade einmal zwanzig sei er damals gewesen.

»Sie müssen in Ihrem Alter noch arbeiten?« Negele staunte. »Wann dürfen Sie in den Ruhestand?«

Naser zuckte mit den Achseln. »Das Beamtengesetz von 1873 gilt noch. Es sieht keine feste Grenze für den Ruhestand vor. Wenn man nicht mindestens vierzig Jahre im Beruf gewesen ist, bekommt man keine volle Pension und die Ehefrau bloß ein gekürztes Witwengeld. Aber im nächsten Sommer will ich mich zur Ruhe setzen, falls die Schulbehörde es erlaubt.«

»Seit wann sind Sie denn Lehrer?«

»Erst nach dem Siebzigerkrieg habe ich das Lehrerseminar besucht. In den achtziger Jahren sind fast keine Lehrer eingestellt worden. Die württembergische Regierung, wie die preußische auch, wollte an den Volksschulen sparen.«

»Geht das?«

Naser lachte. »Weniger Kreide? Nein, die verbrauchen wir bis auf den letzten Bröckel. Noch schäbigere Klassenzimmer? Geht nicht. Noch weniger Bücher? Weniger Lehrmittel? Unmöglich! Wir hatten ja gar keine. Also hat man riesige Klassen gebildet, aber nur in den Volksschulen. Man wollte viele

Lehrerstellen einsparen. Die höheren Schulen dagegen mussten nicht sparen.«

»Warum denn das?«

»Kaiser Wilhelm hat es unserem König vorgeäfft. Hundert Kinder und mehr in einer einzigen Klasse. Stell dir das vor!«

Negele schüttelte verwundert den Kopf.

»Kaiser Wilhelm hat in die Welt posaunt, das deutsche Volk gehe an der Schulwut zugrunde. Es gäbe viel zu viele Studierte. Weniger Gymnasiasten und Oberschüler, dafür mehr Soldaten, das sei die richtige Politik für Deutschland, soll er gesagt haben. Für das bisschen Lesen und Schreiben brauche man in den Volksschulen nicht mehr Lehrer, sondern einen schärferen Drill. Dann könne man auch hundert Schüler auf einmal unterrichten.«

»Denken Sie manchmal noch an den Siebzigerkrieg?«

»Weniger als früher. Vielleicht einmal in der Woche. Der Siebzigerkrieg ist aber nicht zu vergleichen mit dem Krieg, den du mitgemacht hast.«

»Meinen Sie?«

»Der Siebzigerkrieg war kurz. Ein paar Schlachten, dann war alles vorbei. Du dagegen hast vier Jahre im Schützengraben hocken müssen. Bestimmt hast du viel Leid erlebt. Aber auch in der Heimat hat man ab 1916 schrecklich gehungert. Das alles verdanken wir einer törichten Kriegführung und den neuen, grausamen Waffen. Flak, gewaltige Kanonen, Maschinengewehre, Giftgas, Panzer, Militärflugzeuge. Ich hätte das nicht ausgehalten.«

Negele schwieg. Sein alter Lehrer wusste es zu deuten.

Frau Naser bat zu Tisch und verabschiedete sich zugleich. Sie müsse im Konsum Zucker fürs Einmachen besorgen, sagte sie, denn heute gäbe es Zucker auf Marken. »Sehen Sie es mir nach, lieber Herr Negele. Mein Mann duldet sowieso keine Zuhörer, wenn er mit seinen Schülern plaudert.«

Naser lächelte, schenkte Kaffee ein, verteilte Kuchen, wobei er nebenher sagte: »Ich kann mir denken, was dich umtreibt. Du hast den Krieg zwar überlebt, aber gewiss noch lange nicht überstanden.«

Negele sah ihn mit großen Augen an.

»Ich ahne, wie es in dir tickt. Was dich umtreibt. Was dich von innen heraus verzehrt.«

»Ja«, bestätigte der junge Mann mit belegter Stimme, »ich hab eine große Wut auf alle, die mir das eingebrockt haben.«

»Manche schwätzen von wertvollen Kriegserinnerungen. Andere von der prägenden Kraft der Schlachten. Ich kann mir gut vorstellen, dass man das Grauen der Front kaum verarbeiten kann. Den Hass, den Zorn, die unbändige Wut, den Schmerz, die Todesangst – unfasslich! Ganz in der Nähe ist ein Lazarett für die Kriegszitterer. Ich habe bei denen mal über den Zaun geschaut. Schrecklich, wie diese Menschen leiden.«

»Ach, wie gern würde ich auf die erbärmlichen Gefühle verzichten, die mich jede Nacht plagen.«

»Der Krieg entfremdet die Menschen, sogar von sich selber. Hast du schon gehört, dass der österreichische Kaiser Karl bereits 1916, also gleich nach seiner Krönung, den Krieg beenden wollte?«

Negele verneinte stumm.

»Unsere Heeresleitung war dagegen, unser Kaiser auch.« Naser rührte versonnen in seinem Kaffee. »Kennst du das Büchle *Die Schuld des Kaisers*?«

Der junge Mann schüttelte den Kopf.

»Nein? Heinrich Binder hat es geschrieben. Er war Kriegsberichterstatter im Großen Hauptquartier. Das muss man gelesen haben.« Naser stand auf und holte die Broschüre aus seinem Schreibzimmer, schlug sie auf und las laut vor: »*Wenn wir heute, angesichts des furchtbaren Zusammenbruchs unseres Vaterlandes, angesichts der größten Niederlage, die ein so großes Volk erleiden konnte, – wenn wir in diesen Tagen den Blick rückschauend schweifen lassen, dann müssen wir den Feinden recht geben, wenn sie behaupten, dass eine andere Persönlichkeit als Wilhelm II. den zweifellos oft von außen bedrohten Frieden des Deutschen Reiches hätte wahren können. Man kann nicht einmal von einer tragischen Schuld des Kaisers sprechen. So viel Stolz, Selbstüberhebung, Kritiklosigkeit gegen das eigene Können, so viel an Cäsarenwahn grenzenden Willen zur Macht, wie wir ihn in der Person des Kaisers vereint sahen, verlieren in der Betrachtung die Wirkung des Tragischen.*«

Negele lachte höhnisch: »Wenn ich das höre, brennt mein Hass lichterloh. Wie soll ich da mein seelisches Gleichgewicht, meinen Schlaf jemals wiederfinden?«

»Friss nicht alles in dich hinein, lieber Karl«, riet Naser. »Besser, tu etwas gegen den Krieg. Empöre dich gegen lausige Politik.«

Negele sah ihn nachdenklich an. »Mach ich schon«, sagte er. Mit wachsender Begeisterung erzählte er seinem alten Lehrer vom Schwabenkomitee und von Großschwaben. Auf Nachfrage räumte er allerdings ein, dass viele Fragen unbeantwortet seien. Zum Beispiel sei zweifelhaft, ob sich Baden und Württemberg auf eine gemeinsame Zukunft verständigen könnten. Strittig sei auch, ob auf politischem Weg eine Lösung zu finden sei.

»Was wäre die Alternative?«, wollte Naser wissen.

»Gewalt.«

»Terror?«

»Kaum. Eher Einsatz von Schutztruppen.«

»Das, mein lieber Karl«, Naser war fassungslos, »das ist doch kein Neuanfang.«

»Was dann?«

»Weiterwursteln im alten Trott. Nur die Uniformen der Soldaten wären anders. Echte Demokratie lebt von der Zustimmung des Volkes, von der Einhaltung der Gesetze, wenn sie mit dem Willen des Volkes übereinstimmen. Parteiengeschwätz und Machtmissbrauch führen immer ins Jammertal.«

5

Wer als Soldat an der Front überlebt hat, dem mag es geschehen, dass er in einer stillen Stunde an sich und der Welt verzweifelt. Die schwermütigen Gedanken, die dann aufsteigen, können in Trübsinn und Weltschmerz münden, aber auch in Wut und Zorn umschlagen.

Eine solche Stunde durchlitt Karl Negele ausgerechnet an seinem Arbeitsplatz. Alle aktuellen Artikel für die Zeitung des nächsten Tages hatte er gesetzt. Die Hektik war verflogen. Dafür rotierten jetzt die Drucker. Eigentlich konnte er sich seelenruhig den Berichten für die Samstagsausgabe widmen, sie auf Vorrat in die Maschine klappern. Entspannt reckte und streckte er sich vor seiner Linotype, stöberte hier ein bisschen in den Meldungen, die er setzen sollte, trödelte da ein Minütchen vor sich hin. Schläfrig geworden begann er, von einem anderen Leben zu träumen. Und schon wähnte er sich in der Porzellanmanufaktur. Er nahm Maß, zeichnete vor, mischte Farben, malte mit einem langen Pinsel. Er zauberte Rosen auf den glatten Untergrund, Blume für Blume, Blatt für Blatt. Zum Schluss punktete er feine weiße Lichter auf die göttlichen Blüten.

Ein Redakteur trat an ihn heran, sah ihn lächelnd von der Seite an. Sanft berührte er ihn an der Schulter. »Schlafen Sie?«

Dösig, auch etwas missmutig warf ihm Negele einen schrägen Blick zu, dann löste er sich rasch aus seinen Tagträumen. Gewiss, er mochte seinen Beruf. Doch, er fand es spannend, täglich das Neueste in Zeilen aus Blei zu gießen. Schriftsetzen, das war für ihn nach wie vor Arbeit, Lektüre und Bildung in einem. Aber er hatte bei den Porzellanmachern gespürt, dass es ein schöneres Leben gab, abseits der hektischen Welt in den Zeitungen, die vom Schrecken des Krieges, von der Macht der alten Eliten, von den Intrigen der Politik berichteten. Gern würde er, ganz auf sich allein gestellt, mit seinen Händen und seinem Können etwas erschaffen, auf das er stolz sein könnte. Ganz nebenbei, dachte er sich, würde seine waidwunde Seele schneller gesunden. Da war er sich sicher.

Der Zeitungsmann räusperte sich und diktierte ihm in die Maschine: *Der abgedankte württembergische König Wilhelm II. ist bei guter Gesundheit.* Wilhelm wohne jetzt im Schloss in Bebenhausen bei Tübingen. Täglich gehe er mit seinen Spitzern im Schönbuch spazieren, regelmäßig auch auf die Jagd. Aus seiner Umgebung verlaute, er habe es nicht verwunden, dass ihm niemand beistand, als der Pöbel im November 1918 das königliche Palais umlagerte und seinen Rücktritt forderte. Dennoch achte der alte König auf Volksnähe. Zu Weihnachten habe er alle Kinder von Bebenhausen, samt ihren Eltern, ins Schloss eingeladen und reich beschenkt.

»Na?«, fragte der Redakteur. »Wie gefällt Ihnen diese Nachricht?« Er stand auf und ging, ohne die Antwort abzuwarten.

Negele sah dem Journalisten versonnen nach. Er machte sich seine eigenen Gedanken. Wie war es möglich, dass sich der württembergische König offen gegen den Krieg erklärt, ihn aber nicht verhindert hatte? Wollte sich sein Namensvetter, Kaiser Wilhelm II., auf den Krieg einlassen, ohne seine Landesfürsten zu fragen? Wenn er sie aber gefragt hatte, war dann der württembergische König als Einziger dagegen gewesen? Oder war der Kaiser gar nicht auf die Zustimmung der Landesfürsten angewiesen? Dann ließ das nur einen Schluss zu: Die alten deutschen Länder waren nichts wert. Ein paar abgehalfterte Fürsten hatten sie ausgebeutet, dem Volk das Geld aus der Tasche gezogen, damit sie in Saus und Braus leben konnten.

Er war aufgewühlt. Die nächste Meldung, die man ihm fürs politische Feuilleton am Samstag aus dem Redaktionsbüro brachte, machte ihn wütend: *In Berlin geht das Gespenst des Staatsbankrotts um.* Die Reichsbank sei außerstande, die ausgegebenen Banknoten einzulösen, weil es keine Golddeckung mehr gebe. Als einzige Möglichkeit bleibe die Deckung der Währungsreserven durch Sachwerte wie Grundstücke, Immobilien und Produktionsgüter. Damit könne man der deutschen Währung vielleicht zu einem angemessenen Wechselkurs verhelfen und den Kurssturz der Mark aufhalten. Andernfalls drohe eine große Inflation. Auch das Ausland werde nicht helfen, weil solche Hilfe ausschließlich als Hypothek gewährt würde. Zu deren Sicherung müsste man allerdings den gesamten deutschen Besitz ins Ausland schaffen. Also bleibe nur ein Weg, unser Vaterland vor dem Untergang zu retten: die radikale Neuordnung Deutschlands, politisch, wirtschaftlich und finanziell. Aus Wien träfen ähnliche Horrormeldungen ein. Die österreichische Regierung beabsichtige, wegen der trostlosen Lebensmittel- und Kohleversorgung den Staatsbankrott zu erklären. Sie wolle die Regierungsgewalt in die Hände der alliierten Missionen in Wien legen. Vielleicht würden dann die Franzosen, Engländer und Amerikaner erkennen, so die Überlegung der österreichischen Politiker, dass man die Besiegten nicht weiter ausplündern dürfe.

Negele schlug die Hände vors Gesicht. War er dafür in den Krieg gezogen? Er war außer sich. Vier Jahre lang hatte er seine Knochen hingehalten wie Abertausende anderer Soldaten auch. Die schreckliche Bilanz konnte sich sehen lassen. Millionen totgeschossen. Abermillionen verwundet oder fürs ganze Leben gezeichnet. Hunger und Elend in ganz Europa statt blühender Landschaften. Wozu das alles?

Zornbebend setzte er den Artikel zu Ende, stakste, vom langen Sitzen steifbeinig geworden, zum Vesperstüble hinüber und hockte sich wortlos in den Kreis seiner Kollegen. Bei Gott, heute war nicht sein Tag.

»Man sollte rauskriegen, was die Zentrumsleute denken.« Richard Mooser führte, wie meist, das große Wort.

Warum er das wissen wolle, fragten die Kollegen.

»Die badischen und württembergischen Zentrumsabgeordneten tagen am Bodensee.«

Warum ihn das interessiere, beharrten die Kollegen.

»Großschwaben! Sie haben ein einziges Thema auf der Tagesordnung, einen neuen Südweststaat.«

Dann solle er Urlaub machen und hinfahren, wenn er es unbedingt wissen wolle.

Mooser lachte.

Ob er wisse, wo sie tagen.

»In Friedrichshafen, im Hotel zum Schiff.«

»Wetten, dass du nichts erfährst, auch wenn du hinfahren würdest«, sagte einer.

»Wetten, dass ich's rauskriegen würde. Und wenn ich als Aushilfskellner ein paar Tage am Bodensee schaffen müsste. So wahr ich Rumpelstilzchen heiß.«

Sie lachten aus vollem Hals. »Richard Rumpelstilzchen«, prustete jemand los, »das klingt wie im Märchen.«

Mooser breitete die Hände aus, orakelte: »Wer kann, der kann!«, und prostete seinen Kollegen zu.

Die Pause war zu Ende. Mooser, der gemerkt hatte, dass Negele eine Laus über die Leber gelaufen war, gab seinem Kollegen einen aufmunternden Klaps auf den Rücken. Er wollte ihm Mut zusprechen.

Negele setzte sich vor seine Maschine, nahm einen neu eingetroffenen Bericht vom Stapel, las, stutzte und rief Mooser zu: »Brauchst nicht mehr Rumpelstilzchen spielen, Richard!«

Als Mooser die Hand ans Ohr legte, die Achseln zuckte, weil es im Setzersaal laut war vom Rattern und Klappern der Maschinen, stand Negele auf, ging zu ihm hin und rief ihm ins Ohr: »Die Zentrumstagung ist vorbei. Gleich setze ich einen Artikel. Ich mach dir einen Abzug.«

Dann hämmerte er den folgenden Bericht in die Maschine: *Zeitgleich, wenn auch an verschiedenen Orten tagten die Abgeordneten der Sozialdemokratie und des Zentrums zum selben Thema, der Gründung eines Südweststaats. Die Zentrumsleute aus Baden und Württemberg erörterten das Problem in Friedrichshafen am Bodensee. Im Hotel zum Schiff fassten die Delegierten folgenden Beschluss: Baden und Württemberg könnten nur zusammengehen, wenn Vorarlberg einbezogen werde. Denn die dortige*

Bevölkerung sei katholisch; sie erbringe somit einen erheblichen Zuwachs an Katholiken in den neuen Staat. Es müsse verhindert werden, dass ein mehrheitlich protestantischer Südweststaat entstehe. Die badischen und württembergischen Sozialdemokraten tagten in Mühlacker bei Maulbronn. Sie sprachen sich vorbehaltlos und einstimmig für einen Südweststaat aus. Zugleich beschlossen sie, dafür Propaganda zu machen, auch über Parteigrenzen hinaus. Aufmerksamen Lesern dürfte nicht entgangen sein, dass beide Tagungen auf württembergischem Territorium stattfanden, wenn auch in unmittelbarer Nähe zur badischen Grenze. Diese Tatsache gibt Anlass für allerlei Spekulationen: Hat der Vorstand der Zentrumspartei viele seiner badischen Delegierten mit der Wahl des Tagungsortes bewusst provoziert? Mussten die Abgeordneten aus Baden die weite Reise nach Friedrichshafen nicht bereits als Unterwerfung unter das größere Württemberg missverstehen? Jedenfalls können die Gegner eines Südweststaates ruhig schlafen: Preußen und Bayern, die sich aus Eigennutz der Veränderung der geopolitischen Landkarte widersetzen, sind natürliche Feinde jeder Neugliederung Deutschlands. Sie haben neue Verbündete gewonnen, die katholischen Zentrumsabgeordneten.

Der Regen fiel in dicken Tropfen. Negele blickte über die nassen Dächer von Ulm. Fröstelnd rieb er sich die Hände. Kalt war es heute.

Ein leises Klopfen weckte ihn aus allen Träumen. Erschrocken sprang er auf, öffnete die Tür. Die Hauswirtin schlüpfte ins Zimmer und stellte einen Teller mit einem Stück Apfelkuchen auf den Tisch. »Ein kleines Versucherle«, sagte sie strahlend.

Tändelnd kam sie auf ihn zu. Gerade wollte sie ihm um den Hals fallen, als es erneut klopfte, dieses Mal allerdings heftig.

Sie erschrak: »Wird doch nicht mein Mann sein?«, flüsterte sie, wobei sie erblasste.

Er eilte an die Tür und spähte in den Flur. »Ah, du bist's. Komm herein.«

Georg Leicht wuchtete sich ins Zimmer. Großspurig begrüßte er seinen Kameraden und die Wirtin mit Handschlag. »Stör ich?«, fragte er dröhnend.

»Ich bin beim Kuchenbacken«, flötete sie. »Da hab ich mir gedacht, ich bring Herrn Negele eine kleine Kostprobe. Ich wollte nicht lange bleiben.« Sie wandte sich lachend zur Tür. »Lassen Sie sich's schmecken.« Winkend witschte sie auf leisen Sohlen hinaus.

»Setz dich bitte, Georg!« Negele deutete auf einen der Stühle am Tisch. »Du hast dich lange nicht mehr blicken lassen.«

Leicht ließ sich aufs Sofa fallen. Turbulente Monate habe er hinter sich, stöhnte er. In München hätte er sich mit seinen Ulmer Kollegen von der Sicherheitspolizei bis zur Innenstadt vorgekämpft. Am zweiten Mai hätten sie den Sendlinger-Tor-Platz besetzt, Autofallen errichtet und die Führer der Roten Räte verhaftet. Seitdem herrschten dort wieder Ruhe und Ordnung. Aber bald darauf sei ein neues politisches Unwetter aufgezogen. Die Gerüchte, die Alliierten würden unsere Sicherheitskompanien verbieten, hätten sich zum Orkan verdichtet.

Das habe er auch gelesen, bestätigte Negele, weil er es setzen musste.

»Den Engländern und Franzosen waren wir verdächtig. Sie sahen in uns nicht Polizisten, sondern Soldaten. Sie fürchteten, wir rüsteten heimlich auf. Deshalb ordneten sie an, was wir seit den Unruhen in Stuttgart geahnt hatten: Die Sicherheitskompanien müssen weg.«

»Ach darum bist du heute in Zivil. Was schaffst du jetzt?«

Leicht lachte. »Was wohl? Ich bin Soldat! Beim Ausgang darf ich die Uniform allerdings nicht tragen.«

»Soldat? Du meinst Polizeisoldat!«

»Nein, jetzt Soldat.«

Negele staunte.

»Ich wollte meiner Entlassung bei der Sicherheitskompanie zuvorkommen. Darum hab ich bei Otto Haas angemustert.«

»Generalmajor Haas?«

»Du erinnerst dich an ihn?«

»Ja, so ein großer Schlanker. Schlacht in Flandern.«

»Genau, Otto der Große. Die Freiwilligen-Abteilung Haas, weißt du, ist ein Freikorps, aber kein gewöhnliches. Es besteht aus ehemaligen Soldaten des württembergischen XIII. Armee-Korps. Stationiert sind wir auf dem Truppenübungsplatz in Münsingen.«

»Du schiebst Wache auf der Schwäbischen Alb? Was bewachst du dort? Schafe?«

Leicht war schlecht gelaunt. Für Späße war er heute nicht zu haben. »Ich bin auf Heimaturlaub.«

»Dann könnten wir morgen Abend ein Bier zusammen trinken. Kommst du?«

»Ich weiß noch nicht.« Er zuckte die Achseln. »Ich muss mich zuerst vorstellen.«

»Jetzt versteh ich gar nichts mehr.«

»Du weißt doch, dass die Nationalversammlung im März beschlossen hat, ein kleines Friedensheer aufzustellen. Alle anderen bewaffneten Einheiten müssten dafür aufgelöst werden. Maximal hunderttausend Mann unter Waffen sind in Deutschland erlaubt. Anordnung der Alliierten. Diese Hunderttausend sollen nicht nur die Reichsgrenzen schützen, sondern auch für Ruhe und Ordnung im Innern sorgen, statt der Polizeisoldaten und der Freikorps.«

»Klar. Auch den Bericht hab ich gesetzt.«

»Dann weißt du, dass in Ulm derzeit die Brigade 13 entsteht.«

Negele nickte.

»Zu denen muss ich morgen Abend. Wenn alles klappt, dann bin ich bald Reichswehrsoldat bei der Ulmer Feldartillerie. Unser Münsinger Freikorps wird aufgelöst.« Leicht fand das alles traurig und lustig zugleich. »Alle vier Wochen raus aus der alten Uniform, rein in eine neue.«

Auf der Treppe vor der Haustür saß ein Mann, einen blauen Rucksack geschultert. Als er Negele kommen sah, winkte er ihm zu und stand auf.

Negele blickte irritiert um sich. Meinte der ihn?

»Grüß Gott, Karl. Kennst mich nimmer?«

Negele schlug sich an die Stirn. »Erwin! Erwin Pfeiffer!« Er reichte ihm die Hand. »Das ist eine Überraschung. Ja, wo kommst du denn her?«

Er bat ihn ins Haus und führte ihn ins Dachgeschoss. Dort auf dem Sofa erzählte ihm der alte Kriegskamerad viel. Auch Pfeiffer war am Tag vor Weihnachten 1918 in Ludwigsburg aus der Armee entlassen worden, allerdings in einer anderen Kaserne als Negele. Monatelang hatte er vergebens vor Fabriken um Arbeit gebettelt, dann bei der Blauen Division angemustert, einem Freikorps unter dem Kommando von Generalmajor Ramsburg. In Schlesien und Ostpreußen hatte er mit seinen Kameraden ebenso für Ruhe und Ordnung gesorgt wie im Ruhrgebiet. Jetzt war er als Werber für sein Freikorps unterwegs.

»Ich dachte, die Freikorps werden aufgelöst.«

Pfeiffer grinste listig. »Nicht alle.«

»Von wem hast du meine Anschrift?«

»Deine Schulkameraden haben sie mir verraten.«

»Warst du in Großsachsenheim?«

»Ja. Auch in Ludwigsburg, Bietigheim und Bissingen. Vorgestern in Sersheim.«

Negele schüttelte ungläubig den Kopf.

»Sogar bei Oberst von Brandenstein war ich.«

»Bei unserem alten Regimentskommandeur?«

Pfeiffer nickte. »Mit einem Empfehlungsschreiben meines Generalmajors.«

»Warum? Will von Brandenstein auch zu deinem Freikorps?«

»Ach was! Ich hab ihn gefragt, wen ich anwerben könnte. Hast du gewusst, dass er an einem Buch über uns schreibt? *Infanterieregiment Altwürttemberg im Weltkrieg von 1914 bis 1918* soll es heißen.«

Negele quittierte die Nachricht mit einem versonnenen Blick. »Nicht schlecht. Interessiert mich. Sommer 1916, an der belgisch-lothringischen Front, da hab ich ihn zum ersten Mal gesehen.«

»Er hat mir viele Postkarten und Fotos von damals gezeigt. Außerdem hat er unsere Gefechtspläne und Namenslisten gesammelt. Er wolle die heldenhaften Taten seines Regiments verewigen, hat er mir gesagt.«

»Kapiert! Du klapperst jetzt alle Adressen auf Brandensteins Listen ab.«

»Nur die Orte, wo mehrere Kriegskameraden wohnen. Ansonsten die großen Garnisonsstädte.« Pfeiffer sah seinen alten Kameraden, mit dem er früher öfters in Ludwigsburg im Kino war, ernst an. »Was schaffst eigentlich du, Karl?«

»Ich mag's ruhiger. Ich bin Schriftsetzer bei der hiesigen Zeitungsdruckerei.«

»Hast du Lust, bei uns …?«

Negele winkte ab.

»Engagierst du dich nicht für die neue Republik?«

»Beim Schwabenkomitee.«

»Schwabenkomitee?«

»Hast du noch nie etwas von Großschwaben gehört?«

Und ob Pfeiffer darüber gelesen hatte. Sehr viel sogar. Die Zeitungen seien ja voll davon. Eine eigene Schwäbische Republik gründen, da wäre er gern dabei, sagte er. Das sei eine gute Sache.

Das Schwabenkomitee sei der Verein, der Großschwaben zum Ziel habe, erklärte Negele. In jüngster Zeit diskutiere man, ob eine Schutztruppe nötig sei, zumindest in der Gründungszeit des neuen Südweststaats.

Pfeiffer sprang auf. Er war Feuer und Flamme. Negele solle ihn sofort, er bat händeringend und fordernd im Ton, mit den führenden Leuten des Schwabenkomitees bekannt machen.

Ja, morgen oder übermorgen lasse sich das arrangieren, vertröstete Negele.

»Nein, heute!«, widersprach Pfeiffer entschlossen. »Am besten gleich!« Er sei in einem Gasthaus am Bahnhof abgestiegen. Morgen müsse er weiter nach Biberach und Aulendorf. Also möchte er, bitte schön, heute einen führenden Mann des Schwabenkomitees treffen.

»Warum so überstürzt? Ich kann dem Schwabenkomitee in der nächsten Sitzung berichten, was du mir gesagt hast.«

»Versteh mich, Karl! Das ist unsere Chance. Die Blaue Division hat sich bei vielen Einsätzen als Schutztruppe bewährt. Wir könnten ein rein schwäbisches Bataillon stellen, weil Ramsburg viele ehemalige Soldaten aus Württemberg um sich geschart hat.« Pfeiffer ging aufgeregt hin und her. »Ich muss das einem aus dem Vorstand selber vortragen.«

Negele überlegte. Seinen väterlichen Freund Richard hatte er abends öfters besucht, auch ungebeten. Aber dann war er immer allein gewesen. Wo Martinus und Westwald wohnten, wusste er nicht genau. Sollte er bei Richard …

»Probleme, Karl?«

Negeles Nasenflügel bebten. Er presste die Lippen zusammen, als er Pfeiffer abweisend ansah.

»Fürchtest du, deine Freunde könnten sich verpflichtet fühlen, uns zum Abendessen einzuladen, wenn wir sie jetzt aufsuchen?«

Negele nickte.

»Dann mach dir keine Sorgen, Karl, ich kenne meine schwäbischen Landsleute.« Pfeiffer grinste. »Wie wär's, wenn wir etwas mitbringen?«

Pfeiffer hob seinen Rucksack vom Boden auf und öffnete ihn, während er Negele fixierte. Der sah mit großen Augen, wie sein Gast den prall gefüllten Leinenbeutel mit der Hand austastete. »Voilà!« Triumphierend zog er eine Tüte heraus und präsentierte vier Würste, in Ölpapier eingeschlagen.

»Eine für dich, eine für mich, zwei als Gastgeschenk. Einverstanden?«

Sie verließen das Haus, überquerten die Straße und eilten auf dem kürzesten Weg zu Mooser.

Der alte Schriftsetzer öffnete die Haustür. Aufmerksam hörte er an, was ihm sein Freund Negele zu sagen hatte, bevor er die Besucher hereinbat. Die Bratwürste gab er an seine Frau weiter, die sich sogleich in der Küche zu schaffen machte. Aus dem Büffet, wo er Rotwein auf Vorrat gelagert hatte, holte er eine Flasche, entkorkte sie und füllte drei Henkelgläser.

»Prost!« Mooser dankte Negele mit erhobenem Glas. Er war über den Besuch sichtlich erfreut.

Negele spürte sofort, dass Richard Sympathien für Pfeiffer hegte. Vor allem schien ihn die Blaue Division zu fesseln. Er hing an den Lippen des strammen Soldaten. Lag es an dessen offener Art? Oder war es eher die Botschaft, die Mooser gierig aufsog?

Pfeiffer lehnte sich zurück. Er genoss die Aufmerksamkeit. Großspurig plauderte er über die politische Lage in Deutschland, stellte die großen Erfolge der Blauen Division heraus, gerade so, als preise er eine Biersorte an oder rühme eine gewonnene Schlacht im Weltkrieg.

Negele zog sich in sein Schneckenhaus zurück.

Leicht breitete seine Pläne aus. Zungenfertig blies er Mooser seine Ideen ins Ohr. Der staunte seinen Gast mit offenem Mund an, lauschte ehrfürchtig, wobei er seinem eigenen Wein kräftig zusprach, der ihm heute Abend besonders mundete.

Negele saß aufrecht am Tisch. Mit wachsender Ungeduld blickte er geradeaus zur Wand oder zwischen Mooser und Pfeiffer hindurch. Nach einem langen Arbeitstag machte ihn das Gläschen Wein schlapp und schläfrig. Kaum konnte er die Lider offenhalten.

Beim Essen, zuerst gab es eine Brennnesselsuppe, dann Bratwürste mit goldgelben Bratkartoffeln, waren Mooser und Pfeiffer mitten in den Planungen für eine schwäbische Schutztruppe.

Negele musste mehrmals gähnen.

»Interessierst du dich nicht für die militärische Hilfe für Großschwaben?«, fragte Pfeiffer ironisch, eine Spur gereizt.

»Ich wage mich nicht hoch hinaus.« Negele hob abwehrend die Hand. »Ein Waghals bin ich nie gewesen.«

»Bist du abgeschafft, Karl?« Mooser hatte Mitleid mit seinem Kollegen. Er wusste, dass der einen harten Tag hinter sich hatte.

Negele gähnte erneut und fuhr sich mit der Hand übers Gesicht.

»Dann geh heim. Leg dich aufs Ohr, Karl. Ich weiß, du musst morgen früh raus.« Mooser sah Pfeiffer verzeihend an. »Ich dagegen hab Spätschicht. Keine Sorge, ich bringe Sie nachher zu Ihrem Nachtquartier.«

Er finde allein den Weg, dankte Pfeiffer.

Mooser begleitete Negele zur Tür. Anstatt eines Händedrucks klopfte er ihm gönnerhaft auf die Schulter. »Schlaf dich aus, Karl.«

Sechs Wochen später stattete Georg Leicht seinem Kriegskameraden Negele erneut einen Besuch ab.

»Tut mir leid, Karl.« Er lehnte mit dem Rücken am Fenster, wirkte zerfahren und zerzaust. »Ich hab auch nicht damit gerechnet.«

»Wann willst du die Wohnung haben?« Negele schaute Leicht unwillig ins Gesicht. Der Rottweiler hatte sich irgendwie verändert. Was mochte da geschehen sein?

»Du hast mich missverstanden, Karl. Ich will nicht, dass du ausziehst.«

»Sondern?«

»Die Wohnung ist groß genug für uns beide.«

Negele ging darauf nicht ein. »Woher kommt dein plötzlicher Sinneswandel?«

Leicht druckste herum, bis er zu plaudern begann. Er fühle sich unwohl bei der Feldartillerie. Er gebe es ja gerne zu, dass er das unstete Soldatenleben genieße. Mal Ulm, mal München, dann Münsingen, jetzt wieder Ulm. Auch am Wechsel der Uniformen habe er seinen Spaß.

Negele lachte. »Sonntags mit allen Orden und Ehrenzeichen über den Münsterplatz stolzieren und vor den jungen Frauen protzen. Dass dir das gefällt, glaub ich gleich.«

Leicht winkte ab. »Der Drill bei der neuen Reichswehr ist schärfer als beim Freikorps, der Ausgang seltener, die Disziplin strenger. Überziehst du ein einziges Mal den Zapfenstreich, schon kriegst du die erste Rüge. Beim zweiten Mal darfst du das ganze Wochenende Wache schieben.«

»Ah, verstehe. Das lustige Soldatenleben ist vorbei.« Negele schüttelte verwundert den Kopf. »Du willst bei der Reichswehr nach ein paar Wochen wieder kündigen?«

»Ich muss, Karl, ich muss.«

»Du musst kündigen? Nach sechs Wochen? Wie soll ich das verstehen? Willst du deinem Rausschmiss zuvorkommen?«

»Ich hab ein besseres Angebot.«

»Wieder Freikorps?« Negele wusste, dass Georg Leicht die meisten Abende in Kneipen und Cafés bei Bier, Billard und Kartenspiel verbrachte. Der Rottweiler hatte sich an viel Freiheit und Freizeit gewöhnt, immer auf der Suche nach einem neuen Abenteuer. Eine feste Anstellung als Handwerker kam für ihn bestimmt nicht mehr infrage.

»Nein, Polizeisoldat.«

Negele war fassungslos. »Wie geht denn das? Die Reichsregierung hat doch die Freikorps und Polizei- und Volkswehren aufgelöst, als sie die neue Reichswehr gründete. Oder irre ich mich?«

»Die Herren in Berlin haben die Rechnung ohne unsere Landesregierung gemacht. Die hat die Hosen voll. Am Nesenbach geht die Angst um vor neuen Unruhen. Wer verteidigt Stuttgart, wenn die Straßenkämpfe erneut aufflackern? Wer schützt dann unsere Bahnhöfe, unsere Behörden, unsere Spätzlefabriken?«

»Sind die Sicherheitskompanien nicht verboten?«

»Gewiss! Dennoch baut das Stuttgarter Innenministerium in aller Stille eine neue Schutztruppe fürs Schwabenländle auf.«

»Darüber haben wir in unserer Zeitung noch gar nicht berichtet«, sagte Negele höchst verwundert.

»Halt bloß dein Maul! Ich erzähl dir das, damit du verstehst, warum ich hier einziehen will.«

Dann weihte Leicht seinen Kameraden unter dem Siegel der Verschwiegenheit in ein paar Einzelheiten ein, die ohnehin bald bekannt würden.

Polizeidirektor Hahn habe unter dem Deckmantel der Landespolizei eine neue schlagkräftige Polizeitruppe gegründet, straff organisiert als kasernierte Truppenpolizei, genau wie die Sicherheitskompanien. Für den Anfang seien dreitausend Mann geplant, bewaffnet mit Karabinern, Maschinenpistolen, Minenwerfern und Flak. Polizeiwehr solle die neue Truppe heißen. Ehemalige Polizeisoldaten der Sicherheitskompanien würden bevorzugt eingestellt.

Ein wichtiges Detail verschwieg Leicht jedoch. Die neue Polizeiwehr hatte zwar die gleichen Aufgaben wie die alten Sicherheitskompanien. Sie sollte die Landesregierung schützen und innere Feinde abwehren. Aber die Polizeiwehr musste zusätzlich, dann allerdings in Zivil, Aufklärung für den Sicherheitsdienst leisten und mögliche Feinde von links und rechts frühzeitig enttarnen. In bestimmten Fällen sollte sie auch regierungsfeindliche Gruppen unterwandern.

»Du bist der Hauptmieter, Georg. Also musst du mich nicht fragen, wenn du deine Wohnung wiederhaben willst. Ich verstehe nur nicht, warum du dieses Mal nicht in der Kaserne wohnen musst.«

»Du kannst davon ausgehen, dass du die Wohnung auch in Zukunft oft für dich allein hast. Man hat mich zwar in die Verwaltung der Polizeiwehr gesteckt. Aber die Schulungen und Manöver der kämpfenden Truppe muss ich mitmachen. Bei Krisen muss ich mit den Polizisten ausrücken. In der übrigen Zeit bin ich in Zivil, darf also außerhalb der Kaserne schlafen. Ich würde die Wohnung gern mit dir teilen. Öfter als zweimal wöchentlich werde ich dir allerdings nicht auf die Nerven gehen.«

Hätte Negele in diesem Augenblick seinen Kameraden kritisch beäugt, wäre ihm aufgefallen, dass sich dieser verlegen die Nase rieb. Denn der log, dass sich die Balken bogen. Man hatte ihn nämlich beim Vorstellungsgespräch gefragt, ob er sich um Ulm herum gut auskenne und ob er sich vorstellen könne, als Ermittler für den Staatsschutz zu arbeiten. So war Leicht beim Sicherheitsdienst gelandet. Man verbot ihm, irgendwem irgendwas zu verraten. Aufträge, Einsatzorte musste er gegenüber jedermann verschweigen. Alles, was gegen den Freistaat Württemberg gerichtet sein könnte, hatte er umgehend vertraulich zu melden. Außerdem musste er alle Personen nennen, mit denen er verwandt oder befreundet war. Auch lose Bekanntschaften musste er angeben. Weil er Mitglieder des Schwabenkomitees kannte, erhielt er den geheimen Spezialauftrag, diese politische Bewegung auszuspähen.

»Ich weiß nicht recht, Georg. Bitte lass mir Bedenkzeit, ich muss mir das überlegen. Wenn ich anderswo ein Zimmer finde, ziehe ich aus. Ich möchte dir nicht zur Last fallen.«

Negele flunkerte, wenn auch nicht so unverschämt wie Leicht, denn mit dem Rottweiler wollte er nicht auf Tuchfühlung wohnen. Die Gemeinsamkeiten aus der Kriegszeit schienen ihm aufgebraucht.

Mooser kredenzte Wein aus seiner Heimat. Er probierte ein Schlückchen, nickte zufrieden, stakte von Platz zu Platz, die linke Hand auf dem Rücken, und füllte die sieben Kristallkelche mit dem rubinroten Trollinger von den Besigheimer Felsengärten. Das hatte er in der Benimmschule des Arbeiterbildungsvereins gelernt. Zuerst bediente er Doktor Martinus, zuletzt schenkte er sich selbst ein.

Er hob sein Glas. Mit wenigen Worten dankte er bescheiden für den Besuch. Dass die hohen Herren seinem Hause Ehre erwiesen, erfülle seine Frau und ihn mit Stolz.

Mooser hatte sich Martinus gegenübergesetzt. Auf seiner linken Seite saßen seine Frau, Karl Negele und Georg Leicht. Auf der rechten Willy Westerwald und ein Redakteur vom Stuttgarter Tagblatt, der mit Martinus befreundet war.

Negele war ein paar Tage zuvor mit Leicht zusammengetroffen. Er hatte zufällig erwähnt, er sei mit Martinus und Westwald bei Mooser eingeladen. Leicht hatte die Augen gerollt, war elektrisiert aufgesprungen und wollte mitkommen. Er sei inzwischen ja auch Mitglied im Schwabenkomitee. Fürs Abendessen könne er etwas Nahrhaftes besorgen. Negele solle bei Mooser ein gutes Wort einlegen, was Negele nach einigem Zögern schweren Herzens tat.

Mooser schüttelte den Kopf. Es hatte sich bis zu ihm herumgesprochen, dass Leicht wieder bei den Polizeisoldaten angeheuert hatte. Seit den Unruhen in Stuttgart war sein Verhältnis zur Staatsmacht getrübt, zumindest zu den Polizeisoldaten.

»Dieser Herumschleicher von der Polizeiwehr ist mir unsympathisch«, giftete er. »Dem traue ich nicht über den Weg.«

Seine Frau hielt dagegen. »Das Angebot darf man nicht ausschlagen, wenn man auch nur einen Funken Verstand hat.« Ripple mit Salzkartoffeln und Sauerkraut sei ein würdiges Willkommen für ihre Gäste. Ein kostenloses dazu. So sei es ihr möglich, etwas Habhaftes zu bieten, ohne Lebensmittelmarken zu verbrauchen. Außerdem hätten sie sich Ripple mit Kraut schon lange nicht mehr leisten können. Inständig bat sie ihren Mann, er solle seine Abneigung für die zwei, drei Stunden mit einem anständigen Bissen zwischen den Zähnen niederkämpfen.

»Aber in der Zeit säuft der Kerl im Unverstand meinen besten Wein«, knurrte Mooser, »wenn ich bloß daran denke, wird mir jetzt schon schlecht.«

Alles Knurren war umsonst, Frau Mooser hatte die genussreicheren Argumente. Also saßen fünf Gäste mit am Tisch, aßen mit Hochgenuss, was der Dickfiedle als Geschenk mitgebracht hatte, lobten die Hausfrau und rühmten den Besigheimer Felsengarten.

Die Hausherrin räumte den Tisch ab, ehe sie die Wohnstube den Herren überließ. Die vertieften sich sofort in die Politik.

»Mit der Abdankung des Kaisers ist die alte Zeit endgültig vorbei«, eröffnete Martinus das Gespräch. Der Himmel sei gepriesen, denn Kaiser Wilhelm, ein von der Gier nach Weltmacht Zerfressener, vom Neid auf andere Monarchen Getriebener, habe vom Volk immer das eingefordert, was er selbst nicht einbringen wollte oder konnte: Selbstlosigkeit und grenzenlose Opferbereitschaft. Alle friedliebenden Deutschen hofften jetzt auf Gerechtigkeit, Frieden und ein bisschen Wohlstand in der neuen Republik.

Jedem stecke der Krieg noch in den Knochen, meinte der Redakteur. Trotzdem – oder gerade deshalb? – seien die alten Kräfte mächtig wie eh und je. Die Herren Generäle stolzierten wie die Pfauen durch Deutschland. Wo auch immer sie sich zeigten, ließen sie sich als unbesiegte Feldherrn feiern, während die entlassenen Soldaten zu Tausenden vor den Werkstoren um Arbeit bettelten. Weil es jedoch zu wenige Arbeitsplätze, aber zu viele Soldaten gebe, schössen überall illegale Freikorps wie Pilze aus dem Boden, trotz des Verbots der Alliierten. Diese Privatarmeen mit ihren reichen Hintermännern bedrohten den neuen Staat oder attackierten ihn offen.

Er habe im Freikorps von Generalmajor Haas gedient, entgegnete Leicht mit Stirnrunzeln. Das sei eine feine, eine nützliche Truppe gewesen, die den neuen Staat gegen die Kommunisten verteidigt habe. Ohne die Freikorps gäbe es Deutschland längst nicht mehr.

»Deutschland hat eindeutig zu viele Soldaten«, sagte Mooser sachlich, aber bestimmt, wobei er seinem Vorredner einen argwöhnischen Blick zuwarf. »Hunderttausend legale in der Reichswehr. Gut, in Ordnung. Aber was ist mit den vielen illegalen Soldaten in den Freikorps? Die sind gefährlich. Vor allem die Deutschen in meinem Alter träumen von Preußens

Gloria. Beim bloßen Gedanken an die vielen Manöver zu Kaisers Zeiten bekommen sie glänzende Augen. In der Weinstube Bäumle hocken sie jeden Abend. Mit glänzenden Augen hören sie Marschmusik, am liebsten *Preußens Gloria*.«

Westwald klemmte seinen Glimmstängel zwischen Zeige- und Mittelfinger. »Die wollen halt ihren Kaiser Wilhelm wieder haben. Verdenken kann man's ihnen nicht. Sie haben ja ihr ganzes Leben in Ehrfurcht vor ihrem Herrscher gekniet. Andererseits ist zu bedenken, dass Wilhelm zwar im holländischen Exil lebt, aber nicht weit entfernt von der deutschen Grenze. Bei Tag und Nacht träumt der vom Lockruf aus Potsdam. Der schläft bei offenem Fenster, damit er ja keine Fanfare überhört. Morgen schon könnte er durch den Park von Sanssouci spazieren und seine Herrschaft fortsetzen, als wäre nichts gewesen. Von den alten Strippenziehern umgarnt, von der Reichswehr gestützt, von Freikorps beschützt.«

»Wen wundert's! Aus einem Nachttopf wird selten eine Suppenschüssel«, spottete Mooser.

Die Gäste lachten lästerlich. Wie er das denn meine?

»Einer von der alten Garde kann sich nicht mehr ändern. Also wird er es auch nicht. Verstehen kann ich's. Aber wer von diesen Privilegienreitern ein aufrichtiges Bekenntnis zur Demokratie in Deutschland erwartet, hat nicht alle Tassen im Schrank.«

»Na, na, warum so heftig, lieber Freund?«, erwiderte Martinus, wobei er Mooser stirnrunzelnd ansah. »Auch das neue Deutschland braucht militärischen Schutz. Ohne den Rat erfahrener Kreise geht gleich gar nichts.«

Westwald horchte auf. Zeigte der Rüffel des Zeitungsjournalisten, den er im Café miterlebt hatte, späte Wirkung?

»Man hat mir neulich unter die Nase gerieben, wir im Südwesten seien zu friedlich. Das Schwabenkomitee solle endlich die Schwäbische Republik ausrufen und eine Schutztruppe anheuern.«

Leicht zuckte zusammen. Mit verengten Pupillen spähte er um sich. Er schluckte heftig.

Westwald paffte. »Ich hab schon damals gesagt, was ich hier gern wiederhole«, schalt er, wobei er jedes einzelne Wort betonte, »die Schwäbische Republik ausrufen, das ist eine hirnverbrannte Idee.«

Der Redakteur machte ein bedächtiges Gesicht, breitete die Hände aus und hielt dagegen: »Ich bin anderer Meinung. In der Pfalz, auch im Rheinland hat sich gezeigt, dass eine neue Regierung Schutz braucht. Auch dann, wenn sich das Volk in einer demokratischen Abstimmung für Großschwaben aussprechen sollte, muss man den neuen Staat gegen die Ewiggestrigen verteidigen. Sonst heuern die Rechten ein paar ehemalige Soldaten an, besetzen die Regierungsgebäude in Stuttgart und jagen die Demokraten durch die Spieße. Das wäre dann das Aus nicht nur für Großschwaben, sondern für jede Form von Demokratie.«

»Gewalt«, warnte Westwald, »ist das Ende jeder Demokratie. Auch ohne Soldaten kann man es sich im neuen Deutschland gutgehen lassen.« Zum Beweis malte er die jüngsten Siege der jungen Republik aus: die neue Reichsverfassung, das frei gewählte Parlament in Weimar, die Gleichberechtigung der Frauen, die unzensierte Presse zum Beispiel. Das alles sei ohne Schutztruppen gelungen.

Negele fühlte sich an Schulmeister Nasers Worte in Großsachsenheim erinnert. Mit Gewalt könne man keinen Neuanfang schaffen, hatte der alte Lehrer gemahnt. Echte Demokratie lebe von der Zustimmung der Bürger und von der Einhaltung der Gesetze. Negele blickte seinem Kollegen Richard ins Gesicht. Er sah, wie es in ihm arbeitete.

»Stimmt nicht!« Mooser war erregt.

»Was stimmt nicht?«, brauste Westwald auf.

»Die Reichsregierung stützt sich auf hunderttausend Reichswehrsoldaten«, zügelte sich Mooser. »Die bewachen die Regierungsgebäude, die Straßen, die Bahnhöfe, die Grenzen. Auch stellen sie in ganz Deutschland die Erschießungskommandos.« Zu Leicht gewandt fügte er mit süffisantem Lächeln an: »Großschwaben kann anfangs kaum auf die Polizeiwehr zählen.«

Leicht lachte hell auf.

Mooser verbuchte es, ohne mit der Wimper zu zucken. Er ließ Leicht an diesem Abend nicht mehr aus den Augen.

»Folglich ist die Idee«, räsonierte der Redakteur, »zwei- oder dreihundert Freischärler anzuheuern, gar nicht schlecht. Die stünden dann bei der Ausrufung der Schwäbischen Republik Gewehr bei Fuß.«

Leicht verzog das Gesicht, als habe er eine ganze Zitrone auf einmal verschluckt.

Der Redakteur drohte ihm lachend: »Aber das, lieber Leicht, erzählen Sie nicht Ihren Vorgesetzten, sonst setze ich einen Bericht in meine Zeitung und behaupte, diese Idee stamme von Ihnen.«

Leicht zog den Kopf ein. Karl Negele, der aufmerksam zugehört, aber bisher geschwiegen hatte, grinste seinen Freund Richard an.

Der schüttelte den Kopf. »Ich habe keine Illusionen mehr. Deutschland ist viel zu groß, um bürgernah regiert zu werden. Meiner Meinung nach zählen wir deshalb auch nicht zu den friedfertigen Staaten. Außerdem haben wir keine demokratische Tradition. Statt Gleichheit herrscht bei uns zynischer Standesdünkel. Statt Brüderlichkeit wird der alte Untertanengeist verherrlicht. Vom Teilen in der Not haben gerade die Privilegienreiter, die sonntags in der ersten Kirchenbank hockten, noch nie etwas gehört. Das müssen wir rasch ändern, wenn wir friedlich zusammenleben wollen. In allem, auch in der Größe von Staaten, müssen wir zum menschlichen Maß zurückkehren. Notfalls«, er zögerte, »mit Waffengewalt, auch wenn das widersprüchlich klingt.«

Gegen das Protestgemurmel setzte er trotzig hinzu: »Wer Salat ernten will, der muss den Schnecken den Garaus machen.«

Leicht wurde krebsrot. Er holte tief Luft, zwang sich aber zu einer sachlichen Antwort. »Jammern nützt nichts, weil es uns nicht weiterhilft. Jeder muss sich zusammenreißen. Ruhe ist jetzt oberste Bürgerpflicht. Wir müssen für die Regierung einstehen. Der Krämergeist, der durch die deutschen Länder weht, vergiftet die Moral des Volkes und zersetzt die Einheit. Deutschland muss ein straff geführter Staat werden. Es muss seinen Führern in Politik, Polizei und Reichswehr vertrauen.«

»Parteiengeschwätz!« Mooser machte eine ärgerliche Geste. Nervös fuhr er sich mit dem Zeigefinger in den Kragen.

Westwald sah Martinus erschrocken an. Er forderte ihn mit den Augen auf, den aufkeimenden Disput mit dem Gastgeber zu entschärfen.

»Gott sei Dank«, sagte Martinus sanft, »gibt es einen dritten Weg zwischen preußischer Vorherrschaft und kommunistischer Diktatur.« Er machte eine kleine Pause. »Großschwaben! Trinken wir auf ein demokratisches Großschwaben!« Er trank seinen Tischnachbarn zu. »Wenn Großschwaben ein Teil von Deutschland bleiben soll, dann muss es mit weitreichender Autonomie ausgestattet werden.«

Leicht nickte, Mooser schluckte, Negele blickte nachdenklich. Nur der Redakteur riss verwundert die Augen auf. Dann prosteten alle Martinus zu.

Karl Negele stieg, müde von der Frühschicht, die Treppe hinauf. Er war leise, weil einige Leute im Haus mittags ein Schläfchen hielten.

Eben zog er den Schlüssel aus der Hosentasche, als die Vermieterin die Treppe heraufsprang. Sie nahm zwei Stufen auf einmal, war barfuß und in der Kleiderschürze. Sie sah sich rasch um, legte ihren rechten Arm um seinen Nacken, zog ihn zu sich herab und küsste ihn auf den Mund.

»Überraschung!« Sie küsste ihn erneut. »Rate mal.«

»Meine Leibspeise?«

»Auch.«

»Schäferstündchen?«

»Auch.«

»Was noch?«

Sie lachte.

»Was denn?«

Sie nahm ihn wortlos an der Hand. Mit einem spitzbübischen Lächeln auf den Lippen stieg sie mit ihm ins Erdgeschoss hinab.

Dort führte sie ihn schweigend vor das Zimmer des ledigen Fräuleins, das im Kindergarten in der Nachbarstraße sechzig Vorschulkinder beaufsichtigte.

»Überraschung«, sagte sie leise, öffnete die Tür und stieß ihn mit dem Ellbogen an.

Das Zimmer war leer. Es war frisch geputzt und angenehm möbliert. Bett, Schrank, Tisch, Stühle, Waschtisch, ein großer Spiegel an der Wand.

Sie schubste ihn ins Zimmer. Sofort schloss sie die Tür hinter sich ab.

»Du suchst doch eine neue Bleibe.«

Er staunte sie an.

»Für dich«, sagte sie, stellte sich auf die Zehenspitzen und gab ihm einen Kuss.

»Und wo …«

»Der Ziege hab ich gekündigt.«

»Aber was kostet das?«

»Sonderpreis«, lachte sie und zupfte neckisch an ihrer Kleiderschürze. »Brennholz inklusive.«

Karl Negele war dem Rottweiler seit Tagen nicht mehr begegnet. Er wollte ihm selbst sagen, dass er ausgezogen war. Das gehörte sich. So hatte er es zuhause gelernt. Außerdem wollte er fragen, ob er etwas schuldig sei. Er hatte ja lange genug Leichts Wohnung in Anspruch genommen, zwar Miete dafür gezahlt, aber es könnte noch eine Rechnung offen sein.

Weil er Abendschicht hatte, Kräfte sparen wollte, um nicht müde zur Arbeit zu kommen, fuhr er gegen vier mit der Straßenbahnlinie 3 zur neuen Karlskaserne in der Karlsstraße, wo außer den Grenadieren auch die neue Polizeiwehr untergebracht war.

Vor dem Tor stand eine Wache. »Mach dich schleunigst vom Acker«, herrschte sie ihn an.

Er war lange genug bei den Soldaten gewesen. Solche Töne waren ihm vertraut. Abschrecken ließ er sich davon nicht. Ob Georg Leicht da sei, beharrte Negele, er müsse ihn dringend sprechen. Im selben Augenblick kam Leicht mit drei Uniformierten aus dem Tor.

Er sei auf einem Lehrgang gewesen, sagte Leicht. Dass er jetzt allein wohnen sollte, behage ihm nicht. Negele sei ihm nichts schuldig, weil er die Miete bezahlt habe, aber auf ein Bier solle er mitkommen.

Negele wollte sich verabschieden, doch Leicht fasste ihn am Oberarm und führte ihn wie einen Verhafteten mit zur nächsten Kneipe. »Jetzt geh halt mit, Karl. Ich bin mit meiner Schwester verabredet. Sie bringt mir gleich frische Wäsche. Also komm!«

Die Stimmung im Lokal war gut. Man trank Bier, einige einen Schnaps dazu. Die Polizisten klopften Sprüche. Den Kommunisten werde man den Hintern versohlen, den Separatisten die Hammelbeine langziehen und sie an ihre Freunde, die Franzosen, ausliefern. Leicht führte das große Wort.

Ein hübsches Fräulein betrat das Lokal. Negele machte große Augen, was sie sofort bemerkte. Er fühlte sich vom ersten Augenblick zu ihr hingezogen. Sie kam an seinen Tisch. Er lächelte ihr zu.

Es war Georgs Schwester. »Frische Wäsche«, sagte sie, »und eine große Dauerwurst. Die Eltern lassen schön grüßen.« Sie reichte ihrem Bruder einen Pappkarton mit einer Trageschlaufe aus Hanfschnur.

»Wann bist du denn zuhause in Blaubeuren gewesen?«, wollte ihr Bruder wissen.

»Am Wochenende«, sagte sie.

Er stellte ihr seinen alten Kriegskameraden vor. Seine Schwester heiße Sophie, sagte er. Sie arbeite hier in Ulm.

»Das freut mich.« Sophie errötete, sah nicht verlegen zu Boden, sondern schaute Negele von unten in die Augen, weil sie einen Kopf kleiner war. »Von Ihnen hat mein Bruder schon erzählt.« Sie gab ihm die Hand. »Sind Sie auch bei der Polizei?«

»Nein, ich bin Schriftsetzer bei der Ulmer Zeitung.« Negele musterte sie unauffällig.

Anders als ihr bulliger Bruder war sie klein und zart, hatte feine Gesichtszüge und ein liebenswürdiges Wesen. Ihre hochgesteckten, gewellten Haare, die ihre Ohren bedeckten, endeten in einem Knoten. Das machte sie etwas größer. Sie strahlte ihn an.

»Ich bin auf dem Weg zur Arbeit«, entschuldigte er sich mit einem Achselzucken. »Leider, leider muss ich gehen.«

»Dann haben wir den gleichen Weg.« Sie sah zu ihm auf. »Darf ich mich Ihnen anschließen? Die Soldaten sind zudringlich, wenn ich allein in die Stadt gehe.«

»Gern, aber warum nehmen Sie nicht die Straßenbahn?«

Sie blickte verlegen zu Boden. »Weil ich mir die zwanzig Pfennige für die Fahrkarte nicht leisten kann.«

»Aber Sie arbeiten doch.«

»Ja«, sie schaute auf, »ich bin noch in der Lehre. Bei einer Schneiderin. Da bekomme ich Kost und Logis, aber keinen Lohn. Ich kann froh sein, dass ich für die Ausbildung nichts bezahlen muss.«

Leicht spielte den Gönner. Er gab seiner Schwester eine Mark. »Für die Wäsche.« Er verabschiedete sich von ihr mit Handschlag, während Negele beim Ober die Getränkerechnung beglich.

Seite an Seite gingen Negele und Sophie zur Altstadt. Sie hatte sein Angebot, ihr eine Fahrkarte zu kaufen, dankend abgelehnt.

»Darf ich fragen, wo Sie wohnen, Fräulein Leicht?«

»Bei meiner Meisterin.«

»Ich meine, in welcher Straße?«

»In der Kronengasse.«

»Haben Sie auch Freizeit?«

»Sonntags immer. Werktags, wenn Frau Birkel sagt, dass wir jetzt aufhören. Frau Birkel ist meine Meisterin.«

»Wie viele Stunden sind das in der Woche?«

»Achtundvierzig auf dem Papier. Aber meistens werden's mehr. So um die sechzig.«

»Hat Ihre Meisterin so viel zu tun?«

»Viele Leute müssen sparen. Deshalb nähen wir aus alten Uniformen neue Kleider für Damen und Kinder. Frau Birkel macht auch Weißzeug. Sie hat viele Aufträge.«

Negele staunte. Ob die Damen dann nicht wie die Soldaten daherkämen.

Sie lachte. »Die Uniformstoffe werden zuerst gewaschen, dann umgefärbt, bevor wir sie zu hübschen Sachen verarbeiten. Frau Birkel ist Innungsmeisterin. Sie entwirft wunderschöne Kleider, Röcke und Kostüme. Kein Mensch kann ahnen, dass in den neuen Sachen einmal verlauste Soldaten gesteckt haben.«

Als sie über den Rathausplatz eilten, bat sie ihren Begleiter, er möge sich jetzt verabschieden. Frau Birkel sei streng. Herrenbesuch dulde sie nicht. Einen Freund dürfe sie auch nicht haben. Das leide ihr Vater nicht. Weil sie noch nicht volljährig sei, habe ihre Meisterin dem Vater versprochen, darauf zu achten.

Dann dürfe er sie nie mehr sehen?

Sophie lachte. Ihre Meisterin wisse, dass sie einen Bruder habe, der in Ulm wohne. Aber gesehen habe sie ihn bisher nicht. Also könnten sie sich gelegentlich treffen. Am besten in aller Öffentlichkeit. Auf dem Münsterplatz zum Beispiel. Oder am Bahnhof. Oder an der Adlerbastei. Aber niemals in der Kronengasse, erst recht nicht bei Frau Damenschneidermeisterin Martha Birkel.

Ob er sie ins Café einladen dürfe? Am Sonntag nach dem Mittagessen?

»Also am Sonntag um zwei vor dem Münsterportal«, sagte sie, gab ihm die Hand und eilte davon.

6

»Eine schwäbische Schutztruppe?« Westwald war fassungslos. »Ich habe das jetzt oft genug gesagt. Nicht mit mir! Nur über meine Leiche!«

Bestürzt, zu keiner Erwiderung fähig, hockten sie da, während er donnerte und gewitterte.

»Wozu soll die gut sein?« Westwald mäßigte sich etwas im Ton. »Wir wissen nicht, wie groß der neue Staat werden soll. Wir wissen auch nicht, wie sich die benachbarten Länder dazu stellen. Wir haben uns nicht für eine Landeshauptstadt entschieden. Also *vor wem*, bitte schön, soll *was* geschützt werden? *Wann* und *wo* soll es geschützt werden?«

Sie waren verdattert, während er sich in Rage redete. »Wir brauchen keine Schutztruppe! Bevor wir nicht genau wissen, was wir selber wollen, ist eine Schutztruppe unnötig wie ein Kropf!«

»Wie ich bereits sagte, als wir bei Herrn Mooser zu Gast waren, erwartet man von uns, dass wir endlich handeln.« Martinus lief sich wieder warm. »Das bedeutet, dass wir entweder die Republik Großschwaben ausrufen oder zumindest die Regierung massiv unter Druck setzen. So oder so! Entmachtung oder Daumenschrauben! Die Unruhen in Bayern, im Rheinland, in Sachsen, Thüringen und Schlesien haben gezeigt, dass die Macht weiterhin aus den Gewehrläufen kommt. Leider!«

»Machen Sie sich nicht lächerlich!«, schnaubte Westwald. »Ein kleiner Verein wie unsrer legt sich eigene Soldaten zu?« Er schüttelte verächtlich den Kopf. »Leiden Sie an Größenwahn?«

Martinus suchte Georg Leicht mit den Augen, doch der duckte sich weg. »Nehmen wir einmal an, die Bürger wollen ein Großschwaben. Nehmen wir weiter an, sie stehen nicht mehr hinter der Regierung. Was dann? Die Polizeiwehr ist bestimmt nicht auf unserer Seite, wenn wir eine neue Republik ausrufen. Staatspräsident Blos und seine Minister werden ihre Posten kaum freiwillig räumen. Man hat mir unlängst unter die Nase gerieben, uns bliebe in diesem Fall gar nichts anderes übrig, als unser Recht mit Gewalt zu nehmen.«

Getuschel im Saal. Zwischenrufe: »Stärke zeigen!« – »Recht geht vor Macht!« – »Nein, wer die Macht hat, hat auch das Recht!«

Leicht lachte zynisch. Mooser schüttelte den Kopf. Negele musste immerzu an seinen Lehrer Naser denken.

»Sehen Sie«, fuhr Martinus unbeirrt fort und beschwor Westwald mit den Augen. »Es könnte sein, dass uns dann gar nichts anderes übrig bleibt.«

»Polizeiwehr und Reichswehr«, erregte sich Westwald, »greifen uns sofort offen oder verdeckt an, wenn wir beginnen, eine Schutztruppe zu rekrutieren. Sie werden unsere politischen Ziele zunichte machen, bevor wir den ersten Schritt getan haben. Eine Schutztruppe kommt meines Erachtens, wenn überhaupt, *danach* in Betracht, *nach* der Ausrufung des neuen Staates. Aber auch nur dann, wenn sich Polizei und Polizeiwehr den neuen Gegebenheiten widersetzen sollten.«

Martinus erfasste spätestens in diesem Augenblick, dass dieses Thema die Sitzung des Schwabenkomitees sprengte. Deshalb bevorzugte er den schnellen, geordneten Rückzug. Harte Auseinandersetzungen durchstehen, das war nicht seine Stärke. »All das, meine Damen und Herren, muss gut überlegt sein. Heute jedenfalls steht es nicht zur Debatte.«

Eigentlich sprach er zu den Mitgliedern des Schwabenkomitees in den mittleren und hinteren Reihen, die wie begossene Pudel dasaßen oder fassungslos den Wortwechsel verfolgt hatten. Aber aus den Augenwinkeln hielt er Westwald in Schach. »Ich wollte heute bloß informieren. Dass uns ein Angebot der Blauen Division vorliegt, durfte ich Ihnen nicht verschweigen. Mehr war für heute nicht geplant! Wenn die Zeit reif ist, falls wir uns bis dahin einig sind, könnten wir von dort auf eine schwäbische Schutztruppe hoffen.«

Westwald wollte etwas erwidern, aber Martinus ließ ihn nicht mehr zu Wort kommen. »Nein!« Er zog mit der Hand einen energischen Schlussstrich. »Die Diskussion ist beendet. Für eine Schutztruppe ist die Zeit noch nicht reif.«

Mooser lachte lautlos. Als er sich umsah, zwinkerte ihm Negele zu.

»Überall, meine Damen und Herren«, leitete Martinus, gezwungen lächelnd, zum ersten Tagungspunkt über, »in ganz Deutschland folgt man unserem Beispiel. Im Norden, Osten und Westen steht die Gründung neuer Länder auf der Tagesordnung.«

»Staaten!«, rief Mooser dazwischen.

»Nein, Länder!« Westwald war gereizt wie ein Tiger. Sein Ton duldete keinen Widerspruch. »Nach unserer neuen Verfassung sind es Länder. Deutschland ist in Länder gegliedert, heißt es in Artikel 18. Die Länder verwalten sich selbst und haben weitreichende Eigenrechte. Aber Staaten sind sie deshalb nicht.«

»Warum nicht?«, fragte Karl Negele arglos.

»Staaten brauchen eine Staatsgewalt, ein Staatsgebiet und ein Staatsvolk«, fauchte Westwald. Nachsichtiger fügte er an: »Württemberg ist ein Land.«

Mooser schüttelte den Kopf. »Das alles hat doch Württemberg. Eine eigene Verfassung. Eine eigene Regierung. Auch ein Staatsgebiet, das klare Grenzen hat, worin Württemberger, Schwaben und Franken einträchtig zusammenleben.«

»Gewiss, aber bestimmte Kompetenzen sind allen deutschen Ländern entzogen«, sagte Westwald genervt, »denn die Reichsverfassung ist ihnen übergeordnet. Reichsrecht bricht Landesrecht. Unsere neue Reichsverfassung schreibt den Ländern die Staatsform, die Regierungsart, ja sogar das Wahlsystem vor. Von Selbstständigkeit der Länder kann also keine Rede sein.«

Mooser kramte grinsend seinen neuen Ausweis heraus. »Was ist da vorne drauf?« Er hielt ihn in die Höhe, bevor er ihn mit dem Gesicht nach oben auf den Tisch legte. »Nicht der Reichsadler!« Er lachte ironisch. »Das württembergische Wappen!« Er schlug den Ausweis auf. »Was steht unter Staatsangehörigkeit?« Er zeigte die zweite Seite in die Runde. »Württemberg! Staatsangehörigkeit Württemberg! So schaut's aus!« Er wandte sich an Westwald: »Wie kann ich nach der Staatsangehörigkeit Württemberger sein, Herr Rechtsanwalt, wenn es gar keinen württembergischen Staat gibt?«

Schweigen, Verblüffung im Saal.

Die Frau, die immer mit Martinus kam und keine Sitzung des Schwabenkomitees versäumte, bat um den Ausweis. Aufmerksam blätterte sie ihn durch. »Merkwürdig«, sagte sie laut, »nirgendwo steht das Wort Deutschland.«

Westwald winkte ärgerlich ab. »Unwichtiges Zeug.«

»Warum heißt unser Königreich jetzt Freistaat Württemberg?« Karl Negele war ganz verwirrt.

»Wollt ihr etwa einen eigenen Staat Großschwaben?«, fragte Georg Leicht gereizt.

»Wer weiß?« Richard Mooser sah Leicht mit verkniffenen Augen an, ein feines Lächeln im Gesicht. »Warum nicht?«

»Dann wäre Ulm ja Grenzstadt, Neu-Ulm schon Ausland.« Leicht war entsetzt.

»Na und? Wo ist das Problem? Basel, Memmingen, Bregenz liegen auch im Ausland. Haben wir dorthin nicht die besten Beziehungen?«

Martinus, der sich wegen der Schärfe im Wortwechsel sorgte, fragte Mooser, warum er auf einem selbstständigen Staat bestehe. Diese Frage müsse man doch jetzt nicht entscheiden.

»Ich will, dass die Preußen uns nicht noch einmal in den Krieg führen. Alle berufen sich aufs Christentum, beten vor dem Aufstehen, vor dem Essen, vor dem Unterricht, vor der Arbeit, vor dem Schlafengehen. Und danach? Kaum sind die Hände nicht mehr gefaltet, schon halten sie ein Sturmgewehr oder feuern Kanonen ab. Das ist absurd. Wenn Großschwaben ein eigener Staat wird, dann sind wir stark. Mächtig zwar nicht, aber immerhin so groß, dass uns das Ausland respektiert und in Ruhe lässt. Andererseits nicht stark genug, um uns mit unseren Nachbarn anzulegen.«

»Dummes Zeug«, erregte sich Leicht. »Sie reden immer von Preußen. Wer regiert denn in Berlin?«, giftete er in die Runde.

Westwald stand Leicht bei. »Unser Staatspräsident heißt Friedrich Ebert, er kommt aus Heidelberg. Matthias Erzberger aus Münsingen ist unser Finanzminister, ein Schwabe von der Alb. Außenminister ist Hermann Müller, ein Badener, auch aus Mannheim wie Ebert.«

»Chef der neuen Reichswehr ist Walther Reinhardt«, Leicht sah triumphierend um sich, »ein Schwabe aus Stuttgart.«

»Also hören Sie auf«, Westwald bannte Mooser mit den Augen, »immer von Preußen zu faseln, wenn Sie Berlin und die Reichsregierung meinen.«

Georg Leicht grinste beifällig.

Mooser schäumte, mit Mühe beherrschte er sich. »Dann müssen wir's halt wie die Westpreußen machen, die mit ein paar Dynamitstangen …«

Leicht fiel ihm sofort ins Wort. »Wollen Sie etwa mit Attentaten …?«

»Sind Sie übergeschnappt?« Westwald blieb der Mund offen. »Beim Anschlag auf den Zug zwischen Schönlanke und Schneidemühl gab's zwanzig Tote und viele Schwerverletzte! Wenn das die Politik unseres Vereins wird, dann gute Nacht, Großschwaben!«

»Ein weiser Vorschlag«, spottete Leicht. Hämisch blickte er in die Runde. »Die Attentäter hat man gefasst und hingerichtet.«

»Contenance, meine Damen und Herren!« Martinus klopfte mit seinem Bleistift, die Spitze nach oben, mehrmals heftig auf den Tisch. »Unterm Strich sind wir uns doch einig! Vergessen Sie das bitte nicht. Wir alle wollen ein Großschwaben! Sonst säßen wir nicht hier und hätten nicht unseren erfolgreichen Verein gegründet. Zugegeben, ein paar Kleinigkeiten sind noch strittig.«

Er spießte eine kleine Kartoffel mit seiner Gabel auf. Sie glänzte von Butter und war mit Anis und Schnittlauch bestreut.

»Iss«, sagte sie.

Er lachte.

»Warum lachst du?«

»Soll ich dir die Wahrheit sagen?« Mit der Gabelkante zerteilte er die Kartoffel.

Sie sah ihn lange an und schwieg.

»Na, wenn du mich so schön bittest.«

Sie lachte.

»Ich hab an Hänsel und Gretel denken müssen.«

»Aha, du bist also der Hänsel?«

Er nickte.

»Und ich die böse Hexe?«

»Nicht die böse. Aber die Hexe, die den kleinen Hänsel füttert.« Er grinste vor sich hin. »Damit sie ihn bald fressen kann.«

»Dann ist ja alles gut«, sagte sie und strahlte ihn an. »Ich will dich gleich fressen.«

Seltsam. Sie hatte ihn in ihr Hexenhaus gelockt und wie eine Weihnachtsgans gestopft. Aber ihm war kein bisschen bang. War es die Resignation des Kriegers, der sich mit erhobenen Händen in die unausweichliche Gefangenschaft begibt?

Ihre Besuche waren Routine geworden. Jeden Montag und Donnerstag passte sie ihn ab. Kaum war er in seinem Zimmer verschwunden, öffnete sich leise die Tür. Sie schlüpfte herein, drehte den Schlüssel, lachte ihn an und stellte den Henkelmann ab. Dann schlang sie die Arme um seinen Hals, küsste sein Gesicht und schmiegte sich an ihn.

Während er sich Hände und Gesicht im Waschbecken wusch, mit nassen Fingern durch die Haare fuhr, legte sie Teller und Besteck auf den Tisch und verteilte, was sie gekocht hatte.

Montag und Donnerstag seien gute Tage, da sei ihr Mann ganz bestimmt außer Haus. Auch die anderen Mieter seien meist nicht da. Gut zwei Stunden könne sie also unentdeckt bei ihm bleiben, wenn sie sich leise verhielten.

»Hast du eine Freundin?«

Er legte die Gabel zur Seite. »Wie kommst du darauf?«

»Weil du nicht verheiratet bist.«

Er wurde rot.

»Du bist ein Lügner, ein Schwindler.«

Er kam sich vor wie ein Gefangener, der vor seiner Henkersmahlzeit sitzt. Wenn er ihr die Wahrheit sagte, würde sie ihn bestimmt feuern.

»Ich kann mir keine Freundin leisten«, hörte er sich klagen.

»Da hast du Glück gehabt, mein Lieber«, sagte sie. Er spürte, dass sie ihren Fuß unter sein Hosenbein grub. »Wenn du eine Freundin hast, dann kriegst du von mir deine Papiere.« Sie streckte ihm ihren Kopf entgegen und sah ihn triumphierend an. »Dann musst du verduften, du süßer Knabe mit kurz geschorenem Haar.«

Er hatte noch dreißig Mark. Er brauchte ihren Henkelmann, damit er etwas Warmes zu essen hatte. Außerdem lieferte sie ihm kostenlos Holz für den Kanonenofen, auch Äpfel und Birnen, so viel er wollte.

Sie setzte ihm einen Pudding vor.

Dass die Spatzen im Zwetschgenbaum hinter dem Haus pfiffen und ihr freies Leben genossen, verdross ihn. Wenn sie wüsste, dass sie ihm mit ihrem Henkelmann genug Geld ersparte, dass …

»Beeil dich!« Sie leckte ihren Löffel mit ihrer rosa Zunge sauber und legte ihn zum übrigen Geschirr. Dann stand sie auf. »Es ist heiß hier. Ich wundere mich, dass sich dein Bettzeug nicht von selbst entzündet.« Sie drehte sich zu ihm hin und knöpfte langsam die Bluse auf. »Na?« Sie sah ihn auffordernd an. »Nachspeise gefällig?«

»Dafür haben wir unser Leben riskiert?« Karl Negele war bis in die Haarspitzen erregt. »Für was sind wir eigentlich in den Krieg marschiert? Sag's mir, Richard!« Er rutschte auf seinem Stuhl nach vorn und beugte sich über den Tisch. »Der Kaiser ist gegangen. Aber seine Generäle sind geblieben!«

»Beruhige dich, Karl.«

»Ich kann mich nicht beruhigen!«, schrie Negele. Er blickte zornig um sich, schluckte trocken, setzte seine Bügelflasche hart auf den Tisch, ohne daraus zu trinken. Nach einer Weile sagte er leise in die Runde, als schäme er sich für seinen Wutausbruch: »Ich will's auch nicht.«

Die Arbeitskollegen schwiegen. Sie kauten an ihren Vesperbroten und hingen ihren Gedanken nach. Sechs Männer in dunkelgrauen Kitteln saßen um den Tisch im Vesperstüble. Sie verstanden sich gut. Über alles sprachen sie an diesem Tisch. Tag für Tag, Monat für Monat. Vor allem über ihre Arbeit. Natürlich über die schlechten Löhne. Über die miese Versorgung mit Lebensmitteln. Aber auch über die neuen Filme redeten sie sich die Köpfe heiß, über die kurzen Haare der Damen, den Bubikopf, über die verrückten Knickerbockerhosen aus England, die knöchelhohen Fußballstiefel mit festen Kappen und stollenbesetzten Sohlen, über den Ulmer Fußballclub, die tollsten Gassenhauer und den affigen Modetanz, den Foxtrott.

Heute waren sie in düsterer Stimmung. Gleich zu Beginn der Pause hatte einer einen Bürstenabzug auf den Tisch gelegt. *»Es fehlt an Arbeitern«*, zitierte er aus einem Leserbrief, den er eben gesetzt hatte, *»die Bäume fällen und Kohle brechen können. Wo sind sie geblieben? Es fehlt an Heizung, Licht und Dampf. Was ist geschehen? Lieber Bruder, der du 1917 deiner Frau und deinen fünf Kindern weggenommen wurdest und an einem wunderschönen Sonntag in Flandern gefallen bist und von deiner Familie und Deutschlands Herrlichkeit träumst, ich bitte dich, lieber Bruder, wach nie mehr auf.«*

Es hatte ihnen die Sprache verschlagen. Sie hatten ihre Flaschen auf den Tisch gestellt. Der Most, das Bier, der kalte Tee – das alles schmeckte ihnen nicht mehr. Sie hatten zu kauen aufgehört.

Der Ausgemergelte, der seit über vierzig Jahren hier seine Arbeit machte, meistens schwieg, sagte nachdenklich: »Aus ist's mit Deutschlands Herrlichkeit. Ein paar werden immer reicher, aber viele werden immer ärmer.« Er schluckte. »Mit ehrlicher Arbeit kann man seine Familie nicht mehr ernähren. Alles wird teurer. Wisst ihr's noch? Letztes Jahr hat ein Pfund Schwarzbrot 25 Pfennig gekostet. Heute sind's 90.«

»Wenn's wenigstens Brot wäre«, warf ein anderer ärgerlich ein. »Das ist doch kein Brot.«

»Sondern?«

»Straßendreck.«

»Verträgst du die Streckmittel nicht?«, witzelte der Glatzköpfige, der sich mit seinen flotten Sprüchen selbst zum Außenseiter gemacht hatte. Aufreizend fidel biss er in sein Brot. »Ah, Zwetschgenmus«, sagte er genießerisch und grinste spöttisch in die Runde.

»Streckmittel! Wenn ich das Wort bloß höre.«

»Ein Drittel Steckrüben, zwei Drittel Mehl. Das soll Brot sein?«

»Was dann?«

»Schweinefutter.«

Sie beäugten das Brot in ihren schwieligen Händen, knipsten Brosamen mit Daumen und Zeigefinger ab, prüften sie beim Kauen auf der Zunge.

Mooser, der bisher kein Wort gesagt hatte, goss Öl ins Feuer. »Es gibt bis heute genug Leute, die sich alles leisten können. Habt ihr's gelesen? Im Neuen Schloss in Stuttgart war letzte Woche Auktion.«

Sie verstummten, wollten mehr hören.

»Drei Tage lang hat unser König alte Sachen versteigern lassen. Riesiger Andrang. Für ein einziges Bild hat ein Geldprotz 81 000 Mark bezahlt. Freiwillig! Dabei soll es nur 20 000 wert gewesen sein. Insgesamt zweieinhalb Millionen hat Wilhelm eingenommen. Er hatte mit einer Million gerechnet.«

»Der Arme.«

Sie schwiegen ein Weilchen. Dann fanden sie ihre Sprache wieder.

»Kennt ihr den neuesten Spottvers über die Kriegsgewinnler in Ulm?«

Kopfschütteln.

»Schau, schau, schau – vier Häuser an der Blau. Gebaut vom Ulmer Protzenpack – aus Mehl, Zement und Schnupftabak.«

Bissiges Gelächter.

»Derweil sitzen zwei Drittel der Schulkinder mit knurrendem Magen in der Schule.«

»Viele Familien hungern, die meisten Leute frieren. Ohne die Pakete der amerikanischen Quäker wären schon viele krepiert.«

»Warum? Sag's uns, Richard«, wandte sich Negele an Mooser, der als Ältester in der Runde von allen geachtet wurde.

»Zu niedere Löhne, Karl.«

»An den Löhnen liegt's?« Der Ausgemergelte sah überrascht auf. »Ich hab gedacht, an den Preisen.«

»Wir in Deutschland haben die niedrigsten Löhne in Europa. Zugleich sind bei uns auch die Preise am höchsten.«

Mooser besuchte regelmäßig Veranstaltungen des Arbeiterbildungsvereins. Jeden Monat lieh er sich Bücher aus. Deshalb hatten ihn seine Kollegen zu ihrem Sprecher und Vertrauensmann gewählt. Mooser kannte sich aus. Auf keinen Fall hielt er mit seiner Meinung hinterm Berg. Spürte er Widerstand, dann senkte er die Hörner, scharrte mit den Hufen und nahm Anlauf.

»Warum denn das, Richard?« Negele stand Mooser inzwischen nahe. Der alte Leitstier kümmerte sich um den Jungen, der vom Krieg noch wund war. Alle wussten es, verstanden es und nahmen es auch wortlos hin.

»Weil wir den Krieg angefangen haben, Karl. Der hat zehn Millionen Menschen das Leben gekostet und uns in den Staatsbankrott getrieben. Im Herbst 1916 konnte jeder, der

Augen im Kopf hatte, beim Einkaufen im Laden oder auf dem Markt sehen, dass wir wirtschaftlich am Ende waren.«

»Steckrübenwinter!«, warf der Ausgemergelte ein.

»Genau«, bestätigte Mooser, »im dritten Kriegswinter gab's an der Heimatfront Steckrüben statt Brot oder Kartoffeln.«

Einer spottete: »Schöne neue Zeit.«

»Glaubst du, unterm Kaiser wär's besser?« Mooser schüttelte energisch den Kopf. »Von den Ewiggestrigen haben wir nichts zu erwarten. Für die sind wir Kanonenfutter und Billiglöhner.«

Sie sahen ihn fragend an.

»Im November 1918 ist zwar eine neue, eine demokratische Zeit angebrochen, aber in den Amtsstuben hocken weiterhin die Kaisertreuen.«

»Aber zumindest die Fürsten haben wir im November 1918 davongejagt.«

»Zu spät!« Mooser sah grimmig in die Runde.

»Zu spät?«

»Bis Oktober 1918 durfte man nicht über eine Niederlage reden. Vaterlandsverräter war, wer's trotzdem tat. Deshalb haben wir in den Zeitungen bis zuletzt vom glänzenden Sieg faseln müssen. Ihr wisst es ganz genau! Zeitungszensur! Habt ihr schon vergessen, wie wir über die frisierten Artikel den Kopf geschüttelt haben?«

Sie schwiegen betreten. Sie hatten die geschönten Meldungen ja selbst gesetzt.

»Plötzlich, von einem Tag auf den anderen, war im November 1918 der Krieg aus. Wir hatten ihn verloren. Viele Leute wollten das nicht glauben, so überraschend kam das Ende. Genau das nützen jetzt die Feinde der neuen Demokratie für ihre schmutzigen Lügen aus.«

»Welche Lügen denn?«

»Sie gaukeln den Leuten vor, wir hätten den Krieg gar nicht verloren.«

»Sondern?«

»Wir hätten zu früh die Flinte ins Korn geworfen. Vergesst nicht, dass unsere Soldaten im Feindesland standen, als der Krieg aus war. Deshalb streuen ein paar Halunken die Meinung, wir hätten die Fürsten und Generäle weitermachen lassen sollen. Dann hätten wir schlussendlich gesiegt.«

»Stimmt!«, warf der Glatzköpfige lässig ein. Er lachte frech.

Dem Ausgemergelten verschlug es die Sprache.

Mooser ließ ihn nicht zu Wort kommen, weil er um den Frieden in diesem Raum fürchtete. »1916 waren wir wirtschaftlich am Ende und militärisch vom Sieg weit entfernt. Das weiß doch jeder.«

»Stimmt nicht«, provozierte der Glatzköpfige, wobei er absichtlich zur Wand sah, als langweile ihn das Gespräch.

Mooser ärgerte sich, blieb aber sachlich. »Im Oktober 1916 wurden Lebensmittelkarten eingeführt. Warum? Weil man ein neues Kartenspiel unters Volk bringen wollte?« Er sah den Glatzkopf scharf an. »Von allem gab's zu wenig. Vollmilch nur für Kleinkinder. Richtiges Brot ausschließlich für Frontsoldaten. Glaubt's mir, wir waren schon damals am Ende. Sogar der neue österreichische Kaiser Karl hat das gesagt.«

»Warum, Richard?« Negele hatte aufmerksam zugehört. Jetzt wollte er eine Antwort auf eine seiner drängendsten Fragen. »Warum haben wir deiner Meinung nach den Krieg verloren?«

»Weil das alte System lange vor dem Krieg verbraucht war, baufällig, morsch, von innen heraus verfault. Ein paar Reiche bestimmten, was das Volk zu tun hatte. Die feinen Malefizaffen wollten den Krieg, aber die kleinen Leute mussten ihn ausfechten. Maul halten! Stramm stehen! Hände an die Hosennaht.«

Sie schwiegen. Der Glatzkopf biss sich auf die Lippen. Er wusste, dass er dieses Mal seine Zunge im Zaum halten musste.

Mooser holte tief Lust, damit seine Stimme ruhig und sachlich klang. »Die Regierung in Berlin hat vor dem Krieg am Volk vorbeiregiert.«

Betreten, verlegen, verwirrt schauten sie sich an, aber sagten nichts.

Nach einer Weile erzählte Mooser weiter: »Kaum haben sich die hohen Herren vom Zusammenbruch des alten Systems erholt, schon weigern sie sich, Reformen anzupacken.« Er kam in Fahrt. »Sie verhindern Verbesserungen und schüren das Elend. Sie hoffen, dass wir so blöd sind und ihnen die Messer zum erneuten Umsturz wetzen. Für die sind wir bloß Demokratenpack, das man ausweiden muss.«

Negele war wütend aufgesprungen. Er hielt das alles nicht mehr aus. Die Gewalt auf den Straßen. Die ständige Sorge ums Überleben. Die zwielichtigen Gestalten der Hochstapler und Schieber in den Gassen. Die aufgeblasenen Reden der Politiker. Die Ohnmacht der kleinen Leute. Aber auch seine eigene Unfähigkeit, etwas zu ändern.

Wie aus einem Vulkan, der Lava speit, platzte es aus ihm heraus: »Wofür haben wir gekämpft? Sag's mir, Richard!«

Mooser packte ihn an der Hand und zog ihn an den Tisch. »Verstehst du jetzt, warum ich einen neuen Südweststaat will, in dem das Volk das Sagen hat? In dem es nie mehr einen Krieg geben darf? Den Maulhelden müssen wir das freche Maul stopfen. Die Heuchler müssen wir zum Teufel jagen.«

Martinus war aus dem Häuschen. Fröhlich, ausgelassen, übermütig alberte er herum, sprang auf, setzte sich. Westwald wusste nicht, was in seinen Reisebegleiter gefahren war, bis der zum Fenster hinausdeutete: »Gleich«, stammelte Martinus vor Aufregung, »gleich kommt Meckenbeuren. Als Kind war ich da oft.«

Martinus hielt es nicht mehr auf seinem Platz. »Mein Onkel Walter«, er hopste im Waggon herum wie ein junger Geißbock, »Onkel Walter«, er pendelte zwischen der rechten und linken Zugseite hin und her und spähte aus allen Fenstern, »mein Onkel hatte irgendwo hier seinen Bauernhof.«

Die anderen Fahrgäste begannen, sich über den aufgedrehten Herrn zu amüsieren, der mit seinem Zweiteiler, einem hellblauen Sommeranzug, aus den derb Gekleideten herausstach wie ein radschlagender Pfau im Hühnerstall. Die braune Melone balancierte er auf dem Kopf, was ihn zu einem aufrechten Gang zwang, als habe er einen Stock verschluckt. Zum wiederholten Mal zog er sein weißes Einstecktuch aus der Brusttasche und tupfte sich die Schweißperlen von der Stirn. Der Zug dampfte in den Bahnhof ein. Martinus hob die Fensterscheibe vor seinem Platz an, ließ sie krachend am Lederriemen herabsausen. Er warf die Melone auf seinen Sitz, hängte den Oberkörper weit aus der Leibung, was sonst die Lausbuben tun, und pfiff Otto Reutters Ohrwurm *Am Fenster, am Fenster, da sieht man mancherlei.*

»Meckenbeuren!«, schrie der Kondukteur, stolzierte wie Graf Rotz über den Bahnsteig und tadelte den vorwitzigen Pfeifer im Vorbeistelzen: »Das Hinaushängen von Körperteilen aus dem Zugfenster ist unzulässig, mein Herr.«

Martinus zog sich grinsend ins Abteil zurück. Im Stehen summte er mit wiegendem Kopf vor sich hin. Zur Abwechslung sang er, wobei er sich selbst mit beiden Händen dirigierte, was er als Kind geträllert hatte: »Stuagert, Ulm on Biberach, Meckebeure, Durlesbach.«

Der Rechtsanwalt lächelte verständnisvoll, während er an seiner Zigarette zog. »Warum«, er streifte die Asche in den Behälter unter dem Fenster ab, »haben Sie dann nicht Landwirtschaft in Hohenheim studiert?«

»Weil ich mich schon als Kind für Geschichte begeisterte.« Martinus setzte die Melone auf, nahm Platz und schlug die Beine übereinander. »Als ich zehn war, habe ich hier in Meckenbeuren den Bücherschrank meines Onkels geplündert. Er war Großbauer. In seiner guten Stube hatte er viele Historienbücher hinter Glas. An den Winterabenden hat er sich Zeit fürs Lesen genommen.«

Er spritzte hoch, warf die Melone auf den Sitz, lief nervös auf und ab, bis er vor Westwald stehen blieb. »Ja«, sagte er,

»mein Onkel war ein reicher Mann, aber auch ein gebildeter. Sogar Latein konnte mein Onkel Walter. Er besaß mindestens zwanzig historische Romane von Karl Gustav Nieritz. Zuerst habe ich die Geschichte vom Schmied von Ruhla gelesen, die im zwölften Jahrhundert spielt. Dann das Buch über den schwedischen Bauernkönig Gustav Wasa, das mir das sechzehnte Jahrhundert offenbarte. Von da an habe ich mich, die Bücher von Nieritz dienten mir als Appetithappen, durch unsere Geschichte gefuttert, wie die Menschen im Märchen, die sich durch den süßen Brei hindurchgemampft haben. Die halbe Weltgeschichte habe ich verschluckt, habe sie schwarz auf weiß erlebt, bestaunt, verkostet, genossen. Epoche für Epoche. Viele berühmte Männer habe ich in meiner Jugend bewundert. *Die Hunnenschlacht*, *Die Quäker*, *Die letzten Tage von Pompeji*, *Fürst Potemkin*, *Wilhelm Tell* und etliche andere Bücher habe ich verschlungen. *Der Goldkoch*, ein Buch über den sächsischen Erfinder des Porzellans, hat mir besonders gut gefallen. Dreimal hintereinander habe ich es gelesen. Das hat mir Lust auf mehr gemacht. Deshalb wollte ich alles über die deutsche Geschichte wissen.«

Martinus, meistens ein steifer, pedantischer Oberlehrer mit erhobenem Zeigefinger, quoll über vor Freude, dem Ort seiner glücklichen Kindheit nahe zu sein. Er quasselte und schnatterte ohne Ende. Westwald kam nicht zu Wort. Darum beschränkte er sich aufs Zuhören. Er nickte gelegentlich zustimmend. Die meiste Zeit hüllte er sich in Rauch.

»Der Hof meines Onkels lag«, Martinus sah sich suchend um, deutete dann zum gegenüberliegenden Fenster hinaus nach Osten, »in Richtung Obermeckenbeuren. Ein großer Hopfengarten hat zu seinem Gütle gehört. Da habe ich beim Hopfenzopfen helfen müssen. Manchmal, wenn der Sommer heiß war, zum Ende meiner Sommervakanz, ansonsten in der Herbstvakanz. Jede Hand hat man bei der Hopfenernte gebraucht. Zur Belohnung hat mir Onkel Walter am ersten Abend nach der Ernte für jeden Zopftag eine 3-Kreuzer-Münze in die Hand gezählt. Klein wie ein Wäscheknopf war das

Geldstück. Silbrig gefunkelt hat es. Das sei Billon, hat mein Onkel gesagt, zwei Drittel Kupfer, ein Drittel Silber. Außerdem durfte ich seine Bücher nach Ulm ausleihen.«

Die Lokomotive pfiff, ruckelte an, stieß mächtige Dampfwolken aus und beschleunigte. Martinus hievte die Fensterscheibe am Lederstreifen hoch, bis er den Riemen auf den Zapfen aus Eisen knöpfen konnte. Dann legte er die Melone ins Gepäcknetz, setzte sich und erzählte viel. Wild gestikulierend erklärte er die Hopfenernte, beschrieb das einfache, aber glückliche Leben auf dem Land, stellte das schweißtreibende, kräftezehrende Schaffen als großes Vergnügen dar. Er schwärmte von den interessanten, meist fidelen Gesprächen auf dem Bauernhof, nach dem Abendvesper oder sonntags beim Frühstück.

Die ersten Häuser von Friedrichshafen zogen draußen vorbei. Dann fuhr der Zug in den Stadtbahnhof ein. Behände kletterten die beiden aus dem Waggon. Dann deponierten sie ihre Handkoffer am Gepäckschalter.

Es war elf Uhr. Heiß brannte die Augustsonne. Die Ausläufer der Appenzeller Alpen grüßten glänzend über den Bodensee. Hausfrauen flüchteten sich mit ihren Henkelkörben, gefüllt mit dem, was sie fürs Wochenende ergattern konnten, in den Schatten der Häuser.

Die beiden Herren aus Ulm bummelten über den Bahnhofsplatz zur Friedrichstraße, die Hüte in der Hand, schlenderten auf der Uferpromenade in Richtung Schloss. Auf halbem Weg kehrten sie um, aus Zeitgründen, aber auch, weil es ihnen zu heiß wurde. Sie kühlten Hände, Stirn und Nacken am Marienbrunnen auf dem Pappelplatz und bestaunten den Bilderfries auf der Südfront des Rathauses. Dann holten sie ihre Köfferchen ab, zuckelten zum Hafenbahnhof, wo sie sich schweißgebadet unter einen großen Sonnenschirm auf der Restaurantterrasse im ersten Stock setzten.

Zu den gebackenen Bodenseefelchen schlürften sie zunächst ein Viertele Meersburger Sängerhalde, dann noch eines, schließlich ein drittes. Martinus, in der Regel dem Bier zugetan, hatte in verzückter Erinnerung an seine glückliche Zeit in Oberschwaben dem ungewohnten Wein zugesprochen. Mit einem Mal fühlte er sich beschwingt und kreuzfidel. Feuchtfröhlich sah er aufs Schwäbische Meer hinaus, plapperte in einem fort, bis er die Fähre kommen sah und breitbeinig an Bord staken durfte.

Zwanzig vor eins, pünktlich auf die Minute, legte das Schiff ab. Es nahm Kurs auf Bregenz. Nach längerem Aufenthalt in Lindau waren sie kurz vor vier am Ziel, müde, durstig, aber gut gelaunt. Sie grüßten heiter nach allen Seiten, lüfteten dabei jedes Mal ihre Hüte und fragten sich keck zum Gasthof Krone durch. Vom Portier hörten sie, Herr Doktor Kappler, der Vorsitzende des Vorarlberger Schwabenkapitels, erwarte sie seit einer geschlagenen Stunde im schattigen Garten. Rasch trugen sie ihr Köfferchen aufs Zimmer, dann eilten sie hinaus in den Biergarten.

Bei Mineralwasser, Erdbeerkuchen und starkem Kaffee gab Kappler unter Kastanien einen Überblick über den Bürgerausschuss, der für die Angliederung Vorarlbergs an Großschwaben warb. Unmittelbar nach Kriegsende sei in den Grenzgemeinden zur Schweiz für den Anschluss an die Eidgenossenschaft agitiert worden. Sogar eine Unterschriftenliste habe man erstellt. Dagegen hätten sich die Deutschnationalen Vorarlbergs gewandt und das Vorarlberger Schwabenkapitel gegründet. Bei der Volksabstimmung am 11. Mai 1919 hätten sich rund achtzig Prozent der Vorarlberger zwar für den Anschluss an die Schweiz ausgesprochen, aber das sei gewiss nicht das letzte Wort. Die Liebe zur Schweiz gehe durch den Magen. Vor allem arme Leute, die an den Folgen des verlorenen Krieges besonders hart zu knabbern hätten, sympathisierten für die Schweiz. Die Gebildeten und Betuchteren, vor allem Fabrikanten, Handwerker, Kaufleute, neigten dagegen zum deutschnationalen Erbe. Sie votierten für den Anschluss an Schwaben. Wirtschaftlich sei Vorarlberg mit Deutschland verbandelt, weniger mit der Schweiz. Zudem gebiete die politische Klugheit, nach dem furchtbaren Verfall des Vielvölkerstaates Österreich-Ungarn nicht ein zweites Mal einem gemischtsprachigen Staat wie der Schweiz beizutreten.

Westwald wurde von Minute zu Minute ernster. Ernüchtert, reserviert, kühl musterte er den Gastgeber. Er lehnte sich zurück, rauchte mit Absicht viel vor sich hin, wodurch er seinem Reisebegleiter und Keppler das Wort überließ.

Martinus dagegen war in Hochstimmung. Die Erinnerung an seine Kindheit, der Bummel durch das sonnendurchflutete Friedrichshafen, die anregende Wirkung des Weines, die bezaubernde Fahrt über den See hatten seine Gefühle in Wallung gebracht. In grenzenloser Verzückung lauschte er den Ausführungen Kepplers, in dem er den Sympathisanten für seine Großschwabenidee und einen seiner treuesten Jünger erkannte. »Donnerwetter!«, entfuhr es ihm gleich dreimal, berauscht von seiner eigenen Größe. Gönnerhaft erkundigte er sich, was er als der Vordenker Großschwabens und Vorsitzender einer mächtigen württembergischen Bürgerbewegung für die schwäbischen Brüder und Schwestern in Vorarlberg tun könne.

Wenn man das einfache Volk auf die Schwabenseite ziehen wolle, legte Keppler ausführlich dar, dann müsse man etwas Nahrhaftes bieten. Vor allem an Mehl und Kartoffeln mangele es im Landstrich zwischen Bregenz, Dornbirn und Bludenz.

Er werde seine Beziehungen spielen lassen, verkündete Martinus hochtrabend. Seine Organisation werde dem schwäbischen Brudervolk unter die Arme greifen. Einen Eisenbahnwaggon mit Kartoffeln könne er versprechen.

Westwald sah seinen Vorsitzenden entsetzt an. Der war von seinen eigenen Worten so betört, dass er die säuerliche Miene seines Stellvertreters nicht als Widerspruch deutete, sondern als Kritik an seiner knickrigen Zusage. Also legte er nach und versprach nicht einen Waggon, sondern gleich mehrere.

Keppler dankte. Das sei eine große Hilfe, denn bei seinen Werbeauftritten in Dornbirn, Lustenau, Feldkirch, Hörbranz, Egg und Schwarzenberg könne er nun einen nahrhaften Gruß aus dem Schwabenland an seine Zuhörer verteilen. Gleich heute Abend, wenn er hier im Kronensaal die Versammlung der Schwabenanhänger eröffnen und den berühmten Vorsitzenden des Ulmer Schwabenkomitees vorstellen dürfe, werde er die hochherzige Spende aus Schwaben ankündigen.

Westwald erhob sich missmutig. Er habe Kopfschmerzen, entschuldigte er sich mürrisch. Am See wolle er ein bisschen frische Luft tanken.

Martinus starrte ihm verwundert hinterher. »Verträgt nicht viel, mein Stellvertreter«, spottete er. Als ihn der Vorarlberger erstaunt ansah, lästerte Martinus, sein Stellvertreter hätte zum Mittagessen Wein getrunken, aber auch nicht mehr als er.

Das musste er vor der nächsten Sitzung loswerden. Deshalb hatte er die beiden von der Straße weg ins Bäumle eingeladen und von der schwarz Gekleideten eine Runde Bier auftischen lassen.

»Können Sie sich jetzt vorstellen, meine Herren, wie mir zumute war?« Westwald zog erregt an seiner Zigarette, dampfte aus der Nase wie eine Lokomotive aus dem Schornstein. Mühsam, nach Luft schnappend, stieß er hervor: »Geschämt habe ich mich!« Eine dichte Rauchwolke blies er zur Decke hinauf, schnaufte rasselnd auf. Leise setzte er hinzu: »Wie selten in meinem Leben.«

»Wie will Martinus eine solche Menge auftreiben?« Mooser nahm einen Schluck und sah Westwald belustigt an.

Der Rechtsanwalt zuckte die Achseln. Sorgenfalten furchten seine Stirn.

»Hat er«, Negele wollte sich krummlachen, »hat er tatsächlich ein paar Wagenladungen versprochen? Ich bin froh, wenn ich ein paar Pfund auftreiben kann.«

»Nicht Wagenladungen«, verbesserte Westwald bekümmert, »die ließen sich auftreiben. Das wären schätzungsweise zweihundert bis dreihundert Sack Kartoffeln.« Er holte tief Luft. »Nein! Martinus hat ein paar Waggonladungen zugesagt. Also zehnmal mehr, mindestens, wenn nicht …«

Mooser wieherte vor Lachen, Negele grinste mitleidig.

»Eine Schnapsidee«, höhnte Mooser, während sich Negele den Bauch hielt, »keine fünf Zentner Kartoffeln wird er in Ulm auftreiben können.«

Westwald warf einen besorgten Blick zu den alten Männern hinüber, die im schummrigen Hintergrund des Lokals schlummerten, im Schlaf schmatzten und gelegentlich im Halbdusel an ihrem Viertele nuckelten. Lauschten sie? Nein, stellte er beruhigt fest, sie sahen nichts, sie dösten, hörten also nichts. Nachdenklich wandte er sich seinen Begleitern zu.

»Was jetzt?«, fragte Negele belustigt.

»Wo gibt's Kartoffeln in großen Mengen?« Mooser schaute seine Tischgenossen ungläubig an.

Westwald winkte ab.

»Bei mir.«

Mooser, Negele und Westwald fuhren herum, verrenkten die Hälse, sahen sich erstaunt an. Wer hatte da gesprochen?

»Wie viel Kartoffeln brauchen Sie denn?« Im Hintergrund hob einer der Stammtischbrüder den kahlen Kopf, die Brille auf die Stirn verschoben. »Brauchen Sie's gleich?« Er runzelte ein paarmal die Glatze, bis seine Brille von allein auf die Nase herunterfiel. Dann musterte er die Fremden, die an seinen Kartoffeln interessiert waren.

»Warum?«, fragte Mooser irritiert. Er war so perplex, dass er mühsam nach Worten suchen musste.

»Warum, warum«, grantelte der Alte. »Brauchen Sie die lilablassblauen Kartoffelblumen fürs Wohnzimmerbüffet? Oder können Sie warten, bis die Kartoffeln im Boden reif sind?« Er setzte sich aufrecht hin und blaffte die drei am Fenstertisch an: »Wann ist das so weit, ihr Schlaumeier?«

Westwald zog das Genick ein, Mooser grinste. Negele antwortete für sie. Aus Sachsenheimer Erfahrung sagte er: »Im Herbst.«

»Noi!«, widersprach der Alte, »das kommt auf die Sorte an. Frühe Kartoffeln gibt's seit Mai, aber von denen hab ich nicht viel. Ende September, Anfang Oktober könnt ihr von meinen späten Kartoffeln etliche Zentner haben.«

»Ja, wie viel würden Sie uns verkaufen?«, fragte Mooser, der seine Sprache wiedergefunden hatte.

»Was weiß denn ich«, polterte der Alte, »ich zieh meine Kartoffelstöck net jede Woch aus dem Boden und zähl nach, wie viel dran sind.«

»So ungefähr werden Sie's doch wissen«, beruhigte ihn Mooser, während sich Westwald auffällig zurückhielt.

»Der Frühling war spät, die Eisheiligen waren gnädig, geregnet hat's genug, aber nicht zu viel«, bilanzierte der Alte.

Keine Reaktion von den dreien.

»Außerdem haben wir heuer unsere Kartoffeln in der Au gesteckt, da ist der Boden locker und sandig.«

»Soll heißen?«, hakte Mooser nach.

»Gell, Sie verstehen nichts von Ackerbau und Viehzucht.«

»Nein, ich bin Schriftsetzer.«

»Ach Gott«, lästerte der Alte, »noch ein paar Hurgler. Aber dass man die Kartoffeln nicht mit bedrucktem Papier düngen kann, die Kühe damit auch nicht füttern kann, das wissen Sie, oder?« Versöhnlicher setzte er hinzu: »Wie viel Kartoffeln brauchen Sie denn? Fünf Pfund?«

»Nein, fünfhundert Zentner, oder mehr. Kommt drauf an.«

»Auf was?« Die Menge schien den Kartoffelbauern nicht zu beeindrucken.

»Wie viel der Zentner kostet.«

»Inflationsgeld kommt nicht infrage. Das nehmen wir nicht. Ich nicht, mein Sohn auch nicht. Das kann ich Ihnen schon heute verraten. Da könnten wir ja gleich Hosenknöpfe verlangen.«

»Was dann?«

»Ausländisches Geld.« Er dachte nach. »Oder Gold.« Er nahm einen tüchtigen Schluck aus seinem Weinglas. »Am liebsten wären meinem Sohn Schweizer Franken.«

»Zu welchem Preis?«

»Darüber schwätzen wir, wenn die Kartoffeln aus dem Boden sind. Dann wissen wir, was sie auf dem Markt wert sind.«

Mooser wandte sich seinen beiden Begleitern zu. Amüsiert fragte er die beiden, ob er auf den Handel eingehen solle.

Negele zuckte die Achseln. Mooser fragte Westwald, ob das Schwabenkomitee so viel ausländisches Geld auftreiben könne. Als Kassenwart wisse er definitiv, dass die momentane Kassenlage das nicht hergebe.

Westwald hob abwehrend die linke Hand. Er streifte mit der rechten die Asche von seiner Zigarette in die leere Tabakschachtel. Dabei grantelte er, man könne die neue Südwestrepublik nicht über die Hintertreppe betreten.

Mooser sagte frei heraus, er verstehe nicht, was der Herr Rechtsanwalt damit andeuten wolle.

Westwald wurde ernst. Er hielte es für einen Treppenwitz der Geschichte, wenn ein neues Land seine Souveränität mit Kartoffeln erkaufen müsste. Noch in hundert Jahren stünde das in allen Geschichtsbüchern. In jedem Fall bliebe ein Makel bis in alle Ewigkeit.

Was er stattdessen vorschlage, fragte Negele irritiert. Aus den Augenwinkeln warf er dem Alten im Hintergrund einen schnellen Blick zu.

Das wisse er noch nicht, entgegnete Westwald. Er jedenfalls werde einen solchen Kartoffelhandel nicht mitmachen. Der Herr Vorsitzende habe Kartoffelsuppe bestellt, jetzt solle er sie auch auslöffeln, und zwar ohne ihn.

»Was ist jetzt?« Der Alte mahnte eine Entscheidung an. »Nicht gackern, meine Herren, legen!«

»Wir müssen erst unseren Vorsitzenden fragen«, wollte Mooser vertrösten.

Aber da kam er bei dem Alten schlecht an. Ja wenn das so sei, lästerte der, wobei er seine Schlafposition am Stammtisch wieder einnahm, dann sollten die Herren das nächste Mal erst gackern, wenn der Obergockel gekräht habe.

»Was, bitte, ist ein Hurgler?«, wollte Westwald wissen.

»Ein Tollpatsch«, erklärte Mooser, »bei uns in Besigheim sagt man auch Depp, Sempel oder Däbbeler.«

»Gefällt's dir?« Karl Negele sah Sophie von der Seite an. Ihre glatten, langen Haare waren im Nacken verflochten, dass die Ohrläppchen frei lagen. Der dunkelblonde Zopf pendelte bei jeder Drehung im Nacken. Ihr zartes Gesicht glänzte vor stiller Freude.

Sophie lächelte ihn für einen Augenblick an. Dann, den Blick auf die Bühne gerichtet, riss sie vor Schreck den Mund weit auf und hielt den Atem an. Ihre Stupsnase verriet, dass sie beunruhigt war. Geht auch nichts schief? Bei jedem Sprung der Artisten, die sie mit großen Augen verfolgte, vibrierten ihre Wangen. Gänsehaut rieselte über ihre Arme.

Ihre Mundwinkel hoben sich. Sie lachte befreit auf, während sie in die Hände klatschte. »Bravo!«, rief sie und fügte sich in den Beifallssturm im Saal ein.

»Die sind schon mit Otto Reutter in Berlin aufgetreten.« Er konnte den Blick nicht von ihr wenden. Mechanisch klatschte er mit.

Sophie lehnte sich zurück, schmiegte sich für einen Augenblick mit dem Rücken an seine Brust, dann drehte sie sich zu ihm hin, ein Strahlen im Gesicht: »Otto Reutter?«

»Der das Lied singt: *In fünfzig Jahren ist alles vorbei.*«

»Ach der.«

Er summte die Melodie. Sie hörte es nicht. Der Lärm war zu groß. Verliebt beugte er sich vor und sang ihr von hinten ins Ohr. Er wollte ihre ganze Aufmerksamkeit für sich. »Und siehste ne Zeitung, dann schau nicht hin. Es steht ja doch bloß was Schlechtes drin. Und schafft dir die Politik Verdruss, es kommt ja doch alles, wie's kommen muss. Heut haben wir die, morgen jene Partei – und in fünfzig Jahren ist alles vorbei.«

Sie sah ihm lang, fast übermütig in die Augen, warf einen schnellen Blick nach links, nach rechts, und streichelte blitzschnell seine Wange.

Er war selig vor Glück. Ihre feine Haut mit seinen rauen Fingern zu berühren, das traute er sich nicht. Aber er fühlte ihre Nähe, ihre Wärme, ihre Zuneigung.

Die fünf Akrobaten verbeugten sich zum letzten Mal.

»Woher kommen die?«

»Die Ryders? Die sind aus Würzburg. International bekannte Artisten.«

»Danke, Karl, dass du mich so oft ausführst.«

»Hast du genug zu trinken?«

Sophie prostete ihm mit ihrem Glas Limonade zu. Ihre Ohrläppchen glühten.

Während zwei Männer im Hintergrund hantierten, stellte sich eine Bubiköpfige an die Rampe. Sie hatte einen großen Busen, trug eine weiße Bluse mit roter Krawatte und einen bodenlangen blauen Rock.

»Hallo, du süße Klingelfee«, sang sie. Dabei tat sie so, als müsse sie am Stöpselschrank eine Telefonverbindung herstellen.

Schräg hinter ihr kauerte ein Dickwanst am Klavier, ganz in Schwarz gekleidet. Seine langen, öligen Haare klatschten ihm ums Doppelkinn, wenn er seiner Sängerin mit dem Kopf den Takt vorgab.

»Hier in der Zentrale gebe ich Signale, wenn ich grade will. Doch wenn man schreit und ist nervös gleich, dann werd ich bös gleich und bleibe still.«

Genau in dem Moment spannten die zwei im Hintergrund mit wildem Hauruck ein Stahlseil, zwei Meter über der Bühne.

Die Zuschauer lachten.

Die Sängerin drehte sich singend, Respekt fordernd die rechte Hand erhoben, zu den beiden hin: »Wenn ich so lang hier steh, dann frisst mich schier der Kummer. Ich komm zu keiner Nummer. Wie gern wär ich verbunden auf Stunden mit dir! Hallo! Bei mir da streikst du grad. Lass mich hinein, du Schlanke, Schmale mal in die Zentrale. Du, du, du, du hast mich am Draht.«

Beifall auf offener Szene. Die beiden Arbeiter knicksten mit breitem Grinsen und gingen rückwärts von der Bühne, während die Sängerin die Strophe wiederholte.

Mitten hinein in ihren Applaus stürmte die berühmte Seiltänzerin Erika Wichmann auf die Bühne, im aufreizenden, blutroten Kostüm mit glänzenden Beinen unter hellroter Seide. Jovial grüßend sprang sie auf einen Stuhl, von dort über einen Turnbock aufs Seil. Mit ausgebreiteten Armen balancierte sie vor und zurück, setzte sich mit gespreizten Beinen, kugelte vorwärts, rückwärts. Dann richtete sie sich langsam auf, pendelte hin und her, wagte mehrere Saltos. Da! Stürzte sie ab? Ein neckischer Beau, mit Straußenfedern geschmückt, flitzte auf dem Fahrrad herbei, hechtete aus dem Sattel ans Seil, verfehlte es, landete auf dem Bauch, während das Rad neben ihm auf dem Boden aufschlug, berappelte sich und streckte ihr huldvoll lächelnd seine hilfreiche Hand hinauf. Sie ergriff sie, verstrubbelte ihm zum Dank die Frisur, zwickte ihn ins Ohr, ehe sie ihn mit energischer Geste aufforderte, ihr das Rad zu reichen. Damit fuhr sie auf dem Seil vor und zurück, machte Kopfstände erst auf dem Sattel, dann auf dem Lenker. Sie setzte sich aufs Schutzblech des Hinterrads, das Vorderrad in die Höhe gestemmt, und warf das Fahrrad vom Seil, als es zum Stehen kommen wollte. Zum Schluss legte sie sich rücklings auf den vibrierenden Stahl. Im Liegen riss sie sich die Kleider vom Leib, bis sie im weißen Nachthemd war. Er kam mit dem Bettzeug, schob ihr das Kissen unter den Kopf und deckte sie mit einer Daunendecke zu. Das Bühnenlicht erlosch. Das Klavier intonierte im Dunkeln *Weißt du, wie viel Sternlein stehen?* Ein blauer Lichtpunkt glühte auf. Ganz in Blau lag die Akrobatin hoch auf dem Seil im Bett, von ihrem Assistenten in den Schlaf geschaukelt.

Ältere Herren, mit großen, goldenen Siegelringen geschmückt, saßen ganz vorn in der ersten Reihe, sabberten an ihren Zigarren. Sie warfen sich lüsterne Blicke zu, als sich die Holde vom Seil abschwang und eine tiefe Verbeugung machte, wobei ihre Brüste aufleuchteten.

Ein Jongleur warf abwechselnd Ringe und Bälle, bevor er in wilden Sprüngen über die Bühne wirbelte. Dann verknotete ein Schlangenmensch Arme und Beine, goss sich, den Körper auf eine Hand gestützt, ein Glas Sekt ein, das er unter seiner linken Kniekehle hindurch leerte. Daraufhin machte ein langhaariger Komiker derbe Späße. Das Publikum fand es lustig und war bester Laune.

Nach jeder Nummer lenkte die Sängerin die Zuschauer von den Bühnenarbeiten ab. Sie trug moderne Couplets von Otto Reutter und Claire Waldoff vor, sang aber auch beliebte Vorkriegslieder: *Der schöne Karl*, der eine üble Verwandtschaft hat. *Der Auto-Maxe*, der den Gentleman mimt. Vor allem die *Bierhymne*. Dreimal verlangte das Publikum eine Zugabe, bis alle im Saal den Refrain brüllten: »Nur a Bier will i hamm, sonst hau i alles zamm.«

Der Höhepunkt kam am Schluss. Alpino und Companie zeigten einen kleinen Schwank mit Gesang und Tanz. Sie machten sich lustig über die Zeit, als der Großvater die Großmutter nahm, und verulkten das Leben vor hundert Jahren.

Sophie lachte aus vollem Hals. Sie musste sich mit einem Taschentuch die Augen auswischen. Karl erfreute sich an ihrer Frohnatur. Er war dankbar, dass er sie gefunden hatte. Seitdem war sein Leben klar gegliedert. Montags und donnerstags die Hauswirtin, sonntags Sophie. Werktags Arbeit und Bratkartoffeln, sonntags Liebe und Leidenschaft. Es bedrückte ihn allerdings, dass alles heimlich geschehen musste und so widersprüchlich war.

Diese Aufteilung war zufällig entstanden. Sophies Meisterin sorgte dafür, dass ihr Schützling unter der Woche nicht aus dem Haus kam. Und Negeles Hauswirt prahlte: »Sonntags geh ich nicht auf die Gass.« Seine liebestolle Gemahlin hatte ihrem

Liebhaber gepetzt, immer sei ihr Göttergatte müde von der Arbeit. Eisern halte er sich an das christliche Gebot: Am siebten Tage sollst du ruhen. Da wolle er ausschlafen, gehe nicht zur Kirche, bestehe aber mittags auf einem Braten mit Spätzle und Soß, nachmittags auf einem selbstgemachten Kuchen und abends auf seinem angewärmten Bier am heimischen Herd. Gemurrt und gefaucht habe sie, hatte sie kürzlich ihrem Galan gebeichtet, gebettelt habe sie, sogar gedroht. Ihr mickriger Kümmerling zücke dann allenfalls den Geldbeutel und werfe ihr einen Schein hin, wenn der Haussegen gar zu schief hänge. »Da, kauf dir ein neues Kleid, hat der schlaffe Scheinwerfer erst letzte Woche zu mir gesagt«, hatte sie ihrem »lieben Negele« weinend gestanden. »Der ist stur wie ein alter Ochse«, hatte sie verraten. Ganz selten, etwa ein- oder zweimal im Jahr, sei er bereit, unter der Woche mit ihr ins Wirtshaus zu gehen, um ein Bier zu trinken. Aber der Sonntag sei ihm heilig. Den verbringe er am liebsten im Bettkittel.

Oft hatte die Hauswirtin gejammert, meist beim Zuknöpfen ihrer Kittelschürze, sie sei in einem goldenen Käfig gefangen. Dann pflegte sie ihren Poussierer auszuhorchen, wo er den Sonntag verbringe und mit wem.

Meistens antwortete er, die ledigen Arbeitskollegen träfen sich auf ein Bier oder einen Kaffee. Oder er log ihr vor, er müsse dem Schwabenkomitee helfen. Großschwaben! Sie wisse ja Bescheid.

Sie komme ihm bald auf die Schliche, drohte sie ihm dann jedes Mal mit dem Finger und lachte hämisch dazu. Vermutlich hatte sie sein Doppelspiel längst durchschaut. Denn kürzlich, als er ihr das lang ersehnte Porträt gab, eine kolorierte Federzeichnung, die ihr höchst schmeichelte, da war sie zwar entzückt, fragte aber sofort, was es koste. Auf die Idee, er könnte sie aus Zuneigung oder gar Liebe gemalt haben, war sie gar nicht gekommen. Als er sie überrascht anschaute, versprach sie ihm einen ansehnlichen Betrag. Sie hielt Wort. Er nahm sich vor, mit dem Geld Sophie eine Freude zu machen.

7

Seit Stunden irrte Karl Negele durch Ulm, obwohl Weihnachten erst in sechs Wochen war. Hier blieb er vor einem Schaufenster stehen. Dort betrat er einen Laden und schritt die Auslagen ab.

Es war zum Verzweifeln. Wenn er glaubte, etwas Passendes gefunden zu haben, einen Schal oder ein Paar Handschuhe, dann redete es ihm die Verkäuferin aus. Das schicke sich eher für eine ältere Dame.

Womit könnte er Sophie zu Weihnachten eine Freude machen? Er zermarterte sich das Hirn, kam aber zu keinem Ergebnis.

Von Tag zu Tag wurde er nervöser. Er wollte sie nicht mit leeren Händen verabschieden. Auf die lange Bank schieben durfte er den Einkauf keinesfalls, weil das Geld, das ihm die Hauswirtin für das Porträt bezahlt hatte, täglich weniger wert war. Richard Mooser hatte er angekündigt, er werde ihm dieser Tage ein kleines Paket zum Aufbewahren bringen, weil er es vor seiner neugierigen Wirtin in Sicherheit bringen müsse.

Er wusste, dass Sophie an Heiligabend um halb sechs mit dem Zug nach Hause fuhr. Auf dem Bahnsteig wollte er sie überraschen und ihr sein Geschenk überreichen. Genau um halb sechs, keine Stunde früher, denn sonst brächte er sie in arge Bedrängnis. Sie verdiente ja nichts. Womöglich hätte sie ihm in letzter Minute ein Geschenk auf Pump besorgt.

Bei Georg vorfühlen? Er verwarf den Gedanken sofort. Der eitle Geck war viel zu sehr mit sich selbst beschäftigt. Was wusste der von seiner Schwester? Da könnte er gleich den erstbesten Passanten um Rat bitten.

Also wen fragen?

Richard? Er lachte. Was versteht der von Frauen?

Frauen. Er überlegte hin und her. Wäre es nicht das Beste, er würde eine Frau aushorchen?

Ja, aber welche?

Die Mutter oder die Schwestern? Auf keinen Fall, die waren zu weit fort. Die wollte er in einer so heiklen Angelegenheit nicht behelligen.

Die Hauswirtin? Um Himmels willen. Nachher käme sie auf die Idee, das Geschenk sei für sie bestimmt.

Die Sekretärin in der Zeitungsredaktion fiel ihm ein, die hübsche Blonde mit der Gretchenfrisur und den Grübchen in den Wangen. Sie grüßte ihn immer freundlich, wenn er Meldungen abholte, die auf den letzten Drücker gesetzt werden mussten.

Würde sie ihm helfen? Oder würde sie ihn auslachen? Er beschloss, es dem Zufall zu überlassen. Lächelte sie ihn morgen an, dann würde er sie fragen. Behandelte sie ihn kühl oder abweisend, dann wollte er das als ungünstiges Zeichen werten und verzichten.

Sie war nett. Auch war sie allein im Zimmer. Ihm schien, als sei sie heute besonders liebenswürdig, gerade so, als wolle sie ihn ermuntern. Er nahm die Meldungen an sich. Dann fasste er sich ein Herz. Ob er sie um Rat fragen dürfe, fragte er sie leise, stockend, wobei er seinen Puls im Ohr pochen hörte.

»Fragen Sie, Herr Negele, fragen Sie bitte.«

Ein Geschenk suche er, ein Weihnachtsgeschenk für seine Schwester. Ob sie ihm etwas empfehlen könne.

Sachen zum Anziehen könne sich jede Frau selber nähen oder stricken. Auch was im Haushalt nötig sei, kaufe sich jede Frau lieber selber.

»Also nichts Praktisches, zum Beispiel etwas für Küche und Wohnzimmer?«

»Um Himmels willen, nein!«, riet der blonde Engel hinter der Schreibmaschine, »eher etwas Persönliches.«

»Zum Beispiel?«

»Ein Parfüm oder eine gute Seife, aber keine Kriegsware.«

Er dachte nach.

»Gehen Sie in eine Drogerie, Herr Negele. Dort werden Sie gut beraten.«

Er bedankte sich artig, verneigte sich und schloss erleichtert die Tür zum Büro.

Auch das Fräulein hinter der Ladentheke war höflich. Sie sagte, Parfüm oder Haarwaschpulver stehe bei den Damen hoch im Kurs. Ihr Chef bringe jede Woche eine halbseitige Anzeige in der Zeitung: *Geschenke für die Dame aus der Drogerie zum Fest.* Gemeinsam werde man für das Fräulein Schwester etwas Schönes aussuchen.

Karl Negele war ihr dankbar. Eine fachkundige Beratung, davon hatte er nicht zu träumen gewagt.

Sie bat ihn, an den Kosmetikschrank zu kommen, zog die Glasscheibe zurück und griff ins Regal. »Ich würde Ihnen empfehlen, Ihrem Fräulein Schwester ein Gesichtspuder oder ein Haarwaschpulver zu schenken. Auch ein Zahnwasser oder ein Taschentuchparfüm wird gern unter den Christbaum gelegt. Wie wär's zum Beispiel mit Kölnisch Wasser?«

Er wiegte den Kopf.

Während sie das Parfüm in den Schrank zurückstellte, pries sie verschiedene Waschpulver für die Haare an. Auxion, das nach Veilchen rieche. Byrolin, das ölig sei. Vor allem Schwarzkopf, das es in mehreren Farbtönen gebe, abgestimmt auf die eigene Haarfarbe.

»Ich weiß nicht recht.« Negele gab zu bedenken, das neumodische Zeug sei recht kompliziert. Er wasche seine Haare mit Kernseife.

Für kurze Haare sei das gewiss die einfachste und billigste Lösung, sagte die Verkäuferin. Aber die meisten Frauen, zumal die jüngeren auf dem Land, hätten keinen Bubikopf, sondern lange Haare. Seife verteile sich nicht gleichmäßig, sagte die junge Frau bestimmt, außerdem lasse sie sich schlecht ausspülen. Also verfilzten die Haare. Ganz anders beim Haarwaschpulver. Im warmen Wasser aufgelöst, gießt man es übers Haar und massiert es kurz ein. Mit klarem Wasser ausspülen. Fertig! Einfacher gehe es nicht. Das Ergebnis sei sehr gut, das

Fräulein Schwester werde begeistert sein. Leicht zu kämmen seien dann die Haare. Schuppen würden unterbunden. Die Kopfhaut jucke auch nicht mehr vom Seifenrest.

»Überzeugt«, sagte Negele, »geben Sie mir ein Päckchen Haarwaschpulver von diesem da.«

Er deutete auf das Pulver mit dem Frauenkopf drauf.

»Für welche Haarfarbe?«

Er musste nicht überlegen. »Dunkelblond«, sagte er, wobei er errötete. Zärtlich dachte er an Sophie.

Sie lächelte ihn verschmitzt an, als sie das gewünschte Päckchen auf den Tisch legte. »Darf ich Ihnen noch etwas zeigen?«

Negele nickte. Er fühlte sich zuvorkommend bedient und geschmeichelt.

Sie nahm zwei verschiedene Mundwasser aus dem Regal: Odol aus Dresden mit dem Geschmack von Pfefferminze und Lavendel. Dazu Bombastus aus dem sächsischen Freital, das nach Salbei dufte, zugleich den Rachen desinfiziere.

Ob er einmal riechen dürfe, fragte Negele.

Sie schraubte beide Fläschchen auf, die sie ihrem Kunden abwechselnd unter die Nase hielt. Er schnupperte ein paarmal, dann entschied er sich für das Dresdner Mundwasser.

Sie sah ihn mit großem Augenaufschlag an.

Er überschlug im Kopf, ob er sich eine kleine Dreingabe leisten könnte. Dann bat er um ein kleines, ganz kleines Fläschchen Taschentuchparfüm, das nicht zu teuer sei.

Der Buchhalter zählte 200 Mark in Scheinen und 11 Mark in Münzen auf den Tisch. Dann legte er einen grünen Umschlag dazu. »Bitte hier unterschreiben.« Er schob einen blauen Tintenstift über den Tisch und deutete mit dem Zeigefinger auf eine leere Zeile. »Ist nicht viel, ich weiß. Aber lieber so als gar keine Arbeit, oder?«

Negele hob seufzend die Augenbrauen. Er unterschrieb kopfschüttelnd, bevor er das Geld in den Umschlag schob.

»Vor dem Krieg hab ich fünfmal weniger verdient, mir aber zehnmal mehr leisten können.«

»Tut mir leid, Kollege.«

Negele holte tief Luft. »Kurz vor Kriegsbeginn hab ich jede Woche genau 41 Mark gekriegt. Das hat dick zum Leben gereicht.«

»Ich kann nichts ändern. Daran sind die galoppierenden Preise schuld. Seit Kriegsbeginn sind sie um das Zehnfache gestiegen. Die Löhne hinken leider hinterher. Der Chef weiß das auch, aber er kann nicht mehr zahlen. Wenn er das Zeitungsabonnement teurer macht, verliert er Leser. Hat er weniger Leser, kommen weniger Anzeigen rein. Sind eh zu wenig. Weißt es doch selber.« Der Buchhalter sah seinen Kollegen bedrückt an. »Zum Glück ist deine Arbeitszeit jetzt kürzer als vor dem Krieg.«

Jeden Samstag die gleiche Leier, dachte Negele. Ins Lohnbüro gehen, Geld nachzählen, die Entschuldigung des Buchhalters anhören, sich vor die Linotype setzen. Dann acht Stunden mit Wut im Bauch konzentriert arbeiten.

Vor dem Lohnbüro stand der Ausgemergelte, an den Türpfosten gelehnt. Er zählte seinen Wochenlohn von der linken in die rechte Hand und zurück. »Wird nicht mehr«, sagte er mit Stirnrunzeln, als er Negele sah, »eine Schande sind diese Papierfetzen, für die man kaum was Anständiges kaufen kann.«

Bei Kriegsbeginn, er hielt Negele ein paar nagelneue Geldscheine unter die Nase, habe der Kaiser gefordert, Schmuck und Gold gegen Papiergeld einzutauschen. Zwei Jahre später seien auch die Silbermünzen aus dem Verkehr gezogen worden. Mit dem Edelmetall müsse die Regierung kriegswichtige Rohstoffe kaufen, wurde in den Zeitungen behauptet.

»Von all dem habe ich an der Front wenig mitgekriegt«, sagte Negele. »Gold und Schmuck haben meine Eltern nicht gehabt. Aber von einem merkwürdigen Spruch hab ich gehört.«

»Gold gab ich zur Wehr, Eisen nahm ich zur Ehr. Meinst du den?« Als Negele nickte, erklärte der Kollege: »Der stand auf der Medaille, die man den Spendern gegeben hat. Die Medaille war aus Blech.«

»Ja«, bestätigte Negele, »viele sind verarmt. Das Vermögen von Generationen, das Spargeld der kleinen Leute, alles hat sich im Pulverdampf der Kanonen aufgelöst.«

»Nein, mein Lieber«, widersprach der Ausgemergelte. »Viel Geld ist an der Front verpulvert worden. Das stimmt. Aber noch viel mehr haben die Rüstungsbarone eingesackt. Der Richard hat recht. Hast ihn ja kürzlich selber gehört. Seit Herbst 1916 vertuscht die Regierung unser Unglück mit immer neuem Papiergeld. Das wird jetzt von Monat zu Monat weniger wert. Und wer zahlt's?«

Negele steckte den Briefumschlag nachdenklich in seine Jackentasche, während er seinem Kollegen zuhörte. Was hatte er mit seinen fünfundzwanzig Jahren denn schon erreicht? Kein Sparbuch. Keine müde Mark auf der hohen Kante. Nichts gehörte ihm, nicht einmal ein paar lumpige Moneten unter der Matratze. Mit dem, was er in den Taschen trug, musste er auskommen.

»Weil unsere Mark nichts mehr wert ist, verlangen die Siegermächte die Reparationen in Dollar, Pfund und Franc. Unser Geld nehmen sie nicht.« Der Kollege schüttelte ärgerlich den Kopf. »Unsere Schulden im Ausland, zusammengerechnet mit den Reparationen, die wir an die Sieger zahlen müssen, sind höher als unsere gesamten Staatseinnahmen. Wie können wir aus diesem Jammertal jemals herausfinden? Sag's mir.«

Negele stülpte seine linke Hosentasche nach außen. »Ich bin gern dabei, wenn es ums Gemeinwohl geht«, lachte er, »aber bei mir gibt's nichts mehr zu holen. Ich kann unserer Regierung bloß noch die Daumen drücken.«

Ein dritter Kollege, der auch Frühschicht hatte, kam hinzu. Erst guckte er verwundert, dann fragte er neugierig: »Was treibt ihr für komische Spielchen?«

Negele zog auch seine rechte Hosentasche heraus. »Meine ganze Barschaft, bis auf den gerade abgeholten Wochenlohn«, sagte er. Grinsend hielt er seine leeren Taschen in den Wind.

»Täusch dich nicht, Karl«, widersprach der Ausgemergelte und steckte sein Geld in den Kittel, »auch du wirst dein letztes Hemd verlieren. Schau dich um! Jeden Tag höhere Preise. Aber unsere Löhne bleiben gleich. Wie sollen wir da Reparationen zahlen? Nein, nein, ich bleib dabei: Deutschland steht am Abgrund. Gestern hab ich die Meldung setzen müssen, dass die Berliner Regierung wieder neues Papiergeld drucken lässt. Also noch eine Null hinter jeden Preis. Unser Geld ist nichts mehr wert. Kannst mir's glauben.«

»Stimmt«, bestätigte der Dritte, »man braucht mindestens ein paar Tausendmarkscheine, wenn man was kaufen will.«

»Aber manche Sachen gibt's auf Lebensmittelkarten zum normalen Preis«, warf Negele ein, kam aber damit bei seinen Kollegen nicht gut an.

»200 Gramm Brot täglich, das sind fünf Scheiben. Dazu 150 Gramm Wurst wöchentlich, das sind auch fünf Scheiben«, höhnte der Ausgemergelte. »Macht pro Tag ein Wurstbrot mit einem Rädchen Wurst, ohne Butter wohlgemerkt, dazu vier Scheiben trockenes Brot.« Er tippte Negele an die Brust. »Wirst du davon satt?«

Negele zuckte die Schultern. Er dachte an den Henkelmann seiner Vermieterin und an die Fresspakete seiner Schwestern.

»Ich nicht. Von Kohle, Brennholz, Seife will ich gar nicht reden, mein lieber Karl. Die sind noch strenger rationiert. Für alles, was du darüber hinaus brauchst, musst du Wucherpreise zahlen. Ich kann mir das nicht leisten.«

Negele setzte sich vor seine Linotype, ein Vorkriegsmodell, das die Druckerei 1905 angeschafft hatte. Er liebte diesen Maschinentyp, denn er kannte ihn aus seiner Bietigheimer Lehrzeit, weshalb er mit allen seinen Feinheiten und Mucken vertraut war.

Seine Finger klapperten einen Bericht. Aber im Kopf war er weit weg von Ulm. Ein Ereignis in Berlin beschäftigte ihn. Er war aufgewühlt.

Auf dem Rummelplatz in der Neuköllner Kaiser-Friedrich-Straße war ein Artist verunglückt. Er hatte sich für drei warme Mahlzeiten zu einem Fakir-Kunststück hinreißen lassen. Von gaffenden, aber zahlenden Zuschauern umringt, sprang er in eine zwei Meter tiefe Grube, hockte sich im Schneidersitz auf den Boden und klopfte Sprüche. In höchstens zwei Minuten sei er wieder da, prahlte er. Die Hand zum Siegeszeichen erhoben hieß er die Bauarbeiter, Sand über ihn zu schaufeln. Die bereitstehende Feuerwehr musste ihn fünf Minuten später ausbuddeln. Tot, die Finger siegesgewiss nach oben gestreckt.

Wozu Menschen bereit sind, wenn sie Tag für Tag mit knurrendem Magen zu Bett gehen und den Gürtel jeden Morgen um ein Loch enger schnallen müssen. Negele war wie vor den Kopf geschlagen. Durfte man so sein Leben aufs Spiel setzen?

Er griff sich an die Stirn. Wie verzweifelt musste ein Mensch sein, wenn er bereit war, jeden Funken Verstand auszuschalten. Setzte sich ins eigene Grab, feixte, bis die Sonne über ihm unterging, als Sand ihn von allen Seiten fest umschloss.

Dachte er an das Los dieses Artisten, dann war er mit seinem Leben als Schriftsetzer zufrieden. Mit dem Lohn kam er aus. Die wenigen Lebensmittelkarten genügten ihm, weil ihn seine Schwestern und die Hauswirtin durchfütterten. Außerdem musste er keine Familie versorgen.

Fiel ihm aber die Unverfrorenheit der Schwarzhändler ein, dann stieß es ihm bitter auf. Viele Lebensmittel, die meisten Textilien, Haushaltswaren, auch Drogerieartikel wie Seife oder Zahnpaste wurden bewusst der notleidenden Bevölkerung entzogen.

Diese Gedanken drängten sich ihm auf, weil er heute Akzidenzien, Kleindrucksachen und Inserate setzen musste. Besonders viele Anzeigen von Hehlern und Preisschiebern waren darunter. Solche Arbeit ekelte ihn an. Butter, Fett, Kaffee, Tee, Tabak? In Hülle und Fülle vorrätig. Postkarte genügte, schon bekam man die Schwarzware per Nachnahme frei Haus. Das konnten die Preiskommissare im Ulmer Rathaus doch auch lesen. Aber sie schritten nicht ein.

Wohin der Kampf ums Überleben die Menschen trieb, musste er Tag für Tag in seine Linotype hämmern: Mord, Totschlag, Diebstahl, Hehlerei und Plünderung. In Stuttgart, Hamburg, Magdeburg, sogar im beschaulichen Worms stürmten verzweifelte Menschen die Geschäfte. Sie nahmen sich, was sie in fliegender Hast raffen konnten. Lebensmittel vor allem, aber auch Schuhe und Kleider. Die Reichswehr rückte aus. Die Plünderer rotteten sich zusammen. Sie wollten nicht weichen. Bis die Soldaten in die aufgebrachte Meute feuerten. Es gab Tote und Verletzte.

Auf Wochenmärkten gingen bessere Herren herum. Hinter vorgehaltener Hand hetzten sie gegen die Juden. Die wären an allem schuld. In ihren Kaufhäusern würden diese Kinderschänder die Waren horten, die auf den Märkten fehlten.

Die Preise explodierten. Von Stunde zu Stunde, von Tag zu Tag, von Monat zu Monat multiplizierten, potenzierten sie sich. Immer schneller wechselten die Preisschilder in den Läden, immer höher wurden die Zahlen auf den Geldscheinen, immer öfter wurden die Wertangaben einfach überdruckt. Der Inflationsdämon war aus der Flasche. Rasend schnell fraß er sich durch die Geldbeutel und Sparbücher, vernichtete Löhne, Barschaften, die letzten Ersparnisse, die den Menschen nach dem Krieg geblieben waren. Schon forderten Schieber Gold, Silber, Schmuck für Luxusgüter, kauften Spekulanten mit geliehenem Geld prächtige Villen und insolvente Firmen auf. Großspurig setzte sich dieses Lumpenpack Zigarren an lodernden Geldscheinen in Brand.

Negele erschrak. Seine Finger, stellte er bestürzt fest, glitten nicht mehr über die Tastatur. Er war gedanklich weit weg gewesen. Wie ein Dieb auf der Flucht sah er sich nach allen Seiten um. Niemand hatte es bemerkt, keiner kümmerte sich um ihn. Das Vertrauen, das er sich erarbeitet hatte, durfte er nicht verspielen. Die Arbeit war ihm wichtig.

Die Redakteure schätzten ihn, das wusste er. Auch die Setzer und Drucker mochten ihn. Nicht vorlaut, nicht besserwisserisch, nicht arrogant sei der junge Schriftsetzer. Sondern zuverlässig, fleißig, aufmerksam und warmherzig. Sie lobten ihn neidlos, wenn sie auf ihn zu sprechen kamen.

»Moosers Jungen«, nannten sie ihn scherzhaft, aber respektvoll, denn Richard Mooser kümmerte sich inzwischen um den jungen Mann, als wäre er sein eigener Sohn.

Beliebt war Negele bei den Kollegen, mit denen er täglichen Umgang hatte. Geschätzt war er aber auch beim Verleger, allerdings aus anderen Gründen. Als Lediger war er billiger als die Familienväter, denen nach dem neuen Arbeitsrecht Zuschläge für Ehefrau und Kinder zustanden. Außerdem war er entgegenkommend bis zur demütigen Unterordnung. Früh- oder Mittagsschicht? Jede Arbeitszeit akzeptierte er klaglos. War ein Kollege krank, dann ließ er sich von jetzt auf nachher ohne Murren in eine andere Schicht umsetzen.

Auf dem Heimweg wisperte es in den Gassen der Ulmer Altstadt, wie jeden Abend. Überall tuschelten Leute hinter vorgehaltener Hand. Man raunte Negele im Vorbeigehen zu, was man zu bieten hatte. Der Schwarzhandel blühte. Schieber schlichen sich morgens an die Hausfrauen heran, die mit ihren Henkelkörben nach Essbarem fahndeten. Fleisch oder Brot gefällig? Milch oder Fett? Abends zischten sie den müde von der Arbeit Heimkehrenden auch andere Angebote zu: Seife, Zahnpaste, Rasierzeug, Unterwäsche? Alles im Tausch gegen Wertvolles oder zu Wucherpreisen. Keine Lebensmittelmarken, das versteht sich von selbst.

Kokosfett kostete gegen Fettmarken 12 Mark das Pfund. Aber es gab nur 50 Gramm in der Woche. Auf dem Schwarzmarkt konnte man kaufen, so viel man wollte, wenn man Tauschwaren hatte oder viel Geld. Heute eine kleine Silbermünze oder 58 Mark Papiergeld fürs Pfund, morgen 65 Mark, übermorgen eine kleine Goldmünze. Die Wucherer hatten Konjunktur. Sie waren unersättlich.

Negele hasste diese Betrüger, diese gnadenlosen Beutelschneider. Zornig jagte er sie davon, wenn sie ihn am Ärmel zupften oder anrempelten. Aber er wusste auch aus seiner täglichen Arbeit, dass die Ungelernten etwa 32 Mark am Tag verdienten, 2 Mark 50 für die Ehefrau, 1 Mark 75 für jedes Kind schon eingerechnet. Für Lebensmittel, Strom, Gas, Wasser und Kohlen mussten sie täglich 43 Mark hinblättern. Ein Bericht aus dem Sozialamt, den er kürzlich setzte, hatte das vorgerechnet. Die Not der kleinen Leute war allseits bekannt.

Fast überall in Ulm begann jetzt der Feierabend. Meist Männer im blauen Arbeitskittel, etliche den Schaffschurz umgebunden, hasteten heim. Ein paar Frauen bewegten sich im Strom der Männer lautlos vorwärts. Ein Einbeiniger, die Aktentasche mit einem Riemen vor die Brust geschnallt, hielt auf die Bedürfnisanstalt zu, zog mit einer Hand die Tür auf, tänzelte zurück, die Tür mit einer Krücke festgeklemmt, und stakte in den öffentlichen Abort. Fahrräder kurvten durch die Lücken der stumm nach Hause Eilenden. Ein Malergeselle lenkte, Warnrufe ausstoßend, einen schweren, gummibereiften Karren vorbei, vom Lehrling geschoben, der die Last mit aller Kraft vorwärtsstemmte. Ein Motorrad knatterte durch die Menge.

Was blieb also den Hungerleidern übrig? Entweder mussten sie frieren oder im Dunkeln hocken oder auf Gedeih und Verderb irgendwo Geld, irgendwie Tauschwaren auftreiben. Organisieren sagten die Kollegen dazu. Lange Finger machen, nannte es Richard Mooser, der in der Druckerei immer auf der Hut war, dass den Maschinen über Nacht nicht ein paar Teile zum Schrotthändler abhandenkamen. Oder sich das Blei in den Setzmaschinen mir nichts dir nichts verflüchtigte.

Es hupte. Negele sprang auf die Seite. Er drückte sich an einem Gartenzaun entlang und blickte auf das vornehme Automobil, das an ihm vorbeituckerte. Wie es so langsam die Gasse hinabschaukelte, zollte es den müden Heimkehrern keinen Respekt.

Negele hatte sich entschieden, er war auf Richard Moosers Seite. Zusammen mit ihm verteidigte er das Hab und Gut der Ulmer Zeitung, seiner Firma, die ihm zum Obdach geworden war. Wenn er nicht gerade Anzeigen setzen musste, ging er gern zur Arbeit. Lieber noch saß er mit seinen Kollegen am Vespertisch und hielt ein Schwätzchen. Sein größtes Vergnügen war es, mit ihnen nach Feierabend ein Bierchen oder zwei zu trinken.

Halt! Negele blieb stehen. Ganz in Gedanken war er heimwärts getrottet, in der einen Hand die Aktenmappe, die andere in der Hosentasche, hatte sich vorgestellt, wie er den Schiebern ordentlich die Leviten lesen würde. Den Blick auf den Weg gerichtet, kam er bis in die Nähe seiner Wohnung. Als ihn ein Nachbar grüßte, schreckte er hoch, blickte in das eingefallene Gesicht des Mannes, der vor einer Metzgerei um ein paar hauchdünne Scheibchen Wurst anstand, und machte kehrt.

Verflixt, heute wollte er doch zum Kornhaus. Nachschauen, ob der Volksbildungsverein einen geeigneten Zeichenkurs anbot.

Er hatte sich vorgenommen, mehr zu zeichnen. Auch das eine oder andere Bild wollte er malen. Er musste endlich den verdammten Krieg vergessen, die lästige Vergangenheit hinter sich lassen. Zwar wurden die Albträume seltener. Nicht mehr jede Nacht schreckte er aus dem Schlaf hoch, nur noch alle paar Tage, etwa einmal in der Woche. Aber dann war er zurück im Schützengraben, hörte die Granaten pfeifen. In solchen Stunden quälte ihn panische Angst, die ihm die Kehle zudrückte. Bis zum Morgen lag er wach, schlotternd vor Kälte, trotz der Daunendecke.

Zum Glück gab es Sophie. Sie war unbekümmert, gut gelaunt, lebenslustig, fröhlich. Sie half ihm, das Grauen zu vergessen. Mit ihrer Hilfe öffnete er sich allmählich den kleinen Freuden des Alltags. Langsam, ganz langsam lernte er von ihr, das Leben zu genießen. Sie trafen sich heimlich, gingen ins Kino, amüsierten sich in Varietés. Wenn sie sich den Eintritt leisten konnten, blühten sie in der Phantasiewelt des Theaters auf.

Aber jedes Mal, wenn er das pralle Leben pulsieren hörte, Lebensfreude in sich aufsteigen fühlte, beschlich ihn eine unerklärliche Furcht, das alles zu verlieren. Dann war sie wieder da, die Angst vor dem Dämon des Krieges. Dann wuchs in ihm das Verlangen, sich gegen die alten Mächte zu stemmen, die ihm, wie unzähligen Menschen, so viel aufgebürdet hatten. Er traute denen nicht mehr, weil er fürchtete, sie könnten erneut mit dem Feuer spielen.

Richard Mooser hatte recht, man musste sich in den Dienst der neuen Zeit stellen, für eine bessere Welt streiten.

Tief in Gedanken war er vor dem Büro des Volksbildungsvereins angekommen. Er studierte den Aushang. Ein Abendkurs weckte seine Neugier: Figuren zeichnen.

Er betrat das Büro. Wann der Kurs denn sei, fragte er, wie viel er koste. Zehn Abende? Dienstags um acht? 30 Mark? Nur 30 Mark für alle zehn Veranstaltungen? Aha, Materialkosten zusätzlich.

Dienstagabend war gut, überlegte er. Da hatte er meist Frühschicht. Er meldete sich an.

Zufrieden ging er über den Münsterplatz. Es war das erste Mal, dass er sich allein für etwas entschieden hatte, dazuhin für eine Sache, die ihm selbst zugutekommen sollte. Zum ersten Mal gönnte er sich selbst etwas.

Schade, dass er sich mit Sophie erst für den kommenden Sonntag verabredet hatte. Wie gerne hätte er ihr gleich …

»Grüß Gott, mein lieber Karl, träumst du?«

Sophie stand vor ihm. Sie strahlte ihn an.

»Ich denke, du hockst neben deiner Meisterin im Schneidersitz auf dem Tisch und nähst Knopflöcher.«

Sie lachte. »Ich muss eine eilige Bestellung bei einer guten Kundin abliefern.«

Er berichtete vom Zeichenkurs, erzählte von seiner Vorfreude auf die zehn Abende.

Sophie war begeistert. Sie lobte ihn, sah sich rasch um, stellte sich auf die Zehenspitzen, hauchte ihm einen Kuss auf die Wange und rannte, fröhlich über die Schulter winkend, mit fliegendem Zopf davon.

Der erste Kuss von Sophie. Er war überwältigt. Er war selig. Die Welt war schön. Beschwingt schwebte er ins nächste Café. Der Hauswirtin wollte er jetzt nicht begegnen.

Kaum konnte er die erste Kursstunde erwarten. Zuhause nahm er die beiden Bücher zur Hand, die ihm Schulmeister Naser geschenkt hatte. Seit Wochen hatte er nicht mehr gezeichnet, hatte sich treiben lassen, war sich unnütz vorgekommen, war unzufrieden, oft auch launisch gewesen. Dann hatte er sich ins Schwabenkomitee oder ins Kornhaus geflüchtet, wo er viel Freizeit verbrachte und Vorträge besuchte.

Er rückte den Tisch vors Fenster, damit sein Zeichenblock im Licht lag. Zuerst strichelte er Tassen, Teller und Gläser aus Ellipsen heraus, dann formte er allerlei Blüten aus Kreisen und Ovalen.

Fünf Männer und elf Frauen saßen mit großen Augen an langen Tischen, die im Karree gestellt waren. Der Innenraum vor der großen Wandtafel blieb für den Lehrer frei. An den Wänden hingen ausgewählte Arbeiten aus früheren Kursen, mit Reißzwecken auf Holzleisten befestigt. Sonst war der Raum kahl.

Die Tür öffnete sich. Ein älterer Herr kam herein, hager, eher klein. Das lange, schlohweiße Haar kräuselte sich an den Koteletten und im Nacken. In Sütterlin schrieb er seinen Namen an die Tafel: Hofmann.

»Hofmann mit einem F«, sagte er, lächelte wehmütig und legte die Kreide auf der Tafelrinne ab. In diesen jämmerlichen Zeiten gebe es leider nichts zu hoffen, erst recht nicht für ihn als Künstler.

Er sei pensionierter Zeichenlehrer. Gelegentlich zeichne er Witze für Wochenblätter. Manchmal spieße er die Politiker in Karikaturen auf, die er an Zeitungen verkaufen könne. Eine Karikatur zu zeichnen sei eine hohe Kunst, leider eine brotlose.

Negele erinnerte sich, dass er in der Setzerei zuweilen ein paar Klischees in Textseiten einfügen musste, seitenverkehrte Druckstöcke, auf denen WiHo eingeritzt war, bissige Illustrationen der aktuellen Politik. Stand Ho für Hofmann?

Der Zeichenlehrer, hohlwangig, schwarze Ringe unter den Augen, in fadenscheinigem Kittel und abgewetzter Hose, ging zweimal von Tisch zu Tisch. Zuerst verteilte er alte Zeitschriften und Kataloge. Dann legte er Scheren aus.

Jeder solle zehn Personen ausschneiden, bat er mit müder Stimme, Bilder von Erwachsenen. Kinder hätten andere Körperproportionen. Deshalb könne er heute keine Kinderbilder brauchen.

Die Zeichenschüler, zumeist junge Leute in Negeles Alter, sahen sich unsicher an. Wozu das denn? Was hatte diese Aufgabe mit ihrem Kursthema zu tun? Zeichnen, das war doch etwas Kreatives für Bleistift und Augenmaß, keine Handarbeit mit Schere und Altpapier.

»Tja«, entfuhr es Negeles Nebensitzer, einem pfiffig Dreinschauenden im Lehrlingsalter.

Die anderen lachten. Zögernd griffen die Ersten nach den Katalogen.

Hofmann hörte es, sah alles, grinste abwartend vor sich hin. »Mut, meine Damen, meine Herren«, sagte er mit einem Augenzwinkern. »Sie werden sehen, dass wir bald mittendrin sind in unserem Thema, dem Zeichnen von Figuren.«

Die Teilnehmer tuschelten. Nur eine ältere Dame wagte es, sich zu melden. Sie bat, ihr die Aufgabe zu erläutern.

»Wenn Sie Bilder von Menschen ausschneiden, gnädige Frau, alles wegschneiden, was um die Personen drumherum ist, dann können Sie sich besser auf die Figuren konzentrieren. Bitte schauen Sie jeden Ausschnitt lange an. Sie können dann die Struktur der abgebildeten Person erahnen.«

Fragende Gesichter.

Hofmann setzte sich seitlich auf Negeles Tisch, den rechten Fuß auf dem Boden. Nachdenklich sah er in die Runde. »Die Struktur jedes Menschen ist durch sein Knochengerüst vorgegeben. Bestimmt haben Sie keine Lust, sich die vielen Knochennamen zu merken. Aber ein gewisses Verständnis für die Statik und die Größenverhältnisse des menschlichen Skeletts sowie für die Mechanik der Gelenke ist beim Figurenzeichnen unerlässlich.«

Abwartendes Schweigen an den Tischen.

»In jedem Bein stecken Knochen«, sagte Hofmann nachsichtig, »sonst wär's …«

»Pudding«, krähte Negeles Nebensitzer. Das Gelächter seines Publikums freute ihn diebisch.

Hofmann verzog das Gesicht. Er schlug sich auf seinen Schenkel. »Da drin ist der stabile Oberschenkelknochen.« Er lächelte den Zwischenrufer an, dann blickte er der älteren Dame über den Rand seiner Brille aufmunternd in die Augen. »Fußwärts«, er klopfte seine Hose vom Knie bis zu den Schuhen ab, »sind Kniegelenk, Schienbein, Wadenbein, Fußgelenk, Zehenknochen.« Er kniff die Augen zusammen. »Stimmt's?«

Die Teilnehmer nickten.

»In jedem Arm sind auch Knochen.« Er tastete seinen linken Arm mit der rechten Hand von der Schulter bis zu den Fingerspitzen ab. Dabei benannte er, was er spürte: »Oberarm, Ellbogen, Elle, Speiche, Handgelenk, Fingerknochen.«

Die Teilnehmer nickten.

»So, jetzt überlegen Sie bitte, wie die wichtigsten Knochen in den Figuren verlaufen, die Sie ausgeschnitten haben. Die Länge und die Lage der Knochen entscheiden über die Proportionen der Figuren. Je nach Körperstellung ist Lage und Richtung der Knochen anders, aber die Längen bleiben bei derselben Figur gleich. Erst wenn Sie das Knochengerüst kennen, sich die Gelenkstellen bewusst gemacht haben, können sie begreifen, warum Arme und Beine sich so recken und strecken, wie Sie es auf den Bildern sehen. Sobald Sie das verstanden haben, werden Sie Figuren zeichnen können wie die Feuerwehr. Keine Gnome, keine verschwurbelten Marsmänner, sondern richtige Menschen mit korrekten Proportionen, die lebendig wirken, die wirklichkeitsgetreu liegen, stehen, sitzen oder hüpfen.«

Hofmann teilte blaue Tintenstifte aus.

»Bitte zuerst die Stifte anfeuchten. Dann die Knochen mit einfachen Strichen einzeichnen.«

Die Männer befeuchteten die Stifte auf der Zunge, die sich sofort blau färbte. Die Frauen spuckten in die Handfläche oder setzten mit dem Finger einen Tropfen Spucke auf eine Zeitschrift.

Hofmann amüsierte sich. Das sei in jedem Kurs so, sagte er. Frauen zierten sich immer, den Stift in den Mund zu nehmen.

Er ging von Bank zu Bank, deutete, kommentierte, erklärte und korrigierte mit seinem roten Tintenstift.

Dann stellte er sich vor die Tafel. »Darf ich um Ihre Aufmerksamkeit bitten?« Er strichelte Arme, Beine, Hände und Füße mit weißer Kreide. »Fehlt diesem Körper etwas?«

»Ja«, meldete sich der Zwischenrufer erneut zu Wort, »sonst wär's ja Grütze.«

Alle lachten.

Hofmann schrieb mit roter Kreide die Wortmeldungen an: Kopf, Wirbelsäule, Rippen, Schultern, Becken.

Wieder mit weißer Kreide zeichnete er die Wirbelsäule als senkrechte Stütze, Kopf oben drauf, dann die Schultern und das Becken als waagrechte Achsen zwischen Arme und Beine. Das Knochengerüst war fertig.

»So«, sagte Hofmann, »jetzt sind Sie an der Reihe. Zeichnen Sie bitte mit Blaustift die Wirbelsäule, die Schultern, das Becken, die Arme und Beine in Ihre ausgeschnittenen Figuren.«

Er war mit dem Ergebnis zufrieden. Jeder Teilnehmer bekam jetzt einen Bogen Transparentpapier.

Sie mussten die Knochenstriche pausen. Dann die Ausschnitte zur Seite legen und die Figuren aus dem Gedächtnis rekonstruieren.

Es folgte eine kleine Aussprache über die Proportionen des erwachsenen Körpers. Die Wirbelsäule sei kürzer als die Beine. Ober- und Unterschenkel seien etwa gleich lang. Die herabhängenden Handgelenke berührten die Oberschenkel auf halber Höhe zwischen Hüftgelenk und Knie. Schulter- und Hüftlinie verliefen im Idealzustand zwar parallel, seien aber meist nach links oder rechts gekippt, je nach Stand oder Bewegung der Figur.

Die anfängliche Skepsis schlug in Begeisterung um. Die siebzehn Kunstschüler bekamen Papier und Bleistifte unterschiedlicher Härtegrade. Sie strichelten Knochengerüste mit feinen Linien. Mit weichem Stift und kräftigem Strich formten sie die Körperteile. Plötzlich verstanden sie die Proportionen der Figuren. Sie wussten jetzt, wie sie Arme und Beine setzen mussten, wenn die Figuren mit überkreuzten Beinen auf einem Sofa sitzen, sich Bälle zuwerfen oder beim Tanz drehten sollten.

Sie skizzierten immer schneller Menschen im Stehen, Gehen und Sitzen. Ganz zum Schluss der ersten Lektion posierten sie füreinander und zeichneten sich gegenseitig.

Eine junge Frau mit Bubikopf, im wadenlangen, weißen Rock mit hüftlanger Jacke aus rotem Leinen, stellte sich neckisch mit dem Rücken zum Fenster. Lässig stützte sie sich mit der linken Hand auf dem Fenstersims ab.

Hofmann eilte an die Tafel, öffnete eine Schachtel mit Farbkreiden. Es machte ihm Spaß, die junge Frau mit seinen Schülern um die Wette zu zeichnen.

Sie erkannten, dass die Stützhand die Wirbelsäule der Stehenden entlastete, weshalb Schulter und Becken nicht parallel liegen konnten.

Negele musste sich auf Hofmanns Bitte auf einen Stuhl ins Karree setzen, zuerst frontal mit dem Gesicht zu den Teilnehmern, dann mit Blick aus dem Fenster, also seitlich im Profil, aber mit überkreuzten Beinen.

Sie skizzierten sein Knochengerüst, wobei sie darauf achteten, dass die Knochen in beiden Posen die richtige Länge hatten, sich aber an den Gelenken in verschiedene Richtungen winkelten.

»Am nächsten Dienstag«, verabschiedete Hofmann seine Schüler, »bringen Sie bitte eine Sonnenbrille mit. Wir wollen die Lichtpunkte in unserer Umgebung bestimmen, die Bilder plastisch machen. Die erkennt man am besten mit Sonnenbrille.«

»Mehr als einmal im Monat will ich meine Meisterin nicht belügen.« Sophie zog eine Schnute. Ein klein wenig verschnupft rührte sie ihren Kaffee auf.

»Aber du könntest …«

»Nein, Karl. Wenn ich mit der Lehre fertig bin, dann sieht's anders aus. Wer ausgelernt hat, der darf auch abends fort.«

Er war ihr nicht böse. Eigentlich hatte sie ja recht. Sie durfte ihre Lehre nicht aufs Spiel setzen.

»Außerdem würde ich mich schämen, abends mit dir auszugehen.«

»Schämen? Wegen mir?«

»Nein, lieber Karl, nein, nein! Aber ich habe nichts anzuziehen.«

Karl lachte zwar, aber sein Blick auf die Tanzfläche verriet, dass es ihn vor dem Tanzen grauste.

Die fünf Blasmusiker spielten einen Zwiefachen, bei dem sich Zweier- und Dreiertakt abwechseln. Ui, fiel ihm ein, bei diesem höllischen Durcheinander der Beine war er einmal der Länge nach auf den Tanzboden geknallt. Doch den Paaren da vor ihm schien der Ringelpiez Spaß zu machen.

Sophie folgte seinem Blick. »Ich hab kein Abendkleid.« Sie kniff beide Augen zu, als fühle sie sich nicht wohl. »Ich hab nicht einmal ein Tanzkleid.«

»Zum Tanzen braucht man kein besonderes Kleid.«

»Hast du eine Ahnung! Siehst du die Frau im wadenlangen Rock?«

»Die Rote mit den kurzen Haaren im Nacken und dem Seitenscheitel?«

»Ja, die hat ein hübsches Tanzkleid. Mit meinem Fähnchen kann ich mich neben ihr nicht sehen lassen. Das ist nicht modern.«

»Was ist modern?«

»Alles, was glitzert und gleißt.«

»Brokat, Spitzen, Perlen, Straußenfedern?«

Sie nickte eifrig. »Rote Stoffe vor allem. Rot ist die neue Modefarbe.«

»Federn und Bommel? Da würde ich mich ja mit dir genieren.«

Sophie hob den Zeigefinger: »Für den Abend braucht man ein Kleid aus Satin oder Samt. Dazu eine Perlenkette und ein Ansteckbukett aus Seidenblumen. Das ist das Mindeste.«

»Aber, aber, Sophie! Du gefällst mir gerade so, wie du gekleidet bist.«

»Das ist lieb von dir, Karl. Aber ich weiß es besser.« Sie warf den Kopf in den Nacken. »Vergiss nicht, meine Meisterin schneidert nach der neuesten Mode.«

»Willst du dir dann auch deine schönen, langen Haare abschneiden lassen?«

»Ja!« Sie strahlte ihn an. »So ein Bubikopf ist pflegeleicht. Asta Nielsen, die Schauspielerin, soll einen Bubikopf in ihrem neuesten Film haben. Weißt du, kurze Haare sind schnell gewaschen, getrocknet und gebürstet.«

»Hast du auch was an mir auszusetzen?«

»Nichts.« Sie beugte den Oberkörper zurück, um ihn besser in den Blick zu nehmen. »Aber deine Hose sieht nach Uniform aus. Sie ist unten zu breit.«

Er riss die Augen auf. »Die engen Korkenzieherhosen«, er stellte den rechten Fuß vor, sah kopfschüttelnd an sich hinunter, »die gefallen dir?«

»Wenn der Sakko an den Schultern breiter ist, dazu mit Rosshaar versteift wird, dann sieht's gut aus. Dir würde das prima stehen.« Sie musterte ihn. »Da sieht jeder Mann wie ein Herkules aus, sagt meine Meisterin.«

Er wich ihrem kritischen Blick aus. Herkules? Wollte er ein Herkules sein?

»Ich möchte tanzen, Karl.«

»Ich dachte, du …«

»Die Rote ist fort. Jetzt kann ich.«

Die fünf Musiker spielten eine langsame Polka.

Sie tanzte beschwingt und locker. Er dagegen hüpfte wie ein Geißbock um sie herum, ganz in sich gekehrt. So schien es den Zuschauern, aber in Wahrheit musste er sich aufs Taktsingen konzentrieren.

Das Polka-Tanzen hatte er auf der Hochzeit seiner Cousine gelernt. Der Trompeter der Kapelle hatte allen jungen Burschen und Mädchen, die nicht tanzen konnten, ein Tanzliedchen vorgesungen: *Wir werden euch schon kriegen. – Aber langsam, aber langsam. – Wir werden euch schon kriegen. – Aber langsam kriegt ihr uns nicht.* Sie mussten es im Wechselgesang nachsingen, bis sie den Rhythmus im Blut hatten. Dann lernten sie, Gang und Gesang zu koordinieren und ihre Schritte im Takt zu setzen. Die Blaskapelle nahm den Takt auf und los ging's.

Negele sang das Tanzliedchen in sich hinein. Nur so konnte er den Takt halten. Deshalb sah er auf seine Beine und hörte nicht, was um ihn war.

»Geht's dir nicht gut, Karl?«

Er antwortete nicht.

»Ka-arl!«

Er trat ihr auf die Füße und stolperte.

Im selben Augenblick verklang die Musik. Ein fülliger Mann mit einem dicken Kopf drängte sich zwischen die Tanzenden. »Einen Augenblick«, rief er den Tänzern zu, »bleiben Sie! Bitte bleiben Sie! Ich möchte Ihnen das Neueste aus Amerika zeigen, den Foxtrott! Man kann ihn zu fast jeder Musik tanzen. Der Foxtrott ist der einfachste Tanz der Welt.«

Negele lachte gequält.

»Darf ich Sie ansprechen?«, sagte der Mops ausgerechnet zu ihm, ließ ihm aber keine Zeit zu antworten, sondern presste sich neben ihn.

Negele fühlte sich überrumpelt, weshalb er eine säuerliche Blätsch zog.

»Sie sind doch ein mutiger junger Mann, nicht wahr?« Der Oberschwofer grinste ihn an. »Herr Kapellmeister, Musik! Aber ganz leise, bitte!«

Der Dicke war leichtfüßig wie ein Gummiball. Er hüpfte auf und ab, federte hin und her. Dabei riss er an seinem Partner wie an einer großen Puppe, zog ihn vorwärts, stieß ihn zurück, kommentierte laut jeden Schritt. Negele sah, hörte und spürte genau, dass er hier zum Hampelmann gemacht wurde. Die ersten Zuschauer lachten schon. Aber er war machtlos. Mit aller Kraft klammerte er sich an dem Vorturner fest.

Man beginne den Tanz mit dem linken Fuß, säuselte der Mops, wobei sein Mostkopf wackelte, mache einen längeren Schritt nach vorn. Dann stelle man den rechten Fuß neben den linken. Jetzt komme der Seitschluss. Zuerst mit dem linken Fuß einen kleinen Schritt nach links. Dann setze man den rechten neben den linken.

Er trat Negele auf den Schuh. »Aber Achtung!« Der Maestro ließ sein Opfer für einen Augenblick los. Mahnend hob er den rechten Zeigefinger: »Die beiden Seitschritte muss man doppelt so schnell machen wie die zwei Vorwärtsschritte. Kapiert, junger Mann?«

Das ganze Publikum lachte jetzt so, dass Karl Negele einen roten Kopf bekam, während Sophie beschämt beiseite sah und die Hand vor den Mund hielt.

»Nun das Ganze rückwärts!« Der Lehrer stieß seinen Partner vor sich her: »Und langer Rückwärtsschritt mit dem linken Fuß. Dann langer Rückwärtsschritt mit dem rechten Fuß. Was kommt jetzt?«

Negele schüttelte den Kopf.

»Wieder zwei schnelle Seitschritte. Linker Fuß nach links, rechter Fuß neben den linken.«

Der Hopser strahlte Negele an. »Ging ganz gut, nicht wahr?«

Negele sah ihn verdattert an.

»Es war mir ein Vergnügen, mein Herr«, sagte der Tanzlehrer mit einer knappen Verbeugung. An alle gewandt verkündete er: »Jetzt üben wir gemeinsam. Die Herren stellen sich in eine Reihe und haken sich unter. Meine Damen, bitte haken Sie sich auch unter, den Herren gegenüber in Reihe. Achtung! Die Herren beginnen links mit einem Vorwärtsschritt, die Damen spiegelbildlich, also rechts mit einem Rückwärtsschritt.«

Er kommandierte und klatschte in die Hände: »Laaang, laaang, schnell-schnell, laaang, laaang, schnell-schnell, laaang, laaang, schnell-schnell, …«

Beim sechsten, siebten Mal nahm die Kapelle den Rhythmus auf.

»Wunderbar, meine Damen und Herren«, übertönte der Mops die Musik. »Das ist Foxtrott! Der neue Tanz, den sogar die blutigsten Anfänger sofort beherrschen!«

Nach ein paar Takten hob er die Hand. Die Musik verklang sofort. »So, jetzt bilden wir Paare. Dame und Herr stellen sich gegenüber. Die linke Hand der Dame ruht auf der Schulter des Herrn, die rechte Hand des Herrn fasst die Dame an der Taille. Die freien Hände legen Sie bitte ineinander. Der Herr beginnt vorwärts, die Dame rückwärts. Das ist alles. Herr Kapellmeister!«

Karl war selig. Endlich durfte er seine Sophie anfassen, sie auch mal an sich drücken. Alles andere überließ er Sophie, die ihn mal vorwärts, mal rückwärts übers Parkett schleifte.

Der Zug war pünktlich. Fünf vor sechs dampfte er aus dem Bahnhof Ulm. Es war Samstagmorgen.

Negele schimpfte leise, dass es Mooser gerade noch hören konnte. »Vierte Klasse, Richard! Wer sind wir, dass wir hier in der vierten Klasse stehen müssen?«

»Beruhige dich, Karl. Ab Blaubeuren gibt's freie Plätze in Hülle und Fülle.«

»Woher weißt du das?«

»Bis dorthin steigen die meisten Arbeiter aus.«

»Na wunderbar.«

»Wart's ab. Die meisten Reisenden fahren zweiter oder dritter Klasse. Aber ab Blaubeuren haben wir hier im Holzabteil mehr Platz als in der zweiten Klasse.«

Negele blickte mürrisch um sich. »Du hast ständig gepredigt, wir Schriftsetzer und Drucker seien die Sturmtruppe der Demokratie. Im neuen Deutschland säßen unsere Leute in den Schlüsselpositionen. Deshalb verstehe ich nicht, Richard, dass du dich so klein machst und in die Holzklasse hockst.«

»Weißt du, Karl, ich möchte nicht viel Geld aus der Vereinskasse nehmen.«

Negele sah aus dem Fenster. Der Regen hatte aufgehört. Dafür lag jetzt dichter Nebel über dem Land.

Der Zug hielt. Das musste Söflingen sein; der Bahnhof zeigte sich in der Milchsuppe nur schemenhaft. Zwei Männer stiegen aus. Gleich darauf ruckelte der Zug an und zuckelte weiter.

»Pfennig für Pfennig, Mark für Mark erbettle ich das Geld für unsere Sache. Da gehört es sich, dass wir sparsam mit dem Geld vom Schwabenkomitee umgehen. Außerdem spukt Martinus immer noch die Schnapsidee im Kopf herum, die Vorarlberger mit Kartoffeln zu bestechen. Deshalb muss ich unser Geld zusammenhalten.«

»Meinst du, Richard, dass es jemals zur Kartoffelspende kommen wird?«

»Voraussichtlich nicht, weil die Alliierten ein Wörtchen mitzureden haben. Die wollen Deutschland nicht stärken, sondern schwächen. Aber Martinus ist unberechenbar. Deshalb muss ich für alle Fälle gerüstet sein.«

Ab Blaubeuren gab es tatsächlich viele freie Sitzplätze. Sie setzten sich gegenüber, Mooser in Fahrtrichtung. Draußen zog Nebel vorbei.

»Wie fühlst du dich jetzt, Richard?«

Mooser sah in die weiße Wand draußen vor dem Fenster. Er verstand sofort, worauf sein Kollege anspielte. Seit einer Woche war er Rentner.

Er zuckte die Schultern. »Na ja«, sagte er nach einem Weilchen, »teils erleichtert, teils bang.«

Er wisse nicht, ob seine Rente beim augenblicklichen Preisverfall auch in ein paar Monaten ausreichen werde. Nein, ausgeleiert fühle er sich nicht. Noch könne er zupacken. Deshalb wolle er, nein, deshalb müsse er etwas dazuverdienen.

Negele nickte.

Aber sein Ehrenamt im Schwabenkomitee, betonte Mooser, das Engagement für einen größeren, friedlichen Südweststaat, stehe für ihn jetzt an erster Stelle. Das sei er seinem gefallenen Sohn schuldig.

»Warum Donaueschingen, Richard?«

»Donaueschingen steht für unser Kernproblem, die Vereinigung von Baden und Württemberg«, antwortete Mooser. »Haben wir das gelöst, dann kommt die Vereinigung mit Hohenzollern von allein, unter Umständen auch mit Vorarlberg, vielleicht sogar mit Bayerisch-Schwaben.« Mooser knöpfte den obersten Hemdkragen auf, bevor er weiter ausführte: »Die stärksten Triebkräfte für den Zusammenschluss von Baden und Württemberg kommen aus der Großindustrie, vor allem aus der Energiewirtschaft. In Mannheim und Donaueschingen unterhalten wir Werbebüros für Großschwaben. Viele Städte, allen voran Stuttgart, Pforzheim, Oberndorf, Schramberg, bekennen sich inzwischen zu den Ideen des Schwabenkomitees. Vor allem im südlichen Schwarzwald, bei den Chefs der Uhren- und Werkzeugfabriken, ist der Zuspruch groß. Dort will man die Wasserkräfte nützen. Dazu muss man neue Kraftwerke bauen, neue Überlandleitungen verlegen. Das rechnet sich, wenn man die willkürlich gezogenen Landesgrenzen endlich überwindet. Auch viele Lokalpolitiker versprechen sich von neuen Kraftwerken, guten Straßen und schnellen Zugverbindungen einen wirtschaftlichen Aufschwung. All das bietet zugleich gute Wahlaussichten. Donaueschingen als mögliche Hauptstadt von Großschwaben steht beispielhaft für diese Überlegungen. Die Sozialdemokraten, die Demokraten, auch etliche Zentrumsleute engagieren sich in dieser Richtung. Besonders Matthias Erzberger vom Zentrum bricht eine Lanze für unsere Sache.«

»Aber die Regierungen in Stuttgart, Karlsruhe und Sigmaringen sind nicht auf unserer Seite.«

»Bis jetzt nicht, lieber Karl. Ich bin da nicht so pessimistisch. Die Finanznot wird die Länder zur Kehrtwende zwingen. Eine Kommission hat nämlich festgestellt, dass die südwestdeutschen Länder Personal und Sachkosten einsparen könnten, wenn sie sich zusammenschließen würden. Der württembergische Staatspräsident Johannes von Hieber hat das inzwischen eingeräumt. Er hat deshalb kürzlich seinem badischen Kollegen Köhler geschrieben, er sei jetzt zu Verhandlungen bereit.«

»Dann verstehe ich erst recht nicht, warum die Vereinigung nicht schneller vorankommt.«

Mooser zuckte mit den Schultern. Eigentlich wusste er auch keine Antwort. »Vielleicht liegt es daran, dass es in Nordbaden eine politische Bewegung gibt, die den Anschluss an Hessen oder die Pfalz will. Kann auch sein, dass sich die Karlsruher querlegen. Sie befürchten wohl, dann nicht mehr Hauptstadt zu bleiben. Dabei würde gerade Mittelbaden von einem Zusammenschluss der Länder am meisten profitieren.«

»Was befürchten denn die Karlsruher?«

»Was weiß denn ich. Unüberwindbare Gründe dagegen sehe ich nicht.«

»Dann könnte man den Karlsruhern doch entgegenkommen«, meinte Negele.

»Jawohl. Es gibt schon konkrete Pläne. Badische und württembergische Abgeordnete in der Nationalversammlung haben aufgelistet, was man den Karlsruhern bieten könnte. Vor allem müssten ein paar Ämter an den Rhein verlegt werden. Zum Beispiel das Oberlandesgericht, die Landesversicherungsanstalt, die Reichsbahnzentrale, die Reichspostverwaltung. Auch könnte man die Technische Hochschule Karlsruhe vergrößern, ebenso die Kunstakademie.«

»Was meinst du, wann rufen wir den Südweststaat aus?«

Mooser runzelte die Stirn. Er war deutlich überfragt.

»Richard, warum fahren wir heute nach Donaueschingen? Dort ist man doch schon auf unserer Seite.«

Die Demokratische Partei habe kürzlich in Donaueschingen getagt, sagte Mooser. Zwei Abgeordnete hätten dabei gegen die Vereinigung vom Leder gezogen und viel Wirbel verursacht. Sogar außerhalb Südwestdeutschlands habe man sich eingehend mit der Tagung befasst. Beispielsweise habe sich die Augsburger Postzeitung über diese neue Entwicklung belustigt. Der neue badische Arbeitsminister Engler von der SPD habe daraufhin aus wahltaktischen Gründen die Vereinigung infrage gestellt, obwohl er, wie alle badischen Parteigenossen, auf dem letzten Parteitag zur Befürwortung verpflichtet worden war.

»Aha«, Negele tippte sich an die Stirn, »wir sollen die Donaueschinger bei der Stange halten.«

»Ja«, sagte Mooser, »die Werbestelle für Großschwaben veranstaltet morgen in einem Gasthaus eine Kundgebung. Im Herbst sind Landtagswahlen in Baden. Deshalb kriegt der eine oder andere Politiker heute schon kalte Füße. Arbeitsminister Engler zum Beispiel befürchtet angeblich, die Vereinigung könnte den Sozialdemokraten bei den alteingesessenen Badenern viele Sympathien kosten. Darum hat unser Verein morgen auf dem Marktplatz einen Stand. Abgeordnete und Bürgermeister wollen sich öffentlich zum Südweststaat bekennen.«

»Was müssen wir dabei tun?«

»Die Donaueschinger mit Bier und roten Würsten bei Laune halten.«

Negele lachte. »Aha, Politik geht durch den Magen.«

Mooser nickte.

»Woher hast du die roten Würste, Richard?«

»Spende von der Industrie.« Mooser hob lächelnd den Zeigefinger. »Nicht nur in Vorarlberg streitet man ungern mit leerem Magen. Bei uns ist das nicht anders. Darum kommen unsere Politiker so selten als Hungerleider daher.«

»Die Leute auf der Straße ansprechen? Schlachtrufe herausschreiben wie der billige Jakob auf dem Jahrmarkt? Richard, das kann ich nicht. Wenn du mir das früher gesagt hättest, dann wäre ich nicht mitgefahren.«

Mooser grinste. »Zuerst hältst du's Maul. Hör einfach zu. Biergläser füllen, das kannst du schon. Oder? Nach zwei, drei Stunden weißt du, was die Leute wissen wollen. Bis dahin kennst du die Antworten auswendig.«

Georg Leicht tat so, als sei er verschnupft. »Für meine Schwester hast du immer Zeit. Aber mich hältst du schon lange hin.« Er prostete Negele zu. »Na ja, heute hat's endlich geklappt. Zum Wohl, Karl.«

Mürrisch erwiderte Negele den Gruß. »Was erzählt sie dir?«, fragte er irritiert.

»Nichts.«

»Woher weißt du dann, dass ich mich mit Sophie treffe?«

»Keine Angst, Karl, sie erzählt mir nicht, wo ihr euch trefft. Nie sagt sie mir, was ihr vorhabt. Wenn sie mir alle zwei Wochen meine Wäsche bringt, erwähnt sie nur, wann sie dich das nächste Mal sieht. Sie lügt nämlich ihre Meisterin an, sie gehe dann zu mir.«

Negele kniff die Augenbrauen zusammen. Der Ärger stand ihm ins Gesicht geschrieben.

»Glaub mir, Karl«, versuchte Georg zu beschwichtigen, »ich spioniere euch nicht nach.« Er warf einen schnellen Blick zu den Nebentischen, die voll besetzt waren. Dann fragte er leise: »Was wollte der Werber von der Blauen Division von dir?«

»Von mir?«

»Tu nicht so. Martinus sagte mir nach der letzten Sitzung des Schwabenkomitees, ein gewisser Pfeiffer von der Blauen Division sei bei dir gewesen.«

Negele hob witternd den Kopf. Also daher wehte der Wind. Ab jetzt war er auf der Hut.

»Pfeiffer soll ein alter Freund von dir sein.«

»Sagt wer?«

»Martinus.«

»Der muss es ja wissen.«

Leicht lachte krampfhaft. »Er hat mir glaubhaft versichert, dass er nicht weiß, was du mit der Blauen Division zu schaffen hast. Aber du würdest diesen Pfeiffer seit gemeinsamen Tagen in Ludwigsburg kennen.«

»Du glaubst ihm?«

»Ich weiß, dass der Martinus naiv ist. Ein Maulheld ist er, ein Träumer. Schwingt große Reden, aber kriegt keinen Fuß in die Tür zur großen Politik. Wenn ...«

Negele musterte den Polizisten.

»Karl, hast du auf irgendeine Weise Kontakt zur Blauen Division?«

»Kannst deinem Hauptmann flüstern, dass ich tags als braver Schriftsetzer mein Geld verdiene, aber nachts für die Blaue Division Bomben bastle.« Negele grinste Georg an, dem vor Schreck der Unterkiefer herunterfiel. »Ist es das, was du hören wolltest?«

Der Polizeiwehrmann schluckte. »Ganz langsam zum Mitschreiben, lieber Karl: Ich spioniere dir nicht nach. Ich horche nicht an der Wand. Berichte über dich habe ich bisher nicht geschrieben und werde es nicht tun.«

»Sondern?«

»Ich mache mir Sorgen.«

»Wegen mir?«

»Ja, auch wegen Sophie.«

»Also doch!« Negele sah den Bruder seiner Freundin lauernd an. »Du schnüffelst uns nach?«

Der Polizist blickte rasch um sich. Hörte jemand an den Nebentischen zu? Leise warnte er: »Die Blaue Division tritt nicht nur als Schutztruppe auf. Auch zahlreiche Anschläge gehen auf ihr Konto.«

Für Negele war das neu. Das sah man an seinen großen Augen. Verstimmt sagte er: »Du willst mich aufs Glatteis führen.«

»Nein, ich will euch vor großem Schaden bewahren.«

»Schaden? Wo richte ich Schaden an?«

»Nicht du richtest Schaden an, sondern du schadest dir selbst, lieber Karl, wenn du Pfeiffer auf den Leim gehst. Glaubst du, die württembergische Regierung schaut tatenlos zu? Pfeiffer und Konsorten werden hier bei uns keine Bomben schmeißen. Sie werden auch nicht bewaffnet oder in Uniform durch unsere Straßen stolzieren. Das werden wir zu verhindern wissen.«

»Das musst gerade du sagen, Georg. Warst du nicht einmal selbst Freischärler?«

»Die Freiwilligen-Kompanie Haas hat zu keiner Zeit an Umsturz gedacht, geschweige denn, einen geplant. Außerdem haben wir uns immer an die Auflagen der Alliierten gehalten.«

»Du gehst sichtlich davon aus, dass ich Kontakt zu Pfeiffer habe. Aber da irrst du, mein Lieber. Ich habe ihn einmal gesehen. Danach nie mehr.«

Leicht sah Negele durchdringend an. Sagte der ehemalige Kriegskamerad die Wahrheit? Log er ihn an, um ihn abzulenken?

Offenbar misstraute Leicht dem Freund seiner Schwester, denn er warnte ihn ein zweites Mal: »Weißt du, dass das badische Kabinett beschlossen hat, die Vereinigung mit Württemberg abzulehnen?«

Negele staunte mit offenem Mund. »Wer sagt das?«

Leicht grinste wissend. »Nicht bloß die *Ulmer Zeitung* lesen, mein lieber Karl.«

»Versteh ich nicht. Warum sollte die badische Regierung gegen einen Südweststaat sein?«

»Sie befürchtet das Übergewicht der württembergischen Bevölkerung und die Schwäche der württembergischen Wirtschaft.«

»Die württembergische Wirtschaft ist nicht schwach.«

»Die badische Regierung sieht das offenbar anders. Bezeichnend sei zum Beispiel, wie Württemberg die Fertigstellung der Murgtalbahn verschleppe, beklagen die Badener. Während das badische Teilstück von Karlsruhe über Rastatt bis zur württembergischen Landesgrenze längst fertig ist, fehle trotz aller Verträge und ehrenwörtlichen Versprechungen der württembergische Teil bis zum Bahnhof in Freudenstadt. Und darum auch der Anschluss nach Stuttgart zur schwäbischen Eisenbahn.«

»Was willst du damit andeuten?«

»Dass du vorsichtig sein sollst, Karl. Die Leute haben derzeit andere Sorgen als einen Südweststaat gründen. Später – ja! Aber jetzt? Nein!«

»Wenn du so sicher bist, warum gehst du dann zu den Sitzungen des Schwabenkomitees?«

»Ich interessiere mich für unsere Geschichte.«

Negele blieb die Spucke weg. Er schluckte ein paarmal, dann fauchte er Leicht an: »Interesse an unserer Geschichte. Wenn ich das höre. Wir sind doch kein Geschichtsverein.«

»Sondern?«

»Das genaue Gegenteil.«

»Was ist das Gegenteil eines Geschichtsvereins? Sag's mir bitte.«

Negele drehte sich wütend zur Seite, wobei er eine abfällige Geste machte.

»Ein Zukunftsverein? Meinst du das, Karl?«

Negele sah Leicht in die Augen, dem ein feines, überlegenes Lächeln um die Mundwinkel spielte. »Ja, es geht um unsere Zukunft im Südwesten«, sagte er gereizt. »Du hast ja gehört, was Westwald unlängst gesagt hat.«

»Nein, hab ich nicht. Also sag: Was prophezeit dieser ewige Bedenkenträger?«

»Wenn wir die Übermacht Preußens nicht bald beseitigen, dann nützen das ein paar Spinner aus. Sie nisten sich in der preußischen Regierung ein und hetzen von Potsdam aus ganz Deutschland in den nächsten Krieg.«

Leicht wurde ernst. »Na, na. Das glaubst du?«

»Allerdings.«

»Vergiss nicht, wir sind auch noch da.«

»Ein paar Wehrmänner aus Ulm wollen die preußische Übermacht im Zaum halten?«

»Lass gut sein, Karl«, lenkte Leicht ein, »die Idee eines Großschwabens ist ja gar nicht so schlecht. Aber gegenwärtig ist sie reine Illusion. Ein langfristiger Traum.«

»Dann träume schön, Georg, aber lass mich in Ruhe.«

8

Seit Tagen war ihm, als liege sie auf der Lauer. Sie sprang ihn plötzlich mit Fragen an und stellte ihm Fallen. Eifersüchtig war sie, besonders, seit sie ihm gesagt hatte, dass sie schwanger sei.

»Ist sie schön?« Kaum war sie vorgestern zur Tür hereingeschlüpft, schoss sie ihm die Frage ins Gesicht.

Er winkte ab.

»Verstehe, es ist immer dasselbe mit dir. Du verbirgst mir etwas.«

»Nein, ich verberge dir nichts.«

»Wie schaffst du das?«

»Was?«

»Rennst du von einer zur andern?«

Er schüttelte den Kopf.

»Du kannst nicht leben ohne sie. Stimmt's?«

»Ja, ich kann nicht leben ohne dich.«

Sie warf sich auf ihn und knöpfte ihre Bluse auf.

Bevor er zur Arbeit ging, spannte er ein Haar in die Schranktür. Auf seine Bilder und Skizzen, die er in der obersten Schublade der Kommode aufbewahrte, legte er ein frisches Butterbrotpapier.

Am Abend war das Haar nicht mehr da. Auf dem Papier ahnte er ihre Fingerabdrücke, als er es gegen das Licht hielt.

Er war nicht überrascht. Die Katze lässt das Mausen nicht. Sie war die Katze. Er war die Maus, eine kleine Haselmaus, die in der Falle saß.

Müde hockte er sich an den Tisch und starrte zum Fenster hinaus. So saß er, mit leerem Kopf, eine geschlagene halbe Stunde, bis es dämmerte. Seufzend stand er auf und holte die Flasche aus dem Schrank, die ihm Richard beim letzten Besuch geschenkt hatte. Der Wein sei aus seiner Heimat, hatte er gesagt, aus Besigheim. Ein kostbares Tröpfchen, zum Vespern zu schade. Er entkorkte die Flasche im Stehen, nahm ein Glas aus der Kommode und setzte sich.

Sie ist mir über, gestand er sich ein. Sie ist mir über, ja, sie frisst mich mit Haut und Haaren. Aber zuvor spielt sie mit mir, so wie die Katze mit dem Mäuschen spielt, bevor sie es verschluckt.

Er war gereizt und schlechter Laune. Durfte er nicht auch mal Lust haben, sich mit einer Frau in seinem Alter zu unterhalten? Eine, die nicht mit ihm Katz und Maus spielte. Die mit ihm ausging, ihn liebte, ohne Berechnung und Gegenleistung.

Mit Finesse verführte sie ihn, wann sie wollte. Sie kam, er sah, sie siegte immer. Ein paar Knöpfe an der Kittelschürze. Ein Lächeln. Eine knappe Bewegung. Kaum ein Wort. Auch der verfluchte Henkelmann.

Das erste Glas trank er in einem Zug aus.

Alles in diesem Zimmer war von ihr. Die Möbel, die Bettwäsche, die Briketts, das Brennholz. Sie heizte ihm ein, wann sie wollte. Immer war da ihr Geruch. Seife, Braten und Taschentuchparfüm.

Er nippte am Wein, erhob sich, schlug das Bett auf. Ihr Geruch, zweifellos.

Nachdenklich stellte er sich vors Fenster und sah in den verdämmernden Tag hinaus. Es war wohl unvermeidlich, dass sie bald sein Geheimnis entdecken würde. Was hatte sie ihm für den Fall angedroht? Ach ja, dann könne er seine Papiere abholen. Ihm war nicht zum Lachen zumute.

Oder sollte er etwa darauf verzichten, sonntags mit Sophie ins Kino oder ins Varieté zu gehen?

Wenn er bloß wüsste, was er tun könnte. Sein ganzes Leben lang war er Entscheidungen ausgewichen. Fader Kerl, Stubenhocker, hatte ihn der Vater gescholten. Hängst am Rockzipfel deiner Mutter und traust dich nichts.

Stimmt! Alles hatten bisher andere für ihn entschieden. Den Beruf, den Arbeitsplatz, diese vier Wände, den Tagesrhythmus.

Hände an die Hosennaht. Von klein auf bis heute. Wohin konnte, wohin sollte er sein Leben steuern?

Ihm war so, als ob sie ihm in den letzten Tagen ironisch zuzwinkerte. Öfters sah sie ihn auch nachdenklich aus verschleierten Augen an. Bereitete sie ihren eifersüchtigen Triumph vor?

So sicher er sich seiner Gefühle zu Sophie war, so unsicher war er, wie er sich der Hauswirtin gegenüber verhalten sollte.

Komisch. Sie duzte ihn zwar, wenn sie bei ihm war. Meist sprach sie ihn aber mit Herr Negele an, während er sie nicht beim Namen nannte, weder beim Vornamen, noch beim …?

Wie hieß sie eigentlich?

Er drückte sich beide Handballen auf die Augen, weil er nachdenken musste.

Bäuerle, Emma Bäuerle! Ja, so hieß sie.

Und ihr Mann?

Lothar? Nein. August? Ja, August!

August und Emma Bäuerle.

Er musste lachen. August, Emma und Karl. Ein komisches Dreigestirn.

Emma, die berechnende, sittenstrenge Hauswirtin, die so gerne die lüsterne Bettwanze spielte. An ihrer Seite der schmächtige August, dem sie am liebsten ein Flaschenzügle verordnen würde. Der dritte im Bunde war er, Karl, eher das ängstliche Mäuschen im Käfig als der Fuchs im Hühnerstall. Ja und bald würde es noch jemand Viertes geben … sein Kind. Er durfte gar nicht daran denken.

Er biss sich auf die Zunge. Am liebsten hätte er gleich den ganzen Bettel hingeschmissen und seine Papiere geholt.

Auf keinen Fall würde sie akzeptieren, dass er sich mit einer anderen traf. Sie stichelte und lächelte dabei, aber sie meinte es ernst. Hau ab! Gleich heute Abend packst du deine Sachen! Genau das würde sie ihm ins Gesicht schreien, wenn … Nimm deine Papiere und hau endlich ab!

Er musste auf der Hut sein. Sie war überall. Sie hörte alles. Noch war er auf das Bratkartoffelverhältnis zu ihr angewiesen.

Es gab gewiss genug junge Männer, die ihm diesen Futterplatz neideten und gern ihre Papiere vorlegen würden.

Die Tür ging leise.

»Du willst schon ins Bett?«

»Wohin denn sonst? Unters Bett?«

»Warum machst du kein Licht? Erwartest du jemand?«

»Dich!«

Sie nahm ihm das Glas weg, leerte es in einem Zug, leckte sich mit ihrer rosa Zunge die Lippen und warf sich aufs Bett.

»Dann komm!«

Nebeneinander radelten Richard Mooser und Karl Negele von Ulm nach Herrlingen.

Mooser erzählte, wie er im Siebzigerkrieg auf dem Vormarsch nach Frankreich gelernt hatte, Mauern und ganze Häuser mit Dynamit zu sprengen. Auch beim Schanzen hätten sie sich, wenn der Untergrund felsig war, mit Dynamit beholfen. Die Gewehre und die Kanonen, ja die hätte man noch mit Schwarzpulver geladen. Gequalmt, gestunken habe das Zeug. Aber fürs Gröbere habe man einfach eine Dynamitstange gezündet.

Dynamit sei damals in der Armee ganz neu und in großen Mengen vorhanden gewesen. Eine saubere Sache. Eine einfache dazu. Dynamitstange, Zündschnur. Wumm! Fertig! Alles in spatengerechte Stücke zerbröselt. Weil es so einfach war und weil es viele Soldaten beherrschten, musste man Mitte der achtziger Jahre das Dynamit-Gesetz machen. Viel zu viele Spitzbuben hätten Dynamit gehortet und damit bei Attentaten und Einbrüchen gezaubert. Herstellung, Verkauf und Lagerung von Dynamit würden seitdem streng kontrolliert.

»Im Krieg wird nichts streng kontrolliert, erst recht nichts limitiert«, hielt Negele dagegen. »Da wird mit allem geprasst, was explodieren kann. Auf ein paar Tote mehr oder weniger kommt's dabei nicht an. Meine Kompanie hat das Zeug immer in großen Mengen dabeigehabt. Von strenger Kontrolle habe ich nichts bemerkt.«

»Ja«, gab Mooser zu, »es ist nicht schwer, Dynamit zu besorgen, wenn man weiß, wen man fragen muss. In jedem Bergwerk, in jedem Steinbruch, in jeder Kaserne, bei jedem Straßenbauer liegt Sprengstoff herum, zwar unter Verschluss, aber …« Er winkte ab. »Für Eingeweihte ist es ein Kinderspiel, Dynamit zu kriegen. Entweder tags gegen Geld oder kostenlos bei Nacht.«

»Hast du auch Dynamit auf die Seite geschafft?«

»Freilich«, lachte Mooser. »Ich habe mir für alle Fälle einen kleinen Vorrat zugelegt. Mal da einen Baumstumpf aus dem Äckerle blasen, mal dort ein Erdloch für ein Mäuerle hinzaubern. Im November 1918, gleich nach dem Krieg, hat man in den Kasernen alles gekriegt. Dynamit zum Spottpreis. Gewehre, Pistolen, Munition, so viel man wollte für ein paar Flaschen Wein.«

Seit wann er denn im Steinbruch arbeite, fragte Negele. Er ließ den Lenker los, weil sein Rücken schmerzte. Er war das Radfahren nicht gewöhnt.

Seit über dreißig Jahren, sagte Mooser, während er sein Rad an den Straßenrand lenkte, um ein Auto vorbeizulassen. Dann schloss er wieder auf und fuhr neben Negele her.

Den jetzigen Besitzer des Herrlinger Steinbruchs habe er im Siebzigerkrieg kennengelernt. Zweimal im Jahr träfen sich die Siebziger-Veteranen in Ulm. So sei der Kontakt zu ihm nie abgerissen. Der habe ihm auch eine Genehmigung fürs Sprengen besorgt. Seitdem helfe er aus, wenn gerade kein Sprengmeister da sei. Damit er nicht aus der Übung komme. Der Pianist müsse ja auch jeden Tag die Tonleitern rauf und runter üben, damit er geschmeidig bleibt. Im letzten Krieg, als die jüngeren Männer an der Front waren, sei er auf behördliche Weisung einen Tag in der Woche für Sprengarbeiten freigestellt worden.

»Mit dem Fahrrad nach Herrlingen? Das ist doch eine arge Schinderei.«

»Von wegen«, sagte Mooser. Er hatte längst bemerkt, dass sein Freund verkrampft auf dem Sattel saß. »Wer rastet, der rostet. Radfahren ist gesund.«

Negele lachte.

Wenn man so viele Stunden vor der Setzmaschine hocke, belehrte ihn Mooser, werde man kreuzlahm. Deshalb strample er die paar Kilometer bis zum Steinbruch. Sein Rekord liege bei fünfundzwanzig Minuten. Sollte es mal Bindfäden regnen, nehme er den Zug.

»Hast du Spaß am Sprengen?« Negele rieb seinen Rücken mit der linken Hand.

»Ein Lustsprenger bin ich nicht.« Mooser fuhr einhändig neben Negele her, weil er die rechte Hand zum Gestikulieren brauchte. Als Rentner sei er halt auf das Geld angewiesen. Leider sei er erst spät Setzer geworden. Seine Rente sei deshalb klein. Also arbeite er jetzt einmal die Woche im Kalksteinbruch in Herrlingen. Sonn- und feiertags immer in der Setzerei der Zeitung. Die jungen Leute wollten ein freies Wochenende. Das sei ihm gerade recht. Da nehme er keinem Jungen den Arbeitsplatz weg. Außerdem lohne sich die Setzerei am Sonntag doppelt. Da gäbe es Sonntags- und Nachtzuschläge.

»Ein anderes, aber naheliegendes Thema, Richard«, sagte Negele wie nebenbei. Er sah seinen Freund an, als wolle er ihn auf Herz und Nieren prüfen. »Bist du noch mit Erwin Pfeiffer von der Blauen Division in Verbindung?«

Mooser musste ein Auto vorbeilassen. Er ließ sich zurückfallen und holte Negele erst wieder ein, als der Steinbruch in Sichtweite war.

»Bald«, sagte er, »weihe ich dich in alle Einzelheiten ein.«

Er stieg vom Rad und drückte die Lattentür auf, die den Weg zu den Kalksteinbrüchen versperrte.

Der Vorarbeiter wartete bereits. Zuerst solle Mooser eine Spaltensprengung machen. Seine Männer scharrten mit den Hufen.

Ein alter Mann sei kein D-Zug, sagte Mooser und stellte Negele als seinen Arbeitskollegen von der Druckerei vor. Außerdem habe sein Freund über vier Jahre lang an der West- und Südfront fürs Vaterland gekämpft. Der kenne sich aus und wolle es auch mal richtig rumsen lassen.

Der Steinbrecher hob die Hand und entfernte sich wortlos.

Mooser rief ihm nach, er solle einstweilen Holzpflöcke, Lehm und Sand an die Sprengstelle schaffen lassen. Er komme gleich.

Was eine Spaltensprengung sei, fragte Negele.

Hier in Herrlingen werde Kalkstein abgebaut, sagte Mooser. Der habe viele Spalten und Klüfte. Einerseits sei solches Gestein wegen der vielen Risse leicht zu sprengen. Andererseits sei es sehr gefährlich, weil sich die Explosion, die der Sprengstoff auslöse, nicht immer genau vorausberechnen lasse. Die Sprengwirkung könne in den Spalten und Klüften verpuffen oder durch Hohlräume sausen und Unheil anrichten.

Mooser führte Negele zu einem Schuppen, öffnete ihn mit dem Zweitschlüssel, der an einer Schlaufe seines Gürtels angebunden war. Stolz zeigte er die in Kisten verpackten Schätze. Dynamitstangen, einzeln in Wachspapier gewickelt. Dann verschieden große Zündkapseln. Dazu brennbare Zündschnüre unterschiedlicher Länge, elektrische Zündkabel, aufgewickelt auf Rollen und Trommeln. Zum guten Schluss, in einer kleinen, besonderen Kiste, eine Zündmaschine mit Handkurbel.

In jedem Kistendeckel war eine Liste mit Reißzwecken befestigt. Auf ihr musste Mooser mit Datum und Unterschrift eintragen, wie viel Material er entnommen hatte. Die gleichen Einträge machte er in einem Buch.

»Doppelte Buchführung«, lachte Mooser. Er kratzte sich am Kopf. »Gesetzlich vorgeschrieben!« Damit stelle man fest, ob geklaut wurde, gegebenenfalls wie viel, wenn man den Schwund schon nicht verhindern könne.

Zwei Arbeiter kamen mit Schubkarren. Sie luden Hämmer, Meißel, Eisenstangen, Dynamit, Zündkapseln und

Zündkabel auf. Damit machten sie sich auf den Weg zur Abbruchkante.

Mooser trottete, die Zündmaschine in der Hand, hinterher, während er seinem Freund ein paar Erläuterungen gab.

»Je nach der Härte des Gesteins braucht man unterschiedliche Mengen Sprengstoff. Bei Granit am meisten, beim Nagelfluh am wenigsten.«

»Nagelfluh?«

»Sandstein mit viel Kies und Geröll.«

»Kann man das Gestein problemlos sprengen?«

»Auf den ersten Blick sieht es so aus«, lachte Mooser. »Wenn man sich genauer damit beschäftigt, ist das eine Wissenschaft für sich. Man muss etwas von der Geologie, den Gesteinen und ihrer Lagerung verstehen. Dann etwas von der Physik, insbesondere vom Ablauf einer Explosion. Vor allem ist technisches Verständnis nötig, außerdem Präzision. Wenn man schlampig arbeitet, einen Fehler macht, dann ist es früher Nacht als gedacht. Man braucht halt viel Erfahrung.«

Ob er das auch lernen könne, fragte Negele.

Aber ja, zweifellos, beruhigte ihn Mooser, deshalb habe er ihn ja mitgenommen.

Sie kamen an die Abbruchkante. Der Vorarbeiter war längst da. Die Männer stellten die Schubkarren ab, entfernten sich aber sofort.

»Soll ich den Fels bloß aufreißen? Oder soll ich eine Trümmersprengung machen?«

»Bloß aufreißen«, sagte der Steinbrecher. »Wenn wir Glück haben, können wir Bodenplatten herausschneiden.«

Mooser kniete sich nieder. Mit den Händen tastete er die Spalte ab und prüfte das Gestein.

»Wie ich's vermutet habe. Sprenglöcher brauchen wir nicht bohren. Aber wir müssen die Sprengräume abdichten.«

Er erhob sich ächzend. »Das A und O einer erfolgreichen Sprengung ist das genaue Bohrloch«, erklärte er Negele, »wer vorher schludert, kriegt nachher Ärger.«

Der Vorarbeiter schritt mit Mooser die Spalte ab.

»Wie viel Kubikmeter soll ich aufreißen?«

»Zehn Kubik fürs Erste, eher weniger. Wir sollten probieren, wie der Stein reißt und fällt.«

»Gut, also fünf Kilo Dynamit, verteilt auf fünf Sprenglöcher. Einverstanden?«

Der Vorarbeiter nickte.

»Jetzt kommt die Drecksarbeit«, sagte Mooser zu Negele. »Du kannst uns helfen.«

Mooser bestimmte mit einem Kreidestrich die fünf Stellen, an denen er die Dynamitstangen im Spalt versenken wollte.

Der erfahrene Steinbrecher zeigte Negele, wie man mit Holzkeilen, Steinen, Lehm und Sand die Spalte seitlich, aber auch in der Tiefe so ausfüllen musste, dass ein passgenauer Hohlraum wie bei einem Bohrloch entstand.

Als alle fünf Sprengkammern fertig waren, schob Mooser das Dynamit samt den Sprengkapseln hinein. Dann steckte er die Zündkabel auf die Sprengkapseln, bündelte die Kabel in der Hand und zog sie vorsichtig hinter sich her. Sie waren so ausgelegt, dass die Explosion in allen fünf Löchern gleichzeitig erfolgen musste.

Hinter einem Felsvorsprung schloss er sie an die Zündmaschine an. In der Zeit brachten sich Negele und der Vorarbeiter in Sicherheit. Die Schubkarren nahmen sie mit.

Mooser zog das Signalhorn aus dem Kittel und blies einen lang gezogenen Ton.

Alle Männer im Steinbruch gingen in Deckung.

Zwei kurze Signaltöne, dann kniete Mooser nieder, kurbelte vier-, fünfmal an der Zündmaschine, drückte den Zündhebel und duckte sich.

Wumm! Ein Knall. Die Erde bebte. Eine Staubwolke stieg auf.

Wieder zwei kurze Signaltöne.

Der Vorarbeiter näherte sich. Grinsend hob er den Daumen. »Perfekt!«, schrie er.

Negele rannte zu Mooser. Er strahlte übers ganze Gesicht. »Richard, zeigst du mir, wie man das macht?«

Mooser und Negele sahen sich suchend um. Wo war die Empfangshalle?

»Wir müssen durch die Unterführung, Karl.«

Sie stiegen die Treppen am Bahnsteig hinab, unterquerten die Geleise und kamen in der Empfangshalle ans Licht.

»Sehr schön. Alles neu.« Negele drehte sich staunend im Kreis. Die fünfschiffige Halle war hell, und sie war gewaltig. Durch die Oberlichter im Tonnengewölbe schien die Sonne.

»Sie bewundern unseren neuen Bahnhof?« Ein Herr stand plötzlich neben ihnen.

»Doktor Mack?«

Der etwa Dreißigjährige trug einen dunkelgrauen Wollanzug mit einreihigem Jackett, das er mit zwei Knöpfen geschlossen hatte. Das blaues Einstecktuch in der Brusttasche und die blaue Seidenkrawatte auf weißem Hemd verrieten den modischen Zeitgenossen. Die zweifarbigen Lederschuhe waren gepflegt, auch wenn sie älter schienen, wahrscheinlich aus der Vorkriegszeit stammten. Den grauen Homburger mit Seidenripsband hatte er in der Hand.

»Ich freue mich, meine Herren, Sie in Karlsruhe begrüßen zu dürfen.« Mack gab den beiden die Hand.

»Ich habe Sie mir ganz anders vorgestellt.« Mooser lächelte den Fremden an.

Dagegen blieb Negele reserviert. Er warf ein paar schnelle Blicke nach rechts und links. Amüsierte sich jemand über die kleine Szene im großen Bahnhof? Vornehmer Herr nimmt armselige Verwandtschaft in Empfang, würde unter einem solchen Bild in den Zeitschriften stehen, zum Vergnügen vieler Leser.

»Wie denn?«

»Älter vor allem.« Mooser spielte den Mann von Welt. »Viel älter, Herr Doktor.«

Mack lachte. »Warum?«

»Sie haben ja schon viele kluge Sachen geschrieben. Sogar in unseren Zeitungen werden Sie öfters erwähnt. Ich dachte, wir begegnen einem grauhaarigen Gelehrten, vom Alter gebeugt, auf einen Stock gestützt.«

»Ich bin zweiunddreißig. Dass mich die Zeitungen öfters zitieren, kommt daher, weil ich drei Herren diene. Ich arbeite an der Hochschule. Zugleich bin ich auch fürs Arbeitsministerium und fürs Statistische Landesamt tätig.«

Mack, höflich und aufmerksam, führte seine Besucher vor die Empfangshalle, wo er sie kurz in die Topografie des Bahnhofs einwies.

Die Straßenbahn führe zum Markplatz, drüben sei die Post. Dort die Albtalbahn, eine Schmalspurbahn. Ringsum in den Arkaden befänden sich Hotels, Restaurants und Kaffeehäuser.

»Darf ich Sie ins Café einladen, meine Herren?«

Es war eine rhetorische Frage, die keinen Widerspruch duldete.

Mack und Mooser gingen voraus. Negele trottete miesepetrig hinterdrein. Es hatte ihm die Sprache verschlagen. Er fühlte sich unwohl und zurückgesetzt.

Dieser junge Mann, nur ein paar Jahre älter, hatte eine höhere Schule besuchen dürfen. Dann sogar an der Universität studiert.

Neid kochte in Negele hoch. Missgelaunt, schmollend schlurfte er hinter den beiden her. Meist sah er zu Boden. Ab und zu warf er einen muffigen Blick zu dem Herrn Doktor hinüber, der an drei Stellen gleichzeitig arbeitete und ein gemachter Mann war.

Im Gegensatz zu diesem Lackaffen war er bloß Schriftsetzer mit Hungerlohn. Ein Niemand in abgewetzten Kleidern. Ein Nichts im Schlepptau eines vornehmen Weingesichts.

Negele hasste solche Begegnungen. Er beschloss, sich aufs Zuhören zu konzentrieren. Sollte Richard das Gespräch führen. Das tat er gern.

Kaum waren sie im Café, wieselte gleich der Ober um den Herrn Doktor herum. »Wäre Ihnen dieser Fensterplatz genehm?« Zuvorkommend rückte er ihm den Stuhl zurecht. Dabei musterte er aus den Augenwinkeln die beiden Fremden in ihren abgeschabten Kleidern. Servil fragte er den Herrn Doktor, was er servieren dürfe. »Wein, natürlich badischen Wein«, wiederholte er artig und bedankte sich für die Order.

Als Mooser und Negele Bier bestellten, blickte er auf den Tisch. Er tat so, als müsse er angestrengt zuhören.

Mack kam gleich zur Sache. Welche Ziele das Schwabenkomitee verfolge, wollte er wissen. Besonders interessierte ihn, über welche Mittel der Ulmer Verein verfüge, die Pläne zu verwirklichen.

Mooser übermittelte die Grüße des Vorstands. Doktor Martinus könne leider nicht kommen, denn als Rektor einer Schule sei er leider nicht abkömmlich. »Ich bin Vorstandsmitglied. Zuständig für die Finanzen und für die Mitgliederwerbung. Auch für die Vereinszeitschrift.«

»So, so«, sagte Mack. »Da leisten Sie ja gute Arbeit. Denn Ihre Idee von einem Großschwaben ist in aller Munde.«

»Ja«, bestätigte Mooser, »mein Kollege, Herr Negele«, er deutete auf seinen Nebensitzer, »hilft mir bei der Agitation. Wir beide sind Schriftsetzer bei einer Ulmer Zeitung. Aus unserer täglichen Arbeit sind wir bestens mit allen Aspekten der Neugliederung des Südwestens vertraut, auch mit der Neuordnung in ganz Deutschland.«

Negele legte die Zeitschrift *Der schwäbische Bund* auf den Tisch. Dort, wo ein Lesezeichen herausragte, schlug er sie auf.

Mack sah interessiert zu. »Ah«, kommentierte er, »Sie kennen meinen Aufsatz über die Vereinigung von Baden und Württemberg bereits.«

»Ja natürlich. Deshalb sind wir doch da. Wir haben Ihren Aufsatz mit großem Interesse gelesen, Herr Doktor.« Mooser blätterte in dem Heft, bis er den Finger auf eine markierte Textpassage legen konnte. »Sie deuten an dieser Stelle an, wie man die Südwestfrage lösen könnte. Ob Ihre Meinung mit unserer übereinstimmt, das möchten wir im Auftrag unseres Vereins heute mit Ihnen klären.«

»Habe ich recht gehört, meine Herren? Sie wollen wissen, ob ich mit dem Schwabenkomitee gemeinsame Sache machen würde?«

Mooser nickte. Negele blieb die Spucke weg. Sauertöpfisch sah er zu seinem Kollegen hinüber. Jedenfalls für ihn war das Gespräch beendet, bevor es richtig begann.

Mack lachte.

»Ich dachte«, sagte Mooser vorsichtig, »es gäbe große Gemeinsamkeiten.«

Mack wurde ernst. Er holte weiter aus.

Die derzeitigen deutschen Staaten seien, mit Ausnahme von Preußen und Bayern, nicht handlungsfähig. Sie seien zu klein, wirtschaftlich viel zu schwach. Es fehle ihnen die Kraft, sowohl die Herausforderungen der Gegenwart zu meistern als auch die Zukunft zu gestalten.

Seine badische Heimat sei, das räume er gern ein, in den bestehenden Grenzen auch nicht lebensfähig. Bei Rastatt sei Baden gerade einmal achtzehn Kilometer breit. Eigentlich bestehe Baden nur aus Grenzen. Frankreich sei überall präsent. Darum könne man in seiner Heimat bis in die hintersten Täler des Schwarzwalds französische Schilder über Haustüren sehen. Die höheren Töchter aus betuchterem Haus besuchten französische Internate und Pensionate.

Deshalb habe es etwas für sich, Baden und Württemberg zu einem Staat zu vereinen. Aber in Baden sei die Mehrheit der Bevölkerung katholisch, in Württemberg dagegen evangelisch. Das sei ein Hindernis für einen Zusammenschluss. Nähme man jedoch die hunderttausend Einwohner von Hohenzollern hinzu, die ausschließlich katholisch seien, dann entstünde ein bekenntnismäßig ausgewogener, konfessionell gemischter Südweststaat.

Moosers Augen glänzten. Triumphierend sah er Negele an. Was er im Schwabenkomitee gesagt hatte, wurde ihm hier von einem Badener bestätigt.

Negele nickte verdrießlich. Er schwieg eisern.

Aber, jetzt kam Mack auf die Unterschiede zum Schwabenkomitee zu sprechen, für ihn als Badener seien vier Punkte unverzichtbar.

Erstens bilde Baden mit Heidelberg, der Pfalz, dem ehemals kurpfälzischen Starkenburg und Rheinhessen eine kulturelle Einheit. Das wirtschaftliche und kulturelle Schwergewicht eines neuen Südweststaats liege also in der Rheinebene.

Negele hob den Kopf. Mit großen Augen sah er Mack an. »Schauen Sie doch nach«, wagte er zu widersprechen, »wo die großen Städte liegen und die großen Fabriken?«

Macks Antwort war hart: »Etwa bei Ihnen in Württemberg?« Er winkte mit den Fingern der linken Hand ab, für Negele ein deutliches Zeichen, dass Mack ihn nicht ernst nahm. »Nein, meine Herren, bei uns im Rheintal!«

Zweitens, fuhr Mack unbeirrt fort, sei der Vorschlag, eine Kleinstadt wie Villingen, Freudenstadt oder Donaueschingen zur neuen Landeshauptstadt zu küren, wohl ein Scherz. Hauptstadt könnten Mannheim oder Karlsruhe werden. Mannheim sei allerdings in einem neuen Staat zu randständig. Also bleibe eigentlich nur Karlsruhe übrig. Das sei gut so, denn da schlage das wirtschaftliche Herz im deutschen Südwesten.

Mooser rutschte auf seinem Stuhl hin und her. Mit rotem Kopf knöpfte er sich den obersten Hemdkragen auf.

Drittens, Mack kam jetzt in Fahrt, drohe die Hauptgefahr für einen neuen Südweststaat von Bayern. Coburg gehöre seit kurzem zu Bayern. Tirol strebe, wie die Presse berichte, auch nach Bayern. Preußen lasse Federn. Aber Bayern werde größer und mächtiger. Dagegen müsse man ein Gegengewicht setzen. Wenn man die Landkarte unbefangen studiere, dann liege die Lösung auf der Hand. Geopolitisch betrachtet könne ein neuer Rheinstaat das Gleichgewicht in Süddeutschland wieder herstellen.

Wenn also, das sei sein vierter und letzter Punkt, der Schwerpunkt des neuen Staates im Rheintal liege, dann könne dieser niemals Schwaben oder gar Großschwaben heißen.

»Wie dann?«, fragte Mooser säuerlich.

»Oberrheinstaat.«

Negele rümpfte die Nase. Er hatte den Babbler mit seinem blauen Einstecktüchle und der blauen Krawatte von Anfang an nicht gemocht.

Der Himmel explodierte.

Die Wolken, die der Wind seit einer halben Stunde über die Stadt jagte, quollen auf und wuchsen, vom Sturm gepeitscht, zu einer schwarzen Wand zusammen. Böen fegten über die Häuser und durch die Straßen, tobten sich in stillen Ecken aus. Sie rissen Blüten von ihren Stängeln, Blätter von ihren Zweigen, kleine Zweige von ihren Ästen. Staub wirbelte auf und biss in den Augen.

Da! Ein Blitz. Ein gewaltiger Donner. Die ersten kalten Regentropfen.

Sophie schmiegte sich an ihn. »Karl, ich fürchte mich vor dem Gewitter.«

Er zog seine Jacke aus und breitete sie über ihre Köpfe. »Komm, da hinten ist ein Café.«

Sie rannten gegen den Wind, wobei sie krampfhaft den Stoff über ihren Köpfen festhielten. Die Regentropfen wurden schwerer, die Pflastersteine rutschiger.

Außer Atem erreichten sie die Tür, rissen sie auf und stürmten ins Café.

Bis auf den Kellner und zwei Gäste war es leer. Dennoch brannten über allen Tischen die Hängelampen.

Der Kellner grinste. Mit einer weiten Geste lud er zum Hereinkommen ein. Alles frei, wollte er andeuten. Er sah aus wie ein Leichenträger: schwarze Schuhe, schwarze Hose, schwarzes Jackett, weißes Hemd, schwarze Fliege, schlaffe Miene, dunkles, gescheiteltes, geöltes Haar. Wenn man den jemals am Schopf aus dem Sumpf ziehen müsste, fiel Negele schlagartig ein, würde einem die glatte Haartracht aus den Händen flutschen.

Der Geölte kam auf sie zu, ein Grinsen im Gesicht. »Glück gehabt.« Er deutete nach draußen.

Grelle Blitze leuchteten durch die Gardinen. Erbarmungslos krachte Donner auf Donner über die Dächer. Regen peitschte gegen die Fenster.

»Jetzt was Warmes«, sagte Sophie.

Negele sah sie liebevoll an: »Tee?« Er hängte sein nasses Jackett über einen Stuhl.

Sie nickte. »Gern.«

Er bestellte Tee. Zweimal, schwarz mit Zitrone.

Der Kellner grüßte mit einer huldvollen Geste, als wolle er dem Himmel für diese Gäste danken, dann drehte er tänzelnd ab.

»Bei einem solchen Wetter wär's halt schön, wenn wir nicht immer nur in Cafés herumsitzen müssten.«

Er nickte ihr zu, wobei er seine Augen nicht von ihr wenden konnte. Sie hatte aus ihm, dem faden Kerl, dem Stubenhocker, dem antriebslosen Kriegsveteranen, einen lebensfrohen jungen Mann gemacht, zumindest dann, wenn sie um ihn war.

»Könnten wir uns nicht einmal bei dir …«

»Um Himmels willen! Nein, Sophie, nein!«

»Ich könnte doch deine Schwester sein.«

»Meine Schwester?« Negele dachte nach. Darauf wäre er gar nicht gekommen. »Ja«, sagte er zögerlich, »vielleicht würde sie das schlucken.«

»Kennt sie deine Schwestern?«

»Natürlich nicht.«

»Was hast du ihr erzählt? Dass sie krumm sind, schlechte Zähne und Schlappohren haben?«

Er lachte. Sein Kinn in die linke Hand gestützt, sah er sie unverwandt an, unschlüssig, ob er ihr reinen Wein einschenken sollte. »Gar nichts. Ich hab ihr gar nichts gesagt.«

»Dann könnten wir es einmal versuchen.«

»Kennt sie dich nicht schon?«

»Warum?«

»Hast du deinen Bruder noch nie besucht? Du weißt, dass er bei mir unterm Dach wohnt?«

»Wozu? Er war doch immer fort.«

Das Licht erlosch. Stromausfall.

»Einen Augenblick bitte«, sagte eine Stimme.

Ein Streichholz flammte auf. Eine Kerze brannte.

An ihr entzündete der Kellner sechs Kerzen, steckte sie auf kleine Ständer aus Ton, die er auf die Tische verteilte.

»Darf ich Ihnen ein Licht aufstecken«, sagte er, als er eine Kerze direkt vor Negele stellte. »Sonst fürchtet sich Ihr Fräulein Braut.« Ohne eine Miene zu verziehen, ging er zum übernächsten Tisch.

»Oh«, sagte sie leise, »wusste ich gar nicht, dass du mein Bräutigam bist.«

Die Kerze flackerte. Sie rußte und warf bizarre Schatten an die Wand. Man konnte hören, wie der Docht das Wachs fraß.

Negele war vom Licht wie hypnotisiert. Es rief ihm drei Fotos ins Gedächtnis, die seine Mutter im Album aufbewahrte. Der kleine Karl im Strampelanzug, bäuchlings auf einer Decke, das Köpfchen in den Nacken geworfen, die Flamme einer Kerze gespiegelt in seinen Kulleraugen. Dann Karl als Konfirmand, mit ernstem Gesicht, in der rechten Hand eine weiße Kerze. Dazu Kriegsweihnacht 1917 im Schützengraben. Mit finsterer Miene im Kreis von Kameraden vor einem Christbäumchen, auf dem fünf Kerzen brannten. Das Foto hatte er seiner Mutter geschickt mit herzlichen Grüßen und besten Wünschen fürs neue Jahr. Wenn man die Kerze in den Wind stellt, hatte er unter das Bild geschrieben, erst dann sieht man, wohin sie leuchtet.

Laut sagte er: »Licht und Wärme.«

»Träumst du?«, fragte sie.

»Tee und Kerze hab ich gemeint, das passt gut zusammen. Man vergisst schnell das trübe Wetter.«

»Zwei Tee mit Zitrone.« Der Schwarze stellte die beiden Gläser, die Zuckerdose und das Schälchen mit Zitronenscheiben auf den Tisch. »Das Tee-Ei bitte fünf Minuten im Glas stehen lassen.« Wieder machte er diese Geste, bevor er sich entfernte.

»Ein Gäckeler«, lachte Negele.

»Was ist das?«

»Ja, weißt du nicht, was ein Gäckeler ist?«

Sie schüttelte den Kopf.

»Ein Spaßmacher. So sagt man bei mir daheim.«

»Sollen wir nachher ins Kino gehen, du Gäckeler?«

»Was spielen sie denn?«

»Hamlet.«

»Klingt langweilig.«

»Du bist ein alter Grantler.«

Er sah sie aus traurigen Hundeaugen an.

»Du musst dich selber gern haben, lieber Karl. Dann strahlst du. Ab dem Moment haben dich auch die andern gern.«

Bei Tag und Nacht hatte er gegrübelt, warum er sich immer im Abseits fühlte. Sophie wusste es auf Anhieb.

»Was ist jetzt? Gehen wir ins Kino?«

Er druckste herum.

»Ich hab dir mal von der Asta Nielsen erzählt. Das ist die mit dem Bubikopf. Sie spielt in dem Film die Hauptrolle. Über ihre neue Frisur haben alle Zeitungen berichtet. Das müsstest gerade du wissen.«

Er war unentschlossen. »Wegen eines Bubikopfes ins Kino hocken?« Er seufzte tief, machte es aber sofort mit einem verliebten Blick wett. »Ich will keinen langweiligen Film anschauen.«

»Gut! Lass uns Foxtrott tanzen gehen.«

»Dann lieber ins Kino.«

Martinus schlug die Hände über dem Kopf zusammen. »Unmöglich!«, stieß er erregt hervor.

»Genau das dachten wir zuerst auch«, sagte Mooser. Er forderte Negele mit einem Zucken der linken Augenbraue auf, ihn zu unterstützen.

»Ist das sein letztes Wort?«

»Ja, sieht so aus.«

»Weiß er denn nicht, dass wir damit Bayern auf den Plan rufen?«

Negele mischte sich lachend ein. »Doch. Er will ja gerade ein Gegengewicht zu Bayern schaffen.«

»Gegengewicht zu Bayern«, erklärte Mooser, »das hat er wörtlich gesagt.«

»Mack will zwar einen Südweststaat …«, ergänzte Negele.

»… aber kein Großschwaben«, fiel ihm Mooser mit erhobenem Zeigefinger ins Wort.

»Sondern?«

»Großbaden.«

»Hat er Großbaden gesagt?« Martinus war fassungslos. Mit beiden Fäusten trommelte er an seine Schläfen. »Das Baden von heute ist erst hundert Jahre alt.«

»Württemberg ist auch nicht älter«, warf Westwald trocken ein.

Martinus sah ihn wütend an.

»Mack hat nicht Großbaden gesagt«, versuchte Mooser zu beruhigen, »aber gemeint hat er das. Gesagt hat er wörtlich, dass der vereinte Südwesten *Oberrheinstaat* heißen müsse.«

»Warum denn das?« Martinus war außer sich. »Wenn ihm Großschwaben nicht schmeckt, nun, das könnte ich verstehen. Aber was hat er gegen Alemannien?«

»Zugegeben«, sagte Westwald, »Baden ist kleiner als Württemberg, aber industriell ist es besser entwickelt als unser Ländle.«

»Besser?« Martinus zog seine Stirn in Falten.

»Ja, besser«, beharrte Westwald. »Es ist noch nicht lange her, da habe ich im *Neckar-Echo* gelesen, dass Baden mehr Industrie und größere Fabriken hat als wir. Da wirkt sich die günstigere Verkehrslage aus.«

»Genau das hat uns Mack auch unter die Nase gerieben«, ergänzte Negele.

»Er hat mit Zahlen nur so um sich geschmissen.« Mooser grinste ironisch. »Uns ist es ganz schlecht geworden. Wir haben das Genick eingezogen und gestaunt, in welch rückständigem Land wir Schwaben doch leben.«

»Baden habe auch die bessere Zukunft vor sich.« Negele sah Martinus direkt in die Augen. »Stimmt's, Richard. Das hat er gesagt.«

»Ja, Baden habe das größere Kapital an weißer Kohle.«

Martinus schüttelte ärgerlich den Kopf. »Weiße Kohle«, schimpfte er vor sich hin.

»Ja, so drückte sich Mack aus«, sagte Mooser. »Weiße Kohle. Gemeint hat er Wasserkraftwerke.«

Martinus schnaubte. Dann schlug er die Hände vors Gesicht, als könne er diese Zumutungen nicht mehr ertragen.

»Warum regen Sie sich auf?« Westwald musterte Martinus mit einem durchdringenden Blick. »Warum betonen Sie immer das Trennende? Denken Sie mal an das Gemeinsame.«

Der Rechtsanwalt atmete tief durch. Er holte gedanklich weiter aus. Baden sei zwar geografisch kleiner, aber wirtschaftlich stärker als Württemberg. Das könne niemand bestreiten. Also dürfe man sich als Württemberger nicht aufs hohe Ross setzen, wenn man die Ziele des Schwabenkomitees erreichen wolle. Wer zu Kompromissen bereit sei, werde einen Südweststaat errichten.

Mooser nickte. »Uns kann's egal sein, wie der neue Staat heißt. Hauptsache, wir kriegen ihn.«

Martinus schloss aus Verzweiflung die Augen, schwieg jedoch.

Westwald wandte sich an Mooser. Die Zeitungen berichteten gestern, dass die Reichsregierung eine Zentralstelle für die Neugliederung des Deutschen Reiches gegründet habe, die zehn Unterkommissionen bilden soll. Ob Mooser die Details im Gedächtnis habe.

Martinus ging dazwischen, energisch, erregt. Das sei alles längst bekannt. »Die neunte Unterkommission hat den Auftrag ...« Er kramte in seinen Unterlagen, zog mit der linken Hand einen Zettel hervor, während er mit der rechten seine Lesebrille aufsetzte: »Ich zitiere wörtlich aus der Entschließung der Weimarer Nationalversammlung vom 22. Juli 1919: *›Ist die Vereinigung der Hohenzollernschen Lande mit Württemberg zu erstreben oder wäre eine Teilung etwa dahin vorzuziehen, dass der Teil links der Donau mit Württemberg, der Teil rechts der Donau mit Baden vereint wird?‹«*

»Ist bekannt, Herr Doktor, aber ich möchte von Herrn Mooser wissen, was der badische Gesandte in Berlin, ein gewisser Doktor Nieser, in seinem Gutachten dazu geschrieben hat.«

»Die Zeit für Großschwaben sei nicht reif, hat Nieser festgestellt.« Mooser dachte kurz nach. »Ich hab den Artikel gesetzt, aber Einzelheiten sind mir nicht mehr geläufig. Nieser meinte, die Wähler, nicht die Regierungen in Stuttgart und Karlsruhe, hätten letztlich zu entscheiden, ob ein neuer Staat gegründet werden solle.«

Ein älterer Herr in der zweiten Reihe meldete sich. Er habe den Zeitungsausschnitt über Niesers Gutachten dabei. Ungefragt las er den Schlussabsatz vor: *»Dagegen ist die Vereinigung von Hohenzollern mit Baden bald möglich. Alle Fakten dazu liegen auf dem Tisch. Sigmaringen ist bereits seit Jahrzehnten durch Bahn und Post mit Baden verbunden. Auch kulturell und wirtschaftlich tendiert Hohenzollern zu Baden. Allenfalls die nördlichen Bezirke um Haigerloch, Gammertingen und Hechingen könnten an Württemberg fallen, wenn die dortige Bevölkerung das will.«*

Gelächter bei einem Teil der Anwesenden, nachdenkliche Gesichter beim anderen. Dass das Schwabenkomitee gespalten war, wie öfters in letzter Zeit, lag offen zutage.

Martinus gab mit versteinerter Miene zu bedenken: »Die Idee vom Oberrheinstaat beruht auf der Vereinigung Badens mit der Pfalz. Das ruft sofort Bayern auf den Plan, weil die

Pfalz bayerisch ist. Sich jetzt schon mit Bayern anzulegen, ist unklug. Damit wird der Weg zum Südweststaat versperrt, weil Bayern dann jeden Zugriff auf das bayerische Schwaben mit aller Härte zurückschlagen wird.«

Martinus blickte in die Runde. Er sah zustimmende Gesichter, aber auch viele ablehnende.

»*Erst* die schwäbisch-alemannischen Kernlande im Südwesten vereinen«, warnte er mit erhobener Stimme, »*dann* mit den Randgebieten verhandeln. Diese Reihenfolge muss eingehalten werden. Ist erst der Südweststaat gegründet, dann kommt die Pfalz später von allein dazu.«

Er würdigte Westwald und Mooser keines Blickes, als er leise, aber mit Schärfe in der Stimme sagte: »Dass hier Leute sitzen, die das nicht einsehen wollen, schmerzt mich.«

Westwald zwinkerte Mooser zu. Sachlich im Ton, gleichmütig im Gesichtsausdruck erwiderte er: »Aber, aber, Herr Doktor. Niemand bestreitet Ihre Kompetenz. Niemand will Ihnen an den Karren fahren. Wir alle müssen den Tatsachen ins Auge sehen.«

»Tatsachen? Welchen Tatsachen?«

»Baden will die Vereinigung, aber auf badische Weise. Bayern tut alles, um einen starken Südweststaat zu verhindern, weil es um seine Besitzungen in der Pfalz fürchtet. Es hat Angst vor separatistischen Umtrieben in Franken und Schwaben. Unlängst ist ein Journalist aus Nürnberg deshalb zu einer mehrjährigen Gefängnisstrafe verurteilt worden. Die Hohenzollern fürchten, aufgeteilt zu werden. Preußen hat deshalb leichtes Spiel. Es taktiert und macht sich die Stimmung in der hohenzollernschen Bevölkerung zunutze …«

Der ältere Herr in der zweiten Reihe unterbrach ihn: »Wie beurteilen Sie die württembergische Haltung?«

»Die führenden Leute in Stuttgart wollen ein Großschwaben, verkneifen sich aber jede öffentliche Äußerung, aus Angst, sie könnten alles verspielen. Also tun sie gar nichts.«

Niemand im Saal sagte ein Wort. Der Untertanengeist der Kaiserzeit lähmte ihre Zungen.

Endlich meldete sich Mooser. »Herr Westwald hat recht. Das Schwabenkomitee muss Flagge zeigen.«

»Was sollen wir denn tun?«, erregte sich Martinus.

Ein feines Lächeln huschte über Moosers Gesicht. »Es muss halt so aussehen, als ob es von den Badenern und Hohenzollern kommt.«

Westwald hatte Mooser und Negele eingeladen, auf ein Bier mitzukommen. Die Sitzung des Schwabenkomitees müsse er erst verdauen.

Sie hockten sich an einen quadratischen Tisch vor einer Eckbank im Café am Münster. Westwald nahm in der Mitte Platz. Überall hölzerne, fleckige Tischplatten ohne Tischdecken. Die Aschenbecher quollen über. Das ganze Lokal stank nach kaltem Rauch. An der einst prächtigen Inneneinrichtung aus der Vorkriegszeit hatte der Zahn der Zeit genagt. Die Wände hinter dem Ofen waren verrußt, die Gardinen vergilbt. Der Fliesenboden war flusig und fusselig.

»Aber der Pflaumenkuchen ist lecker«, tröstete Westwald, als er die schrägen Blicke seiner Begleiter bemerkte. »Hier bekommt man auch die größten Windbeutel in der Stadt.«

Bei jedem Luftzug baumelte genau über ihrem Tisch ein Deckenleuchter in Glockenform. Das milchig-weiße Glas hing an einer langen Messingkette, die sich um ein braunes Stromkabel schlängelte.

Hinter den drei Herren verzweigte sich ein prächtiger Gummibaum. Zwei lange Äste, einer war über der linken Eckbankhälfte an der Wand befestigt, der andere über der rechten, umrahmten mit großen, glänzenden Blättern die Sitzenden, als sprosse das Grün aus ihren Köpfen. Selbst sahen sie das nicht, aber die anderen Gäste im Lokal stießen sich an und belustigten sich über die drei Gorillas im Urwald.

Ein klapperdürrer Kellner flitzte herbei.

Westwald sah seine Begleiter fragend an. »Zwei Goldochsen?« Beide nickten.

»Und für Sie, mein Herr?«

»Haben Sie auch badischen Weißwein?«

»Aber ja doch. Auggener Schäf aus dem Markgräflerland.«

Westwald war begeistert.

Der Kellner dankte. Im Laufschritt stürzte er zur Theke. Ehe er sie erreichte, schrie er die Bestellung heraus. Die Wirtin hinter der Theke, eine dralle Blondine mit ondulierten Haaren, lachte und zwinkerte den drei Belaubten in der Ecke zu.

Negele grinste. »Der hat's eilig.«

»Er hofft halt auf mehr Trinkgeld«, kommentierte Mooser.

Insgeheim wunderte er sich, warum die anderen Gäste zu ihnen hersahen. Verunsichert schaute er sich um. Negele dagegen schwieg aus Höflichkeit. Er wartete lieber ab, wie immer.

Westwald hing seinen Gedanken nach. Der gerade überstandene Wortwechsel mit Martinus beschäftigte ihn. Endlich brach er das Schweigen. »Hu, das war heute so eine Sitzung zum Davonlaufen.« Er schnitt eine Grimasse, als fühle er körperlichen Schmerz.

Mooser zog eine Schnute. »Vergessen Sie nicht, der Martinus ist halt empfindlich.«

»Hab ich Zwietracht gesät?« Westwald entnahm seiner Jacke ein Päckchen Zigaretten und Streichhölzer. Er zog den Aschenbecher zu sich heran.

Zweifaches Kopfschütteln.

Die linke Hand schützend vor seine Moslem gehalten, zündete er die Zigarette an. »Dann verstehe ich nicht, warum sich der Martinus so aufregt.« Er pustete den Rauch zur Decke, hielt die offene Schachtel seinen Begleitern hin und deutete mit dem Kinn auf das Reklameschild an der Tür: »Die neue Moslem aus Dresden ist besser als die alte.«

Negele hob abwehrend die Hand. »Lieber nicht.«

Mooser dankte. Auch er rauche nicht. Dafür reiche sein bisschen Rente nicht.

Der Kellner kam im Laufschritt, legte drei Bierdeckel auf den Tisch und setzte die Gläser ab. »Wohl bekomm's, meine Herren.«

Westwald, er steckte schnell sein Tabakzeug weg, erhob seinen Weinpokal. »Prosit! Trinken wir auf den neuen Südweststaat.«

Beim Klang der Gläser beschworen sie ihren gemeinsamen Zukunftstraum. In Freiheit leben. Endlich die tagtäglichen Bücklinge vor der vorsintflutlichen Obrigkeit verlernen. Nie wieder in den Krieg ziehen. Die politischen Verhältnisse auf ein menschliches, überschaubares Maß reduzieren. Vor allem aber: ein selbstbestimmtes Leben führen.

»Warum«, Negele setzte sein Glas ab, »zieren sich eigentlich die Badener so?« Die ganze Sitzung hindurch hatte ihn diese Frage beschäftigt. Jetzt bat er den Rechtsanwalt, der stets die badische Fahne hochhielt, um Antwort.

»Vergessen Sie nicht«, sagte Westwald, »dass die Badener die besten, weil ältesten Demokraten in Deutschland sind. Hätten die badischen Revolutionäre vor siebzig Jahren gesiegt, dann hätte es keinen Kaiser Wilhelm gegeben. Auch keinen Weltkrieg. Die Badener wollen nicht nach fremder Pfeifmusik tanzen. Weder nach schwäbischer, noch nach bayerischer. Erst recht nicht nach preußischer. Die Badener empören sich nicht über unsere Idee von einem selbstständigen Südstaat. Sie dulden nur keine imperialen Töne.«

Negele sah versonnen vor sich hin, bis ihn Westwald mit der Frage überraschte: »Warum sind eigentlich Sie beim Schwabenkomitee?«

»Weil ich kein zweites Mal in den Krieg marschieren will. Ich möchte einer besseren Zukunft dienen.«

Mooser nickte seinem Kollegen zu, denn diese Antwort gefiel ihm.

Doch Westwald schüttete Wasser in den Wein: »Versteh ich nicht, lieber Negele. Sie sind jung. Haben viel mitgemacht. Warum tun Sie sich das Schwabenkomitee an?«

Mooser starrte Westwald ungläubig an. »Soll er lieber zu Hause herumsitzen? Die Hände in den Schoß legen?«

»Nein, so meine ich es nicht«, rechtfertigte sich Westwald. »Dass junge Leute keine Mühe scheuen, unser schwer angeschlagenes Gemeinwesen flottzumachen, ist in höchstem Maße lobenswert. Ich bezweifle aber, ob das Schwabenkomitee der richtige Ort dafür ist.«

»Hoho!« Mooser krauste ärgerlich die Nase. »Sie halten also unseren Verein für nicht zukunftsfähig?«

»Die Schwabenidee ist vorzüglich. Nicht nur das, sie ist auch zukunftweisend. Aber unser Verein ist dieser großartigen Idee nicht gewachsen. Besser gesagt: noch nicht! Wir sind ein romantischer Debattierklub. In jeder Sitzung mäandrieren wir im Kreis. Nichts geht voran. Wir wärmen ständig eigene Vorurteile und Ängste auf. Eigentlich ist unser Verein derzeit ein Fall für den Psychiater.«

Negele starrte Westwald zunächst ungläubig an. Doch dann lehnte er sich so weit zurück, dass er die Beine übereinanderschlagen konnte. »Reif für die Klapsmühle? Eine originelle Meinung.« Entgegen seiner sonstigen Zurückhaltung und Unterwürfigkeit hatte er sich auf einmal ein Herz gefasst. Er war selbst erstaunt, was in ihn gefahren war. Zugleich verblüffte ihn, was er gesagt hatte. Er stutzte kurz über seinen eigenen Mut, dann senkte er den Blick. »Zuerst müssen die Herren vom Vorstand beim Psychiater auf die Couch. Ich bin ja nur einfaches Mitglied, also ein Verführter.«

Westwald prustete los, bis er sich verschluckte und husten musste.

»Jetzt komm, Karl.« Mooser lachte, weil er seinen Freund noch nie so spöttisch, so bissig erlebt hatte. »Der Martinus ist ein bisschen verdreht, aber weich in der Birne ist er nicht. Herr Westwald hat auch kein Rad ab. Und bei mir ist alles richtig im Oberstübchen. Hoffe ich doch.«

Negele konnte sich jetzt auch nicht mehr halten. Alle drei lachten befreit auf, bis ihnen die Tränen kamen.

9

Sophie näherte sich dem Haus in der Ulmer Kohlgasse. Sie trug eine weiße Bluse und einen blauen Rock. Ihr Auftreten wirkte jung und blühend, es kontrastierte ärgerlich zur schmuddeligen Hausfassade.

Sehnsüchtig blickte sie zu den Fenstern im Parterre hinauf. Alle waren mit Halbgardinen verhängt, genau wie zuhause in Blaubeuren.

Ob er daheim war? Wenn ja, welches war sein Fenster?

Mit allen Fasern ihres Herzens sehnte sie sich nach ihm. Seit einer Woche hatte sie ihn nicht gesehen. Wenn er sie schon nicht in der Kronengasse besuchen durfte, dann wollte sie bei ihm vorbeihuschen. Grüß Gott sagen, seine Stimme hören, sein liebes Gesicht anschauen, sofort gehen. Das würde ihr genügen.

Ob er böse würde, wenn sie ihn heute daheim überraschte?

Sie stieg die zwei Stufen hinauf. In die Haustür war auf Kopfhöhe eine kleine Milchglasscheibe eingelassen. Neben der Tür gab es keine Klingelknöpfe.

Blitzschnell sah sie sich um. Die Luft war rein. Kein Zuschauer weit und breit.

Zunächst zaghaft, dann zügig drückte sie die Haustür auf und schlüpfte ins Haus. Sie blieb ein Weilchen stocksteif stehen, alle Sinne angespannt. Obwohl sie keinen Alkohol getrunken hatte, schwankte sie wie eine Betrunkene. Ihre Knie wurden weich. Der löchrige Fliesenboden schaukelte unter ihren Füßen.

Dann wagte sie es, den Kopf zu heben. Mit einem Blick erfasste sie den düsteren Flur.

Sophie erschrak. Hinter ihr war ein eigenartiges Geräusch. Sie fuhr herum. Nichts. Die Haustür war ins Schloss geschnappt.

Sie sog die abgestandene Luft ein. Der Hausgeruch war wie eine Speisekarte der vergangenen Tage: gebratene Zwiebeln, Sauerkraut, Kohl, Fett, Schweinebraten mit Bratkartoffeln.

Die Wände waren bis zu den Schultern mit hellbrauner Ölfarbe gestrichen. Darüber lief ein dunkler Strich rundum. Er setzte die abwaschbare untere Hälfte der Wände von der weiß gekalkten oberen ab. Links konnte man in elf Briefkästen aus schwarzem Blech hineinschauen, weil sie unter dem Strich waren und die Schlitze nicht vorn, sondern oben hatten. Rechts hingen, über dem Strich, die Hausordnung und ein gestickter Haussegen im Bilderrahmen: *Grüß Gott, tritt ein, bring Glück.* Hinten im Eck waren Abfalltonne und Putzzeug.

Sie bückte sich und nahm die Parade der Briefkästen ab. Auf dem zweitletzten stand *Karl Negele,* mit blauem Tintenstift geschrieben.

Ihr Herz jubelte. Er hatte seinen Namen, Buchstabe für Buchstabe, in seiner schönsten Schrift gemalt. Die kannte sie inzwischen, denn ab und zu schickte er ihr eine Postkarte, wenn er unterwegs war, in Donaueschingen oder in Großsachsenheim. Fasste er den Gruß in seiner eigenwilligen, schrägen Handschrift ab, dann unterschrieb er mit *Dein Bruder Georg.* Verstellte er seine Schrift und verwandelte sie in gerade, schnörkelige Buchstaben, stand am Schluss immer der Satz: *Herzliche Grüße von Deiner Patentante Doris.* So hatten sie es ausgemacht, damit ihre Meisterin nicht misstrauisch würde.

Geradeaus lag eine Holztreppe im Dämmer. Die dürfte in den vierten Stock führen, in die Wohnung des Bruders. In der war sie noch nie gewesen.

Aber wo war Karls Zimmer?

Sie meinte, irgendwo ein Flüstern zu hören, als diskutiere man ihr ungehöriges Benehmen. Sollte sie umkehren? Unverrichteter Dinge zurück in ihre triste Kammer?

Da sah sie im Düstern den Schalter. Aber sie traute sich nicht, das Licht anzudrehen. Sie fürchtete, der Porzellanknopf könnte einen hellen Ton geben, wie bei ihr zuhause, und neugierige Hausbewohner hellhörig machen.

Also tastete sie sich Schritt für Schritt vor. Nach den Briefkästen bog ein schmaler, dunkler Flur links ab. Hier musste es sein.

Rechter Hand zwei kleine Fenster, die kaum Licht spendeten. Denn die Glasscheiben waren mit weißer Kalkfarbe gestrichen, um neugierige Blicke vom Nachbarhaus zu unterbinden. Linker Hand fünf Türen, weiß lackiert. Der Lack war rissig und blätterte an den Zargen und um die Türgriffe herum ab.

Nicht auf allen Türen stand der Name des Mieters. Zwei Türen waren unbeschriftet. Aber hinter welcher mochte er sein?

»Was wollen Sie hier?«

Ihr blieb das Herz stehen. Mit aufgerissenen Augen fuhr sie herum. Im Zwielicht erkannte sie die Umrisse einer Person, die ihr den Weg nach draußen versperrte.

»Ich – ich wollte zu Herrn Negele.«

»Wer sind Sie?«

Sie schwieg.

»Sind Sie mit Herrn Negele verwandt?«

Sie schüttelte den Kopf.

»Dann verschwinden Sie!« Die Stimme überschlug sich. »Das ist ein ehrenwertes Haus! Freche Frauenzimmer wie Sie haben hier nichts verloren!«

Sophie machte sich klein und drückte sich ängstlich an dem Hausdrachen in Kleiderschürze vorbei.

»Wagen Sie es nie mehr, mein Haus zu betreten! Sie haben Hausverbot!«

Karl Negele lag in wadenlanger Wolltrikot-Unterhose und kragenlosem Unterhemd mit gerippten Bündchen auf seinem Bett. Er las. Zumindest versuchte er es.

Gelegentlich blätterte er in Zeitschriften. Etwas schwarz auf weiß zu studieren, reizte ihn nicht, denn bedrucktes Papier hatte er jeden Tag in Hülle und Fülle um sich. Gar ein ganzes Buch lesen? Um Himmels willen! Nahm er eines zur Hand, was ganz selten war, dann schlief er meist gleich ein.

Als Kind hatte man ihm nie vorgelesen. Jeden Abend hatte er in seinem Gitterbettchen auf Vater oder Mutter gewartet. Hatten sie auch nur einmal, ein einziges Mal Zeit für ihn gehabt? Gern hätte auch er ein Bilderbuch gehabt oder später, als er zehn war, ein Indianerbuch, so eines wie sein Schulfreund Fritz. Aber seine Eltern hatten kein Geld. Bücher hielten sie für unnützes Zeug. Im Städtchen gab es keine Bücherei. Die Schule hatte auch keine. So hatte er gelernt zu verzichten. Aus Verzicht wurde Abneigung. In der Freizeit schmökern, das kam ihm nicht mehr in den Sinn. Aber die heimliche Bewunderung für die klugen Köpfe, die hinter dem Gedruckten steckten, war ihm geblieben.

Schriftsetzer war er geworden, weil es sich zufällig so ergeben hatte. Das kam so: Jeden Winter verkaufte der Vater einen Teil seines Mostes aus Äpfeln und Birnen an einen Drucker vom *Enz-und-Metter-Boten*. Der hatte alles eingefädelt und vermittelt.

Bei ihnen werde eine Lehrstelle als Schriftsetzer frei, meldete eines Tages dieser Mann dem Vater. Der fragte dann seinen Sohn: »Magst Schriftsetzer werden, Karl?« Der Junge wusste nicht recht, was er sagen sollte, denn Schriftsetzer, das war für ihn etwas Unbekanntes. »Schau mich an«, hatte der Vater mit erhobenem Zeigefinger gesagt. »Als Straßenwart muss ich bei jedem Wetter raus und im Dreck schaffen für wenig Lohn.« Mit zusammengekniffenen Augen, die Stirn in Falten gelegt, hatte er entschieden: »Du machst es besser als ich!« Sein Sohn widersprach nicht, weil er sich nie widersetzte.

»Aus dreißig Zeichen fünfhunderttausend Wörter in fünftausend Sprachen bilden, das ist eine hohe Kunst«, hatte ihm sein Lehrmeister in Bietigheim in den ersten Wochen eingebläut. »Wir von der Schwarzen Kunst hegen und pflegen diese Sprachen, damit sie alle Menschen gebrauchen und genießen können. Mit unserer Hilfe kann man aus Wörtern ganze Sätze zaubern, aus Sätzen hunderttausend Geschichten erfinden. Durch uns werden aus Geschichten tausend und abertausend Bücher und Zeitungen. Ohne uns wären die studierten Herren sprach- und machtlos.«

Bis heute verblüffte Karl, dass man alles, aber auch alles, was auf der Welt, in ihr und über ihr war, mit diesen dreißig Zeichen einzufangen vermochte. Man konnte es schreiben oder drucken, laut oder leise lesen, irgendwohin verschicken und am fremden Ort wieder zum Leben erwecken.

Dass er zu den wenigen Auserwählten zähle, die Zeichen zu Gedanken fügen konnten, trichterte der Lehrmeister mit stolz geschwellter Brust seinem Lehrling ein, müsse ihn mit Dankbarkeit und Selbstachtung erfüllen.

Doch Negele empfand eher einen Makel. Er gehörte nicht zu jenen, die eine Hochschule besucht hatten. Die jederzeit anweisen durften, was zu setzen sei. Nicht einmal bis zur Oberschule hatte er es geschafft. Deshalb bewunderte er alle, die mit Sätzen und Gedanken umgehen konnten wie er mit bleiernen Lettern.

War er nicht auf Arbeit, saß er auch nicht im Schwabenkomitee, dann mied er alles Gedruckte, weil es ihm diese schwache Stelle bewusst machte.

Dafür liebte er Bilder auf jede Art. Gemalte, denn er führte Pinsel und Zeichenstift gut. Die meisten Aquarelle behielt er für sich; manchmal verschenkte er eines an Sophie. Fotografierte Bilder, denn er blieb gern vor den Fenstern der Ulmer Fotoläden stehen, wo er die anrührenden Hochzeitsfotos bewunderte. Eine eigene Kamera konnte er sich jedoch nicht leisten. Auch für laufende Bilder war er zu begeistern, weil ihn die neuesten Filme faszinierten. Am liebsten ging er mit Sophie ins Kino. Besonders aber hatten es ihm die imaginären Bilder angetan, die Künstler auf Theater- und Schaubühnen zauberten. Mit größtem Vergnügen saß er händchenhaltend neben Sophie in der Zwetschgendörre, wie man in Ulm zu den billigen Plätzen auf der Empore sagte. Oder im Varieté, wenn er genug Geld gespart hatte. Verliebt zeigte er ihr die

Fantasiewelt der Zauberer, Gaukler und Spaßmacher. Dort verging die Zeit wie im Flug.

Irgendwann im letzten Jahr hatte er einen Bericht über die Ulmer Spielstätte in der Theatergasse gesetzt. Da erst war ihm aufgefallen, dass Ulm ein modernes Theater mit großer Bühnentradition hatte. Ulm sei die älteste deutsche Stadt mit einem eigenen Schauspielhaus, war in dem Bericht gestanden. Von da an mühte er sich, für die Festtage Karten zu besorgen. Er freute sich wie ein Kind, wenn Sophie mit offenem Mund neben ihm saß, die Wunderwelt der Operette oder der Komödie bestaunte und vor Vergnügen quietschte.

Negele seufzte. Er hatte mit offenen Augen geträumt. Keine Zeile, kein einziger Satz aus dem Buch, das neben ihm lag, war in seinem Gedächtnis haften geblieben.

Etappe Gent, das müsse man gelesen haben, hatte Richard Mooser gesagt. Bedrängt, ja beschworen hatte ihn der Freund gestern nach der Arbeit.

Mooser hatte ihm das Buch in die Hand gedrückt, verschwörerisch auf den Untertitel gedeutet: *Nie wieder Krieg!* Jeder Soldat, der den Krieg überlebt habe, müsse etwas dagegen tun. Den Jüngeren solche Erfahrungen ersparen, das sei das Mindeste. Er habe aus den Schrecken des Siebzigerkriegs leider zu spät gelernt. Deshalb habe sein Martin sterben müssen, in Flandern, wo auch dieses Buch spiele. Darum fühle er sich am Tod seines Sohnes mitschuldig.

Über den Autor hatten die Kollegen im Vesperstüble viel erzählt. Heinrich Wandt, über den sie etliche Artikel setzen mussten, stamme aus Stuttgart. Wie alt er inzwischen sei, wisse man nicht. Vermutlich um die dreißig, wenn nicht älter, denn er sei bereits vor dem Krieg beim Militär gewesen. Man munkelte, Wandt habe auch im Regiment Alt-Württemberg in Ludwigsburg gedient.

Nach ein paar Seiten legte Negele das Buch erneut beiseite. Es schmeckte ihm nicht, aber er konnte sich nicht erklären, was ihm nicht gefiel. War es zu sachlich, zu farblos? Jedenfalls enthielt es keine Zeile zur XIII. Armee, den Württembergern.

Auch kein Wort über die Garnisonsstadt Ludwigsburg. So gerne hätte er gelesen, was Wandt in der Vorkriegszeit bei den württembergischen Soldaten erlebt hatte.

Negele fiel ein Spruch seines Vaters ein: Wenn man ein Fässle Most ansticht und der erste Schluck Essig ist, dann kann der Rest nicht nach Birnen schmecken.

Eigentlich hatte er keine Lust mehr, sich durch die hundertsiebzig Seiten zu quälen. Der Anfang war aufgeblasen, zugleich langweilig. Wie konnte da der Rest besser sein? Dennoch zögerte er, das Buch ungelesen zurückzugeben. Wie sollte er das Richard erklären? Der wäre bestimmt enttäuscht, mit ziemlicher Gewissheit verärgert. *Etappe Gent*, das sei Geschichte, hatte der väterliche Freund gesagt. Ein Heldenepos aus erster Hand. Weltbewegende Ereignisse, erzählt von einem, der die Großen belauschte und entlarvte. Das dürfe man sich nicht entgehen lassen.

Ob er morgen einen neuen Versuch wagen sollte?

Sofort stiegen Zweifel in ihm auf. Wird's dann spannender? Ist morgen die Abneigung geringer?

Entschlossen setzte er sich auf, nahm die Beine von der Bettdecke. Nein, entschied er, einmal muss man sich am Riemen reißen können. Er zwang sich, die ersten Kapitel zu überfliegen und die letzten Seiten querzulesen.

Wandt berichtete, wie er in der zweiten Flandernschlacht, in der 15 000 Franzosen und Briten sowie 35 000 Deutsche starben, schwer verwundet und nach seiner Genesung zum Stab der vierten Armee im belgischen Gent abkommandiert wurde. Hier begann er, Tagebuch zu führen. In allen Einzelheiten schilderte er, wie deutsche Offiziere Angriffe planten, Offensiven vorbereiteten, auch mit Giftgas. Sogar vor einem Mord an einem belgischen Adligen schreckten sie nicht zurück. Die beteiligten Offiziere nannte er mit vollem Namen.

Dass dieses Buch bei den Belgiern und Holländern große Aufmerksamkeit erregte, war Negele jetzt klar. Und dass die deutschen Militärs, vor allem die alten Eliten, zornig waren und Wandt zum Teufel wünschten, verstand sich eigentlich von selbst. Erst kürzlich hatte sich die Reichsregierung gezwungen gesehen, dem geschilderten Mord amtlich zu widersprechen.

Wandt hatte, wie Negele von seinen Kollegen und aus vielen Zeitungsartikeln wusste, sein Tagebuch zunächst kapitelweise in der *Berliner Freien Presse* veröffentlicht. Weil er den Namen eines Offiziers verwechselte, wurde er zu sechs Monaten Gefängnis verurteilt. Kaum war er auf freiem Fuß, zeigten ihn ehemalige Offiziere erneut an, wegen Beleidigung. Etliche Monate saß er danach in Untersuchungshaft.

In dieser Zeit erschien Wandts Buch. Deutsche Offiziere hatten zunächst versucht, es verbieten zu lassen. Als das misslang, erstatteten sie Anzeige wegen Landesverrats. Jetzt wartete die ganze Republik gespannt auf den bald beginnenden Skandalprozess.

Negeles Interesse war geweckt. Er bewunderte Wandts Mut. Das Erlebte in die Öffentlichkeit zu tragen, sich mit einem ganzen Heer von Offizieren anzulegen, zeugte von Rückgrat und verdiente Respekt. Das Buch gefiel ihm zwar nicht, aber es hatte etwas in ihm angerührt.

Er starrte zur Zimmerdecke. Mitläufer, schalt er sich. Weichling, tadelte ihn sein Gewissen. Hängst bloß rum! Tust nichts! Jammern, seufzen, stöhnen, schimpfen, lästern, klagen, trauern? Auch mal mit den Zähnen knirschen? All das reicht nicht!

Gewogen und zu leicht befunden? Würde man so eines Tages über ihn urteilen?

Er nahm sich vor, dornige Wege nicht mehr zu meiden und härteren Entscheidungen nicht länger auszuweichen.

Richard Mooser bedrängte ihn seit langem, sich nicht treiben zu lassen. Neue Kriege gelte es zu verhindern. Überschaubare, friedfertige Staaten müsse man gründen, notfalls mit Waffengewalt oder mit ein paar Stangen Dynamit. Das sei ein notwendiger, ein entscheidender Schritt in eine bessere Welt.

Es klopfte.

Negele schreckte hoch. Wird doch nicht die Wirtin sein. Aber die klopfte nicht an. Er sprang in seine Hose und warf sich ein Hemd über.

Es klopfte erneut. Im selben Augenblick ging die Tür auf. Der Hauswirt stand vor ihm, erregt, ärgerlich und verlegen zugleich.

»Ich bin sehr enttäuscht von Ihnen«, polterte der Eigner ohne Gruß los. »Alles hätte ich erwartet. Das nicht! Am Monatsende ist Ultimo! Sie ziehen hier aus!«

»Warum? Ich hab mir nichts zuschulden kommen lassen.«

»Ei, die Unschuld vom Lande!« Der Hauswirt war empört.

»Ich weiß nicht, wovon Sie sprechen.«

»Und die Damenbesuche? Das sei keine Art, in einem ehrenwerten Haus junge Damen aufs Zimmer zu nehmen!«

»Wann war hier jemals eine Dame?« Negele war verwirrt. Sophie? Träumte er? War sie jemals hier bei ihm gewesen? Oder hatte sie es in seiner Abwesenheit versucht und ihm nichts gesagt?

»Mit der Lüge kommen Sie nicht durch! Nicht bei mir!«, schimpfte der Hauswirt. »Sie haben eine Freundin! So eine Schmale mit blonden Haaren.«

»Ist es denn verboten, eine Freundin zu haben?« Negele war empört. »Dieses Zimmer hat keine fremde Dame betreten. Das kann ich beschwören.«

»Auch noch frech werden!«, polterte der Hauswirt. »Das muss ich mir nicht bieten lassen.«

»Frech? Wer ist frech? Habe ich Ihnen jemals ein Widerwort gegeben?« Negele wies die Anschuldigung zurück: »Ich bestehe darauf, dass ich keinen Damenbesuch empfangen habe.«

»Unverschämte Lüge! Meine Frau hat die dreiste Person im Hausflur ertappt und aus dem Haus gejagt.«

Negele erschrak.

»Wollen Sie auch bestreiten, dass Sie meiner Frau nachsteigen?« Der Hauswirt, außer Fassung, schrie es schrill.

»Wer behauptet das?«

»Meine Frau.«

Negele lachte.

Der Hauswirt wurde rot vor Zorn. Seine Halsschlagader pochte, seine Lippen zitterten. »Das werde ich nicht dulden. Das bin ich meinem guten Ruf schuldig. Wir führen ein ehrenwertes Haus! Am Monatsende ist Ultimo! Schluss!!«

Der Wirt warf die Tür ins Schloss.

»Du siehst Gespenster, Richard.«

»Nein, Karl, es gibt für mich keine Zweifel mehr.« Mooser schenkte nach, zuerst seinem Gast, dann sich selbst. Drei Monate lang hatte Negele bei Moosers gewohnt. Eines Abends hatte er an deren Wohnungstür geklingelt, einen großen Koffer und eine Tasche in der Hand. Er müsse sofort ausziehen, hatte er wutschnaubend geklagt. Seine Hauswirtin behaupte, er stelle ihr nach. Frau Mooser hatte ihn gebeten, fürs Erste mit dem Zimmer ihres Sohnes vorlieb zu nehmen. Sie mochte den jungen Schriftsetzer, der sich mit ihrem Mann so gut verstand. Auch erinnerte er sie an ihren Martin. Ihr Mann hatte sich gefreut, Negele täglich um sich zu haben. Wie sein eigen Fleisch und Blut hatte er ihn behandelt. Vor allem hatte er die Nähe genutzt, dem jungen Mann seine Ideen einzupflanzen. Bei einer Witwe in der Nachbarschaft hatte Negele dann ein Zimmer mit fließend Wasser bezogen. Heute war er wieder bei Moosers zu Gast. Beim Wein diskutierte er mit Richard über Großschwaben und die Mitstreiter im Schwabenkomitee.

»Wen hast du im Verdacht?«

Mooser setzte das Glas an die Lippen, trank einen winzigen Schluck. Leise, langsam, lauernd sagte er: »Georg Leicht.« Über den Glasrand hinweg beobachtete er aus schmalen Lidern die Reaktion seines Freundes.

Negele verschlug es die Sprache. Er verschluckte sich, verdrehte die Augen und stellte sein Glas ab.

»Der Leicht ist ein ganz krummer Hund. Uns hat er immer vorgelogen, er sei bei der Verwaltung. Deshalb trage er keine Polizeiuniform.«

»Wo arbeitet er tatsächlich?«

»Bei den Aufklärern.«

Negele wurde kreidebleich. Er starrte seinen väterlichen Freund an. »Das glaubst du wohl selbst nicht, Richard.«

»Doch, Karl, es ist so.«

»Beweise?«

»Mehr als genug.«

»Welche?«

»In den letzten Wochen hab ich die Namen aller Leute aufgeschrieben, die in der Verwaltung der Polizeikaserne arbeiten.«

»Das ist kein Beweis.«

Mooser wischte den Einwand mit einer kleinen, aber energischen Handbewegung vom Tisch. »Ich habe Zimmer für Zimmer erfasst, Schreibtisch für Schreibtisch. Alle Mitarbeiter habe ich registriert, systematisch und vollzählig.«

»Wie bist du in die Kaserne reingekommen?«

»Ich war nicht drin.« Mooser grinste. »Ich habe mich durchgefragt.«

Negele schüttelte ungläubig den Kopf.

»Doch, doch. Mal da angerufen, mal dort eine neugierige Frage gestellt. Mal den einen ausgehorcht, mal der anderen die Zunge gelupft.«

»Den dummen August gespielt?«

»Genau. Ich soll was abliefern. Ich muss dringend meinen Mieter sprechen.«

»Und das hat geklappt?«

»Wie gesagt, die Mitarbeiterliste ist komplett.«

Negele starrte seinen Freund skeptisch und zugleich bewundernd an.

Mooser sah vor sich hin. »So viele Namen sind gar nicht auf meiner Liste.« Er griff sich an die Stirn, als könne er das Ergebnis seiner Recherche selbst nicht fassen. »Aber eines steht zweifelsfrei fest: Georg Leicht arbeitet nicht bei der Ulmer Polizei.«

Negele schwieg, von Mooser beäugt. Diese Nachricht musste er zunächst verdauen.

»Das soll ich glauben?« Er wollte es nicht wahrhaben. Hatte Leicht das Schwabenkomitee ausspioniert und alle Aktionen verraten? Könnte dieser Kerl auch Sophie …

»Hast du nicht mit Georg Leichts Schwester angebandelt?«

Negele schreckte auf. Schärfer als beabsichtigt sagte er: »Lass Sophie aus dem Spiel, Richard!«

Mooser sah seinem Freund versonnen in die Augen, verzog die Mundwinkel und nippte an seinem Glas.

Negele blickte zu Boden. War alles, was er Sophie anvertraut hatte, bei ihrem Bruder gelandet? Dass Sophie ihn im Auftrag ihres Bruders aushorchte, konnte er sich nicht vorstellen.

Mooser legte seine Hand begütigend auf Negeles Arm. »Lass gut sein, Karl. Ich glaub's ja auch nicht.«

»Du musst einen Fehler gemacht haben, Richard.«

»Nein, Karl. Letzte Woche saß der Kerl neben mir im Schwabenkomitee. Warum er zwei Sitzungen geschwänzt habe, wollte ich wissen.«

»Und?«

»Er sei auf einem Lehrgang gewesen.«

»Lehrgänge hat er öfter besucht«, sagte Negele zweifelnd. »Was soll da nicht stimmen?«

»Der Lehrgang sei in der Arsenalkaserne in Ludwigsburg gewesen.«

»Deshalb verdächtigst du ihn?« Negele kniff die Augen zusammen.

Mooser hob mahnend den Finger. »Nur du weißt, dass ich in Ludwigsburg gelernt habe. Leicht weiß das nicht.«

Negele sah seinen Freund ratlos an.

»Ich habe alte Bekannte bei der Ludwigsburger Zeitung angerufen.« Mooser machte eine kleine Pause. »Kein Lehrgang für Leute aus der Polizeiverwaltung in letzter Zeit.«

»Was ist, wenn er den Tagungsort verwechselt hat?«

»Nein, mein Lieber. Er war in der Arsenalkaserne. Aber Verwaltungsleute haben dort nicht getagt.«

»Sondern?«

»Aufklärer vom Innenministerium.«

»Woher weißt du das?«

»Ein Drucker von der Ludwigsburger Zeitung, der mit Leicht bei der Freiwilligen-Abteilung Haas in Münsingen war, hat ihn zufällig in der Myliusstraße getroffen. Er hat mit ihm ein Bier getrunken. Leicht habe geprahlt, er sei nicht mehr Schuhputzer für die Herren Offiziere. Jetzt arbeite er fürs Innenministerium.«

»Das glaubst du, Richard? Du kennst doch den Prahlhans.«

»Langsam, lieber Freund.« Mooser grinste. »Ich hab auch im Innenministerium angerufen.«

»Du hast was?«

»Telefoniert … als Hauptmann Mooser.«

Negele schüttelte den Kopf.

Mooser lachte. »Uniformen und Titel bewirken in Deutschland Wunder. Wie beim Hauptmann von Köpenick.«

Negele blickte auf.

»Da müsse ich bei der Aufklärungsabteilung in Ulm anrufen, hat der Pförtner gesagt. Die Rufnummer von Leicht sei geheim, aber die hätte ich ja.«

»Hat dir Georg gesagt, du sollst mit mir anbandeln?« Er sah zur Seite, enttäuscht und verletzt. Erschüttert, mit sich und der Welt zerfallen war er auf dem Siedepunkt seiner Erregung.

In ihrem Gesicht zuckte es. Sie rang nach Worten. Ihre Lippen bebten, aber sie brachte keinen Ton hervor.

»Schon verstanden«, fauchte er und rannte weg.

Entsetzt lief sie neben ihm her. Ahnungslos und verzweifelt war sie. Hilflos, verstört starrte sie ihn an. »Warum tust du mir das an, Karl?«

»Ich hab geglaubt ...«

»Was, Karl?«

Im Vorwärtsstürmen machte er eine ärgerliche, wegwerfende Handbewegung.

»Sag's mir! Bitte!«

Er kniff die Lippen zusammen und rannte weiter. Ziellos. Nichts wie weg von hier.

Auch weg von ihr?

Sie versuchte, mit ihm Schritt zu halten. »Karl! Karl! Warte!«

Zornig zischte er, ohne sie anzusehen: »Ich Idiot hab dir vertraut.«

»Was habe ich denn getan, Karl? Bitte, bitte, sag mir endlich, was los ist.«

»Warum hast du dich damals mit mir verabredet?« Er blieb stehen, außer Atem, und blitzte sie aus engen Pupillen an.

»Wann, damals?«

»Beim ersten Mal.«

»Vor dem Münster?«

»Ja.«

»Weil du es gewollt hast, Karl.«

»Ach so, ich war das«, schäumte er. Giftig fragte er: »Und Georg?«

»Was hat Georg damit zu tun?«

»Hat er dir gesagt, du sollst dich mit mir treffen?«

Sie schwieg.

»Ja oder nein?«

»Ich hab ihn nur gefragt, ob ich dir trauen kann.«

»Du fragst ihn, ob du mir trauen kannst?« Er spie Gift und Galle. »Ausgerechnet ihn?«, schrie er sie an.

»Ich wollte wissen, ob du es ernst meinst.«

»Du brauchst jemanden, der dir sagt, ob ich es ernst meine?« Er kochte vor Wut. »Ich hör wohl nicht recht!«, zürnte er, fuhr den Ellbogen aus, um sie auf Abstand zu halten, und hetzte weiter.

»So hab ich's nicht gemeint.« Sie blieb wie versteinert stehen, am ganzen Leib zitternd.

Er verlangsamte seinen Lauf, hielt an, drehte sich zu ihr um, hielt aber Abstand. »Wie dann?«

Sie schwieg betreten.

»Was hat dir Georg geantwortet?«

»Dass du ein anständiger Kerl bist.«

»Was hat er dir aufgetragen?«

»Ich versteh nicht, was du meinst, Karl.«

»Hat er dich ausgefragt?«

»Über wen?«

Er brüllte sie an: »Über mich!«

Sie erblasste. »Nein.« Sie war fassungslos, kopflos, sah ihn entgeistert an.

Ihm standen Abscheu und Verachtung ins Gesicht geschrieben. Er würdigte sie keines Blickes, als er höhnisch fragte: »Bestimmt hat er wissen wollen, wo wir waren, was wir gemacht haben?«

»Manchmal«, gestand sie verzagt, »hat er gefragt, ob wir im Kino waren, ob der Film schön gewesen sei.«

»Aha, dachte ich's mir.«

Sie sah ihn mit entsetzten Augen an.

»Hast du ihm alles verraten?«

Angst und Panik erfassten sie. Tränen liefen ihr übers Gesicht.

»Ich verstehe«, schnaubte er und stürmte los.

»Karl, warte!«, weinte sie ihm hinterher.

Er antwortete nicht.

»Karl!!« Sie schrie verzweifelt und schluchzte auf.

Er blieb nicht stehen.

Sie flehte ihm hinterher: »Sag, Karl, sag, dass es nicht aus ist mit uns.«

Er entfernte sich immer weiter.

Ein letztes, leises »Karl«.

Er rannte davon und drehte sich nicht mehr um.

Jeden Freitag saß Richard Mooser nachmittags um drei Uhr in der Pauluskirche, dem riesigen Saalbau mit den beiden markanten Granattürmen auf der Ostseite. Hier war er seinem Sohn ganz nah. Nach einem Angriff, er hatte an einem Freitag um drei Uhr stattgefunden, war Martins Fehlen festgestellt worden. Leider vermisst, hatte sein Offizier den Eltern geschrieben.

Diese Viertelstunde war Mooser heilig. Seit er in Rente war, wurde daraus oft eine ganze Stunde. Mit der Zeit hatte sich ein Ritual gebildet. Erst saß er stumm in der vordersten Bank und dachte an seinen Martin. Dann ging er in der grün-blau-violett ausgemalten Kirche umher, sah zur zweiten Empore hinauf, wo die Orgel war, und betrachtete ein Weilchen den riesigen Christus. Als zentralen Blickfang hatte der berühmte Stuttgarter Kunstprofessor Adolf Hölzel den Gekreuzigten an die Wand der Chornische gemalt. Kopf, Dornenkrone, Arme, Beine und Lendenschurz waren spiegelbildlich zur Längsachse, die genau durch Stirn, Nase, Mund, Nabel und Marternagel der Füße lief. Schließlich setzte sich Mooser in den angrenzenden Park und besprach mit seinem Martin alles, was ihn bewegte und was er plante.

Heute wich er von diesem Ritual ab, denn der Tag der Entscheidung war da. Er hatte Negele auf Viertel nach drei in die Kirche bestellt. Lange genug hatte er ihn im Dunkeln tappen lassen. Heute wollte er ihm endlich ein Licht aufstecken und die Karten offen auf den Tisch legen. Dabei sollte niemand zuschauen und zuhören. Eigentlich hätte er ihm auch zuhause reinen Wein einschenken können, aber er wollte seine Frau aus allem heraushalten. Wenn doch irgendetwas schiefgehen sollte, dann wäre sie ahnungslos, könnte niemand belasten und kein wichtiges Detail ausplaudern.

In den drei Monaten als Untermieter hatte er Negele alles gelehrt, was man können musste, wenn man Bomben legen und Züge entgleisen lassen wollte. Vor allem hatte er ihm alle Skrupel genommen, auch Gewalt anzuwenden, wenn sie durch das Ziel gerechtfertigt sei. Zudem hatte er ihm ein paar technische Kniffe beigebracht.

Negele konnte jetzt mit Dynamit gefahrlos und zielsicher umgehen. Aus Reiseweckern, Zündkabeln, Batterien bastelte er verlässliche mechanische Zeitzünder. Schlösser konnte er in wenigen Sekunden knacken, Schienen in kürzester Zeit aus ihren Verschraubungen lösen und mit der Brechstange auseinanderdrücken.

Freund Karl war pünktlich. Mit dem Schlag der Turmuhr ging die Tür. Er kam den Mittelgang nach vorn und setzte sich neben seinen väterlichen Freund.

Mooser redete nicht lange um den heißen Brei herum. Er berichtete, dass der Vorstand des Schwabenkomitees getagt habe. Endlich habe man eine existentielle, streng vertrauliche Entscheidung getroffen. Keine eigene Schutztruppe! Martinus und Westwald lehnten jede Zusammenarbeit mit der Blauen Division ab. Das Schwabenkomitee wolle weiterwursteln wie bisher. Er bleibe zur Tarnung Mitglied und Kassenwart. Der Verein sei aber seiner Meinung nach künftig nicht mehr handlungsfähig. Martinus und Westwald blockierten sich gegenseitig. Martinus, der Idealist und Wolkenschieber, hoffe inbrünstig, man werde ihn eines schönen Tages ins Staatsministerium einladen und beauftragen, Großschwaben zu gründen. Westwald, der Realist und Jurist, wolle nichts Ungesetzliches, gleichwohl etwas Unmögliches. Er hoffe, die politischen Parteien durch intensive Gespräche so weit zu bringen, dass sie den Südweststaat zu ihrem Wahlziel erklärten. Georg Leicht dagegen trage alles, was im Schwabenkomitee besprochen werde, in die Staatsschutzabteilung. Dort passe man auf, dass Großschwaben eine Illusion bleibe.

»Also doch!«, entfuhr es Negele.

»Was?«

»Du hast noch Kontakt zu Pfeiffer.«

Mooser nickte. Zusammen mit Pfeiffer, der sich bewusst nicht mehr blicken lasse, habe er kürzlich eine geheime militärische Sektion gebildet, die sich auf viele Sympathisanten stützen könne. Die Kerntruppe bestehe derzeit aus sieben Leuten, zwei Planern und fünf Aktivisten. Ein verschworener

Haufen, sieben Gerechte. Sie wollten einen neuen Staat im Südwesten, seien entschlossen, mit allen Mitteln dem Willen der Mehrheit zum Durchbruch zu verhelfen.

Mooser schloss seinen kurzen Bericht mit dem Satz: »Du, lieber Karl, sollst unser siebter Mann sein, unser wichtigster Aktivist.«

Negele war platt. Er schluckte. »Warum ich?«

»Weil du kein Großmaul bist, kein Angeber, kein Sprücheklopfer. Keiner traut dir Heldentaten zu. Aber du schaffst das, weil ich dich kenne. Du bist der ideale Mann für den Untergrund. Unauffällig, bescheiden, solide.«

Negele saß da, in sich versunken. So oder ähnlich war er öfters charakterisiert worden, dann allerdings mit einem drögen Beigeschmack. Ein fader Kerl ist mein Karl, hatte der Vater gelegentlich zu den Verwandten gesagt und dazu gelacht.

»Bist du dabei, Karl?«

Negele zögerte. Er kämpfte mit sich. Am liebsten würde er sich und der ganzen Welt beweisen, dass er nicht langweilig, nicht saft- und kraftlos war. Aber er druckste unentschlossen herum. Endlich, er musste mehrmals schlucken, würgte er eine einzige Frage hervor: »Wer ist mit von der Partie?«

Mooser zuckte die Achseln.

»Du und Pfeiffer, ihr seid die Planer. Gib's zu.«

Mooser schwieg.

»Die anderen, was sind das für Leute?«

»Männer zwischen zwanzig und dreißig. Keine Verrückten, keine gescheiterten Existenzen, keine abartigen Seelen. Das Auffälligste ist ihre Unauffälligkeit.«

»Menschen wie du und ich?«

»Ja, oberflächlich betrachtet. Aber bei genauerem Hinsehen sind es junge Männer, die nach dem Sinn im Leben suchen und nach dem goldenen Frieden. Alle sind durch die Hölle des Krieges gegangen, genau wie du. Alle verabscheuen Gewalt, wie du auch. Gerade deshalb sind sie bereit, für den Frieden sogar Gewalt anzuwenden.«

Negele lachte bitter.

»Unnachgiebig und rücksichtslos muss man sein«, sagte Mooser hart, »wenn man den Mächtigen den Krieg als Mittel der Politik austreiben will.«

»Was heißt das für mich, Richard?«

»Wenn du mitmachst, Karl, was ich mir sehr wünsche, dann musst du untertauchen. Such dir eine neue Identität. Führ ein braves Leben. Irgendwo. Verrate niemandem, wer du bist, wo du lebst. Auch mir nicht. Alle zwei Monate bekommst du einen Auftrag. Anonym. Verschlüsselt. Über eine große Zeitung oder postlagernd oder an einem unauffälligen Ort hinterlegt. Das müssen wir bald absprechen. Du allein, mein lieber Karl, weißt jetzt, dass ich mit von der Partie bin. Dir vertraue ich blind. Aber deine Mitstreiter werden nicht wissen, wer ich bin. Ich werde ihnen auch nicht sagen, wer die anderen sind. So wie auch du nicht erfahren sollst, wer sich unserer Sache verschworen hat.«

»Aber dazu braucht man Geld, Richard. Wenn ich aus dem Untergrund heraus zuschlagen soll, dann muss ich Papiere und Geld haben.«

»Geld kriegst du von mir.«

»Und woher bekomme ich Papiere?«

»Die musst du dir selber besorgen. Würde ich das für dich tun, dann entstünde ja eine Verbindung zu unserer Organisation. Wer weiß, ob der, bei dem ich die Papiere holen würde, auch dichthält. Behalte also für dich, wie du dich künftig nennst und wo du wohnen wirst.«

Negele sah seinen väterlichen Freund versonnen an.

»Machst du mit, Karl?«

»Zwei Tage Bedenkzeit, Richard. Gönn mir zwei Tage.«

Granaten explodierten. Maschinengewehre hämmerten. Kanonen donnerten. Die Erde bebte. Blitze zuckten über den rabenschwarzen Himmel. Ein nächtliches Stahlgewitter tobte sich über Flandern aus.

Pulverdampf nebelte den Schützengraben ein und biss in Augen und Nase. Negele hockte keuchend in seinem Unterstand. Die Beine angezogen, die Knie mit beiden Armen umklammert, den Kopf zwischen die Knie gepresst, wimmerte er um sein Leben. Jedes Mal, wenn etwas an seinen Stahlhelm spritzte, jammerte er: »O Gott, hilf mir!«

Ssst! Ein Geschoss. Rrrms! Gas? Auf, auf! Raus hier! Himmel hilf! Verzweifelt schnappte er nach Luft. Das ist das Ende, war sein letzter Gedanke.

Er schreckte hoch. Schweißgebadet, verstört sah er um sich. Sein Puls raste. Die Zunge klebte am Gaumen. Der Wecker zeigte kurz vor eins. In fünf Stunden begann die Frühschicht.

Er ging zum Spülstein und drehte den Hahn auf. Kaltes Wasser lief über sein Gesicht. Dann trank er am Strahl, gierig wie ein Verdurstender.

Richard fiel ihm ein. Dem hatte er gestern etwas versprochen. In zwei Tagen, also morgen, sollte er Bescheid sagen.

An Schlaf war nicht mehr zu denken. Er setzte Wasser auf und öffnete den Schrank über der Herdplatte. Mutter schickte, seitdem er ihr seine Albträume gebeichtet hatte, allerlei Tees. In jedem ihrer Pakete steckten zwischen den Wurstdosen, dem Schinken und den Weckgläsern mit eingemachtem Fleisch immer ein paar beschriftete Tüten: bei Schlaflosigkeit, gegen schlechte Träume, für einen ruhigen Magen. Mit Bleistift hatte sie auch die jeweilige Kräutermischung notiert.

Auf der Tüte mit Schlaftee stand: *Baldrianwurzel, Hopfenzapfen, Melissenblätter, Weißdornblüten. 2 gehäufte Teelöffel mit ¼ l siedendem Wasser übergießen. 10 Minuten ziehen lassen. Nicht süßen.*

Ganz in Gedanken bereitete er den Tee zu. »Was sag ich ihm bloß?«, murmelte er vor sich hin.

Den Kopf in beide Hände gestützt saß er am Tisch, gerädert, müde, ratlos, den dampfenden Becher in Reichweite. Da hatte er sich was Schönes eingebrockt. Er holte tief Luft. Wie konnte er nur so bescheuert sein.

»Wäre Sophie noch an meiner Seite …« Er wollte den Gedanken beiseiteschieben, aber er musste sich eingestehen: »Unverblümt hätte sie mir die Meinung gegeigt: *Du spinnst wohl! In den Untergrund gehen – was für eine Schnapsidee! Was wird dann aus mir? Ich will Schneiderin werden, einen eigenen Laden aufmachen*, hätte sie gesagt. Und dann hätte sie gebettelt und geweint, bis ich nachgegeben hätte. Da bin ich mir ganz sicher. Hochzeitspläne würden wir jetzt schmieden.«

Er schalt sich einen Narren: »Vorbei ist vorbei! Lass die Träumerei. Wach endlich auf! Du musst deine quälenden Ängste bekämpfen, sie mit Stumpf und Stiel ausrotten, sonst gehst du vor die Hunde. Furcht und Schrecken haben sich so tief eingenistet, dass sie nicht von allein verschwinden. Zeit heilt nicht alle Wunden.«

Plötzlich war ihm, als strahle ihn Sophie aus großen Augen an. Die Haare hatte sie nicht hochgesteckt. Bei jeder Bewegung pendelte ihr dunkelblonder Zopf hin und her. Das feine Gesicht mit der Stupsnase war ihm direkt zugewandt. Komm zurück, schien sie ihm zuzurufen.

Einen Augenblick lang war alles ruhig und still, als hielte die Erde den Atem an.

»Nein, nein!« Er kämpfte die aufwallenden Gefühle nieder. »Nicht einmal das Zusammensein mit dir hat meine nächtlichen Attacken vertrieben. Und mit Alkohol habe ich sie auch nicht hinunterspülen können.«

Nachdenklich stand er auf, seihte den Tee ab und ging im Zimmer auf und ab.

»Oh, Negele«, setzte er sich mit sich selbst auseinander, »dein Herz und deine Lunge sind nicht defekt. Aber schreckliche Bilder haben sich in dein Hirn eingebrannt, die dich im Schlaf malträtieren. Kein Arzt kann dir helfen, weil dein Herzrasen nicht vom Herzen kommt, sondern von der Angst vor diesen Bildern. Und dagegen gibt es keine Tropfen und keine Pillen.«

Er blieb stehen. Irgendwie musste er doch das Monster in seinem Kopf wieder loswerden. Er lachte auf. Einen Radiergummi für inwendige Bilder, ja, der wäre sehr nützlich. Er schlug sich mit der flachen Hand an die Stirn. Gezeichnetes kann man radieren, Gemaltes muss man übermalen. Gewiss, bei echten Bildern hatte er das schon oft gemacht, aber wie löscht man Träume?

Und noch ein Gedanke plagte ihn: Warum schrillten die Alarmglocken ausgerechnet bei ihm und nicht bei Leicht und Pfeiffer? Wie hatte der Rottweiler gesagt? *Ich hab mir keine Angst eingewirtschaftet.*

Der Tee war etwas abgekühlt. Er trank ein paar kleine Schlucke im Stehen.

Weil die vor nichts Bammel haben. Klein machen sie sich nie. Die nehmen sich ungeniert, was ihnen zusteht, lenken nicht ständig ein, machen kaum Zugeständnisse. Gänsehaut kennen sie nicht. Und an Lampenfieber leiden sie auch nicht. Weil es ihnen nicht an Selbstvertrauen mangelt.

Noch etwas von dem bitteren Tee.

Richard war ähnlich geschnitzt. Abtauchen war für den ein Kinderspiel: Papiere besorgen, eine neue Bleibe suchen, Geld auftreiben. Fertig war der Schwabenbomber! So einfach, zumindest für den Kollegen.

Gut, Geld wollte Richard besorgen. Negele lachte. Moos vom Mooser. Aber woher eine neue Identität mit wasserdichten Papieren nehmen und nicht stehlen?

Er trank den Becher leer.

Die Hauswirtin hatte öfters gedroht, ihm seine Papiere vor die Füße zu schmeißen, wenn … Er zog eine verächtliche Schnute. Die hatte nicht den Mumm gehabt, ihm ins Gesicht zu sagen, er solle verschwinden. Ihren schlaffen August hatte sie vorgeschickt.

Papiere! Er sprang auf. Seine Gedanken überschlugen sich: Dolomiten! Pater Meinrad! »Ich hab doch noch den Pass und den Führerschein. Und Pater Meinrad könnte ich um Hilfe bitten.«

Er kramte Emils Papiere heraus. Zufrieden lächelnd, als habe er einen Wink des Schicksals erhalten, stieg er wieder ins Bett und schlief, bis ihn der Wecker aus tiefstem Schlaf klingelte.

»Weiter, Richard?«

»Ja, Karl. Vor dem Viadukt legst du am rechten Ufer an. Dann verdeckt uns der Pfeiler gegen neugierige Blicke von Bietigheim her. So können wir den Schotterweg, der neben der Enz verläuft, ganz gut beobachten, ohne dass man uns von weitem sieht.«

Negele lachte. »Wie beim Indianerspiel.«

Mooser blieb ernst, tauchte die rechte Hand ins Wasser und schlenkerte sie in der Luft. Ein paar Wassertropfen spritzte er Negele ins Gesicht. »Ab heute sind wir auf dem Kriegspfad. Wir müssen höllisch aufpassen. Jetzt geht's ums Ganze.«

Negele zog die Ruderblätter kräftig durchs Wasser.

»Karl, siehst du da vorn …?«

Negele verdrehte den Oberkörper in Fahrtrichtung. Vor ihnen, enzabwärts, lag der mächtige Viadukt, über den die Züge von Stuttgart und Bietigheim nach Vaihingen, Bretten und Karlsruhe donnerten. Hinter den Viaduktbögen konnte man die Bietigheimer Altstadt erkennen.

»Auf dem rechten Ufer? Siehst du's?« Mooser deutete hinüber. »Dort, der Steig, der von ein paar Steintreppen unterbrochen ist? Der den felsigen Steilhang hinaufführt. Siehst du ihn?

Mooser erkannte am irrenden Blick seines jungen Freundes, dass der nicht wusste, wohin er steuern sollte.

»Die Häuser dort, hoch über der Enz.« Er deutete auf den Balkon über dem Fluss, auf dem ein paar rote Dächer zu erkennen waren.

Negele nickte.

»Genau da, wo der steile Pfad auf den Uferweg trifft, legst du bitte an.«

Das Boot steuerte ans Ufer und setzte leicht auf der Sandbank auf, die sich vor dem rechten Pfeiler des Viadukts gebildet hatte. Negele legte die Ruder aufs seichte Wasser. Das Boot saß fest. Es schaukelte sanft im Wind.

»Hätten wir uns nicht auch in Ulm verabreden können, Richard?«

Mooser holte seinen Rucksack unter der Ruderbank hervor. Er spähte unter dem rechten Viaduktbogen hindurch bis zur großen Enzbrücke hinab, ehe er resigniert sagte: »Alles, was wir bisher gedacht und gemacht haben, wusste ein paar Tage später halb Ulm. Ich traue keinem mehr vom Schwabenkomitee.«

»Haben wir uns deshalb bei der Rommelmühle in Bissingen verabredet?«

»Freilich! Das Gelände ist wegen der Gleisanlage überschaubar. Außerdem ist von der Mühle bis hierher auf beiden Seiten der Enz keine Fahrstraße.«

»Ich habe überall erzählt, dass ich zu meiner Mutter nach Großsachsenheim fahre«, sagte Negele.

»Meiner Frau und meinen Ulmer Bekannten habe ich weisgemacht, ich würde in Besigheim ein Bsüchle machen.« Mooser schnürte den Rucksack auf. »Selbst wenn uns die Aufklärer des Innenministeriums nachspionieren wollten, führte keine Spur nach Bissingen. Aufs Wasser hätten sie uns auch nicht folgen können«, er lachte, »weil unser Boot das einzige bei der Rommelmühle ist.«

Mooser schraubte zwei einfache, dreiteilige Angelruten zusammen. Eine drückte er Negele in die Hand.

»Zwei Angler im Boot beim Enzviadukt«, sagte er ruhig, »so ist's ausgemacht.« Er klopfte sich auf die Brusttasche, in der sein Geld, seine Ausweispapiere, seine Lebensmittelmarken und seine Rückfahrkarte steckten. »Einen Angelschein hab ich auch dabei, für alle Fälle«, sagte er lächelnd zu Negele, der ihm aufmerksam zusah.

Mooser nahm eine Blechbüchse aus der aufgesetzten Rucksacktasche. Er hängte einen Wurm an seinen Haken, dann einen an die Angel von Negele.

»Das ewige Hin und Her im Schwabenkomitee mach ich nicht mehr mit. Diesen Wankelmut, dieses Zaudern halte ich nicht mehr aus.« Er holte aus, warf den Köder weit hinaus auf die Enz, bis die Schnur spannte. »Auch andere im Verein sind verärgert. Wenn sich die Weichlinge um Martinus weiter von der Polizei und den Landesbehörden einschüchtern lassen, dann bleibt Großschwaben eine Illusion.«

»Warum müssen wir ausgerechnet hier Indianer spielen, Richard? In der Nähe von Ulm gibt es auch Flussauen, die schwer einsehbar sind.«

»Unsere möglichen Geldgeber haben drei Treffpunkte vorgeschlagen. Diesen hier, einen anderen beim Haag-Schlössle in Hechingen oder eine abgelegene Stelle am Neckar bei Horb. Weil ich mich zwischen Besigheim und Ludwigsburg gut auskenne, habe versprochen, nach Bietigheim zu kommen.«

»Du hast gesagt, es seien mögliche Geldgeber. Ich dachte, alles sei fest vereinbart.«

»Schön wär's, Karl. Wenn wir den Mann, der hoffentlich bald kommt, restlos überzeugen, wollen sie verbindlich zusagen, uns zu unterstützen.«

Negele schleuderte seinen Haken enzaufwärts, damit sich seine Schnur nicht mit Moosers Angel verheddern konnte. »Sind das bekannte Leute, die uns Geld geben wollen?«

»Ich weiß es nicht genau. Ich kenne keinen mit Namen. Über Mittelsmänner, einem begegne ich jetzt gleich zum ersten Mal, verhandeln sie mit uns.«

»Führst du die Verhandlungen auf unserer Seite? Oder macht das Pfeiffer?«

»Das ist meine Sache.«

»Und wozu dieses lächerliche Versteckspiel?«

»Sie wollen halt keine Spuren hinterlassen.«

So hockten sie, den Blick auf die Enz und ihre Angelschnüre gerichtet, ein paar Minuten schweigend im Boot.

Mooser wandte ein paarmal den Kopf nach rechts und spähte, ob von Bietigheim her auf dem Fußweg neben der Enz jemand zu erkennen war.

Negele sagte leise: »Wenn er von oben herabkommt, was dann?« Er lehnte sich zurück, damit er hinter Moosers

Rücken einen Blick riskieren konnte. Das Boot schaukelte heftig.

Mooser zischte ihn an. »Nicht umdrehen! Wie oft muss ich's dir noch sagen!« Versöhnlicher setzte er hinzu: »Schau immer aufs Wasser und auf deine Schnur, egal was hinter unserem Rücken passiert. So hat's der Mittelsmann verlangt.«

»Ich verstehe nicht, was das affige Theater soll.«

Mooser schwieg.

»Richard«, flüsterte Negele, »wie können wir sicher sein, dass uns der Richtige anspricht?«

»Er fragt uns, ob die Hechte gut stehen. Ich erwähne dann das Stichwort Großschwaben.«

Sie hörten Schritte über sich: tapp, tapp-tick, tapp, tapp-tick. Erst auf Splitt, dann eine Treppe hinab, nochmals Splitt, zum zweiten Mal ein paar Stufen. Schließlich, ganz nah, knirschte Sand. Der geschotterte Weg wurde überquert. Dann drei kaum hörbare Schritte auf Gras.

Ein Weilchen war alles still. Enten schnäbelten, die Enz plätscherte sanft ans Ufer.

»Schönes Plätzchen haben Sie sich zum Angeln ausgesucht. Stehen die Hechte gut?«

Die Stimme war ruhig, gelassen, ein sonorer Bass.

»Ja«, sagte Mooser und holte seine Schnur etwas ein, »unser Großschwaben ist ein herrliches Land.«

»Wie wird Ihre Organisation vorgehen?«, fragte die Stimme direkt und ohne Umschweife.

»Alles wird anonym geschehen«, bekräftigte Mooser. »Kein Aktivist weiß, wer die anderen sind. Geht wider Erwarten doch einmal eine Aktion daneben, dann kann man nicht vom Einzelnen auf die ganze Gruppe schließen.«

»Ihre ersten Ziele?«

»Zuerst die Leute auf der Straße und an den Stammtischen aufwecken. Wir müssen ihnen klar machen, dass sie von Opportunisten regiert werden. Dass wir in den nächsten Krieg stolpern, wenn nicht bald überschaubare, klare Verhältnisse herrschen. Zielscheibe werden die Gegner von Großschwaben sein. Wir werden sie in der Öffentlichkeit so bloßstellen, dass sie vom Volk gezwungen werden, unseren Plänen zuzustimmen. Unser allererstes Ziel lautet: Die Idee vom starken, aber friedfertigen Südweststaat in die Schlagzeilen bringen. Jede Woche muss etwas über Großschwaben als politische und wirtschaftliche Lösung, die allen zugutekommt, in den Zeitungen stehen.«

»Gut. Sie wissen ja, viele Männer in der Wirtschaft denken auch so. Aber dass wir Sie unterstützen, darf niemals publik werden.«

»Keine Sorge. Wir handeln, wir plaudern nicht. Denn die Vorteile, die Großschwaben bringen wird, liegen auf der Hand. Vor allem die Energiewirtschaft und der Handel im Süden werden von einem neuen Staat profitieren. Aber auch die Bürger in ganz Großschwaben werden uns dankbar sein, weil es mehr und besser bezahlte Arbeitsplätze geben wird.«

»Das freut mich, meine Herren«, bekräftigte der Fremde, »aber *wie* wollen Sie Ihr Ziel erreichen?«

»Unsere Organisation ist bereit, auch Gewalt anzuwenden. Gewalt gegen Sachen, versteht sich, nicht gegen Menschen. Aber ohne Sachschaden wird es leider nicht abgehen.«

»Was sind das für Leute, die für Sie arbeiten?«

»Ein kleiner, zu allem entschlossener Stoßtrupp. Lauter junge Leute mit Fronterfahrung, zuverlässige Männer, geübt im Umgang mit Waffen und Sprengstoff, geschult im Überleben unter widrigen Bedingungen. Wie verabredet, hab ich einen mitgebracht.«

»Junger Mann, woher kommen Sie? Was haben Sie bisher gemacht?«

Negele berichtete, wie er es beim Militär gelernt hatte, knapp, in Stichworten. Schwabe von Herkunft. Gelernter Schriftsetzer. Vom ersten bis zum letzten Kriegstag im Fronteinsatz bei den württembergischen Regimentern. Zunächst bei der Infanterie. Dann in einer Maschinengewehr-Kompanie.

»Gehören Sie einer Partei an?«

Er gehöre zwar keiner Partei an, versicherte Negele, aber er wolle, dass man aus dem Krieg die richtigen Schlüsse ziehe.

»Welche Schlüsse?«

Mooser kam Negeles Antwort zuvor: »Der junge Mann ist kein politischer Wirrkopf, kein Spinner. Auch die anderen Aktivisten sind besonnene junge Leute.«

»Verfolgen Sie über Großschwaben hinaus andere politische Ziele?«

»Keine neue Gesellschaftsordnung, wenn Sie das meinen, erst recht keine kommunistische«, sagte Mooser. »Uns geht es ausschließlich um die Gründung von Großschwaben, in dem die Menschen in Frieden leben können und die Wirtschaft gedeiht.«

»Sehr schön. Wir sind bereit, in Großschwaben einiges zu investieren. Aber wir wollen nicht, dass wir unterm Strich kommunistische Revolutionäre unterstützen. So wie in Sachsen, wo die Kommunisten mit Dynamit-Attentaten die Arbeiter gegen die Fabrikbesitzer aufgehetzt haben, darf es hier nicht kommen. Deshalb wollen wir wissen, mit wem wir es zu tun haben.«

»Ein paar Kämpfer im Untergrund können ein ganzes Land lahmlegen«, sagte Mooser. »Mit jeder Aktion werden wir Sympathisanten dazugewinnen. Auch neue Bewerber für den Stoßtrupp. Dann werden wir sehen, ob wir weitere Männer anheuern müssen. Qualifizierte junge Leute gibt es zu Hunderten. Sie hocken auf der Straße und warten, irgendwo gebraucht zu werden.«

»Was ist mit den Aufklärern des Innenministers? Fürchten Sie die nicht?«

»Ganz gewiss nicht«, lachte Mooser, »eine Chance, uns ins Handwerk zu pfuschen, werden sie nicht bekommen. Die nicht! Jeder Dynamitarde handelt im Auftrag der Zentrale, aber ohne persönlichen Kontakt zu ihr.«

»Dynamitarde? Das Wort kenne ich gar nicht.«

»So nannten sich die russischen Attentäter, die den Zaren Alexander II. mit Dynamit in die Luft gesprengt haben. Aber wir pusten keine Politiker in die Luft. Wir planen Anschläge gegen Regierungsgebäude, Hotels und Bahngleise. Anschläge vor allem mit Dynamit. Daher der Name. Bomben mit mechanischen Zündern und Brandsätze gegen Gebäude.«

»Was passiert, wenn einer Ihrer Aktivisten enttarnt wird?«

»Dann«, lachte Mooser, »dann hat er auf Ihre Kosten eine gute Zeit gehabt. Zwei, höchstens drei Jahre muss man dafür ins Gefängnis, denn die Richter haben derzeit viel Verständnis für politische Idealisten. Das Volk ist auf unserer Seite. Es liebt Helden.«

»Wann schlagen Sie los?«

»Etwa in drei Monaten.«

Der Unbekannte schwieg. Die Enz plätscherte ans Ufer. Drei Fischreiher flogen im Geleitzug flussaufwärts.

»Sie hören von uns.«

»Wann?«

»In der nächsten Woche. Petri Heil, meine Herren. Bitte bleiben Sie so, bis ich oben bin.«

Der Fremde entfernte sich. Wieder diese auffälligen Schritte: tapp, tapp-tick, tapp, tapp-tick.

Da rastete bei Negele ein Gedanke ein: Der Fremde geht am Stock, er hat ein steifes Bein.

»Jetzt begreife ich, warum der dieses Theater aufgezogen hat«, flüsterte er.

Mooser merkte auf.

»Könnte ich nur ein einziges Mal das Gesicht dazu sehen, dann würde ich den jederzeit unter Hunderttausenden wiederfinden.«

10

In der letzten Bank der Franziskanerkirche in Würzburg saß ein junger Mann mit langen, schwarzen Haaren, glatt rasiert, eine Brille mit vergoldeten Bügeln auf der Nase. Neben seinem rechten Schuh stand ein brauner Koffer aus lackierter Presspappe, verstärkt mit genieteten Lederflecken an allen Ecken.

»Sind Sie Herr Baumann?«

Der junge Mann zuckte zusammen. Suchend glitt sein Blick über die linke Schulter. Er erschrak: Im Mittelgang der Kirche, schräg hinter ihm, war ein Mönch. Bescheiden sah er auf ihn herab.

»Ja, Emil Baumann.«

Der Mann im braunen Habit mit dem dreifach geknoteten weißen Strick um den Bauch schlug die Kapuze zurück, zog die Hände aus den breiten Ärmeln und lächelte den Besucher an.

»Pater Lukas«, sagte er. Während er sich auf das Ende der Bank zwängte, gab er dem jungen Mann die Hand.

»Verzeihung.« Der junge Mann schob den Koffer mit dem Schuh weiter, rückte nach rechts, nahm die Brille ab und musterte den Mönch an seiner Seite.

»Was kann ich für Sie tun, Herr Baumann?«

»Pater Meinrad schickt mich.«

Der Mönch nickte. »Dann hat ja alles seine Richtigkeit. Ein herzliches Willkommen, Herr Baumann.«

»Sie kennen Pater Meinrad persönlich?«

»Wir waren zusammen Novizen in Brixen. Meinrad ist jetzt im Kloster Innichen.«

»Wie geht es ihm?«

»Er ist noch jung und klettert wie eine Gams. Deshalb geht er gern in die Berge. Sommers versieht er den Dienst an den

Gemeinden im Villgratnertal. Bis in den kleinen Weiler Kalkstein kraxelt er zweimal im Monat hinauf.

Baumann lachte. »Ja, so kenne ich ihn, den Pater Meinrad.«

Der Mönch sah ihn durchdringend an. Sein Blick hatte etwas Aufforderndes.

»Im Oktober 17 wurde mein Regiment nach Grafenstein bei Klagenfurt verlegt. In der Isonzoschlacht hatten die Italiener den Österreichern schwer zugesetzt. Unter dem Oberbefehl von Kaiser Karl sollten wir den Durchbruch auf die italienische Tiefebene vorbereiten.«

Der Pater nickte.

»Sie waren dabei?«

Der Mönch lächelte vielsagend.

»Am 16. Oktober sind wir aufgebrochen, die vereinigten österreichischen und deutschen Divisionen. Sechs Kilometer lang war unser Verband. Über den Seelbergpass, dann durchs Kantertal ging's nach Süden.«

»In der Steiermark ist Pater Meinrad als Feldgeistlicher dazugestoßen.«

»Sie auch?«

»Er ist Steirer, wie ich, er aus Alpl in der Waldheimat, ich aus Mürzzuschlag.«

»Über die Waldheimat hat Pater Meinrad viel erzählt, auch über den Peter Rosegger.«

Der junge Mann beichtete, dass er in den ersten drei Kriegsjahren an Gott und der Welt verzweifelt sei. Menschen mussten auf Menschen schießen. Auf beiden Seiten hätten evangelische und katholische Geistliche die Waffen gesegnet. Statt Nächstenliebe, wie's in der Bibel steht, hätten beide Kirchen das Töten abgesegnet. Da habe er an seinem Verstand gezweifelt. Freiwillig sei er in keine Kirche mehr. Erst Pater Meinrad habe ihm wieder Halt gegeben. Der Krieg sei sinnlos, habe der junge Pater gesagt, also müsse man die Waffen verdammen. Peter Rosegger, auch in Alpl in der Waldheimat geboren und jetzt in Krieglach zuhause, habe den Krieg als Verbrechen bezeichnet.

»Wann haben Sie Pater Meinrad zuletzt gesehen?«

»Zum letzten Mal im Krieg. Leider. Aber für den Fall gibt es ja die Post.«

»Meinrad schrieb mir, ich soll für Sie ein Zimmer und eine Arbeit suchen.« Der Mönch stand auf. »Kommen Sie, Ihr Zimmer ist gleich um die Ecke.«

Schweigend schritten sie durchs Hauptportal mit der Darstellung der Stigmatisierung des heiligen Franziskus, gingen plaudernd links um die Kirche herum, überquerten die gepflasterte Franziskanergasse, sahen kurz am Eckhaus hinauf und blieben vor dem Eingang zu Haus Nummer 14 stehen.

»Das ist mein Kloster.« Pater Lukas deutete auf das gegenüberliegende lange Gebäude. »Oben im zweiten Stock, hinter dem vierten Fenster von links, dort ist meine Zelle. Genau dieser Haustür gegenüber.«

»Wenn ich künftig ausgehe, dann schicke ich Ihnen immer einen Gruß hinauf«, sagte Baumann.

»Kommen Sie, Herr Blaum wartet auf uns.«

Er eilte ins Untergeschoss voraus, wo vier Türen waren. An einer drehte er den mechanischen Klingelknopf.

Ein großer, alter Mann mit Künstlermähne, den staubigen, grauen Arbeitsmantel nicht zugeknöpft, öffnete. Er grüßte freundlich über den Libellenklemmer hinweg, der auf seine Nasenspitze gerutscht war.

Der Bildhauer Franz Blaum arbeite viel fürs Kloster, erklärte Pater Lukas, wohne im zweiten Stock, aber habe hier unten, neben seiner Werkstatt, eine geräumige Kammer, die er vermiete.

Blaum nahm den Kneifer in die Hand. Aufmerksam musterte er den fremden jungen Mann aus wasserblauen Augen. »Willkommen«, sagte er mit einem freundlichen Lächeln, »Blaum und Baumann, das passt zusammen. Pater Lukas sagte, Sie sind auch Künstler?«

Der junge Mann zuckte verlegen die Schultern. »Künstler ist ein großes Wort. Ich zeichne halt.«

Blaum zeigte Baumann die karg möblierte Kammer, in der es einen Wasserhahn gab. Auch elektrischer Strom war vorhanden. Dann händigte er ihm den Zimmerschlüssel aus, wobei er auf den Abort im Flur hinwies. Miete müsse Baumann erst am Ende des Monats zahlen; er wisse, dass junge Künstler immer klamm seien.

Baumann stellte seinen Koffer neben den Schrank. Als er sich die Hände gewaschen hatte, verließ er mit dem Pater das Haus. Zwanzig Schritte zurück zum Kirchenportal, dreißig weitere bis ans Ende der Franziskanergasse. Im Eckhaus gegenüber dem Riemenschneiderhof war die Verlagsbuchhandlung Schneider.

Der Inhaber Karl-August Schneider saß in seinem Büro im Erdgeschoss. Überschwänglich begrüßte er Pater Lukas, der Emil Baumann vorstellte.

Er brauche einen tüchtigen Buchvertreter, sagte Schneider, einen, der seinen Verlag in Franken, Württemberg und Hohenzollern bekannt mache. Baumann müsse vor allem Buchhandlungen, Zeitungen, berufliche Schulen aufsuchen und für die Bücher des Verlags werben.

»Sind Sie vom Fach?«, wollte Schneider wissen.

Baumann sah ihn ratlos an.

Ob er etwas von der Schriftsetzerei verstehe oder von der Landwirtschaft, präzisierte Schneider seine Frage. Denn sein Verlag drucke Fachbücher für Schriftsetzer, Landwirte, Gärtner und Gartenliebhaber.

»Ja, ich bin gelernter Schriftsetzer«, sagte Baumann.

»Dann ist ja alles in Ordnung. Reich werden Sie als Buchvertreter nicht, Herr Baumann, aber wenn Sie zugleich die Postkarten vertreiben, die Franz Förderer in seinem Postkartenverlag in der Kaiserstraße druckt, dann könnten Sie Ihr Auskommen finden.«

»Vertrauen gegen Vertrauen«, mischte sich Pater Lukas ein. Zum Verleger gewandt sagte er: »Der junge Mann hat den Krieg vom ersten bis zum letzten Tag mitgemacht. Wir alle wissen, was das bedeutet. Deshalb wird sich unser junger

Freund in Ihrer Firma bewähren.« Baumann gab er zu bedenken: »Herr Schneider ist ein seriöser Geschäftsmann. Er denkt langfristig. Auf die schnelle Mark ist er nicht aus.«

Ob Baumann bereit sei, aus dem Koffer zu leben, wollte Schneider wissen. Denn die Züge nach Ansbach und Nürnberg, nach Stuttgart, Ulm, Tübingen und Sigmaringen wären künftig seine Heimat. Eine Handelsvertretung sei kein Schleckhafen, sondern eine zeitraubende Arbeit, die viel Schuhsohlen koste und lange Arme mache.

Baumann nickte nachdenklich.

Pater Lukas wies darauf hin, dass Baumann vorzüglich zeichne, also könnte er Schneiders Bücher illustrieren. Ab und zu werde er ihm Aufträge des Klosters zuschanzen, denn das zeichnerische Talent des jungen Mannes dürfe nicht brachliegen. Schneider wisse selbst, dass sich illustrierte Fachbücher besser verkauften als düstere Bleiwüsten.

Sie waren sich rasch einig. Baumann solle vier Wochen im Verlag aushelfen. Dabei lerne er den Betrieb kennen. Auch mit den Büchern des Verlags werde er so vertraut. Dann könne er zur ersten Reise aufbrechen. Danach werde man sehen, wie sich der Absatz der Bücher entwickle. Gingen die Geschäfte gut, könnten sich künftig Illustrationen in den Büchern lohnen.

Eine Gasse, vierzehn Häuser, eine Welt für sich. Schon nach wenigen Tagen fühlte sich Emil Baumann zu Hause in diesem kleinen Kosmos, der mitten in der Altstadt von Würzburg wunderlich bestellt war mit Zimmern, Zellen, Läden und Werkstätten. Kleine Parzellen, stattliche Häuser, mäßiger Wohlstand rund ums Kloster mit seiner Kirche.

Im Erdgeschoss des Hauses mit der Nummer 14 betrieb die Witwe Marie Stecher einen Kolonialwarenladen. Gleich am zweiten Tag kaufte Emil Baumann bei ihr eine Tafel Schokolade. Aber es war gefälschte Ware aus Mehl, Fett, Zucker, etwas

Zimt und stark schalenhaltigem Kakao. Sie schmeckte ranzig, außerdem war sie bröckelig. Die Stecherin lachte verlegen, als sie sich entschuldigte: Gute Schokolade werde nur noch in der Schweiz und in Belgien hergestellt. Baumann fand die Frau sympathisch.

Einen Stock darüber bot Johann Rüttinger Wäsche an, von Tischdecken über Bettzeug bis zur Unterwäsche. Seine Kunden rümpften die Nase, weil es aus der Wohnung daneben scharf nach Essig, Zwiebeln und Dill roch. August Mitesser betrieb nämlich in einer engen Kammer eine kleine Gurkeneinlegerei. Jedem, den er traf, sagte Rüttinger, der Mitesser mit seinem Gestank müsse aus dem Haus.

Im zweiten Stock, direkt neben Franz Blaums Schlafstätte, klapperte es früh am Morgen. Die Milchhändlerin Maria Seiferling schleppte ihre schweren Kannen vors Haus. Dann zog sie mit ihrer Karre von Straße zu Straße, verkaufte Milch und Käse. Natürlich belieferte sie auch ihre Mitbewohner.

Genau über dem Bildhauer, im dritten Stock also, hatte die Musiklehrerin Babette Leipold ihr Atelier. Jeden Nachmittag – Montag mit Samstag, wie die Würzburger sagten – unterrichtete sie Kinder und Frauen im Saitenspiel. Zu Männern hielt sie gehörigen Abstand. Dafür liebte sie die Zither über alles, von ihr machte sie häufig Gebrauch. Früh am Morgen stimmte sie die Saiten. Dann klimperte sie die Tonleitern rauf und runter. Abends sang sie herzzerreißende Schmachtfetzen zu volltönenden Akkorden ihres Instruments. Doch niemand im Haus störte sich daran. Der Bildhauer hockte zu der Zeit in seinem Atelier im Keller. Die Milchhändlerin zottelte mit ihrem Wägelchen durch die Altstadt. In den anderen Etablissements war so viel Betrieb, dass man die schmalzigen Schnulzen und gellenden Almjodler aus dem dritten Stock gar nicht wahrnahm.

Im Nachbarhaus bot Frau Silberberg neben Brot und Brötchen auch Kuchen feil. All das buk ihr Mann Moritz im Rückgebäude.

Auf derselben Etage hockte Max Schäfer bei geöffneter Tür hinterm Tresen. Zum zehnten Mal blätterte er gelangweilt im

Würzburger Generalanzeiger, der zwei Häuser weiter redigiert und gedruckt wurde. Er grüßte die Vorübergehenden zur Tür hinaus, während er auf Kundschaft für seine Frankenweine wartete: die Würzburger Lagen Stein, Neuberg und Pfaffenberg sowie auswärtige Weine aus Randersacker, Volkach, Iphofen und Sulzdorf.

In der Etage darüber, im ersten Stock, war die kirchliche Kunstanstalt Frantzen & Ebert, erste Adresse für den reichlich vorhandenen Klerus der Stadt.

Die Wurst zum Brötchen erstand Emil Baumann im nächsten Haus, über dessen Türstock eine Zehn aufgemalt war. Hier waren nebeneinander eine Metzgerei, ein Seifenladen sowie die Bürstenmanufaktur von Gottlieb Bauer. Marie Guck hatte er ins Herz geschlossen, denn sie war eine ehrliche Haut. Sie beteiligte sich nicht am verbotenen Seifenhandel mit geschmuggelter Auslandsseife. Bei ihr hatten die amtlichen Kontrolleure vom Seifenamt nie etwas zu beanstanden. Sie verlangte keine Wucherpreise wie andere Seifenhändler. Nein, sie verkaufte vor allem Seifenersatz, den man mit viel Salzwasser versetzt hatte, also nicht besser war als die schmierige Kriegsseife. Aber das gestand sie ein, bevor man etwas kaufte.

Im Haus daneben betrieb Herr Haaß mit acht Lehrlingen und Gesellen seine Schuhsohlerei, die in allen Tageszeitungen, auf Anschlagsäulen, an Häuserwänden und in der Straßenbahn warb: *Meermann's Schnellsohlerei. Inhaber: Georg Haaß. Franziskanergasse 8.*

Dem Portal der Klosterkirche schräg gegenüber war die Königlich-Bayerische Hofbuchdruckerei, in der die Druckerfamilie Richter auf vier Etagen den vertrauten Würzburger Generalanzeiger verlegte, die wichtigste Zeitung der Stadt. Auch den beliebten Frankenkalender stellte sie her. Rechts davon, zur Domerschulstraße hin, flatterten vier große Fahnen im Wind. Sie hingen an hohen Masten, die auf der Dachterrasse des zweigeschossigen Café-Restaurants Alhambra standen. Weil sie weithin sichtbar waren, lockten sie viele Gäste an.

Vergeblich forderte der Generalanzeiger seine Leser auf, angesichts der engen Versorgung mehr Ernst und Würde im Alltag zu zeigen. Ohne Wirkung blieben auch seine steten Warnungen vor dem Tanzfieber. Ein Blick aus dem Fenster der Redaktionsräume zeigte den Journalisten jeden Abend, dass nebenan im Alhambra das Fieber grassierte, also zum tiefen Ernst der Zeit schreiend kontrastierte.

Zum Ende der Franziskanergasse hin gab es einen zweiten Bäcker, einen weiteren Schuhmacher. Dazu eine Kaffeerösterei. Daneben die Fischer'sche Auktionshalle, in der gebrauchte Möbel versteigert wurden. Gegenüber die Verlagsbuchhandlung von Karl-August Schneider.

Das letzte Haus in der Gasse war der berühmte Riemenschneiderhof, wo vor vierhundert Jahren Tilman Riemenschneider mit seinen Gesellen im Innenhof unsterbliche Meisterwerke in Stein gemeißelt oder aus Holz geschnitzt hatte. Jetzt roch es dort nach Gebratenem und Gesottenem, denn im Vorderhaus war ein Restaurant, in dem der Künstlerbund tagte. Zu allen Tageszeiten hockten hier die Künstler bei Wein und Bier beieinander.

Kaum war die erste Woche vorüber, schon wusste Emil Baumann die vorzügliche Lage seiner Kammer zu schätzen. Für alles, was er zum Leben brauchte, musste er keine zwanzig Schritte tun. Zudem konnte er im Haus ein- und ausgehen, ohne beobachtet oder gar ausgefragt zu werden.

Pater Lukas dürfte vom vierten Stock des Klosters aus nicht entgangen sein, dass sein Schützling ein ordentliches Leben führte. Mit Wohlwollen wird er auch gesehen haben, dass der junge Mann gelegentlich nach getaner Arbeit mit Franz Blaum ins Alhambra zum Billardspielen ging oder in den Riemenschneiderhof zum Weintrinken.

Meist saß Baumann nach Feierabend irgendwo rund ums Kloster und zeichnete: die Franziskanergasse, die Kirche, verträumte Winkel, vor allem die Menschen aus den vierzehn Häusern seiner Gasse. Ehrfürchtig schauten ihm die Anwohner über die Schulter und lobten seine Porträts. Sogar der

Weinhändler Schäfer, der seinen Laden sonst nicht verließ, war herbeigeeilt. Mit überschwänglicher Geste hatte er Baumann gebeten, ihn abzubilden. Er versprach ihm den doppelten Erlös, also zwanzig Silbermark, wenn er ihn schön male.

Pater Lukas ging, sobald er den jungen Künstler irgendwo sitzen sah, zu ihm hin, weil er sich gern mit ihm unterhielt.

»Am Kopf verwundet worden?«, fragte er eines Abends.

Baumann war zusammengezuckt. »Streifschuss«, sagte er verlegen, »sieht schlimmer aus, als es ist. Muss aber nicht jeder gleich merken.« Kürzlich habe er in der Schönbornstraße viele Kriegsverstümmelte gesehen. Sie lungerten vor dem Laden des Instrumentenmachers Gustav Stoeber herum und warteten auf künstliche Arme und Beine. Da habe es ihm den Magen umgedreht. Dann lieber einen kleinen Schmarren am Kopf, den man verdecken könne.

Abends gegen zehn, halb elf schloss sich Baumann in seine Kammer ein, setzte die Brille ab, zog sich die Perücke vom Kopf, wusch sich das Gesicht und kühlte die juckende Kopfhaut unter dem Wasserhahn. Vor dem großen Spiegel, den er sich in der Auktionshalle am dritten Tag für drei Mark ersteigert hatte, schnitt er Grimassen, während er eine neue Klinge in den Rasierhobel mit den langen Zähnen einlegte. Dann fuhr er zügig mit dem Rasierer über den Kopf und rubbelte sich die kurzen, blonden Haare trocken. Er warf einen Blick in den Wandspiegel und war bis zum nächsten Morgen wieder Karl Negele, auch wenn er sich ohne Schnurrbart nicht gefiel.

Der Gang zu den Behörden stand bevor. Emil Baumann hatte Pater Lukas gebeichtet, dass er lieber zwei Wochen im Schützengraben hocke als einen Tag auf einem Amt. Lukas hatte gelacht und gemeint, als Kastellan des Klosters habe er häufig im Rathaus zu tun. Dort sei er bekannt wie ein bunter Hund.

So war es auch. Ein kurzes Grüß Gott im Einquartierungsamt im zweiten Stock, ein Vergeltsgott beim Amt für

Arbeitsbuch-Ausstellung im Parterre, ein kurzes Telefonat mit Herrn Amend von der städtischen Arbeits-Nachweisstelle, die in die Domstraße ausgelagert war. Schon standen Baumann und Pater Lukas, den jeder im Rathaus devot grüßte, im Einwohneramt.

Der Amtsvorsteher, Obersekretär Josef Rossmann, hörte sich ehrfurchtsvoll an, was Pater Lukas vortrug, ehe er einen flüchtigen Blick in Baumanns Militärpass warf.

»Ach, eine Württemberger«, sagte er, als er sich das Wappen auf dem Pass anschaute. »Zum Glück sind die Militärpässe in ganz Deutschland gleich, nur im aufgedruckten Wappen unterscheiden sie sich.« Er blätterte den Pass schnell durch, besah sich den Führerschein. »Ein württembergischer Gefreiter bekommt auch in Bayern Unterstützung. Wissen Sie das, Herr Baumann?«

Der junge Mann nickte. Er war angespannt, denn er hatte die Klammern beider Militärpässe aufgebogen, drei Blätter in der Heftmitte ausgetauscht, damit aus dem Gefreiten Karl Negele den Gefreiten Emil Baumann gemacht, mit dem Verdienstkreuz III. Klasse ordnungsgemäß am 23. Dezember 1918 aus der XIII., der württembergischen Armee, nach Hause entlassen.

Rossmann fiel nicht auf, dass die beiden Klammern in der Heftmitte schon einmal geöffnet waren. Wie auch? Fast alle deutschen Militärpässe waren auf den Millimeter genau gleich geschnitten, hatten die gleiche Seitengestaltung, die gleiche Paginierung, weil sie ausnahmslos aus der preußischen Militär-Formular-Druckerei Carl Kühler in Wesel am Rhein stammten. Nur die Einträge waren unterschiedlich, weil sie von Bezirksfeldwebeln oder Unteroffizieren gefertigt wurden, ein Bilderbuch deutscher Handschriften. Außerdem hatte jedes Regiment seine eigenen Stempel.

Der Amtsvorsteher zog Formular und Stempel aus der Schublade. Er entnahm dem Militärpass und dem Führerschein einige Angaben, womit er einen neuen Ausweis ausstellte. Lautend auf Emil Baumann, Buchvertreter und

Illustrator, Franziskanergasse 14, Untermieter bei Bildhauermeister Franz Blaum, württembergischer Staatsangehöriger. Unter *Gestaltbezeichnung* auf der Innenseite trug er ein: *Größe* 178,5 cm, *Gestalt* schlank, *Augen* braun, *Haare* schwarz, *Gesichtsform* oval, *besondere Kennzeichen* keine.

Die Ausweis-Doppelkarte sei für ein Jahr in ganz Deutschland gültig, nicht jedoch im besetzten Rheinland, sagte Rossmann.

Der Beamte schob den Ausweis über den Tisch. Mit dem Zeigefinger deutete er auf die Linie unter dem Lichtbild: »Hier unterschreiben!«

In der Abgabestelle für Lebensmittelmarken an Fremde verneigte sich Hauptbuchhalter Schwab tief vor Pater Lukas. Dann händigte er Baumann, ohne eine Frage gestellt zu haben, Brot-, Milch-, Fleisch-, Fett- und Seifenmarken aus. Dazu ein Heftchen mit Marken für unterwegs, weil Baumann Handlungsreisender sei. Wenn Baumann als ausgedienter Soldat Unterstützung brauche, dann solle er zu ihm kommen oder gleich in die Kriegerfürsorgestelle ins Rathaus gehen, zweiter Stock, Zimmer 140.

Pater Lukas dankte Schwab fürs Entgegenkommen und meinte zu seinem Schützling: »So, lieber Baumann, jetzt sind Sie auch amtlich ein Würzburger. Willkommen in unserer Stadt.«

Dem jungen Mann schien es, als habe eine Kutte in Würzburg größere Wirkung als eine Hauptmannsuniform in Köpenick. Jedenfalls war er dem Mönch dankbar. Als Gegenleistung versprach er, ihn zu malen, selbstverständlich kostenlos.

Emil Baumann fühlte sich bald zuhause in seiner neuen Heimat. Sie war für ihn eine Offenbarung. Wenn er nicht zeichnete, dann streifte er durch die Altstadt, neu eingekleidet nach der französischen Mode. Eine hellbeige Kreissäge mit breitem, blauem Ripsband auf dem Kopf, das zweireihige, blaugrau gestreifte Baumwolljackett über die Schultern gehängt. Er wollte es den Künstlern im Alhambra und im Riemenschneiderhof gleichtun.

Wenn er zum Malen und zum Ausgehen keine Lust hatte, dann stieg er in die berühmte Klosterbibliothek hinauf. Dort lieh er sich Bücher aus, vom *Adressbuch* bis zum *Festbuch Würzburg – hundert Jahre bayerisch*, sechs Wochen vor Kriegsbeginn erschienen, das ihm einen klaren Überblick über die Stadtgeschichte ermöglichte.

Er fand heraus, dass es sechsundfünfzig Kaffeehäuser, aber siebenundsechzig Weinstuben in der Residenzstadt gab. Dazu mehr als hundert Wein- und Spirituosenhandlungen, in denen man auch Weine verkosten konnte. Ferner fünf Brauereien, dreizehn Bierhandlungen, sieben Bierkeller und über dreihundert Gastwirtschaften. Er rechnete aus, wie oft ein Würzburger diese Etablissements besuchen musste, damit jedes überleben konnte.

So schärfte er seine Sinne für diese Stadt. Er sah jetzt, was ihm vorher nicht bewusst war: An jeder Ecke amüsierten sich fröhliche Leute, tranken Wein oder Bier, sangen die neuesten Lieder oder lauschten den Musikanten, die in großer Zahl von Stadt zu Stadt zogen.

Häufig ging er vor der Arbeit in die Frühmesse, meist dann, wenn Pater Lukas vor dem Altar zelebrierte. Ganz vorn in der ersten Reihe war er ihm ganz nah.

Karl-August Schneider hatte längst kapiert, dass er einen prächtigen Fang gemacht hatte. Denn der neue Handelsvertreter war hilfsbereit, höflich, wissbegierig, vor allem kompetent.

In der Druckerei war Baumann für jede Arbeit zu gebrauchen. Im Laden wartete er nicht ab, bis man ihn ansprach. Früher als erwartet ging er von sich aus auf die Kunden zu, erfragte ihre Wünsche, beriet sie zuvorkommend und sachkundig. War niemand im Laden, dann nahm er die Neuerscheinungen aus dem Regal und studierte sie aufmerksam.

Auch im kleinen Kosmos der Franziskanergasse war der junge Mann mit den langen schwarzen Haaren und der vergoldeten Brille auf der Nase nach vier Wochen bekannt und beliebt. »Unser Straßenmaler«, sagten die Anwohner lobend, wenn er vorüberging.

Gleichwohl nagte in Emil Baumann ein Zweifel, der von Tag zu Tag wuchs und ihm die Freude an seinem neuen Leben vergällte. Er hatte ja Richard Mooser in die Hand versprochen, Züge entgleisen zu lassen, Häuser zu beschädigen, die Gegner von Großschwaben mit Anschlägen einzuschüchtern. Dafür hatte er eine nicht unbeträchtliche Anzahlung angenommen, ein Versprechen auf zugesagte Taten.

An manchen Abenden hetzte er durch Würzburg, getrieben von der Frage, ob er seine Zusage einhalten solle. Niemand wusste, wo Karl Negele steckte. Keiner suchte ihn, seine Mutter ausgenommen. Was würde denn geschehen, fragte er sich, wenn Karl Negele verschollen bliebe? Wenn sich Emil Baumann als Handelsvertreter oder Zeichner in der Domstadt am Main einen Namen machte? Für die Behörden wäre er ein ordentlicher Bürger, für die Polizei ein unbeschriebenes Blatt. Ein in Würzburg gestrandeter, ausgemusterter Infanterist aus Württemberg. Ein Neubürger wie so viele andere auch, der sich mit Anstand durch die Nachkriegswirren schlug.

Legte er sich schlafen, zog er sich die Bettdecke über den Kopf. So hoffte er, sich die Sorgen vom Leib halten zu können. Rollte er sich zusammen, wie er das gern als Kind getan hatte, wähnte er sich in einem Verlies, über dem die Decke langsam abgesenkt wurde. Streckte er sich aus, gleich fühlte er sich schutz- und wehrlos. Dann befiel ihn eine lähmende Angst. Mit niemandem konnte er über die Zwickmühle reden, in die er sich selbst gebracht hatte. Er schalt sich einen Versager, einen unzuverlässigen Kerl ohne Rückgrat, einen Schmarotzer, der das in ihn gesetzte Vertrauen missbrauchte.

Den einen Abend fand er in dem Gedanken Trost, ihm könne keiner am Zeug flicken, wenn er zu den Ulmern keinen Kontakt mehr aufnähme. Den anderen Tag wähnte er sich großartig. Er gehe als Triumphator, als furchtloser Bombenleger in die Geschichtsbücher ein, die ihn als Helden und Mitbegründer eines neuen Staates feiern würden. Dann nahm er sich vor, bei einem Trödler einen Reisewecker zu erstehen, auf Tauglichkeit als Zeitzünder zu prüfen und im Nachttisch einzuschließen, wo er für alle Fälle eine kleine Uhrensammlung angelegt hatte.

Als er am späten Samstag in die Klosterbücherei wollte, kam ihm Pater Lukas auf der Treppe entgegen, der ihn zu einer Tasse Tee einlud.

In der Stube neben der Klosterpforte setzten sie sich an den Besuchertisch.

»Wir haben Apfelkuchen«, sagte der Mönch. »Darf ich Ihnen ein Stück anbieten? Auch einen Tee dazu?« Er wartete die Antwort nicht ab, stand auf und ging weg.

Baumann überlegte, ob er ansprechen sollte, was ihn bedrückte. Könnte Pater Lukas ihm einen Rat geben, ohne die Details zu kennen?

»Lassen Sie sich's schmecken.«

Baumann zuckte zusammen.

»Probleme, junger Mann?«

»Ich hab an einen alten Kriegskameraden denken müssen. Für den war Apfelkuchen der beste Kuchen auf der Welt.«

»Und Sie? Mögen Sie keinen Apfelkuchen?« Pater Lukas nippte an seiner Tasse, weil der Tee heiß war.

»Doch!« Baumann löffelte sich ein Stück Kuchen in den Mund, kaute, schluckte und sagte: »Mir ist bei Apfelkuchen eingefallen, dass jener Kamerad einmal, als wir im Schützengraben lagen und die Waffen schwiegen, über den Sinn des Lebens philosophierte. Obwohl der Kampfgenosse einen Eid auf Kaiser und Vaterland geleistet hatte, wollte er am liebsten davonlaufen. Aber, meinte er schließlich resigniert, ein gegebenes Versprechen müsse man in jedem Fall halten.«

»Der Mensch ist kein Nachtschattengewächs.« Pater Lukas genoss den Kuchen. »Er braucht Sonne, das heißt Liebe, Güte und Treue. Das Versprechen ist ein Teil der Treue.«

»Also muss man halten, was man versprochen hat, ganz gleich, was kommt?«

»Im Alltag geht nicht immer alles glatt. Da kommen Dinge auf uns zu, die schinden uns, machen uns zu schaffen. Dann können unsere Pläne und Versprechungen durchkreuzt werden.«

»Aber darf man ein Versprechen auch ohne Not brechen?«

Pater Lukas zuckte die Schultern, während er seinem Gast aufmerksam in die Augen blickte. »Im dreiunddreißigsten Psalm«, sagte er schließlich, »heißt es über die Güte Gottes: *Was er zusagt, das hält er gewiss.*« Obwohl er die Ratlosigkeit in Baumanns Gesicht sah, beließ er es dabei.

Im *Würzburger General-Anzeiger* hatte Baumann eine Anzeige gelesen: *Beratung in allen Lebenslagen. Sterndeuten, Kartenlegen, Pendeln, Traumdeuten. Mit Madame Esthers wertvollen Horoskopen sorgenfreier leben. Kleine Preise.*

Am Ende der Kroatengasse fand er das angegebene Haus. Die Fenster im Erdgeschoss waren vergittert. Im Hausflur stank es nach ranzigem Fett. Der Hausflur war schmutzig, die Holztreppe ächzte unter jedem seiner Tritte.

Im dritten Stock klopfte er an Madame Esthers Tür. Nichts rührte sich. Er klopfte lauter, bis er drinnen rasche Schritte hörte. Die Tür öffnete sich, im dunkelblauen Gang stand ein schwarzhaariges Mädchen, ganz in Schwarz gekleidet mit einem weiß gepuderten Gesicht.

»Madame ist beschäftigt«, sagte sie. »Bitte gedulden Sie sich einen Augenblick.« Mit spitzem Finger wies sie ihm einen Stuhl an, ehe sie geräuschlos verschwand.

Im Halbdunkel erkannte er ein kleines Schränkchen, auf dem eine Kerze flackerte, die matt eine darüberhängende Karte der Sternzeichen beschien.

»Willkommen, Bruder!« Aus dem Nichts war er plötzlich da, der dünne Zwerg mit dem vernarbten Gesicht, in einen bodenlangen, schwarzen Überhang gewandet. Seine Augen funkelten im Kerzenlicht wie Tigeraugen. »Madame wird sich

Ihnen gleich widmen. Zuvor das Geschäftliche.« Er streckte gebieterisch die Hand aus: »Zehn Mark, bitte.«

Madame Faktotum, dachte Baumann und zählte ihm zehn Markstücke auf die Hand. *Oh, oh, oh, wenn das mal gutgeht. Bin ich unter die Schlawiner gefallen? Ich hätte mir ein Messer mitnehmen sollen.*

Der Zwerg sah ihn durchdringend an, als wolle er ihn hypnotisieren. Im selben Augenblick löste er sich in Luft auf. Ein kalter Hauch deutete an, dass er den Flur auf Gummisohlen durch eine Tür verlassen hatte.

Während er dem wandelnden Überhang hinterherstarrte, räusperte sich neben ihm eine Matrone, ganz in Weiß gehüllt, weiße Bluse, weißer, langer Rock, weiße Strümpfe, weiße Schuhe und eine weiße Schleife im schwarzen, schulterlangen Haar.

»Ich habe Sie erwartet«, sagte sie mit tiefer, rauchiger Stimme. Sie reichte ihm ihre fette, schlaffe Hand. An jedem ihrer fünf Finger saß ein Ring mit einem funkelnden Stein. Beim Händedruck war ihm, als schüttle er einen Wackelpudding mit Schottersteinen. »Folgen Sie mir.«

Sie führte ihn in einen winzigen Raum, nicht viel größer als eine Speisekammer. Der Boden war genauso schwarz wie die Wände. Von der schwarzen Decke strahlten gelbe Punkte. Sie sollten den Sternenhimmel über Würzburg andeuten.

Sie gebot ihm, sich auf einen schwarzen Hocker zu setzen, während sie um einen kleinen, runden Tisch herumging und sich in einen Lehnstuhl fallen ließ. Eine Schusterkugel, von einer Kerze magisch erleuchtet, bündelte die Strahlen zu einem Lichtkreis, in dessen Mitte das Mondgesicht der Magierin erglühte. Ihre dunklen Augen, von schwarzer Tusche umrahmt wie eine Traueranzeige, leuchteten auf der weiß geschminkten Haut.

»Ihr Geburtsdatum!«

»4. April.«

»Und das Jahr?«

»1894.«

Sie lehnte sich lächelnd zurück. »Glückspilz. Sie sind ein Glückspilz.«

Baumann gaffte sie an.

»Wissen Sie das nicht? Dreimal die Vier. Mehr als drei Vierer sind derzeit nicht möglich. Die 1844 Geborenen hätten zwar vier Vierer, aber von diesem Jahrgang lebt nach zwei großen Kriegen keiner mehr.«

»Vier ist …?«

»Ja, die Vier ist eine Glückszahl. In China weiß das jedes Kind. Das Abendland ist dem Untergang geweiht. Von den magischen und kabbalistischen Zusammenhängen will man bei uns nichts hören.«

Sie hob die Hände über den Kopf und glotzte in die flammende Kugel.

»Gott wird in den meisten Sprachen der Welt mit vier Buchstaben geschrieben.« Sie streckte vier Finger jeder Hand in die Höhe, wodurch das gebündelte Kerzenlicht ihre fleischigen Wülste zu riesigen Kraken an der Wand verzauberte. »Gott heißt es bei den Deutschen, Deus bei den Römern, bei den Spaniern Deos, bei den Franzosen Dieu, bei den Türken Alla, bei den Persern Zuri, bei den Indern Zimi. Vier Buchstaben, ein Name: Gott. Sie sind Gottes Geschöpf, verehrter Herr.«

Sie lehnte sich zurück, sah ihn durchdringend an und gebot ihm zu schweigen.

»In der christlichen Kirche verehren wir vier Apostel als Evangelisten. Nach der christlichen Katechese warten auf uns am Lebensende«, sie sah zum Sternenhimmel auf, wobei sie an den Fingern ihrer rechten Hand mitzählte, »Tod, Jüngstes Gericht, Hölle und Himmel.«

Sie mahnte ihn abermals zu schweigen, holte tief Luft, ehe sie begann, ihr Wissen auszuspeien, vom rasselnden, brunnentiefen Luftschöpfen unterbrochen: »Vier Generaltugenden gibt es – Weisheit, Mäßigung, Gerechtigkeit, Tapferkeit. Vier Temperamente ringen in uns um die Vorherrschaft – sanguinisch, cholerisch, phlegmatisch, melancholisch. In der Musik ist der vierstimmige Satz der vorzüglichste, weil er die vier menschlichen Hauptstimmen vereint – Bass, Tenor, Alt, Sopran. Durch Blutsbande sind wir mit den vier engsten Verwandten verknüpft – Vater, Mutter, Bruder, Schwester. Vier Elemente beherrschen die Welt – Feuer, Luft, Wasser, Erde. In vier Himmelsrichtungen ist der Horizont unterteilt - Nord, Süd, Ost, West. Vier Jahreszeiten gliedern das Jahr – Frühling, Sommer, Herbst und Winter. Vier Tageszeiten bestimmen unser Leben – Morgen, Mittag, Abend, Nacht. Vier Rechnungsarten ordnen unser Denken – Addition, Subtraktion, Multiplikation, Division. Vier Farben hat das Kartenspiel, dem so viele Menschen, denen keine Vier vergönnt ist, ihr Unglück zu verdanken haben.«

»Welche Bedeutung hat das für meine Zukunft?«

Ihre Hand zuckte blitzartig über den Tisch. »Zehn Mark.«

Er war so überrumpelt, dass er nichts sagte, seinen Geldbeutel zückte und erneut zahlte.

Sie steckte das Geld in ihr Mieder, sah mit weit aufgerissenen Augen in die magische Kugel und verkündete mit feierlicher Stimme, die Arme ausgebreitet wie ein segnender Priester: »Ich sehe, dass Amor Sie in reichem Maße verwöhnen wird. Auch dieses Wort hat vier Buchstaben. Daraus kann man vierundzwanzig verschiedene Wörter bilden. Jedes davon hat einen Sinn. Jedes wird Teil Ihres Lebens werden. Amor ist die Liebe. Amro ist im Syrischen die Wolle. Arom heißt bei den Griechen der Duft. Moar nennen die Hebräer das Licht. Orma nennen die Ungarn den Gipfel. Roma ist die Heimat der Römer. Sie werden die Liebe erfahren. Sie werden Italien erleben. Ich sehe für Sie eine glänzende Zukunft voraus. Sie werden berühmt werden. Sie werden den Gipfel besteigen. Sie werden im Lichte stehen. Man wird Ihnen zujubeln. Die Frauen werden sich Ihnen an den Hals werfen. Nichts kann Sie aufhalten. Niemand kann Ihnen etwas anhaben. Der Erfolg wird auf Ihrer Seite sein, wenn Sie gelernt haben, ihn mit beiden Händen festzuhalten.«

Sie hob warnend den Zeigefinger: »Aber hüten Sie sich vor den Aasgeiern, die den Weg der Erfolgreichen säumen. Achten Sie auf die falschen Schlangen, die liederlichen Frauenzimmer, die scheinheiligen Freunde.«

Sie sah ihn an, als wolle sie ihn mit Haut und Haaren verschlingen. »Wünschen Sie, dass ich Ihnen die Karten lege oder aus der Hand lese?«

»Nein, nein«, sagte er hastig, während er seinen Geldbeutel in der Hosentasche mit der rechten Hand fest umschloss. Er befürchtete, jeder weiteren Handlung werde ein Handaufhalten vorausgehen.

Sie erhob sich und klingelte mit einem silbernen Glöckchen das Mädchen herbei. »Zita«, sagte sie, »begleite den Herrn zur Tür.« Erhaben reichte sie Baumann die Hand und mahnte: »Sie müssen wiederkommen, mein Freund. Schon bald! Glück und Glas, wie leicht bricht das. Ich muss Ihnen zeigen, wie Sie das Glück, die Liebe, ja Ihr ganzes Leben mit beiden Händen packen.«

Als er auf der Gasse stand, atmete er tief durch, bis er wieder ganz bei Sinnen war. Ernüchtert gestand er sich ein, dass er für das bisschen Hokuspokus einen hohen Preis bezahlt hatte. Dennoch war er froh und erleichtert. Zum ersten Mal, seit er die Uniform ausgezogen hatte, fühlte er sich als ganzer Kerl, als Ritter ohne Furcht und Tadel, als Mann der Tat. Wie ein Löwe wollte er für Großschwaben streiten, furchtlos in die Schlacht ziehen und den Eisenfresser spielen.

An einem Sonntag, fünf oder sechs Wochen nach seiner Ankunft in Würzburg, fuhr Baumann mit dem Zug nach Besigheim.

In den letzten Tagen hatte er hin und her überlegt, wie er zu seinem väterlichen Freund Verbindung aufnehmen könnte. Er wollte Richard Mooser irgendwo in Ulm oder um Ulm herum treffen. Ihm war bewusst, dass eine solche Begegnung ein einziges Mal gefahrlos war: vor dem ersten Anschlag. Danach musste er sich vor den Spürhunden des Innenministeriums in Acht nehmen. Bei diesem letztmaligen Zusammenkommen wollte er mit Richard verabreden, wie sie in Zukunft in Kontakt bleiben könnten, ohne sich ständig vor der Polizei verstecken zu müssen.

Der Postweg war gefährlich. Denn entweder müsste er Richard schreiben oder Richard ihm. Dazu bräuchte Richard eine Adresse, sei es die Privatanschrift in der Franziskanergasse, sei es das Würzburger Postamt am Bahnhof, das postlagernde Briefe und Karten aufbewahrte. Georg Leicht müsste dann nur Moosers Postverkehr überwachen.

Auch der Kontakt über eine Zeitung wäre heikel. Wollte Richard seine Aktivisten durch verschlüsselte Anzeigen in Marsch setzen, müsste er die Annoncen per Post aufgeben, die Anzeigen dann auch beim Postscheckamt bezahlen. Wieder hätten die Abfangjäger leichtes Spiel. Seine eigene, die *Ulmer Zeitung,* durfte Richard keinesfalls missbrauchen. Zwar könnte er seinen Leuten im Untergrund chiffrierte Botschaften aus einzelnen Buchstaben und Zahlen senden. Zum Beispiel mithilfe einer Lochmaske, die auf die letzte oder vorletzte Zeitungsseite aufzulegen wäre. Aber solche Geheimchiffren, die naturgemäß sehr knapp ausfallen mussten, machten mündliche oder schriftliche Ergänzungen notwendig. Vor allem aber könnten sie bloß in der Montagsausgabe der Ulmer Zeitung erscheinen, weil Richard ausschließlich am Wochenende in der Druckerei arbeitete. Sollte Richard krank sein oder vom Meister für eine andere Schicht eingeteilt werden, blieben seine Mitstreiter ohne Befehle aus der Zentrale.

Deshalb hatte sich Baumann für eine andere Methode entschlossen. Er wollte eine Stelle suchen, wo er einen toten Briefkasten anlegen konnte, groß genug für Papiere, Geld und allerlei Utensilien. Dieser Ort musste entlang einer Bahnlinie liegen. Als Handelsvertreter für Württemberg und Hohenzollern war er ständig mit dem Zug unterwegs, insbesondere auf den Bahnlinien von Würzburg über Heilbronn nach Stuttgart sowie von Würzburg über Crailsheim, Aalen nach Ulm. Aalen und Ulm konnte er fünfmal, Heilbronn und Stuttgart dagegen elfmal täglich mit dem Zug erreichen. So wies das der neue *Amtliche Taschenfahrplan der Eisenbahnen in Württemberg und Hohenzollern* aus. Deshalb entschied er sich für die Heilbronner Strecke, die sogenannte untere Neckarbahn.

Läge der tote Briefkasten im Streckenabschnitt Heilbronn–Ludwigsburg, überlegte Baumann weiter, könnte die Polizei im Falle eines Falles nicht auf seinen derzeitigen Wohnort Würzburg schließen. Denn von Heilbronn bis Ludwigsburg zweigten mehrere Zugstrecken ab. Nach Eppingen, Künzelsau oder Hall. Nach Güglingen, Leonbronn. Nach Bretten oder Wildbad. Nach Beilstein, Backnang oder Aalen. Er könnte dann gegebenenfalls behaupten, er wohne in Heidelberg oder Mannheim, in Pforzheim oder Karlsruhe, in Heilbronn oder Hall, in Backnang, Künzelsau, Stuttgart, Nördlingen oder Augsburg.

Vorn im Fahrplanheft war das Eisenbahnnetz abgebildet. Als er diese Karte eingehend studierte und mit den einzelnen Zugverbindungen verglich, fiel ihm auf, dass die Fahrpläne neben den Abfahrts- und Ankunftszeiten der Züge auch genaue Entfernungsangaben von Haltestelle zu Haltestelle enthielten. Die Bahnhöfe Walheim und Besigheim lagen demzufolge ganze zwei Kilometer auseinander.

Er verfiel ins Grübeln. Ließe sich irgendwo dort ein günstiges Versteck finden? Am besten auf halber Strecke zwischen beiden Orten? Denn dann hätte er zwei einigermaßen sichere Fluchtwege, einen zum Bahnhof Walheim, den anderen zum Bahnhof Besigheim. Beide Stationen wären zu Fuß in zehn Minuten zu erreichen.

Baumann genoss bei herrlichem Sonntagswetter die Fahrt am Neckar entlang über Heilbronn, Lauffen und Kirchheim nach Walheim. Dabei rief er sich ins Gedächtnis, wie die ideale Stelle beschaffen sein sollte. Nicht allzu weit vom Bahnhof entfernt, trotzdem abgelegen. Nicht den Blicken Neugieriger ausgesetzt, dennoch überschaubar. Nicht als Versteck erkennbar und doch von seinem Kontaktmann problemlos zu finden.

Als der Zug in Walheim hielt, sprang er auf und schaute mal aus den linken, mal aus den rechten Fenstern. Er sah zum Fluss hin alte Gemäuer, dann eine Kirche, auf der gegenüberliegenden Seite, an einem Berg, fast nur neue Häuser. Als die Lokomotive anzockelte, blieb er im Mittelgang stehen. Die folgenden zwei Kilometer nahm er mit allen Sinnen in sich auf. Gleich nach dem Bahnhof sah er links, direkt neben den Schienen, wieder den Neckar, wenige Sekunden später einen zweiten, schmäleren Fluss in den Neckar münden. Das musste die Enz sein. Genau auf Höhe der Mündung verabschiedete sich der Zug vom Neckar, weil er der Enz in großem Bogen nach Süden folgte. Der ganze Steilhang auf der rechten Seite war ein einziger Weinberg. Links, in den flachen Auen, die nach Westen, Norden und Osten von Enz und Neckar umschlossen waren, lag wie auf einer Halbinsel die Altstadt von Besigheim.

Hier stieg Baumann aus. Den Rucksack geschultert, machte er sich auf den Weg zurück nach Walheim. Fragen musste er niemand, er hatte genug gesehen.

Er spazierte mitten auf der Bahnhofstraße, dann durch die Hauptstraße bis zur Enz. Dort bog er direkt vor der Sandsteinbrücke zum Uferweg ab, der in großem Bogen, zwischen Schienen und Fluss eingeklemmt, nach Walheim führte.

Etwa eine Viertelstunde vom Besigheimer Bahnhof entfernt, in Sichtweite der Enzmündung, kam Baumann an einen Steg, der die Bahngleise überquerte. Davor hing eine hölzerne Tafel, die zur Weinberghöhe wies: *Aussichtspunkt Schalkstein.*

Auf der anderen Seite der Gleise stieß der Weg nach wenigen Schritten an eine Treppe aus Natursteinen, die zwischen den Weinbergmauern zum Aussichtspunkt hinaufführte.

Baumann nahm den Rucksack ab, setzte sich auf die unterste Stufe. Zentimeter für Zentimeter musterte er das Fleckchen Erde. Dann stand er auf, ging die paar Schritte zum Fluss und tastete die Uferböschung unter dem Steg mit der Hand ab. Zu gefährlich, sagte er sich. Was passiert, wenn das

Wasser steigt? Oder wenn das Bonbonglas, das er vergraben wollte, freigespült wurde? Also zurück zur Weinbergmauer. Er prüfte, ob einzelne Steine in der Trockenmauer locker saßen. Nichts zu machen. Könnte man die untersten Trittsteine der Weinbergtreppe anheben? Er schaute, sondierte, horchte, probierte, forschte. Ja, er klopfte mit dem Stiel seines Schäufelchens, das er mitgebracht hatte, die Steine nach Hohlräumen ab. Kein Versteck war ihm gut genug. Das Ufer zu nass. Die Mauer von Eidechsen und anderen Kriechtieren bewohnt. Die Stufen zu riskant, denn ein paar Trittsteine waren locker. Möglicherweise wurden sie bald erneuert.

Enttäuscht hockte er sich auf die Treppe. Er dachte nach. Eigentlich war der Platz als Versteck ja ideal. Leicht zu finden. Nur vom Wasser, vom Zug und vom Steg her einsehbar. Wer auf dieser Treppenstufe saß, der sah oder hörte den, der sich dieser Stelle näherte, lange bevor er selbst entdeckt wurde.

Aber wo das Bonbonglas verstecken?

Er holte das große Glas aus dem Rucksack, nahm den Deckel ab, dachte nach. Dabei ließ er den Gummiring, der Deckel und Glas luft- und wasserdicht verschloss, um seinen ausgestreckten Zeigefinger kreisen.

Als er in Flandern wochenlang im Schützengraben hausen musste, hatte er sein Brot, seine Wurst und seinen Käse immer in Einmachgläsern aufbewahrt. So blieb alles trocken, sicher verwahrt vor Ratten, Mäusen und anderen Plagegeistern. Das war die Grundidee für seinen toten Briefkasten.

Aber wie, dachte er, könnte man das Glas öffnen, ohne dass jemand, der sich auf der anderen Enzseite versteckt hielt und mit einem Fernglas herübersah, etwas bemerken würde?

Man müsste auf dieser Stufe sitzen, einen Rucksack oder eine Tasche vor sich auf dem Boden. In der linken Hand ein Vesperbrot oder einen Apfel. Den Blick aufs Wasser gerichtet oder auf die vorbeifahrende Eisenbahn. Während man geradeaus nach Süden sah – mit gespitzten Ohren lauschte, ob sich jemand von hinten näherte –, beugte man sich etwas nach rechts und zog mit der rechten Hand, denn die meisten Leute sind Rechtshänder, ein dickes Grasbüschel aus dem Boden. Dann hob man etwas Sand aus und öffnete den Glasdeckel. Vorsichtig, den gelangweilten Blick geradeaus, nahm man etwas aus dem Glas oder legte etwas hinein. Deckel drauf, Sand und Gras drüber. Aufstehen, sich recken, gähnen, sich strecken. Nach allen Seiten witternd, trat man ganz beiläufig das Gras wieder fest.

Baumann lachte vor sich hin, als er neben seinem rechten Schuh ein Grasbüschel vorsichtig abhob und mit seinem Schäufelchen ein tiefes Loch grub. Darin versenkte er das geschlossene Glas, streute Sand darüber, den es reichlich am Enzufer gab. Zum Schluss drückte er das Gras an.

Er stand auf, nahm Skizzenblock und Farbstifte aus dem Rucksack und zeichnete den Weg von Besigheim hierher ganz genau, denn von seinem Platz konnte er die Strecke überblicken und Fixpunkte markieren. Dann schulterte er seinen Rucksack und wanderte weiter zum Walheimer Bahnhof.

Am nächsten Sonntagnachmittag machte sich Emil Baumann, begleitet von Franz Blaum, auf den Weg zur Neuen Welt, wo Gertraud Rostosky vor geraumer Zeit einen Künstlertreff etabliert hatte. In den vergangenen Jahren seien dort berühmte Gäste zu Besuch gewesen, hatte Blaum erzählt: Karl Arnold, Olaf Gulbransson, Erich Heckel, Anton Kerschbaumer, Eduard Thöny und Frank Wedekind. Jetzt stellten vor allem deutsche Maler aus dem Künstlerkreis des legendären Pariser Café du Dôme aus. Außerdem serviere die Gertrud sonntags immer leckeren Kuchen zum Tee, hatte Blaum seinem Untermieter den Mund wässrig gemacht.

Sie gingen über die Ludwigsbrücke, schauten auf das prächtige Panorama Würzburgs, sahen einem Schleppkahn nach, der mainabwärts trieb. Sie stiegen die Leutfresserstraße hinauf, zügig, ernst, schweigend, die Blicke auf den steil ansteigenden Weg gerichtet.

Blaum, ein hochgewachsener, kräftiger Mann im dreiteiligen, braunen Wolltweed-Anzug, wie ihn die englischen Automobilisten vor dem Krieg getragen hatten, blieb plötzlich stehen, atmete schwer und zog seine braune Tweedkappe vom Kopf.

Baumann wartete. Er beobachtete besorgt, wie der Bildhauer nach Luft rang, erschöpft hustete, sich mehrmals mit einem Taschentuch über die schweißnasse Stirn wischte. Blaums Gesicht war nach vorn gebeugt. Er sah in dem Moment alt und gebrechlich aus, als ob er den Klüpfel kaum noch schwingen, seine Schnitz- und Hohlbeitel nicht mehr führen könne.

»Warum setzt du dich nicht auf die Bank dort?«

Der Alte schwieg. Er sah Baumann aus müden Augen lange an.

»Wir haben Zeit, Franz.«

»Das verfluchte Asthma«, stöhnte Blaum und ließ sich auf die Bank fallen.

»Meine Schuld«, sagte der Junge, »ich war zu schnell.« Er setzte sich neben den nach Luft Ringenden. Mitleidig, abwartend sah er ihn von der Seite an. »Lass dir Zeit, Franz.«

Blaum saß vornübergebeugt, wie ein Kutscher, der auf Kundschaft wartet, atmete ein paarmal tief durch. Dann sagte er, während sein Gesicht wieder Farbe bekam: »Hast du's auch gelesen, Emil?«

»Was?«

»Im Ruhrgebiet hat ein Geistesgestörter einen Zug entgleisen lassen.«

»Woher weißt du, dass er geistesgestört war?«

»Welcher normale Mensch macht so etwas?«

»Vielleicht hatte er einen Auftrag? Vielleicht verfolgte er ehrenwerte politische Ziele?«

»Unter einer Lok ein Stück Schiene wegsprengen, ist das ein politisches Ziel? Eine Entgleisung mit drei Toten und siebzehn Verletzten, ist das eine lobenswerte Tat?«

»Hast du dich jemals für eine öffentliche Sache engagiert, Franz?«

»Emil, du bist ein netter Kerl, aber deine politischen Ansichten sind mir ein Rätsel.«

»Du hast gut reden. Für den Siebzigerkrieg warst du zu jung, für den letzten Krieg zu alt. Wärst du einen einzigen Tag im Schützengraben gehockt, hättest über dir das Sirren der Granaten gehört, hinter dir den Leutnant zum Angriff brüllen, dann würdest du anders denken.«

»Gar nichts wäre anders.«

»Doch. Dann wüsstest du, dass unser allseits geliebter Kaiser nicht nur drei Tote und siebzehn Verletzte in Kauf genommen hat, als er, blind vor Selbstsucht, von Gier und Neid zerfressen, seine politischen Ziele anvisiert und unseren Nachbarn den Krieg erklärt hat.«

»Kaiser Wilhelm hat bloß das gemacht, was das Volk gewollt hat.«

»Ach Franz, du weißt ganz genau, dass die Zeitungen zu Kaiser Wilhelms Zeiten zensiert worden sind. Die Soldaten könnten es kaum erwarten, gegen Frankreich und Russland in den Krieg zu ziehen, hat man in der Presse behauptet. Jeder Stoß ein Franzos, jeder Schuss ein Russ. Glaubst du das?«

»Willst du die Ehre unserer tapferen, unbesiegten Soldaten in den Dreck ziehen?«

»Nein, Franz, wie käme ich dazu, ich war selber Soldat. Aber ich habe mit eigenen Ohren gehört, mit eigenen Augen gesehen, was die Infanteristen und Maschinengewehrschützen beim Marsch an die Front gesehen, gefühlt und gesagt haben. Seitdem weiß ich, dass der Kaiser meine Kameraden und mich missbraucht hat für seine egoistischen Ziele.«

»Vergiss es, Emil.«

»Wie könnte ich das? Mein ganzes Leben werde ich im Krieg sein. Wenn nicht tags, dann nachts. Wenn nicht im Schlaf, dann beim Wachliegen. Seit damals weiß ich, dass wir, die Missbrauchten, uns wehren müssen. Wir müssen denen da oben in die Suppe spucken, ihre politischen Ziele bekämpfen, für unsere eigenen Ideen streiten. Wenn wir uns nicht empören, Franz, wer dann! Andernfalls bleiben wir auf ewige Zeiten die Ohnmächtigen, die Unterdrückten, die Wehrlosen.«

»Du bist jeden Tag anderswo. Hörst viel, siehst allerlei. Gerade deshalb übersiehst du einiges, mein Lieber.«

»Die Leute wollen in Frieden leben, Franz. Darum kämpfen sie. Notfalls auch mit ein paar Bomben, wenn man damit den nächsten Krieg verhindern kann.«

»Du hörst dich an, Emil, als wärst du selber bei den Bombenlegern.«

Baumann lachte. »Wenn ich im Ruhrgebiet wohnen würde, warum nicht?«

11

Emil Baumann döste in aller Herrgottsfrühe, morgens kurz nach vier, im Schnellzug von Würzburg nach Stuttgart. Schlaftrunken stieg er in Lauda in die badische Staatsbahn von Wertheim nach Mergentheim. Mutterseelenallein räkelte er sich im Abteil und nickte in der strahlenden Morgenröte immerzu ein.

Hinter Edelfingen weckte ihn der Schaffner, forderte das Billett und zwickte ein Loch in den kleinen, bedruckten Karton. Auf Baumanns Frage, wo man etwas zu essen kaufen könne, empfahl ihm der Uniformierte Mergentheim. Da müsse er in den württembergischen Eilzug nach Ulm umsteigen. Der kurze Weg vom badischen zum württembergischen Bahnhof führe an der Bahnhofswirtschaft vorbei.

»Zwei Bahnhöfe in einer Kleinstadt?«

»Überbleibsel aus dem letzten Jahrhundert«, lachte der Eisenbahner. »Noch vor fünfzig Jahren hatten die Gleise in den beiden Bahnhöfen unterschiedliche Spurweiten. Vor nicht allzu langer Zeit hatte jeder der beiden Bahnhöfe seine eigene Uhrzeit. Die Stuttgarter Zeit wich sechs Minuten von der Karlsruher Zeit ab. Zum Glück gilt jetzt in ganz Deutschland die mitteleuropäische Zeit. Kommen Sie, kommen Sie«, drängelte er, »unser Zug fährt in zwei Minuten in den badischen Bahnhof ein.«

Baumann schnappte sein Gepäck und stellte sich hinter den Schaffner an die Tür.

»Gleich nach dem Aussteigen«, näselte der Beamte, »gehen Sie auf dem Bahnsteig nach vorn, an unserer Lokomotive vorbei. Dann sind Sie im württembergischen Bahnhof von Mergentheim. Dort wartet die Tauberbahn. Unter dem Schild *Bahnhofswirtschaft* ist ein großes Schiebefenster. Da klopfen Sie. Die Wirtsleute bedienen auch Kunden auf dem Bahnsteig.«

Eine halbe Stunde später, zwei Brezeln und seine Lieblingszeitschrift im Schoß, erfuhr und erlebte Baumann hinter Weikersheim zum ersten Mal die Hohenloher Ebene. Mit offenem Mund bestaunte er den wolkenlosen blauen Himmel, das wogende Getreide, die satten Wiesen, die vielen Obstbäume, die Kühe und Schafe auf der Weide. Zwei Stunden dauerte die Reise durch das alte Bauernland, rar mit Ortschaften bestückt, mit schmucken Dörfern und sauberen Städtchen verziert. Nirgendwo ein Schornstein, der auf eine Fabrik hindeuten würde. Dafür merkwürdig gefleckte Schweine, die sich in eingezäunten Schlammlöchern neben den Gleisen suhlten. Kauend saß er am Fenster und entdeckte noch mehr: Kuh- und Ochsengespanne, ein Pferdefuhrwerk, einen Bauern, der einhändig durch die Flur radelte, die Hacke geschultert. Dann Frauen in langen Röcken und mit weißen Kopftüchern, die, gebückt im Gleichschritt vorrückend, mit der Haue das Unkraut in den Rübenfeldern köpften. Zwei Buben, die im Leiterwägele einen Hang hinabsausten, dabei mit den Füßen die Deichsel lenkten. Weitere fünf, sechs Frauen, diesmal beim Schottern eines Feldwegs. Sie saßen auf dem Boden, klopften mit Hämmern Feldsteine auf. Draußen sengte die Sonne auf die Felder nieder.

Das grelle Licht und die scharfen Schatten modellierten die Landschaft so verlockend, dass er am liebsten ausgestiegen wäre und sich ins Gras gestreckt hätte. Er fühlte sich frei, so beschwingt. Das hatte er Pater Lukas zu verdanken. Vor sechs Wochen hatte ihn der Mönch zum Tee eingeladen, dabei vieldeutig orakelt: »Wir sollten etwas besprechen. Dringend!« Mit weichen Knien und bangem Herzen, weil ihn die Furcht packte, sein Geheimnis sei gelüftet, war der frischgebackene Verlagsvertreter am Sonntagnachmittag ins Kloster geschlichen. Der Priester hatte gelacht, als er seinen Gast mit hängenden Schultern kommen sah. »Genau darum geht's«, hatte er ihm auf der Treppe zugeflüstert und sich verschwörerisch umgeschaut, »so dürfen Sie als Handlungsreisender keinesfalls auftreten. Kein einziges Buch werden Sie verkaufen, wenn Sie ängstlich und miesepetrig daherwackeln. Ein erfolgreicher Kommissionär muss ein Komödiant sein, der gute Laune verbreitet.« Dann übten sie in den folgenden Wochen das Verkaufen, wie es die jungen Frauen gut können. Das frische Grüßen, das forsche Auftreten, den strahlenden Blick zum Kunden bei serviler Mimik und Gestik.

Als der Zug über die Jagst ratterte, rieb sich Baumann das Gesicht und wischte sich die schöne Landschaft aus den Augen. Nachdenklich nahm er die *Illustrierte Chronik der Gegenwart* zur Hand, die er auf seinen bisherigen Reisen schätzen gelernt hatte. Eigentlich fand er darin immer etwas Passendes für sich. Erzählungen. Aufsätze aus allen Wissensgebieten. Brauchbare Hinweise für modische Kleidung, auch einfache Kochrezepte für den Junggesellen. Heute allerdings wollte ihm die Lektüre nicht schmecken. Zu stark waren die Eindrücke und das Hochgefühl über das Gesehene.

Er stand auf, rückte den Koffer voller Bücher im Gepäcknetz zur Seite, legte seinen Sommerhut drauf und hob die Aktentasche herunter, die Postkartenmuster für alle Wechselfälle des Lebens enthielt: Geburt, Taufe, Kommunion, Konfirmation, Geburtstag, Hochzeit, Tod, dazu Scherzkarten für Soldaten und allerlei Witzkarten. Er steckte die Zeitschrift dazu. Dann richtete er sich schläfrig einen kuscheligen Ruheplatz zurecht.

Es war seine erste längere Fahrt als Handelsvertreter. In Ulm, seiner alten Heimat, wollte er gute Geschäfte machen und sich nebenher ein wenig umschauen. Aber keinesfalls sentimental zurückschauen! Das hatte er sich fest vorgenommen. Den Karl Negele durfte es nicht mehr geben. Die Liebschaft mit Sophie musste ebenso Vergangenheit bleiben wie das Techtelmechtel mit der Hauswirtin.

In Ulm stolzierte er vom Bahnhof, wo sein Gepäck deponiert war, hinüber zum Münsterplatz, glatt rasiert und modisch herausgeputzt: hellbeige Kreissäge mit breitem, blauem Ripsband auf dem Kopf, eng anliegende zweireihige Baumwolljacke, deren blau-graue Streifen ihn schlank und groß machten, dazu zweifarbige Lederschuhe, sandfarben und braun.

Scheinbar seelenruhig betrachtete er die Auslagen in den Schaufenstern, beobachtete aber aus den Augenwinkeln ganz genau, was um ihn geschah. Zeigte das einstudierte Gehabe Wirkung?

Was er sah, schmeichelte ihm. Bewundernde Blicke von allen Seiten, so schien es ihm zumindest. Mit breiter Brust drehte er eine zusätzliche Runde ums Münster.

Federnd hüpfte er die Treppen zum Westportal hinauf. In der Einbildung, gleich brande Beifall auf, drehte er sich um, blickte über den Platz und zeigte sich den Ulmern in seiner ganzen Pracht. Die warfen ihm, was er zum Glück nicht wahrnahm, gleichgültige Blicke zu, denn sie sahen nur einen eitlen Gecken. Er aber war mit sich zufrieden wie selten in den letzten Jahren, freute sich, dass ein so prächtiger Falter aus dem Kokon geschlüpft war.

Er grinste.

Die schwarzen Haare, die langen Koteletten, die Brille, die glatt rasierte Oberlippe machten sein Gesicht breit und rund. Die Kleidung nach der neuesten französischen Mode zog die Blicke an, während der breitkrempige Hut sein Antlitz beschattete.

Er begann, sich sicher zu fühlen.

Gut gelaunt schlenderte er in die Kirche, wo er das Weltgericht bestaunte, das Hans Schüchlin vor mehr als vierhundert Jahren über dem Triumphbogen an die Kirchenwand gemalt hatte. Auf der linken Seite des Bildes führte Petrus die Seligen in den Himmel, auf der rechten trieb der Teufel die Sünder in die Hölle. Genau über der Chorbogenspitze verkündeten die Posaunen der Engel das Ende aller Tage.

Als er nachdenklich ins Freie trat, brannte die Sonne vom wolkenlosen Himmel. Er flüchtete sich in den Schatten auf der zweituntersten Stufe.

Es war Donnerstag. Markttag. Zeit zum Mittagessen. Männer trugen Bänke und Klappstühle vors Haus, hockten sich hin und plauderten. Marktweiber verkauften Kartoffeln, Eier, Gemüse und Obst. Eine Frau kreischte, während sie mit einer langen Holzzange Essiggurken aus einem Fass fischte und den Passanten unter die Nase hielt. Neben ihr stand eine glupschäugige Bäuerin, schlug mit einem Stock gegen eine Tonne und schrie: »Frische Forellen!«

Gleich um die Ecke atmete die Donau. Lautlos stieß sie schwüle Luft aus. Die Hitze sprang ihn an. Er nahm die Kreissäge vom Kopf, denn er musste sich mit dem Handrücken den Schweiß von der Stirn wischen.

Wäre schön, wenn jetzt der Leicht um die Ecke käme. Georg der Große, großmäulig, dickhäutig, dubios, muskulös, über eins neunzig groß. Spielte immer den Helden, der Herr von der Sicherheitspolizei, verdrückte zwei Schnitzel auf einmal, rauchte eine Zigarette nach der anderen, trank mehr, als er vertrug, am liebsten Bier. Sein Gesicht war meist gerötet, denn sein Blutdruck war gefährlich hoch.

Zu gerne wäre er ihm heute begegnet. Sicherheitshalber erst von Weitem. Dann hätte er sich dem zwielichtigen Herrn Schritt für Schritt genähert. Ganz nah wäre er an ihm vorbeigeschlendert, damit er ihm direkt ins Gesicht schauen konnte. Na, du miese kleine Ratte, hätte er dabei zu sich gesagt. Oder eher gedacht. Vielleicht nicht einmal zwischen den Zähnen gemurmelt.

Der Spion kam nicht. Zum Glück. Wäre wahrscheinlich zu gefährlich geworden.

Er setzte die Kreissäge auf und ging zu den Marktfrauen hinüber. Vor der Bäuerin, deren Sohn er porträtiert hatte, blieb er stehen. »Drei Äpfel bitte.«

»Die sind ziemlich sauer«, sagte sie, während sie ihn sinnend ansah.

»Genau solche suche ich.« Er zahlte schnell.

In jede Hosentasche steckte er einen Apfel. Den dritten warf er in die Luft, fing ihn mit einer Hand auf und biss hinein. Als er das Gesicht verzog, lachte die Bäuerin.

Er schlenderte hinüber zum Gasthof Rössle. An der Theke reservierte er ein einfaches Zimmer mit fließend Wasser auf dem Gang. Am Fenster war ein kleiner Tisch frei. Er setzte sich und bestellte Kässpätzle. Während er wartete, trank er ein Glas Bier.

August Bäuerle, sein früherer Hauswirt, der angeblich kein Gasthaus betrat, kam herein, begleitet von zwei Männern, Handwerker, wie man auf den ersten Blick erkennen konnte. Er sah sich kurz im Lokal um, erkannte den Fremden am Fenster aber nicht. Sie setzten sich zwei Tische weiter und wollten Bier.

Am liebsten wäre Baumann zu ihm hin. Ob er zuhause endlich einen Flaschenzug installiert habe, hätte er ihn gern gefragt. Er verzichtete darauf und nahm die Ulmer Zeitung von der Theke. Mit wachsender Hingabe las er, was die alten Kollegen gesetzt hatten. Einige Meldungen waren ihm neu. Die Würzburger Zeitungen hatten sie nicht abgedruckt, obwohl sie von überregionaler Bedeutung waren.

Zum Beispiel berichtete die hiesige Zeitung, das hohenzollernsche Gutachten über die Gründung einer Südwestdeutschen Republik sei unter dem Siegel strengster Verschwiegenheit erstellt worden. Trotzdem habe man es anonym der Presse zugespielt. Sämtliche Tageszeitungen Hohenzollerns, allen voran die *Hohenzollerische Landes-Zeitung*, druckten es in diesen Tagen vollständig als Fortsetzungsserie ab. Andere Blätter, darunter einige aus ganz Süddeutschland, brachten das geheime Papier in Auszügen, kommentierten es genüsslich, meist auch kritisch.

Die Ulmer Zeitung schrieb: Doktor Emil Belzer, hohenzollerischer Regierungschef und Verfasser des Gutachtens, vertrete die Auffassung, Hohenzollern könne nach dem Ende der preußischen Monarchie nicht bei Preußen bleiben. Die schwierigen wirtschaftlichen und finanziellen Verhältnisse machten eine Neugliederung des deutschen Südwestens unausweichlich. Der Hohenzollernsche Kommunallandtag stemme sich gleichwohl gegen Belzers Vorschlag. Abgeordnete aller Parteien seien sich einig, dass kein Anlass bestehe, sich von Preußen zu trennen. Im Übrigen dürfe Hohenzollern nur dann zu Württemberg oder Baden geschlagen werden, wenn die Bevölkerung zustimme. Ohne Volksabstimmung könne also die hohenzollernsche Landesgrenze keinesfalls angetastet werden.

Politikergeschwätz, brummte Baumann vor sich hin. Ärgerlich legte er die Zeitung zur Seite. Normalerweise regierten die Herren Volksvertreter ohne Rücksicht auf das Volk, schoss es ihm durch den Kopf. Ging ihnen etwas gegen den Strich, dann beriefen sie sich auf die Volksmeinung.

Die Kässpätzle waren köstlich. Er trank ein zweites Bier, zahlte, bestieg die Straßenbahn und holte sein Gepäck vom Bahnhof. Für ein kurzes Nickerchen zog er sich aufs Zimmer im ersten Stock des Gasthauses zurück.

Doch wie er so auf seinem Bett ruhte, war auf einmal alles ganz anders. Die Selbstsicherheit des Emil Baumann war mit einem Schlag verflogen. War es die Hitze des Tages? Oder war es die alte Heimat, die sich mit Macht in Erinnerung brachte? Jedenfalls meldete sich, als er zur Ruhe kam, die überwunden geglaubte Unsicherheit zurück und raubte ihm den Schlaf. Eine Frage nach der anderen setzte ihm zu. Wie konnte er mit Richard Mooser Kontakt aufnehmen? Hatte das Kind, das auch ihm sein Leben verdankte, das Licht der Welt erblickt? War es ein Junge oder ein Mädchen? Sah es ihm ähnlich? Und wie hieß es? Vor allem aber: Wie war es Sophie ergangen?

Sophie! Er setzte sich auf. Leider hatte er kein Foto von ihr. Ach, wie gern hätte er jetzt ihr liebes Gesicht angeschaut. Oh, fiel ihm sogleich ein, er könnte sie ja zeichnen. Also holte er Papier und Bleistift aus seiner Tasche und zeichnete Sophie aus dem Gedächtnis. Zart, romantisch, wie eine Madonna. Die Stunden zerrannen. Seine Geschäfte ruhten. Aber es wurde ein leidenschaftliches Porträt.

Ein paar Schritte von diesem Gasthaus entfernt tagte am Abend das Schwabenkomitee.

Die Sitzung zog sich fast vier Stunden hin. Je länger die Komiteeler berieten, um so kritischer wurde das Beisammensein für alle Teilnehmer. Möglicherweise trug die brüllende Hitze des Tages dazu bei. Jedenfalls fielen die Dialoge mürrischer, die Beiträge gereizter aus als sonst. Das bisher mühsam gewahrte Miteinander schlug in ein offenes Gegeneinander um. Dabei hatte die Tagung zunächst sachlich begonnen.

Martinus trug vor, dass sich der Hohenzollernsche Kommunallandtag erneut mit dem Anschluss an einen Nachbarstaat befasst habe. Gewiss empfänden die kommunalen Delegierten ein unabhängiges Großschwaben als gute Lösung, weil sie Hohenzollern die Zerreißprobe erspare, zwischen Baden und Württemberg entscheiden zu müssen. Leider könnten sie, die Hohenzollern, diese Lösung nicht selbst herbeiführen, denn vorher müssten sich Baden und Württemberg einigen. Sollten sich die zwei Staaten jedoch nicht bald verständigen, dann sei Großschwaben Zukunftsmusik. In dem Fall, so die Gemeinde- und Stadtvertreter, wolle man lieber bei Preußen bleiben als auf die Nachbarn aufgeteilt werden.

»Was sagt die württembergische Regierung dazu?«, fragte Westwald übellaunig. Mit einem Taschentuch wischte er sich den Schweiß von der Stirn.

»Sie wartet ab.«

»Wie immer!«

»Warum nicht?«

»Weil das keine Politik ist!«

»Abwarten ist keine Politik?« Martinus grinste provozierend.

»Nein!«, schimpfte Westwald.

»Das ist höchste diplomatische Kunst.« Jetzt wurde auch Martinus laut.

»Die Zügel schleifen lassen ist keine Kunst!«

»Sondern?«

»Unfähigkeit! Dummheit!«

Ein Zuhörer, angewidert von dem immer heftiger werdenden Disput, hatte sich langsam erhoben. Energisch schnitt er jetzt den beiden Kampfhähnen das Wort ab: »Meine Herren, Sie sollten Ihren Streit im stillen Kämmerlein austragen. Wir stehen mit unserem Namen für diesen Verein. Nicht Sie allein sind das Schwabenkomitee, sondern wir alle. Deshalb wollen wir Argumente hören, damit wir mitreden können.«

Großer Beifall.

»Ich schlage vor«, sagte der Energische, »dass zunächst Sie, Herr Westwald, Ihre Sicht der Dinge darlegen. Anschließend kann Ihnen Herr Doktor Martinus antworten. Dann werden wir darüber diskutieren.«

Erneuter Beifall.

Westwald beklagte, die württembergische Regierung taktiere. Sie zögere jede klare Entscheidung hinaus in der Hoffnung, andere Länder würden den ersten Schritt tun. Dagegen sage der badische Staatspräsident Gustav Trunk offen seine Meinung. Trunk gebe unumwunden zu, dass er Hohenzollern aufteilen wolle. Die südlich der Donau gelegenen hohenzollernschen Gebiete müssten dabei an Baden fallen. Hohenzollern, dieses Ländchen im preußischen Besitz, soll er gesagt haben, könne nicht länger als preußische Exklave weiterwursteln. Für eine solche Sonderrolle sei es viel zu klein. Außerdem sei es wirtschaftlich nicht lebensfähig, sondern von den Nachbarstaaten abhängig. Im badischen Landtag, ergänzte Westwald, sei es darüber zu einer heftigen Kontroverse gekommen. Die *Pforzheimer Neuesten Nachrichten* und das *Badener Tagblatt* hätten ausführlich berichtet. Trunk habe sich vornehm zurückgehalten. Die Diskussion im Parlament habe er seinen Ministern überlassen. Während Kultusminister Hellpach für ein starkes Südwestdeutschland stritt, sei Innenminister Remmele als Wahrer des jetzigen Freistaats Baden aufgetreten. Dagegen habe sich Finanzminister Köhler gewunden wie ein Aal, letztlich aber nichts gesagt. In Baden, folgerte Westwald, sei alles im Fluss. Ein Zusammenschluss mit Württemberg sei also möglich, wenn man Baden einen fairen Interessenausgleich anbiete.

»Ei, ei«, konterte Martinus, »was für ein Eiertanz! Ich ziehe eine andere Schlussfolgerung: Die gegenwärtige badische Politik ist unberechenbar!« Er sagte es triumphierend. »Das hat den württembergischen Staatspräsidenten Johannes von Hieber bewogen, sich nicht mehr zur Länderneugliederung zu äußern. Solange aus Karlsruhe keine eindeutigen und versöhnlichen Zeichen kommen, soll er gesagt haben, werde seine Regierung keinen Finger mehr rühren.«

Westwald schüttelte heftig den Kopf.

Martinus sah es, deshalb giftete er: »Das Schwabenkomitee muss die Stuttgarter Regierung unterstützen.« Er verschränkte die Arme und lehnte sich demonstrativ zurück.

»Falsch«, ärgerte sich Westwald, »ganz falsch. Wer die Vereinigung will, muss auf Karlsruhe zugehen. Hochnäsiges Abwarten kann sich Württemberg nicht leisten.«

»Hochnäsig?«, erregte sich Martinus. »Wer ist hochnäsig?«

»Wenn man den neuen Südweststaat einmal aus Karlsruher Sicht betrachtet …«

»Man kann Großschwaben nicht von der Peripherie her planen, sondern ausschließlich vom Zentrum!«

»Wenn Sie auch nur ein einziges Mal über Ihren Schatten springen könnten, dann würden Sie erkennen, dass Baden beinahe automatisch die bayerische Pfalz mit in die Ehe brächte, möglicherweise sogar Südhessen. Außerdem wäre Frankreich beruhigt, weil es gute Beziehungen zu Baden hat.«

»Aber Bayerisch-Schwaben und Vorarlberg blieben außen vor«, erregte sich Martinus.

»Ja hoffentlich! Sie leben doch in einer Traumwelt, Herr Doktor. Sie reden zwar von einem modernen Großschwaben, aber in Wahrheit meinen Sie das mittelalterliche Stammesherzogtum Schwaben.«

»Als gelernter Historiker kann ich wohl noch die Gegenwart von der Vergangenheit unterscheiden!«

»Dann sollten Sie endlich die Realitäten anerkennen«, schimpfte Westwald. »Die bayerischen Schwaben wollen mehrheitlich bei Bayern bleiben, weil sie katholisch sind …«

»Das bestreite ich, nehmen Sie …!«

»Darum finden sie Bayern, trotz des Chaos in München, anziehender als das protestantische Württemberg. In Vorarlberg hat …«

»Es gibt genügend Beweise, dass …!«

»Unterbrechen Sie mich nicht ständig!«, fauchte Westwald. Er warf Martinus bitterböse Blicke zu. »In Vorarlberg hat bekanntlich eine Volksabstimmung stattgefunden! Über achtzig Prozent votierten für den Anschluss an die Schweiz. Die Vorarlberger haben mit Ihrem Großschwaben nichts mehr am Hut!«

»Reden Sie nicht so saudumm daher!!«

»Folglich kann unser Ziel nur lauten: Baden, Württemberg und Hohenzollern vereinigen! Alles andere ist Traumtänzerei.«

»Traumtänzerei? Schon vom Zuhören wird's mir schlecht«, wetterte Martinus. Mit einer ärgerlichen Handbewegung wischte er die gegnerischen Argumente vom Tisch. »Sie sind ein weltfremder Don Quichotte, ein politischer Seiltänzer!«

Westwald starrte Martinus mit offenem Mund an, bis er sich der Beleidigungen bewusst war. Dann explodierte er, vom Lachen einiger Zuhörer zusätzlich gereizt. Er schlug mit der flachen Hand auf den Tisch. »Unerhört!! Blasen Sie sich nicht so auf, Sie Ochsenfrosch!!! Was hat denn das Schwabenkomitee unter Ihrer Leitung erreicht? Händchen falten, Köpfchen senken, immer nur an Stuttgart denken!!«

»Das verbitte ich mir!!!« Martinus schäumte. Seine Ohrläppchen quollen rot auf, die Adern an seinen Schläfen pulsten. »Ohne mich gäb's diesen Verein gar nicht!!« Seine rechte Hand zuckte über den Tisch, mehrmals. Er wusste selbst nicht, wie ihm geschah. Plötzlich rückte er seinen Stuhl zurecht, schnappte nach Luft, stierte Westwald an, als wolle er ihn erdolchen. Zornig, jedes Wort messerscharf geschliffen und wie ein Dolchstoß, stieß er ruckartig hervor: »Vorsitzender – bin – immer – noch – ich!!« Er schluckte. »Ich«, er schluckte heftiger, »ich bestimme die Richtung in diesem Verein!«

Westwald lachte höhnisch. »Danke!« Er wollte sich erheben. »Knieschoner brauch ich nicht, weil ich die Wallfahrt nach Stuttgart nicht mitmache!«

Mooser, der neben ihm saß, sah aus den Augenwinkeln, dass Leicht schadenfroh grinste. Deshalb legte er beschwichtigend seine Hand auf Westwalds Arm und bat leise, aber eindringlich: »Bleiben Sie, Herr Rechtsanwalt, ich bitte Sie. Wenn Sie jetzt gehen, folgen andere nach. Dann können wir unseren Verein gleich auflösen.«

Westwald schüttelte ein ums andere Mal den Kopf, während das Publikum die Vereinsführung ausbuhte.

Martinus wandte sich mit ausgebreiteten Armen an die Anwesenden: »Meine Damen und Herren, Ihre Unterstützung wäre jetzt sehr hilfreich.«

Als habe er in ein Wespennest gegriffen, schwirrten sofort erregte Fragen und heftige Vorwürfe empor und stachen auf die Herren am Podiumstisch nieder: Lange, viel zu lange habe man geschwiegen. Alles habe man geschluckt. Aber jetzt sei Schluss. Klipp und klar wolle man endlich hören, und zwar von allen Herren des Vorstands, was den Verein noch zusammenhalte, welche Schritte man gemeinsam zu tun gedenke.

Eine Dame in der letzten Reihe stand auf, gekleidet wie einem Modejournal entsprungen, im wadenlangen Kleid aus lila Kunstseide, auf dem Bubikopf einen gleichfarbigen Glockenhut mit hochgeschlagenem asymmetrischem Rand. Sie stand da, ernst, aber nicht erregt. Sachlich fragte sie: »Verfolgen Sie, Herr Vorsitzender, dieselben Ziele wie Ihr Stellvertreter? Wenn ja, welche?«

Sie blieb stehen, als sich Martinus erhob und weitschweifig erläutern wollte, Großschwaben sei das gemeinsame Ziel. Sie fiel ihm ins Wort, wies ihn streng zurecht, für Plattitüden sei keine Zeit mehr. Alle Mitglieder seien in den Verein eingetreten, weil sie einen Südweststaat wollten. Doch seit zwei Jahren verbreite der Vorstand nur belangloses Zeug.

»Wer selber bellen kann, braucht keinen Hund«, schloss sie ihre kleine Rede. »Ich will keinen Vorstand, der mir alles vorkläfft.«

Martinus schluckte trocken, stand hilflos da, starrte die Dame an, die seinem Blick trotzte. Er holte tief Luft, ehe er verlegen stammelte: »Die Meinungsverschiedenheit zwischen meinem Stellvertreter und mir ist unbedeutend … besteht in Nebensächlichkeiten … ist nicht weiter von Belang …«

»Nebensächlichkeiten?« Westwald sprang mit hochrotem Kopf auf.

Die drei Stehenden, die sich anstarrten, wirkten in der Landschaft der Sitzenden wie Säulen im antiken Trümmerfeld.

»Nicht von Belang?«, keuchte Westwald. »Das ist ja unser Problem. Alles, was dem Herrn Vorsitzenden nicht passt, tut er als belangloses Geschwätz ab. Statt Hindernisse wegzuräumen, baut er neue auf. Bereits das Wort Großschwaben«, er betonte die erste Silbe, »weckt Vorbehalte. Der häufige Hinweis, die Schwaben seien einst mit der Reichssturmfahne voranmarschiert, ist antiquiert. Er wirkt lächerlich, weil er uns ins elfte Jahrhundert zurückwirft. Deshalb bringt er viele gegen uns auf.«

Martinus sah Westwald böse an. Er machte eine wegwerfende Geste, wollte gerade den Mund aufklappen, als Mooser ihm zuvorkam. Der alte Schriftsetzer hatte sich, während Martinus mit den Händen fuchtelte und Westwald sich erregte, ganz langsam erhoben, die vierte Säule im Saal. Liebenswürdig wandte er sich an die lila Gekleidete: »Wie alle hier im Saal will auch ich von ganzem Herzen einen Südweststaat. Großschwaben oder Großbaden, Alemannien oder Südwestrepublik, das ist mir egal.«

»Bravo«, rief die Dame, »wie stehen Sie zu einer Schutztruppe?«

»Ich bekenne freimütig, dass ich für eine eigene Schutztruppe bin, weil wir sie spätestens dann brauchen, wenn unser Staat gegründet ist. Sonst könnten ein paar Söldner unseren neuen Staat mit Waffengewalt auflösen.«

Beifall brandete auf.

»Warum haben wir keine Schutztruppe?« Unerbittlich bohrte die Dame nach.

»Der Vorstand hat anders entschieden«, sagte Mooser.

Zwischenrufe des Bedauerns.

»Der Herr Vorsitzende legt also fest, was alle anderen in diesem Verein zu denken haben?« Die Lilagekleidete fasste sich an den Hut.

Martinus warf ihr einen gehässigen Blick zu.

»Danke! Das hatten wir schon einmal! Im letzten Krieg haben wir ja gesehen, wohin das führt«, entrüstete sie sich. »Ohne mich!« Sprach's, schritt erhobenen Hauptes zur Tür, drehte sich noch einmal kurz um. »Männer!«, schnaubte sie. Mit einer ärgerlichen Geste verließ sie den Saal.

Hinter dem Münster, direkt am Fischkastenbrunnen, gabelte sich der Weg. Linker Hand ging es zur Dreifaltigkeitskirche und zur Adlerbastei. Rechts war das Rathaus, dahinter lag die Kronengasse.

Baumann zögerte und verlangsamte seine Schritte. Es war heiß. In den engen Gassen staute sich die Hitze des Tages. Rund ums Rathaus hockten viele vor ihren Häusern, hielten ein Schwätzchen, schlotzten ein Viertele, genossen das letzte Tageslicht. Die ersten Lampen und Laternen flammten auf, von Faltern, Spannern und Mücken umflattert und umschwirrt. Hemdsärmelige Männer, luftig bekleidete Frauen, die Ellbogen in Kissen vergraben, lehnten aus den Fenstern, stöhnten zu den Nachbarn hin übers Wetter, beklagten die schlechten Zeiten und juxten über die Vorbeischlendernden.

Nach der Postgasse bog Baumann in die Kronengasse ein, den Strohhut tief in die Stirn gedrückt, das Gesicht ganz im Schatten verborgen. Er wusste genau, warum er es vermied, an den Häusern hinaufzuschauen.

»Ist's Ihnen unter dem dünnen Deckel nicht zu kühl?« Die männliche Stimme von oben wollte sich ausschütten vor Lachen. »Das ist, ich kenn ihn genau, der berühmte Caruso«, alberte eine Frau. Von der anderen Straßenseite schallte es herüber: »Oje, der ist letztes Jahr gestorben. Nein, der Geißenpeter ist's, der Mann von der Heidi.«

Vor dem Haus der Schneidermeisterin Martha Birkel zögerte er einen Augenblick und blieb schließlich stehen. Er riskierte einen Blick nach oben zu den Fenstern, hinter denen die Schneiderin ihre Räume hatte. Er erschrak, als er tatsächlich Sophie an eines der geöffneten Fenster treten sah. Sie bemerkte ihn nicht, sondern sprach wohl mit einer Kollegin im Inneren der Räume und fächelte sich dabei lachend etwas frische Luft zu. Was wäre, wenn er sich zu erkennen gebe? Sehnsucht nach seiner Sophie stieg in ihm hoch. Aber dann wäre alles hinüber, die neue Identität, die mühsam erworbene Selbstsicherheit, die Arbeit als Verlagsrepräsentant. Er zwang sich weiterzugehen, beschleunigte seine Schritte, sah geradeaus und hielt die aufkommenden Gefühle nieder. Am Schwörhaus atmete er tief durch. Es dunkelte bereits. Vom Wasser her roch es nach Lindenblüten und geräuchertem Fisch. Ganz in der Nähe, das wusste er genau, war das Fischerviertel, stieß die Blau schwüle Luft aus, hockten die Nachtschwärmer in der Krone und grölten im Schweiße ihres Angesichts vertraute Sauflieder. Man saß eng beieinander in jener Gaststube. Zundertrocken war's außerdem, wie in der Zwetschgendörre. Da musste man in Bier und Wein baden, wenn man überleben wollte.

Im Licht einer Laterne zog Baumann Sophies Porträt, das er am Nachmittag gezeichnet hatte, aus der Innentasche seines Jacketts. Er weidete sich an dem Gesicht, dem er so gern begegnet wäre. Zärtlich strich er ihr mit dem Finger übers Bild eine gezeichnete Strähne aus den Augen.

Da plärrte ein Mann herüber und wankte auf ihn zu: »Kann ich Ihnen weiterhelfen?«

»Die Kohlgasse suche ich«, sagte Baumann und steckte schnell das Bild ein.

»Ach Gott«, seufzte der Mann, »da sind Sie auf der falschen Seite gelandet.« Er roch nach Bier und Schnaps, drehte sich im Kreis und fuchtelte mit den Armen. »Dort drüben«, er torkelte, weil ihn sein chaotischer Geist aus dem Gleichgewicht brachte, »ist die … Welche Gasse war's?«

»Die Kohlgasse.«

»Ja, ja, sag ich doch! Die Kohlgasse.« Der Nachtschwärmer mühte sich, den Weg zu erklären. Aber er taumelte, verhaspelte sich, fing von vorn an, lallte, trudelte um die eigene Achse, laberte, nuschelte in einem fort.

Baumann, der den Weg ja kannte, weil er in jener Gasse gewohnt hatte, dankte. Er hob die Hand zum Gruß, während er sich schleunigst davonmachte.

»Immer links halten«, krächzte ihm der Angesäuselte hinterher.

Baumann hielt sich rechts. Er stolzierte die Sattlergasse hinauf, querte die Neue Straße, bummelte über den Münsterplatz. Vor dem großen Portal hielt er an. Gesetzt den Fall, überlegte er, Emma Bäuerle wäre inzwischen glückliche Mama, dann müsste sie jeden Tag Windeln waschen. Die konnte sie nicht vor die Haustür hängen. Gab es zur Straße hin Seilzüge für die Wäsche? Er dachte nach. Nein, nach seiner Erinnerung liefen die nicht über die Kohlgasse hinweg. Also wird sie die nassen Tücher im kleinen Hinterhof an jene Drähte klammern, die von der Teppichstange an die Hauswand gespannt waren.

Frech durch die Haustür, durch den dunklen Flur, das wäre der einfachste Weg in den Hinterhof. Aber wenn sie ihn dabei erwischte, wie damals die Sophie? Nicht auszudenken. Das Zeter und Mordio konnte er sich lebhaft vorstellen. Also lieber von einer Nebengasse in den Hinterhof hineinspickeln. Auf geht's, befahl er sich, einmal im Geviert: Rabengasse, Herrenkellergasse, Platzgasse, Kohlgasse.

Er trabte los im spärlichen Licht, das die erleuchteten Fenster spendeten. Ihm war bang, dass es für Einblicke zu dunkel sein könnte. In der Herrenkellergasse wäre er beinahe über die Füße eines Mannes gestolpert, der vor seiner Haustür döste und kaum zu erkennen war.

»Entschuldigen Sie bitte.« Baumann lüftete seinen Hut.

»Sind Sie von hier?« Die Stimme war alt und klapprig. »Nein, nein«, beantwortete sie selbst die Frage, »ich hab Sie noch nie bei uns gesehen.«

»Ich bin auf dem Rückweg in mein Hotel.«

»Sie sind geschäftlich in Ulm?«

»Ja, zum ersten Mal. Deshalb wollte ich mich ein bisschen in der Altstadt umschauen.«

»Gefällt's Ihnen bei uns?«

»Ich bin entzückt. Besonders die schönen Häuser interessieren mich. Die haben wohl alle kein Gärtchen. Oder doch? Gibt's ein Plätzchen für die Wäsche?«

»Aber ja! Im Hinterhof.«

»Kaum zu glauben.«

»Wollen Sie's sehen?«

»Wenn Sie wegen mir kein Licht machen müssen. In der Dämmerung ist's hier besonders schön.«

»Hätt ich sowieso nicht gemacht. Sparen, Sie verstehen.« Hüftsteif stellte er sich auf, drückte sich dabei mit den Händen an den Oberschenkeln ab. Dann wackelte er voraus.

Baumann folgte ihm. Gleich darauf stand er vor einem kleinen Kraut- und Gewürzgarten. Genau gegenüber lag Bäuerles Haus. Weiße Tücher leuchteten herüber. In sich gekehrt, fast gerührt schaute er hinüber, während der Mann aufzählte, was sein Gärtchen abwarf.

»Das Weiße da drüben«, Baumann deutete über den Zaun, »was ist denn das?«

»Windeln«, sagte der Mann. »Die Hauswirtin hat einen Säugling, ein hübsches Bübchen.«

Baumann dankte. Er hatte es jetzt eilig. »Sehr schön haben Sie es hier. Da würde ich auch gerne wohnen. Auf Wiedersehen!«

Am nächsten Vormittag rannte Baumann in der Bahnhofsgegend von Kiosk zu Kiosk, eine Tasche aus hellem Leinen unterm Arm, vollgestopft mit Postkartenmustern. Er bekam erfreulich viele Aufträge. Nur der Inhaber des Bahnhofskiosks hatte keine Zeit. Er bat ihn, morgen, Samstag, um halb acht Uhr abends zu kommen.

Gegen Mittag sah sich Baumann in der Pauluskirche und im angrenzenden Park um. Gleich mehrere stille Ecken fand er, in der Kirche, in den Grünanlagen, wo man sich schnell und unbemerkt umziehen konnte. Dann setzte er sich in einiger Entfernung zum Hauptportal der Kirche auf eine Bank. Er musste nachdenken.

Baumann stellte sich vor, sein alter Freund Richard käme pünktlich um drei, wie jeden Freitag, langsam die Straße herauf, den Blick zu Boden gerichtet, verschwände in der Kirche, ohne sich umzusehen. Da wusste er mit einem Schlag, wie er es anstellen musste.

Zuerst deponierte er seine Tasche im Rössle. Dann schrieb er einen Zettel, den er in einen Umschlag steckte, und eilte in die Schaffnerstraße. Richard Mooser hörte man, weil das Fenster offen stand, bis auf die Straße mit seiner Frau reden.

Als sich Baumann unbeobachtet fühlte, schlüpfte er in den Hausflur. Er warf den Umschlag in den Briefkasten, adressiert an Richard Mooser persönlich, darin der Zettel: *Viertel nach 3, Pauluskirche. Spesen, Pläne usw. mitbringen. KN.*

Schnell lief er ins Gasthaus zurück, wo er zu Mittag aß. Auf seinem Zimmer nahm er die Karten aus der Tasche, stopfte dafür ein Buch und jene Jacke hinein, die er als Karl Negele in Ulm getragen hatte. So machte er sich auf den Weg.

Am Rand des alten Friedhofs setzte er sich auf eine Bank, den Park und das Hauptportal der Pauluskirche im Visier. Über das Buch gebeugt tat er so, als lese er. Tatsächlich beobachtete er aus den Augenwinkeln alles, was um ihn geschah. Bald war er sich sicher: Nichts Auffälliges. Keine Aufpasser weit und breit.

Kurz vor drei hörte er von weitem Schritte. Richard Mooser hastete die Frauenstraße herauf, ohne sich umzuschauen. Zielstrebig ging er auf die Kirche zu.

Baumann wartete zehn Minuten. Mit offenen Augen und verhaltenem Atem beobachtete er weiter die Umgebung. Eine alte Frau ging mit ihrem Enkel spazieren. Ein Radler fuhr vorüber, beachtete ihn jedoch nicht. Er steckte das Buch in die Tasche, schlenderte durch den Park und näherte sich von Osten, von den fünfzig Meter hohen Granattürmen her, der Kirche.

In der Kirche schlich er sich auf die Empore unter der Orgel. Dort ging alles ganz schnell. Er riss sich die Brille und die Perücke vom Kopf, strich etwas Mastixkleber auf die Oberlippe, drückte den Schnauzer fest, kämmte sich. Im Handspiegel kontrollierte er, ob der Bart symmetrisch über dem Mund saß oder an den Koteletten noch Reste vom Kleber zu sehen waren.

Immerzu hatte er die Handgriffe in seiner Würzburger Kammer geübt. Hundertfach hatte er geprobt, wie er die präparierte Tasche offen hinstellen musste, damit er die Perücke blitzschnell verschwinden lassen konnte. Für den Handspiegel und das Mastixfläschchen hatte er sich Halterungen in die Tasche genäht, die auch dann hielten, wenn er plötzlich die Mappe hätte zuschlagen müssen.

Die Handgriffe am Kopf gelangen ihm nach wochenlanger Übung in dreißig Sekunden. Für den Wechsel von Jacke und Schuhen benötigte er weitere dreißig Sekunden. Wenn er gut drauf war, keine anderen Schuhe anzog, dann verwandelte sich Emil Baumann in fünfundfünfzig Sekunden in Karl Negele.

»Grüß Gott, Richard.«

Mooser erschrak. Er sprang auf, schnellte herum. Entsetzt sah er seinen alten Kollegen an, der direkt hinter ihm stand, die Schuhe in der Hand, eine Tasche unterm Arm, gekleidet, wie er ihn von früher her kannte.

Negele grinste seinen Mentor an. »Setz dich, Richard.« Er drückte sich neben Mooser auf die Bank, stellte die Schuhe ab und gab ihm die Hand.

Der erfahrene Schriftsetzer, blass vor Schreck, setzte sich schwerfällig. Mit großen Augen und offenem Mund schaute er seinen Mitstreiter an. »Gut«, stammelte er, »gut schaust du aus, Karl. Woher du kommst, verrätst du mir wohl nicht.«

Negele bat um Verzeihung. Seinem alten Freund vertraue er zwar blind, aber sonst niemandem von der alten Garde. Aber auch Mooser könne nicht mit Bestimmtheit sagen, ob er überwacht werde. Also sei es in beiderseitigem Interesse, wenn man nichts voneinander wisse.

Mooser bestätigte, dass ihn seit Wochen das Gefühl plage, bei der Arbeit ausspioniert zu werden, ebenso in der Freizeit. Verdächtig oft frage man, ob sich Karl Negele gemeldet habe. In letzter Zeit setze sich Georg Leicht im Schwabenkomitee wie ein Leibwächter neben ihn und frage viel. Was er im Ruhestand schaffe? Mit wem er verkehre? Die Vereinsakten, besonders das Kassenbuch würden jetzt regelmäßig geprüft.

»Der Leicht ist ein falscher Fünfziger. Hast du selber gesagt. Also, lieber Richard, warum wundert dich das?«

Mooser winkte ab. »Bist du mit der ersten Geldlieferung ausgekommen?« Ohne die Antwort abzuwarten, händigte er ein Bündel Geldscheine aus, lauter Ein- und Fünfdollarnoten. Er könne auch Franken, Schillinge oder Lire beibringen. Wegen der starken Inflation in Deutschland weiche er auf ausländische Währungen aus. Am Geld jedenfalls werde ihr Anliegen nicht scheitern.

»Woher hast du die Moneten, Richard?«

Mooser sagte nicht viel: »Aus einer schwarzen Kasse, über die nur ich Bescheid weiß. Doktor Martinus ist nicht eingeweiht. Westwald auch nicht. Leicht erst recht nicht. Das Geld wird mir in Umschlägen zugesteckt. Anonym, in bar. Wahrscheinlich stammt es von mächtigen Wirtschaftsleuten, die es mir über Mittelsmänner geben. Ich will es gar nicht genau wissen.«

Er erläuterte, welche Ziele zuerst anzugreifen seien: Bahngleise, öffentliche Gebäude, Bahnhöfe vor allem. Alles solle so aussehen, als würden die Gegner eines Südweststaats Gewalt säen. Der Hass auf die selbstgefälligen und eigennützigen Provinzfürsten müsse in der Bevölkerung überkochen.

Attentate planen, Anschläge verüben, das sei für Bombenleger meist ungefährlich, sagte Negele. Aber wenn Planer und Attentäter direkten Kontakt hielten oder sich träfen, gingen sie ein hohes Risiko ein. Bei der persönlichen Begegnung würden die meisten konspirativen Kreise enttarnt.

Deshalb, sagte Mooser, sei er gegen jedes Treffen mit den Aktivisten, Notfälle ausgenommen.

»Ja, Richard, darum sind wir heute zum letzten Mal zusammen.« Negele atmete tief durch, um keine Rührung aufkommen zu lassen.

Beide schwiegen eine Weile.

»Ich hab mir einiges überlegt«, sagte Negele. Er räusperte sich, dennoch klang seine Stimme rau. »Ich weiß jetzt, wie du mir gefahrlos Nachrichten zustellen kannst.«

Dann erzählte er ihm, dass er an der Bahnstrecke von Besigheim nach Walheim eine ausgezeichnete Stelle für einen toten Briefkasten gefunden habe. Dort habe er ein Glas vergraben. Er holte die Skizze heraus, um den Weg zu beschreiben.

Mooser lachte. Da habe sein Vetter einen Weinberg. Die Zeichnung brauche er nicht.

Weil Mooser aus Besigheim stamme, erklärte Negele, regelmäßig dorthin fahre, habe er sich letztlich für diese Stelle entschieden. So könne Mooser den toten Briefkasten aufsuchen, ohne aufzufallen.

Ob das Glas auch groß genug sei für Geldscheine und Papiere, fragte Mooser. Und was wäre, gab er zu bedenken, wenn der Boden im Winter gefriere oder Schnee liege.

»Es ist ein altes Bonbonglas«, besänftigte Negele. »Da passt viel hinein. Geld, Handschuhe, Reisewecker und allerlei Krimskrams. Ein Gummiring verschließt den Deckel luftdicht. Im Winter kannst du an der Stelle den Schnee mit der Hand wegnehmen. Darunter ist ein Grasbüschel und Sand aus der Enz, damit man das Glas ohne Werkzeug freilegen kann, wenn man die Stelle kennt. Auch bei Frost geht das leicht.«

Mooser griff in seine Jacke. »Im äußersten Notfall darfst du mir eine dieser Karten schicken.« Er drückte sie Negele in die Hand. »Aber nur im Notfall. Dann musst du einen plausiblen Absender erfinden. Schreib etwas Belangloses drauf, passend zur Jahreszeit und zu den aktuellen Ereignissen.«

Die Ansichtskarten waren mit der Rasierklinge aufgespalten. Die Fotoseiten zeigten verschiedene Stuttgarter Motive. Den Schlossplatz, das Wilhelmspalais und den neuen Bahnhof, der noch nicht ganz fertig war. Auf die Rückseiten war das Adressfeld gedruckt.

»Die beiden Innenflächen kannst du mit weichem Bleistift beschreiben«, warnte Mooser mit erhobenem Zeigefinger, »ganz vorsichtig, federleicht, ohne Druck.«

Negele nickte und steckte die Karten in die Innentasche seiner Jacke.

»Mit weichem Bleistift«, wiederholte Mooser, »hörst du! Ja nicht fest aufdrücken! Dann die beiden Hälften sauber mit einem Kartoffelkleber zusammenpappen. Am besten nimmst du Pelikanol. Merk's dir bitte! Bei dem Kleber kann man die Hälften überm Wasserdampf schnell wieder lösen. Die Karte wirfst du in oder um Stuttgart in den Briefkasten. Auf keinen Fall da, wo du wohnst! Hast du verstanden?«

»Heiliger Bimbam! Hältst du mich für blöd? Oder willst du dem Rottweiler Konkurrenz machen?«, lachte Negele.

Mooser verzog keine Miene.

Negele sah ihn erwartungsvoll an.

»So, mein lieber Karl, jetzt wird's ernst.« Mooser legte einen Fahrplanauszug, eine Wegskizze, eine technische Zeichnung, eine Kneifzange und ein Paar lederne Arbeitshandschuhe in Negeles Schoß. Dann erläuterte er den ersten Auftrag. Zu guter Letzt händigte er einen Packen Flugblätter aus, die Negele am Tatort direkt aus dem Umschlag verstreuen solle. »Fass nichts mit bloßen Händen an«, warnte er, »die Stuttgarter Kripo prüft inzwischen alles auf Fingerabdrücke!«

»Wann?« Negele sah Mooser gebannt in die Augen.

»Morgen oder in vier Wochen.« Mooser wich dem prüfenden Blick nicht aus.

»Warum?«

»Weil dann Neumond ist.«

Negele runzelte die Stirn.

»Bei Neumond ist es so dunkel, dass dich keiner erkennen kann. Aber für deine Arbeit ist es hell genug. Du wirst dich bestimmt auch ohne Licht zurechtfinden.«

»Wozu rätst du mir?«

»Gleich morgen.« Mooser spreizte die Finger beider Hände und legte sie aneinander. »Dann kommst du nicht ins Grübeln. Außerdem musst du nicht nochmal anreisen. Jede Fahrt birgt ein Risiko.«

Am Abend hatte sich Emil Baumann im Hotel aufs Bett gelegt. Den Kopf in die linke Hand gestützt, studierte er die Unterlagen genau.

Der letzte Zug in die Hohenzollern'schen Lande fahre um 7.40 Uhr in Ulm ab, schrieb Mooser, und erreiche Sigmaringen vor Mitternacht. Die erste Station auf der Bahnstrecke Ulm-Blaubeuren-Riedlingen-Sigmaringen sei Söflingen, genau drei Kilometer vom Ulmer Münsterplatz entfernt. Auf dem Weg zum Steinbruch in Herrlingen seien sie dort mit dem Rad vorbeigekommen.

Der letzte Gegenzug aus Sigmaringen erreiche Söflingen nachts um 10.41 Uhr. Danach verkehre dort bis zum frühen Morgen kein Zug.

Keine zweihundert Meter nach dem Bahnhof Söflingen werde die Zugstrecke eingleisig. Rechter Hand liege ein kleiner Park, darin stehe die Sankt-Anton-Kapelle, direkt am Ufer der Blau. Früher hätten dort die im Söflinger Forst stationierten Soldaten ihre Bräute ausgeführt, besonders gern bei Dunkelheit. Jetzt gäbe es keine Uniformierten mehr in Söflingen. Also sei der Park einsam bei Tag und gottverlassen nach Einbruch der Nacht.

Genau da, wo die beiden aus Ulm kommenden Schienenstränge zusammenliefen, also eingleisig würden, sei eine

Weiche. Daneben stehe eine Holzhütte, gesichert mit einem einfachen Vorhängeschloss. In ihr lagerten die Streckenwärter ihre Gleisbauwerkzeuge.

Nach einer unruhigen Nacht fuhr Baumann am anderen Morgen mit dem 7.55-Uhr-Zug von Ulm in Richtung Schelklingen, wo man nach Reutlingen umsteigen konnte. Er setzte sich ans Fenster. Mit hellwachen Sinnen nahm er alles in sich auf.

Nach fünf Minuten bremste die Lok. Langsam fuhr sie in den kleinen Bahnhof von Söflingen ein. Eine Minute später dampfte sie sachte weiter, fast im Schritttempo. Sie ratterte über eine Weiche, die den Zug auf die eingleisige Strecke lenkte. In Fahrtrichtung rechts stand die Hütte, dahinter die Kapelle, ringsum keine anderen Häuser. Erst jetzt nahm der Zug Fahrt auf.

Zuerst klapperte Baumann in Herrlingen die wenigen Händler ab, denen er seine Bücher und Kartenmuster vorlegen konnte. Zu Mittag kam er in Blaubeuren an und aß in einem Gasthof. Dann vertrieb er am Nachmittag auch hier seine Waren. Kurz vor sechs Uhr fuhr er zurück. Vor Söflingen verlangsamte der Zug seine Fahrt und ruckelte über die Weiche, bevor er hielt. Um halb sieben dampfte die Lokomotive in den Ulmer Bahnhof ein.

Richard hat recht, bilanzierte Baumann den Tag, heute Abend kann man's wagen. Der Weg zum Söflinger Bahnhof war nicht zu verfehlen. Die Weiche lag abseits im Dunklen. Das Wetter war schön. Eine Gefahr, entdeckt zu werden, konnte er nicht ausmachen.

Er ging ins Hotel, stopfte seine alten Kleider, die Zange und die Handschuhe zu den Flugblättern in die Aktentasche. Dann schlenderte er zum Bahnhof zurück.

Der Kioskbesitzer war von den Scherz- und Witzkarten begeistert. Er bestellte viele, weshalb ihn Baumann zu einem Bier einlud. Dann verabschiedete er sich. Er sei müde. Im Rückblick auf den anstrengenden Samstag bat er um Nachsicht; er wolle früh ins Bett.

In Wahrheit trödelte er jedoch ein bisschen in der Bahnhofsgegend herum, bis es dämmerte. Dann machte er sich auf den Weg nach Söflingen. Am Stadtrand von Ulm verwandelte er sich in Karl Negele und rannte, wenn niemand in der Nähe war, an den Gleisen entlang nach Söflingen.

Hier zog er zuerst die Arbeitshandschuhe an. Das Schloss zur Werkzeughütte der Streckenwärter war schnell geknackt. Steckschlüssel mit Drehkreuz und Brechstange lagen gleich hinter der Tür.

Am letzten eingleisigen Schienenstück löste er die Schienen- und Laschenschrauben. Mit der Brechstange wuchtete er, wie Richard Mooser es ihm gezeigt hatte, das Gleis auseinander. So mussten die Eisenbahnräder direkt vor der Weiche ins Leere laufen.

Er warf die Handschuhe weg, ließ die Flugblätter, ohne sie anzufassen, direkt aus dem Umschlag übers Gleis flattern, steckte den Umschlag ein und rannte zurück nach Ulm. Unterwegs schleuderte er die Zange mit aller Kraft über eine Hecke. Bei den ersten Häusern verwandelte er sich wieder in den Handelsvertreter aus Würzburg.

Gegen zehn aß er seelenruhig in seinem Gasthof einen Grünkernauflauf mit Löwenzahnsalat und trank Bier dazu.

Mit stolzgeschwellter Brust saß er da, zufrieden mit sich und der Welt. Denn er hatte endlich einmal etwas selbstständig zuwege gebracht. Er fühlte, er habe sich als ganzer Kerl erwiesen.

Angeregt, fast schon aufgedreht wie eine Kuckucksuhr plauderte er mit dem Ober. Er erzählte von seiner Arbeit als Bücher- und Postkartenrepräsentant und berichtete vom Abendtreffen mit dem Besitzer des Bahnhofskiosks. Zum Abschluss schenkte er dem Kellner eine schöne Geburtstagskarte aus seiner Kollektion und legte ein nobles Trinkgeld auf den Tisch. So war er sicher, dass der Mann notfalls bestätigen konnte, den Handlungsreisenden zwischen zehn und elf Uhr bedient zu haben.

12

Das Alhambra war eines der großen, tonangebenden Cafés in Würzburg. Nach der Tradition der Wiener Kaffeehäuser wurde hier der aufmunternde Trunk auf alle bekannten und geheimen Weisen gebrüht. Zugleich war das Alhambra gediegenes Restaurant, Tanzschule, Billardsalon, Vereinslokal, Vortrags- und Kinosaal in einem.

Im Erdgeschoss, wo die Laufkundschaft becherte und speiste, also auch die Bierschwemme war, leierte ein Orchestrion die neuesten Volkslieder. Im Hinterzimmer frönten die Billardspieler bei mäßigem Wetteinsatz ihrer Leidenschaft. Abends besetzten die Anhänger vom Ruderverein und von den Würzburger Kickers die Tische. Sie konkurrierten dann, was Lautstärke und Alkoholmenge betraf, mit den Alten Herren etlicher Burschenschaften.

Im ersten Stock saßen die Stammgäste auf Stühlen aus Bugholz mit geflochtener Sitzfläche, tranken Kaffee oder nippten an ihrem Frankenwein. Das elektrische Klavier klimperte dezent im Hintergrund. Stundenlang hockten sie dort, die Frauenrechtlerinnen und Schriftstellerinnen, die Maler, Professoren und Pensionäre, die Köpfe hinter Zeitungen versteckt. Unglaublich, wenn man es nicht selbst gesehen hat, war die Zahl der ausliegenden Zeitungen und Zeitschriften. Über einhundert. Achtzig deutsche, dazu mehr als zwanzig ausländische. Auch größere süddeutsche Blätter wie das liberaldemokratische *Neue Tagblatt,* die sozialdemokratische *Schwäbische Tagwacht,* beide aus Stuttgart, sowie die *Ulmer Zeitung* konnte man hier täglich lesen.

Das Alhambra war der Treffpunkt der Würzburger Gelehrten, der Künstler, Literaten und Journalisten. Es war die Nachrichtenbörse der Universitätsstadt und eine der größten Umschlagplätze für Informationen und Meinungen in Süddeutschland. Für Eingeweihte war es die Kultstätte für Gedankenfreiheit, für die Regierenden dagegen die Brutstätte der Opposition. Hier hatte während des Krieges ein berühmter Staatsrechtler, dessen beide Söhne fürs Vaterland an der Front gefallen waren, den Aufstand geprobt, als er das sofortige Ende des Krieges und die Abdankung des Kaisers forderte. Hier hatte der Abgeordnete Endres bereits am 2. November 1918, also neun Tage vor dem Zusammenbruch der Monarchien in Deutschland, öffentlich gegen die Fürsten gewettert. Nur die sofortige Errichtung einer Republik könne das Schlimmste verhindern.

Am Sonntagabend hörte man im Alhambra die neuesten Nachrichten, die erst in der Montagszeitung zu lesen waren. Die Redakteure von nebenan kamen in der Regel auf einen Kaffee vorbei. Hier warteten sie, bis ihre Texte gesetzt waren und korrigiert werden konnten. Beiläufig plauderten sie die letzten Sensationen aus.

Sonntagabends gingen auch Franz Blaum und Emil Baumann ins Alhambra, tranken Bier, während sie geduldig warteten, bis einer der drei Billardtische frei war. Wer verlor, der musste das Bier bezahlen, so hatten sie es abgemacht.

Sie waren so ins Spiel vertieft, dass sie zunächst nicht vernahmen, was im Nebenraum debattiert wurde. Der Lärm wurde stärker, die Billardspieler horchten mit halbem Ohr.

Ein Journalist vom Generalanzeiger berichtete, in Ulm sei ein Unglück passiert.

»Tote?«

»Nein, aber etliche Verletzte.«

»Was ist geschehen?«

»Der Nachtzug von Sigmaringen ist kurz vor dem Ulmer Hauptbahnhof entgleist.«

»Schlamperei?«

»Ein Anschlag.«

»Beweise?«

»Am Tatort wurden Flugblätter gefunden.«

»Weiß man etwas über die Täter?«

»Terroristen aus Hohenzollern.«

»Sicher?«

»Aber ja!« Der Zeitungsmann grinste. »Bombensicher könnte man sagen.«

Baumann hatte zuerst kapiert, um was es nebenan ging. »Hast du gehört, Franz? In Ulm hat es einen Anschlag gegeben.«

Der Bildhauer senkte für einen Moment das Queue, sah seinen Partner nachsichtig an; dann zirkelte er seelenruhig eine Kugel ins mittlere Loch. »Lauter Verrückte.«

»Na hör mal, Franz. Du weißt doch gar nicht, wer's war.«

»Spielt das eine Rolle?«

»Aber ja!«

»Emil, ich habe dir bereits bei unserem Ausflug zur Neuen Welt gesagt, dass es keinen Unterschied zwischen politisch und kriminell motivierten Taten gibt. Mord bleibt Mord.«

»Du machst es dir einfach, Franz.«

»Im Gegenteil. Ich denke über den Tag hinaus.«

»Auch ich will, dass es den Menschen besser geht.«

Blaum sah Baumann versonnen an. »Du willst …«

»Ich denke mir halt«, schob Baumann hastig nach, »was diese Attentäter antreiben könnte.«

Der Bildhauer stellte das Queue auf den Boden. Ernst sagte er: »Stell dir vor, eine Mutter von zwei kleinen Kindern wäre zufällig in dem Zug gesessen und ums Leben gekommen. Wie sähe dann die Zukunft der Kinder aus? Könntest du das verantworten, Emil?«

»Hätte, wenn, aber. So kann man nicht diskutieren.«

»Aber genau das riskieren die Attentäter, mein lieber Emil. Weil sie einen Missliebigen ausschalten oder eine Idee mit Gewalt durchsetzen wollen, gefährden sie das Leben Unschuldiger.« Blaum kniff die Augen zusammen. »Terroristen denken zu keiner Zeit an die Hinterbliebenen. Würden sie das tun, dann wüssten sie, dass man so großes Leid bis ans Lebensende nicht vergessen kann.« Mit gequältem Lächeln setzte er hinzu: »Die Folge? Hass und Rache auch in der nächsten Generation. Also eine Gewaltspirale ohne Ende.«

Ob das auch für den Tyrannenmord gelte, fragte Baumann vorsichtig.

Das, sagte Blaum, sei etwas ganz anderes als Züge entgleisen zu lassen oder Bomben in eine Menschenmenge zu schmeißen. Wenn jemand die Kriegstreiber im deutschen Oberkommando zum Teufel gejagt hätte, als der neue Kaiser von Österreich den Krieg beenden wollte, dann hätte das sinnlose Abschlachten zwei Jahre früher aufgehört. Das wäre eine Heldentat gewesen, die Hunderttausenden das Leben gerettet hätte.

Was dann mit den kleinen Tyrannen und Finanzjongleuren sei, die nicht am großen Rad der Geschichte drehten? Die aber jeden Tag Menschen in den Ruin trieben und den Ruf nach Gerechtigkeit unterdrückten?

»Erwischt«, lachte Franz Blaum. »Wo die Grenze zwischen Tyrannenmord und Selbstjustiz verläuft, weiß ich auch nicht.«

Baumann saß im Alhambra, im ersten Stock, an einem runden Tisch, allein, die Beine übereinandergeschlagen. Vor ihm stand eine Schale Brauner. Er war in die Lektüre der *Ulmer Zeitung* vom Montag und Dienstag vertieft.

Er bewunderte Mooser im Nachhinein. Perfekt hatte der alles geplant, alles bis ins kleinste Detail vorbereitet. Zu keinem Zeitpunkt war sein Aktivist in Gefahr gewesen. Auch die Folgen des Anschlags waren verhältnismäßig gering, weil der Zug an der Stelle langsam fuhr. Das hatten die Planer mit Sicherheit so gewollt. Dennoch war die Wirkung in der Öffentlichkeit ungeheuer. Ein Bravo für Richard Mooser! Fraglich blieb, welchen Anteil Erwin Pfeiffer haben könnte.

Dass es dieses Kommando für ein freies Hohenzollern gab, bezweifelte inzwischen niemand mehr. Auf den Flugblättern zeichnete es ja verantwortlich für den Anschlag. Auch die am Tatort gefundenen Lederhandschuhe wiesen in diese Richtung. Die Handschuhe stammten aus Gammertingen, wie die

Einnäher am Innensaum verrieten. Hohenzollern'sche Wertarbeit, bei vielen Arbeitern in den Hohenzollern'schen Landen sehr geschätzt.

Die Flugblätter zogen ungeniert vom Leder: *Die Zeit, da unser Hohenzollern Trauer trägt, darf nicht kommen. In einem vereinten Südwesten ist Hohenzollern verloren, den Badenern und Schwaben zum Fraß vorgeworfen, die nur ihre wirtschaftlichen Interessen verfolgen. Südwestdeutsche Republik – niemals!*

Das heimattümelnde Gesülze amüsierte Baumann. Zum Glück hatte er es nicht am Abend vorher im Gasthaus gelesen. Sein wieherndes Lachen hätte ungeahnte Folgen haben können.

Die kriminaltechnische Untersuchung der Flugblätter habe ergeben, so die *Ulmer Zeitung*, dass das Papier irgendwo in Hohenzollern hergestellt wurde. Die verwendete Drucktype sei in keiner Ulmer Druckerei vorhanden, aber in Sigmaringen und Hechingen.

Baumann grinste.

Der dicke Georg wird jetzt in seiner Ulmer Polizeikaserne im Viereck herumspringen. Oder ist er schon in geheimer Mission nach Sigmaringen unterwegs? Die wird gefährlicher als das Attentat. Hohenzollern gehört ja den Preußen. Die aber werden jede württembergische Einmischung energisch abwehren. Also muss Leicht mit falschem Bart, abenteuerlich verkleidet, bei Nacht und Nebel über die grüne Grenze, wenn er sich in den feindlichen Druckereien umhören will.

Baumann stellte sich vor, wie Mooser am Wochenende an seiner Maschine gesessen hatte, zufrieden, stillvergnügt, als er diesen Bericht setzen musste.

Wie er Richard Mooser so vor seinem inneren Auge an der Linotype arbeiten sah, stiegen in ihm Bilder auf. Er phantasierte, er sei in ein muffiges Gewächshaus eingesperrt. Ihm war, als lebe er in modriger Umgebung, atme schwüle Luft, verdunste sein Leben in feuchtheißem Klima. Geblendet von einer fremden Vision. Genährt von der Hoffnung auf einen gerechten Staat. Getrieben vom Glauben an ein Gemeinwesen ohne Gewalt und Krieg. Er sah sich ängstlich an Richards Verheißungen klammern, wie die Tomatenstöcke an ihre Pfähle. Das Licht über ihm war diffus. Nirgendwo ein Mensch. Er fühlte sich wie im Rausch, hypnotisiert, euphorisch, aufgedreht, zugleich apathisch, gleichgültig und stumpf. Wie eine Marionette zappelte er an Fäden, die andere in der Hand hielten und bestimmten, was er zu tun und zu lassen hatte.

Merkwürdig, er hatte weder Furcht noch Skrupel verspürt. Vor der Tat nicht, danach auch nicht. Es war ihm nicht in den Sinn gekommen, unschuldige Menschen könnten dabei sterben. Wie in Trance hatte er die Tat begangen, ohne jeden Gedanken an sich selbst und an andere.

Bestürzt saß er ein Weilchen reglos am Tisch, nippte an seinem Kaffee und überlegte, ob er auf die Tat stolz sein dürfe. Dann holte er sich den *Würzburger General-Anzeiger*, blätterte ihn durch auf der Suche nach der Meldung über den Anschlag bei Ulm. Er fand eine kleine Notiz mit dem bissigen Kommentar, das Bömble des Kommandos für ein freies Hohenzollern sei nicht sehr überzeugend. Es sei eher ein Angstfürzle als ein Befreiungsschlag.

Hauptmann Gerland war verärgert. »Was soll das heißen?«, schnauzte er Rottenmeister Leicht an. Er nahm die feldgraue Polizeimütze mit dem hellgrünen Vorstoß ab und legte sie auf den Schreibtisch. Als sein Blick auf die schwarz-rote Kokarde am Besatzstreifen seiner Mütze fiel, beruhigte er sich. Sie erinnerte ihn an seine ersten Aufträge als württembergischer Gebirgsjäger, die er auch in den Sand gesetzt hatte.

Leicht, in Zivil, weil er zu den politischen Aufklärern gehörte, sah seinem Bannführer ins Gesicht. Der war in Gedanken weit fort.

»Verzeihung, Herr Hauptmann.« Leicht räusperte sich.

Gerland erschrak.

»Verzeihung, Herr Hauptmann, ich weiß nicht …«

»Keine Widerrede, Leicht, Sie sind ein Versager.« Gerland, in Reitstiefeln, eine Gerte in der Hand, ging im Zimmer auf und ab. »Braucht's klarere Beweise? Die Handschuhe sind aus Sigmaringen. Das Papier der Flugblätter stammt aus Hohenzollern. Der Zug kam aus Hohenzollern. Der Anschlag ereignete sich wenige Kilometer vor dem Ort, wo man für Großschwaben Werbung macht. Also existiert das Kommando für ein freies Hohenzollern. Auch wenn Sie keine Beweise finden konnten. Die Attentäter kommen aus Hohenzollern.« Er blieb stehen und wippte vor und zurück. »Woher denn sonst?«

Freiherr von Neubeck, Gerlands Adjutant, hatte bisher geschwiegen, jetzt mischte er sich ein: »Herr Hauptmann haben recht, die Anzeichen sprechen dafür, dass hohenzollerische Nationalisten ein Zeichen gegen Württemberg und gegen Großschwaben setzen wollten. Trotzdem sollten wir nicht unterschätzen, was Rottenmeister Leicht ermittelt hat.«

»Sie meinen die Verbindung zur Blauen Division?«

»Ja, Herr Hauptmann, der Werber für Süddeutschland, ein gewisser Pfeiffer …«

»Wo steckt der Kerl?«

»Nicht auffindbar, Herr Hauptmann.« Leicht sah seinen Hauptmann bekümmert an.

»Nicht auffindbar! Nicht auffindbar!« Gerland hieb mit seiner Gerte in die Luft, dass es pfiff. »Immer wenn Sie etwas suchen sollen, Leicht, dann ist es nicht auffindbar.«

»Wir haben überall gesucht, Herr Hauptmann. Wir wissen nicht, wo er sich versteckt. Aber wir werden ihn finden.«

»Sagten Sie nicht, Sie hätten ihn sicher an der langen Leine?«

»Abgetaucht, Herr Hauptmann. Alle Kontaktpersonen sind überprüft. Zu keiner hat er Verbindung aufgenommen.«

»Alle früheren Aufenthaltsorte kontrollieren!«

»Schon erledigt, Herr Hauptmann. Leider ohne Erfolg.«

»Und bei der Blauen Division?«

»Ist er auch nicht mehr, Herr Hauptmann. Behaupten jedenfalls die Leute vom Freikorps.«

»Was schließen Sie daraus?«

»Dass Pfeiffer hier bei uns sein Unwesen treibt. Ich habe Ihnen ja letzte Woche gemeldet, Herr Hauptmann, dass man im Schwabenkomitee munkelt, er wolle Großschwaben mit Gewalt erzwingen.«

»Beweise?«

»Keine, Herr Hauptmann.«

»Sehen Sie, mein lieber Leicht, ein Hirngespinst, wie ich's gesagt habe.« Er schlug mit der Gerte an seine Stiefel. »Die Leute glauben an Gespenster.«

»Gestatten, Herr Hauptmann, noch einer ist aus dem Schwabenkomitee verschwunden.«

»Wer?«

»Karl Negele, Herr Hauptmann, ein Kriegskamerad von Pfeiffer. Erst Infanterist, dann Maschinengewehrschütze.«

Gerland dachte nach. Gedankenverloren blieb er vor seinem Schreibtisch stehen, legte sein Stöckchen ab und spielte mit einem Bleistift. »Zwei Leute aus demselben Verein?«

Leicht nickte.

»Zur gleichen Zeit verschwunden?«

»Jawohl, Herr Hauptmann.«

»Merkwürdig«, sagte Gerland, »tatsächlich merkwürdig.«

»Nicht einmal Negeles Mutter scheint zu wissen, wo sich ihr Sohn aufhält, Herr Hauptmann.«

Neubeck meldete sich zu Wort: »Ist er aus dem Verein ausgestiegen?«

»Vielleicht, Herr Oberleutnant.«

»Was soll das heißen?«

»Im Verein ist er jedenfalls nicht mehr. Das steht fest. Er hat auf dem Formular, das er dem Vereinsvorsitzenden Martinus übergeben hat, Umzug als Kündigungsgrund angegeben. Möglicherweise ist er in den Untergrund gegangen.«

»Wie kommen Sie darauf?«

»Bei der *Ulmer Zeitung* hat er Knall auf Fall gekündigt. Wer gibt heutzutage freiwillig einen guten Arbeitsplatz auf? Seine Zimmerwirtin weiß auch nicht, wo er hin ist. Er brauche das

Zimmer nicht mehr, hat er ihr gesagt, sie könne es vermieten. Er hat keine neue Anschrift hinterlassen. Weder in seinem Heimatort Großsachsenheim bei Ludwigsburg ist er, noch bei Bekannten in Ulm. Nirgendwo in Württemberg ist er behördlich gemeldet. Auch im benachbarten Bayerisch-Schwaben ist er nicht, auch nicht in Baden oder Hohenzollern.«

»Was haben Sie veranlasst?«

»Die Horchposten verdoppelt, Herr Oberleutnant!« Leicht schlug die Hacken zusammen. »Wir überwachen seine Mutter, seine frühere Zimmerwirtin, die ehemaligen Arbeitskollegen bei der *Ulmer Zeitung* und das Schwabenkomitee.«

Neubeck kniff die Augen zusammen. »Sie sprachen kürzlich davon, Negele habe sich mit einem älteren Herrn angefreundet. Was weiß man über den?«

»Meinen Herr Oberleutnant den Schriftsetzer Mooser, der auch im Schwabenkomitee ist?«

»Ist der auch verschwunden?«

»Nein, Herr Hauptmann. Mooser hat keinen Kontakt mehr zu Negele. Bei der Arbeit nicht, auch nicht privat. Definitiv. Alles genau überprüft. Sogar seine Bekannten und Verwandten. Auch seine Post.«

Gerland stiefelte im Zimmer umher, dann hielt er plötzlich an. »Und das Schwabenkomitee?«

»Lahmt, Herr Hauptmann. Kein Schwung mehr in dem Verein. Ich gehe zu jeder Sitzung, zu jeder Veranstaltung. Meist sitze ich neben Mooser und passe auf, dass kein Blödsinn beschlossen wird.«

»Und die führenden Leute im Verein?«

»Muss man nicht fürchten, Herr Hauptmann. Mehr als ein paar Nadelstiche kriegen die Schwabenkrieger nicht hin. Der Vorsitzende ist ein Schulmeister, sein Stellvertreter ein Jurist. Das sagt alles.«

»Also geht's vor allem um die zwei Abgetauchten?«

»Jawohl, Herr Hauptmann, um Erwin Pfeiffer und Karl Negele.«

»Na, dann mal los!«

Georg Leicht salutierte, ehe er grinsend Gerlands Stube verließ.

Kaum war er draußen, maulte er leise vor sich hin: »Rechts Lametta, links Lametta, und der Bauch wird immer fetta!« Jedes Mal, wenn er bei dem alten Grattler, wie er seinen Hauptmann insgeheim titulierte, antanzen musste, fiel ihm dieser kleine Vers ein. Vor seinen Kameraden hatte er das bisher verschwiegen. Die sangen dafür spät abends beim Bier Claire Waldoffs Schmachtfetzen *Hermann heeßt er*. Hermann Gerland gab eine lächerliche Figur ab, das war für Rottenmeister Leicht eine ausgemachte Sache.

Baumann stieg in Besigheim aus dem Zug. Er war müde und fahrig. Die halbe Nacht hatte er sich den Kopf zerbrochen, wie er den Eisenbahnern seine häufigen Fahrten auf denselben Bahnstrecken plausibel machen könnte. Letzte Woche war ihm aufgefallen, dass ihn die Schaffner schräg ansahen, wenn er seinen schweren Koffer über den Bahnsteig schleppte und ins Abteil stemmte. Dem Misstrauen muss man vorbeugen, beschloss er, die Neugier lässt sich leicht befriedigen. Sonst kommen die Leute noch auf falsche Gedanken und informieren die Polizei: Ist das nicht einer von den Bombenlegern? Und die wenigen, die genau hinsahen, könnten fragen: Warum trägt er ein Toupet? Versteckt er sich?

Als heute der Schaffner kam und die Fahrkarte kontrollieren wollte, tat Baumann so, als müsse er sie im Koffer suchen. Er sei Verlagsvertreter für Bücher und Postkarten, erklärte er nebenbei, und bereise die Strecke regelmäßig. Gerne verkaufe er ein paar Karten zum halben Preis an die Herren von der Bahn, wenn man das Gewünschte rechtzeitig ordere.

Im Besigheimer Bahnhof suchte er zielstrebig den Gepäckschalter auf. Der Beamte, ein freundlicher, älterer Herr mit Schildmütze, sah ihn fragend an: »Sie wünschen?«

»Ich möchte mein Gepäck aufgeben.«

»Für wie lange?«

»Ein, zwei Stunden.«

»Den Rucksack auch?«

Baumann schüttelte den Kopf. Mit Schwung wuchtete er den Koffer auf den Tisch, der den Gepäckraum von der Bahnhofshalle trennte. Absichtlich ließ er den Beamten die vielen Bücher sehen, während er die beiden Kofferschließen aufdrückte und den Kofferdeckel zurückschlug. Berechnend wühlte er sich durch seine Schätze und spielte den Ratlosen. Er könne das gesuchte Buch nicht finden, sagte er bedrückt. Mit Bedacht nahm er schließlich einen Band heraus und strich sanft über den Buchrücken.

Der Bahnbeamte guckte überrascht zu. Er grübelte, wälzte wohl irgendeinen Gedanken, dann blinzelte er den Fremden treuherzig an: »Um Himmels willen! Lauter Bücher! Wozu braucht ein Mensch so viel langweiliges Zeug auf der Reise?«

Baumann lachte. »Ich arbeite für einen Verlag.« Er setzte den Rucksack auf dem Tisch ab und steckte das Buch in eine der beiden Außentaschen. »Ich bin Handelsvertreter für Bücher und Postkarten.«

Lang und breit erzählte er, das hier sei eine kleine Auswahl der Bücher, für die er werben müsse. Das ganze Sortiment stehe in zwei Musterkatalogen. Er nahm sie heraus, blätterte sie mit dem Daumen auf. Einen für die Fachbücher, die er Buchhandlungen und Schulen anbiete, einen weiteren für Postkarten, denn Karten vertreibe er auch. Davon gäbe es so viele, dass er nur einige wenige mit sich führen könne. Er zeigte auf die Musterkarten, die mit Gummis im Kofferdeckel festgeklemmt waren.

»Ansichtskarten?«

»Auch. Dazu Beileidskarten sowie Glückwunschkarten für alle Gelegenheiten, von der Geburt bis zur Goldenen Hochzeit. Beliebt sind Karten mit Melodie und Text der schönsten Schnulzen. Manche Leute sammeln sie. Der letzte Schrei sind Phonokarten mit den bekanntesten Operettenmelodien. Die sind viel billiger als Schallplatten.«

Während Baumann das sagte und auf die Muster im Koffer deutete, schaute der Bahnbeamte verdattert zu. Er zog ein paar Karten aus der Halterung. »Etwas für Lebenslustige ist unser humoristisches Angebot, die Scherz- und Witzkarten.« Er ließ ein paar gemalte Witze von der einen in die andere Hand gleiten. Die letzte Karte schenkte er dem Staunenden. »Für Sie.«

Der Bahnbeamte dankte überschwänglich. Er lachte, war beeindruckt, fühlte sich angesprochen und geschmeichelt. Voller Mitgefühl fragte er, wie lange eine solche Reise dauere.

Meist drei bis vier Tage in der Woche, sagte Baumann. Die ersten beiden Tage seien sehr beschwerlich, aber gegen Ende der Reise werde es von Stunde zu Stunde erträglicher, denn da dürfe er alle mitgeschleppten Bücher und Postkarten verkaufen. So werde sein Gepäck immer leichter. Morgens sei er stets frisch und ausgeruht, aber am Nachmittag würden die Arme lang und länger. Deshalb lasse sein Verlag gerade zwei kleine, bequemere Musterkoffer samt einer speziellen Rückentrage mit gepolsterten Trägern fertigen. Mit zwei kleinen Koffern und einem Rucksack werde die Last besser verteilt. Jedenfalls sei sein Chef mit ihm zufrieden, weil er viele neue Kunden geworben habe.

»Einen Augenblick bitte«, sagte der Beamte, nahm von einer Dame, die sich hinter Baumann angestellt hatte, den Gepäckschein entgegen und händigte ihr eine Reisetasche aus.

Dann wandte er sich wieder Baumann zu: »Warum verschicken Sie das alles nicht mit der Post oder per Bahnfracht?«

»Die Bücher verkaufe ich nur ausnahmsweise. Ich zeige sie herum und nehme Bestellungen entgegen.«

Der Beamte hob lachend die Hände. Gutmütig meinte er: »Mir brauchen Sie die Bücher nicht zu zeigen. Ich brauch keins. Ich lese bloß Zeitung und einmal im Monat mein Postsparbüchle.«

»Sie sollen sie aufbewahren, nicht lesen.« Baumann schlug grinsend den Kofferdeckel zu.

»Dann können Sie jetzt die Bücher aber keinem zeigen. So kriegen Sie keine Bestellungen.«

Baumann drückte die Deckelschnallen in die Schlösser. »Abschließen muss ich ja nicht«, murmelte er vor sich hin. Laut sagte er, als der Beamte die Schultern zuckte: »Ich gönn mir jetzt eine Mittagspause.«

»Aber Sie sind doch gerade erst mit dem Vier-dreiundsiebzig aus Heilbronn gekommen.«

Baumann sah ihn ratlos lächelnd an. »Ja, den ganzen Morgen habe ich meinen schweren Koffer durch Heilbronn geschleppt. Aber ich komme aus Heidelberg. In aller Herrgottsfrühe bin ich von dort abgereist.«

»Ja, dann haben Sie sich eine Pause verdient. Soll ich Ihnen ein Gasthaus empfehlen?«

»Nächstes Mal. Wenn ich genug Geld verdient habe. Wissen Sie, ich bin neu in dem Beruf. Ich hab mein Vesper im Rucksack. Beim Herfahren hab ich gesehen, dass der Neckar in der Nähe ist. Dort hock ich mich hin.«

»Die Enz«, verbesserte der Mann. »Die letzten zwei Kilometer folgt die Bahnlinie der Enz. Der Neckar ist auf der anderen Seite von Besigheim.«

»Dann geh ich halt an die Enz. Bis nachher.« Baumann lüftete seinen Hut und drehte ab.

»Halt, mein Herr«, rief ihm der Beamte nach, »Ihr Gepäckschein. Ordnung muss sein.«

Baumann nahm den Schein, las den Aufdruck, zählte 20 Pfennige auf den Tisch. Freundlich nickte er dem älteren Herrn zu und meinte leutselig, er müsse dringend neue Kraft tanken. Am Nachmittag fahre er nach Bietigheim, um seine Bücher und Karten herumzuzeigen. Und am Abend müsse er weiter nach Ludwigsburg zum Übernachten.

Doktor Martinus, vom Streit in den letzten Sitzungen noch arg zerzaust, stellte Anton Bantle vor, Journalist bei der *Hohenzollerischen Landes-Zeitung*, die erst kürzlich gegründet worden war. Herr Bantle habe sich intensiv mit der Südwestfrage befasst und kenne viele vertrauliche Details. Deshalb habe er ihn als Referenten eingeladen, um Vorwürfe zu entkräften, die Mitglieder würden einseitig und nicht ausreichend informiert.

Bantle, ein Mittvierziger im schwarzen Anzug, glatt rasiert, mit kurzen Haaren und hoher Stirn, erhob sich. Der altmodische weiße Stehkragen, von einer dunkelblauen Krawatte zugeschnürt, verhüllte seinen Hals und ließ den Zeitungsmann gedrungen erscheinen. Mit fester, melodischer Stimme trug er vor, was die neunte Regierungskommission in Sachen Südweststaat beraten habe. Bill Drews, ehemaliger preußischer Innenminister und neu ernannter Staatskommissar für die Neugliederung Deutschlands, leite die Kommission. Im Kern gehe es dabei nur um Hohenzollern. Deshalb müsse die Kommission vordringlich folgende Fragen beantworten: Soll Hohenzollern als preußische Exklave bestehen bleiben? Soll es als Ganzes an Baden oder Württemberg fallen? Oder soll es unter die Nachbarländer aufgeteilt werden?

Weil in Berlin kein brauchbares Material über Hohenzollern aufzutreiben war, habe die Kommission Doktor Emil Belzer, den preußischen Regierungspräsidenten von Sigmaringen, beauftragt, einen Lagebericht auszuarbeiten und die Stimmung der hohenzollerischen Bevölkerung einzufangen, ohne sie amtlich zu erforschen.

Drei Monate später habe Doktor Belzer seinen streng vertraulichen Bericht der Kommission übergeben. Großschwaben sei, so Belzers Schlussfolgerung, die einzige zukunftweisende Lösung. Vereinige man Baden, Württemberg und Hohenzollern, dann sei man von Hechingen bis Sigmaringen rundum zufrieden. Entstünde jedoch in absehbarer Zeit kein Südweststaat, dann sollte Hohenzollern bei Preußen bleiben, es sei denn, mindestens zwei Drittel der hohenzollerischen Bevölkerung stimme für die Aufteilung oder den Anschluss an einen der beiden Nachbarstaaten.

»War der Bericht wirklich vertraulich?«, wollte ein junger Mann in der hintersten Reihe wissen.

»Ja.«

»Wie konnten ihn dann die Zeitungen abdrucken?«

»Die Wege der Politik sind unerforschlich«, grinste der Referent. »Meine Zeitung jedenfalls hat, wahrscheinlich wie alle anderen Blätter in Hohenzollern auch, eine maschinenschriftlich hektografierte Fassung erhalten. Anonym per Post.«

Ungläubiges Staunen auf den Gesichtern der Zuhörer.

Eine ältere Dame meldete sich zu Wort: »Und wie haben Baden und Württemberg auf den Bericht reagiert?«

»Baden hat widersprochen, es erhebe Anspruch auf den Verwaltungsbezirk um Sigmaringen. Württemberg hat danach ein Gegengutachten erstellt: Einem solchen Anschluss an Baden werde es nur zustimmen, wenn die nördlichen Bezirke Hohenzollerns zu Württemberg kämen.«

Gelächter und Getuschel. Dann ein Zwischenruf: »Waren die badischen und württembergischen Stellungnahmen auch vertraulich?«

»Ja.«

»Hört! Hört!«, schrie einer aus der Saalmitte. Und ein anderer war angewidert: »Ein abgekartetes Spiel. Alles Lumpenpack!«

Der junge Mann stand auf und ließ nicht locker: »Und was schließen Sie daraus?«

Bantle zog die Augenbrauen hoch. »Es gibt meines Erachtens nur zwei Erklärungen. Entweder will Preußen einen Zusammenschluss verhindern und streut die Geheimpapiere, weil es sonst Hohenzollern verliert. Oder Vereinigungsgegner aus Stuttgart und Karlsruhe betreiben ein schäbiges Spiel und hetzen die Badener und Württemberger gegeneinander auf.«

Pfuirufe aus dem Publikum.

»Die undichte Stelle könnte doch auch in Hohenzollern sein«, kreischte eine Dame aus den vorderen Reihen.

»Könnte sein, glaube ich aber nicht«, meinte Bantle. »Reichsregierung und Reichstag wollen das übermächtige Preußen zerschlagen. Preußen wehrt sich. Alles, was in Hohenzollern geschieht, geht letzten Endes von Potsdam aus.

Es kann also gut sein, dass die preußische Regierung ihren Sigmaringer Regierungspräsidenten vor die Wahl gestellt hat: Gehorchen und im Amt bleiben – oder auf das Amt verzichten. Ein führender preußischer Beamter hat eigentlich keine Wahl. Also wird die Order gelautet haben: Belzer solle ein Luftschloss bauen und hohe Wahlhürden für ganz Hohenzollern einfordern. Dann müsse Preußen nur noch zuschauen, wie sich Baden und Württemberg in die Wolle kriegen.«

Die Leute schimpften, schäumten, empörten sich. Manche sprangen auf und forderten, man müsse den politischen Sumpf endlich trockenlegen. Wieder andere lachten, es war jedoch ein gallenbitteres Lachen voller Hohn und Spott.

Bantle stand gelassen da und wartete, bis sich die Leute wieder beruhigten. »Wenn Sie regelmäßig Zeitung lesen, meine Damen und Herren, dann wissen Sie, dass Baden und Württemberg längst so zerstritten sind, wie Preußen sich das nur wünschen kann. Die beiden Anschläge auf Züge aus Sigmaringen beweisen doch …«

»Zwei Anschläge?« Die Leute schauten sich entgeistert an.

»Ja, wissen Sie das noch nicht? Gestern Abend wurde ein zweiter Anschlag auf die Hohenzollernbahn verübt.«

Allgemeines Kopfschütteln und Entsetzen.

»Der Nachtexpress, der abends kurz vor acht in Sigmaringen abfuhr und um halb elf in Tübingen ankommen sollte, entgleiste gleich nach der hohenzollerischen Landesgrenze. Bei Sebastiansweiler wurden auf einer Strecke von etwa fünfzehn Metern die Gleise manipuliert, Schrauben entfernt, Schienen verschoben. Das Werkzeug dazu stahlen die Attentäter aus einer Bauhütte an der Steinlach. Der Zug ratterte aus den Schienen und grub sich in die Böschung, wobei die Waggons teilweise ineinander geschoben wurden. Dreißig Verletzte und hoher Sachschaden sind zu beklagen.«

Ob wieder Flugblätter wie in Söflingen gefunden worden seien, wurde Bantle gefragt.

»Ja, aber meine Landsleute werden dafür wohl nicht verantwortlich sein.«

»Warum?«

»Die Gefahr, dass Hohenzollern aufgeteilt wird, besteht doch gar nicht mehr. Und gegen Großschwaben haben meine Landsleute erst recht nichts. Also könnte es doch sein, dass da Leute zündeln, die etwas gegen Großschwaben haben.«

Leicht war sprachlos. Mit großen Augen schaute er seinen Nebensitzer Mooser an, der die Achseln zuckte.

»Zum Wohl, lieber Mooser.« Westwald prostete dem alten Schriftsetzer zu, stellte sein Glas ab und zündete sich eine Zigarette an.

Westwald hatte ihn zufällig auf der anderen Straßenseite entdeckt, eine Weile zu ihm hinübergespäht, ehe er seinen Namen gerufen hatte, nicht laut, nicht fordernd, sondern fragend und bittend.

Mooser war über die Straße geeilt. Einem hupenden Autofahrer, dem er vor den Wagen gelaufen war, hatte er den Vogel gezeigt. Das Erschrecken ins Gesicht geschrieben, hatte er sich zu Westwald geflüchtet und ihm die Hand gereicht.

Westwald, anders als sonst, abwartend, als sei sein Stichwort noch nicht gefallen, nicht in Eile, hatte ein paar Sätze übers Wetter verloren, dann über den ausufernden Straßenverkehr geklagt.

»Schon lange nicht mehr gesehen«, hatte Mooser gesagt, »in den letzten Sitzungen hat man Sie vermisst.«

»Hat Martinus etwas gesagt?«

»Kein Wort.«

Er steige aus, hatte Westwald geantwortet und Moosers Mienenspiel aufmerksam beobachtet.

Mooser hatte sich fassungslos gezeigt, mit offenem Mund den Rechtsanwalt angestarrt, dabei vergeblich nach einem Wort der Erwiderung gesucht.

Er steige aus, hatte Westwald wiederholt, ein seltsames Lächeln auf den Lippen, aber das bedürfe einer längeren Erklärung. Verlegen hatte er Mooser angeschaut und zu einem Bier eingeladen, wenn er dafür Zeit habe.

Mooser, auf dem Rückweg vom freitäglichen Gedenken an seinen gefallenen Sohn, hatte dankend angenommen.

Jetzt hob er sein Glas, trank, setzte es ab, wischte sich den Mund. Dann atmete er tief durch. »Weiß es Martinus?«

»Ja.«

»Was sagt er dazu?«

»Nichts. Ich glaube, er ist erleichtert.«

»Kann ich mir nicht vorstellen.«

»Von Anfang an, erst recht beim heftigen Disput neulich«, beharrte Westwald, »hatte ich das Gefühl, Martinus empfindet mich als Bedrohung. Das allererste Zusammentreffen Anfang 1919 verzeiht er mir bis heute nicht. Da bin ich mir ganz sicher.«

Mooser erinnerte sich, gab Details aus dem Gedächtnis wieder, ehe er sich über jene Sitzung belustigte, in der sich Westwald erfolgreich gegen die sofortige Vereinsgründung gewehrt hatte.

Westwald sah gedankenverloren vor sich hin, nuckelte an seiner Zigarette. Er nickte mehrmals, als müsse er seine eigenen Worte bekräftigen: »Das Schwabenkomitee hat von allem Anfang an entscheidende Fehler gemacht. Großschwaben ist deshalb ohne Zukunft, leider.«

»Meinen Sie?«

»Aber ja! Erstens haben wir bis heute nicht entschieden, ob Großschwaben ein souveräner Staat oder ein Bundesland werden soll. Das war der Kardinalfehler. Hätten wir gehandelt, als es in Bayern drunter und drüber ging, sofort eine selbstständige Republik nach Schweizer Vorbild ausgerufen, dann wären die schwäbischen Gemeinden in Bayern mit wehenden Fahnen zu uns übergelaufen. Es müsste aber eine Republik sein, muss ich hinzufügen, in der das Volk zu allem seine Meinung sagen kann. Alle vier Jahre ein Kreuzchen machen, das genügt nicht für eine moderne Demokratie.«

»Damals haben Sie sich aber nicht so geäußert.«

»Ja, leider. Den richtigen Zeitpunkt haben wir verpasst. Alle miteinander! Ich auch.«

»Sie sagten erstens …«

»Verzeihung!« Westwald legte seine Zigarette auf dem Ascher ab. »Zweitens haben wir keinen Aktionsplan erarbeitet, wie wir unser Ziel erreichen könnten. Drittens haben wir uns nicht geeinigt, welche Regionen dazugehören sollen.«

Mooser knurrte Unverständliches vor sich hin.

Westwald ließ sich nicht beirren. »Kein Mensch hat mir bisher erklären können, weshalb die fränkischen Landesteile nördlich von Heilbronn auch zu Großschwaben gehören sollen, wenn sie nie schwäbisch waren. Zum Herzogtum Schwaben gehörten sie jedenfalls nicht. Entweder will man ein Großschwaben, dann gehört das württembergische Franken von Heilbronn bis Hall nicht dazu. Oder man kann auf die fränkischen Landstriche südlich des Mains nicht verzichten, dann darf man den neuen Staat auf keinen Fall Großschwaben nennen.«

»Sie hätten's wahrlich ändern können.«

»Mag sein.« Westwald paffte aus Mund und Nase. »Aber Martinus hat mir keinen Spielraum gelassen, weil er nur vage Vorstellungen hat. Möglicherweise will er das alte Herzogtum Schwaben wiederbeleben. Aber das ist grober Unfug. Sie, mein lieber Mooser, kennen auch die alten Karten aus dem Mittelalter. Martinus jagt Hirngespinsten nach. Er missachtet die Staaten, die seitdem auf dem Gebiet des Herzogtums Schwaben entstanden sind.«

Mooser hatte aufmerksam zugehört. Jetzt merkte er an, ein viertes Problem sei ungelöst: die militärische Option, der Aufbau einer eigenen Schutztruppe.

Westwald widersprach. Martinus habe ernsthaft nie an eine harte oder gar militärische Lösung gedacht, weil er jeder Diskussion über die Grenzen des künftigen Großschwabens ausweichen wollte. Deshalb wisse der Herr Lateinschulrektor ja selbst nicht, was eine Schutztruppe verteidigen solle und wo man sie einsetzen könne. Die eigenen Soldaten in Stuttgart aufmarschieren lassen, die württembergische Regierung schachmatt setzen, die neue Südwestrepublik anfangs gegen Polizei und andere feindliche Kampfgruppen abschirmen, das wäre die erste Möglichkeit. Die andere wäre, die Freischärler in Ulm, Augsburg oder Memmingen stationieren und dort unter militärischem Schutz Großschwaben ausrufen.

»Wenn ich den Martinus packen, ihm eine Entscheidung abnötigen wollte«, Westwald hob resigniert die Augen zur Zimmerdecke, »dann ist er mir aus der Hand geflutscht wie eine nasse Seife.«

Mooser lachte herzhaft.

»Deshalb«, Westwald drückte seine Zigarette im Aschenbecher aus, »habe ich mich nicht für eine Schutztruppe eingesetzt. Ich weiß genau, dass Sie anderer Meinung waren. Kann sein, dass Sie es bis heute sind. Ich gebe ja zu, dass die Ausrufung eines neuen Staates unter dem Schutz eines Freikorps vermutlich die einzige realistische Möglichkeit gewesen wäre, unser Ziel zu erreichen. Zumindest damals, 1919, als Bayern am Boden lag. Aber diesen Zeitpunkt haben wir verpasst.«

Mooser senkte den Kopf. Er schwieg lange. Dann blickte er kurz auf und fragte ernst: »Verpasst? Sie meinen, auf ewige Zeiten verspielt?«

»Ja, leider.« Westwald zündete sich eine neue Zigarette an. »Kein Schuss wäre damals gefallen, kein Blut geflossen. Entschlossenheit, Mut, auch ein bisschen Wagemut hätten genügt, unser Ziel zu erreichen. Aber Martinus ist ein Träumer, ein Idealist, der zu keiner pragmatischen Lösung taugt. Und ich hab ihn machen lassen.«

»Aber die Idee an sich, die war gut.«

»Zweifellos! Eine schwäbisch-alemannische Republik in einem vereinten Europa ist heute noch mein Traum. Die würde uns auf ewige Zeiten Frieden bringen, weil sie mit etwa acht bis zehn Millionen Einwohnern überlebensfähig und überschaubar zugleich wäre. Wohlgemerkt eine echte Bürgerrepublik mit vielen Möglichkeiten, das Volk an allen wichtigen Entscheidungen zu beteiligen. Dafür bin ich ja dem Schwabenkomitee beigetreten. Leider war ich selber nicht entschieden genug. Dabei droht erneut Gefahr vom übermächtigen Preußen. Ein paar Randalierer dort oben, ein paar Wirrköpfe, schon marschiert unser Vaterland ins nächste Abenteuer. Mir wird angst und bang, wenn ich an Deutschlands Zukunft denke.«

»Was halten Sie von den jüngsten Attentaten?«

»Ich weiß nicht, was diese Leute antreibt. Gerechtigkeit? Hass? Aber gerechten Hass gibt es nicht. Darauf kann man keinen neuen Staat aufbauen. Einen Rechtsstaat gleich gar nicht.«

»Sie meinen, diese Leute werden nichts erreichen?«

»Na ja, das Interesse der Öffentlichkeit haben sie jedenfalls geweckt. Aber zugleich haben sie die Fronten verhärtet. Die Straße ist zum Kampfplatz unserer Demokratie geworden.«

Mooser schüttelte den Kopf.

Westwald legte die Stirn in Falten und lächelte gequält. »Mir reicht's. Ich steige aus.«

Irritiert fragte Mooser, ob sich Westwald ins Private zurückziehen wolle. Ob er nicht mehr an grundlegende Werte glaube. »Ihren Missmut kann ich verstehen, lieber Herr Rechtsanwalt. Aber es kann Ihnen doch nicht gleichgültig sein, was aus diesem Land wird. Wofür stehen Sie dann ab jetzt?

Westwald lachte kurz auf, nicht eben befreit, eher bedrückt, als stehe ihm eine gefährliche Reise bevor. Er inhalierte heftig, blies den Rauch zur Decke, durch den hindurch er Mooser nachdenklich ansah. Dabei bekam sein Gesicht einen wehmütigen Zug. Ein trauriger Ton schwang in seiner Stimme mit, als er sagte, was ihm auf der Seele lag: »Ein Schul- und Studienfreund leitet eine Schiffswerft. Er hat mich für seine Firma angeheuert.«

Mooser, redlich irritiert, fragte belegt, ob Westwald seinen Anwaltsberuf an den Nagel hängen wolle.

»Kommt drauf an, was ich zu tun habe.« Westwald zog die Achseln hoch. »Jedenfalls werde ich fürs Personal zuständig sein. Das hat hoffentlich viel mit Recht zu tun.«

»Wo?«

»Bitte?«

»Wo ist die Werft?«

»In Wellington. Dort bin ich aus dem Schlamassel heraus, aus der galoppierenden Inflation, dem politischen Durcheinander, der menschenverachtenden Gewalt von rechts und links, den Straßenkämpfen, den politischen Morden. Ich gehe mit Wehmut, aber in der Hoffnung auf ein paar schöne Jahre.«

»Wo liegt Wellington? Ich habe den Namen noch nie gehört. Klingt so nach Nordsee.«

Dankbar für Moosers Interesse entspannte sich Westwald ein wenig, konnte jedoch nicht verhindern, dass sein Gesicht zuckte, als habe er Schmerzen. Er berichtete von Neuseeland, zählte sympathisch abschweifend das Wichtigste auf. Die Besiedlung durch die Maori. Die Unabhängigkeit im Jahr 1907. Das erste Frauenwahlrecht der Welt im gleichen Jahr. Er lobte Neuseelands Politik. Sie sei traditionell liberal, auf Ausgleich bedacht. Die Landwirtschaft sei stark, die Industrie im Wachsen. Dann schwärmte er vom Klima dort, von den gemäßigten Sommern, den warmen Wintern. Er erzählte von der Süd- und der Nordinsel, den heißen Quellen und den Geysiren. Abschließend berichtete er von seinem künftigen Zuhause, von der Firma seines Freundes und auch von Wellington, der kleinen, aber feinen Hauptstadt Neuseelands. Er sprach euphorisch, gerade so, als müsse er sich Mut machen.

Jetzt hielt es Mooser nicht mehr, er sprang auf, wollte wissen, wo das Wunderland denn liege, in dem Milch und Honig flössen.

Westwald antwortete bereitwillig. Gleich bei Australien um die Ecke, seufzte er, im südlichen Pazifik. Neuseeland sei der von Deutschland am weitesten entfernte Staat, über 20 000 Kilometer weit weg, mit einem Zeitunterschied von zwölf Stunden.

Mooser erschrak. »Dann sehe ich Sie ja heute zum letzten Mal!« Gereizt, aber auch ein bisschen wehmütig meinte er bissig: »Dann muss ich den Kampf um einen neuen Südweststaat ab jetzt allein ausfechten.«

Er prostete Westwald zu: »Auf Neuseeland! Auf die Südwestdeutsche Republik.«

»I thank you vielmals«, probierte Westwald seine neue Heimatsprache aus.

13

Es wurde kühl. Ministerialrat Heller, dunkelhaarig, wohlbeleibt, mit schwarz-grau gestreiftem Dreiteiler, einreihigem Wolljackett, kragenloser Weste und schmaler Hose mit Aufschlägen gekleidet, ging ans Fenster. Er blickte hinaus, sah gelangweilt über das Häusermeer der Stuttgarter Innenstadt, ehe er das Fenster schloss und sich umdrehte.

»Wie ich bereits sagte, *Herr Doktor Martinus*«, er machte vor und nach der Anrede eine kleine Pause, dabei stieß er die drei Wörter mit heller, spitzer Stimme hervor, »wir werden Ihre weiteren Aktivitäten im Schwabenkomitee nicht dulden.« Er nickte dem Juristen an seiner Seite auffordernd zu.

»Sie haben«, begann dieser, »gegen Ihre Dienstpflichten verstoßen.« Nervös nahm er seine Brille ab und fuhr sich mit einer Hand durch das blonde, schüttere Haar. Er fühlte sich sichtlich unwohl in seiner Haut.

Martinus war wie vor den Kopf geschlagen. »Gegen Dienstpflichten verstoßen?« Fahrig, erregt wischte er sich mit einem weißen Taschentuch über den Mund. »Ich ersuche Sie, mir zu erklären …«

»Mir scheint, Sie haben vergessen, wo Sie sind«, unterbrach ihn der Dunkelhaarige, wobei er süffisant lächelte. »Zur Erinnerung, Herr Doktor, Sie befinden sich im Kultministerium, in der Ministerialabteilung für die höheren Schulen. Sie haben hier niemanden zu ersuchen. Als Philologe sollten Sie wissen, was das bedeutet: ersuchen!« Er sprach das ungehörige, das impertinent bedrängende Wort aus, als ekle es ihn. »Allenfalls bitten«, er hob den Zeigefinger, »bitten dürfen Sie.«

Martinus verschlug es den Atem. Er schnappte nach Luft, geriet außer Fassung. Keinen Ton konnte er hervorbringen.

Amüsiert warf Heller seinem Juristen einen vielsagenden Blick zu, als wolle er ihn aufmuntern: Sehen Sie, wirkt doch.

Jetzt weitermachen, dranbleiben, nicht lockerlassen, ihm Schlag auf Schlag die Paragraphen um die Ohren hauen.

»Kernstück«, sagte der Jurist zaudernd, »Kernstück des Beamtentums sind die Pflichten. Grundlage aller Pflichten ist die Treuepflicht. Der Beamte muss treu ergeben seinem Land und seiner Regierung dienen. Er darf keiner politischen Gruppierung den Vorzug geben ...«

Der Jurist verstummte augenblicklich, denn sein Vorgesetzter hatte die Hand gehoben.

»Sie können doch nicht bestreiten, *Herr Doktor Martinus*«, zum zweiten Mal diese übertrieben spitze Betonung der Anrede, »dass Sie als Vorsitzender des Schwabenkomitees das Ziel verfolgen, den Herrn Ministerpräsidenten seines Amtes zu entheben. Sie wollen die Regierung davonjagen.« Heller grinste mitleidig. »Geben Sie es ...«

»Ich bezweifle ...«

»Moment, jetzt rede ich.« Heller unterband mit einer energischen Geste jedes Widerwort. Er zog das Gesetzbuch, das der Jurist aufgeschlagen vor sich liegen hatte, zu sich heran. Mit dem Zeigefinger deutete er auf eine Stelle im Buch. »Ich zitiere aus dem Beamtengesetz von 1873, das Ihnen als Schulleiter ja geläufig sein müsste. *Jeder Beamte ist für die Gesetzmäßigkeit seiner amtlichen Handlungen verantwortlich.*«

»Ich bin mir keiner amtlichen Handlung bewusst, die ...« Martinus wollte erklären, aber Heller erstickte jede Gegenwehr im Keim.

»Auch das gerade erlassene Republikschutzgesetz verpflichtet die Beamten zur gewissenhaften Erfüllung aller Obliegenheiten des ihnen übertragenen Amtes. Darauf sind Sie erst kürzlich vereidigt worden. Oder etwa nicht?«

Martinus sah irritiert auf.

Heller fuhr unbeirrt fort: »Bitte, Herr Kollege«, er schob das Buch zurück, »belehren Sie unseren Gast über seine Pflichten.«

Gast? Martinus wusste nicht, ob er lachen oder weinen sollte. Behandelt man so einen Gast? Oder sollte er hier verhöhnt werden?

»Die Treuepflicht wird im Diensteid deutlich«, sagte der Jurist verlegen, dem die angewiesene Rolle als Zutreiber nicht behagte. »Mit dem Eid verpflichtet sich der Beamte, das bestehende Recht zu achten.«

»Das bestehende Recht«, triumphierte der Wohlbeleibte, »ist mit den Zielen des Schwabenkomitees nicht vereinbar. Paragraph zwei unserer neuen Landesverfassung vom Mai 1919 ist unmissverständlich. Herr Kollege, bitte lesen Sie vor.«

In fliegender Hast setzte der Jurist seine Brille auf, legte einen Papierstreifen zwischen die aufgeschlagenen Seiten, blätterte wie der Teufel vor und zurück, fand nach längerem Suchen endlich den Text der württembergischen Verfassung. »Paragraph zwei, Absatz eins lautet: *Alle Landesteile Württembergs in ihrem gegenwärtigen Bestande bilden das Staatsgebiet.* Und in Absatz zwei heißt es: *Die Grenzen des Staatsgebiets können nur durch Gesetz geändert werden.*«

»Haben Sie das kapiert, Herr Doktor Martinus?« Heller lehnte sich zurück, die Ellbogen auf die Armlehnen gestellt, die Hände übereinandergelegt. Langsam hob er die Augenbrauen und fixierte den Rektor mit seinen grauen Augen. »Sie erinnern sich gewiss an die letzte Dienstbesprechung für Schulleiter. Ich habe Ihnen nach jener Sitzung unter vier Augen die Weisung erteilt, künftig bei politischer Betätigung Mäßigung und Zurückhaltung zu üben. Aber was tun Sie?«

Heller machte eine kleine Pause, unterband aber mit einer energischen Geste die Antwort, für die Martinus gerade Luft holte. »Sie ignorieren die gegenwärtigen Grenzen unseres Staates. Sie wollen sie verschieben, obwohl dieses Recht allein unserem Parlament vorbehalten ist. Landesgrenzen dürfen einzig und allein durch ein Gesetz geändert werden. Wir haben eine repräsentative Demokratie. Das Volk wählt seine Abgeordneten. Diese entscheiden.« Er grinste abfällig. »Sie, Herr Doktor, haben dabei gar nichts zu melden! Allein die Abgeordneten entscheiden. Das Volk ist dabei nicht beteiligt. So ein selbstgestrickter Verein wie Ihr Schwabenkomitee gleich gar nicht.«

Heller knöpfte sein Jackett zu. Während er aufstand, griff er den Beschuldigten erneut an: »Sie stellen sich über das Gesetz! Und *Sie* wollen ein gesetzestreuer Beamter sein? Was glauben Sie eigentlich, wer Sie sind?«

Er trat vors Fenster und blickte hinaus.

»In Nürnberg …« Heller hatte die Worte durchs Fenster gesprochen. Jetzt drehte er sich langsam um und sagte ruhig, wobei er über Martinus hinwegsah: »In Nürnberg hat man dem Chefredakteur des *Fränkischen Kurier* den Prozess gemacht.« Er nahm Martinus in den Blick und musterte ihn aufreizend lang. »Hochverrat!« Wieder eine kleine Pause. »In verschiedenen Zeitungsartikeln hatte der Journalist die Lostrennung Frankens von München gefordert.«

Heller erdolchte den Beschuldigten mit den Augen: »Auch bei uns in Württemberg kann man wegen Hochverrats verurteilt werden. Ich könnte mir denken, dass Sie einen solchen Prozess gegen sich nicht wünschen.« Zynisch hob er die Stimme und wurde honigsüß: »Oder irre ich mich?«

Ein paar Augenblicke lang war es still im Raum, der Straßenlärm drang durchs geschlossene Fenster. Martinus wagte nicht, die lähmende Stille im Zimmer zu durchbrechen. Er presste die Lippen zusammen.

Dann räusperte sich der Jurist, ehe er leise sagte: »Als Beamter haben Sie die Weisungen Ihrer Vorgesetzten zu befolgen. Sie haben sich innerhalb und außerhalb des Dienstes zu unparteilicher Amtsführung und zu vertrauenswürdigem Verhalten verpflichtet. Ferner haben Sie sich mit voller Hingabe Ihrem Beruf zu widmen.«

Heller drehte sich um, verschränkte die Arme vor der Brust. So lehnte er sich ans Fensterbrett und sprach langsam, wobei er jedes Wort betonte. »Gegen all diese Bestimmungen haben Sie verstoßen, Herr Doktor Martinus.« Ein anklagender Blick. »Wir werden prüfen, ob wir ein Disziplinarverfahren gegen Sie eröffnen. In jedem Fall haben Sie sich ab sofort jeder Agitation gegen Landesverfassung und Landesregierung zu enthalten.«

Martinus saß mit hochrotem Kopf da, sprachlos, gedemütigt, geknickt, in seiner Berufsehre verletzt.

Heller sah es. Er lächelte seinem Kollegen ironisch zu. Dann sagte er von oben herab zu dem Gedemütigten: »Sie können gehen, Herr Doktor Martinus. Sie hören von uns.«

Baumann saß auf der untersten Stufe der Weinbergtreppe, einen Rucksack vor sich auf dem Boden, in der linken Hand ein Vesperbrot. Gelangweilt schaute er aufs Wasser. Der Eilzug aus Heilbronn dampfte auf dem Weg nach Stuttgart vorbei, wobei er alles für ein paar Augenblicke in eine Wolke einhüllte.

Baumann hielt die Luft an, tat so, als sehe er geradeaus, blickte über die Enz nach Besigheim hinüber, während er nach hinten lauschte, ob sich jemand die Weinberge herab näherte. Auf dem Neckar trieb ein Boot flussabwärts.

Mit einem kräftigen Ruck, ohne hinzusehen, zog er ein dickes Grasbüschel aus dem Boden, hob mit der Hand den Sand aus, ertastete das Glas, legte es frei und nahm den Deckel ab. Vorsichtig, er schaute gelangweilt über Enz und Neckar, entnahm er dem Glas ein Päckchen, das in Zeitungspapier eingeschlagen war. Er steckte es blitzschnell unters Hemd, tastete nochmals das Glas aus, setzte den Deckel drauf, kratzte Sand drüber, legte das Grasbüschel an seine alte Stelle. Kauend stand er auf, reckte und streckte sich. Dabei trat er, nach allen Seiten witternd, wie zufällig das Gras fest. Er schulterte den Rucksack und schlenderte auf dem Feldweg bis zur Mündung der Enz in den Neckar. Dort ließ er sich auf einer Bank nieder.

Im Zeitungspapier waren Schweizer Franken, lauter kleine Scheine, eingewickelt in drei beschriebene Blätter. Baumann steckte das Geld in den Rucksack. Die Zeitung legte er achtlos neben sich auf die Bank.

Das erste Blatt war beidseitig beschrieben, mit Schreibmaschine, ein unverfänglicher Brief an einen Unbekannten. Vorsichtsmaßnahme, wie die letzten Male auch. »*Mein lieber*

Erich, ich danke Dir, dass Du Dich so ins Zeug gelegt hast. Deine Kunstwerke haben mächtig imponiert. Über die ruhmreichen Taten Deiner Mitstreiter bist Du, hoffe ich wenigstens, durch die Zeitung informiert.« Das Wort mächtig war unterstrichen.

Baumann schaute auf und dachte nach. Ihm fiel ein, dass Mooser eines Tages erklärt hatte, Richard sei ein altdeutscher Name. Er bedeute der Mächtige. Wie Richard Löwenherz, hatte er gesagt und gelacht.

Ein Lächeln huschte über Baumanns Gesicht. Er sah gedankenverloren über den Fluss, dann vertiefte er sich in den Brief. *»Ich habe meine Modelleisenbahn vergrößert. Wenn Du demnächst von der Front auf Urlaub kommst, dann kannst Du sie bewundern. Die Anlage ist jetzt auf einer Holzplatte verschraubt. Im Augenblick modelliere ich eine Landschaft aus Pappmaschee. Dann möchte ich einen Bahnhof im Maßstab 1 zu 100 basteln. Damit Du ihn Dir vorstellen kannst, habe ich ihn auf der Rückseite skizziert und die schwierigen Stellen angekreuzt. Dort geht schnell etwas kaputt.«*

Dann schilderte der Schreiber einen Schrebergarten, zentrumsnah gelegen, dennoch abseits der geläufigen Wege. Kartoffeln und Zwiebeln seien dort von selbst gewachsen. Der größte Teil des Gärtchens sei eine Wildnis. Die wenigen Leute, die dran vorbeigingen, könnten meinen, das gute Stückchen Erde gehöre einem faulen Hund, so ungepflegt sei es. Im Schrebergarten stehe ein verfallenes, ganz unbrauchbar gewordenes Gartenhäuschen, vor dem ein verrottender Holzstoß sei, mit einem Stück Segeltuch gegen Feuchtigkeit geschützt. Darunter liege alles bereit, was man für die Arbeit brauche. Der beigefügte Plan könne helfen, sich das kleine, verwilderte Gütle vorzustellen.

Der Brief endete: *»Ich hoffe, Du bleibst gesund und kommst heil aus diesem scheußlichen Krieg heim. Ich habe Dir für alle Fälle ein paar Schweizer Franken auf die Seite gelegt. Vergiss nicht, beim nächsten Mal deinen Wecker mitzunehmen. Bitte schreibe mir, wann du kommst. Ich habe Dir drei Postkarten* *geschenkt, damit du keine Ausrede hast. Viele Grüße, Dein treu sorgender Vater.*« In der Zeile drunter stand das Datum: *14. Juli 1915.* Tag und Monat waren unterstrichen.

Im Gegensatz zum letzten Brief, den Baumann aus dem Glas gefischt hatte, fehlte in diesem Schreiben jede Ortsangabe. Warum hatte Richard sie weggelassen? Stand der Tatort nicht fest?

Das zweite Blatt war eine Lichtpause, ein Ausschnitt aus einem Stadtplan. Allerdings fehlte auch hier der Name der Stadt. Ein Gebäude war mit rotem Stift eingekreist. *Bahnhof* stand in winzigen Buchstaben im Kreis. Eine rote Linie führte zu einem unbebauten Gelände in unmittelbarer Nähe. An den linken Blattrand war ein windschiefes Gartenhäuschen gezeichnet, mit einem sitzenden Kaninchen über der Tür. Neben dem Häuschen stand in Sütterlin geschrieben: *Holzstapel, hintere Reihe.*

Auf die Rückseite war etwas mit Bleistift hingesudelt, gerade so, als habe der Schreiber die Lichtpause eher zufällig als Schmierzettel benutzt. *Fahrplanstrecke 33* stand da, unterstrichen und mit Ausrufezeichen versehen. Darunter in Sütterlin: *letzte Abfahrt 9.00, letzte Ankunft 9.25 abends.*

Auf dem dritten Blatt war ein Bahnhof skizziert, ein dreigeschossiger Bau mit symmetrischer Fassade. Sechs Säulen in der Mitte, darüber fünf Rundbögen. Die drei mittleren Säulen bildeten den Ein- und Ausgang. Dann, nach links und rechts anschließend, je ein zweiflügliges und ein einflügliges Rundbogenfenster. Große, rechteckige Fenster im ersten Stock, kleine, quadratische im zweiten. Eine Stelle war rot markiert: die drei mittleren Säulen. Würde man sie beseitigen, fiele wohl das ganze Gebäude in sich zusammen. Erneut keine Angabe, wo der Bahnhof lag.

So viel stand für Baumann fest: 14. Juli, abends ab halb 10. Also in rund zwei Monaten. Die Zeitangabe war eindeutig. Klar war auch, dass er einen Wecker als Zeitzünder mitbringen musste. Aber wo sollte der Anschlag stattfinden? Welchen Bahnhof sollte er in die Luft pusten?

Baumann dachte nach, drehte die drei Papiere um und um. Er holte die Geldscheine aus dem Rucksack, blätterte sie erneut nach einem versteckten Zettel durch. Nichts. Er erschrak: Hast du eine Notiz im Briefkasten stecken lassen? Kann nicht sein, fiel ihm ein, denn er hatte ja im Glas herumgetastet. Es war, davon war er felsenfest überzeugt, leer gewesen, als er den Deckel draufgesetzt hatte.

Er stopfte das Geld zurück in den Rucksack, zog dafür den amtlichen Taschenfahrplan heraus. Die Fahrplanstrecke 33, die Hohenlohebahn, verlief von Heilbronn über Waldenburg, Hall und Hessental nach Crailsheim. In Waldenburg zweigte die Strecke 32 nach Künzelsau ab. In Hessental, hoch über Hall gelegen, konnte man auf die Strecken 30 nach Backnang und 31 nach Wasseralfingen umsteigen.

Baumann fuhr mit dem Zeigefinger die vierzehn Zeitspalten hinab. Die Zeiten 9.00 und 9.25 abends passten zu Öhringen.

Öhringen? Er schloss die Augen und dachte nach. Einmal, fiel ihm ein, war er dort gewesen, im Manöver vor dem Krieg. Die übrigen Orte an der Bahnstrecke kannte er nicht, bis auf Crailsheim und Hall, wohin er öfters von Lauda aus mit der Tauberbahn angereist war, um Kunden zu besuchen.

Er stand auf, faltete die drei Papiere zusammen, legte sie ins Fahrplanheft und steckte alles in die Außentasche seines Rucksacks. Als er diesen geschultert hatte, nahm er die alte Zeitung von der Bank, um sie über dem Oberschenkel glatt zu streichen. Dabei fiel sein Blick auf ihren Titel. *Der Beobachter!* Sofort rastete es bei Baumann ein: Moosers Lieblingsblatt. Es war eine Ausgabe vom Februar 1915.

Neugierig geworden setzte er sich und überflog die vier Druckseiten. Ein Artikel auf der dritten Seite befasste sich mit der Einstellung der Landtagsabgeordneten zum Krieg. Der Abschnitt, der den Öhringer Abgeordneten kritisierte, war mit Bleistift eingekreist. Es entstehe, spottete die Zeitung, eine gefährliche Schieflage, wenn – vor lauter Bücklingen in Stuttgart – der Hintern höher gestellt sei als das Hirn. Richard fiel ihm ein, der eines Tages im Vesperstüble der Ulmer Zeitung gespottet hatte, zu Kaiser Wilhelms Zeiten habe es Loddel und Lacksfiedle gegeben, die vor jeder Begegnung mit den hohen Herren gebetet hätten: *Lieber Herrgott, mach mich klein, dann pass ich durch die Öffnung rein.*

Am Zeitungsrand war mit Bleistift in Sütterlin gekritzelt: *Was zu gefährlich ist, muss man halt lassen. Nur die Sachen darf man tun, die man nach Lage der Dinge selber verantworten kann.*

Baumanns Miene hellte sich auf. Er hatte verstanden. Den Öhringer Bahnhof dann in die Luft sprengen, wenn ihm das nach Prüfung aller Umstände möglich schien. In jedem Fall musste er seinen Entschluss mit einer der doppellagigen Postkarten melden, damit die Zentrale gegebenenfalls Bekennerschreiben an die Zeitungen verschicken konnte.

Beim erneuten Blick ins Fahrplanheft war ihm sofort klar, dass sich freilich ein ernstes Problem stellte. Wie von Öhringen nach halb zehn Uhr abends wegkommen? Es fuhr kein Zug mehr. In dem Städtchen übernachten? Das kam nicht in Betracht, denn die Polizei würde nach dem Attentat sofort alle Meldescheine der Hotels und Gasthäuser überprüfen. Mit dem Taxi nach Heilbronn fliehen? Viel zu riskant, weil man damit rechnen musste, dass die Polizei den Fahrer ausfindig machen könnte.

Baumann nickte vor sich hin, erhob sich, rüttelte den Rucksack zurecht. Dann warf er einen letzten Blick über Enz und Neckar und machte sich auf den Weg zum Walheimer Bahnhof.

Die Herren waren freundlich, der kleine, hagere Polizist in Uniform ebenso wie der große, bullige Blonde in Zivil.

»Sie schon wieder.« Frau Negele schaute mürrisch auf den Kleinen.

Der Hund knurrte. »Sitz, Bello, Platz!« Sie sah ihren treuen Hausgenossen streng an und hob den Zeigefinger.

»Das ist mein Kollege von der Polizeiwehr«, sagte der Polizist, wobei er mit dem Daumen auf den Großen deutete.

»Polizeiwehr?«, fragte sie, gedehnt und irgendwie abwesend, als ob sie nachdenken müsse.

Der Große warf seinem Kollegen einen bösen Blick zu. »Das war einmal. Die Polizeiwehr gibt's nicht mehr.« Er trat einen Schritt vor. Von oben herab tönte er: »Wir kümmern uns um die Sicherheit unsres Landes.«

»Warum kommen Sie damit zu mir? Ist einer meiner Blumentöpfe jemand auf den Kopf gefallen?«

»Nein, aber dürfen wir hereinkommen?« Der Polizist schaute kurz zum Nachbarhaus hinüber. »Es muss ja nicht gleich die ganze Nachbarschaft wissen, dass wir da sind.«

Frau Negele, im Schaffschurz, eine Gartenschere in der Hand, stieß mit dem Ellbogen die Haustür auf. Wortlos ging sie voraus, der Hund folgte ihr auf den Fersen. Sie war jetzt auf der Hut.

In der Wohnstube bot sie den beiden Herren Platz an, band ihre Schürze ab und setzte sich, Schere und Schürze auf dem Schoß.

»Ist was mit meinem Sohn?«

»Das wollten wir Sie fragen«, sagte der Polizist.

»Wieso?«

»Er hat Sie doch besucht.«

Sie zögerte einen kleinen Augenblick. »Wie kommen Sie auf die Idee?«

»Wir haben unsere Informationen.«

»Spionieren mir die Nachbarn nach?«

»Nein, aber Ihr Hund hat unlängst nachts gekläfft. Der Streifenpolizist meinte, sie müssten Besuch gehabt haben.«

Sie biss sich auf die Lippen.

»Er hat gewinselt und gebellt vor Freude, nicht wahr?«

Sie sah ihren Hund nachdenklich an, dann wandte sie den Blick zum geöffneten Fenster und stierte hinaus in den Garten.

»Geht's ihm gut, Ihrem Sohn?«, mischte sich der Große ein. Er legte seine Ellbogen auf den Tisch, die Hände gefaltet, beide Daumen nach oben. »Wir würden ihn gern etwas fragen.«

Sie drehte sich zu ihm hin. Mit hängenden Lidern sah sie geradeaus, überlegte lange, während sie ihn aus den Augenwinkeln heimlich von Kopf bis Fuß musterte. »Ich weiß nicht, wie's ihm geht.«

Der Mann in Zivil grinste sie frech und überlegen an. »Hat er Ihnen nicht gesagt, wo er jetzt wohnt?«

Sie legte die Stirn in Falten.

»Haben Sie ihn gleich erkannt?«

»Warum?«, fragte sie erstaunt.

»Trägt er kurze Haare und einen Oberlippenbart? Ist er sehr verändert?«

Ihre Augen weiteten sich. »Hat er etwas angestellt?«

»Er ist nirgendwo polizeilich gemeldet.« Der Zivilist blinzelte dem Polizisten zu.

Sie registrierte es genau. Jetzt zweifelte sie nicht mehr, dass man sie aushorchen wollte.

»Wir suchen ihn als Zeugen. Er soll uns zum Schwabenkomitee ein paar Auskünfte geben. Das ist der Ulmer Verein, bei dem Ihr Sohn Mitglied war.«

»Davon weiß ich nichts.«

»Wie ist er mitten in der Nacht nach Großsachsenheim gekommen? Mit dem Auto?«

»Mein Sohn hat kein Auto, nicht mal einen Führerschein.«

»Dann wohnt er in der Nähe?«

»Weiß ich nicht.« Sie dachte nach. »Glaub ich nicht, sonst würde er mir seine Wäsche bringen.«

»Können wir Ihrem Sohn eine Nachricht hinterlassen?«

»Was soll ich damit? Ich weiß ja gar nicht, wo er wohnt.«

»Er wird doch seine Mutter nicht allein lassen«, meinte der Polizist.

Sie war den Tränen nahe, schnäuzte sich und sah demonstrativ zum Fenster hinaus.

»Na dann«, sagte der Blonde. Er stand auf. »Wenn sich Ihr Sohn bei Ihnen meldet, dann machen Sie ihm bitte klar, dass er sich bei der Polizei melden muss. Wir brauchen ihn als Zeugen.«

Auch der Polizist erhob sich. Beim Hinausgehen sagte er drohend: »Melden muss er, wo er wohnt. Sagen Sie ihm das.«

»*So*, meine Herren«, eröffnete Abteilungsleiter Simminger, zuständig für Inlandsaufklärung im Innenministerium, die Sitzung, »*so* können wir nicht weitermachen. Seit zehn Monaten hält uns diese Verbrecherbande in Atem und dreht uns eine lange Nase. Haben Sie gelesen, wie uns die Presse nach dem Anschlag vom letzten Sonntag verhöhnt und verspottet.« Er holte tief Luft. »Wir brauchen eine neue Strategie. Personal und Geld haben wir in kurzer Zeit zweimal aufgestockt. Der Minister will endlich Ergebnisse sehen. Deshalb habe ich Sie zur zweiten Besprechung binnen vierzehn Tagen eingeladen, zu der ich Sie begrüße. Halten wir uns nicht mit langen Vorreden auf. Herr Dipfele, bitte bringen Sie die Herren auf den neuesten Stand.«

Amtmann Dipfele, ein grauhaariger Endfünfziger, im grauen Anzug mit Ärmelschonern, einen schwarzen Kneifer auf der Nase, erhob sich. Er grüßte und bat um Nachsicht, dass er sich setze. Er müsse in seine Papiere schauen.

Leicht sah belustigt zu, wie der Verwaltungsmann, die Zungenspitze zwischen den Zähnen, als müsse er einen Faden durch ein winziges Nadelöhr fädeln, einen genoppten grünen Gummihut über seinen rechten Zeigefinger stülpte.

Bedächtig blätterte der Graue mit grünem Gummifinger in seinen Unterlagen.

Wenn's einen grauen Noppengummi gibt, Leicht erheiterte sich bei dem Gedanken, dann werde er dieser grauen Maus damit gewiss eine Freude machen.

Dipfele räusperte sich. Über seinen Kneifer hinweg führte er langatmig aus: Insgesamt habe es bis jetzt dreizehn Anschläge gegeben. Vier Zugentgleisungen, fünf Anschläge auf öffentliche Gebäude und vier Brandstiftungen. Bei drei Attacken seien Flugblätter des Kommandos für ein freies Hohenzollern am Tatort gefunden worden. Die anderen Anschläge würden wohl auf das Konto der Kampfgruppen Großschwaben gehen.

Der Noppenfinger zeigte zur Decke, während der Graue sich mit einem strengen Blick über den Brillenrand vergewisserte, dass die Zuhörer an seinen Lippen hingen. Begonnen habe die Serie, fuhr er fort, die Stirn in Falten gelegt, begonnen habe sie mit den Zugentgleisungen in Söflingen und Sebastiansweiler. Also auf zwei Fahrplanstrecken, die aus Hohenzollern herausführten. Insofern bezweifle er aufgrund langjähriger Erfahrung nicht, dass beide auf die Rechnung des Kommandos für ein freies Hohenzollern gingen. Zunächst sei das Tatmuster in beiden Fällen identisch: Schienen lockern, Züge ins Leere laufen lassen, Werkzeug aus nahe gelegenen Bauhütten entwenden, Flugblätter am Tatort hinterlegen, mit Handschuhen arbeiten. Dann seien die Flugblätter, die man in Söflingen und Sebastiansweiler gefunden habe, sehr ähnlich: gleiches Papier, gleiche Drucktype, gleiche Sprache, teilweise identische Sätze. Und, was besonders wichtig sei, die Arbeitshandschuhe kämen aus einer hohenzollerischen Firma.

»Herr Dipfele«, drängelte der Chef, »wir haben nicht ewig Zeit.«

Die übrigen Attentate, Dipfele ließ sich nicht aus der Ruhe bringen, seien von den Kampfgruppen Großschwaben verübt worden. Vermutlich von zwei getrennt agierenden Täterkreisen. Der eine auf Dynamit spezialisiert, der andere auf Brandsätze. Die Zeitungen sprächen in allen zehn Fällen von Schwabenbombern. Das sei insofern richtig, als beide Gruppen offenbar in Verbindung stünden. Deutlich werde das aus den Bekennerschreiben, die jedes Mal den örtlichen Zeitungen per Post zugingen. Sie endeten immer mit der Schlussformel: *Weg mit den Grenzen im Südwesten! Für eine gemeinsame Zukunft in Freiheit und Wohlstand. Kampfgruppen Großschwaben.*

Leicht meldete sich. Erwin Pfeiffer und Karl Negele, vermutete er, könnten zwei von den Schwabenbombern sein. Die Handschrift bei den Anschlägen deute darauf hin. Beide würden sich aus gemeinsamen Frontjahren kennen. Sie hätten im selben Regiment gekämpft, teilweise in derselben Kompanie. Es sei anzunehmen, dass sie den Umgang mit Dynamit lernten, als sie Schanzarbeiten während des Stellungskriegs in Flandern ausführen mussten. Außerdem hätten sie sich vor nicht allzu langer Zeit in Ulm getroffen.

Simminger wurde hellhörig, weil er dringend einen raschen Erfolg brauchte. Er war bereit, nach jedem Strohhalm zu greifen. »Sie meinen, Pfeiffer und Negele könnten zu den Kampfgruppen Großschwaben gehören?«

Leicht zog die Augenbrauen hoch, als er tief durchatmete. Vor zwei Wochen hatte er lang und breit erklärt, dass Pfeiffer und Negele aus dem Untergrund heraus gegen Württemberg arbeiteten. Hörte man nicht zu? Wollte man ihn nicht verstehen? Was nützte es, die Herren zu informieren? Stur, unbelehrbar, besserwisserisch blieben sie bei ihrer vorgefassten Meinung. Nur das wollten sie hören, was ihre Sicht der Dinge bestätigte.

»Also was ist mit diesen beiden?« Ungeduldig klopfte der Abteilungsleiter mit den Fingerknöcheln auf den Tisch.

»Pfeiffer ist untergetaucht. Negele auch. Pfeiffer hatte nie Kontakt zu Eltern und Geschwistern. Aber bei Negele ist das neu. Der hat früher regelmäßig seine Mutter besucht und ihr jeden Umzug in Ulm mitgeteilt. Warum kündigt jemand in der heutigen Zeit seinen Arbeitsplatz und sein Zimmer, verschwindet von jetzt auf nachher, ohne eine Adresse zu hinterlassen, wenn er keinen Dreck am Stecken hat?«

»Wo vermuten Sie diesen Negele?« Dipfele hob den Noppenfinger, als wolle er aufzeigen, dass er auch noch da sei.

»Irgendwo zwischen Bietigheim und Ludwigsburg.«

»Warum?«, fragte Simminger.

»Da kennt sich der Negele seit seiner Jugend gut aus. In Großsachsenheim wohnen Mutter und Schwestern. In Bietigheim ist er in die Lehre gegangen. In Ludwigsburg war er Soldat. Auch gibt es rund um Bietigheim und Ludwigsburg gute Zug- und Busverbindungen.«

»Wenn er aber mit dem Auto unterwegs ist?«

»Negele hat kein Auto. Auch kein Motorrad. Hat mir seine Mutter selber gesagt. Nicht einmal einen Führerschein habe ihr Sohn, meinte sie. Das deckt sich mit meinen Nachforschungen.«

»Sie denken, dieser Negele ist zu Fuß, mit dem Fahrrad, mit Bahn- und Postbus oder mit dem Zug unterwegs?«

Leicht nickte. »Radelt er durch die Gegend oder marschiert er über Land, dann hält er sich wahrscheinlich im Raum Bietigheim auf. Dort ist er zuhause. Nachts findet er jeden Weg und Steg. Für mich steht fest, wie das Amen in der Kirche, dass er mit dem Zug reist und vor allem die Eisenbahnstrecke 1 benutzt. Er steigt also irgendwo zwischen Mühlacker und Stuttgart ein. Im Raum Mühlacker hat er weder Verwandte noch Bekannte. Das spricht dafür, dass er sich im Raum Bietigheim-Ludwigsburg herumtreibt.«

»Haben Sie eine Vermutung, wo Negele untergeschlupft sein könnte?« Der Abteilungsleiter hatte angebissen.

Er tippe auf Ludwigsburg, sagte Leicht. Bietigheim sei zu nah an Negeles Heimatort Großsachsenheim. Deshalb sei sein Gesicht dort viel zu bekannt. Ludwigsburg dagegen sei anonymer, weil größer und etwas weiter entfernt. In der Militärzeit habe Negele viele Märsche und Manöver rund um Ludwigsburg mitgemacht. Die Gegend sei ihm vertraut wie seine eigene Hosentasche. Folglich wisse er, wo Scheunen, Gartenhäuser, Waldhütten stünden. Ungestört übernachten sei für Negele rund um Ludwigsburg keine Kunst. Außerdem kenne er dort einige ehemalige Kameraden aus der Kaserne und von der Front, die ihm helfen würden, wenn er in Not käme.

»Aber wie besorgt sich dieser Negele etwas zu essen?« Dipfele blickte Leicht schief an, als wolle er sagen, er habe seine

Zweifel. »Der kann doch nicht, mir nichts, dir nichts, in eine Bäckerei marschieren oder in einem Laden Wurst und Käse kaufen.«

»Die Blaue Division hat ihre eigene Logistik, vermutlich sogar abgeschirmte Depots, wie das alle Freikorps machen, wenn sie im Einsatz sind.«

Ob Pfeiffer und Negele zusammen reisten, fragten die Polizeikollegen, die bisher geschwiegen hatten.

Leicht verneinte. Man wisse ja, wie beide aussähen. Zusammenbleiben sei für die zwei Schwabenbomber viel zu gefährlich.

Sie diskutierten, wie sie das flüchtige Paar fangen könnten. Spezialisten kamen, die Steckbriefe entwarfen. Aus dem Archiv wurden Messtischblätter, detailgenaue Landkarten, für den Raum Ludwigsburg geholt. Über den Tisch gebeugt erstellten die Polizeikollegen, die mit der Gegend um Ludwigsburg vertraut waren, Listen möglicher Unterschlupfe und Schleichwege. Gemeinsam überlegten sie, welche Personen zu überwachen seien. Dazuhin brüteten sie aus, welche Fallen sie den zwei Verbrechern stellen könnten. Sie redeten sich die Köpfe heiß, verwarfen viele Ideen und erarbeiten endlich einen Plan.

Der Bahnhof in Ludwigsburg, warf Leicht ein, wobei er ein vielsagendes Gesicht aufsetzte, sei der ideale Punkt, um die zwei zu fassen. Dort führen die Züge von und nach Stuttgart und Bietigheim durch. Wenn man die Karte des Schienennetzes betrachte, dann falle auf, dass alle bisherigen Anschlagsorte problemlos von Ludwigsburg zu erreichen seien. Im Ludwigsburger Bahnhof sowie in den Zügen von und nach Stuttgart und Bietigheim müsse man Steckbriefe aushängen. Dann werde man die Kerle bald erwischen.

Raffinierter konnte der Schlachtplan nicht sein. Ob Zugkontrollen oder zusätzliche Bahnsteigüberwachungen, ob nächtliche Streifen rund um die Bahnhöfe Bietigheim und Ludwigsburg oder Aufklärung des Bahnpersonals – das Netz war engmaschig, das sie spannten. Dementsprechend grenzenlos war ihre Vorfreude, die Verbrecher bald in diesem Netz zappeln zu sehen.

Emil Baumann, mit einer schwarzen Jacke, schwarzen Hosen und schwarzen Schuhen bekleidet, radelte mit leichtem Tritt von Unterohrn nach Öhringen.

Gegen die grauen Felder und die dunklen Hügel war er kaum auszumachen. Über seinem Rücken hing ein schlapper Rucksack, darin eine kleine Zange, ein Reisewecker, eine Daimon-Batterie, eine Flasche Most und ein Vesperbrot. In der Hosentasche steckte eine Pudelmütze.

Gerade schlug eine Kirchturmuhr halb zehn. Am Horizont verschluckte die Nacht das letzte Licht der untergegangenen Sonne. Mit ausgeschaltetem Dynamo, eine Hand am Lenker, die andere lässig auf dem Oberschenkel, radelte er ins dunkle Städtchen hinein, am Bahnhof vorbei direkt zu den angegebenen Gärten.

Zweimal zuvor hatte Baumann jeden Meter rund um den Öhringer Bahnhof ausgemessen, jeden Tritt erkundet, jede Eventualität bedacht. Einmal zu Fuß, bei Einbruch der Dunkelheit. Das zweite Mal bei Tag, mit dem Rad von Möckmühl aus.

Beim ersten Mal stieg er in einer Pension in Öhringen ab. Am Morgen, aus Crailsheim kommend, gleich nach der Ankunft des Zuges, klapperte er die Schulen ab und präsentierte seine Bücher. Nach dem Mittagessen warb er bei den Buchhändlern und beim örtlichen Fortbildungsverein für seine Waren. Als es dunkelte, schlich er um den Bahnhof herum, notierte und kartierte Häuser, Wege und Gärten.

Seine zweite Reise nach Öhringen kam eher zufällig zustande. Er hatte sich in Möckmühl für drei Tage in einem Gasthaus einquartiert, weil er von hier aus erstmals das Jagsttal geschäftlich erkunden wollte. Schon am zweiten Nachmittag war er jedoch mit seinen Kräften am Ende. Er blieb in der

Gaststube hocken, außer Atem von den weiten Wegen, mit Blasen an den Füßen, Arme und Rücken zerschunden von der Schlepperei.

Der Gastwirt setzte sich zu ihm, wollte ihn aufmuntern, weshalb er ihm von seinem Allheilmittel erzählte. Wenn er der Plackerei und Schufterei überdrüssig sei, dann schwinge er sich aufs Rad und strample alles heraus, was ihn bedrücke. Mit glänzenden Augen erzählte er von den großartigen Wirkungen seiner Leidenschaft auf Körper und Seele. Für sein Leben gern, gestand er, wäre er einmal beim Giro dabei, dem großen Radrennen in Italien. Mitfahren, nein das traue er sich nicht zu. Zuschauen und mitfiebern würde ihm schon reichen.

Baumann sah ihn aus müden Augen an. Größere Strapazen? Nein danke, das sei nichts für ihn.

Der Wirt lachte und blieb bei seiner Medizin. Er empfehle probeweise eine kleine Radtour. Die bringe den Kreislauf in Schwung und pumpe Sauerstoff in alle Zellen. Danach fühle man sich wohlig müde, angenehm entspannt, wenn auch ausgeleiert. Aber am nächsten Tag könne man zupacken, sogar größere Belastungen aushalten als zuvor.

Baumanns Interesse hielt sich dennoch in Grenzen.

Die Gaststube war leer, der Wirt hatte Zeit, und so holte er eine Karte der näheren Umgebung. Er empfahl Baumann eine Tour nach Öhringen. Hin und zurück schätzungsweise vierzig Kilometer.

Jetzt war Baumann hellwach. In seinem Kopf ratterte und tickte es: Könnte man den Anschlag auf den Öhringer Bahnhof mit dem Rad …?

»Über Lampoldshausen, Kochersteinsfeld und Baumerlenbach fährt man nach Öhringen«, beschrieb der Wirt die Strecke und zeichnete sie mit Bleistift auf der Karte ein. »Immer bergauf und bergab. Ein bisschen schweißtreibend. Öfters auch radeln ohne Tritt. Dazu eine reizende Landschaft. Vom Brandhölzle aus«, er markierte den Aussichtspunkt mit einem Kreuz, »haben Sie einen besonders herrlichen Blick ins Jagsttal.«

»Ich hab gar kein Fahrrad.«

Der Wirt lachte. »Dafür hab ich zwei. Ich leihe Ihnen eines. Kommen Sie!«

Baumann hatte genau zugehört und seine Erregung unterdrückt. Die Strecke sei zu weit für den Anfang, gab er zu bedenken. Aber auf der Karte habe er eben entdeckt, dass Widdern ganz in der Nähe sei. Dort wohne ein Kriegskamerad. Wenn er den mit dem Rad besuchte, dann könnte er zur Not, sollten die Kräfte schwinden, mit dem Zug zurückfahren. Der Wirt gab ihm die Karte und viele Ratschläge auf den Weg nach Widdern.

Baumann radelte heimlich über Lampoldshausen und Baumerlenbach nach Öhringen, kurvte mehrmals um den Bahnhof und beäugte alles ein zweites Mal. Doppelt genäht hält besser. Das war die Regel, nach der zu handeln er sich angewöhnt hatte, seitdem er im Untergrund lebte. Alle Einzelheiten speicherte er in seinem Gedächtnis. Auf Zetteln hielt er sie zusätzlich fest. Gleich nach der Rückkehr ins Gasthaus ergänzte er seine Aufschriebe vom ersten Besuch.

Baumann war an diesem Abend also im Bilde über das, was ihn erwartete. Dass es kaum Straßenlaternen gab oder die wenigen nicht leuchteten, wusste er, weil Öhringen, wie allen Gemeinden in Württemberg, nichts anderes übrig blieb, als im wirtschaftlichen Chaos der Nachkriegszeit mit dem eisernen Sparbesen zu kehren. Hier und da brannte eine Lampe hinter einer Fensterscheibe. Die Leute gingen in den Landstädtchen früh zu Bett, weil sie bei Sonnenaufgang aus den Federn und zur Arbeit mussten. Schaffen, sagten die Schwaben. Oder, grübelte er, waren die Öhringer schon Franken? Jedenfalls lebten die Leute hier nach der überkommenen Arbeitsmoral. Das gereichte ihm heute zum Vorteil. Der abnehmende Mond spendete gerade genug Licht, um ans Ziel zu kommen, zumindest da, wo die Wolkendecke aufgerissen war. Denn meist verhüllten die Schäfchenwolken am Himmel die Mondhelle so, dass man nur auf kurze Distanz sehen konnte, wer da auf der Straße war und was er tat.

Er fand den Weg zu den Gärten sofort, stellte sein Rad hinter einen Haselnussstrauch und zog sich die Pudelmütze mit den Sehschlitzen übers Gesicht.

Ein kurzer Blick nach links, nach rechts. Er lauschte angespannt, wartete sicherheitshalber einen Moment. Dann witschte er das kurze Wegstück hin zur altersgrauen Holzhütte und stieg über den morschen Scherenzaun. Vor der Hüttentür mit dem hastig aufgepinselten Hasen, vermutlich ein von Moosers Helfern angebrachtes Kennzeichen, blieb er lauschend stehen, ganz in den Kernschatten der Bude getaucht, bis er sich an die Dunkelheit gewöhnt hatte. Dann nahm er lautlos die Plane ab, die den zweireihigen Holzstoß vor Nässe schützte. In der Mitte der hinteren Reihe schichtete er einige Holzscheite zur Seite und wurde sofort fündig. Zwei Lagen Ölpapier, darunter zwei schwer bepackte Säckchen, auf die umlaufende Bänder genäht waren wie bei handgemachten Einkaufstaschen. Er hob sie an den Griffen heraus, glich die Lücke im Holzstoß mit Scheiten aus und deckte die Plane drüber.

In den Taschen ertastete er alles, was er brauchte: Dynamitstangen, Zündkabel, Zünder. Dazu nagelneue Handschuhe, eine Kneifzange, Verpackungsschnur und Schusterpech. Während er die Handschuhe überstreifte, das Ölpapier zusammenfaltete und in den beiden Taschen verstaute, überlegte er, wozu Schnur und Pech gut sein könnten, bis ihm ein Licht aufging.

Er hob die Taschen auf. Im Wolkenschatten schlich er hinüber zum Bahnhof, der verlassen in tiefer Finsternis lag. Die drei, vier Stufen zum Hauptportal nahm er mit Schwung und löste sich sofort in der schwarzen Nacht unter den Eingangssäulen auf.

Ein, zwei Minuten stand er still, bis sich seine Augen an die Dunkelheit gewöhnt hatten. Er sah die Konturen der mittleren Säule. Mit den Händen tastete er den Boden dahinter ab. Dann lehnte er das Gepäck an die Säule, atmete tief durch und spähte auf den Bahnhofsplatz hinaus, der schweigend vor ihm lag. Kein nächtlicher Spaziergänger, kein Auto, kein

Fahrrad, auch kein streunender Hund. Glück gehabt. Zufrieden lächelnd hob er kurz die Pudelmütze an, um besser Luft zu bekommen.

Zügig, dennoch besonnen machte er sich ans Werk: Dynamitstangen am Fuß der drei mittleren Säulen aufstellen und mit Schnur festbinden. Da fielen sie möglichen Nachtschwärmern nicht auf. Zündkabel zu den beiden Nachbarsäulen auslegen, mit Schusterpech unter die oberste Treppenstufe kleben. Kein Betrunkener durfte über die Drähte stolpern, sonst wäre heute Nacht eher Tag als gedacht. Die Zündkabel mit den Zündern und dem Dynamit verbinden. Dafür zog er den rechten Handschuh aus, nahm seine eigene Zange aus der Hosentasche, tastete die Kontaktstellen mit der linken Hand ab, hielt sie sich ganz nah vor die Augen und bearbeitete sie mit dem Werkzeug. Den Zünder an den Wecker, vor der Abfahrt im Gasthof auf drei Uhr gestellt, und an die Batterie anschließen. Dann die mechanische Zündung vorsichtig in die Handschuhe stecken. Diese in die ineinandergeschobenen Tragetaschen legen. Sollte sich ein Liebespärchen hierher verirren, würde es so das Ticken der Uhr nicht hören. Schließlich die drei Säulenfüße mit Ölpapier umwickeln und verschnüren.

Sieht bei Nacht aus, als stünden die drei mittleren Säulen auf etwas breiteren Sockeln. Er war zufrieden mit seinem Kunstwerk, wie Richard Mooser zu sagen pflegte. Atemlos lauschte er in die dunkle Sommernacht hinaus. Ein Hund bellte irgendwo, nicht in unmittelbarer Nähe. Keine Gefahr. Er sog die warme Juliluft tief durch die Mütze ein. Die beiden Zangen waren übrig. Er steckte sie in die Hosentaschen und machte sich auf leisen Sohlen davon.

»Halt! Wer da?«

Starr vor Schreck blieb er wie angewurzelt stehen.

»Halt! Polizei!«

Eine Taschenlampe funzelte auf, keine zwanzig Meter entfernt. Ein weißer Kegel tastete über die Straße, erfasste das Bahnhofsportal, illuminierte für einen kurzen Augenblick die menschenleere Treppe unter den Säulen.

Baumann wartete nicht ab, bis ihn der Kegel traf. Wie ein geölter Blitz raste er los, ahnte direkt vor sich eine kleine Gartenmauer, hechtete drüber und landete auf dem Bauch. Fühlt sich wie Gras an, dachte er erleichtert, riecht auch so. Dann wälzte er sich instinktiv dicht hinter die Mauer.

Im selben Moment startete ganz in der Nähe ein Motorrad. Er hörte den Polizisten vor der Mauer keuchen, sah das Licht seiner Lampe über den Bahnhofsplatz wandern, über die Mauer hinweg das Haus beleuchten. Baumann hörte ihn fluchen und dann in Richtung des Motorenlärms rennen.

Im Haus ging eine Lampe an. Jemand rüttelte am Fensterladen. Sofort rappelte sich Baumann auf, stieg über die Mauer, lief gebückt ins Dunkle, während ein Fenster geöffnet wurde. Eine Stimme rief ärgerlich: »Ist da wer?«

Als er im Schutz des Haselstrauchs war, blickte er aufmerksam um sich. Am Ende des Weges, den er gekommen war, bildete sich die Silhouette des Polizisten gegen den fahlen Mond ab.

Baumann stand reglos in seinem Versteck, horchte in die Nacht hinaus, hörte Schritte in der Nähe, die sich entfernten. Endlich fasste er sich ein Herz und schwang sich aufs Rad. Wie eine Furie trat er in die Pedale.

Gerade war er an den letzten Häusern vorbeigeflitzt. Plötzlich! Was war das? Mitten auf der Straße! Etwas Schwarzes! Ausweichen konnte er nicht mehr, deshalb hielt er auf das Hindernis zu, trat in wilder Fahrt und voller Wucht mit dem Fuß dagegen und raste weiter. Er hörte ein Pärchen aufschreien und zu Boden stürzen.

Wie von Sinnen strampelte er. Weiter, immer weiter. Fort, so schnell wie möglich fort von hier. Bis zum Hals pochte sein Herz. Der Schreck setzte Bärenkräfte frei, wie er sie zuletzt gespürt hatte, als ihn der Leutnant zum Angriff aus dem Schützengraben prügelte. In wilder Flucht jagte er dahin, bis ihm die Puste ausging.

Endlich ließ er das Rad ausrollen, riss sich die Mütze vom Kopf, steckte sie unters Hemd, hechelte mit weit aufgerissenem Mund. Die Zangen in den Hosentaschen zwickten. Eine warf er gleich in hohem Bogen ins mannshohe Korn am Straßenrand. Dann fuhr er weiter. Bei der ersten seiner drei Kreidemarkierungen, die er beim Herfahren an Bäumen angebracht hatte, bog er nach Lindich ab, keuchte im Wiegetritt bergauf, erreichte ausgepumpt Baumerlenbach, erholte sich bei sausender Fahrt ins Kochertal hinab und schleuderte die andere Zange in den Fluss.

Beim Schweizerhof sah er von Möckmühl her die Scheinwerfer eines Autos auf sich zukommen. Er wusste keinen anderen Ausweg, als ins Kornfeld zu steuern, sich auf den Boden zu kauern und zu warten, bis die Gefahr vorüber war.

Im Wald hinter Lampoldshausen stieg er vom Rad. Er zerfetzte seine Mütze und pfefferte die Reste beim Weiterfahren Stück für Stück ins Unterholz.

14

Den Oberkörper weit vorgelegt, den Jackenkragen hochgestellt, in jeder Hand einen Musterkoffer und auf dem Rücken einen prall gefüllten Rucksack, so stemmte sich Baumann gegen Wind und Regen. Mit gesenktem Kopf steuerte er den Bahnhof an, streifte einen Passanten mit seinem Koffer, bat um Verzeihung, ohne den Blick zu heben, hörte einen Zeitungsverkäufer das Neueste über die Schwabenbomber ausschreien und schlurfte mit müden, kleinen Schritten über die glitschigen Pflastersteine. Er wagte deshalb nicht, auch nur einmal aufzusehen.

Er schalt sich einen Narren, einen Geizkragen, einen Idioten. Wäre er am Schwatzbänkle in die Oberleitungsbahn eingestiegen, dann säße er jetzt längst im Ludwigsburger Bahnhof im Trockenen. Aber nein, er musste die zwanzig Pfennige fürs Fahrgeld sparen. Dabei hatte er schon so viel auf die hohe Kante gelegt. Die amerikanischen Dollar, die Schweizer Franken, überhaupt alles ausländische Geld, das man ihm in den letzten Monaten in den toten Briefkasten gesteckt hatte. Aber die Angst, für ein neues Leben nicht genug Startkapital zu haben, hatte ihn in letzter Zeit zum Asketen werden lassen. Eines Nachts war er schweißgebadet aufgeschreckt. Im Traum war er in eine Polizeikontrolle geraten, als Bombenleger verhaftet und zum Tode verurteilt worden. Von da an war ihm endgültig klar, dass er sich auf den Ausstieg aus der Illegalität vorbereiten musste. Seit jenem Tag sparte er sich jeden Groschen vom Mund ab, verzichtete auf neue Kleider und ging auch nicht mehr ins Kino oder ins Theater.

Er quälte sich die Myliusstraße hinan, trotzte den Böen, die ihm die Koffer entreißen wollten, schrammte an einer Straßenlaterne entlang, weil sein Brille beschlagen war. Mit nassglänzenden Haaren und triefenden Kleidern bezwang er seinen Weg.

Endlich war er an der Eingangstreppe. Breitbeinig stakte er die Stufen hinauf, das Gewicht an seinen Armen ausbalancierend, bis er spürte, dass er unterm Vordach im Trockenen stand. Er stellte einen Koffer neben die Tür, strich mit dem Taschentuch rasch über die Brillengläser, streifte mit der Hand über die Haare und schüttelte die Wassertropfen ab. Gerade wollte er die Tür öffnen, als sie von innen aufgezogen wurde.

Der Mann, der ihm den Weg versperrte, trat zurück, entschuldigte sich und hielt ihm die Tür auf. Baumann musterte ihn mit einem schnellen Blick. Es war ein alter Mann im abgetragenen, wadenlangen Wollmantel, braun-grün kariert, darunter schwarze, rissige Knöchelstiefel und schmierige, seitlich geknöpfte Filzgamaschen. Noch einer aus der verarmten Vorkriegsgeneration, fuhr es Baumann durch den Kopf. Einer, der seine einstmals vornehmen Kleider bis zum Fadenschein auftragen musste. Einer, dem Krieg und Inflation das letzte Hab und Gut gestohlen hatten. Über Baumanns Gesicht huschte ein mitfühlendes Lächeln, er dankte, nahm seinen Koffer auf. Polternd zwängte er sich durch die Tür.

Heute sei im Bahnhof der Teufel los, klagte ihm der Alte nach, überall stünden Polizisten herum oder kontrollierten Reisende. Ludwigsburg sei doch kein Verbrechernest. Er sprach leise, mit Verachtung, mit Verbitterung, zugleich deutete er mit dem Daumen hinter sich.

Baumann sah ihn entgeistert an, mit weit geöffneten Augen. »Wo?« stieß er hervor.

»Dort, am Abgang zu den Gleisen und auf den Bahnsteigen«, sagte der Alte freundlich. Seine Stimme wurde leiser, sein Blick war zielsicher, lächelnd hob er die Augenbrauen: »Sie sind neugierig. Sie wollen in jeden Koffer, in jede Tasche sehen.«

Baumann stand unschlüssig da, schwer beladen, in nassen Kleidern. Wasser rann ihm aus den Haaren übers Gesicht in den Kragen.

Der Alte drehte sich kurz um. »Kommen Sie«, sagte er, »die schauen herüber. Schnell, folgen Sie mir nach draußen.«

Baumann schwenkte herum, fasste die beiden Koffer fester, rückte mit kreisenden Schultern seinen Rucksack zurecht. Schon stand er unter der Tür, als er ein lautes, scharfes Kommando hörte: »Bleiben Sie stehen!«

Der Alte hielt mit dem Schuh die Tür auf. »Los! Beeilen Sie sich«, zischte er.

»Dageblieben!« Stiefel knallten über den Steinfußboden, näherten sich im Laufschritt. »Sie da! Sie mit den Koffern! Stehen bleiben!«

Baumann sah den Alten verlegen an. Für eine lange Sekunde schloss er die Augen. Dann setzte er resigniert seine Koffer ab. »Danke«, sagte er und verabschiedete sich mit einem erstarrten Lächeln.

Jemand packte ihn von hinten am Arm, ein anderer nahm die Koffer weg.

»Mitkommen!« Der Befehl hallte durch die Bahnhofshalle, weckte Neugier bei den Umstehenden, schürte Ängste, erregte Ärger. Die Leute blieben stehen. Sie gafften den zwei Polizisten nach, die Baumann in ein Zimmer am Ende der Halle abführten.

Die Tür krachte ins Schloss, vom kleineren und älteren der beiden, der die Koffer trug, mit der Stiefelspitze zugestoßen.

»Setzen!«, befahl er, schwang einen Koffer auf den einzigen Tisch im Raum, stellte den anderen daneben, baute sich vor Baumann auf, der inzwischen auf der Vorderkante eines Hockers kauerte und mit geneigtem Kopf schräg aufsah.

»Ausweis!«

Baumann gehorchte mit versteinerter Miene. Er tastete in der Innentasche seiner Jacke nach der Brieftasche. Dabei beobachtete er, wie der Größere auf die andere Seite des Tisches trat, den Koffer zu sich drehte, den Triefenden kurz taxierte, dann die beiden Schlösser mit den Daumen aufdrückte.

»Bitte«, sagte Baumann, während er dem vor ihm Stehenden den Ausweis hinstreckte.

»Baumann? Emil Baumann? Das sind Sie?«

Baumann nickte.

Der Polizist klappte den Ausweis auf, las alle Eintragungen, wobei er vor sich hin murmelte; immer wieder blickte er auf und nahm den Verdächtigen ins Visier. Offensichtlich verglich er die Angaben auf dem amtlichen Papier mit dem Mann vor ihm: Größe, Gestalt, Augenfarbe, Haarfarbe, Gesichtsform.

»Sie wollten davonlaufen!«

»Nein, wollte ich nicht.«

»Umgekehrt sind Sie, als Sie uns gesehen haben!«

»Gesehen habe ich Sie nicht, aber gehört. Stehen bleiben, haben Sie gerufen. Ja, das habe ich gehört. Ich habe Ihren Befehl sofort befolgt.«

»Und warum wollten sie wieder hinaus?«

»Vor lauter Regen habe ich die Buchhandlung in der Myliusstraße vergessen.«

»Wollen Sie uns veralbern?«

»Ich bin geschäftlich unterwegs. Steht doch in meinem Ausweis.«

Eine zweifelnde Miene, ein schneller Blick in die Papiere, dann eine etwas freundlichere Frage: »Sie sind Buchvertreter und Illustrator?«

»Ja, Handelsvertreter für Bücher und Postkarten«, verbesserte Baumann, »schauen Sie in meine Koffer und in meinen Rucksack.« Er packte seine Jacke an den Aufschlägen und schüttelte sie. Wassertropfen spritzten ab. »Bei jedem Wetter muss ich mich mit dem Zeug abschleppen.«

»Stimmt.« Der Größere am Tisch musterte erstaunt den Inhalt des Koffers. »Lauter Bücher! Ein paar Postkarten! Sonst nichts.« Er machte den Koffer zu, stellte ihn neben den Tisch, nahm den zweiten Koffer auf, legte ihn vor sich und öffnete ihn. Der Kleinere schlug den zugeklappten Ausweis auf seine linke Handfläche, drehte sich. Überrascht starrte er von der Seite in den Koffer.

Baumann grinste in sich hinein. Er zog die nassen Hosenbeine an den Bügelfalten stramm. Die ausgebeulten Knie versuchte er, mit der Hand glatt zu streichen. »Nur Gold ist schwerer«, sagte er gleichmütig, als verzeihe er den beiden, dass sie ihn wie einen Verbrecher behandelten. »Aber hätte ich Gold, dann würde ich es nicht für ein paar lumpige Mark spazieren tragen.«

»Was ist im Rucksack?« Der Kleinere gab sich nicht geschlagen.

Baumann stand auf, nahm den Rucksack ab und setzte ihn auf den Tisch. »Bitte.« Er hockte sich auf die Vorderkante, lehnte sich zurück, die Beine weit von sich gestreckt. »Wie ein nasser Schwamm«, sagte er, mehr zu sich, während er seine Brille putzte. »Sauwetter!«, schimpfte er.

Der Größere schlug den Deckel zu. Er stellte den zweiten Koffer neben den anderen auf den Boden. Umständlich nestelte er den Rucksack auf, der mit imprägniertem Stoff ausgeschlagen war, wie die beiden Koffer. Kopfschüttelnd nahm er Päckchen heraus, in Ölpapier eingeschlagen. Vorsichtig zog er die Verpackungen mit dem Daumen auf und spähte in jede: »Lauter Bücher und Postkarten.«

»Nein«, sagte Baumann, »ganz unten im Rucksack liegen Wasch- und Rasierzeug, auch etwas Wäsche. Ich muss ja irgendwo übernachten.«

»Irgendwo?« Der Kleinere ließ nicht locker.

»In Gasthäusern. Letzte Nacht war ich in Heilbronn, vorletzte in Waldenburg. Kann ich belegen, weil ich die Spesenzettel meinem Chef vorlegen muss.«

Er wollte erneut seine Brieftasche zücken, doch der Größere sagte versöhnlich: »Ist gut. Sie können zusammenpacken.«

Der Andere gab verdrossen, verstimmt, fast mürrisch den Ausweis zurück.

Baumann packte seelenruhig seinen Rucksack, enttäuscht beäugt von den beiden Polizisten. Der Große kratzte sich verlegen am Hinterkopf, den Tschako unterm Arm. Der Kleine stand schmallippig daneben, bärbeißig, verstimmt, angefressen. Mit Helm war er endlich größer als sein Kollege.

Das erinnerte Baumann an seinen Vater, der in allen Lebenslagen einen guten Spruch auf Lager gehabt hatte. In einer ähnlichen Situation hatte er einmal gesagt: Wer als Ochs geboren ist, stirbt nicht als Nachtigall.

So getröstet, setzte er den Rucksack auf. Aufreizend langsam griff er nach seinen Koffern, wobei er den Behelmten ignorierte. Dem anderen, der ihm die Tür öffnete, sagte er ein freundliches »Grüß Gott«.

Er schleppte sein Gepäck durch die Bahnhofshalle. Die Pendeltüre zum Gleis 1 stieß er mit dem Fuß auf, drückte sie mit dem linken Koffer zurück, bis er durch war. Dann trug er seine Last an die Bahnsteigkante, die schon etliche Gepäckstücke säumten.

Beim Absetzen der Koffer hörte er eine vertraute Stimme brüllen: »Zwei Mann sofort nach Gleis 1!«

Er blickte auf. Am gegenüberliegenden Bahnsteig regierte Georg Leicht, der erregt herübersah und zappelig auf Baumann zeigte. Zwei Uniformierte wies er lautstark an, das Gepäck von dem da drüben zu filzen.

Typisch Rottweiler, war Baumanns erster Gedanke. Er dachte kurz nach. Dann gab er sich geschlagen. Davonlaufen wäre nutzlos. Mit Gepäck käme er nicht weit. Ohne würden ihn die beiden Polizisten in der Bahnhofshalle stellen. Falls die Flucht wider Erwarten gelänge, wüssten sie ein paar wichtige Informationen über ihn, die ihm bestimmt zum Verhängnis würden.

Wenige Augenblicke später hörte er zwei Männer durch die Pendeltür stürmen. Ihre Stiefel knallten auf dem Fliesenboden, als sie um die wartenden Reisenden herum auf ihn zurannten.

Nicht umdrehen, befahl sich Baumann, um Himmels willen Georg Leicht nicht ins Gesicht schauen.

Bevor ihn die Fahnder erreichten, schlug die Pendeltür ein paar Mal zurück. Dann eine ruhige Stimme: »Den haben wir schon kontrolliert. Der ist harmlos.«

»Harmlos?«, hörte er Leicht fragen, »warum soll der harmlos sein?«

»Er schleppt bloß Bücher und Postkarten«, sagte der große Polizist hinter Baumanns Rücken. »Sein Gepäck haben wir schon gefilzt. Er ist Handelsvertreter für einen Verlag.«

In diesem Moment fuhr der Zug nach Heilbronn in den Bahnhof ein, ohrenbetäubend, stampfend, quietschend.

Baumann eilte zur nächsten Waggontreppe, wuchtete seine Koffer hinauf und kletterte auf die Plattform, die am Ende des Waggons war. Er wagte einen kurzen Blick über die Schulter. Georg Leicht diskutierte erregt mit den Polizisten.

Er fasste den Griff der Abteiltür. Im selben Moment blickte er auf und erschrak zu Tode. Direkt vor ihm, auf Augenhöhe, sah er sich selbst: kurze, blonde Haare, glattes Gesicht ohne Brille, Schnauzbart unter der Nase. Mit weichen Knien las er, was unter dem Fahndungsfoto stand: *Gesucht! Vorsicht Bombenleger!* Dann Größe, Gesichtsform, Haarfarbe, möglicher Aufenthaltsort.

Baumann schluckte trocken. Leichenblass schob er sich durch die Tür, die ihm eine junge Frau aufhielt; sie erinnerte ihn an Sophie. Erschöpft, mit weichen Knien und rasendem Puls ließ er sich auf eine leere Bank im Abteil fallen.

Weniger, viel weniger Leute waren gekommen als früher. Martinus sah sich wehmütig im Saal um. Löste sich das Schwabenkomitee von selbst auf?

Westwald fehlte, natürlich, denn er hatte ja gekündigt, erst mündlich, dann schriftlich. Inzwischen hatte er sein Haus vermietet und sich mit seiner Frau nach Australien abgesetzt. Der wollte sich offenbar in Deutschland nicht die gepflegten Hände verstauchen, zählte stattdessen auf ein paar schlaue Jahre in Wellington. Aber den vermisste er auch nicht.

Mooser setzte sich seit langem nicht mehr zum Vorstand. Schweigend, keine Regung im Gesicht, beobachtete er aus der zweiten Reihe, wer was sagte. Beschlüsse wurden ja schon lange nicht mehr gefasst.

Leicht hockte, wie fast immer in letzter Zeit, neben Mooser, als wolle er mit seiner massigen Gestalt den alten Schriftsetzer beschützen. Oder überwachen? Die lila Gekleidete mit dem Bubikopf, die den Vereinsvorstand vor dem ganzen Publikum blamiert hatte, war seitdem nicht mehr gesichtet worden. Etliche, die Martinus nur vom Gesicht her kannte, hatten ihre Mitgliedschaft gekündigt oder blieben fern.

Auch Negele gehörte dazu. Man munkelte, er sei bei den Schwabenbombern, verdächtig, einige Anschläge geplant und ausgeführt zu haben. Dabei war ihm dieser schlanke junge Mann mit den kurzen Haaren und dem Schnauzbart sympathisch, keineswegs hinterhältig erschienen. Sein glattes Gesicht hatte etwas Naives, Argloses; es verriet nichts von Bombenlegerei und Attentaten. Sein Interesse an der Schwabensache war aufrichtig gewesen. Eine Neigung zu Hass oder Gewalt konnte er sich bei dem schweigsamen, geradezu schüchternen Mann nicht vorstellen.

Martinus seufzte über so viel Unverstand, so wenig Geduld in seinem Verein. Er setzte seine Aktentasche auf den Tisch und entnahm ihr ein Bündel Papiere. Schnelle Erfolge wollten sie sehen für ihre paar Mark Mitgliedsbeitrag. Diskutieren, kritisieren, darin waren sie groß. Aber hatte eine Diskussion jemals zu einem Ergebnis geführt? Wenn er ihnen Vorschläge unterbreitete, dann hatten sie immer etwas zu mäkeln. Mal sei er zu weich, mal zu hart. Er führe nicht, hielten sie ihm vor, er sei eine Zauderer. Deshalb werde ihr Verein von den Politikern nicht ernst genommen.

Er stellte die Aktentasche auf den Boden und setzte sich. Nahe dran war er gewesen, alles hinzuschmeißen. Zwei Nächte hatte er nicht geschlafen, als er aus Stuttgart zurück war. Dann hatte ihn sein Anwalt aufgerichtet. Beamtenrechtlich könnten ihn die Vorgesetzten gar nicht belangen, weil er weder Dienstpflichten verletzt noch seinem Rektorenamt geschadet habe. Er vertrete nichts Unrechtes in der Öffentlichkeit. Als Vorsitzender habe er die Aufgabe, seinen Verein nach außen zu vertreten. Die Länderneugliederung sei ein Gebot der Reichsverfassung. Reichsrecht breche Landesrecht. Ein großer Teil der Beamten sei republikfeindlich, hatte ihn der Anwalt getröstet, aber denen drohe niemand. Sein Vereinsamt sei also mit seinen Berufspflichten vereinbar. Man habe ihn in Stuttgart nur einschüchtern wollen.

Entschlossen, sein Amt im Schwabenkomitee zu verteidigen, wollte er den Herren …

»Wann geht's denn endlich los?«

Irritiert blickte Martinus in die Runde. Er gab sich einen Ruck, setzte eine freundliche Miene auf und eröffnete die Sitzung. Nach vorn gelehnt, die Brust an die Tischkante gedrückt, den Kopf vorgestreckt, die Hände über seinen Unterlagen gefaltet, so sah über den Rand seiner Lesebrille ins Publikum. Er beschwor die Mitglieder mit den Augen, als wolle er sie mit seinem fürsorglichen Blick bannen. Freundlich nickte er dem einen zu, lächelte den anderen verschwörerisch an, während er seine schlimme Botschaft vortrug: Von der Zentralstelle zur Neugliederung Deutschlands sei nichts mehr zu erwarten.

Dabei wiederholte Martinus nur, was die Zuhörer bereits wussten. Hohenzollern sei zum Anschluss an seine Nachbarn bereit, wenn die Bevölkerung in ganz Hohenzollern zustimme. So laute das Gutachten aus Sigmaringen. Aber da begännen erst die Probleme, erregte sich Martinus. Ausgeschlossen, dass die Volksabstimmung zu einem Ergebnis führe. Allein der Umfang eines korrekten Stimmzettels sei besorgniserregend, weil die Wähler vier Fragen beantworten müssten: Trennung Hohenzollerns von Preußen? Teilung Hohenzollerns entlang der Donau, der Süden zu Baden und der Norden zu Württemberg? Anschluss von ganz Hohenzollern an Württemberg? Anschluss von ganz Hohenzollern an Baden? Reduziere man jedoch den Stimmzettel auf ein einfaches Entweder-Oder, dann bekomme man zwar ein Ergebnis, aber ein so vereinfachtes, dass Streit und jahre-, wenn nicht jahrzehntelange Prozesse vor Gericht unvermeidlich wären. Lege man alle vier Fragen den Wählern zur Abstimmung vor, dann votiere die Bevölkerung in jedem Ort anders. Die wirtschaftlichen Verflechtungen Hohenzollerns mit den Nachbarstaaten seien unklar, verzwackt, eigentlich schwer abzuklären. Rein rechnerisch könnte zwar eine klare Mehrheit für eine der vier

Möglichkeiten zustande kommen, aber praktisch wäre das ausgeschlossen.

Man habe genug von der ewigen Bedenkenträgerei, murrten die ersten Zuhörer. »Wir wollen endlich Taten sehen«, schrie einer seinen Ärger heraus.

Eine alte Jungfer mit straff im Nacken verknoteten Haaren, »eine vertrocknete Zibeb«, wie einer abfällig seinem Nebensitzer zuflüsterte, meldete sich zu Wort. »Eine von den Frauenrechtlerinnen«, kicherte der Nachbar zurück, als die in wallende Gewänder Gekleidete sachlich fragte, warum der Herr Vorsitzende denn alles so kompliziert mache. Hohenzollern sei gar nicht das Problem. Es wolle nicht aufgeteilt werden, befürworte aber im Übrigen den Anschluss an ein vereintes Südwestdeutschland.

Bevor Martinus antworten konnte, spottete eine Selbstbewusste mit Ballonfrisur, bei der die Haarspitzen nach oben gekämmt, eingeschlagen und mit Nadeln auf dem Kopf zusammengesteckt waren: »Drollige Jungs, unsere Herren vom Vorstand.« Sie machte eine rasche Geste, als wolle sie Hunde verscheuchen. »Wenn die in der Hitze des Gefechts rote Ohren kriegen, dann denken sie schon, das Schicksal habe sich ihnen offenbart.«

Der Grauhaarige mit dem Geißengesicht, der hinter Mooser saß, meckerte dazwischen, der Herr Obergscheitle habe Häckmäck verzapft und, wie üblich, im Karree geschwätzt, aber nicht beantwortet, warum von der Neugliederungskommission nichts mehr zu erwarten sei.

Weil man ihm nicht zuhöre, weil man ihn nicht ausreden lasse, erwiderte Martinus patzig. Er war ernstlich böse. Beleidigt schimpfte er, Bayern fürchte einen Südweststaat. Das habe der württembergische Gesandte in München kürzlich in der Zeitung berichtet. Denn im vereinten Südwesten könnten, wie mehrfach erörtert, letztlich auch die bayerischen Gebiete der Rheinpfalz, Frankens und Schwabens aufgehen. Preußen erblasse beim bloßen Gedanken an eine neue Mainlinie. Käme ein Südwestdeutschland zustande, dann wäre der Weg zu einem süddeutschen Staatenbund oder gar zu einer süddeutschen Republik nach Schweizer Vorbild nicht weit, munkele man in Berlin. Das Schreckgespenst vom Donaustaat gehe an der Spree um. Deutschlands Spaltung entlang des Mains in einen zentralistischen, preußisch geprägten Nordstaat und in eine föderale Südrepublik zeichne sich in ersten Umrissen ab.

»Ganz konkret, Herr Vorsitzender«, schrie der Grauhaarige Martinus an, »was haben die Preußen in der Kommission erklärt?«

»Der preußische Vertreter hat in der Kommission gesagt«, feuerte Martinus zurück, »Preußen gibt Hohenzollern nur frei, wenn eine Einigung im Südwesten zustande kommt.«

»Sehen Sie!« Die alte Jungfer aus der letzten Reihe sprang auf. »Sehen Sie! Wir hätten uns mit aller Kraft der Versöhnung mit Baden zuwenden müssen, wie das Herr Westwald immer gefordert hat.«

Martinus lief rot an, seine Backenzähne mahlten. Mühsam zügelte er sich, als er zu seiner Verteidigung darauf hinwies, Preußen habe zudem erklärt, die Abtretung Hohenzollerns sei selbst dann nicht dringlich, wenn Großschwaben zustande käme. Vorsorglich habe der preußische Gesandte gewarnt: Die Kommission zur Neugliederung dürfe sich nur mit der Hohenzollernfrage befassen. Die Vereinigung des ganzen deutschen Südwestens sei nicht ihr Thema. Die sei den souveränen Landesregierungen von Baden und Württemberg vorbehalten.

Tumult brach aus: Gejohle, Beifall, Schmährufe, Streit zwischen Sitznachbarn, Spott, Chaos. Da hätten sich die hohen Herren ja ein schönes Versteckspiel ausgedacht. Und wieder werde das Volk hinters Licht geführt. Einige verließen den Saal, wortlos oder maulend, von der bleibenden Mehrheit ausgebuht.

Martinus richtete sich auf. Fassungslos stellte er sich vor seinen Tisch und hob die Hand. Allmählich wurde es leiser, die Leute beruhigten sich. Mitten hinein in die aufkommende Stille platzte jemand los: »Ein Hoch auf die Schwabenbomber!«

Applaus und Buhrufe mengten sich zu einem wüsten Durcheinander.

Mooser drehte sich um. Der Ruf musste aus den hinteren Reihen gekommen sein. Den rechten Arm über die Stuhllehne gelegt, schaute er in die Gesichter der teils wütenden, teils ratlosen Mitglieder.

Als er sich wieder nach vorn wandte, sah er, wie Martinus kopfschüttelnd den Saal verließ. Dass Leicht zufrieden grinste, bemerkte er erst jetzt. Zorn kochte in ihm hoch.

Baumann hockte auf der untersten Stufe der Weinbergstaffel. Er träumte. Böen riffelten das Wasser auf Enz und Neckar. Regen peitschte sein Gesicht. Ganz in Gedanken schlug er den Kragen seiner modischen Sportjacke hoch und knöpfte sie unterm Kinn zu. Er schaute in den verschnürten Himmel. Zweckmäßig, diese wasserdichte Kleidung für alle Wetter. Praktisch auch die kniehohen, braunen Ledergamaschen, die über die Schnürschuhe fielen und von Wanderern wie von Motorradfahrern getragen wurden. Im Würzburger Bekleidungshaus Serafin hatte man ihn gut beraten. Noch einmal wollte er nicht wie ein begossener Pudel seine Kunden belästigen und ein schäbiges Bild abgeben. Deshalb hatte er schweren Herzens ein paar Franken aus seinem Sparstrumpf für wasserdichte Kleider geopfert.

Über die Perücke hatte er die braune Lederkappe gezogen. Die saß eng an, reichte bis in die Stirn, bedeckte Haare, Nacken und Ohren vollständig. Ein englisches Prachtstück, hatte der Verkäufer bei Serafin gepriesen, für Automobilisten gemacht, aber auch von Bergsteigern gern gekauft.

Die Brille störte. Außen war sie nass, innen beschlagen. Er setzte sie ab und steckte sie ein.

Das Fischerboot, das auf die Enzmündung zusteuerte, nahm er nicht wahr. Er beachtete nicht die Bauern, die in fliegender Hast auf der anderen Seite des Flusses gegen den bockigen Wind ihr Heu ins Trockene retten wollten. Auch den Mann bemerkte er nicht, der in einiger Entfernung im Weinberg saß und zu ihm herüberspähte.

Sophie! Ihre Unbekümmertheit, ihre Schönheit, ihr Lachen nahmen ihn gefangen. Er sah sie vor sich, wie sie sich beim Foxtrott an ihn schmiegte. Es war ihm, als spüre er ihre Nähe, rieche ihr Haar. Womöglich hatte sie es inzwischen zu einem Bubikopf stutzen lassen, lächelte er verzeihend in sich hinein. Sie schwärmte ja von kurzen Haaren.

Die Schweizer Franken, den Plan und den Brief hatte er aus dem Einmachglas gefischt, hatte alles, den Blick geradeaus auf Enz und Neckar gerichtet, in die linke Innentasche der neuen Jacke stecken wollen. Ohne hinzusehen, konnte er aber die Taschenklappe nicht aufknöpfen. Deshalb hatte er Geld und Papiere in die linke Hand genommen, mit der rechten den Schnallengürtel geöffnet, die lange, wasserabweisende Jacke etwas zurückgeschlagen, hatte das wenig vertraute Innenleben seiner Jacke kurz gemustert, die Tasche aufgeknöpft, um das Zeug darin verschwinden zu lassen. Dabei war sein Blick auf den ersten Satz in Moosers Brief gefallen: *S. fragt häufig, ob es immer noch keine Nachricht von Dir gäbe.*

Als habe ihn ein Blitz getroffen, war er zusammengesackt. Versteinert blieb er sitzen. Minutenlang musste er seine Gefühle niederkämpfen.

Mit einem Seufzer stand er endlich auf. Abwesend, immer noch aufgewühlt, tarnte er das Versteck, trat das Gras fest und klopfte die sandigen Hände ab.

Der Eilzug donnerte vor seiner Nase vorbei. Er ließ eine grauweiße Qualmwolke hinter sich herwachsen und riss Baumann aus allen Träumen. Energisch stand er auf. Im Regen ging er am Fluss entlang nach Besigheim zurück.

Nach einigen Schritten sah er genau da, wo links, also auf der anderen Seite der Enz, der Kanal des Wasserkraftwerks mündete, von rechts einen Mann aus den Weinbergen kommen. Er trug einen grauen Überzieher. Auf dem dunkelblonden Haar saß eine schwarze Schirmmütze. Er hatte eine Brille auf.

Vor der Bank, auf der er manchmal seine Post studierte, blieb Baumann stehen. Er setzte sich nicht, weil das Holz nass war. Er wollte den Unbekannten vorbeilassen, ihn vor sich haben, ihn beobachten und nicht aus den Augen lassen.

Während er sein Gesicht dem Fluss zuwandte, hörte er hinter sich, dass der Mann stehen blieb, auf dem Absatz drehte und auf ihn zukam. Ihm war so, als werde er gemustert.

»Schlimmes Wetter«, sagte der Fremde.

Baumann schwieg, er rührte sich nicht.

Der Mann im Rücken lachte. »Sie können sich ruhig umdrehen, Herr Negele.«

Negele fuhr herum.

»Hast du unsere Post schon gelesen, Karl?« Der Unbekannte nahm Mütze, Perücke und Brille ab. »Kennst mich nicht?«

»Erwin, du?«

»Da schau her! Also mit dem Motorrad bist du unterwegs. Hätt ich mir eigentlich denken können«, sagte Pfeiffer. »Wo steht denn deine Maschine?«

Negele lächelte in das Gesicht hinein, das von Sekunde zu Sekunde vertrauter wurde. Mit dem Kopf deutete er in Richtung Besigheim.

»Dann komm mit mir für einen Augenblick unter den Baum da.« Pfeiffer wies auf eine Erle an der Enz hin.

Sie stellten sich unter, vergaßen den Regen, während Pfeiffer viel erzählte. Er berichtete vom Schwabenkomitee, das sich dem Anschein nach bald auflöse. Er verriet grinsend, während er Perücke, Mütze und Brille in den Innentaschen seines Überziehers verstaute, Martinus sei in der letzten Sitzung getürmt. Dem Herrn Doktor wachse die ganze Sache über den Kopf. Außerdem versagten ihm immer mehr Mitglieder die Gefolgschaft. Von Richard Mooser meldete er, der spiele den Ahnungslosen so überzeugend, dass man ihn von den Überwachungslisten gestrichen habe. Dagegen mache Georg Leicht auf Bluthund, seit er für die Fahndung nach den Schwabenbombern zuständig sei.

Negele verlegte sich aufs Zuhören.

»Hast du von den Steckbriefen in Ludwigsburg gehört, Karl?« Pfeiffer verzog das Gesicht. Als Negele ihn fragend ansah, setzte er nachdenklich hinzu: »Erstaunlich, wie ein paar Kleinigkeiten einen Menschen so verändern können. Dabei hast du dir nur den Schnauzer abrasiert, eine Motorradkappe aufgesetzt und Sportkleider angezogen. Fertig ist ein neuer Mensch. Wo du wohnst, wirst du mir nicht verraten.«

Negele lachte. »Mit Brille, blonder Perücke und Schiebermütze hatte ich dich für einen Journalisten oder Künstler gehalten. Hättest du mich nicht angesprochen, wäre ich an dir vorbei, ohne dich zu erkennen.«

»Viel Zeit bleibt uns nicht mehr.« Pfeiffer wurde ernst. Mit zusammengekniffenen Augen sah er über den Fluss. »Wir sind die letzten Mohikaner, Karl. Von uns hängt es jetzt ab, ob aus Großschwaben doch noch etwas wird. Das Schwabenkomitee ist bald Vergangenheit. Die Reichskommission zur Neugliederung Südwestdeutschlands hat ihre Arbeit eingestellt. Preußen und Bayern blockieren jede denkbare Lösung. Aber das Volk, lieber Karl, das Volk will es anders. Es hat genug von den politischen Hanswursten, die alles auf die lange Bank schieben, sich selber bedienen und andere mit ihrer Besserwisserei nerven. Weil die hohen Herren in Karlsruhe, Sigmaringen und Stuttgart auf die Meinung des Volkes pfeifen, müssen wir dieser aufgeblasenen Bagage ein paar Nachhilfestunden verpassen.« Pfeiffer lachte. »Die Stimme der Schwabenbomber können sie nicht überhören. Die Sprache des Dynamits werden sie verstehen. Deshalb müssen wir ab jetzt kräftig zulangen. Bei deinem nächsten Auftrag muss es anständig rumsen, Karl.«

»Du spielst immer noch den Eisenfresser, Erwin? Sind dir eigentlich noch nie Zweifel gekommen?« Negeles großer, schlanker Körper spannte sich. Sein Gesicht, das bis dahin eher ernst gewirkt hatte, wurde lebhaft.

»Zweifel? Nein, Zweifel nicht, aber Gedanken habe ich mir vielfach gemacht. Die große Zeit der Freikorps ist vorbei. Entwurzelten Soldaten bieten sie zwar eine Heimat, aber dafür betreiben sie das Geschäft der Ewiggestrigen. Gegen Geld natürlich. Damit stellen sie sich gegen das Volk. Ihre Auftraggeber wollen die Zeit zurückdrehen und die Demokratie abschaffen. Das hat die Freikorps in Verruf gebracht. Davon werden sie sich nicht mehr erholen.«

Negele schwieg. Mit hochgezogener Augenbraue sah er Pfeiffer an.

»In meinem Verein ist das anders, Karl. Die Blaue Division steht zur Demokratie. Wir werden verhindern, dass die alten Kräfte an die Macht kommen. Wir sind gegen deren eigennützige Standespolitik. Deshalb versteht sich die Blaue Division nicht als Freikorps, sondern als Schutztruppe der Demokratie, als demokratische Bürgerwehr, die Gewalt bloß anwendet, wenn die Rechte des Volkes gefährdet sind.«

»Du meinst, wir verteidigen mit unseren Attentaten die Rechte des Volkes?«

»Zweifelst du etwa daran? Verstehen kann ich, wenn du Bedenken hast, dass unschuldige Menschen zu Schaden kommen. Die Skrupel teile ich. Aber vergiss nicht: Die Mehrheit des Volkes steht hinter uns, weil wir einen neuen Staat schaffen, der den Menschen ein sicheres Dach über dem Kopf gönnt. Weil die Leute dann genug zu essen haben. Weil es dann bei uns keine Kriege mehr gibt. Wir von der Blauen Division gebrauchen Gewalt nur, damit unsere Kinder ein friedliches Auskommen haben.«

Negele legte die Stirn in Falten und tastete sein Gegenüber mit den Augen ab. Zum ersten Mal fiel ihm auf, dass Pfeiffer eine lange Nase hatte.

»Dein nächster Auftrag steht in den Papieren, lieber Karl. Also mach's gut! Pass auf dich auf.«

Pfeiffer gab Negele die Hand, machte kehrt und begab sich auf den Rückweg nach Walheim. Reiste er mit dem Zug?

»Grüße bitte Richard von mir«, rief ihm Negele hinterher.

Pfeiffer drehte sich nicht mehr um. Er hob die Hand, während er sich zügig entfernte.

Negele sah ihm lange nach, bis er ins Grübeln verfiel.

Merkwürdig, dass nicht sein alter Freund Richard Mooser den toten Briefkasten bediente. Eigentlich hatte er auf der Zunge gehabt, Pfeiffer zu fragen, was mit Mooser sei. Aber er hatte seine Frage runtergeschluckt. Er traute seinem alten Kriegskameraden von der Blauen Division nicht. War der jetzt der Chef der militärischen Sektion im Schwabenkomitee? Hatte er Mooser ausgebootet? Keine Frage, Richard hatte diesen Brief geschrieben. Aber war der alte Freund bloß noch Briefschreiber, ansonsten Statist in einem fremden Spiel?

Er setzte sich auf die Bank, achtete nicht auf den Regen, der schwächer wurde.

Wenn Mooser nicht mehr viel zu sagen hatte? Oder gar nichts mehr? Welche Rolle war dann ihm zugedacht, dem treuen, aufrechten Karl Negele, dem verlässlichen Handlungsreisenden Emil Baumann?

Hanswurst? Bauernopfer?

Angenommen, es wäre so, würde man ihn dann bei günstiger Gelegenheit den Polizeifahndern ans Messer liefern. Oder möglicherweise sogar beseitigen?

Wie dieser Pfeiffer auftrat. Selbstgerecht, machtbewusst, hochtrabend. Schutzherr des Volkes. Trutzherr der Demokratie. Dabei ist er kalt wie eine Hundeschnauze. Mimt den Kämpfer bis zur letzten Patrone. Jeder andere, der Bomben schmeißt oder Züge entgleisen lässt, wird irgendwann von Skrupeln geplagt, wenn er nur ein Mindestmaß an menschlichem Empfinden verspürt. Woher nimmt er diese Rücksichtslosigkeit und Selbstsicherheit? Arbeitet er etwa für Freund *und* Feind? Steckt er vielleicht mit Georg Leicht unter einer Decke? Oder lebt er gar nicht mehr im Untergrund? Beim Weggehen hatte sich Pfeiffer weder die Perücke übergezogen, noch Hut und Brille wieder aufgesetzt. Warum war er dann zuvor kostümiert? Negele grübelte und setzte sich unangenehme Fragen selbst vor: »Kontrolliert Pfeiffer *mich*? Will er wissen, wie ich mich tarne und womit ich unterwegs bin? Aber warum? Wie lange macht er das schon? Und was weiß er inzwischen über mich?«

Nachdenklich stand Negele auf. Der Nieselregen war endenwollend. Die Sonne schaute gerade durch die Wolken. Er nahm die Lederkappe vom Kopf, vergewisserte sich mit einem Blick in den Taschenspiegel, dass die Perücke richtig saß. Die Brille wienerte er mit seinem Taschentuch, bevor er sie aufsetzte. Dann machte er sich auf den Rückweg.

In Besigheim ging er ins Gasthaus, das ein paar Meter neben den Gleisen lag. Beim Bier beobachtete er den Zugverkehr. Nach zwanzig Minuten fuhr der Eilzug aus Heilbronn in den Bahnhof ein. Pfeiffer stand am Abteilfenster und schaute ein paar Frauen zu, die aus dem Waggon kletterten, sich auf dem Bahnsteig verabschiedeten und dann durch die Bahnsteigsperre verschwanden.

Negele hatte genug gesehen. Jetzt war er sich sicher: Pfeiffer war ihm auf den Fersen. Also blieben nur zwei Möglichkeiten. Sofort fliehen oder den Spieß umdrehen und Pfeiffer nachspionieren.

Aber wo war Pfeiffers Unterschlupf? Bei alten Kollegen in Ludwigsburg? Bestimmt nicht, denn dort war er seit der Vorkriegszeit bekannt wie ein bunter Hund und könnte sein zwielichtiges Spiel nicht lange durchhalten. Bei neuen Freunden in Ulm? Eher nicht, denn in Ulm waren ja die Polizeispitzel und das Schwabenkomitee zuhause. Schnell könnte er hier bei einer der beiden Seiten in Verdacht geraten. In einem Dorf? Erst recht nicht, denn da weiß einer vom anderen mehr, als einem lieb ist.

Also wird Pfeiffer wohl in einer großen Stadt leben. Wahrscheinlich in Stuttgart. Erstens fuhr er in diese Richtung. Und zweitens wird ein Geheimniskrämer am ehesten dort übersehen, wo viele Leute sind. Er wird zur Ameise im Ameisenhaufen.

Negele nickte vor sich hin. Der eiskalte Stratege von der Blauen Division lebte vermutlich in Stuttgart. Den eigenen Kopf würde er darauf verwetten. Aber wo in diesem Ameisenhaufen? Er grübelte. Plötzlich schlug er sich an die Stirn. Natürlich! Im großen Haufen braucht man erst gar nicht zu suchen. Aber an den Ein- und Ausgängen könnte sich die Suche lohnen. Dort krabbeln die Ameisen einzeln hindurch, eine nach der anderen. An der Stelle kann man sie ins Auge fassen. Dort wären sie in aller Ruhe zu sondieren, taxieren, kalkulieren. Pfeiffer reiste mit dem Zug. Also dürfte der neue Stuttgarter Bahnhof der beste Beobachtungsposten sein.

Freitagnachmittag. Das Schlagwerk der Kirchturmuhr begann zu rasseln. Er hörte gespannt hin. Ein Schlag. Viertel nach drei. Er spähte abermals von der Empore in den Innenraum der Pauluskirche hinab, durchforstete das Kirchenschiff Bank für Bank. Kein Fremder. Er nahm seine Schuhe in die Hand. Auf Zehenspitzen schlich er los, gespannt wie eine Feder. Er schwitzte Blut und Wasser. Sitzt der Schnauzbart auch richtig? Nervös betastete er mit den Fingerspitzen seine Oberlippe. So schlich er die Treppe hinunter, drückte sich mit aufgerissenen Augen und gespitzten Ohren den Seitengang entlang, bis er lautlos in die vorderste Bank schlüpfen konnte.

Richard Mooser schrak auf. »Du?«

Negele versuchte, ein Grinsen zu unterdrücken. Er duckte sich schnell in die Bank, damit er seine Schuhe anziehen konnte.

»Wo brennt's?«

Negele sah seinen Freund nachdenklich von unten her an, während er seine Schuhe schnürte.

»Pfeiffer hat mir gesagt, du zweifelst an unserer Mission.« Mooser verengte die Augen zu schmalen Schlitzen. »Stimmt das?«

Gleich mitten ins Herz treffen, hatte Negele vorher überlegt. Richard nicht zum Nachdenken kommen lassen. Die erste Frage ohne Mitleid abschießen. Dann mit belanglosem Geschwätz in Sicherheit wiegen. Zu guter Letzt ein kurzes, gnadenloses Verhör. Das hatte Pater Lukas geraten, als er ihm sagte, er sei bei manchem Kunden im Zweifel, ob der immer die Wahrheit sage.

»Hältst du alle Fäden in der Hand, Richard?«

Mooser explodierte. »Was soll die Frage!« Unwillig schüttelte er so heftig den Kopf, dass die silbergrauen Haare zu Berge standen. Erregt fuhr er sich mit dem Finger in den Kragen.

»Ich werde das dumpfe Gefühl nicht los, unsere Sache läuft nicht nach Plan.«

»Du meine Güte!« Mooser taxierte ihn kurz. Eiskalt, leichenblass, mit zusammengekniffenen Augen und verzerrten Gesichtszügen. »Was willst du?«

»Nicht mehr den Hanswurst spielen.«

Kein Zweifel, Mooser war außer Fassung. Die Muskeln in seinem Gesicht traten hervor. Er biss die Zähne zusammen. Grimmig stierte er geradeaus, während seine Füße zappelten.

Negele sah das alles und zog seine Schlüsse. »Sei mir nicht böse, Richard, aber ich muss es wissen.«

Mooser warf ihm aus den Augenwinkeln einen unendlich müden Blick zu.

»Hast du in unserem Verein noch etwas zu sagen?«

Mooser schluckte, zögerte eine Sekunde, für Negeles Geschmack einen Augenblick zu lang.

»Also schreibst du Briefe, die dir andere diktieren.«

Sein alter Kumpel atmete schwer, hob den Kopf zur Kanzel auf, schluckte ein paarmal. Endlich brummte er: »Verstehen kann ich, Karl, dass dich Zweifel plagen. Du bist allein. Du lebst irgendwo wie ein Einsiedler. Vielleicht bist du ständig auf der Flucht. Du weißt nicht, was im Schwabenkomitee diskutiert und entschieden wird. Du kannst die politische Lage nicht einschätzen. Außerdem kennst du die Zusammenhänge nicht.«

Er warf Negele einen schnellen Blick zu.

»Aber dass du mich so hinstellst, das kann ich nicht verstehen.«

Negele schwieg. Er wollte eine Antwort, keine Ausflüchte.

»Weißt du eigentlich, was los ist, Karl? Liest du unsere Zeitung?«

Negele nickte. Er hatte verstanden. Vielsagend lächelte er Mooser an.

»Du bist mit dem Motorrad unterwegs, behauptet Pfeiffer.«

Negele sah Mooser lange ins Gesicht. Dann legte er beide Hände auf seine Knie, als wolle er aufstehen. Nachdenklich meinte er: »Das Reisen wird immer schwieriger. Fährt man fort, dann weiß man nicht, ob man heimkommt, weil man für eine Tankfüllung einen Rucksack voller Inflationsgeld braucht. Manche Tankstellen nehmen bloß bestimmtes Notgeld. Bei der Eisenbahn gilt das amtliche Geld gar nicht mehr. Für einen reisenden Indieluftsprenger wie mich sind das lausige Zeiten.«

Mooser verzog keine Miene. Er brummte gereizt, jedoch eine Spur freundlicher: »Hast ja recht. Blättert man mir die Rente hin, dann sollte ich die Scheine eigentlich gleich ins Klo hängen. Aber das Geldpapier ist für den Zweck nicht fest genug und färbt ab. Könnte ich nicht etwas dazuverdienen und würden mir meine Besigheimer Verwandten nicht unter die Arme greifen, dann …«, Mooser machte eine abschätzige Handbewegung, »… gute Nacht.«

»Stell dir vor, Richard, gestern Abend hab ich ein Bier bestellt. Der Wirt hat sofort Geld sehen wollen. Alle halbe Stunde mache sich seine Tochter auf die Socken, um die miserablen Kröten loszuwerden. Mal probiere sie auf der Bank, Dollar oder Schweizer Franken zu kaufen. Mal gehe sie in den Konsum und bettle um ein paar Lebensmittel, aber meist rücke der Verkäufer für die Millionenlappen keine Ware raus. Der Schwarzmarkt sei dann ihre letzte Hoffnung. Dort versuche sie, die Geldbündel gegen irgendetwas einzutauschen, Hauptsache irgendwann brauchbar.«

Mooser entspannte sich sichtlich, lehnte sich zurück und setzte beide Füße auf die Fußbank.

Negele beobachtete genau, wie Richard seinen Arm auf die Rückenlehne legte und ihn anlächelte. Er wollte ihn einlullen. »Jetzt warte, mein Lieber, die Geschichte geht weiter. Als ich ein zweites Bier bestellen wollte, forderte der Wirt fünftausend Mark mehr als fürs erste, weil in der Zwischenzeit eine weitere Geldentwertung eingetreten sei. Vorsorglich sagte er, ein drittes Bier könne er mir nicht mehr ausschenken, weil er das Geld am Abend nicht mehr loswerde. Am nächsten Tag tauge es bloß noch fürs Altpapier.«

»Was regst du dich auf, Karl?« Auf Moosers Gesicht zeigten sich erste Fältchen, die man als aufkommendes Schmunzeln deuten konnte. »Dafür wird's Sterben billiger.«

Negele lachte ihn aufmunternd an, wie in alten Zeiten.

»Die Metzinger Pappschachtelfabrik bietet seit ein paar Tagen einen riesigen Karton an, naturfarben oder schwarz lackiert. Jeden Tag muss ich die Anzeige setzen. Schwäbischer Volkssarg heißt das gute Stück, garantiert unzerbrechlich.«

Negele kicherte. »Heute Morgen hab ich mir gedacht, jetzt gönn ich mir auch einmal einen Spaß. Ich bin in eine Bank und habe einen 100-Millionen-Schein auf den Tresen gelegt. Bitte wechseln, hab ich gesagt, in kleine Scheine bitte, am liebsten in lauter 1000er und 5000er. Da hat mich dieses Galgengesicht hochkant hinausgeschmissen. Bis man die Scheine gezählt habe, hat mir der Entenklemmer wütend nachgeschrien, sei es Nachmittag und mein Geld nichts mehr wert.«

Moosers Gesicht zeigte ein Lächeln, was selten bei ihm vorkam. Er wollte gerade etwas erwidern, doch Negele kam ihm zuvor. Blitzschnell und unbarmherzig schleuderte er ihm die nächste Frage ins Gesicht: »Warum hast du mich nicht gewarnt, Richard?«

Moosers Gesicht lief rot an. »Vor was?«

»Dass die Neugliederung politisch tot ist. Und dass unser Rückhalt schwindet. Sind wir auf dem Holzweg, Richard? Sag's mir!«

Mooser war fassungslos.

»Weißt du wenigstens, wer unser blutiges Geschäft bezahlt? Wer die Strippen zieht?«

Moosers Miene verfinsterte sich. Wütend schüttelte er den Kopf, zornbebend schnappte er nach Luft.

»Schon kapiert, Richard. Gib dir keine Mühe.« Negele zuckte die Achseln. Er stand langsam auf. »Sachschaden, so war's ausgemacht. Keine Anschläge auf Personen. Oder irre ich mich?«

Mooser sah auf, weiß wie die Kirchenwand. »Ich weiß, dass wir noch viel Überzeugungsarbeit leisten müssen«, sagte er hastig. »Die Politiker würden unsere Sache am liebsten auf die lange Bank schieben. Aussitzen wollen sie die Neugliederung der Länder. Aber wir werden ihnen …«

»Mach's gut, Richard.«

»Karl, warte! Ich muss dir …«

Negele kehrte seinem alten Freund den Rücken. Grüßend hob er den linken Arm.

»Was wirst du …?«

»Keine Sorge, Richard.« Negele drehte sich nicht mehr um. »Du hast einen Anschlag bestellt. Du hast ihn bezahlt. Also führe ich ihn auch aus. Aber Achtung, es könnte mein letzter sein.«

Emil Baumann wandelte in der riesigen Halle umher. Er blickte zur hohen Decke hinauf, bewunderte Konzept und Konstruktion der Anlage, bestaunte Form und Design. Der neue Stuttgarter Bahnhof, der im letzten Oktober, genau drei Jahre nach Kriegsende, eröffnet worden war, gefiel ihm, weil er schlicht war, funktional, ohne Schnörkel. Paul Bonatz hatte ihn im Stil Theodor Fischers entworfen, seines großen Vorbilds. Der alte Bahnhof in der Nähe des Schlossplatzes war bereits außer Betrieb, dabei war dieser hier noch gar nicht fertig. An beiden Seitenflügeln und an der Außenfassade zur Königstraße wurde gemauert, gehämmert und gebohrt.

Baumann hatte die Hauptstadt im letzten Vierteljahr gemieden. Die Festnahme fürchtete er nicht, aber das Reisen in dieser mörderischen Inflation. Jede Stadt hatte ihr eigenes Notgeld. Auch die Reichsbahn bestand auf ihren Spezialscheinen. Welche Zahlungsmittel die Gasthäuser akzeptierten, wusste man nicht im Voraus.

Aber heute musste er nach Stuttgart. Er wollte Gewissheit. Musterkoffer samt Rucksack hatte er gleich nach der Ankunft am Gepäckschalter aufgegeben. Dann war er in die Königstraße geeilt. Klebstoff wollte er kaufen, einen Kartoffelkleister in einem kleinen Blechdöschen. Jetzt war er auf dem Rückweg.

Plötzlich blieb er wie angewurzelt stehen. Vor ihm auf der Treppe schwankte ein schwer beladener Fahrgast, der sein Mitleid erregte.

Es war ein alter Mann mit Hut. Vergebens mühte er sich, im Aufgang zum Bahnhof die Stufen zu erklimmen. Wackelig stand er auf den Beinen. Die Last auf seinem Rücken schaukelte hin und her. Wie ein Seiltänzer versuchte er, die Pendelausschläge abzufedern, balancierte auf Absatz und Sohle und kreiselte über die gesamte Breite der Treppe. In seinem großen, blauen Rucksack bauschte sich etwas Kugeliges.

Hilfsbereit sprang Baumann zu ihm hin. Da erkannte er im letzten Augenblick, dass der Mann Schlagseite hatte, weil er sturzbetrunken war.

Der Behütete stolperte über seine eigenen Beine, wobei er mit jedem Schritt mehr an Halt verlor. Im Kopf wollte er aufwärts. Aber der schwere Rucksack gehorchte der Schwerkraft. Die zog den Hilflosen abwärts. Und so torkelte der Rucksack samt Träger, in Mäandern eine weite Spirale beschreibend, Stufe um Stufe tiefer. »Obacht!« grölte der Alte, stieß wüste Flüche aus, verwünschte alle, die ihm im Weg standen. Schließlich trudelte das wirbelnde Knäuel wie ein Brummkreisel aus. Der Erschöpfte plumpste mit spitzem Schrei auf die Treppe. Etwas krachte, klirrte, splitterte, während der grau melierte Lodenhut wilde Sätze machte, die Treppe hinabsprang und irgendwo ausrollte. In die Stille hinein hörte man es gurgeln und gluckern. Erst färbte sich der Rucksack dunkel, dann der Rücken des Mannes. Das erheiterte ihn über alle Maßen. Er rülpste, grüßte leutselig die Vorübereilenden und krähte mit theatralischer Geste und heiserem Tenor: »Ei, was bin i für a lustiger Bue! I kann ja so zwitschgern und tanze!« Aus dem geborstenen Glasballon blubberte etwas wie Wasser über die Stufenkanten, tränkte seine Hose und tropfte in seine Schuhe. Ein penetranter Gestank nach billigem Fusel verpestete die Luft. Mit erhobenem Zeigefinger deklamierte er abstruse Weisheiten, riss sich mit letzter Kraft einen Schuh vom Fuß, prostete den Leuten zu, schlürfte seinen Schnaps aus dem Schlappen und pries das Gesöff zum Kosten an.

Kopfschüttelnd stieg Baumann in die Halle hinauf. Ein unauffälliges Plätzchen, wo er den Ein- und Ausgang im Auge behalten konnte, das wäre jetzt willkommen. Er durchstreifte die Halle, setzte sich mal auf diese Bank, machte sich mal auf jener breit, hockte auf die Treppe zum Postamt und schaute sich eingehend um, bis ihm das neue Bahnhofsrestaurant ins Auge stach.

Er schlenderte hinüber, setzte sich an einen Tisch nahe bei der Glastür, wo er überrascht feststellte, dass er von hier aus die An- und Abreisenden mustern konnte.

Der Ober, im üblichen Ornat, schwarz gewandet, ausgelatschte Schuhe, bummelte heran. »Bitte sehr.« Von oben herab taxierte er den Gast.

»Ich hätt gern einen Kaffee.«

»Wie wünschen der Herr zu zahlen?«, fragte der Kellner, mürrischer als viele Kollegen, wahrscheinlich auch lustloser als sonst. Augenfällig hing ihm sein Beruf in diesen lausigen Zeiten zum Hals heraus.

»Wie wohl? Hosenknöpfe nehmen Sie bestimmt nicht.«

»Für Inflationslappen gibt's Muckefuck. Für anständiges Geld kriegen Sie einen richtigen Kaffee.« Der Schwarze verzog keine Miene.

»Was für Geld?«

»Dollar oder Pfund zum Beispiel.«

»Und was krieg ich für einen halben Schweizer Silberfranken?«

Der Ober neigte den Kopf. Der blasse junge Mann erstaunte ihn. »Oh! Sehr anständiges Geld.« Sein Gesicht schaltete auf empfangsbereit. »Dafür serviere ich Ihnen einen echten Kaffee mit Milch und einem Hörnchen.«

»Dann bringen Sie mir das.«

»Verzeihung, der Herr, bitte zuerst bezahlen. Schlechte Erfahrungen, leider. Sie verstehen?«

Baumann legte die Münze auf den Tisch.

Der Ober nahm sie in die Hand, beäugte sie ausgiebig von beiden Seiten und entschuldigte sich: »Letzte Woche hat einer etwas aus der Menükarte bestellt. Er werde mit amerikanischem Geld bezahlen, hat er glaubwürdig behauptet. Als es ans Zahlen ging, legte er Inflationsblüten auf den Tisch. Anderen Zaster habe er nicht.« Er schloss die Augen. »Das passiert mir nimmer.«

Baumann nickte verständig. Er müsse einige Zeit auf seinen Anschlusszug warten, sagte er. Gern würde er bis zum Mittag hier sitzen bleiben. Alles, was er bis dahin verzehre, werde er mit Franken bezahlen.

»Und wenn Sie den ganzen Tag hier verbringen, mein Herr, soll's mir recht sein. Gäste, die anständiges Geld haben, sind uns jederzeit willkommen.«

Baumann trank einen Kaffee, dann einen zweiten. Als sein Magen knurrte, bestellte er das Tagesmenü, Gaisburger Marsch in der Terrine.

In seiner Nische hinter der Tür löffelte er langsam den heißen Eintopf aus Ochsenfleisch, Kartoffelschnitz und Spätzle. Nach jedem Happen hob er den Kopf, kaute, guckte, ruckte den Hals wie eine Bachstelze. Mit wachen Sinnen studierte er die Leute, die sich in der Bahnhofshalle drängten.

Auf den ersten Blick fielen die zappeligen Reisenden auf, die mit Koffer oder Aktentasche unterwegs waren. Meist feine Pinkel mit Stehkrägen, aufgebügelten Anzügen, bunten Krawatten und polierten Schuhen. Oder nach der neuesten Mode dressierte Püppchen, die Hüte mit aufgesteckten Straußenfedern oder hölzerner Obstauslage balancierten. In ihren engen, wadenlangen Röcken und Mänteln aus altrosa Knittersamt oder blassrosa Seide konnten sie nur tippeln.

Die gelassen wirkenden Passagiere nahm Baumann erst auf den zweiten Blick wahr. Sie trugen oft Rucksäcke und zwängten ihre Füße nicht in affige Schuhe, die schmal, zwei- oder dreifarbig waren und vorne spitz zuliefen. Nein, bequeme Treter gönnten sie sich, lachten viel, bummelten von Schaufenster zu Schaufenster, wobei sie sich über die Auslagen amüsierten.

Eine endlose Parade menschlicher Figuren und Konturen, dachte Baumann. Könnte man sich einen Fotoapparat leisten, dann ließe sich ein unerschöpflicher Vorrat an Vorlagen fürs Zeichnen und Malen anlegen.

Er spähte aus seiner Ecke, staunte, passte auf, war aber etwas enttäuscht. Der, den er suchte, kam und kam nicht.

Sein Eintopf kühlte allmählich ab. Doch das merkte Baumann zunächst nicht, denn er konnte sich nicht sattsehen an dem Schauspiel, das sich ihm in dieser Halle bot.

Der Ober kam, öffnete die Glastür direkt vor Baumann und klemmte sie mit einem Holzkeil fest. »Ein bisschen mehr Luft tut gut. Oder zieht es Ihnen?«, wandte er sich an den Gast.

Baumann winkte ab und schaute wieder hinaus in die Halle.

Drei Buben und ein Mädchen spielten Fangen zwischen den Reisenden. Als er sie mit den Augen verfolgte, nahm er plötzlich auch Leute wahr, die offenbar nicht die Absicht hatten, mit dem Zug zu verreisen. Die Halle diente ihnen als überdachter Marktplatz oder kostenlose Bühne: fliegende Händler, freche Schieber, gerissene Bettler, Leierkastenmänner, Jongleure, Akrobaten. Ganz gewiss auch Diebe, Dirnen und Zuhälter.

Aber wer war was?

Da war die Aufgehübschte, die mit lüsternem Lächeln und knallrotem Kostüm die Fluten teilte, die Frauen kaltschnäuzig beiseite drängte, dafür den Männern feurige Blicke zuwarf. Vulkan vor dem Ausbruch hieß wohl das Stück, das sie aufführte. Sie trug ein Geldtäschchen am langen Riemen, das sie um ihre Hand kreisen ließ. Sie ließ sich ansprechen, sagte ein paar Worte und verschwand zielstrebig an der Seite von so einem Dürftele, einem schwächlichen, kraftlosen Diddel, der es sich heute einmal beweisen wollte.

Ja, was war denn das für ein Depp? Hockte sich einfach auf den Boden, fuhr sich mit den Fingern durch die schulterlangen Haare. Kaum hatte er seine zehn Halsketten sortiert, stellte er ein Schälchen vor sich hin. Dann zog er eine Flöte aus dem Hosenbund, tutete ein wenig nach Erstklässlerart und hoffte auf zahlungskräftige Zuhörer.

Baumann schob die Terrine zur Seite. Er holte das Adressbuch, das er stets bei sich trug, seit er Verlagsvertreter war, aus der Jackentasche. Er blätterte darin, studierte seine Notizen und warf alle paar Sekunden einen kurzen Rundumblick durch die Halle, während er überlegte, welche Route in der nächsten Woche erfolgreich sein könnte.

Der Nachtisch wurde serviert. Schokoladenpudding in Vanillesoße, den er auf der Zunge zergehen ließ. Gerade noch erfreute er sich an dem seltenen Genuss, da riss ihn ein sonderbares Geräusch aus abschweifenden Gedanken.

Tapp, tapp-tick, tapp, tapp-tick.

Zunächst leise, aber nicht zu überhören.

Er hielt den Atem an und lauschte mit offenem Mund.

Tapp, tapp-tick, tapp, tapp-tick.

Jetzt wurde der Rhythmus lauter.

Baumann richtete sich etwas auf, drückte den Stuhl mit den Kniekehlen zurück, stützte sich auf die Ellbogen, damit er sich über den Tisch beugen konnte. So sah er besser auf den Vorplatz zum Treppenaufgang.

Es war ein elegant gekleideter Mann. Kein Gepäck. In seiner rechten Hand …? Ach ja, ein Stock. Er kam näher, auf eine Krücke mit Stahlspitze und silbernem Knauf gestützt. Damit klopfte er diesen aufreizenden Takt auf den Steinboden. Sein rechtes Bein war steif. Unter einem langen, grauen, zweireihigen Mantel mit großem Kragen und zwei Klappentaschen auf Brusthöhe trug er eine knöchellange, graue Hose. Dazu Lederschnürschuhe in Schwarz. Auf dem Kopf saß ein Trilby, ein schwarzer Filzhut mit schmaler Krempe, dünnem Hutband und kleiner Schleife an der rechten Seite, wie ihn die Pferdefreunde bevorzugten.

Ein Herr, vom Scheitel bis zur Sohle. Das sah man auf den ersten Blick.

Die Bootsfahrt mit Richard von der Rommelmühle in Besigheim zum Viadukt in Bietigheim kam Baumann in den Sinn. Genau derselbe Takt. Sollte dieser Herr …?

Baumann nahm sein Adressbuch auf, hielt es sich vors Gesicht, denn der Hinkende steuerte das Bahnhofsrestaurant an.

Der Ober wetzte herbei, verharrte neben der offenen Tür in Ehrfurcht und schleimte dann mit einer tiefen Verbeugung: »Willkommen, Herr Direktor, ich freue mich, Sie aufs Neue in unserem Lokal begrüßen zu dürfen.«

Der Vornehme lüftete den Hut, dankte jovial.

Noch ein Bückling. »Wie immer, der Herr?«

»Gewiss, aber ich treffe mich mit einem Herrn. Also bitte ein verschwiegenes Plätzchen für zwei Personen.«

»Gerne, mein Herr. Wenn Sie mir bitte folgen wollen.«

Sie entfernten sich ins Innere des Lokals.

Baumann war sich nun sicher. Der Ankömmling sprach ruhig, gelassen, mit sonorem Bass. Kein Zweifel, das war der Mysteriöse, der damals nach den Hechten gefragt hatte.

So richtig glauben wollte Baumann nicht, dass er ein solcher Glückspilz sein sollte. Die Wahrscheinlichkeit, einen Mann ohne Gesicht unter Hunderttausenden wiederzufinden, war nicht besonders groß.

Im Bewusstsein, anders auszusehen als damals, stand er auf und ging den beiden nach.

In einer abgeschiedenen Ecke des Restaurants nahm der Herr gerade Platz. Der Ober stand hinter ihm. Mantel und Hut im linken Arm, rückte er ihm den Stuhl zurecht.

»Wie immer ein Cannstatter Zuckerle?«

Der Herr lächelte zustimmend. »Aber kein Viertele. Heute bitte eine ganze Flasche.« Und nach einer kleinen Pause. »Zwei Gläser dazu.«

Der Ober machte einen Diener, wollte sich entfernen. Da bemerkte er beim Aufblicken den anderen Gast: »Kann ich Ihnen behilflich sein?«

»Ich schau mich gerade nach einer Zeitung um«, sagte Baumann.

»Eine bestimmte?«

»Egal, Hauptsache von heute.«

»Bring ich Ihnen.«

»Und einen Kaffee, bitte.«

Der Ober nickte, holte die *Schwäbische Tagwacht* von der Anrichte und gab sie ihm.

Baumann verzog sich in seine Nische. Das Adressbuch, das aufgeschlagen auf dem Tisch lag, verschwand in der Jackentasche. Ein Routineblick hinüber zum Treppenaufgang. Zu Tode erschrocken setzte kurz seine Atmung aus. Ein großer Blonder mit Brille und Schiebermütze näherte sich dem Restaurant.

Baumann riss die Zeitung vors Gesicht. Hastig schlug er sie auf.

Da war Pfeiffer auch schon an der Tür, sah kurz zur Nische hin. Er nahm nur den schwarzen Haarschopf hinter der Zeitung war. Den herbeieilenden Kellner fragte er mit einem suchenden Blick durchs Lokal: »Ich bin mit Herrn Direktor verabredet.«

»Sie werden erwartet«, hörte Baumann noch, dann war Pfeiffer außer Blick- und Hörweite.

Baumann schlenderte die Königstraße auf und ab. Äußerlich wirkte er gelassen, aber innerlich war er sehr erregt. Denn zusammen mit dem, was Richard Mooser gesagt hatte, ergab sich für ihn jetzt eine neue Lage.

Richard musste zwar ahnen, dass Pfeiffer ihn ausbooten wollte, sonst hätte er sich über diese Frage nicht so aufgeregt. Gleichwohl glaubte er, alles im Griff zu haben auf dem sinkenden Schiff. Dass sich Pfeiffer mit dem Kontaktmann der Hintermänner traf, wusste Richard bestimmt nicht. Jedenfalls war jetzt klar, dass man seinen alten Freund längst zum Leichtmatrosen degradiert, vielleicht sogar auf einen anderen Dampfer fortgelobt hatte.

Baumann setzte sich auf eine Parkbank vor dem Neuen Schloss. Er schlug ein Bein über das andere, setzte seinen Ellbogen darauf und stütze seinen Kopf. Er musste überlegen. Den ganzen Bettel hinschmeißen? Dass es höchste Zeit war, aus dem Verein auszusteigen, verstand sich von selbst. Aber sang- und klanglos abtreten?

Nervös sprang er auf und lief in den Schlossgarten, umrundete dreimal, ganz in Gedanken versunken, den kleinen Seerosenteich, bevor er sich auf eine Bank fallen ließ. Was wäre, wenn er zum Bahnhof eilen, in den Zug nach Osterburken steigen und heimfahren würde? Alles, was auf Karl Negele hindeutete, könnte er in den Ofen schieben. Dann müsste er auch nicht mehr in Besigheim auf die Weinbergstaffel hocken, um das Bonbonglas zu leeren. Niemand wusste, dass er am Main lebte. Wenn er seinen Chef um einen neuen Vertretungsbezirk bäte, dann könnte er die alte Heimat meiden, zumindest für ein paar Jahre, bis Gras über die Sache gewachsen wäre.

Er hatte heute kein Sitzfleisch, rannte weiter. Vor dem Eingang zum Opernhaus hing ein buntes Plakat: *Karl Millöcker. Die sieben Schwaben. Eine Volksoper in drei Akten.* Quer darüber ein Schriftband: *Heute zum letzten Mal.*

Millöckers *Bettelstudent* hatte er zusammen mit Sophie in Ulm gesehen. An die Arie *Ich knüpfte manche zarte Bande* konnte er sich gut erinnern, weil Sophie ihn dabei zärtlich angeschaut hatte. Aber von der Operette *Die sieben Schwaben* hatte er noch nie gehört.

Genau in diesem Augenblick fiel ihm ein, was ihm Richard Mooser in der Pauluskirche geflüstert hatte, als er für sein mörderisches Unternehmen warb: Die Kerntruppe bestehe aus sieben Leuten. Ein verschworener Haufen, sieben Gerechte. »Und du, lieber Karl«, hatte Richard wörtlich gesagt, »du sollst unser siebter Mann sein, unser wichtigster Aktivist.«

Kopfschüttelnd stand Baumann vor dem Opernhaus. Es fiel ihm wie Schuppen von den Augen. Er war einer der sieben Schwaben. Nein, nicht einer, der siebte.

Den Anfang des Gedichts von Hans Sachs, das er bei Schulmeister Naser hatte lernen müssen, murmelte er leise vor sich hin: »*Im Märzen reisten einst sieben Mann / die nur einen Schweinsspieß täten han / in welcher Zeit die Hasen blind / über das Feld laufen geschwind.*«

Dann fielen ihm auch die Namen der sieben Schwaben ein: Allgäuer, Seehas, Nestelschwab, Blitzschwab, Spiegelschwab, Gelbfüßler und Knöpflesschwab.

Einst hatte er in sein Schulheft die Schlachtordnung der sieben Schwaben gemalt. Sieben Männer in einer Reihe, den langen Spieß zu siebt gefasst, die in einer Reihe hintereinander in den Kampf zogen. Schulmeister Naser hatte schallend gelacht und ihm ein Fleißbildchen geschenkt.

Die Mutter bewahrte alle Deutsch- und Heimatkundehefte auf. Irgendwann einmal musste er das Heft wiederhaben, um nachzuschauen, wie er damals den siebten dieser Helden, den Knöpflesschwab, gemalt hatte. Ob er ihm ähnlich sah?

Der Höhepunkt des Dummenschwanks war der Kampf der sieben Aufrechten mit einem Untier, das sich als Häschen herausstellte. Nein, er wollte nicht wie ein kleiner Junge davonlaufen. Er nicht. Er war kein Hasenfuß. Eine letzte Tat hatte er Richard versprochen. »Also«, schnaufte er resigniert vor sich hin, »werde ich wohl oder übel mein Versprechen halten, aber auf meine Weise.«

Baumann rannte in den neuen Bahnhof zurück. Die abendlichen Zugverbindungen von Bietigheim nach Stuttgart waren schnell notiert. Dann stieg er die Stufen zum Postamt hinauf. Dort setzte er sich an den Ecktisch, mit dem Rücken zum Postschalter und mit Blick in die Bahnhofshalle. Er zog eine jener präparierten Postkarten heraus, die ihm Richard für Notfälle gegeben hatte und kritzelte mit Bleistift auf die Innenflächen: *Achtung! Du bist nicht mehr Herr im Haus! P arbeitet auf eigene Rechnung. Abschiedsvorstellung in B wie geplant. Schlage letztes Treffen am selben Abend vor: neuer Hauptbahnhof, Ankunft Nachtexpress 11.20 Uhr.*

Er legte die beiden Kartenhälften so dicht vor sich hin, dass niemand zuschauen konnte, schraubte das Klebstoffdöschen auf und strich den Kartoffelleim mit dem beigefügten Pinselchen auf beide Hälften. Hernach presste er sie millimetergenau aufeinander und setzte sich ein paar Minuten drauf. In der Zwischenzeit studierte er den ausgelegten Prospekt: *Die Union Deutsche Verlagsgesellschaft in Stuttgart empfiehlt Bücher für die Frau.* Eine Sammlung des Notwendigen, Praktischen und Schönen für die gebildete Frau, versprach die Werbeschrift, zehn vornehm gebundene Bände. Band 3 hätte er gern durchgeblättert: *Wege zur Frauenschönheit. Von Doktor Robert Hessen.* 38 Fotos sollten in dem Buch sein. Ob eine der Abgebildeten Sophie Konkurrenz machen könnte?

Aufgekratzt schrieb er mit Tintenstift Richards Adresse samt ein paar flotten Sprüchen auf die Ansichtskarte, frankierte sie und warf sie in den Briefkasten hinter sich.

Es dämmerte.

Die Fensterläden klapperten. Sehen konnte er es nicht, aber er wusste, dass sie jetzt zugezogen und von innen verriegelt wurden. Durch die Ritzen eines Ladens sah er Licht. Es kam aus der Küche. Sonst war es still und finster um das Haus am Ortsrand.

Karl Negele saß auf einem Baumstumpf hinter dem Friedhof, eine Aktentasche auf den Knien. Wehmütig starrte er zum Haus hinüber. Vor ihm lag die Heimat seiner Kindheit und Jugend. Hier hatte er auf der Gasse gespielt. Hier hatte er das Kinderschüle besucht, die evangelische Kleinkinderschule, auf Schritt und Tritt überwacht und herumkommandiert von Tante Emma. Hier war er gern zur Schule gegangen. Schulmeister Fritz Naser hatte ihn das Lesen, Schreiben und Rechnen gelehrt, vor allem aber Freude am Zeichnen geweckt. Dazuhin wohnten im Dorf etliche Schulfreunde, sofern sie den Krieg überlebt hatten.

Er gehörte nicht mehr dazu. Nicht einmal mehr blicken lassen durfte er sich, denn er war ein Ausgestoßener. »Nein, Karl, sei ehrlich. Du selber hast dich deiner Heimat beraubt.« Überrascht nahm er wahr, dass er das laut gesagt hatte.

Er schaute und schluckte. Ein bitteres Eingeständnis.

Direkt vor ihm lag die mittelalterliche Wehrkirche. Gleich daneben stand seine ehemalige Schule. Etwas weiter rechts war im Mondlicht die Landfrauenschule zu erkennen, die erste ihrer Art in Württemberg. Am Ortsrand quoll Rauch auf, dort waren die Bandweberei und die Holzfabrik von Gustav Frick.

Auf der anderen Seite der Metter standen die Häuser von Kleinsachsenheim und Metterzimmern, an der Straße entlang, die nach Bietigheim führte. Früher war er sechsmal in der Woche den Weg gestrampelt. Von der schwarzen Silhouette des großen Baumes dort hinten waren es genau drei Kilometer bis zur Druckerei des *Enz- und Metter-Boten.* Oft war er gegen die Uhr gefahren. Sein Rekord lag bei acht Minuten, wenn er freie Fahrt hatte, der Wind günstig stand und er sich über den Lenker duckte.

Sein Blick wurde trübe. Die Pupillen verschwammen ihm unter den Lidern. »Würzburg ist jetzt meine Heimat«, schalt er sich leise.

Aber er wusste, es war ein Pfeifen im finstern Wald. Denn auch am Main lebte er als Fremder im doppelten Sinn, sich selbst fremd und in fremder Umgebung.

»Bin ich noch Karl Negele oder schon Emil Baumann?«, fragte er sich.

»Du bist ein Schmierenkomödiant, ein hinterhältiger dazu«, gab er sich selbst die Antwort.

Pater Lukas hatte er hintergangen. Franz Blaum ebenso. Außerdem all die Menschen in der Franziskanergasse, mit denen er täglich zusammentraf. Vor allem seine Mutter und seine Schwestern. Sophie auch.

Eigentlich war er auf der Flucht. Jeden Tag, jede Nacht. Meist lebte er aus dem Koffer, schlief in Hotels. Er zuckte zusammen, wenn jemand »Karl!« rief. Jeden Morgen stülpte er sich eine Perücke über den Kopf und spielte den Handlungsreisenden Emil Baumann.

»Wer bist du wirklich?«

Die alte Frage nach Sein und Schein sprach er tonlos vor sich hin. Pater Lukas hatte kürzlich darüber gepredigt und ihn angeschaut. Das Sein sei der wahren Person gleichzusetzen, der Name gebe nur einen Schein wieder.

War er ein fleißiger Handlungsreisender? Ein Schriftsetzer auf der Flucht? Ein gefürchteter Terrorist, der selbst Angst hatte?

Nichts von all dem, gestand er sich ehrlich ein.

Er war zum heimatlosen Herumtreiber geworden, zum Außenseiter ohne Maß und Ziel, dem die innere Mitte fehlte. Deshalb musste er ein Leben auf Abwegen führen.

»Mach Schluss, Karl«, murmelte er vor sich hin. »Such dir einen Platz auf der Welt, wo du ganz du selbst sein darfst. Lass dich nicht länger herumkommandieren, herumstoßen, wie einen Tanzbären an der Nase herumführen.«

Niedergeschlagen wartete er, bis es ganz dunkel war, die Lichter hinter den Fensterläden eins nach dem anderen erloschen.

Dann schlich er sich zum Haus.

Kaum hatte er sich hinter die Büsche vor dem Eingang geduckt, hörte er den Hund freudig winseln, den alten Freund aus Jugendjahren, den einzigen, der ihm geblieben war. Er hörte ihn an der Haustür kratzen, an die Türklinke springen.

Die Mutter sprach leise auf den Hund ein, beruhigte ihn. Dann öffnete sie lautlos die Tür: »Karl, bist du's?«, flüsterte sie in die Nacht hinaus.

Er sprang zu ihr hin, schob sie mit einer raschen Handbewegung zur Seite und schlüpfte ins Haus.

»Grüß Gott, Mutter.«

Sie schloss schnell die Tür. Ernst gab sie ihm die Hand und ging in die Küche voraus.

Er knuffte und drückte den Hund, der freudig an ihm hinaufsprang. Es roch nach frischer Wäsche.

»Du hast mich lange nicht mehr besucht.«

»Viel Arbeit, Mutter.« Er setzte sich auf die Bank am Esstisch. Die Aktentasche legte er neben sich.

»Hast Hunger, Bub?«

Er schüttelte den Kopf.

»Hast so viel zu tun?«

»Bei den Schriftsetzern und Druckern geht es in diesen lausigen Zeiten rund.«

Sie schwieg, anders als sonst, wenn er sie besuchte. Schließlich sagte sie klagend: »Da bleibt dir wohl keine Zeit, mich zu besuchen.«

Er sah sie zerknirscht an, doch sie starrte auf den Boden, als müsse sie mit sich zurate gehen.

»Warum lügst du mich an.«

»Ich lüge?«

»Ja, du lügst«, unterbrach sie ihn, nicht heftig, eher traurig und verletzt. »Du bist schon lange nicht mehr bei der Ulmer Zeitung. In Ulm wohnst du auch nicht mehr.«

»Wer hat dir das erzählt?«

»Die Polizei.«

»Die Polizei war hier?«

»Ja, zweimal. Beim zweiten Mal war so ein großer Dicker dabei. Er sei früher bei der Polizeiwehr gewesen. Sie haben wissen wollen, wo du steckst.«

»Warum?«

»Du bist polizeilich nicht gemeldet.«

Er schaute nachdenklich zum Fenster hinaus. Abwesend streichelte er über den Kopf des Hundes.

»Mit was verdienst du dein Geld, wenn du nicht mehr als Schriftsetzer arbeitest?«

Er schwieg.

»Wo bist du hineingeraten, Karl?«

Mit einer brüsken Geste wies er die Frage zurück.

»Warum sucht dich dann die Polizei?«

Keine Antwort.

»Was ist, wenn sie dich einsperren?«

Er lachte.

»Wenn sie dich totschießen?«

Genervt schüttelte er den Kopf.

»Ich bin auf deiner Seite, Karl. Ich muss bloß wissen, was los ist. Versteh mich, bitte!«

»Es ist besser, du weiß nichts, Mutter.«

»Besser für wen?«

»Für dich und für mich.«

Wo denn ihr frommer Bub geblieben sei, fragte sie. Ob er in der Hölle schmoren wolle.

Dann solle sie ihm einen Feuerlöscher ins Grab legen, gab er ärgerlich zurück.

Sie wich entsetzt zurück und begann zu weinen.

»Mach dir keine Sorgen«, sagte er versöhnlich, »ich werde mich schon durchschlagen.«

»Was sage ich der Polizei, wenn sie mich nach dir fragt?«

»Die Wahrheit.«

»Was ist die Wahrheit?«

»Dass du nicht weißt, wo ich bin.«

»Eines Tages kommen sie und führen mich an deinen Sarg.«

»Wäre ich nicht mehr aus dem Krieg heimgekommen, dann hättest du nicht einmal gewusst, wo ich begraben bin.«

Sie schreckte auf, war verwirrt und schwieg ein Weilchen.

»Und wenn ich dich brauche«, sie war den Tränen nah, »wie finde ich dich dann?«

»Ich schreibe dir eine Adresse auf. Aber die darfst du niemand verraten. Hast du mich verstanden?«

Sie nickte.

»Niemand. Auch nicht der Polizei. Versprochen?«

Er stand auf und nahm ihr Gesangbuch aus dem Büfett. »Auf die Seite 100 schreibe ich sie.« Er griff sich einen Bleistift, der in einem Glas auf der Anrichte stand.

Sie blickte ihm über die Schulter: »Wer soll das sein?«

»Ein Mönch. Pater Meinrad.«

»Ein katholischer Priester? Du bist doch evangelisch.«

»Wo ist da der Unterschied? An der Front waren wir alle gleich. Da haben wir nicht zwischen einem evangelischen Pfarrer und einem katholischen Pater unterschieden. Die Kanonenkugeln und Gewehrpatronen waren auch nicht evangelisch und katholisch sortiert.«

Sie zog eine Schnute und dachte nach, während er im Stehen in das Gesangbuch kritzelte.

»Pater Meinrad kannst du alles schreiben, wenn du nicht mehr weiter weißt. Frag ihn, was du willst. Aber nach mir darfst du nicht fragen! Merk dir das! Er weiß, wer du bist. Denk dran: Der große Blonde von der Polizei, der bei dir war, liest deine Post.«

Sie sah ihn mit großen Augen an.

»Wenn du mich nicht ans Messer liefern willst, dann verrate nichts! Niemals! In deinen Briefen und Karten darfst du meinen Namen nicht erwähnen. Hörst du?«

»Und dieser Pater?«

»Pater Meinrad ist ein kluger Mann, und ein verschwiegener dazu. Der versteht auch so, was du ihn fragen oder ihm sagen willst. Über ihn können wir uns auch mal treffen. Aber um Himmels willen, Mutter, halt den Mund und schreib nichts von mir.«

Der Abendzug von Heilbronn nach Stuttgart entgleiste. Die Lok raste nach rechts, pflügte quer über den Hang, kippte und stürzte aufs Gleis. Der erste Waggon bohrte sich in den Erddamm, der parallel zu den Schienen auf der rechten Seite war. Die nachfolgenden Wagen schoben sich wie eine Ziehharmonika aufeinander.

Gespenstische Ruhe. Dann überall ein Stöhnen und Wimmern.

Emil Baumann lag zwischen zwei Sitzbänken. Über ihm funkelten die Sterne am Nachthimmel. Die Abteilfenster waren nicht mehr links und rechts, sondern oben und unten. Alle schienen geborsten zu sein. Überall lagen Glassplitter. Er zog sich mit den Händen am Gepäcknetz hinauf, das wie eine Leiter nach oben zeigte. Die Beine schmerzten höllisch. Er drückte sich mit letzter Kraft durchs Fenster.

Das Chaos an der Unglücksstelle war unbeschreiblich. Tote und Sterbende lagen auf den Gleisen. Verletzte schrien um Hilfe. Verwirrte rannten wie von Sinnen umher.

Er rutschte über die Waggonverkleidung zu Boden. Verzweifelt hockte er sich auf die Schiene.

Kopfschüttelnd schlug er die Hände vors Gesicht. Zwischen seinen Fingern quoll Blut hervor. Immer wieder stammelte er: »Kann nicht sein! Kann nicht sein! Das darf nicht wahr sein!«

Die Ellbogen auf den Knien, den Kopf in die Hände gestützt, saß er wie versteinert da, schockiert, blutverschmiert. Entsetzt stierte er auf das Trümmerfeld.

Es regnete.

Erinnerungsfetzen und Schreckensbilder durchzuckten ihn und verwirrten seine Gedanken.

Hatte er etwas falsch gemacht? War er am falschen Gleis gewesen? War der Fahrplan geändert worden?

»Deine Schuld, deine Schuld«, höhnte es in ihm.

Er schaute sich um.

Ein paar Schritte weiter lag ein junger Mann.

Baumann schleppte sich zu ihm hin und kauerte sich neben ihn. »Kann ich Ihnen helfen?«

Zuerst fiel ihm die merkwürdig verdrehte Körperhaltung auf. Die Hose war zerrissen. Die Beine waren so, als habe der Mann gekniet und sei dann nach hinten weggekippt. Der Oberkörper lag auf der rechten Schulter. Die Jacke war schmutzig, an der einen Schulter aufgeschlitzt. Sein Gesicht war bis zur Unkenntlichkeit zerschmettert. Ein Auge, das andere war in der unförmigen Masse nicht zu erkennen, starrte Baumann an. Die feuchten, blonden Haare hingen im rostbraunen Schotter zwischen den Gleisen.

»Wo tut es Ihnen am meisten weh?«

Der Blonde stöhnte.

Baumann berührte eine Hand des Mannes. Sie war nass, klebrig vom Blut und kalt.

»Frieren Sie?«

Keine Antwort, kein Flackern, nichts. Dann ein Seufzer, klagend und traurig. Endlich ein kaum wahrnehmbares Zucken des gemarterten Körpers.

Baumann saß mit nassen Augen da. Starr vor Entsetzen konnte er den Blick nicht von dem jungen Mann abwenden, der gebrochen an Leib und Seele war.

Franz Blaum fiel ihm ein: Was machst du, wenn ein Unschuldiger ums Leben kommt?

Er musste hinsehen, musste die stumme Anklage erdulden.

Wenn man nicht weiß, kam ihm in den Sinn, wer der Mann ohne Gesicht ist, wartet dann jemand vergeblich auf ihn? Ein ganzes Leben lang? Ein Leben ohne Gewissheit, kann man das ertragen?

Er sah wirr um sich. Wo sind wir eigentlich?

Wie hieß die letzte Station? Bietigheim? Ja, Bietigheim. Also war der Zug auf dem Weg nach Ludwigsburg. Bietigheim, Tamm, Asperg, Ludwigsburg. Wie oft hatte er die Namen der Stationen schon gehört. Dann musste gleich da hinten der Bahnhof von Bietigheim sein.

Die ersten Helfer, dämmerte ihm, könnten eigentlich da sein. Wie lange dauerte denn das?

Wieder die Anklage in ihm: Was hast du getan?

»Kann nicht sein, kann nicht sein«, stotterte er vor sich hin. »Das darf nicht wahr sein.«

Sollte man im Bahnhof in Bietigheim gar nicht wissen, dass der Zug verunglückt war?

»O Gott!« betete er, »lass keinen anderen Zug in die Unglückstelle rasen und noch mehr Unheil bringen.«

Runter von den Gleisen!

Aber der junge Mann ohne Gesicht! Wo würde man ihn begraben? In Bietigheim oder Tamm? In einem anonymen Grab?

Wer war der Tote? Er musste doch einen Namen haben.

In den Jackentaschen des Gemarterten waren keine Papiere, nur eine Fahrkarte.

»Hab ich nicht immer meinen alten Ausweis dabei?«, murmelte Baumann vor sich hin. Mit blutigen Händen tastete er sein Jackett ab. Dabei spürte er etwas hartes Rechteckiges durchs Innenfutter hindurch, gleich hinter der rechten Klappentasche.

Er schloss die Augen. Eben war da für den Bruchteil einer Sekunde ein Einfall gewesen. Wenn er sich bloß erinnern könnte.

Ach ja! Es fiel ihm wieder ein. Was wäre, wenn er dem Fremden seinen Ausweis zustecken würde?

Er konnte nicht klar denken. Diese Kopfschmerzen.

Mutter! Sie saß jetzt in Großsachsenheim hinter verschlossenen Läden in der Küche. Oder war sie schon zu Bett gegangen?

Hatte er ihr nicht gesagt, sie solle hinschauen, wenn die Polizei …?

Apathisch saß er da, konnte sich nicht konzentrieren.

In einer Aufwallung der Gefühle krallten sich seine Fingernägel ins Innenfutter und rissen den Ausweis heraus.

Wenn's mit Emil Baumann zu Ende geht … Er musste sich anstrengen, den Gedanken zu Ende zu denken … dann gibt es auch den Karl Negele nicht mehr. Also weg damit.

Er zögerte. Den allerletzten Beweis seiner Existenz aus der Hand geben?

Einem inneren Zwang folgend steckte er den Ausweis in die Tasche des Fremden und nahm dessen Fahrkarte an sich.

Mit letzter Kraft schleppte er sich ein paar Schritte zur Böschung hin. Dann schwanden ihm die Sinne.

15

»Kann ich Ihnen helfen?«

Über ihm war eine Stimme. Wer sprach da?

»Hören Sie mich? Kann ich Ihnen helfen?«

Er stöhnte und versuchte, sich aufzurichten.

»Können Sie aufstehen?«

Es war ein Mann mit einem Licht. Seine Knöpfe leuchteten im Schein einer Laterne. Er trug Uniform.

Baumann nahm ihn verschwommen wahr, und doch musste der Lichtquell ganz nahe sein.

»Nein, nein«, flüsterte Baumann, »andere haben Hilfe nötiger als ich.«

»Aber Sie bluten ja, auf der Stirn und am Bein.«

»Das ist nicht schlimm.«

Er zitterte vor Kälte. Mit dem Kopf und dem Oberkörper lag er am Bahndamm, mit den Beinen auf dem Gleisschotter. Über dem Mann in Uniform erkannte er bunt gefärbtes Herbstlaub.

Es regnete in Strömen. Seine Schuhe waren durchnässt, die Lider vom Blut verklebt, das spürte er. Die Beine schmerzten höllisch. Er sah an sich hinab. Die Hose war zerfetzt, blutig und zum Auswringen nass.

»Kommen Sie«, sagte der Mann zu ihm, »Sie brauchen einen Arzt.«

»Wo ist mein Rucksack? Ich will meine Koffer und meinen Rucksack.«

Der Uniformierte zog ihn wortlos hoch, packte kräftig zu, als er ihn unter den Armen fasste.

Mein Rucksack? Er überlegte fieberhaft. Konnte ihn der Rucksack verraten? Was war da drin?

»Warten Sie«, sagte er zu dem Mann, einem Eisenbahner, der ihn stützte, »warten Sie, ich muss …«

Baumann klopfte, auf einem Bein stehend, gehalten von dem Fremden, zitternd vor Kälte und Schmerzen, sein klatschnasses Jackett mit der linken Hand ab, das an ihm wie ein zerrissener Vorhang klebte. Fahrig griff er in alle Taschen. Die Brieftasche steckte in der linken Innentasche. Aber wo war …?

»Meine Fahrkarte«, sagte er erregt.

»Wozu brauchen Sie jetzt noch eine Fahrkarte?« Der Fremde, der hinter ihm stand, ihn umklammerte, war ganz nah an seinem Ohr.

»Ach Gott«, sagte er zu dem Uniformierten. Dann fiel er in Ohnmacht.

Man trug ihn zum nahen Bahnhof, wo man ihn im Wartesaal auf eine Sitzbank legte. Mit einem Eisenbahnermantel deckte man ihn zu.

Er erwachte, als sich jemand über ihn beugte und ihm die Wange tätschelte. Verwirrt sah er um sich.

»Sie sind im Bahnhof in Bietigheim.«

»Bietigheim?«

»Sie waren im Unglückszug. Erinnern Sie sich?«

Er sah den Fremden mit großen Augen an. Unglückszug? Warum Unglückszug? Kein Anschlag?

»Ich bin Arzt. Haben Sie Schmerzen?«

Er nickte mit geschlossenen Augen.

»Wo?«

»Alles tut mir weh. Mein Kopf, mein Bein, mein linkes Bein … höllische Schmerzen …« Wieder fiel er in Ohnmacht.

Der Arzt ließ sich eine Schere reichen, schnitt das Hosenbein auf, besah sich die klaffende Wunde am Knie. Er desinfizierte sie und legte einen Stützverband an, um das Gelenk ruhigzustellen. Dann nahm er dem Bewusstlosen die Perücke ab, tupfte den langen Riss in der Kopfhaut sauber und wickelte ihm aus Mullbinden einen Turban.

»Ins Lazarett nach Ludwigsburg«, sagte er zu den Sanitätern, ehe er die Perücke unters Jackett des Ohnmächtigen steckte.

Die ganze Nacht lag er betäubt. Ab und zu kam er für Sekunden oder wenige Minuten zu sich. Dann schien er mit unruhigem Blick erfassen zu wollen, was um ihn geschah. Er dämmerte hinüber, stöhnte auf, röchelte bisweilen und nuschelte meist unverständliches Zeug. Manchmal zitterten seine Hände, bebte sein ganzer Körper.

»Er ist nach wie vor bewusstlos«, sagte die Krankenschwester zum Arzt, der Nachtdienst hatte und auf Kontrollgang war.

»Dann wissen wir nichts über ihn?«

»Doch. Er heißt Baumann, Emil Baumann, Handelsvertreter aus Würzburg. Sein Ausweis war in der Jackentasche.«

»Haben Sie ihn auf die Verletztenliste gesetzt?«

»Mach ich gleich.« Sie gab ihm die dünne Krankenakte.

Er nahm die Brille ab und las. »Wer hat ihm die Spritzen verabreicht?«

»Doktor Steiner.«

»Auffälligkeiten?« Er setzte die Brille auf.

»Große Schmerzen. Er jammert im Schlaf.«

»Kein Wunder«, der Arzt reichte ihr die Akte zurück, »bei der Knieverletzung.« Er nahm die Hand des Verwundeten, zog das rechte Lid auf, fühlte den Puls. »Ich injiziere ihm nochmal …«

Die Schwester schob den rechten Hemdsärmel des Patienten zurück und legte seinen Arm ausgestreckt auf das Betttuch. Die leicht geöffneten Lippen nach vorn geschoben, zog der Arzt eine Spritze auf, rückte mit dem linken Daumen seine Brille auf die Stirn, fasste den Patienten am Handgelenk und desinfizierte die Einstichstelle. Mit aufgeblasenen Backen injizierte er das Serum.

»Der arme Kerl hat viel mitgemacht. Schauen sie.« Sie deutete auf die Perücke, die neben dem Ohnmächtigen lag.

»Wer hat ihm den Turban gewickelt?«

»Doktor Steiner. Er hat den Notverband abgenommen. Dann habe ich ihm den Schädel rasiert, und Doktor Steiner hat die Wunde desinfiziert und genäht.«

»Diese Toupets sind typisch für viele Soldaten von der Westfront.« Er dachte nach. »Leider haben wir kein Durchleuchtungs- und Aufnahmegerät, sonst könnten wir feststellen, ob die Schädeldecke gerissen ist.«

Ein ratloser Blick streifte ihn.

»Mit Röntgenstrahlen kann man Knochenbrüche sehen. In Stuttgart haben sie schon so ein Gerät.«

»Was es nicht alles gibt.« Kopfschüttelnd deckte die Schwester den Patienten zu. »Jedenfalls braucht der unsere ganze Fürsorge und Pflege.«

»Langsam, langsam«, sagte er, »ich muss mir sein kaputtes Knie anschauen.«

Sie deckte das linke Bein des Patienten auf und löste den Verband.

»Gefällt mir nicht.« Der Arzt betastete vorsichtig die Wundränder, löste behutsam mit einer Pinzette die blutverkrustete Wundauflage, ehe er sich aufrichtete. »Wir werden ihn am Knie operieren müssen.«

Während die Schwester eine frische Binde auflegte, sagte er: »Schauen Sie bitte gleich nach, wann morgen der OP-Saal frei ist.«

Gegen Morgen schlug der Verletzte die Augen auf. Verwundert sah er um sich.

»Herr Baumann?«

Mit geweiteten Pupillen suchte er zu begreifen, was um ihn war. Dann fielen ihm die Lider zu.

»Herr Baumann?«

Ein flackernder Blick aus halb geschlossenen Augen.

»Haben Sie starke Schmerzen?«

»Durst«, hauchte er mit trockenem Mund und rissigen Lippen. Ächzend wälzte er sich hin und her, fand aber keine Lage, die ihm erträglich schien.

Sie stützte seinen Kopf, setzte die Schnabeltasse an seine Lippen und flößte ihm etwas Wasser ein.

»Besser?«

Er nickte.

»Nehmen Sie ein paar große Schlucke. Wird Ihnen bestimmt guttun.«

Er sah sie dankbar an und trank.

»Sie haben die ganze Nacht phantasiert.«

Sein Mund blieb offen. Er warf ihr einen schnellen, argwöhnischen Blick zu.

»Ein paarmal haben Sie einen Namen gerufen.«

Müde und beklommen flüsterte er: »Welchen?«

»Pfeiffer oder so ähnlich.«

Er verschluckte sich. Seine Hände zitterten, als könne er eine Last nicht mehr halten. Verwirrt schaute er sie an. Dann ließ er sich bestürzt ins Kissen zurückfallen.

»Weiter.«

»Ich verstehe nicht.«

»Was hab ich noch gesagt?«

»Ins Handwerk, glaube ich, ja, ins Handwerk gepfuscht. Und dann haben Sie noch einen Namen mehrmals gerufen«, die Schwester lächelte, »Sophie. Das ist wohl Ihre Braut, habe ich recht?«

Es war wohl eine ernste Nachricht, denn er schloss die Augen und verzog den Mund, als weine er.

Die Schwester maß den Blutdruck, den Puls, die Körpertemperatur. Willenlos ließ er es geschehen. Gleich komme eine Pflegerin, versprach sie, die wasche und rasiere ihn. Später werde er operiert.

Baumann antwortete nicht, er öffnete auch nicht die Augen.

Im Aufwachraum brannte ein trübes Notlicht. Das war ihm gerade recht. Denn so konnte er seinen Gedanken nachhängen. Die Operation hatte er überstanden, die Narkose verdaut. Er konnte klar denken, auch wenn es im Knie bohrte und pochte. Aber schlimmer als der Schmerz war der Gram. Er war wütend, erbittert, zornig. Seine Seele war wund.

Ihm war jetzt, als habe er Pfeiffer irgendwo am Bahnhof in Bietigheim erblickt, schadenfroh grinsend. Vielleicht hatte er es auch nur geträumt. Aber das, was die Schwester gesagt hatte, sprach eher für eine wirkliche Begegnung. Er musste Pfeiffer für den Bruchteil einer Sekunde gesehen haben, unbewusst zwar, aber doch so deutlich, dass es sein Gedächtnis speicherte. Wie sonst wäre er in seiner Ohnmacht auf diesen Namen gekommen. Alles andere ergab keinen Sinn. Pfeiffer musste seine Hände im Spiel gehabt haben.

Wollte man ihn als Mitwisser beseitigen? Der Gedanke drängte sich ihm plötzlich auf, ließ ihn nicht mehr los, wurde von Minute zu Minute mächtiger. Er hatte den Wecker auf halb zwölf eingestellt und die Zündkabel extra so verlegt, dass der Sprengstoff nicht vorzeitig explodieren konnte. Um diese Uhrzeit war der Bahnhof in Bietigheim noch besetzt, obwohl der letzte Nachtzug schon lange durch war. Die Leute hätten die Detonation gehört und den Zugverkehr vorübergehend eingestellt. Eigentlich hätte nur Sachschaden entstehen dürfen.

Als die Nachtschwester an sein Bett trat, bat er um einen Schluck Wasser. Alles tat ihm weh, in seinem Kopf tickte es ununterbrochen.

Sie gab ihm zu trinken. »Große Schmerzen?«

Er nickte mit geschlossenen Augen. »Schwester, was ist denn passiert?«

»Sie saßen in dem Unglückszug nach Stuttgart.«

»Wann?«

»Vorgestern Abend. Erinnern Sie sich nicht?«

Befremdet sah er sie mit großen Augen an.

»Vorgestern Abend, gegen halb elf Uhr, hat es einen Bombenanschlag auf den Zug gegeben, in dem Sie saßen.«

»Bombenanschlag?«

»Ja, soviel ich weiß.«

Die Ansichtskarte war ein Fehler gewesen. Richard muss Pfeiffer zur Rede gestellt haben. Bestimmt hat er ihm die Karte nicht unter die Nase gehalten. Dazu war Richard viel zu klug und berechnend. Aber die Sache auf sich beruhen lassen, das hat er gewiss auch nicht gekonnt. Sein ganzes Herz hing doch an der Idee. Also hat er sein Verhalten und seinen Plan an irgendeiner Stelle verändert. Wahrscheinlich hat er versucht, Pfeiffer abzudrängen und wieder das Steuer an Bord zu übernehmen. Pfeiffer musste also nur eins und eins zusammenzählen.

Die Karte war ein großer Fehler gewesen.

Ja, er hatte überlebt. Aber noch war er nicht davongekommen. Pfeiffer war ihm auf der Spur.

Halt! Nein! Karl Negele war ja tot.

Wie er sich auch drehte und wendete, der Alptraum blieb. Mehrmals lief in seinem Kopf derselbe Film ab, die schrecklichen Minuten nach dem Aufprall, für alle Zeiten auf seine Netzhaut gebrannt.

Hatte man den jungen Mann geborgen?

Plötzlich war ihm, als hocke er im Schützengraben. Er hörte die Kugeln pfeifen, die Kanonen donnern und die Offiziere brüllen. Wieder keimte Hoffnung in ihm auf, er könnte den Wahnsinn überleben. Noch einmal durchlitt er die Monate und Jahre nach dem Krieg. Die ganze Nacht kämpfte er mit sich, legte sich Frage um Frage vor, bis es ihm zur Gewissheit wurde. Ja, er hatte sein Leben aufs Spiel gesetzt. Weil er mit sich nichts anzufangen wusste, hatte er den starken Mann gespielt und andere Menschen um ihr Glück gebracht. Das war ihm schnell klar. Aber warum hatte er sich auf das Spiel eingelassen? Diese Frage setzte ihm heftig zu.

Der Vater wollte ihn kleinhalten und doch aus den engen häuslichen Verhältnissen befreien. Hätte er ihn sonst geheißen, Schriftsetzer zu werden? Der Kaiser hatte seine Gier nach Macht, seinen Neid auf die englische Verwandtschaft, seine Überheblichkeit über Deutschlands Wohlergehen gestellt. Hätte er seine Soldaten sonst als Zielscheiben an die Front gestellt und in einen selbstmörderischen Stellungskrieg gezwungen? Die Hauswirtin hatte ihn missbraucht, weil sie ein Kind wollte. Hätte sie ihm sonst so schnell die Papiere vor die Füße werfen lassen, als sie ihr Ziel erreicht hatte? Auch Richard hatte ihn zum Werkzeug für seine Rache gemacht. Aber ihm war er nicht böse. Der graue Fuchs hatte sich verrannt. Auf der Suche nach Gerechtigkeit war er auf Irrwege geraten. Dass Richard das Elend auf dieser Welt nicht mehr ertrug, wollte er ihm nicht ankreiden. Mit dem linken Auge hielt der alte Taktiker Ausschau nach Frieden, mit dem rechten schielte er auf Bombenattentate. Vielleicht war Richard auch schon verrückt.

Sophie war anders. Sie hatte sich nicht in den Vordergrund gespielt, war nicht auf ihren eigenen Vorteil bedacht. Dass ihm das nicht früher aufgefallen war, konnte er sich nicht verzeihen.

Bis heute hatte er sich nie ehrlich gefragt, was er eigentlich selbst wollte. Dabei war die Antwort jetzt, da es eigentlich zu spät war, so einfach: Ein freies Leben führen, im Einklang mit sich und der Welt, den Menschen und der Natur. War es wirklich zu spät?

Als es dämmerte, verstand er endlich, was das Überleben ihm bedeuten wollte. Lauf nicht mehr davon. Fang irgendwo neu an. Lebe deine eigenen Träume.

Die Morgenschwestern kamen, zogen die Vorhänge auf und öffneten mit einem fröhlichen Gruß die Fenster.

Mit großen Augen sah Baumann, was er bisher nicht sehen konnte. Er lag auf Station, mit elf anderen Verletzten in einem Zimmer. Elf Leidensgenossen, die sich einem neuen Tag anvertrauten und ihr Schicksal meistern wollten.

Den ersten Schock hatten die meisten schon verdaut. Die Wunden waren versorgt. Die Schmerzmittel wirkten. Zwei stöhnten vor sich hin. Drei, vier Zimmergefährten schwiegen eisern. Die anderen erzählten, was sie in den schrecklichen Minuten am Bahndamm gespürt, gesehen und gehört hatten. Sie freuten sich über ihr Glück, überlebt zu haben, und stellten Vermutungen über die Unglücksursache an.

Unfall? Anschlag?

Der Lokführer habe ein Signal missachtet, meinten die einen.

Nein, sagten andere, eine Schiene sei beschädigt gewesen, weshalb der Zug ins Leere laufen musste. Den Lokführer treffe keine Schuld. Das sei das Teufelswerk der Schwabenbomber.

»Erschießen sollte man die Kerle!«, erregte sich einer, der seinen verbundenen Armstumpf anklagend in die Höhe streckte, »erschießen und vierteilen!«

»Vorsicht!«, warnte Baumanns linker Bettnachbar. »Woher weißt du, dass der Anschlag auf das Konto der Schwabenbomber geht?«

»Weißt du einen, der so etwas fertigbringt, du alter Besserwisser?«

»In der heutigen Zeitung steht, dass der, den man bisher als Schwabenbomber gesucht hat, unschuldig ist. Er sei selber unter den Toten.«

Der Einarmige verstummte. Sie rätselten, wer die Attentäter sein könnten.

Baumann drehte sich zu seinem linken Bettnachbarn hin. »Bombe mit Zeitzünder?«

»Nein, Kamerad, wie im Krieg. Ganz simpel. Sprengstoff, Zündschnur, wumm!«

»Woher weißt du das?«

»Vom Lokführer. Er hat überlebt. Gestern war ich neben ihm im Verbandsraum. Jetzt liegt er im Nachbarzimmer. Die Explosion war direkt vor seiner Lokomotive. Etwa hundert Meter davor hat er einen Mann auf der Böschung rennen sehen. In meiner Zeitung steht's auch so.«

»In welcher Zeitung?«

»*Neckar- und Enz-Bote.*«

»Kenn ich nicht.«

»Gell, du bist nicht von hier.«

»Nein, aus Würzburg. Und du?«

»Aus Besigheim. Liegt von hier aus gleich hinter Bietigheim.«

Besigheim, Richard Moosers Heimat. O herrje! Die Ansichtskarte fiel ihm ein. Ein unverzeihlicher Fehler! Jetzt war er sich ganz sicher. Pfeiffer hat ja gewusst, wo und an welchem Tag der Anschlag stattfinden sollte. Wahrscheinlich hat er den Auftrag dazu selbst ins Glas gelegt. Vielleicht hat er auch die an Richard gerichtete Karte in die Finger gekriegt. Jedenfalls konnte er sich seelenruhig in der Nähe des Bahndamms aufhalten, mit einem Nachtglas sowohl den Bietigheimer Bahnhof als auch Negele im Blick. So war es für ihn leicht, den Zeitzünder zu beseitigen und zu beobachten, in welchen Zug Negele einstieg. Ab dem Augenblick blieb ihm genug Zeit, die Zündschnur anzuzünden.

»Willst meine Zeitung?«, fragte der Nachbar.

»Gern.« Der Leidensgenosse faltete sie zusammen und warf sie Baumann aufs Bett.

Neckar- und Enz-Bote! Klar, jetzt erinnerte er sich. Das war die Besigheimer Konkurrenzzeitung zum Bietigheimer *Enz- und Metter-Boten.*

Wie er es beim Zeitunglesen immer tat, schlug er zuerst die letzte Seite auf. Ein erster Blick. »Ach!« Zu Tode erschrocken ließ er das Blatt auf die Bettdecke fallen. Richard Mooser tot?

Der Bettnachbar guckte herüber.

»Ein stechender Schmerz im Knie«, rief Baumann hastig hinüber, nahm die Zeitung auf und las die kleine Todesanzeige. *Wir trauern um unseren Sportkameraden Richard Mooser, der so tragisch ums Leben gekommen ist. Wir werden ihm ein ehrendes Andenken bewahren. Vorstand und Mitglieder des TSV Besigheim.*

Auf der Seite davor stand in einer kleinen Notiz, dass der aus Besigheim stammende Schriftsetzer Richard Mooser, der zuletzt in Ulm gelebt habe, einem Verkehrsunfall zum Opfer gefallen sei. Ein Auto habe ihn erfasst, als er mit dem Rad nach Herrlingen unterwegs war. Der Autofahrer sei flüchtig. Zeugen gebe es nicht, denn zu jenem Zeitpunkt sei dort kein anderes Auto gefahren. Die Polizei stehe vor einem Rätsel.

Der Verstorbene habe sich große Verdienste um den Zusammenschluss des Turnvereins mit dem Arbeiter-Turnverein zum TSV Besigheim erworben.

»Hallo, junger Mann!« Zwei Schwestern waren an Baumanns Bett getreten. Sie nahmen ihm die Zeitung weg, setzten ihn auf und klopften Kissen und Bettdecke zurecht.

»Können Sie sich selber waschen und rasieren?«

»Aber ja! Im Krieg hab ich ganz andere Sachen erlebt.« Er spielte den Eisernen. Die beiden sahen bedauernd auf ihn herab.

»Brummt Ihr Schädel arg?«

»Warum?«

»Weil Sie eine schwere Gehirnerschütterung und eine große Kopfwunde haben.«

Er fasste sich an die Stirn. »Wann kommt der Turban herunter?«

»Voraussichtlich Montag.«

»Kann ich dann meine Perücke tragen?«

Erst kriege er nochmal einen Turban, sagten sie, der stehe ihm gut. Dann könne er seine Perücke aufsetzen. Letztlich entscheide das jedoch der Arzt. Aber hier im Lazarett brauche er sie eigentlich nicht. Da sei man solche Verletzungen gewöhnt. Er müsse sich nicht schämen.

Ja, eine Granate habe ihn gestreift.

Dann habe er jetzt zwei Schmarren am Hirn, lachten sie.

Den Anblick wolle er jedem ersparen, sich selbst auch.

Sie stellten ihm eine weiße Emailschüssel auf die Bettdecke, gossen warmes Wasser hinein und gaben ihm Waschlappen und Seife.

Gleich bekomme er auch Handtuch und Rasierzeug.

Nicht nötig, sagte er, er werde aufstehen.

Das dürfe er nicht. Der Arzt habe es streng verboten. Sein rechtes Knie sei frisch operiert. Das müsse erst heilen.

»Hände hoch!«, befahl die Jüngere der Schwestern.

Er sah sie irritiert an.

»Ein frisches Hemd für Sie.«

Kaum waren die zwei weg, nahm er die Zeitung zur Hand und las den ausführlichen Bericht über das Zugunglück. Siebzehn Tote und etwa vierzig Schwerverletzte seien zu beklagen. Mehrere Fahrgäste hätten einen Mann auf dem Bahndamm rennen sehen. Eine genauere Personenbeschreibung sei wegen der Dunkelheit nicht zu erwarten. Den Sprengstoff habe er unters Gleis gelegt und mit einer Zündschnur gezündet. Die meisten Toten seien noch nicht identifiziert. Ein steckbrieflich Gesuchter, den man bisher den Schwabenbombern zugerechnet habe, befinde sich angeblich auch unter den Opfern, was man jedoch noch überprüfen müsse. Falls es sich aber bewahrheiten sollte, wäre der Mann zu Unrecht verfolgt worden.

Während sich Baumann wusch, packte ihn ein ohnmächtiger Zorn. Für ihn lag es klar auf der Hand, dass Pfeiffer das alles auf dem Gewissen hatte. Den Anschlag auf den Zug, die siebzehn Opfer und die vierzig Schwerverletzten. Auch Richards schrecklicher Tod ging wahrscheinlich auf Pfeiffers Rechnung. Aber was bezweckte dieser Strolch damit? Baumann grübelte. Wollte Pfeiffer alle Mitwisser beseitigen? Handelte er dabei im Auftrag seiner Geldgeber? Oder tat er es, weil er seine Vergangenheit vertuschen musste, bevor er einen neuen, lukrativen Posten antreten konnte?

Nach dem Frühstück kamen zwei Männer von der Eisenbahn, die aufschrieben, was die zwölf Männer fürs Erste brauchten.

Baumann bat um sein Gepäck. Da seien Bücher und Postkarten drin gewesen. Vielleicht könne man das eine oder andere Buch noch gebrauchen; die Postkarten seien wohl alle hinüber. Außerdem wolle er eine Hose, eine Jacke und ein paar neue Schuhe. Auch seinen Chef müsse man benachrichtigen, dringend.

Sie notierten Anschrift und Rufnummer der Würzburger Buchdruckerei und versprachen, gleich nachher dort anzurufen.

Ach ja, Briefpapier wolle er auch, sagte er, und eine Postkarte.

Zwei Stunden später überbrachte man ihm die besten Genesungswünsche der Druckerei, von Herrn Schneider persönlich sowie der ganzen Belegschaft. Die Koffer und die Aktentasche habe man aus den Trümmern geborgen, aber das Meiste sei unbrauchbar, zerfetzt, vom Regen aufgeweicht.

Sechs feuchte, etwas aufgequollene, ansonsten noch brauchbare Bücher legten sie ihm auf den Nachttisch. Die hätte man am Unglücksort gefunden.

Außerdem gaben sie ihm Tinte und Federhalter, Briefpapier, Umschläge, drei Blankokarten und Briefmarken.

Neue Kleider, Unterwäsche, Schuhe bekomme er so schnell wie möglich, auch einen neuen Koffer.

Ob er Geld wolle, fragten sie ihn.

Er sah sie hilflos an. Inflationsgeld? Was könnte er denn dafür kaufen?

Nein, Gutscheine. Damit er sich dies und das besorgen könne, sagten sie ihm und legten ihm ein paar Bezugsscheine auf den Bücherstapel. Bei der Entlassung bekomme er eine Entschädigung samt einer kleinen Abfindung. Aber bis dahin sei es lange hin.

Lange? Er war entsetzt.

Mindestens sechs bis acht Wochen, sagten sie. Die Ärzte ließen da nicht mit sich handeln. Danach werde er wegen seines Beines in ein Sanatorium verlegt. Aber er solle in der Zwischenzeit überlegen, was er erstattet haben wolle.

Dann schenkten sie ihm, wie den übrigen Leidensgenossen auch, eine Flasche Wein, zwei Flaschen Bier, eine Schachtel Pralinen und zwei Tafeln Schokolade. Rauchen sei im Krankenzimmer nicht erlaubt, deshalb dürften sie keine Zigaretten oder Zigarren verteilen.

Zuerst schrieb er eine Postkarte nach Großsachsenheim. Weil am rechten Nachbarbett gerade ein Junge saß, etwa zehn Jahre alt, der zu ihm herübersah, fragte er ihn, ob er sich eine Schokolade verdienen wolle. Der Mann im Bett, offenkundig der Vater, nickte, und der Bub kam zu ihm herüber. Baumann gab ihm die Karte und eine Tafel Schokolade.

»Gleich beim Lazarett ist die Post«, sagte der Kleine mit leuchtenden Augen. Dann flitzte er mit Karte und Schokolade davon.

Der erste Brief galt Franz Blaum. Ihn bat er um Wäsche und Kleider aus seinem Zimmer. Viel sei das zwar nicht, was im Spind hänge, aber mehr habe er nicht. Auch die schwarzen Schuhe und das Rasierzeug brauche er. Außerdem hätte er gerne, weil es im Spital langweilig sei, sein Zeichenzeug und die beiden Handbücher von Alexander Baumgart übers Freihandzeichnen. Bevor er wegen seines kaputten Beines ins Sanatorium müsse, komme er in der Franziskanergasse vorbei. Versprochen! Dann werde er auch die Mietschuld begleichen. Nicht auszuschließen sei, dass er aus Würzburg wegziehe, falls von der Knieverletzung eine Behinderung bleiben sollte, was eine andere Arbeit notwendig mache. Aber da sei das letzte Wort noch nicht gesprochen.

Den zweiten Brief richtete Baumann an Pater Lukas. Er dankte für die gute Zeit in Würzburg, berichtete vom schrecklichen Zugunglück und schilderte seinen Lebensverdruss.

Der Postbote winkte von weitem. »Eine Karte, Frau Negele. Freut mich, dass ich Ihnen endlich auch mal Post bringen darf.«

Sie grüßte zurück und las: *Danke für deine guten Wünsche zu meinem Geburtstag. Ich bin im Lazarett, werde aber bald entlassen. Dann würde ich mich über deinen Besuch freuen. Vergiss nicht, das Gesangbuch mitzubringen, über das wir gesprochen haben. Viele Grüße von deinem Vetter Karl-Wilhelm.*

Er sah sie mit großen Augen an.

»Mein Vetter hat mich eingeladen«, sagte sie und ging grübelnd ins Haus. War Vetter Karl-Wilhelm nicht schon lange tot?

Sie wollte eben ihr Gesangbuch aus dem Schrank in der Wohnstube nehmen, als es an der Haustür klopfte.

Der Wachtmeister von der Polizei, der sie kürzlich ausgefragt hatte, stand vor ihr. Mit ernster Miene sagte er, sie müsse mit ihm nach Ludwigsburg fahren. In zwei, spätestens drei Stunden sei sie wieder zuhause. Er werde sie wohlbehalten zurückbringen.

Sie zog ihre Schürze aus, warf einen kurzen Blick in den Rasierspiegel über dem Spülstein, kämmte sich die Haare und steckte sie mit Hornkämmen fest.

Der Mann erzählte unterwegs von einem großen Unglück. Ob sie schon gehört habe, dass zwischen Bietigheim und Tamm ein Zug entgleist sei. Leider habe es etliche Tote gegeben. Sie müsse jetzt tapfer sein.

Er fuhr sie nach Ludwigsburg in die Kaserne. Die Opfer des Zugunglücks waren hier aufgebahrt.

Ein Mann im bodenlangen, weißen Kittel gab ihr die Hand. Er und der Polizist führten sie an einen der offenen Särge, die in einem langen Saal aufgereiht und mit schwarzen Tüchern zugedeckt waren.

»Ist das der Ausweis Ihres Sohnes, Frau Negele?« Der Wachtmeister hielt ihr ein Papier vors Gesicht.

Sie schaute erschrocken, begann zu weinen und nickte.

»Tut mir leid«, sagte er, legte den Arm um ihre Schultern, während er mit einem heimlichen Fingerzucken dem Weißgekleideten ein Zeichen gab.

Der hob das Tuch so an, dass der vorzeigbare Teil des ansonsten übel zugerichteten Kopfes eines Toten sichtbar wurde.

Sie wankte.

Der Polizist fing sie auf und stützte sie: »Ist das Ihr Sohn?«

Sie schluchzte und nickte.

»Keine Zweifel, Frau Negele? Ihr Sohn?«

Mit geschlossenen Augen nickte sie, während ihr Tränen übers Gesicht liefen. »Ich möchte nach Hause. Bitte!«

Der Polizist führte sie zum Auto. Fürsorglich half er ihr beim Einsteigen. Dann brachte er sie nach Großsachsenheim zurück.

Sie weinte während der Fahrt und sprach kein Wort.

Als sie ausstieg, sagte er: »Tut mir leid, Frau Negele.«

Mit dem Taschentuch, das sie in der Faust zerknüllt hatte, wischte sie sich über die Augen. Mit einer Geste dankte sie fürs Heimbringen. Sorgfältig schloss sie die Gartentür hinter sich, als sei ein Lebensabschnitt zu Ende.

Während sie ins Haus eilte, in die Wohnstube rannte und im Gesangbuch die Seite 100 aufschlug, fuhr er zum Pfarramt.

»Bitte haben Sie ein Auge auf Frau Negele«, bat er den Pfarrer, »ihr Sohn ist nicht der gesuchte Bombenleger. Vielmehr ist er selber dem Bombenanschlag auf den Expresszug zum Opfer gefallen.«

16

Der Kübelwagen holperte über die löchrige Straße. Tiefflieger hatten sie in den letzten fünf Monaten zerhackt, als sie den Brenner, die anderen Alpenstraßen und die Bahngleise fast täglich bombardierten.

Im Innenhof eines Gehöfts hielt der Wagen direkt vor der Bäuerin und ihrem Knecht.

Löhle stieg aus, aber beachtete die Frau nicht. Er ging direkt auf Leitner zu und legte die Hand auf seine Schulter: »Einsteigen! Los!«

Die Bäuerin wurde kreidebleich. »Bleib da, Xaver!«, lamentierte sie. »Um Gottes willen, steig nicht ein! Der Krieg ist doch bald aus.«

Löhle zog eine Pistole aus der Tasche, richtete sie auf den Knecht: »Keinen Widerstand! Einsteigen!« Mit einer energischen Bewegung der Pistole wies er die Richtung an und machte zugleich deutlich, dass jede Gegenwehr zwecklos war.

Leitner wurde weiß wie eine Wand. Er stieg ein, ließ sich auf den Beifahrersitz fallen. Verzweifelt schlug er die Hände vors Gesicht.

Löhle setzte sich hinters Steuer, die Pistole in der linken Hand, startete den Motor und raste zurück zur Gsiesertalstraße. Er umklammerte das Lenkrad. Die Knöchel seiner Hände traten weiß hervor.

Xaver Leitner saß neben ihm mit geschlossenen Augen: »Ich weiß nicht, Herr …«

»Mund halten.« Löhle sprach jetzt leise und sanft. »Bitte!« Fester fügte er an: »Jetzt warten Sie's ab. Es geschieht Ihnen nichts.«

Der Himmel färbte sich rot. Es dunkelte bereits.

Kaum waren sie an den letzten Häusern von Pichl vorbei, trat Löhle auf die Bremse. Der Wagen rollte aus.

Ein großer Mann im Uniformmantel, der hinter einem Baum gewartet hatte, sprang ans Auto. Hastig riss er die Beifahrertür auf.

»Grüß Gott, Karl.« Er beugte sich ins Wageninnere. »Freut mich, dich wiederzusehen.«

Leitner drehte sich langsam zu dem Fremden hin: »Tut mir leid«, sagte er, wobei er dem Mann direkt in die Augen sah, »Sie verwechseln mich.«

»Nein, Karl, dein Versteckspiel ist aus! Der richtige Xaver Leitner ist nach Amerika ausgewandert. Er hat dir seine Papiere gegeben. Seine Cousine in Bozen hat euer Versteckspiel gedeckt. Sie hat's mir selber gesagt.«

»Ich weiß nicht, wovon Sie sprechen.« Leitner sah zur Windschutzscheibe hinaus.

»Los, Georg, sag's ihm!«, drängte Löhle.

Leicht nickte. »Du musst uns helfen, Karl. Die Heeresgruppe C hat heute kapituliert, gegen den ausdrücklichen Befehl des Führers. Morgen weiß man's überall. Dann beginnt die Jagd auf uns.«

Leitner blickte ausdruckslos auf. Leicht, mit der rechten Hand hielt er die Autotür auf, mit der linken stützte er sich am oberen Türholmen ab, blickte gebückt ins Wageninnere. Sein Kopf berührte fast Leitners rechte Schläfe.

»Bitte, Karl. Dein Versteckspiel ist aus. Unsres fängt erst an.«

Leitner rührte sich nicht.

Leicht legte seine linke Hand auf Leitners rechte Schulter: »Verzeih, Karl. Ja, ich hab dich verraten. Ich war auf dich angesetzt. In Stuttgart hat man für Großschwaben nichts übrig gehabt, und in Karlsruhe …«

Löhle drängte seinen Kameraden mit einer energischen Geste, sich zu sputen.

Leitner starrte abweisend geradeaus.

»Du hattest recht, Karl. Eine süddeutsche Republik hätte Preußens Macht geschmälert. Die Nazis hätten allenfalls Restpreußen erobern, aber niemals alle Deutschen in den Krieg hetzen können.«

»Ich versteh nicht, was Sie von mir wollen.«

»Bringen Sie uns in die Berge. Wir brauchen einen sicheren Unterschlupf. Ich habe die Schnauze voll von den Nazis.« Löhle verzog das Gesicht zu einer Grimasse.

Leitner schwieg. Er wirkte abwesend.

»Die Verfolger sind uns schon auf den Fersen«, sagte Löhle leise, »bitte …«

Leicht unterbrach ihn: »Wenn Sophie wüsste, dass du lebst, Karl, würde sie sich noch heute auf den Weg zu dir machen. Damals, als du so plötzlich aus Ulm verschwunden bist, hat sie monatelang nach dir in der Stadt gesucht.«

Leitner schloss die Augen. Das kaum wahrnehmbare Beben seiner Schultern deutete an, dass er um Fassung rang.

»Überall können SS-Leute, Widerstandskämpfer und deutsche Soldaten sein«, flehte Löhle. »Keinem kann man mehr trauen. Über Welsberg, oben am Pragser Wildsee, hocken ein paar scharfe Hunde und feuern auf alle, die durchs Pustertal kommen. In ganz Südtirol ist die Hölle los. Nur im Gsiesertal sind sie noch nicht.«

Leitner, kreidebleich im Gesicht, blickte Löhle an. »Ich sagte bereits beim letzten Mal, Herr Sturmbannführer, dass ich nicht aus Ulm bin. Aber für Soldaten auf der Flucht hab ich immer was übrig.«

Leicht sah Löhle fragend an.

Leitner bemerkte es nicht, er nickte vor sich hin. »Ich war auch mal Soldat.«

Zu Leicht, der neben der offenen Beifahrertür stand, sagte er, ohne ihn anzusehen: »Steigen Sie ein.«

In dürren Sätzen erklärte er den Flüchtenden, er bringe sie zu einem befreundeten Schmied. Der wolle schon lange einen Kübelwagen. Die Flucht von Soldaten in SS-Uniform, zumal im Auto, mache in diesen mörderischen Zeiten keinen Sinn. Dazuhin ende diese Straße vor dem Gebirge. Sie könnten also das Auto bei seinem Freund eintauschen gegen Zivilkleidung, Verpflegung und ein sicheres Versteck für die nächsten drei, vier Wochen. Dann setze die Schneeschmelze ein.

»Und wie weiter?«

»Der Schmied bringt Sie zur Schaller Alm. Von dort aus geht es über Höhenwege ins Villgratnertal. Dem Pfarrer von Kalkstein sag ich Bescheid. Er hilft jedem, der sein Leben finden will. Dafür ist es nie zu spät.«

GROSSSCHWABEN-IDEE

Personen und Handlung sind frei erfunden, auch die im Roman geschilderten Anschläge. Eine Art Bürgerinitiative mit dem Namen »Schwabenkapitel«, die ein autonomes »Großschwaben« anstrebte, gab es jedoch tatsächlich. Sie wurde in Ulm an der Donau gegründet und hatte bis 1923 großen Zulauf aus ganz Südwestdeutschland. Alle Parteien und Verbände beschäftigten sich bis zu diesem Zeitpunkt mit der Idee »Großschwaben«. Über das künftige Staatsgebiet wurde heftig gestritten. Die zwölf wichtigsten Vorschläge zur territorialen Neugliederung zeigten drei Grundmuster (siehe Seite 425 ff.): Baden, Hohenzollern und Württemberg vereinen. Oder die bayerische Pfalz, das bayerische Schwaben und Vorarlberg einbeziehen. Oder zwei Staaten in Südwestdeutschland gründen: eine Oberrheinrepublik (mit Baden als Kernland) und einen Schwabenstaat (mit Württemberg als Mittelpunkt). Das Ende des historisch belegten Schwabenkomitees lässt sich nach gegenwärtiger Quellenlage nicht belegen.

Die beiden Zitate auf Seite 29 stammen aus der zweiten Auflage des Flugblatts »Schwaben, jetzt oder nie mehr«, verteilt in und um Ulm zur Jahreswende 1918/1919.

Die Idee vom schwäbisch-alemannischen Südstaat

Seit dem Wiener Kongress von 1815 wurde teils verdeckt, teils offen die territoriale Neugestaltung des deutschsprachigen Südens diskutiert. Man wollte das schwäbisch-alemannische

Stammesgebiet in einem Südstaat zusammenfassen. Durchs 19. Jahrhundert geisterten immer wieder die Pläne der Monarchisten für ein »Königreich Alemannien« und der Republikaner für eine »Helvetische Republik«, die idealtypisch aus der Schweiz, Vorarlberg und den südwestdeutschen Ländern bestehen sollte.

Nach dem Zusammenbruch der beiden deutschen Kaiserreiche im November 1918 kamen diese alten Pläne vor allem aus drei Gründen auf die politische Tagesordnung:

- Im ehemaligen Deutschen Kaiserreich musste die Übermacht Preußens beseitigt werden, wenn Deutschland als Demokratie mit föderaler Struktur weiterleben sollte. Eine demokratiefördernde, ausgewogene Gliederung Deutschlands konnte nur gelingen, wenn man neue, kulturell einheitliche und wirtschaftlich lebensfähige Länder schuf. Darin stimmten die Väter der Weimarer Verfassung von 1919 überein. Zunächst jedoch verlor Deutschland durch den Versailler Vertrag Westpreußen und Posen an Polen; Danzig wurde zur Freien Stadt erklärt und unter den Schutz des Völkerbundes gestellt. Zeitgleich entstanden an allen Ecken und Enden Bestrebungen zur Gründung neuer deutscher Länder. Auch im deutschen Südwesten wollte man sich endlich den Traum vom eigenen schwäbisch-alemannischen Staat erfüllen.

- In den Verträgen von St. Germain und Trianon besiegelten die Siegermächte des Ersten Weltkriegs die Zerschlagung der ehemaligen kaiserlich-königlichen Donaumonarchie. Österreich-Ungarn wurde in seine ethnischen Bestandteile zerlegt. Neue Staaten entstanden, zum Beispiel Ungarn, die Tschechoslowakei und das restliche deutschsprachige Österreich. Italien fühlte sich zu kurz gekommen und beanspruchte Dalmatien für sich. Vorarlberg sollte zur neuen Republik Österreich gehören. Doch es regte sich Widerstand in der Bevölkerung: Anschluss an Deutschland oder an die Schweiz oder an ein noch zu gründendes Großschwaben?

• In dieser Phase der territorialen Auflösung der beiden deutschen Kaiserreiche zu Beginn des Jahres 1919 ängstigten zwei Ereignisse die Bevölkerung in Süddeutschland und in Vorarlberg zusätzlich: das politische Chaos in der Zeit der Arbeiter- und Soldatenräte und die große Hungersnot. In Bayern waren die Zustände besonders schlimm; München versank im Bürgerkrieg. Württemberg dagegen galt trotz aller politischen und wirtschaftlichen Not als Hort der Stabilität. Auf Bitten der bayerischen Regierung halfen württembergische Truppen, die Straßenkämpfe in München zu beenden. Vorarlberg, das sich schon sehr früh, am 3. November 1918, als »eigenes und selbständiges Land im Rahmen des deutsch-österreichischen Staates« erklärt hatte, suchte nach seiner Identität: Bei Österreich bleiben? Oder den Anschluss an die Schweiz anstreben? Oder mit den deutschen Südweststaaten zusammengehen? Für Österreich sprach die Tradition, für die Schweiz die wirtschaftliche Prosperität, gegen Bayern die instabile politische Lage und für Schwaben, also Württemberg beziehungsweise Großschwaben, deutschnationales Denken und wirtschaftliche Verflechtungen.

Im März 1919 untersagten die Alliierten zwar den Anschluss Vorarlbergs an Deutschland, aber die Agitation für Großschwaben ging am Bodensee weiter. Am 4. April 1919 wurde – analog zum »Schwabenkapitel«, das um die Jahreswende 1918/19 in Ulm entstanden war – auch in Bregenz ein »Vorarlberger Schwabenkapitel« gegründet, ein »Werbeausschuss« für den Anschluss Vorarlbergs an Schwaben. Im September 1919 schloss Österreich mit den Alliierten einen Friedensvertrag, der den Rhein und den Bodensee als Staatsgrenze festschrieb und damit alle Anschlussverhandlungen mit Deutschland und der Schweiz unterband.

Die souveränen deutschen Staaten wurden 1919 zu Ländern

Bis zum Ende des Ersten Weltkriegs war das Deutsche Kaiserreich ein monarchischer Obrigkeitsstaat. Die Regierungen waren rechtlich von Monarchen abhängig. Der Reichstag führte ein Schattendasein. Zwar mussten die Reichskanzler sich bei Gesetzesentwürfen um eine Mehrheit im Reichstag bemühen, aber sie stürzten erst, wenn sie der Kaiser fallen ließ. Anders in der Weimarer Republik: In ihr sollte das Prinzip der Volkssouveränität gelten. Nach Kriegsende wollte man die Demokratisierung Deutschlands vor allem mit drei Maßnahmen durchsetzen:

- Demokratische Verfassung mit Grundrechten und plebiszitärer Macht: das Volk als Souverän, auf den letztlich alle Macht des Staates und seiner Organe zurückgeht.

- Zentralistische Finanzverfassung: Hoheit des Reiches über fast alle wichtigen Einnahmen (Ertragshoheit), insbesondere über die Einkommen-, Körperschafts- und Umsatzsteuern.

- Neugliederung Deutschlands: Beseitigung des preußischen Übergewichts.

Das deutsche Kaiserreich bestand aus selbstständigen Staaten, die sich zu einem Staatenbund zusammengeschlossen hatten und von souveränen Fürsten regiert wurden. Das nach Gebiet und Bevölkerung übermächtige Preußen dominierte diesen Bund. Sichtbares Zeichen: Der preußische König war zugleich deutscher Kaiser.

Die Weimarer Verfassung von 1919 wollte die preußische Sonderstellung beseitigen. Sie machte die Bundesstaaten zu Ländern, deren Staatscharakter allerdings umstritten und deren Souveränität eingeschränkt war, denn die neue Reichsverfassung schrieb den Ländern Staatsform, Regierungsart und Wahlsystem vor. Solche Bestimmungen hatte es im Kaiserreich nicht gegeben. Die neue, demokratische Verfassung setzte auf die Zerschlagung Preußens. Die Kleinstaaten sollten aufgelöst und etwa gleich große Länder gebildet werden.

Zu Beginn der Weimarer Republik gab es im Süden Deutschlands vier Länder: Baden, Bayern (einschließlich der bayerischen Pfalz), Hessen und Württemberg. Hohenzollern war nicht selbstständig, sondern gehörte seit 1849/50 zu Preußen.

Artikel 18 der Verfassung des Deutschen Reiches vom 11. August 1919 (Weimarer Verfassung)

1. Die Gliederung des Reichs in Länder soll unter möglichster Berücksichtigung des Willens der beteiligten Bevölkerung der wirtschaftlichen und kulturellen Höchstleistung des Volkes dienen. Die Änderung des Gebiets von Ländern und die Neubildung von Ländern innerhalb des Reichs erfolgen durch verfassungsänderndes Reichsgesetz.
2. Stimmen die unmittelbar beteiligten Länder zu, so bedarf es nur eines einfachen Reichsgesetzes.
3. Ein einfaches Reichsgesetz genügt ferner, wenn eines der beteiligten Länder nicht zustimmt, die Gebietsänderung oder Neubildung aber durch den Willen der Bevölkerung gefordert wird und ein überwiegendes Reichsinteresse sie erheischt.
4. Der Wille der Bevölkerung ist durch Abstimmung festzustellen. Die Reichsregierung ordnet die Abstimmung an, wenn ein Drittel der zum Reichstag wahlberechtigten Einwohner des abzutrennenden Gebiets es verlangt.
5. Zum Beschluss einer Gebietsänderung oder Neubildung sind drei Fünftel der abgegebenen Stimmen, mindestens aber die Stimmenmehrheit der Wahlberechtigten erforderlich. Auch wenn es sich nur um Abtrennung eines Teiles eines preußischen Regierungsbezirkes, eines bayerischen Kreises oder in anderen Ländern eines entsprechenden Verwaltungsbezirkes handelt, ist der Wille des ganzen in Betracht kommenden Bezirkes festzustellen. Wenn ein räumlicher Zusammenhang des abzutrennenden Gebiets mit dem Gesamtbezirke nicht besteht, kann auf Grund eines besonderen Reichsgesetzes der Wille der Bevölkerung des abzutrennenden Gebiets als ausreichend erklärt werden.
6. Nach Festsetzung der Zustimmung der Bevölkerung hat die Reichsregierung dem Reichstag ein entsprechendes Gesetz zur Beschlussfassung vorzulegen.

7. Entsteht bei der Vereinigung oder Abtrennung Streit über die Vermögensauseinandersetzung, so entscheidet hierüber auf Antrag einer Partei der Staatsgerichtshof für das Deutsche Reich.

Noch vor Kriegsende (November 1918) begann das Werben für Großschwaben

Im bayerischen Allgäu, das traditionell gutnachbarliche Beziehungen zu Vorarlberg hat, beschäftigten sich umsichtige Bürger, Wirtschaftsleute und Bürgermeister noch vor Kriegsende mit der Frage, was nach dem zu erwartenden Zusammenbruch der beiden deutschen Kaiserreiche zu tun sei. Eine Option war, die wirtschaftlichen Beziehungen zu den »Stammesbrüdern« in Vorarlberg weiter zu pflegen, mochte kommen, was wollte.

Im Spätherbst 1918 starteten zwei getrennt operierende Bürgerbewegungen, eine im Allgäu, die andere um Ulm. Im Allgäu warben etliche Gemeinden für den Anschluss Vorarlbergs an Bayern, führten Versammlungen durch, auch in Bregenz, und mobilisierten das Voralpenland für ihre Idee. In Kempten kam es zu einer Volksversammlung. Vereinigungsbeschlüsse wurden gefasst und in Berlin und München in dieser Sache interveniert. Die Deutschnationalen in Vorarlberg schreckten jedoch vor dem politischen Chaos zurück, das damals in Bayern herrschte. Sie favorisierten die von Württemberg ausgehende Schwabeninitiative.

In Ulm hatte Karl Magirus, Historiker und Schulleiter an der dortigen Mädchenschule, sofort nach Kriegsende mit seinen Flugblättern »Zeitblatt Schwaben« und »Jetzt oder nie mehr!« großes Aufsehen erregt. Zusammen mit Gleichgesinnten gründete er das »Schwabenkapitel«, einen »Werbeausschuss für einen schwäbischen Stammesstaat Großschwaben«, gebildet aus Württemberg, Baden, Hohenzollern, dem Elsass, der deutschen Schweiz, Vorarlberg, Liechtenstein und dem bayerischen Schwaben. Großschwaben, so die Idee, würde dann neun Millionen Schwaben und Alemannen zusammenfassen und ein »reichgesegnetes Land« sein.

Diese Idee musste aus mehreren Gründen auf Widerstand stoßen. Erstens ignorierte sie das Verbot der Siegermächte, weder ganz Österreich, noch das Bundesland Vorarlberg mit Deutschland zu vereinen. Zweitens stieß sie Frankreich vor den Kopf, weil sie das Elsass für Großschwaben reklamierte. Drittens war sie im Blick auf die Schweiz lächerlich, denn die Schweiz hatte sich gerade durch ihre strikte Neutralität Sicherheit und Wohlstand bewahrt und konnte kein Interesse daran haben, einen großen und wichtigen Teil ihres Landes an Großschwaben abzutreten. Und viertens musste eigentlich jedem Schwaben klar sein, dass Bayern nicht auf seine schwäbischen Gebiete verzichten würde.

Der Großschwaben-Plan enthielt aber auch einen realistischen Kern: die Vereinigung der südwestdeutschen Länder, kleinere Grenzkorrekturen zu Bayern und Hessen nicht ausgeschlossen. Genau diese kleine Lösung, sozusagen ein »Kleinschwaben«, wollten im Frühjahr 1919 Wissenschaftler aus ganz Deutschland und umsichtige Politiker aller Parteien aus Baden, Hohenzollern und Württemberg, zum Beispiel Emil Belzer, Eugen Bolz, Matthias Erzberger, Oskar Geck, Conrad Haußmann, Willy Hellpach, Theodor Heuss, Johannes Hieber, Wilhelm Keil, Hugo Preuß, Max Weber. Sie forderten immer wieder und immer nachdrücklicher einen Südweststaat, wie er dann 1952 verwirklicht wurde.

Vorarlberger Anschlussversuche gingen den offiziellen Neugliederungsverhandlungen in Deutschland voraus

- November 1918: Die provisorische Vorarlberger Landesversammlung erklärte: Vorarlberg ist ein »eigenes und selbständiges Land im Rahmen des deutsch-österreichischen Staates«.

• Mitte November 1918: Die Anschlussbewegung an die Schweiz entstand, die sich schon bald als »Werbeausschuss für den Anschluss Vorarlbergs an die Schweiz« formierte.

• Januar 1919: Als Gegenbewegung zum Schweiz-Anschluss sammelten sich die Deutschnationalen und forderten den Anschluss an Deutschland.

• März 1919: Der »Werbeausschuss« übergab dem Vorarlberger Landeshauptmann eine Unterschriftenliste. Über 40 000 Wahlberechtigte forderten den Anschluss an die Schweiz.

• 15. März 1919: Die alliierten Siegermächte untersagten den Anschluss Österreichs (und damit auch Vorarlbergs) an Deutschland.

• April 1919: In Bregenz wurde ein Werbeausschuss für den Anschluss an Schwaben mit dem Namen »Vorarlberger Schwabenkapitel« gegründet.

• 13. April 1919 (Palmsonntag): Die Deutschnationalen in Vorarlberg, die für den Anschluss an Deutschland beziehungsweise an Großschwaben warben, erteilten angesichts der revolutionären Unruhen in München und Lindau einem Anschluss an Bayern eine Absage: »Von einer Stammesverwandtschaft der vorarlbergischen Schwaben zu den Bajuwaren kann wohl nicht gut die Rede sein.« Sie hofften jetzt auf den Anschluss an ein neues Großschwaben.

• 25. April 1919: Die provisorische Vorarlberger Landesversammlung beschloss eine Volksabstimmung über die Frage: Soll die Landesregierung Anschlussverhandlungen mit der Schweiz führen?

• 27. April 1919: Wahl zum ersten ordentlichen Vorarlberger Landtag. Die Christlichsozialen, mehrheitlich eher für den Anschluss an die Schweiz als an Großschwaben, erreichten 64 Prozent der Stimmen.

• April/Mai 1919: In Zeitungen, Zeitschriften, Plakaten und Versammlungen warben der »Werbeausschuss« und das

»Vorarlberger Schwabenkapitel« für ihre Ziele: Anschluss an die Schweiz oder an Großschwaben?

- 11. Mai 1919: Volksbefragung in Vorarlberg. 80 Prozent der abgegebenen Stimmen votierten für Anschlussverhandlungen mit der Schweiz.
- 10. September 1919: Der österreichische Staatskanzler Dr. Renner unterschrieb in Paris den Friedensvertrag, der die Grenze zwischen Österreich und der Schweiz entlang des Rheins festlegte.
- März 1920: Der Vorarlberger Landtag richtete ein Memorandum an den Völkerbund und forderte das »Selbstbestimmungsrecht der Völker« auch für Vorarlberg.
- Der Völkerbund antwortete nicht.

Die Zentralstelle für die Gliederung des Deutschen Reiches

Noch bevor die neue Reichsverfassung in Kraft trat, beschloss die Nationalversammlung am 22. Juli 1919, zur Erfüllung von Verfassungsartikel 18 eine Zentralstelle für die Neugliederung des Deutschen Reiches einzurichten. Außerdem verabschiedete die Nationalversammlung zügig ein Gesetz zur Ausführung von Artikel 18. Die Eile sollte allen Deutschen verdeutlichen, wie wichtig das Problem der Aufteilung in gleichwertige, lebensfähige Länder für die neue Demokratie nach dem Ersten Weltkrieg war.

Nach Vorgabe der Nationalversammlung bestand die Zentralstelle aus sieben gewählten Mitgliedern des Reichtags, sieben gewählten Mitgliedern des Reichsrats und zehn Persönlichkeiten des öffentlichen Lebens, die der Reichsinnenminister zu berufen hatte.

Am 3. November 1920 fand die erste Sitzung der Zentralstelle unter Vorsitz von Reichsinnenminister Erich Koch-

Weser statt. Koch-Weser stellte in seiner Eröffnungsrede die drei Hauptaufgaben der Zentralstelle heraus: »Erstens die Ausderweltschaffung von Grenzlächerlichkeiten, zweitens die Beseitigung von Zwergstaaten und drittens die Lösung der preußischen Frage«. Preußen nehme mit seinen 62 Prozent des deutschen Reichsgebiets und seinen 60 Prozent der deutschen Bevölkerung eine nicht mehr zeitgemäße und für die künftige Entwicklung Deutschlands gefährliche Sonderstellung ein, die sich auch in den Machtverhältnissen im Reichstag und im Reichsrat (27 von insgesamt 67 Stimmen) überdeutlich ausdrücke.

Anschließend wurden zehn Unterkommissionen gebildet:
1. Oldenburg,
2. Waldeck-Pyrmont,
3. Schaumburg-Lippe,
4. Lippe-Detmold,
5. Bremen,
6. Lübeck,
7. Hamburg,
8. Thedinghausen (südlich von Bremen gelegen),
9. Hohenzollern und Württemberg,
10. Neuordnung Preußens.

Für jede Unterkommission wurde ein Prüfauftrag erteilt. Für die Unterkommission 9 »Hohenzollern und Württemberg« lautete er: »Ist die Vereinigung der Hohenzollernschen Lande mit Württemberg zu erstreben oder wäre eine Teilung etwa dahin vorzuziehen, dass der Teil links der Donau mit Württemberg, der Teil rechts der Donau mit Baden vereinigt wird?« Kriterien für die Entscheidungsfindung sollten sein (siehe Artikel 18): »Die wirtschaftliche Leistungsfähigkeit und die kulturelle Höchstleistung müssen durch die Neugliederung befördert werden, und die Bevölkerung muss der Maßnahme zustimmen.«

Die Unterkommission 9 »Hohenzollern und Württemberg«

Diese Unterkommission wurde folgendermaßen zusammengesetzt: Bill Drews (Vorsitzender, ehemaliger preußischer Innenminister und Staatskommissar für Verwaltungsreformen von 1919 bis 1923); Dr. Fritz Franz Nieser (badischer Gesandter beim Reichsrat); Hugo Schäffer (württembergischer Ministerialdirektor, 1932 Reichsarbeitsminister); Dr. Karl Hugo Lindemann (ehemaliger württembergischer Arbeitsminister, seit März 1919 Professor für Nationalökonomie in Köln). Außerdem wurden noch die folgenden Fachleute als außerordentliche Mitglieder bestellt: Professor Dr. Alois Endres (Professor für Wirtschaftsgeografie und Verkehrswissenschaft an der Handelshochschule Mannheim); Conrad Haußmann (zunächst Volkspartei, nach dem Ersten Weltkrieg Mitbegründer der Deutschen Demokratischen Partei; von 1889 bis 1922 württembergischer Landtagsabgeordneter, von 1890 bis 1918 Abgeordneter des Reichstags, 1919/20 Mitglied und Vizepräsident der Weimarer Nationalversammlung, anschließend wieder Reichstagsabgeordneter); Dr. Emil Belzer (Mitglied des preußischen Abgeordnetenhauses von 1905 bis 1913, Mitglied des Deutschen Reichstages von 1906 bis 1918, Mitglied des Hohenzollernschen Kommunallandtags von 1899 bis 1926, Regierungspräsident der Hohenzollernschen Lande von 1919 bis 1926).

Offizielle Verhandlungen über einen neuen Südweststaat

- Sitzung der Unterkommission 9: Beratung der Richtlinien und der Vorgehensweise.
- Sitzung des württembergischen Kabinetts: Beratung der Richtlinien.
- Gutachten des württembergischen Innenministeriums wird erstellt.
- Beschluss des württembergischen Kabinetts: Württemberg zur »Vereinigung bereit«, wenn die Bevölkerung Hohenzollerns zustimmt.
- Sitzung der Unterkommission 9: Der preußische Regierungspräsident für Hohenzollern (Dr. Belzer) wird beauftragt, ein Gutachten zu erstellen.
- Sitzung der Unterkommission 9: Dr. Belzer berichtet, Baden strebe an, sich ganz Hohenzollern einzuverleiben, zumindest das Oberamt Sigmaringen.
- Beschluss des württembergischen Kabinetts: Vereinigung mit Hohenzollern nur, wenn ganz Hohenzollern zu Württemberg kommt.
- Sitzung der Unterkommission 9: Prof. Lindemann wird beauftragt, ein Gutachten zu erstellen.
- Gutachten Prof. Lindemann: »Großschwaben« ist die einzig tragfähige Lösung.
- Beschluss der preußischen Staatsregierung: Aufteilung Hohenzollerns kommt nicht in Betracht; Preußen stimmt der Abtrennung Hohenzollerns von Preußen nur zu, wenn »Großschwaben« zustande kommt.
- Beschluss der badischen Staatsregierung: NEIN zu »Großschwaben«.
- Abschlussbericht der Unterkommission 9: Verhandlungen gescheitert, weil einzig denkbare Lösung »Großschwaben« politisch in Preußen und Bayern nicht durchsetzbar.

Vorschläge zur Neugestaltung des deutschen Südwestens

In Zeitungen, Zeitschriften und Fachjournalen wurden von 1918 bis 1923 zahlreiche Vorschläge zur Neugliederung Deutschlands und insbesondere Südwestdeutschlands gemacht. Hier eine kleine Auswahl, zunächst jedoch zum Vergleich die Karte des alten Herzogtums Schwaben aus dem 11./12. Jahrhundert (mit dem Bodensee als Mittelpunkt).

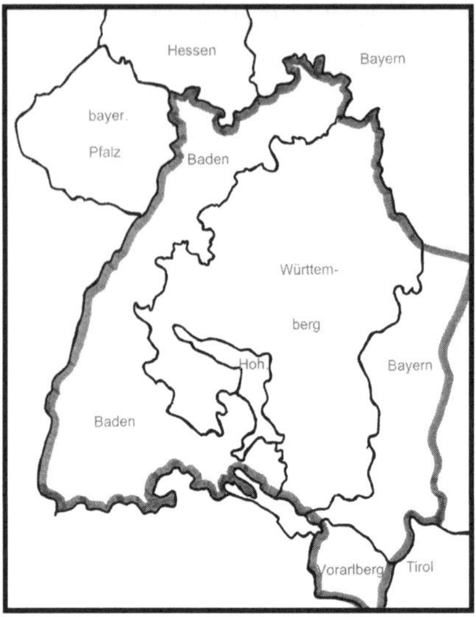

Großschwaben: *Baden, Bayerisch-Schwaben, Hohenzollern, Vorarlberg, Württemberg (sogenanntes kleines Großschwaben). Diskutiert wurde auch ein »großes Großschwaben« unter Einschluss des Elsasses und der (bayerischen) Pfalz.*

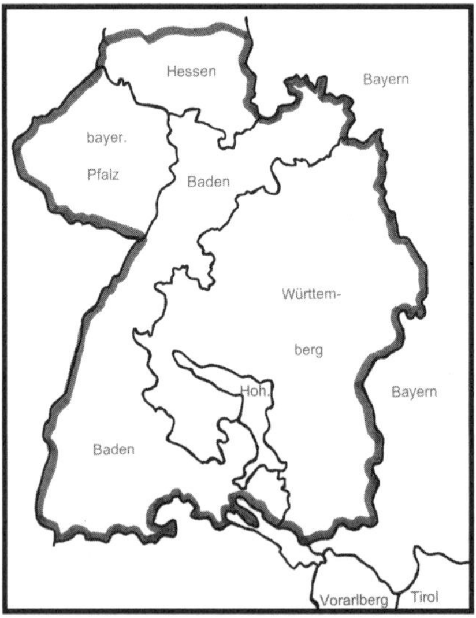

Oberrheinische Republik: *Baden, Hohenzollern, (bayerische) Pfalz, Rheinhessen-Starkenburg, Württemberg*

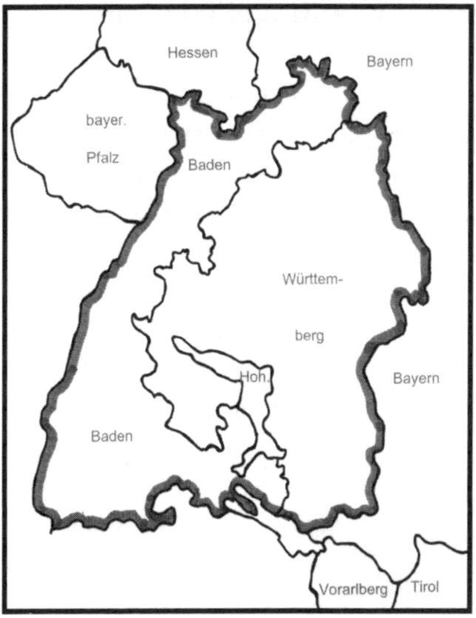

Südwestdeutsche Republik:
Baden, Hohenzollern, Württemberg

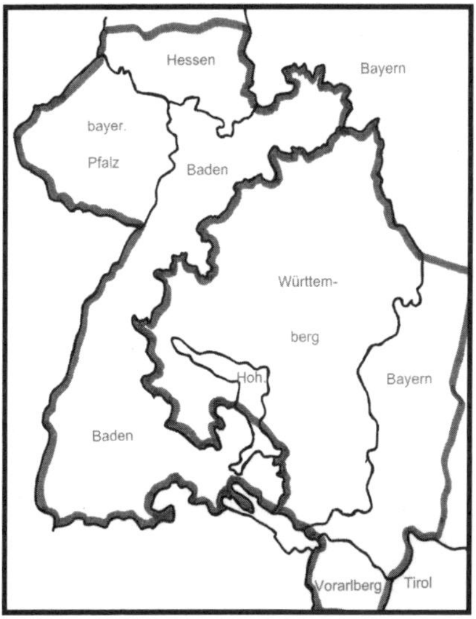

Zweistaatenlösung: Oberrhein und Schwaben

Oberrhein:
Baden, (bayerische) Pfalz, Rheinhessen-Starkenburg, südliches Hohenzollern

Schwaben:
Bayerisch-Schwaben, nördliches Hohenzollern, Vorarlberg, Württemberg

Die gescheiterte Länder-Neugliederung

Bayern hatte als einziges Land die Einrichtung der Zentralstelle abgelehnt und, gemeinsam mit Preußen, die Arbeit der Zentralstelle behindert, weil es territoriale Schmälerungen fürchtete. Beide Länder setzten sich beharrlich gegen die für ihren Besitzstand ungünstigen Folgen des Artikels 18 der Reichsverfassung zur Wehr. Der bayerische Gesandte beim Bund, Dr. von Preger, äußerte am 21. März 1919 die Befürchtung, die Neuordnung könnte für Bayern verhängnisvoll werden, denn die Abtrennung der bayerischen Pfalz werde dann ebenso möglich wie die Abtrennung der fränkischen und schwäbischen Landesteile.

Landsmannschaftliche und konfessionelle Unterschiede sowie Gegensätze in der Zusammensetzung der Regierungen im Deutschen Reich und in den Ländern belasteten das Verhältnis zwischen dem Reich und den Ländern schwer. Vor allem die Sonderstellungen Preußens und Bayerns führten zu Spannungen. Deshalb endeten alle zehn Unterkommissionen der Zentralstelle zur Neugliederung der Länder ergebnislos. Sie scheiterten letztlich an Verfahrensfragen, die von Parteipolitikern und Juristen bewusst als Hürden aufgebaut worden waren: Ist das betreffende Land ganz oder nur eine bestimmte Region davon umzugestalten? An welches Nachbarland soll angegliedert werden? Ist die Bevölkerung des ganzen Landes oder nur der betreffenden Region stimmberechtigt? Muss auch in dem Nachbarland, an das angegliedert werden soll, ein Bürgerentscheid stattfinden?

Es kam, wie es nach bayerischer und preußischer Auffassung kommen sollte: Keine umfassende »Flurbereinigung«, keine Neugliederung Deutschlands. Erich Koch-Weser, mittlerweile Reichsjustizminister, löste die Zentralstelle am 4. Januar 1929 auf.

Dennoch gab es, nicht von der Zentralstelle veranlasst, kleinere Korrekturen:

- 1920 schloss sich das bisher selbstständige Coburg freiwillig an Bayern an.

• 1920 vereinigten sich die thüringischen Kleinstaaten zum Land Thüringen.
• 1922 entschied sich die Bevölkerung Oberschlesiens für den Verbleib bei Preußen.
• 1922 schoss sich Pyrmont freiwillig an Preußen an.
• 1924 verfehlte der Zulassungsantrag, für eine Volksabstimmung über die Abtrennung Hannovers von Preußen erforderlich, die vorgeschriebene Zahl an Unterschriften; Hannover blieb bei Preußen.
• 1928 schloss sich das bisher selbstständige Waldeck freiwillig an Preußen an.

Damit reduzierte sich die Zahl der deutschen Länder von 25 im Jahr 1871 auf 17 im Jahr 1928. Die Sonderstellung Preußens und Bayerns blieb bestehen, wie die folgende Übersicht über die deutschen Länder aus dem Jahr 1928 zeigt:

Land	*Bevölkerung*	*Größe (in qkm)*	*Stimmen im Reichsrat*
Preußen	38 175 000	294 181	27
Bayern	7 477 000	76 420	11
Sachsen	4 994 000	14 986	7
Württemberg	2 580 000	19 507	4
Baden	2 312 000	15 069	3
Thüringen	1 607 000	11 765	2
Hessen	1 347 000	7 691	2
Hamburg	1 152 000	415	2
Meckl.-Schwerin	677 000	13 162	1
Oldenburg	545 000	6 423	1
Braunschweig	501 000	3 672	1
Anhalt	351 000	2 313	1
Bremen	338 000	257	1
Lippe	163 000	1 215	1
Lübeck	127 000	297	1
Meckl.-Strelitz	110 000	2 929	1
Schaumburg-Lippe	48 000	340	1
(Saargebiet	768 000	1 910)	

Weiterführende Literatur (eine kleine Auswahl)

Bertele, Konstantin: Reichsland Groß-Schwaben mit Stuttgart und Augsburg. Ein Beitrag zur Reichsreform und Reichsneugliederung unter besonderer Berücksichtigung Bayerisch-Schwabens d. i. Ostschwabens. Kempten 1930.

Bradler, Günther: Der »Großschwaben-Plan« aus dem Jahr 1920. In: Schwäbische Heimat 27 (1976), Heft 1, S. 14-20.

Bradler, Günther: Der »Großschwaben-Plan« des preußischen Regierungspräsidenten Dr. Emil Belzer innerhalb der Diskussion um die »Reichsreform« in den Jahren 1920 bis 1922. In: Zeitschrift für Hohenzollerische Geschichte, 13. Band (der ganzen Reihe 100. Band, 1977), S. 91–118.

Dreier, Werner/Pichler, Meinrad: Vergebliches Werben. Misslungene Vorarlberger Anschlussversuche an die Schweiz und an Schwaben. Bregenz 1989. (Studien zur Geschichte und Gesellschaft Vorarlbergs, Band 5.)

Heinze, Stefan: Die Region Bayerisch-Schwaben. Studien zum schwäbischen Regionalismus im 19. und 20. Jahrhundert. Augsburg 1995.

Klöckler, Jürgen: Abendland, Alpenland, Alemannien. München 1998. (Studien zur Zeitgeschichte, Band 55.)

Mack, Klaus-Jürgen: Länderneugliederung. Zur Genese einer deutschen Obsession seit dem Ausgang des Alten Reiches. Idstein 1997. (Darin: Preußen – eine Unmöglichkeit. Aus einer Rede von Hugo Preuß bei der Konferenz der deutschen Einzelstaatsregierungen am 25. Januar 1919.)

Schulz, Gerhard: Zwischen Demokratie und Diktatur. Verfassungspolitik und Reichsreform in der Weimarer Republik. Band 1 (1919–1930), 2. Auflage. Berlin 1987.